国家体育总局体育哲学社会科学研究成果汇编

（2007 年）

国家体育总局政策法规司　编

人民体育出版社

目　录

北京奥运会后我国竞技体育可持续发展的系统研究

韩春利　李思民　周　全　张承玉　魏春玲　孙月霞
赵吉峰　王秋华　赵鲁南　孔喜良　胡爱本　曹克强

一、北京奥运会后我国竞技体育发展面临的内外部环境分析

北京奥运会后的我国竞技体育将面临一个极其复杂的发展环境。其既有发展的优势和机会，又有发展的劣势和威胁。

（一）北京奥运会后我国竞技体育发展具有的优势

竞技体育发展具有的强大的政治优势与领导优势；"举国体制"思想与方法优势；女子项目凸显强大优势；优势项目区正在逐步扩大；具有明显的选材资源优势。

（二）北京奥运会后我国竞技体育发展具有的劣势

基础大项势单力薄；球类集体项目发展落后；潜优势项目整体实力较弱；优势项目上升的空间不大；高水平后备人才缺乏；竞技体育发展的源头枯竭和根基萎缩；科学化训练程度不够高；教练员队伍综合素质、结构和整体水平有待提高；竞技体育发展的社会化程度较低；竞技体育发展的市场化程度较低。

（三）北京奥运会后我国竞技体育发展面临的机会

中国经济社会的持续发展为竞技体育提供了良好的发展基础和动力；奥运会后我国发展竞技体育的经验更加丰富，国际环境更加优越。

（四）北京奥运会后我国竞技体育发展面临的威胁

"世界对付中国"严峻局面的形成；"举国体制"所依赖的计划经济基础的消失与政府职能的转变；以保护运动员权益为本的培养体制改革的深入进行；北京奥运会后大众体育地位的提高给竞技体育发展带来一定的冲击。

二、北京奥运会后我国竞技体育可持续发展的目标定位

北京奥运会后我国竞技体育的发展目标是一个包含竞技体育发展总体目标以及竞技体育水平发展目标、竞技体育功能目标、竞技体育发展的条件目标等分目标在内的目标体系。

（一）北京奥运会后我国竞技体育发展的总体目标的定位

——实施奥运战略，在奥运会等国际重要赛事中取得优异成绩，为国争光。全面提

升我国竞技体育总体实力和竞技水平，实现金牌大国向全面发展的竞技体育大国和强国迈进。

——进一步深化体制改革与创新，形成与社会主义市场经济体制相适应的具有中国特色的竞技体育管理体制与运行机制。

——充分发挥竞技体育的多元化功能和综合效益，满足人们日益增长的体育需求，促进体育事业的全面、协调、可持续发展，在全面建设小康社会和构建社会主义和谐社会进程中做出更大贡献。

（二）北京奥运会后我国竞技体育水平发展目标的定位

北京奥运会后 12 年（三个奥运周期）我国竞技体育水平发展的目标：稳定立足于国际竞技体育舞台的第一集团，实现金牌大国向全面发展的竞技体育大国和强国的转变。

（三）北京奥运会后我国竞技体育功能目标的定位

人的全面、自由、和谐、平衡发展是其追求的终极目标；将竞技体育与文化教育融为一体，提供活的榜样供人们去模仿，以及满足休闲时代人们的需求，即充分发挥和挖掘竞技体育的教育和休闲娱乐功能，是其追求的核心目标，而政治、经济、普及等功能的发挥则成为其追求的次级目标。

（四）北京奥运会后我国竞技体育发展的条件目标定位

1. 北京奥运会后我国竞技体育体制改革目标的定位

"小政府、大社会"是竞技体育管理体制改革追求的终极目标；减政放权的协会制管理体系目标，多主体、分层次的训练体制目标，以及以俱乐部、等级联赛运转为主体的竞赛体制目标构成了北京奥运会后我国竞技体育管理体制改革的支撑目标。

2. 北京奥运会后我国竞技体育运动项目发展目标的定位

在进一步巩固和扩大优势项目的（点）基础上，运动项目重点布局向潜优势项目（线）和基础项目（面）扩散，同时扶持和拉动劣势项目（块）的发展。到2020年，奥运会金牌项目广泛分布于 12 ~ 15 个运动大项，田径、游泳等基础项目有较明显突破，集体球类项目整体水平明显提高，基本形成相对均衡的项目布局。

3. 北京奥运会后我国竞技体育资源配置目标的定位

打破传统体制下竞技体育资源的行政性计划分配以及行业和地区的分割垄断，实现竞技体育生产要素的商品化，实现竞技体育产权的自由交易和转让，在政府宏观调控下，通过激励与约束机制，运用经济、法律、行政相结合的手段，充分发挥市场配置资源的基础性作用，把全国的竞技体育资源有效地配置到奥运总体发展战略上来。

4. 北京奥运会后我国竞技体育科、训、教结合目标的定位

培养一批优秀体育科技人才，造就一支复合型教练员队伍；依托俱乐部、运动队建立"科训一体化"基地（中心）；形成竞技体育科技成果向竞技体育运动实践转化的机制；形成举国科研为奥运总体战略的集团优势；进一步完善"体教结合"机制，以学校为基础，建立各个层次的竞技体育人才培养平台和输送渠道，实现竞技体育基础向教育回归，高水平竞技走向市场。

三、北京奥运会后我国竞技体育可持续发展的路径选择

（一）新中国成立以来我国竞技体育发展的路径演化

新中国成立以来我国竞技体育发展是沿着普及与提高下的分工负责制之路向缩短战线、保证重点下的体委集中制之路转变，继而再向奥运争光下的强化和完善的体委集中制之路转变，直至奥运争光下的双轨制之路发展的。

（二）当前我国竞技体育发展路径存在的主要问题

当前主要存在着"形社会、实体委"和"形市场、实计划"两类问题。

（三）选择北京奥运会后我国竞技体育发展路径的依据

以政府职能转变为核心的行政管理体制改革的深化推进；进一步完善社会主义市场经济体制；世界各国政府对竞技体育的重视程度进一步加强。

（四）北京奥运会后我国竞技体育可持续发展的路径

1. 竞技体育可持续发展的社会化路径

北京奥运会后我国竞技体育的发展可走政府主导下的协会管理之路。政府主导是指政府要以发展规划者、事业投资者、政策制定者、公平调节者、运行监管者的身份，发挥其主导作用，而将大量的事务性和具体的管理事务，委托给第三部门，甚至企业去实施。

协会管理的思路是：建立由实体化的中国奥运会和中华全国体育总会分别领导奥运会项目运动协会与非奥运会项目运动协会的组织体系，其中，奥运会项目运动协会负责"奥运争光"任务，非奥运会项目运动协会负责全国群众性竞技体育。在经费方面，按项目的市场化和社会化程度建立分制投入财政体制，实行目标协议制管理。

2. 竞技体育可持续发展的市场化路径

转变现行竞技体育资源行政指令计划配置方式，以市场为主、计划为辅配置社会体育资源。政府退出对市场的经营和对经济活动的直接管理，转而培育竞技体育市场环境，完善竞技体育生产要素市场，为市场主体创造、提供机会均等、地位平等、公平竞争的生存和发展空间，壮大竞技体育市场多元化利益主体队伍，鼓励和吸引社会资本参与竞技体育市场的发展，引导市场主体向国家、社会需要的方向发展。

3. 竞技体育可持续发展的集约型路径

在发展思路上，要从主要依靠项目数量的扩张为主，转变为充分挖掘项目的潜力为主，注重金牌、奖牌"投入—产出"的效益，对社会影响大、含金量高的项目和基础大项要加大建设力度。在发展战略上，按照"有所为，有所不为"和"以实现国家利益为最高目标、坚持提高发展质量"的原则，缩短战线，以"奥运争光"战略为龙头，带动相关战略的发展。在发展方式上，要从主要依靠增加投入为主，转变为依靠科技创新与进步、提高运动员和教练员的素质、管理创新为主。

四、北京奥运会后我国竞技体育可持续发展的实施策略

(一) 北京奥运会后我国竞技体育发展走势

竞技体育发展可能呈现出"低谷效应";东、西部地区竞技体育发展呈非均衡性态势;竞技体育的社会化、职业化、产业化发展趋势明显。

(二) 北京奥运后影响我国竞技体育可持续发展的因素

经费投入不足;竞技体育后备人才匮乏;科技的渗透不强。

(三) 北京奥运会后我国竞技体育可持续发展的实施策略

- 在积极争取政府经费投入的同时,广泛吸纳社会资金。
- 加强竞技体育人才的培养,要建立起适应社会主义市场经济体制的多形式、多渠道、多层次的后备人才体系,走"体教结合"之路。
- 充分发挥科技兴体,建立科、训一体化的大型运动训练中心,形成跨学科、跨系统、跨行业的体育科技体系,建立健全科技服务体系,加强科技成果向竞技体育实践领域的转化。
- 深化体制改革,明确政府和社会的事权划分,把不应由政府行使的职能转移给事业单位、社会团体和中介组织,深入推行协会制改革,形成协会管理体制。
- 建立和完善社会保障体系,实施退役运动员再就业工程,以"运动员伤残保险""运动员失业保险"为重点,结合养老保险、失业保险等社会保障制度,防范在役运动员的职业风险。
- 调整项目布局。在巩固和发展优势项目的基础上,进一步挖掘优势大项中的非优势小项和基础项目中有潜力的小项。要加快基础项目和集体项目的发展,要大力发展女子项目。
- 大力发展体育产业。建立以竞赛、表演、健身、娱乐等为主体,以体育技术、体育资本、体育人才等要素市场为辅助的体育市场体系。
- 扩大竞技体育的社会影响。
- 发展和完善"举国体制"。要进一步处理好体育系统与非体育系统的关系,努力扩大竞技体育的社会基础,调动其他行业,尤其是企业和教育部门办高水平竞技体育的积极性,走职业运动项目企业化和公益运动项目院校化之路。

五、北京奥运会后我国竞技体育可持续发展的系统调控

(一) 北京奥运会后我国竞技体育可持续发展调控的特征

北京奥运会后我国竞技体育可持续发展的调控具有系统性、复杂性和开放性的特征。

(二) 北京奥运会后我国竞技体育可持续发展的调控系统

北京奥运会后我国竞技体育可持续发展的调控系统由目标模块、运行和发展模块、

系统内部评价与反馈调整模块、系统综合评价模块组成。

（三）北京奥运会后我国竞技体育可持续发展的系统调控

竞技体育目标的调控。竞技体育具有多元化功能，因此，2008年奥运会后我国竞技体育的目标应在坚持奥运争光战略的同时，应注重发挥竞技体育的休闲娱乐、经济、普及等功能。

竞技体育技术系统的调控。2008年奥运会后，我国竞技体育技术系统的变化将突出表现为现代科技成果在体育中的广泛应用、训练方法的进一步发展、竞技体育科研的发展以及运动训练科学的发展等方面。因此，竞技体育的可持续发展应该不断吸收新技术、新装备、新方法、新成果、新理论。

竞技体育组织结构的调控。2008年北京奥运会后应处理好国家体育总局与地方体育局、项目管理中心与协会、协会与俱乐部的关系。

竞技体育组织管理的调控。北京奥运会后，竞技体育组织管理应当选择既要充分发挥市场的作用，又要进行政府的宏观调控的管理模式。

（四）北京奥运会后我国竞技体育可持续发展的调控对策

北京奥运会后我国竞技体育可持续发展的调控应立足于资源、经济、环境、人口、社会、管理等基本要素，处理好内部与外部、当前与长远的关系，适时、有效地解决出现的问题。

（五）北京奥运会后我国竞技体育可持续发展的智能控制模型

竞技体育系统是一个复杂性的巨系统，采用智能控制体的控制方法对其实施综合协调控制有助于提高效益和效率。智能控制体是以智能控制为目的的工作系统，并配有其他辅助系统，包括工具库、专家库、知识库、模型库等各种系统库，还有匹配系统、协调系统等辅助完成控制任务。首先将有关竞技体育管理的信息作为输入进入模型，评判信息所具有的特征，据此与控制方法进行匹配，以选择最优的控制方法或控制方法的组合。其次，相应的知识库、专家库、工具库和模型库将参与工作对系统进行控制，并通过对反馈信息或前馈信息的利用，最终达到对整个系统的优化控制。

（项目编号：965ss06097）

从东京奥运会后日本体育发展得失论
北京奥运会后我国体育可持续发展

崔颖波　陈莉　刘清华

一、东京奥运会前的近现代日本体育

体育在日本是以学校为中心发展起来的，经历了由学校到社会的发展演变过程。在1964年东京奥运会前，日本的学校体育和竞技体育发展较好，相比之下，大众体育发展缓慢，体育活动并未在民众中普及。

日本在第二次世界大战前就已具有较高的竞技运动水平。在前七届亚运会上，日本均名列奖牌榜榜首。在1932年洛杉矶和1936年柏林两届奥运会上，日本更是以7枚金牌和6枚金牌名列奖牌榜的第5位和第8位。战后日本的竞技运动水平恢复较快，在1956年墨尔本和1960年罗马两届奥运会上分别夺得4枚金牌，名列奖牌榜的第10位和第8位。

1959年，日本获得第18届奥运会的主办权。为了办好东京奥运会，日本投入巨资，用于建设城市基础设施及体育设施。东京奥运会的主办对日本的体育发展产生了重大的积极影响。一方面，促使竞技运动水平在短期内有了飞跃的发展。在这届奥运会上，日本共夺得16枚金牌，在奖牌榜上名列美国和苏联之后，一举成为世界体育强国。在之后的三届奥运会上，日本在奖牌榜上名列前茅，主要是依靠主办东京奥运会的惯性。另一方面，促进了体育活动在民众中的普及。申办东京奥运会前一年的1957年，日本成年人在过去一年里参加过体育活动的人口仅为14%；而在东京奥运会结束后第二年的1965年，这一数字达到了47%。此外，日本1958年5月恢复文部省体育局的机构设置，特别是1961年6月颁布的《体育振兴法》，对后来日本体育发展产生深远影响的重要举措，都要归功于主办东京奥运会。

二、东京奥运会后至20世纪80年代末的日本体育

（一）发展大众体育，致力于体育活动的普及

1. 增强体力的国民运动

1964年12月，日本内阁发表了《关于增进国民健康和体力对策》的阁议决定，决定发起增强体力的国民运动。通过改善营养和保健，以及普及体育活动，提高国民的体力和健康水平，缩小与欧美发达国家的差距，进而提高劳动生产率，培育经济、社会发展的原动力，构筑日本在国际社会跃进的基础。

发动增强体力的国民运动，是战后日本发展大众体育的开端。1965年3月，日本成立了相关省厅和民间团体组成的"增强体力国民会议"，负责推动增强体力的国民运

动。从 20 世纪 60 年代中期开始，相关省厅每年都做出预算，用于完善国民体育活动的各种条件。主要包括设施建设、培养指导者、培育组织、开展活动。其中，供居民利用的社区设施和野外设施是重点。

为了推动地方的增强体力国民运动，从 1968 年开始，每年对年度优秀的市町村一级地方增强体力团体进行表彰。1969 年，增强体力国民会议提出将每年的 10 月作为增强体力强调月，组织开展增强体力的活动，唤起国民的健康意识。另外，地方增强体力的组织都设置了事务局。从体育和营养保健两个方面，开展增进健康、增强体力的各种活动。

2. 大规模的公共体育设施建设

1968 年 9 月，日本着手制定旨在完善大众体育环境的体育发展中长期计划。1972 年 12 月，日本发表了《关于普及振兴体育的基本策略》的第一个体育发展中长期计划，其中，提出了日常生活圈公共体育设施配备标准和企业体育设施配备标准。

1971 年 6 月，当《策略》的征求意见稿发表后，文部省就根据其中提出的日常生活圈公共体育设施配备标准，按照 20% 居民每周实施 1~2 次体育活动的标准，测算出需要配备的设施种类和数量。对此，文部省提出与地方政府共同投入 5000 亿日元（不包括购地费用），利用 15 年时间进行建设的计划。

从 20 世纪 70 年代初期开始，日本进行大规模的社区公共体育设施建设。文部省的统计显示，在实施大规模社区公共体育设施建设前的 1969 年，日本全国公共体育设施数量为 10193 个，1985 年这一数字增加到 60777 个，在各类体育设施中所占的比重由 6.9% 增加到 20.8%。

3. 开放学校体育设施

在日本各类体育设施中，学校体育设施所占比例最大。为了解决开展居民体育活动缺少活动场所的状况，日本在发展大众体育的初期，就采取了在加大配备公共体育设施配备的同时，开放学校体育设施的做法。

1976 年 6 月，文部省向各都道府县教育委员会下发了《关于推动学校体育设施开放事业》的文部次官通知，要求地方教育委员会开放所属的学校体育设施。与此同时，1976 年度开始，加大了对学校体育设施开放事业的补助力度。除对配备夜间照明设备、建设俱乐部活动室等实施补助外，对在学校体育开放中担当指导、管理的人员也给予助（1/3）。

文部省的调查结果显示，地方政府非常重视推动学校体育设施的开放。在地方政府有关社会体育事业费的支出中，用于实施开放学校体育设施的费用为最多。文部省调查结果还显示，学校运动场和体育馆的开放，20 世纪 60 年代末期保持在 65%~70%，20 世纪 70 年代期间保持在 70%~80%，20 世纪 80 年代以后保持在 80%~85%。

4. 培养社会体育指导者及确立指导体制

日本社会体育指导者的培养主要由日体协承担。1965 年，日体协开始着手社会体育指导者培养事业。1971 年，文部省开始对日体协培养社会体育指导者的事业实施补助。

20 世纪 70 年代初期，日体协采取速成的方式，通过几天的讲习会，培养社会体育指导者。1977 年，日体协与加盟团体一起，制定了《财团法人日本体育协会公认体育指导者制度》。《制度》从体育实践需要的角度，培养不同类型的社会体育指导者。

1987 年 1 月，文部省为了提高社会体育指导者的资质，发布了《关于社会体育指导者知识、技能审查事业的认定规程》，对已经取得社区体育指导者、提高竞技能力指导者、商业体育设施指导者和运动处方制定者资格的体育指导者的知识及技能进行审查、认定。1988 年 4 月的登记显示，根据文部大臣社会体育指导者知识、技能审查事业认定规程认定的社会体育指导者达到 31798 名。其中，体育指导员 26669 名、训练员 1409 名、教练员 3720 名。

与此同时，文部省还致力于建立健全地方社会体育指导体制。从 1975 年开始，文部省对于都道府县教育委员会应所属的市町村教育委员会要求，派遣到市町村专门担当体育振兴事项的体育主事实施补助（补助工资 1/2）。

（二）依靠东京奥运会的惯性，竞技运动水平仍然维持较高的水平

日本为了确保东京奥运会上取得好的运动成绩，投入了 20.6 亿日元的选手强化费。1961 年 1 月，在 JOC 设置了奥运选手强化对策本部，并制定了以"金牌榜名列第 3 位，所有参赛项目进入前 6 名"目标的奥运选手强化五年计划。为提高竞技运动水平而采取的这些举措，不仅使日本在东京奥运会上名列奖牌榜第 3，而且依靠东京奥运会竞技运动水平大幅度提高的惯性，在其后的几届奥运会上也获得了较好的成绩。1968 年墨西哥城奥运会，日本名列美国和苏联之后；1972 年慕尼黑奥运会上，日本名列美国、苏联、联邦德国和民主德国之后；1976 年蒙特利尔奥运会上，日本名列前苏联、联邦德国、美国和民主德国和之后。

东京奥运会以后，日本体育发展的重心彻底转移到大众体育上来。东京奥运会后的一段时间里，日本仍然保持着较高的竞技运动水平，主要是依靠东京奥运会竞技运动水平大幅度提高的惯性。

三、20 世纪 80 年代以后的日本体育

（一）采取"普及与提高并重"的方针发展体育，以阻止竞技运动水平的滑坡

20 世纪 80 年代以后，日本的竞技运动水平出现了滑坡。在 1988 年汉城奥运会上，日本仅获得 4 枚金牌，亚洲体坛霸主地位也被中国所取代。

为了改变这种状况，日本采取了一系列措施。1989 年 11 月，发表了《关于面向 21 世纪的体育振兴策略》的体育发展中长期计划，提出从终身体育和竞技体育两个方面振兴体育，标志着日本体育发展的方针由此前的"普及"向"普及与提高并重"转变。但是，在"普及"与"提高"之间，还是侧重于"普及"。1989 年 8 月，将日本体育协会旗下的日本奥委会（JOC）作为财团法人独立出来。日体协负责"普及"，JOC 负责"提高"。1998 年 11 月，颁布施行《关于体育振兴彩票实施等的法律》。发行体育振兴彩票，用其收益发展终身体育和竞技体育。

2000 年 8 月，日本发表了《关于体育振兴基本计划》的体育发展中长期计划。从发展终身体育和竞技体育的角度，并考虑两者与学校体育的关联，提出了体育振兴的目标和措施。首次提出了量化的政策目标，其中，竞技体育的主要量化目标是：在奥运会上获得的奖牌数，力争在 2010 年前达到该届奥运会奖牌总数的 3.5%。

在 2004 年雅典奥运会上，日本一举夺得 16 枚金牌，在奖牌榜上名列第 5 位。夺得

的金牌不仅与东京奥运会相同，而且夺得的奖牌数超过了东京奥运会8枚。这一成绩的取得，虽然与20世纪80年代末期以来再度重视"提高"有一定关系，但不可否认的是，由于前苏联等社会主义国家放弃竞技体育的"举国体制"，奥运会奖牌的争夺不如从前激烈有较大关系。

（二）从终身体育的角度发展大众体育，大众体育发展的重心由"设施建设"向"活动组织培育"转变

尽管这一时期大众体育环境有了很大改善，但是国民参加体育活动的人口并没有随之出现明显的增长。国民经常参加日常体育活动人口增长缓慢，说明大众体育在进入稳定发展时期后，将重心放在建设公共体育设施上的政策已经不能有效地促进国民参加日常体育活动，必须进行调整。在2000年出台的《计划》中，虽然还是坚持采取通过完善国民参加日常体育活动的环境，发展大众体育的政策，但是将政策的重心由过去的重视建设公共体育设施转移到培育综合型社区体育俱乐部上来。

20世纪90年代以后，日本20岁以上成年人每周参加一次以上体育活动的人口逐年增长，1997年首次超过30%，达到34.7%；2000年为37.2%；2003年为38.6%；2006年为44.4%；2006年与1988年相比，增长了67.9%。在公共体育设施建设并未得到明显改善的情况下，经常参加体育活动的人口却实现了较大幅度的增长。这一结果，一方面，得益于发展终身体育；另一方面，得益于调整完善大众体育环境的重心，即将培育社区综合型体育俱乐部作为重点。

（三）对日本竞技运动水平的分析——以历届奥运会夺得的奖牌为例

日本在参加的历届奥运会上，夺得的奖牌主要集中在柔道、体操、摔跤、游泳和田径5个项目上。其中，占金牌的92.98%，占奖牌的81.71%。从所获得的4~8名的成绩来看，最多的也是这5个项目，占75.45%；其中，体操和游泳2个项目就占47.27%。

这个事实表明，要想在奥运会的奖牌榜上名列前茅，不一定要铺很大的摊子，花大力气。这也从另一个侧面表明，一个国家可以调整体育发展战略，集中发展优势项目，从而腾出更多的财力和人力，致力于"普及"。尤其是前苏联等社会主义国家纷纷放弃了竞技体育的"举国体制"，在奥运会上取得奖牌不如从前那么困难。因此，即便是侧重于"普及"，只要不放弃"提高"，还是可以保持原有的竞技运动水平的。

四、东京奥运会后的日本体育发展对我国的启示与北京奥运会后我国的体育方针

（一）东京奥运会后的日本体育发展对我国的启示

1. 对于体育属外来文化的国家，发展体育适于从"提高"入手

体育对于中日两国来说是外来文化。对于体育属外来文化的国家，体育能否在民众中普及，取决于经济、社会发展。在国民生活水平不达到一定程度，生活方式和意识不发生相应变化的情况下，体育活动是很难在民众中普及的。而且在一个国家经济、社会发展不达到一定水平的时候，即便是发展大众体育，也难以按照大众体育发展的规律办

事，重视完善大众体育环境，特别是公共体育设施的建设。在大众体育环境不能得到根本改善的情况下，体育活动也难以得到深入的开展。

因此，在"普及"的条件成熟前，发展体育适于从"提高"入手。待"普及"的条件成熟后，再发展大众体育。发展体育从"提高"入手，并不是重视"提高"忽视"普及"，而是讲究策略。

2. 奥运会的主办国在奥运会后发展体育，要"普及"与"提高"两者兼顾

当"普及"的条件成熟后，发展体育面临两种选择，放弃"提高"转向"普及"，或者"普及"与"提高"两者兼顾。

体育属外来文化的国家应当怎样发展体育，日本为同类国家提供了一个范例。对于体育属外来文化的国家，发展体育适于从"提高"入手。当大众体育发展的条件成熟后，适于采取"普及与提高并重"的方针发展体育。

"普及"和"提高"是现代体育发展的两个层面。在体育发展的过程中，为了"普及"而忽视"提高"得不偿失。尤其是在"普及"的初始阶段，"提高"有助于"普及"。因此，当"普及"的条件成熟后，侧重于"普及"方针适于用"普及与提高并重"方针取而代之。而且采取"普及与提高并重"的方针发展体育，并不影响大众体育的发展。

（二）北京奥运会后我国的体育方针

在新中国成立后至今的绝大部分时间里，我国是在"普及与提高相结合，各类体育协调发展"的方针下发展体育。但在贯彻执行这一方针的过程中，不同时期有所侧重。改革开放后，我国事实上是在"提高为重点，各类体育协调发展"的方针下发展体育。在大众体育发展的条件尚不成熟的情况下，以"提高"为重点发展体育是符合我国的国情的，而且是有利于我国体育事业发展的。"实践是检验真理的唯一标准"。综观新中国成立后我国的体育发展，改革开放后要远远超过改革开放前。以我国的经济、社会发展程度，能够在体育事业上取得如此的成就，证明了新中国成立后特别是改革开放后，我们在发展体育的过程中，准确地把握了我国的国情和体育属外来文化国家体育发展的规律。

但是，我们也应该看到改革开放后，我国经济、社会发展迅速，大众体育发展的条件日趋成熟。与此同时，国民经济体制由计划经济向社会主义市场经济转变后，我国体育发展的环境也随之发生了巨大的变化。在市场经济的环境下，竞技体育的发展有赖于大众体育的发展，大众体育是竞技体育的"市场"或"消费者"，没有大众体育的发展作支撑，竞技体育的发展乃至生存就会越来越困难。因此，"提高为重点，各类体育协调发展"的方针，已难以适应当前我国体育的发展，调整势在必行。

随着前苏联等社会主义国家纷纷放弃竞技体育的"举国体制"，奥运赛场上的竞争程度也不如从前。日本在2004年雅典奥运会上取得16枚金牌的事实也表明，我国可以调整竞技体育的发展战略，集中发展优势项目，从而腾出更多的财力和人力，致力于"普及"。因此，北京奥运会后，采取"普及为重点，各类体育协调发展"的方针，更有利于我国体育的可持续发展。

（项目编号：891ss06023）

我国冬季奥林匹克运动可持续发展研究

朱志强　孙民治　赵玉华　刘石　王仁周　王紫娟

近年来，我国的冬季奥林匹克运动发展虽取得了一定的进步，但从总体上看存在一些问题，还没有充分发挥其应有功能。冬季体育运动现状不能满足社会发展对其提出的要求。一方面教育系统中优秀冬季运动人才培养体系不健全，造成冬季项目人才匮乏；另一方面，冬季体育运动产业人才的缺乏，对体育产业的可持续发展构成直接的限制。正确处理与解决冬季运动人才培养问题，重新构建冬季运动人才培养体系，对于政治、经济、文化建设，体育教育事业的可持续发展都将产生十分重要的影响。

一、冬季奥林匹克运动的研究

(一) 冬季奥林匹克运动的产生与发展

奥林匹克冬季运动会 (OLYMPIC WINTER GAMES)，简称冬奥会，是国际奥林匹克的组成部分。冬奥会的产生，是国际体育和冬季运动发展的结果。

19 世纪，冰雪运动在欧洲和北美一些国家迅速地开展起来，各种滑冰、滑雪和雪橇组织在荷兰、挪威、俄罗斯、法国、奥地利、捷克、匈牙利、丹麦、芬兰、德国、瑞士、美国、瑞典以及加拿大等一些国家纷纷地建立，国际性的冬季运动赛会也开始举行。如 1880 年美国纽约布鲁克林区举行的国际速度滑冰对抗赛、1883 年挪威举行的霍尔门科伦国际传统滑雪赛和瑞士达沃斯国际无舵雪橇赛，以及 1885 年德国汉堡和荷兰吕伐登举行的国际速度滑冰冠军赛等。1921 年 7 月 2 日，第 7 届奥林匹克代表大会在洛桑举行。就在这次代表大会上，讨论并通过了法国的提案，并向国际奥委会建议单独举行冬季奥运会。国际奥委会采纳了大会的决议，但由于对比赛的结果及其可能产生的影响还不清楚，所以决定将这次比赛定名为"奥林匹克周冬季运动会"，冬奥会也由此翻开了历史的篇章。

1924—2006 年，冬奥会先后在欧洲、美洲和亚洲 10 个国家的 17 个城、镇，成功地举行了 20 届。出席冬奥会的国家和地区由第 1 届的 16 个，发展到第 20 届的 80 个。有94 个国家和地区先后加入了冬奥会的行列，比赛的项目由初期的 4 类、7 大项 14 小项，发展到 2006 年的 7 类、15 大项 84 小项。

(二) 冬奥会发展过程中的不和谐音

1. 举世震惊的贿选丑闻

1998 年，国际奥委会执委会中爆出盐湖城在争取冬奥会举办权过程中发生的行贿丑闻，震惊世界，所产生的严重后果，甚至影响到人们对奥委会的信任度。随后引出长野冬奥会在申办过程中对国际奥委会个别委员行贿，在评选中通过不当手段获取举办权，更加剧贿选丑闻的负面影响。国际奥委会不得不对其组织制度进行彻底改革，以应对丑闻在全世界范围内对奥林匹克运动产生的不良影响。

2. 屡禁不止的兴奋剂问题

作为奥林匹克运动发展中一个的怪胎，兴奋剂成为奥运会屡禁不止的严重问题，同样也是冬奥会难以根治的一项痼疾。虽然奥委会采取了严厉的处罚措施，包括逐出比赛、取消成绩、禁赛甚至诉诸法律等，仍有运动员铤而走险。2002年盐湖城冬奥会，获得高山滑雪大回转比赛铜牌的英国运动员阿兰·巴克斯特，因服用违禁药物脱氧麻黄碱，被取消所获第3名成绩。女子30公里越野滑雪位列第一的俄罗斯名将拉祖蒂娜因为血检呈阳性被取消了金牌。2006年都灵冬奥会，尽管国际奥委会采取更加广泛严格的审查程序（总共进行1219例兴奋剂检查，检查总量比上届增加72%），仍发生了多起丑闻。

3. 非法利益驱动下的不公平竞争

冬奥会中也存在部分裁判员出于非法利益的驱使，在比赛过程中执法不公，违反奥林匹克公平竞争原则的现象。2002年盐湖城冬奥会，法国裁判员勒古涅不顾加拿大双人花样滑冰运动员沙雷和皮歇尔近乎完美的表现，公然将最高分打给了表现平平的俄罗斯运动员爱莉娜·贝瑞兹纳雅和席哈鲁利兹，引起轩然大波。事后，一些裁判员揭露了花样滑冰裁判界存在的肮脏交易，暴露出冬季奥林匹克运动发展中难以回避的非法利益干扰问题，也进一步暴露出冬奥会在裁判员行为监督约束机制中存在的漏洞。

（三）冬季奥林匹克运动的发展趋势

1. 和平、友谊、团结与关爱将继续成为主题和目标
2. 冬奥会的外延将不断扩大
3. 反兴奋剂斗争和保证裁判执法公正将是长期任务
4. 冬奥会未来参赛国增加
5. 新兴项目将成为未来项目增设的重点
6. 女子项目和女运动员比例将继续增大
7. 体育运动商业化与职业化将产生更深远影响

二、我国冬季奥林匹克运动发展研究

（一）我国冬季奥林匹克运动发展的现状

我国从1980年第13届冬季奥林匹克运动会到2002年第19届冬季奥林匹克运动会共参加了7届冬奥会，参加的项目有速度滑冰、短道速滑、花样滑冰、冰球、冬季两项、越野滑雪、高山滑雪、自由式滑雪8大项，共获得金牌2枚、银牌12枚、铜牌8枚。成绩不理想，只有速度滑冰、短道速滑、花样滑冰成绩较好，冰球只有第18届、第19届参加两届。其他项目，尤其雪上项目成绩不理想。其中高山滑雪只有第13届、第16届参加两届，最近几届也未能参加，冬季两项、越野滑雪、自由式滑雪虽然参加，但是成绩不好。而冰上溜石、跳台滑雪、北欧两项、单板滑雪、有舵雪橇、无舵雪橇、卧式雪橇到2002年仍然没有参加。

（二）我国冬季奥林匹克运动项目布局

从我国参加的冬奥会项目、取得的成绩、发展的情况来看，可以将其分为优势项目、潜优势项目、一般项目及新开展的项目四大类。

（三）我国冬季奥林匹克运动可持续发展战略

1. 制定长远战略规划，促进我国冬季运动新发展

冬奥会项目未来发展的空间将主要集中于新兴项目。这就要求必须对我国冬季项目发展的布局进行调整，即在发展传统优势项目的同时，将符合我国国情的新兴项目纳入发展计划，如单板滑雪中的"U"型场地空中技巧、自由式滑雪中的雪上技巧和特技滑雪、卧式雪橇等。

2. 发挥项群优势，在规划中有计划地进行人才选拔

我国冬奥会项目中投入的资源非常有限，这就要求在人才选拔、培养过程中充分利用已有条件。同时，由于竞技体育资源在整体上的稀缺性，必须努力提高有限资源投入的效率。

3. 以冬奥会项目发展为契机，带动冬季运动产业发展

冬奥会项目发展为冬季运动技术更新、扩大影响产生巨大的促动作用，为竞技性体育与社会体育的共同进步、协调发展贡献新的力量。随着我国社会经济发展水平的提高，人们对冬季运动的喜爱程度不断增加，冬季运动产业逐渐在我国的旅游经济中发挥出积极的带动作用。

（项目编号：969ss06101）

北京奥运赛事效益的内涵及评价体系研究

王 蒲 赵志英 余丽华 颜天民 杨 琬

一、"成功奥运"的多元性评价

奥运会成功与否的评价问题，是举办奥运会必须明确的重要问题。北京奥运会将面临多元的评价主体、多元的评价标准和多元的评价体系。

（一）多元评价主体

奥运会的成功与否，不是由奥运会的举办城市及国家自己单方认可，将接受多元主体的评价。举办城市及国家面临的奥运评价主体，主要来自以下方面。

1. 国际奥委会
2. 国际单项体育组织
3. 各参赛国家和地区
4. 参赛运动员
5. 各类裁判人员和工作人员
6. 广大现场观众和媒体受众
7. 新闻媒体和各类记者
8. 奥运会的合作伙伴、赞助商和支持者

在多元的评价主体中，国际奥委会居于核心地位。举办城市及国家要特别重视国际奥委会的评价。国际奥委会不仅关注每届奥运会的成功举办，更为注重整个奥林匹克运动的长远发展。因而，奥运会的成功举办，需要举办城市及国家站在奥林匹克运动长远发展的高度，去妥善应对多元的评价主体。

（二）多元评价标准

评价主体的多元性，必将产生多元的评价标准。

奥运会的不同评价主体来自不同的利益群体，不同的利益关系必然导致不同的价值取向和不同的评价标准。

奥运会的不同评价主体源自不同的文化背景，不同文化背景的评价主体必然有着不同的价值取向和不同的评价标准。

（三）多元评价体系

国际奥委会高度重视对奥运影响的总结积累和知识转让。国际奥委会要求承办奥运会的国家在奥运会结束后，向国际奥委会提交一份详细的奥运会总结报告，并通过知识转让，将举办奥运会的知识和经验由一个举办国传向下一个举办国。

奥运会总结报告一直由三部分内容构成，即奥运申办、奥运筹办和奥运赛会。随着奥运会影响的不断深化，国际奥委会决定在原有三部分报告的基础上，增加记录"奥运会总体影响"的第四部分内容。奥运会举办城市将按照国际奥委会的要求进行奥运会总体影响的研究与评价，其内容广泛涉及奥运会对举办城市以至所在国家的环境、社会、文化、经济等方面的影响，其时间跨度从申办开始直至奥运会结束后两年。北京是第一个成为能够对奥运会整个阶段的全面影响进行评估的举办城市。

分析奥运会的全面影响及国际奥委会关于奥运会总结报告的框架可见，奥运会的内在价值和实际效应反映在诸多层面，概括起来主要包涵四大范畴。

1. 竞赛效应

竞赛效应是奥运会的核心影响。其主要指标包括：奥运会竞赛产品的质量高低、奥运会竞赛成绩的水平高低、对奥运会各竞赛项目发展的促进程度、承办国家竞赛成绩的名次高低等。

2. 环境效应

竞赛环境是实现竞赛过程和取得赛会成功的基本保障，包括竞赛需要的小环境和大环境。竞赛的小环境主要指竞赛项目的技术规范、技术要求和技术支撑；竞赛项目的场馆设施、器材条件和服务水平；竞赛过程的组织、管理和评判水平。竞赛的大环境主要包括举办城市的自然环境、交通设施、安全保卫、医疗卫生服务、高科技服务、食宿条件、人文氛围等。

3. 社会效应

奥运会的社会效应涉及生活、文化、教育、政治等诸多方面。其主要内容包括促进社会稳定与人类进步、促进不同体育文化的交流与发展、丰富社会文化生活、用规范的竞争范式影响人们、扩大和提升举办城市及国家的影响等。

4. 经济效应

奥运会对举办城市及国家的经济影响包括直接经济效应和间接经济效应两大方面。作为主办城市，尤为关注的是效益问题。直接经济效益指的是举办奥运会的收入和支出相抵后的盈利情况。自第 23 届洛杉矶奥运会以来，各奥运举办城市均获得了可观的直接经济效益。奥运会所带来的不仅仅是直接经济效益，更重要的是奥运会将极大地刺激投资和消费需求的增长，从而产生巨大的间接经济效应，推动举办国家整体经济的全面发展。在日本、韩国等奥运举办国出现的"奥林匹克景气"，即是奥运会间接经济效应的有力证明。

二、北京奥运的深层次挑战

多元的评价主体、多元的评价标准和多元的评价体系，决定了实现"成功奥运"异乎寻常的复杂程度。北京奥运会不仅要面临社会、文化、经济、环境等多方面的挑战，而且将面临许多深层次的挑战。

（一）高期望值的挑战

中华人民共和国幅员辽阔、历史悠久、人口众多，是一个快速发展中的社会主义国家。首次在这样一个让世界惊叹的国家举办令世人瞩目的奥运会，自然会引起包括中国在内的整个世界的极大兴趣和特别关注，世界对北京奥运会的成功举办寄予了极高期望。

世界范围内的不同评价主体对北京奥运会的高期望值，不仅加大了举办成功奥运的困难程度，重要的是在不同评价主体的期望值之间不可避免地存在着冲突。中国北京需要正确认识和妥善应对不同评价主体对北京奥运会的高期望值，尤其要注意处理好不同评价主体之间在北京奥运期望值上的各种矛盾，做到精心研究、精心筹划、精心运作，精益求精地做好举办奥运会的各方面工作。

（二）赛事难度的挑战

北京奥运会将是奥运史上规模最大的一届奥运会。超大规模的奥运赛会，将给资源紧缺的北京带来巨大压力。

奥运赛会的竞赛项目设置不仅数量多而且相当复杂。北京奥运会将展开 302 个小项的激烈角逐。残奥会的竞赛高达 400 多个小项。如此众多复杂的竞赛项目在有限的奥运赛会期内同时举行，对竞赛组织工作提出了极高要求。

2008 年，各国际体育组织的官员与 200 多个国家和地区的运动员及赛事相关人员将同时云集北京，无疑是一次影响巨大的国际体育盛会。这样世界范围的不同民族、不同文化、不同语言、不同信仰、不同追求之间的体育交流，要求举办城市具有极强的国际体育事务的组织能力。

奥运会凝聚了世界上最出色的体育项目和最优秀的运动员，因而要求最优秀的竞赛管理和最出色的竞赛服务。否则，影响的不仅是一届奥运会的成功与否，重要的是整个奥林匹克运动的长远发展。显然，如何驾驭如此高水平、高要求、大规模、泛国际的超级体育赛事，将是对中国北京的极大挑战。

（三）欠缺经验的挑战

奥运会的举办具有不可重复性的特点，只能一举成功，这无疑是对中国北京的巨大考验。首先，中国北京是第一次举办奥运会，尚无可资借鉴的承办经验。其次，奥运会源于欧洲，其主体是西方文化，中国文化与西方文化的差异将自觉不自觉地影响到对奥林匹克的理解和对奥运会的运作。再者，中国是发展中的社会主义国家，举办奥运会采取的是"举国体制"，如何举办一届成功的奥运会没有可以搬用的现存模式。因此，成功举办北京奥运会必须从中国国情出发，去学习借鉴，去开拓创新。

三、奥运赛会的核心内涵

基于对"成功奥运"的多元性评价问题和北京奥运的深层次挑战问题的分析，进而就奥运赛会的核心内涵提出几点基本认识。

（一）奥运会的核心内容是运动竞赛活动

奥林匹克运动的事实证明，奥运会将给举办城市及国家带来巨大的发展机遇。正因如此，许多国家和城市趋之若鹜、锲而不舍地争办奥运会。获得奥运举办权的城市及国家，无不最大限度地抢抓奥运机遇来展示和发展自己。

从奥运举办城市及国家的立场出发，努力把"奥运蛋糕"做大，并尽力打造奥运会的经济效益和社会效益，无疑是应该的，这正是奥运会兴旺发达的动力所在。问题的关键在于，在努力做大"奥运蛋糕"的时候，不可忽视奥运会的本质所在；在尽力打造奥运会经济效益和社会效益的时候，必须清楚奥运会经济效益和社会效益的基点所在。

归根结底，奥运会是以运动竞赛为核心内容的国际体育赛会。这是奥运会不以人们意志为转移的本质属性。如果奥运会失去了这一本质属性，其结果必然是奥运会要么走向衰亡，要么被其他社会现象所融合。

（二）奥运会的核心价值是运动竞赛质量

奥运会的核心内容是运动竞赛活动，奥运会呈献给世界的核心产品是竞赛产品，即运动竞赛的过程和结果。

奥运会竞赛产品的核心价值是竞赛质量。若没有高质量的竞赛产品，奥运会就不可能吸引全世界的目光，引起全世界的注重，引来全世界的投入，铸就全世界的影响。正是由于奥运会竞赛质量的极端重要性，以国际奥委会为首的各国际体育组织努力将世界上最出色的体育项目和最优秀的运动员凝聚到奥运会，并全力构建奥运会最优秀的竞赛管理和最出色的竞赛服务，以不断提升和有力保障奥运会的竞赛质量。正是因为奥运会具有无与伦比的运动竞赛质量及其所带来的巨大影响和无限商机，所以才出现了奥运会多国争办、众商解囊的壮观景象。当前需要注意的是，在认定奥运巨大影响和瞄准奥运无限商机的时候，必须清楚地认识到奥运竞赛质量是构成巨大影响和无限商机的基石，并在其运作过程中自觉服从和维护奥运竞赛质量。

（三）奥运会的核心角色是参赛的运动员

奥运会的核心产品是竞赛产品，创造奥运竞赛产品的核心主体是参赛的运动员。尤其是奥运竞赛产品的质量，源于运动员的高超技艺、全力投入和无限创造。"没有运动员就没有奥运会"，是奥林匹克运动的重要理念。奥运会的整个竞赛组织工作，必须确立和坚持以运动员为核心的基本原则。

（四）奥运会的核心事务是竞赛组织工作

为保障奥运会的竞赛质量和协调运行，国际奥委会高度重视奥运会的竞赛组织工作，全力打造最优秀的竞赛管理和最出色的竞赛服务。国际奥委会不仅给予举办城市奥组委的竞赛管理部门以特殊的要求、特殊的权力和特殊的指导，而且对每个项目的竞赛活动派出专门技术官员，直接指导和监控其组织竞赛过程。国际奥委会是评价奥运会的举办成功与否最重要、最权威的评价主体，奥运竞赛质量是国际奥委会最为关注的核心指标。毋庸置疑，成功举办奥运会的核心事务是竞赛组织工作，出色的竞赛组织工作是竞赛质量的重要保证。

（五）奥运会的成功举办必须以竞赛为中心

综上所述，奥运会的本质属性是以运动竞赛为核心内容的国际体育赛会，奥运竞赛产品的核心价值是运动竞赛质量，创造奥运竞赛产品的核心角色是参赛运动员，出色的竞赛组织工作是竞赛质量的重要保证。由此可见，实现奥运会的成功举办，必须坚持以竞赛为中心。

必须牢固确立"以竞赛为中心"的奥运承办理念。与此同时，要始终用"以竞赛为中心"的原则，去思考、策划和实施举办奥运会的方方面面工作，要坚持用"以竞赛为中心"的原则，去正确分析和妥善解决奥运会举办过程中各种各样的矛盾与问题。

（项目编号：888ss06020）

国家体育总局运动项目管理中心2008年奥运会参赛目标管理的理论研究

米 靖 张 勇 李慧林 王元丰 杨正华 吴 磊

一、参赛目标管理的实施过程

(一)参赛目标体系的建立

实行参赛目标管理,首先要建立一套以参赛总目标为中心的目标体系,这项工作大多是自上而下,即从体育组织的最高主管部门开始。当然,这个总体的参赛目标的制定也不是凭空杜撰和想象,高层管理人员应首先充分分析和研究参赛的外部环境和内部条件,运用SWOT原则考察组织可供利用的机会和面临的困难以及组织自身的优势和弱点,通过广泛的沟通与交流,对参赛目标内容和达成标准反复商讨、评价、修改,取得统一意见,最终形成组织的参赛总体目标。

(二)参赛目标的执行

体育组织建立了自上而下的参赛目标体系之后,组织中的成员就要紧紧围绕确立的目标、赋予的责任、授予的权力,运用固有的技术和资源,为实现目标寻找最有效的途经。具体的措施包括优化组织结构、下放权力、上级给下级提供服务、对下级工作进行检查和监督、保证上下级之间沟通和交流机制的顺畅等。其中,参赛目标管理最强调领导层权力下放和一线运动队的自我控制,即领导层对运动员、运动队具体训练的组织与实施尽量减少干预和影响,但这并不是说上级主管人员可以撒手不管,他们肩负着指导、协助、进度检查、反馈和提供信息以及创造良好的工作环境等方面的综合管理和过程控制的重要任务。

(三)参赛成果的评价

运动成绩受到多种因素的制约和影响,对于参赛成果的评价不能单纯以运动员或运动队获得的成绩和名次等最终结果表现来进行,还要综合考虑运动训练与参赛过程中运动员的能力、品德、态度以及所付出的实际努力来综合考量。各级目标的完成情况,要按照事先规定的期限以及阶段目标,定期进行检查和评价,以确认阶段成果。参赛成果的具体评价方法一般采用综合评价法,即按参赛目标的实现进度、目标的复杂困难程度、各类人员的工作能力和在实现目标过程中的个体的努力程度等多个要素,对每一项目标进行评定,确定各要素的等级分,修正后得出综合考虑的目标成果值,以此来确定目标成果的等级。

二、雅典奥运会我国运动项目管理中心奥运参赛目标的设立及实施情况

（一）参赛目标的设立

2001 年的 7 月 13 日，北京成功申办奥运会后，国家体育总局就将备战 2008 年奥运会放在了重要的战略位置。经过对雅典前 5 届奥运会成绩，特别是悉尼奥运会成绩的全面分析后，总局对我国将要参加雅典奥运会各重点小项情况进行了分类预测，这种预测其实也是一种目标的制定过程。根据各项目的竞技特点、重点运动员近期成绩和训练水平、主要对手实力等情况，将我国参加雅典奥运会各重点小项分为 A、B、C、D 四种类别（前三类为冲金小项，后一类为冲奖小项）。最后确定了冲金 A 类小项共 19 项，冲金 B 类小项共 16 项，冲金 C 类小项共 26 项，冲奖 D 类共 27 项。在此基础上，根据以上分类预测，中国体育代表团参加雅典奥运会可能在 58 个以上小项夺取奖牌。由于我国在一些小项上具有整体优势，可能在一个小项上获得多枚奖牌。因此，预计中国体育代表团参加雅典奥运会所获奖牌数为 70 枚左右，超过悉尼奥运会获 59 枚奖牌的成绩。

（二）备战组织管理过程

雅典和北京奥运会备战周期，在国家体育总局宏观管理的基础上，各运动项目管理中心紧紧围绕既定的参赛目标，从以下几方面实施了备战参赛的组织管理工作。

1. 成立了新型备战工作机构

各中心成立了项目领导小组及执行小组。项目领导小组由运动项目管理中心领导、省（市、区）体育局领导、训练基地领导、科研专家、总（主）教练等组成，负责本项目备战工作的组织实施；项目领导小组下设本项目或若干项目的执行小组，负责本项目备战工作的具体执行。这些项目的领导小组可以整合和调动更多的资源，及时了解和把握整个备战过程，更加集中精力地做好备战的各项工作。

2. 出台多项制度、规章、条例和规定

为了保证参赛目标的顺利实现，各中心也出台多项制度、规章、规定等来约束和规范备战管理过程，这些条例、计划、办法等管理制度的出台更进一步明确了项目管理中心各部门的职责和权力，提高了备战工作的针对性和有效性，调动了中心各类人员共同参与备战奥运会工作的积极性和主动性，为最终实现参赛任务和目标提供了坚实的制度保障。

3. 做好备战的服务保障工作

备战奥运会是一项系统工程，涉及方方面面，需要中心各部门密切配合，同心协力。本着为一线服务的原则，各中心全力解决各运动队在备战期间遇到的问题和困难，把最大的空间和余地留给一线运动队，力争服务到位。这种为备战服务的意识逐步加强，各项服务工作也相应地展开，并取得了一定的效果。但从执行情况来看，这种服务和保障还远未达到最优的效果，主要表现在：首先，中心领导与运动队沟通、交流次数偏少。其次，欺上瞒下的情况时有发生。第三，领导下队的负效应。最后，全面服务的消极影响。

4. 定期检查参赛目标的执行情况

为了检查和监督参赛目标执行过程中的成果及出现的问题，各中心领导定期下队进行检查和落实，并形成了制度，但是，从备战雅典和北京奥运的实践过程中，检查和监督的有效性和针对性还有待进一步加强，主要问题反映在奥运备战的监督、检查工作还存在频率低，随意性较大，检查目的不明确，"走马观花"等问题。究其原因，一是领导日常事务性工作繁重，队伍分散；二是下队时机往往以领导的时间确定，随意性较大，有时队伍正在调整或休息，领导来检查，不得不重新修改训练计划，影响训练的系统性和连贯性；三是后续制度缺位，尽管天天喊"眼睛向下看，围着项目转"，但没有后续的制度保证，很难形成真正意义上的检查指导；四是领导下队时间短，多数领导下队检查，多则几天，少则半天，根本发现不了问题。

（三）参赛目标的完成情况及其成果评估

雅典比赛后，总局依据有关规定对取得优异成绩的省市、中心、相关单位以及运动员、教练员、科研人员等进行了表彰和奖励，各中心也根据自己的情况对运动队伍"论功行赏"，但力度与总局相比相对较小。

但是，通过以上的资料，结合专家访谈的意见，我们发现，对雅典及以往奥运成绩的评价存在以下的误区。

1. 重成绩轻思想

竞技体育是以体育竞赛为主要特征，以创造优异运动成绩、夺取比赛优胜为主要目标的社会体育活动。激烈的竞争性是竞技运动区别于其他体育运动的最本质的特点之一。竞技运动的参加者总是力求最大限度地发挥自己的潜能去战胜对手。因此，在对奥运会参赛成果进行考评时，很容易将运动成绩和名次作为主要的考评内容，并以此来决定一名运动员、教练员或管理人员的工作业绩和成果。

2. 重评价轻反馈

奥运参赛成果考评是对目标实现情况和备战人员的工作状况进行的全面衡量和评价，它不仅能反映整个组织目标实现的情况，而且还能发现运动员、教练员以及管理人员在整个目标实施过程中的长处与不足。然而，在以往参赛成果的考评过程中，我们却常常只看重考评的内容和结果，并以此为依据进行奖惩，奖惩完成后考评结果也就束之高阁，而忽视对这些结果致因的分析和研究，造成成果考评发展功能的缺失。

3. 重结果轻过程

由于运动竞赛的残酷性和比赛结果的不确定性决定了只对奥运比赛结果进行考评不能真实、全面地反映整个目标实施过程的科学性、合理性以及运动员、教练员、管理人员所付出的努力。

4. 重奖励轻惩戒

奖励和惩戒是考评的必要环节和步骤，没有奖惩也就失去了考评的意义。然而，体育运动本身就有很多偶然性，它并不是一个纯主观行为，它也不同于政府的诸项工作，你努力了，就完成了，你不努力就完不成或完成不好。因此，以往我们在对运动员、教练员以及管理人员奥运会后的考评中，往往是奖励多，而真正惩戒的少。但竞技体育也是一场没有硝烟的战争，必须有人来为失败承担责任。责任明确以后，必须对责任人进行必要的惩戒，以此严格规范、警示后人。

三、结　论

（一）参赛目标管理，是指在特定的时间内，体育组织管理人员、教练员、运动员共同设立参赛目标，并围绕参赛目标，综合运用行为科学等理论，经过组织内全体人员共同合作完成参赛目标的一种管理制度和方法。参赛目标管理的过程分为目标体系的构建、参赛目标的实施和参赛成果的考评三个阶段。

（二）奥运会的参赛目标体系由总体目标、项目中心目标和项目目标三个层次组成。构建奥运参赛目标体系应采取双向沟通式的目标设立程序为宜，该程序包括总体目标的制定和总体目标的细化和分解两个步骤。

（三）制定运动项目管理中心奥运参赛总体目标的依据主要包括党和国家的重视程度、国家体育的长远规划及发展战略、主办国优势、主要对手国的竞技实力、自身的实力、国际舆论及国民的期望值等。

（四）奥运参赛目标执行的重要举措包括：优化组织机构，加强双向沟通；明确职责权力，实施适当授权；增强服务意识，提供全面保障；强化自我管理，激发下属潜力和加大监督、检查力度，提高目标执行的有效性等。

（五）奥运成果考评包括自我评价、上级领导考评和专家考评三个步骤，并以运动成绩、工作能力和工作态度为基本内容。

四、建　议

（一）有关目标管理的应用研究在体育领域还处于起步阶段，需要体育理论研究者加强这一领域的相关研究，为我国的奥运实践提供理论支持。

（二）我们在奥运参赛目标制定及目标管理实践的过程中存在的经验主义、行政色彩浓厚等现实问题，建议总局各项目管理中心会同相关专家充分借鉴目标管理的理论成果，并结合奥运备战参赛的具体实践，进一步细化参赛目标管理的一些具体操作方法。对于奥运参赛目标的设立应建立相应的组织、制度、措施的保障体系，提高目标制定的科学性和合理性。

（项目编号：998ss06130）

2008 北京奥运会互联网传播研究

王晓东　蔡　莉　张才超　沙红兵　霍　炎　马　莉　姜晓红

姚　琼　李国兴　石艳波　陈永根　田学礼　刘良辉　王公法

一、奥运会电视转播发展的四个时期

萌芽时期（1932—1956 年），电视转播基本上是采用闭路电视或者电影摄影的方式进行，尚未实现对奥运会进行现场直播，节目播出量小，覆盖范围狭窄，观众数量很有限。

缓慢发展时期（1956—1964 年），电视与奥运会的结合日趋紧密，电视转播已经实现了现场直播和跨洲实况转播，节目播出时间、覆盖范围以及观众数量都有大幅度的增长。但通讯卫星还未应用于奥运会转播中，奥运会电视转播仅达到了区域性的发展规模。

快速发展时期（1964—1984 年），现代化通讯转播技术的全面应用，全球电视转播市场的基本形成。奥运会节目覆盖范围初步实现了全球化，节目播出时间、观众人数也达到了相当高的水平。

全面繁荣时期（1984—），奥运会电视转播已成为世界上最大规模的传播事件，先进的通信传播技术被广泛运用，节目覆盖率空前广泛，节目播出量、观众数量以及收视规模都是空前的。甚至连一向观众较少的冬季奥运会，也由于通讯卫星和电视的介入而得到改观。

二、奥运会电视转播权销售的几个阶段

萌芽阶段（1948—1960 年），组委会对电视转播权的认识还相当模糊，没有一个完整的向电视台推销体育比赛的方案。电视机构甚至不需要得到国际奥委会的许可，就可以免费地享用比赛资源。但最终，国际奥委会确立了其是转播权的唯一拥有者，奥运会的电视转播权不再免费派发。

稳步增长阶段（1960—1984 年），奥运会电视转播权能够茁壮成长，最主要得益于美国三大电视网的竞争。哥伦比亚广播公司（CBS）是奥运会历史上第一个真正的转播权的买主，1958 年 CBS 花了 5 万美元买下了当年冬季奥运会美国转播权。1980 年，NBC 公司为莫斯科奥运会电视转播权支付了 8500 万美元的高价。

快速发展（1984—1996），1984 年洛杉矶奥运会组委会在尤伯罗斯的杰出领导下，开创了商业经营奥运会的先例，其中，电视转播权的销售收入也呈现了几何级数增长，收入竟高达 3.6 亿美元。此后，电视转播权收入成为奥委会探索商业化运作的敲门砖，成为奥委会的主要收入来源，有时竟占其总收入的 95%。

全面繁荣时期（1992—），自 1992 年起，国际奥委会取消了组委会在谈判电视转播权问题上的部分权力，使奥运会承办权和销售电视转播权分离，国际奥委会在电视转播

权的销售谈判和收入分配中逐步掌握了更大的自主权力。2000 年悉尼奥运会上升到了 13.18 亿美元，占悉尼奥运会总收入的 51%。2004 年雅典奥运会电视转播收益达 14.82 亿美元，北京奥运会电视转播权已卖出了 16.97 亿美元。

三、我国奥运会电视转播的四个阶段

（一）起步阶段（1980—1988 年）

1980 年，中国派出 28 名运动员首次参加了在美国普莱西德湖举行的第 13 届冬奥会。中央电视台派 4 个人采访，使用 16 毫米摄影机，回国后再编辑成专题播出。1988 年汉城奥运会，中央电视台再度与 TVB 合作，此时 ENG 组增加到 3 个，成员 18 个人，形成了以中国运动员为主的新闻、专题、转播的报道模式，节目在汉城制作，经卫星传回北京播出。报道量 100 多个小时。

（二）逐步成熟阶段（1992—1996 年）

亚特兰大奥运会央电视报道首次全天 24 小时播出，播出总量 598 个小时，其中直播 502 小时，实况录像 96 小时，中央电视台的播出时间居世界第一。第一次在奥运会上建立自己的独立编播系统，使节目质量比以往历届都高出许多，这标志着中国奥运会电视报道已基本成熟。

（三）创新发展阶段（2000- ）

中央电视台雅典奥运报道参与者达到了历史最高水平 610 人，设立了奥运频道——即原来的体育频道，每天 24 小时播出奥运节目；此外，在 CCTV-1、CCTV-2、CCTV-4、CCTV-9 以及两个付费频道，定时播报奥运新闻、奥运专题和实况转播等。这样，中央电视台在 5 个频道中共播出 1400 小时，是悉尼奥运会的一倍，在中国有望夺金的 7 个强势项目赛场设立了单边注入点，在 7 个强势项目场馆和奥运会主会场还租用了现场评论席。中央电视台通过艰苦的努力，成功地完成了 3 个项目奥运会公共信号的制作和转播，标志着中国在这几个项目的转播水平已排在世界前列。中央电视台采用的远程节目网络制作系统在远程节目资源共享、远程节目网络化制作、实现全流程的非线性等方面实现了多项世界第一，达到了较高的水平，体现了新一代电视转播系统的主要特点和工作模式，实现了大型体育赛事转播理念的创新。

四、我国观众对奥运会体育节目收视特征

奥运会期间体育节目收视率大幅上扬；我国选手的比赛成绩对节目收视率具有决定性影响；观众对项目的喜爱度和明星的号召力是拉升节目收视率的重要因素；节目播出时间影响节目的收视率，黄金时间播出的节目收视率领先；综合收视份额和收视率两项指标能够反映出观众对节目的关注度；奥运赛事观众结构发生变化，奥运赛事观赏呈现"全民性"特征；中央电视台在奥运赛事收视上领先，但奥运收费频道收视情况不理想。

五、釜山亚运会集锦类项目收视与雅典奥运会直播类项目收视领先

釜山亚运会集锦类项目收视领先，雅典奥运会直播类项目收视领先。原因在于亚运

会我国选手夺金点众多，亚运会金牌含金量也比不上奥运会金牌，电视观众不可能全都坐在电视机前收看，因此每天的集锦、快讯类节目成为收视焦点。奥运金牌得之不易，因而通过直播节目目睹中国选手夺取奥运金牌成为我国观众的首选。

六、世界杯收视规模与奥运会收视规模

世界杯收视规模要要稍高于奥运会收视规模，但奥运会收视分布范围要广于世界杯。奥运会得到了全世界人民的普遍关注，而世界杯在世界各地的收视并不均衡，在美国、澳大利亚、新西兰等国家收视状况平平。世界杯和奥运会电视转播权价格相近，但奥运会电视转播权却是购销两旺，而购买世界杯转播权的公司处境艰难，缺少美国市场的支撑是世界杯电视转播权销售困难的根本原因。日韩世界杯节目的收视率要高于雅典奥运会节目，原因可能与时差影响程度不同有关。观众观看奥运会赛事较少体现出国际主义，观看世界杯则不仅关心中国队的比赛，世界强队及亚洲球队也得到了强烈的关注。和世界杯收视相比，奥运会收视的"全民性"特征更为明显。

七、美国体育赛事互联网传播市场发展

美国体育赛事互联网传播市场发展已比较成熟，四大职业联赛均建立自己的网站，和各大媒体公司合作开展了多样化的网络赛事传播。NBA 是首个为海外球迷提供特定语言网站的职业运动联盟，建设了包括中文网站在内的 5 个国际官方网站，并在我国实现了宽频赛事直播。NFL 也开通了中文官方网站，但尚未对海外授权赛事直播。MLB 和 NHL 网络传播步伐相对较慢。美国体育赛事网络传播体现了赛事传播的主体化、传播范围的国际化、传播内容的多样化、传播方式的交互化及跨媒体的合作频繁等特征。

八、互联网对比赛直播的介入对传统转播媒介的影响

互联网对比赛直播的介入无疑将削弱传统转播媒介，而互联网带来的转播增长能否弥补传统的收益损失还很难说。此外，互联网增加了对转播版权的保护难度。因此，之前几届世界杯，国际足联都没有把赛事转播权给网络媒体，网络赛事转播被严格限定在世界杯官方网站内，且执行了严格的会员制，覆盖范围很狭窄。但随着新媒体市场的迅速发展，国际足联 2006 年首次在全球发放了德国世界杯比赛视频的新媒体授权。尽管内容仅为每场球赛的 4 分钟精彩集锦，而且这也仅限于极少数付出高额资金获得传播权的网站，但是毕竟让人们看到了希望。从 10 张图片到 4 分钟，也许在下届世界杯网民会在互联网是看到世界杯的现场直播。从世界杯互联网传播的政策环境、技术环境、受众规模以及网民参与度等方面衡量，世界杯网络传播的前景光明，世界杯网络传播时代已经全面来临。

九、互联网的兴起给奥运会的传统转播方式带来的冲击

互联网的开放性使网络图像能够轻易地跨越国界相互传递，这对现行奥运会电视转播权分区域销售的模式提出了挑战。尽管国际奥委会承认互联网在奥运会传播中的作用，但为了保证电视转播商的利益，国际奥委对网络转播一直采取"消极甚至抵制"的态度，使得奥运会网络传播发展十分缓慢。但互联网技术的先进性和高速发展的态势，互联网技术在奥运会传播中的作用越来越大，奥运会网络传播的时代到来已不可阻挡。

搜狐公司正式成为百年奥运史上第一个互联网赞助商，说明国际奥委会对互联网的态度已由"消极甚至抵制"转为"积极欢迎"了，这意味着2008北京奥运会网络传播的政策环境将更加宽松。从我国互联网技术发展状况、我国互联网用户数量及奥运会网络传播的政策环境三个方面衡量，2008北京奥运会实施网络传播的条件十分优越，北京2008奥运会网络传播的前景光明。

十、2008北京奥运会互联网传播发展策略

加强网络基础设施及"数字奥运"工程的建设，扩大北京奥运会互联网传播受众规模；提高互联网转播技术水平，切实解决奥运网络传播覆盖范围难题；突破奥运网络传播中带宽和网速等技术瓶颈问题，为北京奥运会网络转播提供良好的技术支持；奥运会网络视频转播中侵犯版权的现象还比较严重，要高度重视奥运网络传播版权保护的问题，为北京奥运会网络传播提供完善的政策支持。

（项目编号：966ss06098 ）

建国以来全运会新闻报道研究

肖焕禹　陈玉忠　肖鸿波　罗　璇

全运会是国内一项综合性大型体育赛事，对我国体育和社会发展发挥着重要的作用。全运会媒体新闻报道作为历届全运会的一个重要组成部分，对全运会的成功举办和体育的发展起到了巨大的宣传推动作用。另外，随着2008年北京奥运会，我国的体育新闻事业进入了一个飞速发展时期，各种类型的体育新闻媒体也层出不穷。与此同时，体育媒体之间的竞争也进入了一个白热化阶段。体育赛事是时下各种形式媒介传播的重要内容，传统的以报纸为主的平面媒体在竞争中逐渐居于下风，让出了赛事传播市场的主导地位，而发展迅速的电视也面临着新兴媒介网络的巨大挑战。如何在激烈残酷的市场竞争中利于不败之地，更好地进行全运会赛事的报道，提高新闻从业人员职业操守、培养社会责任感以及进一步弘扬体育精神是摆在广大报人面前的一大难题，同时也是一个值得我们研究的重要课题。

一、全运会的报纸报道的研究样本及历史阶段划分

（一）全运会的报纸报道的研究样本

考虑到报纸的代表性、区域性、影响力、发行量及历史延续性等因素，本文选取了三份报纸作为研究主体，包括体育专业报纸一份、含体育板块的全国性日报一份、地方性晚报一份，即《中国体育报》（原名《体育报》）、《人民日报》和上海地区的《新民晚报》。

本文所选取的这三份报纸分别代表着我国的体育专业报、机关党报以及市民晚报的媒体性质，通过对《中国体育报》《人民日报》以及《新民晚报》三家报纸在全运会期间的报道进行研究，不仅可以从纵向的时间发展历程对我国报纸体育新闻报道的发展变化进行研究，更能通过三份不同类型的报纸间的横向比较探索体育新闻报道的多样化发展之路，从中揭示出我国自新中国成立以来报纸体育新闻报道的发展趋势，同时总结我国报纸对全运会体育新闻报道内在蕴涵的发展规律，并试图找出体育新闻发展与社会发展进程之间的相关联系和规律。

考虑到报纸体育新闻报道的时效性特点，闭幕式当天的全运会报道往往是在闭幕式后第二天才能刊发，本论文所研究的样本时间限定在历届全运会的开幕式到闭幕式结束后的第二天。

（二）全运会的报纸报道的历史阶段划分

通过本文的文献综述可以得出，到目前为止，我国学者对于全运会报道的历史阶段划分并无一个统一明确的标准，相关的阶段划分主要集中于对全运会赛事本身来进行分期，即基本上以我国体育事业发展过程中的历史事件结合我国社会史的发展阶段

为划分标准。

本文对全运会报道的阶段划分并不拘泥于过去对于全运会赛事本身的分期标准，而是根据新中国成立国后我国报纸对全运会的报道在不同时期所呈现出的具体报道特点来进行划分。以新中国成立以来各届全运会的社会历史背景及其报道特点为依据，尝试将我国10届全运会报道划分为四个时期：新中国成立初至文革前、文革期间、文革以后至20世纪90年代初、20世纪90年代初至今。根据不同历史时期全运会报道的不同特征，本文将这四个时期命名为探索时期、文革时期、传统报道时期和多元化报道时期。

二、各时期全运会报道的时代背景和特征剖析

从1959年9月13日在北京举行的第1届全国运动会，到2005年10月12日在江苏南京举行的第10届全运会，46年来，全国运动会已经在神州大地上举办了整整10届。如同在中国举办的"奥运会"一样，全运会的声势、规模、持续时间和影响力，对中国体育事业所起的推动作用，是其他国内任何形式的运动会所不能比拟的。全运会为中国竞技体育的发展立下赫赫战功，多年来所取得的成绩有目共睹。

从竞技体育的角度上看，全运赛场中所涌现出的大批优秀运动员不仅为国家竞技体育事业培养了人才，对我国竞技体育的快速发展起到了巨大的促进作用，更为我国竞技体育走向世界，在世界体育舞台上占有一席之地，树立我国的体育形象，完成"奥运争光计划"做出了突出的贡献。

从文化发展的角度上看，全运会是全国体育运动发展的综合性标志，全运会为改善国民体质、丰富社会生活、增强民族凝聚力、振奋民族精神等做出了积极的贡献，在社会主义建设事业中发挥了独特的作用。

随着时代的变迁和社会的发展，几十年来国内政治、经济局势的巨大变化带来了全运会赛事本身的重大变化，而我国全运会的报纸新闻报道的特点也随着时代的变迁和全运会赛事本身的变化而发生着改变。

(一) 探索时期的全运会报道——泛政治化体育报道

时代背景：探索时期的全国运动会报道，就像整个国民经济一样，既充满了新中国成立的民族自豪感，也感受到了社会波动所带来的涟漪，呈现出"波浪型"发展的特点。在度过三年自然灾害这一极端困难时期之后，自1964年起，我国国民经济逐步好转，体育运动发展的规模不断扩大，竞技体育的水平也显著提高，男子跳高在女子之后打破世界纪录，抓举、推举继挺举之后登上举重世界的峰顶，体操男女团跃进世界前六，女子射箭多次在世界比赛中金榜题名，中国乒乓球队更在国际大赛中取得骄人战绩，开创了世界乒乓球历史上空前辉煌的中国时代。

报道概况：从内容上看，主要以对全运会赛事进程、赛果赛况的报道为主，尽管报道时常采用多场比赛、多个队伍综合报道的形式，却显得较为笼统。所报道的东西多属现象而非本质，思想性不够强、感染力不够大，但在当时资讯尚不发达、消息传播较为缓慢的特定历史条件下，有针对性地满足了广大受众通过阅读报纸了解前一天赛事情况的需要。从形式上看，主要以叙述性的消息报道为主。

报道特征：体育报道的"泛政治化"倾向；民心所向的领袖崇拜；扬我国威，振奋人心的体育报道：强调国防体育报道，凸显体育国防价值。

（二）文革时期全运会新闻报道

时代背景：1975—1979 年，中华人民共和国在北京举办了第 3、第 4 届全国运动会，考虑到时代发展的现实后续影响性，尽管第 4 届全运会从时间上不属于"文革"时期，但其报道内容和风格仍然深受当时时代政治风潮的影响，故将其和第 3 届全运会的新闻报道归为同一时期。

报道概况：文化大革命的到来使我国自新中国成立以来呈现出良好发展态势的体育新闻事业遭到了灾难性的打击，在这一时期举办的两届全运会的报道也陷入了低潮，这主要表现为报道数量急剧减少、报道版面严重萎缩、报道的内容和形式也趋于重复单调。

报道特点：以阶级斗争为纲的极"左"路线成为媒体报道的纲领；工农兵体育报道成为报纸宠儿；青少年体育报道反映出体育人才断层。

（三）传统报道时期的全运会新闻报道——传承与变革

时代背景：20 世纪 80 年代是我国报纸体育报道大发展的开始，在全国经济开始大发展的背景下，中国的体育事业也蒸蒸日上，中国体育健儿们在国际赛场取得的一系列成就，有力地推动了 80 年代体育新闻报道的发展。与此同时，文革之后"新闻战线"的拨乱反正，特别是 1983 年全国第 11 届广播电视工作会议的召开以及一系列政策的制定，使我国新闻事业产生了突飞猛进的进步，这也极大地促进了体育新闻事业的发展，体育新闻报道逐渐与政治形成有机、科学的结合，开始树立自己独特的风格，出现了更多地立足于体育本质进行宣传的新特点。随着受众对体育新闻报道需求量的增加，国内许多报社均在这一时期成立了独立的体育新闻部，不少大城市的晚报版面上也开始有了固定的体育版，体育新闻报道开始迈向专业化之路。

报道概况：时代所发生的巨大变化给全运报道带来的影响不仅体现在报道数量的简单增加之上，报道栏目的进一步细化和报道形式的多样发展从总体上呈现出新时期我国体育新闻报道欣欣向上的发展趋势。

报道特点：重视言论，评论性文章日渐丰富；适应需求，报道形式多样化；从受众出发，增加报道可视性。

（四）多元化报道时期的全运会新闻报道——突破与反思

时代背景：十四大之后，我国社会完成了从社会主义计划经济向社会主义市场经济的转型，体育界也出台了"全民健身计划"和"奥运争光计划"两个具有历史和划时代意义的计划，乘着中国的纸业媒介和电子媒介迅猛发展的东风，伴随 1994 年足球职业联赛的启动和新闻改革的深化，我国的体育新闻事业呈现出蓬勃上升的态势，以足球报道为首的各类体育新闻逐渐占据着报纸、电视台的重要版面和主要时段。从改革开放以来，国内大多数中央级报纸都设有体育专栏，全国近 50 家晚报都把体育当成报纸的主要内容之一。我国的体育报纸数量也呈现出跨越式发展的态势。

报道概况：从 20 世纪 90 年代开始，我国全运会的报纸新闻报道无论从内容设置还是版面安排都有了不少的突破和变革。总的来说，这一阶段报纸对全运会报道在前期受到电视的冲击，在后期则有网络报道和电视的双重压力，市场的需求和生存的压力要求全运会的报纸新闻报道必须做出改变和革新，达到报道内容的深化和报道形式的转变。

报道特点：以赛事为中心突出明星；全运会负面新闻渐成报道焦点；报纸体育新闻策划方兴未艾；体育报道人文关怀备受重视。

三、我国报纸 10 届全运会报道的演变

（一）全运会报道演变的历史必然性

自 1959 年第 1 届全运会在北京举办以来，长达半个多世纪的全运赛事报道伴随着社会历史的变迁不断地进行演变。体育新闻作为一种社会现象，并不是孤立存在的，而是我国整个社会活动系统中有机组成的一个部分。实践证明，在 10 届全运会报道的发展演变过程中，社会的安宁、政局的稳定、经济的振兴、报业改革的发展，特别是新中国体育事业的迅猛发展在起着至关重要的作用。

（二）全运会报道演变的发展规律

由宣传到传播——报道角色发生转变：第一阶段，全运报道服从于政治宣传；第二阶段，宣传功能的弱化和信息传播功能的增强；第三阶段，体育传播功能的本色回归。

由简单到复杂——报道体裁逐渐丰富。

由单一到组合——报道方式日趋多样化。

由配角到主角——体育报道进入读图时代。

四、现阶段全运会的报纸新闻报道存在的主要问题

2005 年的江苏第 10 届全国运动会已经顺利落下帷幕，纵观这届全运会我国报纸的新闻报道，可以说是总体良好，但问题不少。大部分媒体的报道都较为客观、真实、准确，能够带给受众满意的赛事信息。但还有一部分的报道存在着不少问题症状，需要广大的新闻工作者在未来的工作中予以重视，并加以解决。

（一）媒体炒作之风开始蔓延

近些年来，随着商品经济意识的深入人心和报业市场竞争的加剧，任何一家报纸想要在当今的媒体生态环境中获得生存和发展的空间，赢得更多的受众，都显得越发不容易，特别是像全运会这样的国内大型运动会，全国各地的媒体都虎视眈眈。面临着巨大的生存压力，为了赢得受众的青睐和市场份额，一些媒体的报道开始"剑走偏锋"，试图用一些非常规的方法来赢得这场残酷新闻大战的胜利，对赛事热点新闻进行炒作便是他们的拿手好戏。

（二）媒体审判代替客观报道

媒体审判原指电视、报纸等媒体对司法机关正在办理，但尚未定论的民事或者刑事等案件的事实和性质，抢先作出大量的带倾向性观点的报道，从而对司法机关客观公正依法处理案件产生不良影响的媒体行为。

本文借用这一专业名词，用来指代全运报道中出现的一些媒体行为。具体来说，全运报道上的"媒体审判"，是指媒体对于未有定论的比赛事实和结果，作出的具有带记

者主观倾向性的报道，从而对读者客观判断体育事件产生不良影响的媒体行为。这种带有记者主观倾向性的报道，不单是违背了新闻真实性这一新闻的首要原则，失去了新闻报道的客观性，还会对读者的价值观和对赛事情况的判断产生一定的负面影响。

（三）同质化现象较为普遍

在执行新闻报道的过程中，有些报纸因为其从业人员报道能力的限制和选题上的局限性，造成了处理报道方式和手段的雷同，从而导致了报道内容和形式上的同质化。当前报业尤其是在体育报纸的竞争中，"同质化"现象已成为一种无可奈何的常态。为了争读者、争发行、争广告，传媒使尽了全身解数，往往将"人无我有，人有我强"奉为办报圭臬。

目前在全运会赛事的报道中，同质化现象较为普遍，包括报道对象的同质化和版式处理版面安排的同质化。

五、全运会的报纸新闻报道未来的发展方向

（一）全运会的报纸新闻报道将面临全面竞争，电视、网络将给报纸带来巨大冲击

随着信息时代的到来和市场经济的繁荣发展，传媒竞争日趋激烈，传统媒体正被网络、主流媒体团团围攻，庞大的报业王国早已经不住新势力的啃噬。我国的各大报纸都在削尖脑袋寻找出口。

竞争对于报纸的全运会报道来说，既是挑战，同时也是一场难得的机遇。在近几届的全运会报道上，我们可以看到，我国不少的报纸通过增强报纸现场感、促进媒体之间的联合、提升报道时效性等不同方式，提高自身的市场竞争力，试图在激烈的媒体角力中占据一席之地。可以预见，在未来的全运会乃至奥运会报道之中，电视、广播、网络和报纸之间的竞争会愈演愈烈，能够在全运赛场这个大舞台成为最后的赢家，就看我国报纸媒体们的武艺如何了。

（二）未来全运会的报纸新闻报道应采取的对策

充分利用奥运平台，全面提升全运会报道水平：以北京奥运会的坐标为基准，充分利用东道主的有利条件，积极参与奥运赛事的转播、报道工作，把握这一历史契机，积极主动地向外国同行学习借鉴大型运动会的赛事报道和先进的体育传播理念，力求在做好奥运会赛事报道的基础上，提高我国新闻从业人员的整体素质和报道水平，为今后全国运动会的报道打下坚实的基础。

在舆论监督与媒体自律之间寻求平衡：负有引导社会舆论和教育大众之责的媒介自然必须有自己的声音。同时，要以身作则，时刻谨记自身所担负的媒体责任，严于律己。

加强深度报道和深化读图功能：一是挖掘自身优势，向"深、广、快"方向发展，走深度报道之路，提高报纸的"可读性"；二是借鉴吸取电视网络的传播优势，从"真实性"上做文章，通过报纸中图片的运用，增加报纸的"可视性"。

网络时代的错位竞争与媒介间合作：报纸在与电视、网络媒体公平竞争的同时，也需要不断地需求媒体间合作的机会，寻求双赢的局面。可以预见，在未来的全运会报道

中，报纸媒体的错位竞争策略及其同其他媒体间的合作将进一步展开，未来我国全运会的报纸新闻报道的发展将是机遇与挑战并存。

六、结　论

（一）全运会报道随着时代的变迁而改变

体育新闻报道是一种社会现象，它本身不是孤立存在的，而是整个社会活动系统中的一个组成部分，所以，想要进行体育新闻报道的研究，首先要和当时的社会时代背景联系起来。

（二）改革开放前的全运报道出现"泛政治化"倾向，用舆论宣传代替新闻传播

我国全运会的报纸新闻报道在新中国成立初期至文革时期，体育新闻报道被赋予了高度的政治功能，总体上呈现出"体育报道突出政治核心"这一特征，一切为政治服务，特殊时期的一些政治活动甚至取代全运会比赛成为体育报纸报道的主角，体育报道中充斥的是不断的政治斗争。

同时在报道中还过分强调体育新闻的舆论宣传功能，通过新闻消息倡导"友谊第一，比赛第二"的精神价值，把爱国主义和体育新闻报道联系起来，是我国新闻报道的一个传统。上个世纪80年代初，中国女排夺取世界冠军，我国主流媒体的相关报道，就把女排夺冠和爱国主义紧密联系起来，并把女排姑娘们树为全国人民学习的楷模，"团结起来，振兴中华"曾经是鼓舞一代中国青少年奋发向上的口号。但是过多地强调体育之外的政治含义，体育新闻就会变味，失去自身的特色，丧失体育强身健体的本质含义，甚至沦为政治的附庸。

（三）改革开放后的全运报道不能完全满足人们群众多样化需求

从文化大革命结束之后，我国报纸体育新闻媒体开始了再一次的发展过程，经过了不断的改革尝试和发展，在自身探索的基础上逐渐形成了全运会新闻报道的模式与体系，但总体上说呈现出的新闻报道观念与社会发展的不相适应乃至滞后于社会的发展。同时，由于过于注重竞赛成绩而忽视更广泛意义上的社会综合效应也导致了锦标主义等倾向在全运报道中有所蔓延。

而进入20世纪90年代，随着我国社会主义市场经济体育制度的逐步完善，这一时期我国全运新闻报道呈现出了市场化、产业化等特点，激烈的市场竞争之外造就了一大批新兴体育媒体的崛起，全运会体育新闻报道也日趋成熟和多元化。但由于体育媒体市场化所带来的负面效应，我国报纸出现了过分追求经济效益、忽视了新闻报道的社会责任与社会功能而导致全运报道过分炒作和娱乐化等趋势，与人民群众的多样化需求不相适应。

（四）报纸体育媒体未来将面临"与狼共舞"

进入21世纪以来，四川的《21世纪体育报》、重庆的《体育报》、广州的《羊城体育》和沈阳的《球报》相继在残酷的市场竞争中败下阵来，体育报纸的冬天似乎已经提前到来。

面对前有电视媒体现场直播巨大优势的冲击，后有时效性强、反应迅速的网络媒体的挑战，夹缝中生存的报纸体育媒体面临着严峻的挑战。如何在未来的赛事报道中寻找出一条适合自己的发展之路，如何在竞争中凸显出纸质媒体的自身优势，是今后报纸体育媒体不得不思考的问题。未来的全运体育信息传播将会由于媒体的不断进步而完善，优质而有深度的报道将是全运会的报纸新闻报道的发展趋势。

（五）未来的全运会报道必须与社会发展趋势相协调

全运会及其报纸新闻报道的发展历程是社会发展历程的一个缩影和折射，把全运会及其新闻报道放在特定的社会背景下思考有助于我们探索和总结全运会及其新闻报道与社会政治经济文化环境间的必然联系，从而得出规律性的认识。

在对我国全运会新闻报道的发展历程进行纵向分析概况的基础上，结合当前及今后我国社会发展的状况和趋势，提出我国全运会新闻报道应该与社会发展趋势相协调，贯彻"以人为本"的理念，以持续协调科学发展观指导体育新闻报道，倡导通过人的协调发展，为建立更加和谐的社会做出贡献。

（项目编号：981ss06113）

大型体育赛事的公共安全体系构建

孙麒麟　张建新　毛丽娟　顾圣益
王晓骏　陈　燕　王　朋　尹　梅

一、大型体育赛事公共安全的研究现状

对于大型体育赛事的公共安全问题，国内外已经有一些学者从各自的专业角度进行了研究，并提出了独到的见解，并且这些研究成果对于确保体育赛事安全、顺利地进行有着重要的指导意义。国外的有关专家对这一问题研究比较微观，通常选择某一个方面或某一个层面来展开研究。如 ORTA（Olympic Roads and Transport Authority）的研究主要集中在奥运会举办期间的交通通畅与安全方面。他们很少把大型体育赛事的举办作为一个整体来进行研究和探讨，也很少对大型体育赛事公共安全的潜在危险因素作详细的分析。国内对于大型体育赛事公共安全的研究是近些年才开始的，特别是北京 2008 奥运会申办成功以后，奥运会安全保卫问题成为学术研究一个新的热点。如：李克《"安全奥运"的法律保障》；吕实珉《奥运安保与公共安全危机管理》；王孝东《北京奥运安全科技发展的思考》；马敏跃《从雅典奥运会看北京奥运会的安保》；王新建《澳大利亚悉尼奥运会安保工作探讨》；金磊《2008 年北京奥运场馆安全防灾规划设计问题研究——兼议开展公众"奥运安全文化"普及教育的建议》。这些研究主要集中在奥运会的公共安全方面，且大多是从本专业作为出发点进行研究，也没有对奥运会举办过程中可能存在和发生危险的因素进行完整、全面的分析。

二、大型体育赛事公共安全研究的必要性和可行性

在今天，世界各地每天都会有各种形式和规模的体育赛事在进行，而如何筹办体育赛事，并确保赛事安全是所有体育赛事组织者最关心的问题。特别是安全问题，是令体育赛事组织者以及参赛运动员最为头疼的问题之一。保证公共安全是创造安全祥和的社会环境的前提，是构建和谐社会的内在需求，也是政府和百姓十分关注的社会问题。随着现代奥林匹克文化的复兴及其在世界范围内的快速传播，使得体育文化成为世界文化中最普遍且最为活跃的文化形态，而那些规模宏大、受关注度高、影响力大的体育赛事，也成了诸多别有用心的恐怖势力、邪教组织或反社会力量实施罪恶、制造影响的最佳舞台。

虽然各种体育赛事的组织者为体育赛事的安全顺利举办投入了大量的人力和物力，但是事实上，众多大型体育赛事举办期间，还是发生过各种各样的安全事故。1972 年慕尼黑奥运会劫持人质案、1996 年亚特兰大奥运会爆炸案、2002 年冠军杯赛前连环爆炸案、欧洲"足球流氓"的暴力事件、2004 年奥运会开幕前期雅典的突然大面积停电等，不仅令体育赛事组织者忧心忡忡，也令参赛运动员、观众、记者为自身安全感到担忧，这也令大型体育赛事的公共安全问题变得更为敏感与重要。研究大型体育赛事的公

共安全问题，不只是为了发掘举办大型体育赛事所潜在的不安全因素，在实际操作层面为赛事组织者提供建议构建，更为重要的是构建一个具有可操作性的大型体育赛事公共安全体系范式。

三、影响大型体育赛事公共安全的各种因素分析

（一）自然灾害因素

自然灾害是由于自然原因而发生的对人类的生命、财产及其赖以生存的资源和环境造成威胁和损害的事件。根据不同的分类标准，自然灾害也可以分成不同的类型。按灾害形成发展过程的长短可分为突发性和缓发型；按因果关系可分为原生灾害、次生灾害和复合灾害；按灾害成因可分为气象灾害、海洋灾害、地质灾害、生物灾害、宇宙灾害。

中国是一个自然灾害频繁的国家，每年受灾人口高达3亿~4亿人（次），因灾造成的直接经济损失逐年增加，其中20世纪90年代每年均超过了1000亿元，近几年每年都在2000亿元上下，1998年则超过3000亿元。同样，自然灾害也可能对大型体育赛事的公共安全造成危害。如水灾、火灾、暴雨等自然灾害，可能给体育场地、设施、器材等造成的破坏，给体育竞赛活动等造成的中断、延误、取消。特别是那些具有挑战极限意义的运动项目来说，突如其来的自然灾害更会给赛事的组织和参与者带来难以预测的危害。

（二）事故灾难因素

对于大型体育赛事组织者来说，交通事故、消防事故、化学品泄漏、拥挤踩踏、建筑物坍塌、环境污染等都有可能对赛事的公共安全造成影响。如震惊世界的1958年慕尼黑空难，1946年英国波尔顿体育场挤踩踏事件，1992年科西嘉的巴斯蒂娜体育馆发生看台坍塌事故。可以说，事故灾难不仅会造成大型体育赛事的参赛运动员、观众和赛事组织者的伤害、甚至死亡，还会给体育竞赛活动带来中断、延误、取消等问题。

（三）公共卫生事件因素

依据我国《国家突发公共事件总体应急预案》的解释，公共卫生事件主要包括传染病疫情、群体性不明原因疾病、食品安全和职业危害、动物疫情，以及其他严重影响公众健康和生命安全的事件。公共卫生事件对于大型体育赛事的公共安全管理来说至关重要。如，由于卫生条件差，除了南非等少数几个国家之外，非洲其他国家基本上都未能举办过国际大型体育赛事；2003年的"非典"，使本应在中国举行的女足世界杯异地到美国举办。可以说，良好公共卫生体系是保证体育赛事顺利举办的重要保障措施之一，不仅可以保障赛事期间重大疾病的发生和传播，也能及时有效地处理紧急意外事故。一旦赛事举办期间发生紧急事故，则赛事举办地应能及时有效地应对和处理灾难，使大赛不因事故的发生而被长时间中断或取消。

（四）社会安全事件因素

社会安全事故是人为因素造成的，侧重于故（恶）意所为。就我国而言，社会安全

事件具体可以包括恐怖主义事件、群体性事件、重大治安事件、重大刑事犯罪、动乱与暴乱事件、严重的骚乱事件、经济安全事件、信息安全事件、涉外突发事件等，这些事件也均可能对大型体育赛事期间的公共安全形成威胁。造成恐怖袭击对体育赛事形成威胁的现象是由多种因素引发的，社会的多元化导致的政治、经济和文化发展不平衡；区域、民族和宗教信仰的冲突客观存在；社会分配和再分配领域的不公平现象和就业问题的调控失衡均有可能诱发一定范围的社会危机，以致于演变成刑事犯罪和恐怖袭击等。

四、我国大型体育赛事公共安全体系的构建

（一）我国大型体育赛事公共安全面临的问题

在北京成功举办 1990 年亚运会且成功申办 2008 年奥运会后，国人对体育的认识上升到了一个前所未有的高度。成功举办奥运会能对中国带来何种荣誉和效益，也成为公众和体育学者关心的热门话题。2003 年 "SARS" 在肆虐华夏大陆时，国际足联基于种种考虑，取消了中国 2003 年女足世界杯的举办权，给中国方面造成的直接损失就高达 1 亿元人民币，至于尚无法统计上来的隐性损失则更加难以估量。虽然我们没有出现类似英国的 "黑五月" 足球惨案，也没有发生类似 "1972 慕尼黑奥运会劫持人质案" 骇人听闻的悲剧，但 "中国足坛暴力排行" "5.19 球迷事件" 等，时刻在提醒我们，中国的大型体育赛事还存在着公共安全隐患，我们应冷静思考我国大型体育赛事公共安全所面临的问题。

1. 现行公共安全应急法制不健全

在 2003 年之前，我国颁布了一些与体育赛事及公共安全相关的如《国家安全法》《集会游行示威法》《传染病防治法》《防震减灾法》等法律法规，只是这些法律法规在突如其来的 "SARS" 面前却显得 "软弱无力"。"SARS" 疫情结束后，国家痛定思变，颁布了一系列的法律法规，如《突发公共卫生事件应急条例》《军队参加抢险救灾条例》《营业性演出管理条例》等，也出台了《国家突发公共事件总体应急预案》《北京奥运会及其筹备期间外国记者在华采访规定》等与体育赛事息息相关的应急预案和行政法规，完成了《奥运安保初步战略计划》《奥运会安全风险评估工作计划》等计划纲要，可是与大型体育赛事关联最大的《大型体育赛事及群众体育活动突发公共事件应急预案》和《公共文化场所和文化活动突发事件应急预案》却迟迟未出台。虽然在现有的法律和政府指令的要求下，我国目前的应急预案体系初步建立，且《国家突发公共事件总体应急预案》给予了大型体育赛事的公共安全一定的法律保障，但是缺乏一个专门的预案，再加上行业条块分割，共存的多个应急预案之间没有实现有机整合，从而使得其作用不能得到有效发挥，也不利于大赛组委会快速有效地依法保证赛事期间的公共安全。

2. 安全意识淡薄

人们都承认突发公共安全事件的危害性，但是由于这类事件发生几率小，而在大型体育赛事期间的几率就更小，因而国人并未真正形成危机意识，多数人公共安全意识和自我保护意识还不够强。再加上国人的忌讳心理，许多人对政府部门或单位编发的应对突发公共安全事件类的书籍束之高阁，造成安全防范和紧急避险常识缺乏，自救能力差。"2004 年发生在俄罗斯的地铁事件中，司机和乘客听从指挥，忙而不乱，处置紧

张有序，反映出政府和公民具有较高的公共安全素质和应急指挥处置水平。对照2003年以来发生在我国的重大伤亡事故、特大火灾事件中，遇难群众多为妇女、老人和儿童的情况，反映出城市在安全教育、救援训练和应急处置等方面存在薄弱环节"。目前，北京奥组委在《北京奥运会志愿者培训教材》中编制了"安全风险防范知识"内容，有助于大赛参与者安全意识的提高，但这显然不够。"安全风险防范知识"的培训还应面向所有大赛工作者，更应走进居民社区。

3. 经济和社会转型带来的风险

德国的社会学家乌尔里希·贝克早在20世纪80年代就提出"风险社会"理论，20世纪后期英国著名社会学家吉登斯又发展了贝克和卢蔓的风险社会理论。在全球化的过程中，造成风险无处不在，人们也将无法避免。国际经验表明，一个国家人均GDP达到1000美元，其经济社会结构将发生深刻变化。在经济和社会的转型中，公共安全特别是城市安全将面临着十分严峻的挑战。"一个国家和地区的人均GDP处于1000~3000美元的发展阶段时，恰好进入'非稳定状态'的危机频发期。目前我国的人均GDP突破1000美元，北京以及不少大城市人均GDP已经达到或超过3000美元，这标志着北京和这些大城市进入快速建设期和发展期，同时迈入了'非稳定状态'的危机频发期。中国城市问题专家提出，'十一五'时期，中国将进入一个'突发事件高发期'，尤以城市安全问题最为突出"。当前，我国每年因安全事故、自然灾害以及社会治安等公共安全问题造成的GDP损失高达6%，并有约20万人被夺去生命。在这一社会大环境影响下，大型体育赛事的公共安全也将面临严峻考验。

4. 公共安全信息管理系统有待完善

我国突发公共事件的应急系统一般是由不同的行政级别和不同的业务体系的功能单位协作构成的功能系统，从管理学角度上来讲，这种多层次、多业务体系的功能整体，需要有一个高效、透明、畅通的信息交流系统的支持。大赛组委会应建立一个统一的、权威的信息平台，在危机发生的第一时间，利用一切渠道对外公布一致的、可靠的公共安全信息，对社会公众进行有效的舆论引导，以便有助于人们作出快速反应。

（二）悉尼和雅典奥运会成功经验和特点

1. 政府重视

2000年悉尼奥运会的安保工作由新南威尔士警察部队承担，他们在1995年5月开始着手奥运会的安保准备工作，并设立了一个专门的规划小组。奥运会安保指挥中心成立于1997年2月，其工作高峰时期，拥有300多工作人员，在其指挥之下的安保力量几乎达到1.2万人。为了确保安保工作的顺利开展与协调，悉尼奥运会安保指挥中心成员包括来自下述单位的官员和代表：澳大利亚国防部，澳大利亚安全情报机构，防卫安全协调中心，澳大利亚海关，总理与内阁，澳大利亚联邦警察署，新南威尔士消防、急救部门等。

而希腊政府为了保证来自202个国家的10500名运动员的安全和100万之多的观众的安全，出动了7万名军警及大批的其他安保人员。平均每个运动员就有10个人护卫。配备了数十艘战舰、数架预警机、几十架战机、数十部"爱国者"导弹防御系统、数百人的防生化部队及装有各种感应器的飞艇。在奥运会期间，雅典实行了严格的空中管制，任何未经授权而闯入禁飞区的飞机将会被击落。总理科斯塔斯·卡拉曼利斯也表示他将"亲自"负责奥运会的监督工作。同时，在奥运会前希腊政府加紧反恐怖主义立法，以加大反恐力度。

2. 投入巨资打造，配备精密设备

悉尼警方的安保预算与悉尼奥组委比赛组织者的预算是分开的。1996、1997 年至 2000、2001 年期间，新南威尔士警方奥林匹克安保计划的费用大约是 1.8 亿澳元，折合人民币约十亿元，全部由澳大利亚政府支付。这还不包括大约 5000 名执行奥林匹克具体任务的警官的费用，也不包括参与奥运会安全作业的澳大利亚军方以及其他联邦政府机构人员的费用。而悉尼奥运会这样一次"有史以来最好的奥运会"的安全保卫耗费了 2.24 亿美元。

由于雅典奥运会是 9·11 恐怖袭击事件后的首届夏季奥运会，其安保预算由最初的 6.35 亿欧元一路上涨到 12 亿欧元，在奥运会历史上创下了新高。在陆地上希腊安保人员在奥运场馆周围设立了观察哨，1577 个闭路电视摄像头将所记录下来的图像传递给各个评估中心。为了杜绝核及其他放射性材料的非法运输，希腊安保人员装备了手提的或固定的放射性材料检测仪。此外主要场所的入口处都配备了 260 台 X 光机、520 台可移动金属探侧仪。为了控制特定区域的车辆停放，安保人员还设置了路障。此外，希腊从美国进口了综合电子信息系统—C^4（指挥控制、通信、计算机、情报）系统。该系统本来用于军用整合各个军事系统之间的战斗力，是军事实力的倍增器。此次希腊将综合电子信息系统用于奥运会安保尚属于首创，它能提供实时的影像、声音和数据为相关机构收集、分析、传递信息服务。

3. 划清职责、统一指挥

悉尼奥运会安保指挥中心由许多行动和职能区域组成，其中包括战略指挥、奥林匹克周围与地区行动中心、奥林匹克区域指挥、比赛地点指挥、奥林匹克情报中心、炸弹管理、要人与运动员保卫单位、交通与运输、航空安全、海上安全、住所保卫、各州赛场、州应急工作、国家反恐计划管理、奥林匹克通讯、媒体管理等。悉尼奥运会实行的是古老的"单点"指挥方法，澳大利亚警方称之为"一组列车，一把钥匙"，他们借用这种方法组织悉尼奥运会的指挥、控制和协调（即 C^3 框架）工作。由安保指挥中心对所有奥林匹克安保力量进行了整合，使其归属于新南威尔士警察总监的指挥。高度的集中指挥体系以及"奥林匹克赛区和地区行动中心"的整合为悉尼奥运会的安保工作提供了机构支持和保障。

雅典奥组委专门成立了安全处（The Olympic Games Division, OGSD）。该部门是一个希腊警察特别行动组织，负责奥运筹备和比赛期间所有的安全指挥，并协调和调度各公共秩序和安全部门。组织了一个奥运会安保协调委员会由公共秩序部部长挂帅、10个相关部的部长组成，发挥了较好的统筹、协调功能。

4. 制定了周密详尽的安保预案

悉尼奥运会安保指挥中心对赛事期间的各项安保工作做了周密安排，对于炸弹管理、要人和运动员保护、运输安全、犯罪管理、应急管理、反恐和高危险事件、媒体管理、通讯、后勤、人力资源、财政、票务都做了详细策划和安排。依托澳大利亚以及国际情报机构，成立了专门的奥林匹克情报中心，所有与奥运会有关的情报事务都在那里进行汇总和分析，安保指挥中心提供了重要的信息保障。

多年前，希腊政府就制定了预算以及比较细致的计划来保证奥运会正常进行。他们邀请了澳大利亚、英国、法国、德国、以色列、西班牙和美国等国的反恐专家在反恐怖方面给以指导，以确保安全万无一失。同时充分重视安全情报信息收集，针对各种各样的风险进行全面评估，适时改进安保计划，使雅典奥运会所采取的安保策略、实施方案以及配套的现代化安保设备，都能够为城市安全工作所利用。由于担心"基地"组织可能发动袭击，大规模杀伤性武器专家随时待命，防范化学武器或核武器袭击。严格的安全措施一直实施到残奥会结束。

5. 严密细致的安保实施工作

为了确保奥运会的顺利进行，希腊政府对周密详尽的预案进行了严密细致的落实。采取了提前启动安保措施，采用高科技仪器为雅典奥运会保驾护航，加强内外协作、开展多边安全演习，划分危险等级、加强安全保护，狠抓城市安全畅通工程，加强志愿者的安保培训与义务服务，强化城市卫生安全，以及其他安保措施，使雅典奥运会胜利落下帷幕。

(三) 对我国大型体育赛事公共安全体系构建的建议

1. 加快我国大型体育赛事公共安全的法制建设

我国已经颁布了一些与体育赛事及公共安全相关的法律法规，且给予了大型体育赛事的公共安全一定的法律保障。但与大型体育赛事关联最大的《大型体育赛事及群众体育活动突发公共事件应急预案》和《公共文化场所和文化活动突发事件应急预案》却迟迟未出台，且还存在着有法不依、执法不严、违法不究等现象。因而在今后一段时间内，国家有关部门应尽快建立健全与大型体育赛事公共安全相关的法律法规，特别是要尽快制定出我国统一的突发公共安全事件的应急法、紧急状态法，为大型体育赛事的公共安全提供法律保障。

2. 成立大型体育赛事公共安全指挥中心

大型体育赛事公共安全的保障需要建立许多保障系统，主要是指挥系统，情报收集和预警评估系统，设施、相关场所、重要人员和外围目标安保体系，覆盖全社会的安全防控体系，智能化交通管理体系，完备可靠的消防安全保障体系，警务科技保障系统和处置恐怖暴力活动的快速反应系统等。这些系统要接受赛事公共安全指挥中心的统一指挥，明确各系统的职能与目标，在各自职权范围内使问题得到快速有效的处理，并使重大事件的迅速决策和整个奥运安保资源的有效聚集，保证指挥中心的迅速、强力和高效。

3. 对赛事公共安全进行风险分析、制定适宜的管理方案

必须成立大型体育赛事情报（信息）部门，收集与赛事公共安全的所有材料，经过甄选后汇总，根据赛事的规模等对赛事的公共安全管理风险进行全面评估，制定周密计划，并制定突发公共安全事件的应急预案。要根据赛事的筹办实施改进计划，使方案能够确保赛事期间的公共安全。

4. 确保赛事公共安全工作的人力资源和资金到位

对于赛事公共安全的保障资金要做出预算，并提供详细说明，这一切均要建立在合理的风险标准惯例上。只有在资金保障的前提下，赛事的公共安全工作才能得以顺利开展。同时，为了确保赛事公共安全工作能够有效进行，赛事公共安全指挥中心要建设一支专业管理和安保人员队伍，确保整个人员素质合格、过严格训练，专业的人力资源将

为赛事的公共安全工作带来巨大的好处。

5. 落实三大机制，加强公共安全软硬件条件的建设

确保赛事公共安全工作的预警机制、反馈机制和处理机制的落实。通过建立预警机制及时发现大型体育赛事期间突发公共安全事件端倪，适时发布预警信号，为早期化解和严阵以待奠定基础；通过建立反馈机制将赛事公共安全事件的实际情况及时、有效地往上反馈给指挥中心；通过建立处理机制及时处理好大型体育赛事的公共安全危机。而三大机制的建立需要相应的软硬件条件才能得以奏效，并推动公共安全工作的有效实施。

（项目编号：1000ss06132）

新时期我国体育管理体制与运行机制研究

贾志强 刘海英 杨鹏飞 肖淑红 练碧贞

任何一种体育体制，总在一定历史时期内，从属一定的社会政治、经济体制和文化体制，它的形成、发展、成熟和衰亡都是由社会发展变化和体育发展的客观规律所决定的。新时期我国体育体制的改革和运行机制调整，以及体育规模的不断扩大和运动技术水平的提高，体育体制在运行中，暴露出与社会主义市场经济体制要求不相适应的问题。

一、世界各国政府体育管理体制的分析

通过对世界各国政府体育育管理体制的分析，各国表现出以下一些特征：政府不直接插手体育组织内部事务，对体育控制较松，财政压力小，资源配置效率明显，社会组织办体育的积极性高；在体育体制改革趋势方面表现出体育运行机制进一步完善；政府和社会团体组织有机结合，体现出"小政府""大社会"的特征；国家政府向地方政府及社会体育组织团体分权，依法实现层次管理；自下而上构建组织，再由上而下实施管理。在体育经费投入方面，引进评估机制，规范和引导社会体育组织行为等特征。俄罗斯在新时期体育领域出现的是由国家政府体育行政部门为主导力量的一种新举国体制。

二、目前我国体育管理体制内部存在的问题和矛盾

中国体育管理的权限过于集中、各级组织权责不明、管理制度法规不健全、法制化程度低、资金保障体系不健全社会化程度低。其最大的弱点是体育运动不能顺应经济的发展和社会的变革，以及体育与群众体育不能协调发展。从我国现行体育管理体制的结构看，各系统的纵向结构较为明显，而横向结构紊乱，各系统之间缺乏有效联系。从功能方面看，无论是纵向还是横向，各层次权力分配不突出，职责不明确，因而缺乏有效的管理，使体育管理体制内部存在着巨大的功能内耗。从体育管理体制看，政事不分，管办一体，统得过多，管得过死，从而抑制了社会办体育的积极性，造成资金投入渠道单一，加之条块分割，多头管理，力量分散宏观调控不力。

三、新时期我国政府职能转变的主要动力

新时期我国政府职能转变的主要动力是市场经济的发展。这就需要以逐步凸现市场机制的标准来调整政府职能，进一步明确其"定位"，体育管理体制的转型，即政府的角色转换和职能转换。政府承担起公共服务的职能，将体育管理部门的公共服务职能市场化，实现管理职能的社会化，要向社会进行有序的权力让渡，逐步摆脱过去政府在体育管理中直接的、行政的、参与式管理，适时地转向间接的、以经济手段为主的、法制

式的管理。政府角色和职能的转变并不意味着不要政府的计划调控，相反是在"有进有退""有所为有所不为"的转换中，政府的权威和责任变得更加重大，主导作用才可以得以真正发挥。

四、体育管理方式、方法和手段创新

随着我国行政体制改革的深化以及政府职能的转变，政府管理模式以及行政管理方式、方法和手段都亟待创新。

首先是管理目标的创新。新时期我国体育管理的目标具有环境的规定性、各层次目标之间的矛盾性和阶段的局限性等特征。由于我国体育体制改革具有明显的探索性和过渡性特征，尤其是阶段性目标难以准确描述；在这种系统环境下，我国体育管理目标的制定,也必然会受到我国体育管理体制改革整体发展阶段的局限。因此，我国体育管理目标的创新应遵循以下原则。一是均衡性原则。我国体育管理体制在相当一段时间内，仍会面临不同层次需求同时并存情况，眼前利益与长远利益、局部利益与整体利益、社会效益与经济效益仍然会因利益主体的不同需求而并存，要逐步解决这些存在的矛盾，就要特别注重不同层次需求之间的协调性。二是效能性原则。制定管理目标并达到相应的效果，首先要明确管理过程及其手段应具备的协调和支持能力，体现这一能力的标准是效率和有效性。三是服务性的原则。体育管理的目标是为社会、企业、公众追求和实现自身价值创造良好条件，不是管制，而是服务，更好地满足社会公众的需要。

五、新时期建立我国未来体育管理体制的构想

首先，精简机构，整合资源，加强政府宏观调控。政府职能和角色的转换，应按照"小政府，大社会"的体制模式，进一步精简政府体育行政机构，发挥协会和体育社团作用；借鉴国外体育管理模式、体育系统的垂直管理模式；理顺体育行政部门与事业单位、社会团体和社会中介组织之间的关系，实行国家体育事业所有权、经营权、管理权相分离；进一步明确政府和社会的事权划分，实行政事分开、管办分离，加强政府宏观调控；理顺国家体育总局、中国奥委会和中华全国体育总会的关系，更好发挥作用。

其次，运动项目实行分类管理，建立具有中国特色协会化组织管理体系。运动项目协会管理化将是新时期我国体育管理发展的必然趋势，协会管理的组织体系将不断得到健全和加强，除在国家一级成立各运动项目协会，还要在省、市、地（市），甚至县（市）成立各层次的协会组织。协会组织是各级各类运动训练的直接管理部门。各类符合协会管理体制要求的业余运动训练组织与职业俱乐部将逐渐取代各级各类运动队，运动训练体系将是业余与职业相衔接。政府主要在政策和经济方面进行宏观管理。

第三，建立由国家宏观调控的，各体育组织组成的水平组织结构。未来我国的社会经济体制日益完善，社会将呈现高度现代化，而现代化最突出的表现就是社会高度的分化性。体育管理体制也必然会适应其分化。体育管理组织结构将向垂直分化整合的组织结构转化。以行政指令为特征的体育管理体制将逐渐被符合我国社会主义市场经济的新型体育管理体制所取代。其特征是：按照决策层次的不同对体育管理体制进行垂直分化的同时，在同一层次按照群体类型的不同对成员进行水平分化。其优点即可以减少中间环节、缩短加宽组织结构、减少功能交叉，从而提高管理效率，解决部门功能重叠、管办难分的问题，还可以放大社会组织的参与力度，强化政府的主导地位和社会组织的主

体地位在我国体育管理体制中的作用。

第四，引入市场化机制培养体育后备人才。以市场需求为导向的市场化的培养体制，主要表现为政府对后备人才培养的直接干预不断减少，计划体制的作用在微观领域内越来越弱，市场的自主调节作用越来越强的过程，是人们自觉地、理性地培育后备人才的市场过程。体现为各种后备人才的培养单位、企业、个人根据市场需求，主动收集供求信息，建立供需机制、融资机制、价格机制、竞争机制，进行理性决策，供给具有市场价值的体育人才，从而追求自身利益的最大化。

第五，科教兴国战略的实施、素质教育的全面推行以及中考体育制度的确立为高校体育发展铺垫了基石；知识经济一体化不仅使高校开展体育有其独特优势，而且也缓解了传统体制下存在的各种矛盾，从而更有利于建立与新时期相适应的高校体育人才培养机制。

第六，新时期市场经济体制下我国体育投资体系较传统体制发生了较大的变化。结合型的投资模式已逐渐成为趋势。在市场经济条件下，在强化政府政策导向作用的前提下，通过制定政策实现市场配置下的宏观调控，挖掘体育的经济与社会价值，拓宽资金来源渠道，启动投资的利益机制，不断增大体育资金中的社会资金比重，将国家办与社会办结合起来，完善体育的投资体系。

六、结　论

新时期我国体育管理体制是保证体育总目标实现的组织基础；传统体育管理体制的主要特征是以行政手段对体育事务进行管理，以计划手段对体育资源进行配置，实现国家利益，完成政治目标。随着社会结构变革，经济转轨，社会集团间出现权力和利益的再分配，传统的体育管理体制就表现出与社会环境不相适应的现象。新时期有待进一步理顺全国各类体育组织之间的关系，充分发挥各自的作用，从中央到地方形成层次分明、功能明确、科学有序的新体制。新时期要合理分配政府与社会体育组织的管理权限，实现政事分开、管办分离的职能转换；政府行使宏观管理职能，社会体育组织行使业务管理职能，从而使体育管理的宏观职能和微观职能得到全面加强。政府行为决定了体育体制改革的力度、方向和目标，体制转换的实质是政府职能的转换。政府运行机制与体育体制转型要相适应，就要改革政府的组织机构，建立"小政府、大社会"的模式。

新时期政府要适应市场化形势，精简机构，加强内部协调和资源利用，能够市场化和可以市场化的部分交给市场管理，政府切实承担起公共服务职能。建立健全法律性的制约和有效的监督机制，改变计划经济下的权利高度集中的管理模式，实行政事分离、管办分离的体育管理新模式。深化体育体制改革，重点是事业单位和事业型体育协会改革，将其向社团性协会转变。体育资源配置要在依靠市场价格机制、供求机制、竞争机制不断更新资源，优化配置，提高资源利用率的同时，采用必要的法律、行政手段进行行为制度的法制化、规范化，并保证其他社会成员在使用体育资源方面必要的平等性。在市场经济条件下，在强化政府政策导向作用的前提下，通过制定政策实现市场配置下的宏观调控，挖掘体育的经济与社会价值，拓宽资金来源渠道，启动投资的利益机制，不断增大体育资金中的社会资金比重，将国家办与社会办结合起来，完善体育的投资体系。实现体育管理职能的社会化、体育管理部门的公共服务职能的市场化，将政府部门专业职能下移到地方和非部属组织。在体育管理体制方面，应整合体育管理系统内部的管理机制，建立协会内部的组织管理模式，使协会成为责权利统一、全面负责项目管理的实体，逐步形成以协会为主的运动项目管理体制；通过授权，在明确责任、权力和义务的前提下，使用绩效合同等方式，将职业俱乐部的管理权逐步授予协会。使行政管理型向社会与行政管理相结合转变，由单一的行政组织向政府主导、社会自治、市场自主三者之间的协调运转和有机融合的网络化组织体系转变。

（项目编号：996ss06128 ）

职业体育联盟的形成机制及发展对策研究

苗向军 罗 旭 张 勇 葛艳芳

我国竞技体育职业化进程经过十余年的努力，在相关制度建设、管理体制转轨、经济效益等方面取得了阶段性成果，形成了有利于职业体育发展的一些有效运行手段。但冷静地看，目前我国竞技体育职业化还存在体制和机制的一些深层次矛盾。在机遇与挑战并存、各种矛盾和利益关系错综交织的现实状态下，亟需借鉴和吸收国外职业体育的先进管理模式和运作方式，以为我国职业体育的长久发展探索出一条具有中国特色的发展道路。

一、职业体育联盟的起源与发展

美国职业体育联盟的建立是英国俱乐部制度与美国国情相结合的产物，是与美国特定的社会经济文化和职业体育发展背景等环境因素相适应的结果。自 1876 年成立首个职业体育联盟以来，美国四大职业体育联盟的发展大致都经历了完全竞争、垄断竞争、寡头竞争、卡特尔四种市场结构的演化。在经历了 20 世纪 70～90 年代的动荡之后，美国四大职业体育联盟现已进入到了相对稳定的发展阶段，其垄断地位不断稳固，这表现在球队数量稳定、劳资关系稳定、垄断控制加强等诸多方面。

二、美国职业体育联盟的形成机制

(一) 利益博弈机制

职业俱乐部加入联盟的目的虽然是多样的，但最根本的目的是通过加入联盟来实现利润最大化。联盟的决策实际是联盟内部成员伙伴间的一个博弈过程，其形成过程可以看做是一个两阶段的博弈过程。第一阶段，俱乐部首先决定是否加入联盟；第二阶段，俱乐部要考虑自己的产出问题。

俱乐部经过多次博弈，发现合作产生的价值更大，合作得到的利益往往比单一俱乐部单独进行决策得到的利益要大得多，因此各俱乐部就会逐步由非合作博弈转向合作博弈，这也是职业体育联盟形成的最根本的驱动力。

(二) 财务利益机制

俱乐部的根本目的是实现球队利润最大化，因此，在联盟成员合作背后的直接动因是财务利益分享机制。通过职业联盟，各俱乐部可以获得在当地的垄断力量，并共同维护卡特尔，共享垄断收益，从而易于结成财务利益共同体。

(三) 协同机制

为了使俱乐部在市场条件下获得利润，职业体育俱乐部必须避免相互之间的恶性竞争。职业体育俱乐部通过合作成立职业体育联盟，由联盟负责运动竞赛产品的生产，协调并约束会员俱乐部之间的经济竞争，使各俱乐部在规则和章程的制约下进行商业化运作，可以避免因恶性竞争而造成的利益损失。

(四) 制度机制

职业体育联盟实质上也是一种制度安排方式，其目的也是为了节约交易费用。由于联盟伙伴之间必须要合作，才能提供产品，因而使搜寻交易对象信息方面的费用大为降低；同时双方互相信任和承诺，也可减少各种履约风险；即使在交易过程产生冲突，也会通过联盟协商加以解决，从而可节省法律诉讼费用。职业体育联盟是一种能节约交易成本的制度安排，它克服了单一俱乐部完全独立运营的缺陷，有助于提高球队利益的最大化。

(五) 竞争优势机制

职业体育联盟是两个或多个职业体育俱乐部通过在价值链核心活动的协调和共享达到扩展价值链和增强竞争力目的的活动。联盟可以与联盟伙伴相互协调与共享价值链，有利于形成联盟的竞争优势。由于竞技体育产品的独特性，决定了俱乐部必须合作生产核心产品——比赛。各个俱乐部必须也只能进入相互联合的王国。这种相互联系、互相影响的组织关系形式就是在价值链基础上的联盟。既然联盟能够形成竞争优势，俱乐部就会寻求这种经营形式与合作关系。因此，俱乐部间的这种价值链的关联性是职业俱乐部形成联盟的基本条件。

(六) 垄断机制

职业运动联合会的独特地位使它们避免了其他行业中非法卡特尔面临的许多难题。职业运动联合会能够将会员运动队间的经济合作维持相当长的一段时间。通过联合会，运动员通常如同一个企业一样行动，共享垄断。通过组成卡特尔，体育俱乐部可以通过控制产量和提高价格，增加联合会所有成员的联合利润。通过分享销售产品获得的联合利润，联盟可以保证会员运动队经久不衰。

(七) 社会文化机制

美国职业体育与美国社会的主要文化联系已经确立起来，在当今的美国，体育已经成为美国社会流行文化的重要内容之一，这无疑为职业体育联盟的形成与巩固提供了土壤。

职业体育俱乐部结成联盟的动因是多方面的，俱乐部或球队无论采取何种战略，其最根本的目的在于获得满意的利润，以在复杂变化的环境中生存和不断发展壮大。采取合作博弈方式可以提高球队收益，利益博弈机制是联盟形成的最根本驱动力，是联盟形成的必要条件；财务利益分配是联盟形成协议谈判的重要方面，由于结成联盟可以增加球队利润，因而会促进联盟的形成；体育服务核心产品运动竞赛的独特型——与对手合作生产的根本属性，会使俱乐部间产生协同效应，催发了俱乐部间进行合作的客观要求，会导致联盟的形成；而结成联盟可以降低交易费用，使球队价值最大化，因此，俱乐部会形成结为联盟的倾向；结为联盟可以通过价值链的蛛网结构增强竞争优势，提高行业整体竞争能力，从而也会促使联盟的形成；结为联盟可以实现对职业体育市场的垄断，从而最大化球队利润，因而会促使联盟形成；社会文化为联盟的形成提供了宽松的外部环境，使得联盟得以形成与出现。因此，职业体育联盟的形成是一个复杂的过程，它既是俱乐部生存发展的客观要求，同时更是俱乐部追求自身价值和利益最大化的必然结果。

美国职业体育联盟由于在利益博弈上形成了价值追求共同体，在财务上建立了收入分享共同体，在运作上采取了协同战略与竞争平衡，在制度上降低了交易费用，在竞争上结成了价值链核心环节上共生的蛛网联盟，在市场上形成了最大化的有限垄断，在文化上汇入了社会流行文化主流，从而形成了稳定高效的联盟合作关系和组织运作体系。

三、职业体育联盟形成过程的理论模型

职业体育联盟的形成遵循一定的过程，其形成过程模型包括动机形成、提出倡议的概念化阶段，成员选择、形成初步意向的追踪阶段，讨价还价、目标一致的确认阶段，契约缔结或章程形成的关系结成阶段，正式运作的执行与管理阶段。任一阶段的阻滞都会影响到联盟的最终形成。

（一）联盟形成的概念化阶段

它起始于几个俱乐部决定结成一个联盟关系，提出了倡议或对传统的无序竞争关系的一种替代选择的阶段。

（二）联盟的确保阶段

完成形成联盟的决定，同时设置联盟的目标及确定联盟伙伴的具体要求。

（三）联盟证实阶段

集中于伙伴选择与证实，确立谈判协议的期望。

（四）联盟形成阶段

确定联盟关系，签订协议并组成联盟管理组织，确立具体的管理标准。

（五）联盟的执行与管理阶段

对联盟的战略效果进行评价，并对联盟的执行效果进行评价。

联盟的形成过程模型的各个阶段间并没有明显的分界线，同时联盟的形成是一个动态的过程。不断出现成员的更迭与变动，这也是联盟对复杂环境的一种动态的自适应和战略适应过程。

四、美国职业体育联盟的内部治理模式与绩效

(一)基本治理模式

联盟的内部治理包括事前治理机制与事后的治理行为。前者主要包括联盟前伙伴的选择、联盟缔结所选择的治理模式以及合作协议的设计与拟定,而后者则主要包括在联盟过程中的协调沟通、冲突解决与目标控制等机制。

美国职业体育联盟事前内部治理模式采取的是多方通过协议而建立起来的合作关系的契约联盟,是各俱乐部业主在对契约认同的基础上建立起来的一种事前治理模式。

联盟的事后内部治理模式实行的是"单层制"模式,在管理上都按照老板控制的结构治理,治理结构由董事会组成。采用委托—代理模式,设立了总裁职位,负责日常事物的管理与协调。联盟重大事项需要得到所有俱乐部老板的一致认同。

(二)绩效

2007年美国四大职业体育联盟球队总价值达到了600多亿美元,球队平均价值达到了4.93亿美元。2006年美国四大职业体育联盟总收入达到174.6亿美元。从经营收入看,总量超过了13亿美元。从各队平均收入看,最高的NFL达到2亿多美元,最低的NHL也超过了8000万美元,增长迅速。从各队平均经营收入看,NFL最高,达到1700多万美元,最低的NHL为三百多万美元。

五、美国职业体育联盟发展的新趋向

美国职业体育联盟与联盟外企业通过缔结广泛的战略联盟关系,获取了可持续发展必须的联盟外资源,增强了联盟的市场竞争力和对外部环境变化的适应性。联盟通过实施全球化扩张策略,不断拓展联盟的国际影响,开发国际市场。这既是联盟发展的趋势,也是职业体育商业化扩张的必然。

六、完善和发展我国职业体育联盟的策略

我国职业体育在短短的十几年的发展过程中,取得了一定成绩,迈出了竞技体育职业化、社会化、市场化的可喜一步。但存在一些矛盾和问题也是不争的事实。目前制约我国职业体育联盟发展的主要因素集中在三个大的方面:一是产权关系不明晰,难以结成利益共同体;二是公益目标与企业目标的冲突,难以形成共同的价值取向;三是体育市场发育不成熟,难以提供发展的市场空间。为解决这些问题,当前应致力于发展和完善我国职业体育法律制度建设,为职业体育的发展提供法律法规依据;理顺和完善我国职业联赛法人治理结构和产权关系,为职业联盟和俱乐部的发展建立其正常的利益与责任关系;培育和完善我国职业体育市场,为职业体育联盟和俱乐部的发展提供成长空间。同时要认识和领悟体制改革的迫切性和艰巨性,正确处理各种复杂的利益关系和矛盾冲突。

(项目编号:920ss06052)

我国体育行业职业资格证书制度
总体框架与实施规划的研究

倪会中　王正伦　王爱丰　周士虎　时金陵
孙　飙　邹国忠　王　进　唐芒果

一、施行职业资格证书制度的社会动因和体育职业的分类

职业资格证书制度是生产社会化和标准化导致的一种社会规制，已有二百多年的历史，其发生和发展的社会动因如下。

（一）社会动因

职业资格证书并不是一个新概念，但在深化改革的形势下却具有更加深刻的动因。"职业资格证书是职业标准在社会劳动者身上的体现和定位，是职业技能鉴定结果的凭证。"

职业资格证书的内涵体现在两个方面：从技术角度看，职业资格证书是社会按照一定的职业规范和标准对劳动力质量进行严格检测的结果；从经济关系看，职业资格证书是社会对劳动供给者拥有的劳动力产权的核定。

概括起来说，职业资格证书制度的社会动因如下。

● 对社会管理者而言，推行职业资格证书制度是实施人力资源开发、就业市场管理和调节劳企关系的重要手段。

● 对劳动者而言，职业资格证书是说明持证人已具备从事某一职业必需的学识、技术和能力的一种信物，也是劳动者拥有的人力资本产权的证明。

● 对用工单位或用工者而言，可以借助职业资格证书制度施行生产标准化，招募、鉴别和培训员工，以及根据职业资格的等级确定员工薪酬。

● 对教育和职业培训机构而言，可以依据职业资格证书制度构筑纵横贯通的职业教育体系，强化教育和培训的层级性、针对性和可迁移性，提高课程和教学的有效性。

（二）体育职业的分类

什么是体育服务？与体育服务相关联的体育职业又如何分类？这是推行体育行业职业资格证书制度不得不回答的一个元问题。

1. 体育的操作性定义

本研究认为，体育就是人的一类身体运动的集合，是人们为满足或实现自身的健康需求、精神需求和社会需求（即政治、经济和文化需求）而进行的一类有意识、规制化的主动性身体运动（图1）。这类身体运动脱胎于人的生存本能（生活、劳动和战斗），其目的是生存改善、生存表现和生存延续。身体运动是人的生命活动显著的表现形式，

体育（身体运动）是人的生存需要。从这个意义出发，体育服务最本质的特征就是提供身体运动服务。这样，我们就不难区分出何为体育特有职业，何为交叉性的相关职业。

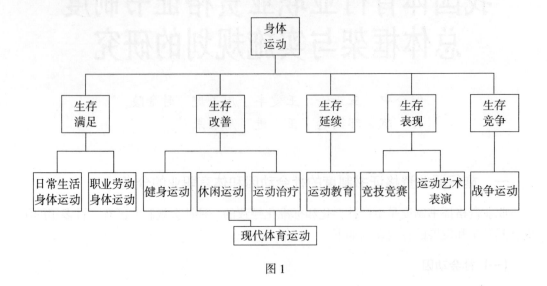

图 1

2. 体育职业的初步分类

根据上述分析，体育行业特有职业（工种）的基本特征除要具备目的性、社会性、稳定性、规范性和群体性 5 个职业共性特征以外，还应具有身体运动性的特征。身体运动性是体育最本质的特征，也是体育行业特有职业（工种）的基本特征。

本研究在借鉴国外体育职业分类的基础上，结合我国经济社会发展阶段的实际，尝试将体育职业划分为如下三个模块。

1. 体育核心职业

即以传授和指导各类身体运动技术技能为核心职业技能，可替代性相对较小的职业（图 2）。

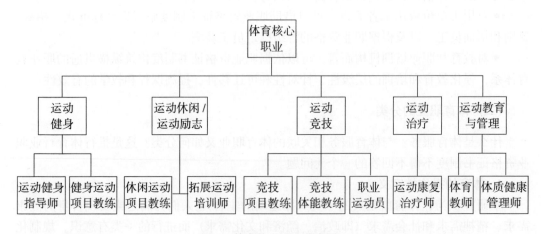

图 2 体育核心职业分类图

2. 体育紧密相关职业

必须对身体运动的特点和规律有充分了解，以策划、经营、保障和管理各类身体运动顺利和安全进行，实现效益最大化为核心职业技能的职业（图3）。

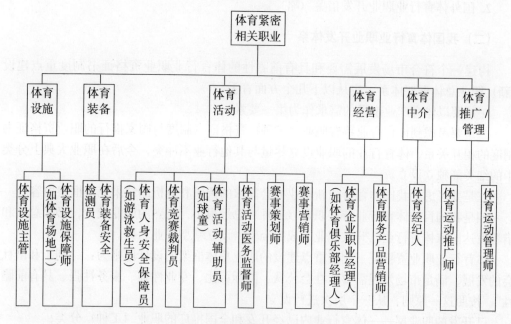

图 3　体育紧密相关职业分类图

3. 体育外围相关职业

即以营建（体育设施）、制造（体育装备）和传播（体育文化）为核心职业技能的职业（图4）。

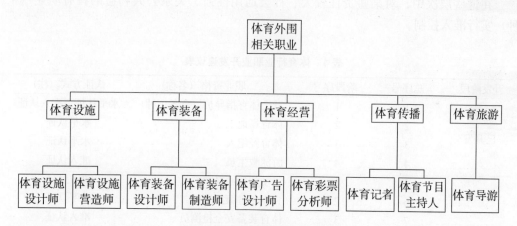

图 4　体育外围相关职业分类图

以上初步分类只是一种尝试，尚有不少可商榷之处，并有待进一步的深化和细化。

二、体育行业职业开发体系的构建

构建职业开发体系，加快职业开发的步伐，追赶市场需求是现阶段的重要任务。

(一) 建立我国体育行业职业开发体系的依据

1. 我国体育行业新职业社会需求的调查与分析（略）
2. 国外体育行业职业开发借鉴（略）

(二) 我国体育行业职业开发体系

构建一个符合市场发展需要和具有前瞻性的体育行业职业资格证书制度重点建设（新）职业总体框架体系，应从以下几个方面着手。

一是要以体育产业市场的需求作为第一要素。

二是要考虑到体育行业特有职业（工种）资格证书制度与国家推行的职业资格证书制度的相互关系，体育行业的职业设立尽量与其他行业不冲突，今后在职业大典上分类中的细类能独立设立。

三是要考虑到我国体育行业新职业社会需求的调研和分析的结果充实框架内容。

四是我国目前体育行业特有职业（工种）总量很小，成熟的职业较少，必须总结和借鉴发达国家体育行业已开发职业的成功经验，设立新型职业名称。

体育行业职业资格证书制度重点建设的职业总体框架的设计原则为："利于和谐社会的发展、满足市场发展需要、社会公认、国际可比、专业性强、服务性强、具有前瞻性"。按照这一原则，从三个层次进行设立。

已开发的职业层——体育行业内已经开发和全国推广的职业（工种）分类；

准开发的职业层——体育行业内目前处于萌芽状态、已有大量从业人员、尚未统一规范和全国推广的体育职业（工种）分类；

待开发的职业层——对体育行业内目前有极少数从业人员，社会需求呈现上升趋势的带有预测性质的职业（工种）分类。

在这些层次中，对某些责任较大、社会通用性强、关系公共利益的特有职业（工种）实行准入控制。

表1 体育行业职业开发建议表

开发阶段	总序号	阶段序号	职业资格（名称）	认证方式（注）
已开发	1	1	社会体育指导员（含各工种）	水平认证、准入认证
	2	2	体育场地工	水平认证
	3	3	体育经纪人	水平认证
	4	4	游泳救生员	准入认证
准开发	5	1	运动治疗康复师	准入认证
	6	2	青少年健康指导师	水平认证
	7	3	体育装备安全检测员	准入认证
	8	4	体育俱乐部经理人	水平认证
	9	5	体育赛事营销师	水平认证
	10	6	青少年业余训练教练员	水平认证
	11	7	体育导游	准入认证
	12	8	高尔夫球童	水平认证

开发阶段	总序号	阶段序号	职业资格（名称）	认证方式（注）
	13	1	户外体育运动指导师	水平认证
	14	2	成年人健康管理师	水平认证
	15	3	体育项目解说员	水平认证
	16	4	体育赛事策划师	水平认证
待开发	17	5	体育赛事监管师	水平认证
	18	6	少数民族传统体育指导员	水平认证
	19	7	高尔夫球业余教练	水平认证
	20	8	残疾人体育指导员	准入认证
	21	9	体育彩票分析师	水平认证

三、我国体育行业职业资格证书制度的总体框架

（一）国外体育行业职业资格证书制度建设现状

国外职业资格证书制度可划分为三种模式：

一是政府与行业协会共同发挥有利作用的模式，如英、美、日等国；

二是基本上由行业协会负责，政府作用不明显的模式，如加拿大、德国等；三是基本上由政府统一管理，行业协会作用不明显的模式，如韩国、法国等。

国外的职业资格证书制度建设主要具有以下基本特点。

- 法律比较完备。
- 鉴定和管理机构职权清晰，政府与行业协会分工明确。
- 理论知识与实际技能并重。
- 监督机制和质量控制体系比较完善。
- 经费来源多元化。

（二）体育行业职业资格证书制度总体框架

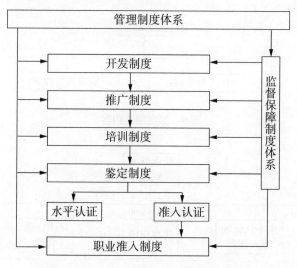

图 5　体育行业职业资格证书制度总体框架

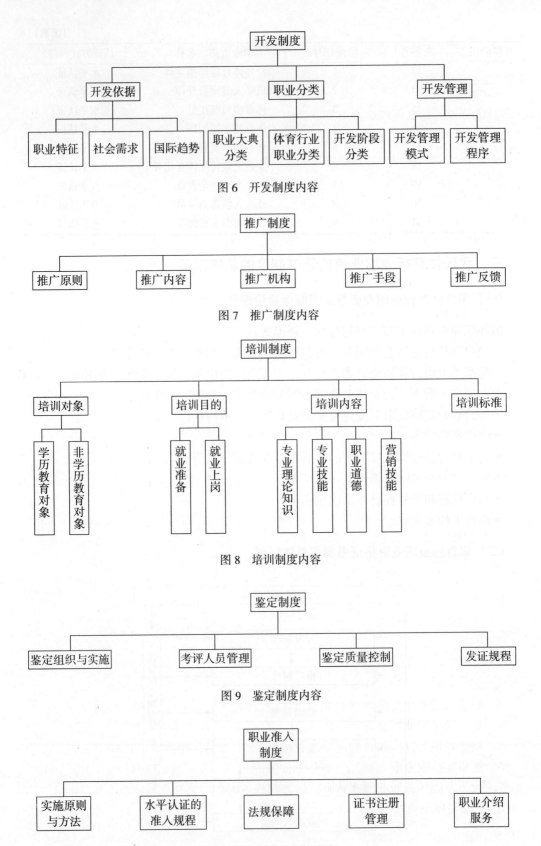

图 6　开发制度内容

图 7　推广制度内容

图 8　培训制度内容

图 9　鉴定制度内容

图 10　职业准入制度内容

五、我国体育行业职业资格证书制度的实施规划

(一) 实施阶段

我国体育行业职业资格证书制度的实施分三个阶段：

第一阶段：出台政策

在全国体育行业内出台，明确下一个时期的工作目标（建议 2008 年 10 月前）。

第二阶段：构建网络

全国 22 个省市体育行业特有职业（工种）鉴定站筹建完成，即全国体育行业特有职业（工种）一级鉴定网络布控完成（建议 2008 年 12 前）。

全国体育行业特有职业（工种）二级鉴定网络布控完成（待定）。

第三阶段：实施规划

我国体育行业职业资格证书制度在全国范围内稳步推进。

(二) 实施规划

1. 组织管理

（1）职业技能鉴定指导中心

（2）体育行业职业技能鉴定专家指导委员会

2. 规划内容与要求

我国体育行业职业资格证书制度规划内容主要有法规、管理和推行三个方面的内容和要求。

（1）法规

　1）建立健全法规制度

　2）出台运动员退役前的体育职业技术教育和职业技能鉴定专项政策

（2）管理

1）明确政府管理，界定机构（协会）职责

2）整合市场，归口管理

3）适时开放境外证书并轨与互认制度

4）完善监督控制体系

（3）推行

1）加大新职业开发力度

2）健全职业资格培训体系

3）科学制定职业标准，理论知识与实践技能并重

4）建立健全职业资格鉴定体系

5）创建宣传与推广平台和网络服务系统

6）逐步推行就业准入制度（如游泳救生员）

7）大力发展体育职业技术教育，体育院校推行"双证制度"试点工作

3. 工作程序与范式（略）

（三）实施与保障

1. 前期实施过程中主要问题分析与对策

问题一：公益社会体育指导员和职业社会体育指导员？

问题二：职业社会体育指导员工种的分类？

问题三：职业社会体育指导员市场认可度？

对策一：建立涵盖公益和职业两类社会体育指导员"共同存在、协调发展"的体制，在大力建设职业社会体育指导员制度的同时，继续鼓励和提倡社会上在职（有其他职业）人员投身到公益社会体育指导员队伍中来，为社会公益事业服务。

对策二：职业社会体育指导员工种的分类应体现出社会体育的自身特点，不宜完全以竞技体育的特点进行分类，考虑到目前的开展情况，当前一个时期可以尝试"重点定位运动健身和运动休闲两个市场内的工种开发，突出市场热门职业（工种），成熟一个，推广一个"的工作思路。

对策三：当前一个时期，职业的社会体育指导员的培训与鉴定首先要解决市场上拥有证书总量的问题，抢占运动健身和运动休闲市场的证书份额。要改变"洋证书"满天飞的状况，就要抓好市场证书总量的问题，同时也应抓好培训与鉴定质量监督工作。

2. 实施办法

（1）已开发职业的实施办法

● 在已开发职业中，规范健身市场和加强职业社会体育指导员的职业资格制度的基础建设作为两个工作重点。

● 体育场地工、体育经纪人和游泳救生员这三个职业在试点的基础上，按照"先系统内，后系统外"的原则，加大推广力度。

（2）准开发职业的实施办法

● 准开发职业的实施重点是新职业的申报和开发。理疗康复师、青少年健康指导师、体育装备安全检测员、体育俱乐部经理人、体育赛事营销师、青少年业余训练教练员、体育导游、高尔夫球童这8个职业，在分批次正式向国家劳动和社会保障部申报新职业前，再进行第二次的筛选、调研和论证，确保成熟一个，开发一个。

● 根据办学力量和特色，以体育院校为主要对象，委托进行新职业的申报、开发等工作。

● 严把开发质量关。

（3）待开发职业的实施办法

待开发职业户外体育运动指导师、成年人健康管理师、体育项目解说员、体育赛事策划师、体育赛事监管师、少数民族传统体育指导员、高尔夫球业余教练、残疾人体育指导员、体育彩票分析师这10个职业作为准开发职业的补充，本研究不做重点内容。

我国体育行业职业资格证书制度的建设是一个长期的系统工程，在国家体育总局的领导下，在劳动和社会保障部的指导下，体育系统上下统一思想，携手共进。同时还需要社会多方面的大力支持和配合，才能卓有成效地开展各项工作。

（项目编号：875ss06007）

中国大学校际体育竞赛监管体系建构研究

李　庆　宋华勋

本研究所涉及的高校校际竞赛是指那些被纳入或准备纳入到高校校际体育竞赛规划当中，以大学生运动员、教练员为参赛主体，以联赛制／赛会制或其他赛制为组织形式举行的赛区及其以上级别的高水平运动竞赛。不包含规模较小的校际友谊赛，更不包含校内组织的体育比赛。

前人对体育竞赛监管的研究多是从"行政法学"或"体育管理学"的视角进行探讨。而本研究所讨论的"体育竞赛监管"是指从竞赛的角度出发，由体育竞赛组织者和管理者，以赛事监督工作为基本内容，以维护公平竞赛和良好赛场秩序为出发点，以确保运动竞赛顺利进行，以参赛运动员获得优异成绩为核心目标，以充分体现公平竞赛（fair play）体育精神为原则进行的善意行为。直接的、微观的竞赛监管，如对比赛过程中出现的运动员跨组别参赛，谎报年龄、骨龄，贿赂执法裁判等的监督和管理；间接的、宏观的竞赛监管，如运动员招生规则制定不符合公平竞赛原则，比赛分级不合理，不利于竞赛公平开展等。

一、高校校际竞赛监管主体的权利和义务

法治与法学价值的实现表现在组织机构与法律规范结构两个层面上。构成法律规范结构最基本的要素就是权利和义务。

法律中的权利（义务）是指那些由国家强制力保证人们享有（履行）的规范。具体讲，权力是指规定或隐藏在法律规范中，实现于法律关系中的，主体以相对自由的作为或不作为的方式获得利益的一种手段。义务是设定或隐含在法律规范中，实现于法律关系中的，主体以相对受动的作为或不作为的方式保障权利主体获得利益的一种约束手段。无论是自然权利、法定权利还是现实权利，作为自由的具体化表现形式，只要一种社会事实成为人们普遍的正当的要求，对这种要求就应作为法律选择的对象进入法律规范成为法定权利，并且通过实践转化为主体的现实权利，这样才意味着权力的最终实现。

在构建中国大学校际体育竞赛监管体系的过程中，这种权力与义务的划分是非常重要的。在现有的体育法规中，并没有对大学生体育协会的权利与义务作详细、明确的界定，因此在实际监管运作当中，不可避免地出现许多责、权、利不明，致使竞赛监管无法实现的情况。

主体权利是法律关系中，主体实际享有的权利，它是法治的着眼点和落脚点。我国1995 年颁布实施的《中华人民共和国体育法》，虽然原则上赋予了体育社团自律管辖权，但对社团的地位以及具体享有的权力与义务并未作明确表述。这导致多年来我国的

体育社团始终置于所挂靠主管部门的权利覆盖之下，协会机构、制度建设进程缓慢。近年来，为迎接大众体育时代的到来，学界、业界要求对现行《体育法》进行修改，以明确我国体育协会主体地位及权利义务的呼声越来越高。综合概括，从竞赛的角度讲，我国体育社团应该享有的权利包括制定并组织实施竞赛计划的权力、竞赛市场开发的权力、享有竞赛开发所得的权力、竞赛监管的权力等。具体到我国大学生体育协会在竞赛方面应当享有的权利就是，对全国大学生体育竞赛的统筹管理及管辖权，制定并组织实施竞赛计划权、竞赛市场开发权、开发收益权、竞赛监管权（竞赛立法、执法、处罚、监督仲裁）等。

权利作为一种利益的具体表现形式是有偿的，权利与义务相对，在享受权利的同时，也要承担相应的义务。大体协在享受制定并组织实施竞赛计划权利的同时有遵照国家体育战略规划，接受上级主管机关管理的义务；在享受竞赛市场开发权利的同时有按照法律规定依法纳税的义务；在对竞赛实施监管时，制定的协会法规、规章不得与国家法律相抵触，在必要的时候还有配合独立仲裁机构，司法机关对监管的具体行为/决定进行司法审查的义务等。

社会主义市场经济是法制化的经济形态；社会主义政治体制改革要求加强法制建设，依法治国。我国高校校际体育竞赛作为当代中国体制改革大潮中的重要组成部分，作为体育产业化、市场化发展的生力军，无论从哪一方面讲，都急切呼唤法制与法治。明确监管主体地位，细化监管主体权利、义务，构建竞赛监管体系，是新形势下高校校际体育竞赛法治与法学价值实现的具体体现。

可以预见，2008奥运后时代我国教育与体育领域将加快改革的步伐，社会力量的持续壮大，公民意识的高度觉醒，将推动政府把中观及微观层面上更多的权力向社会让渡。近几年我们已经感受到了大学校际体育竞赛市场的快速成长。以CUBA大学生篮球联赛为代表的大学校际体育竞赛初步实现了市场化运作。随着高校校际竞赛规模与水平的不断提高，我们有理由相信，我国高校校际竞赛市场开发的潜能将不断得到释放。虽然现阶段，体育社团与政府同构的现象依然存在，体育社团作为监管主体的地位并没有被明确地突出出来，但其作为监管主体，行使监管职权，监督好、管理好校际竞赛，扩大校际竞赛市场及社会影响力的总趋势是不可改变和无法逆转的。也就是说，中国校际体育监管，在社会组织结构与法律规范结构两个层面上体育法治与法学价值的全部实现是完全可以期待的。

二、高校校际竞赛监管法规应遵循的原则

法律，包括我们正在讨论的校际体育监管法规，是复杂而具有专门性的，无论在何种社会环境和社会背景下，它都代表着一种规则和秩序，即一定文明社会的某种有序化的模式。中、美两国虽然政治体制不同，社会体制也存在很大差异，但两国大学校际体育竞赛表现出的相同或相似方面都要求由普遍的、可操作的和形式化的法规加以规定和约束。

（一）普遍性原则

法律是一种包含着普遍性的允许、命令或禁止非特定的人们行为的规则或标准。法学史上，几乎所有法学家都诉求普遍性这一原则。亚里仕多德认为法律"是一种一般的

陈述"；卢梭认为"法律的对象永远是普遍的"；奥斯丁认为法律是具有普遍约束力的命令；黑格尔则认为法律"规定和确立普遍物"。虽然在我国大学校际竞赛过程中，总会出现这样或那样意想不到的事件，有些可能并无先例，监管法规制定的过程中不可能概括竞赛中出现的个别情况或无法预测的突发事件，但这并不能阻止我们对普遍性原则的追求。我们应当力求在校际竞赛监管法规的普遍性调整、一般性陈述和普遍适用性三个方面做好工作，以实现竞赛监管法规的普遍性原则。

大学校际竞赛监管法规的普遍性调整是指校际竞赛法规应当把一切与校际竞赛有关的方面都纳入到其调整范围之内，包括参赛运动员、教练员，机构及其工作人员，还有围绕这些校际竞赛当事人展开的各种活动或现象等。也就是说，想要实现校际竞赛监管法规对校际竞赛的普遍性调整，就要使其调整竞赛过程中各方行为方式，保护竞赛主体权利、义务的范围最大化。

一般性陈述是从法律规则内容和表述形式上体现普遍性原则的。通过一般词句或具有普遍意义的词汇将规则内容表述出来。校际竞赛监管总则的制定尤其要体现这一点。监管总则隐含在监管法规当中，作为具体监管规则产生的依据，其效力贯穿校际竞赛监管的一切活动，是表达校际竞赛监管法规的精神和根本价值倾向的指导思想。要知道，校际竞赛过程中规范人们行为的要素不仅仅是具体的规则，同时也包括总的原则。竞赛监管规则的总和不能够成为竞赛监管法规的全部，监管总则以其独特属性克服具体规则为校际竞赛带来的诸多局限。因此，关于总则的表述必然体现出一般性陈述的特征。

普遍适用性是指竞赛法规对校际竞赛所涉及的当事方和行业领域具有普遍的约束力。凡是参加校际竞赛的各方，不管以何种方式进入竞赛监管法规的调整范围，都将受到竞赛监管法规的约束。

（二）可操作性原则

法的"可操作性"，是指法律具有通过一定操作程序而不受守法者或法律操作者任意诠释的支配，并确切、公开地加以实现的特性。它包括法律的公开性、确定性、不矛盾性和适中性。任何法律的普遍性调整，都必须化为一定的表现形式，那就是可操作性的形式化的法律体系，中国大学校际竞赛监管的法规也不例外。

由于中国大学校际体育竞赛脱胎于旧的竞技体育培养体制。在"成败论英雄""成绩与奖金、职务直接挂钩"的单一评判标准影响下，许多运动员、教练员在比赛中不惜以身试法，搞暗箱操作。

中国大学校际竞赛要想公平、公正的开展，竞赛组织管理必须公开、透明。只有竞赛组织过程公开，并接受广大群众与执法监督机构的监督，才能听到更多反馈的声音，才能促使法规制定者根据具体情况对相关法规及时予以修正，用更科学、更符合法律精神的法规对校际竞赛进行有效监管。

除公开性以外，校际竞赛监管法规还应具备确定性和适中性。所谓确定性就是竞赛法规的相关条款应当是严肃和严谨的，应该排除那些带有"弹性"的模糊表述。不给想要投机取巧的人钻法规空子的机会。要让参加校际竞赛的当事方通过法规，清楚地明白什么该为，什么又是禁止性的。而竞赛法规的适中性则是指法律内容适当的度，即权力、自由、义务、禁令及法律责任等合理可行。要做到这一点，就要求法规制定者对我国大学校际竞赛有深刻的了解，对相关政治、经济政策有宏观的把握。只有这样才能使制定出来的法规不背离我国的具体国情，既合法又合情、合理，能够被校际竞赛的当事方接受并执行。

竞赛监管法规的可操作性还体现在法规之间的统一一致，条款之间前后不存在矛盾。作为一种主导性和确定性的行为模式，形式化的法律体系必须避免自相矛盾，已达到和谐统一。我国现有的竞赛法规、规章条例多有重复。许多校际竞赛存在一赛多规的情况。由于出台的时间和颁布的机构不同，这些法规往往给参加际竞赛的运动员／院校造成理解上的混乱，导致竞赛中非有意违规情况出现。增加了竞赛组织人员的工作量，给竞赛的顺利开展带来不必要的麻烦。前后矛盾的竞赛法规，也容易给一些人留下钻法规空子的机会，极大地削弱校际竞赛法规的权威性。因此，竞赛监管法规要特别注意前后意思表示一致这个问题。

（三）程序正义原则

法的正义性是实体正义与程序正义的统一。法的实体正义是说法的规范及其实施结果，体现了权利、义务分配的正义原则；法的程序正义是说法的制定与实施过程是在不否认实体正义的同时，强调程序的优先，是一种正义、权力制约、人权和效率得以实现的理念，是最低限度的正当要求。

程序正义的理念在英、美两国具有悠久的历史，并且贯穿于两国司法实践中。英美法对程序的重视超过了对实体的重视。在美国，程序正义体现在"正当程序"原则中，其中程序性正当程序要求解决纠纷的法律程序必须是公正、合理的，体现了程序正义的基本理念。美国著名法学家迈克尔·贝勒斯是程序正义理论的代表人物之一。他认为，程序正义问题遍及现代社会的各个方面，尤其是在政府与个人发生关联的情况下，这一问题出现得更加频繁，重要性更加突出，可以说在国家的整个法律制度中，程序处于一种核心的地位。在贝勒斯看来，解决争端和发现真相作为评价法律程序正当性的标准，过于抽象，无法为人们提供可操作的评价尺度。要对法律程序的正当性做出适当的评价，还需要设计出若干项具体、明确的价值标准。

与英美法系国家普遍奉行的"程序优先"这一法律理念不同，我国有重实体、轻程序的法律传统，把程序视作纯形式的东西，是实体法的工具，过分注重权利义务的界定，而极少关注界定权利义务的过程和步骤。

新的历史时期，推行程序正义，不仅是法治的重要内容，而且也是实现法治的重要保障。程序正义作为依法治国的标志之一，是从人治到法治、从传统法文化到法制现代化、从计划经济到市场经济的转变过程中至关重要的一种价值。相对于实体正义，程序正义强调的是法律适用中的操作规程的公平；相对于审判所达到的"结果的正义"，它强调的是审判过程的严格和平等；相对于纠纷解决中情理与规则所追求的"实质正义"，它所强调的是规则所体现的形式合理性。确立程序正义的观念并以此作为审判方式和司法制度的改革的基本理念，才能最终实现依法治国的理想。

伴随我国司法制度改革的深入，上述"程序正义"的观念已经越来越深入人心。警察办案要出示证件，充分告知当事人享有的权利；行政机关做出处罚决定，要按程序办事，如果违反程序，具体行政行为可能被宣布无效等。这些都是新时代，程序正义原则在我国司法实践中的实际运用。中国大学校际体育竞赛监管法规应当顺应我国司法改革的潮流，在竞赛法规制定上体现超前性，遵循程序正义的原则，由追求实质正义向追求程序正义的价值观转变，避免出现以常识化和简便化为原则、以解决纠纷为目的、以人格化的法官为主体的审判方式，注意竞赛监管法规的客观性、公正性、中立性、正当性等要素。具体讲，就是要克服社团与行政管理部门同构导致"又当运动员，又当裁判员"的局面使立法、执法公信力、权威性不足的缺陷。尽快着手建立独立的校际竞赛仲裁机构，引入独立听证制度，打通救济途径，明确外部司法审查的介入原则。执法部门在进行取证、调查时，充分注意客观性要素，平等对待当事方，做到"一碗水端平"，不偏袒，不包庇。只有这样，才能在实体与程序、结果与过程、实质与形式之间建立平衡，达到和谐制法与和谐执法的辩证统一。

三、大学校际体育竞赛监管体系初步构想

（一）竞赛监管的组织架构

教育部学生体协联合秘书处作为我国大学生体育协会的常设办事机构，负责中国高校校际体育竞赛的策划、组织、开发、监管等工作。

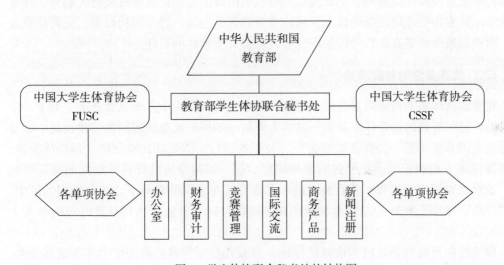

图1　学生体协联合秘书处的结构图

由图1可知，我国目前中学及大学体育竞赛监管工作由秘书处竞赛管理部和新闻注册部负责管理。两个部门不但需要承担大学校际竞赛监管职责，还要兼顾中学体育竞赛管理工作。仅以个别部门之力，承担如此繁重的工作，显然无法满足我国高校校际竞赛快速发展的需要。无论是四年一度的大运会还是每年举办的各种单项联赛迫切需要一套完整、独立的竞赛监管体系来体现监管主体的权威性。遵循国际体育发展潮流，大体协作为未来我国校际竞赛监管的当然主体，有责任尽快健全机构设置，完善法规政策，对我国校际竞赛切实履行监管职责。

反观全美大学体育协会，其竞赛监管从法规制定到政策执行，从法规修订到监督救济都有独立部门专人负责。在主要体现 NCAA 监管特征的一级院校管理理事会下还单独设有"运动员认证""违规调查""违规上诉""选拔审查"等专职部门，负责校际竞

赛监管专门事务。这些部门各就其位，各司其职。其构成的专业性与针对性很强，加之中立大众的参与，增加了专门委员会的公信度。专门委员会的设立，成为美国大学校际竞赛公平、公正开展的有力保障。

综合目前我国大学生体育协会机构现状，笔者认为监管专门委员会的设立是必要且有益的。建议未来中国大学生体育协会监管体系，借鉴全美大学体育协会，在现有的组织架构内，增设竞赛监管的专职委员会，以保证大学校际体育竞赛公平、公正的开展。拟设立的专职委员会/部门包括但不限于校长委员会、资格认定委员会、违规处罚委员会、上诉及仲裁委员会。其中校长委员会由会员学校的校长代表组成，按地域、学校专业类型、学校运动队的项目类型划分。其他委员会由资深的法律工作者、学者及关心我国大学校际体育的普通大众共同组成。

可以预见，随着我国社会主义市场经济体制的逐步完善，公民社会的发展、壮大，政府行政管理体制改革的深入，政府职能的根本转变，中国大学生体育协会成为中国高校竞技体育的管理主体，是必然的发展趋势和新的制度要求与制度安排。多年来，我国的大学校际体育竞赛管理主要是在教育行政部门的权力覆盖之下。大体协与行政部门同构，其组织框架必然受到行政部门组织建构的影响。建构的不系统、不完整直接影响到大体协有效行使校际竞赛监管的职能。管理权力由政府逐渐让渡给社会的大趋势，使中国大学生体育协会理应成为中国大学校际竞赛监管的主体。健全机构设置，完善法规政策，对我国校际竞赛真正行使监管职能是大体协义不容辞的责任。

(二) 竞赛监管的制度原则

竞赛监管体系的构建需要在组织架构与竞赛法规制度两个方面双管齐下。对于一个完善的、运行有效的监管体系来说，这两方面缺一不可。竞赛法规制度的建设是一个复杂而庞大的系统工程。为保证竞赛公平、公正的进行，需要就比赛分级、运动员参赛、违规等诸多方面制定可操作性强的法规制度。这一切都是从监管总体原则的制定开始的。监管总则的制定指明了监管的目的和总方针。在总则的指导下，才有细则的衍生。总则是根，细则是枝叶。总责和细则组成了我国校际竞赛监管法规枝繁叶茂的参天大树。

作为校际竞赛监管最根本精神的体现，总则在校际竞赛监管法规中具有最高效力。总则的这种效力是竞赛法治的核心，是竞赛监管规范和竞赛监管行为的联结点。总则的效力与权威直接影响其在监管实践中的调整、规范和运用。

总则之所以具有如此崇高的权威性和享有最高效力，就在于其根本目的是保障竞赛各方的基本权利。美国著名法学家德沃金认为，尊崇是法律有效性的关键，权利是法律特殊尊崇的来源，因为权利反映出社会的理性道德，给予我们法律"正当"的信心，保障人们的法律受到原则的指导，而不是"受享有足够的政治权力的人的私利的指导"。

我国高校校际竞赛监管体系法规制度的建设，应当以监管总则的制定和确立为起点，继而细化监管分则。总则为竞赛监管实践指明方向，具有高度概括性和宏观指导性的特点；分则针对具体情况做出具体规定，具有灵活性和可操作性较强等特点。在课题研究之初，笔者参照 NCAA 校际竞赛监管总则，结合我国校际竞赛具体情况，对我国高校校际竞赛监管的总体原则作了初步构想，包含8条，具体如下。

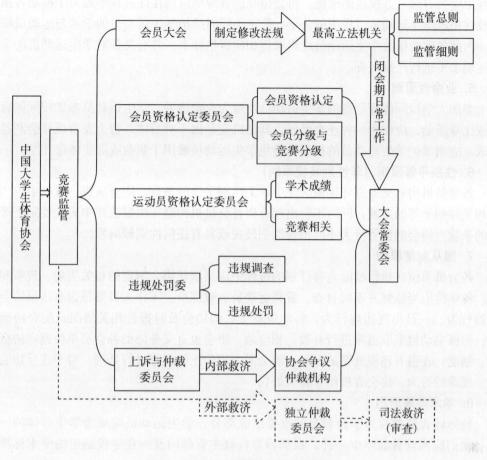

图 2　中国大学校际竞赛监管体系图

依次排在前四位的是"平等参与、公平竞争""体育道德与伦理行为""竞赛分级原则""运动员招收资格认证"四项原则，公平竞赛已经成为当前参加我国大学校际体育竞赛运动员 / 教练员关心的首要原则。

1. 平等参与、公平竞争原则

协会的竞赛及竞赛监管行为，协会成员的活动 / 行为应推崇公平竞争的精神，应保证参与校际竞赛的运动员个人或学校 / 机构不会在此过程中遭遇不公正的对待或违反公平原则而获利。

2. 体育道德与伦理行为原则

校际竞赛应当致力于促进运动员、教练员及所有参与者的品格培养，应当向社会弘扬相互尊重、公平竞争、文明礼让、诚实守信、和谐共荣的价值理念。这种价值观不仅应当表现在体育竞技运动中，还应推而广之，进入涉及校际竞赛的各个方面。

3. 竞赛分级原则

出于保证竞赛公平、顺利进行的考虑，协会应对校际竞赛参赛的院校 / 代表队进行分级，使相同水平 / 规模的院校 / 代表队同场竞技。

4. 运动员招收资格认证原则

大学生运动员的招收是涉及协会、招生院校与学生运动员三方的动态过程。在招生过程中应当寻求三方权益的平衡。协会招收监管规则应当在此过程中致力于推动各招生院校在招收学生运动员过程中的公平、公正，同时维护学生运动员的学术与运动成绩利益。为此各院校招收学生运动员应当取得相应资格证书，并有义务对学生运动员的学术和运动水平进行严格审查。

5. 业余性原则

参加大学校际体育竞赛的学生运动员均应为业余选手。学生运动员参加校际体育训练或比赛活动，应作为一种业余爱好，其动机应是出于对身体、智力发育或社会利益的追求。应当维护学生运动员的权利，避免学生运动员被用于职业或商业体育开发。

6. 性别平等原则（非性别歧视原则）

各会员机构有义务遵守国家法律中有关性别平等的条款。协会法规、章程中应当设置相关性别平等的条款，同时不得出现有碍各会员机构遵守国家法律中有关性别平等规定的条款。协会的监管行为不应出现性别歧视或具有任何性别倾向性。

7. 服从制度原则

各会员单位在执行校际竞赛计划的过程中应当服从协会制定的相关法规、规章和制度。各单位应当监督并不时自查，看其运动员、教练员、工作人员等是否有违反协会法规的行为。一旦出现违规行为，各单位有义务向协会及时报告相关情况，配合协会调查，积极主动地采取措施进行补救。相应地，协会也有义务协助各会员单位遵守协会法规、制度。在遇有违规处罚的时候，协会需采用公正的程序进行处理。对于违反协会法规、规章的行为，协会有权给予相应处罚。

8. 学术同等原则

校际体育应被视为学校教育的重要组成部分，学生运动员应成为学生群体的一部分。他们应当同普通学生一样，根据教育行政主管部门及所在学校制定的学术标准入学、升学和毕业。

（项目编号：976ss06108）

我国全国性单项体育协会纪律处罚制度设计研究

韩勇　王英明　郑秋阳　李荣新　张赞鸿

一、单项体育协会的处罚权

（一）单项体育协会的特征

单项体育协会具有自治性、非营利性、天然垄断性和中介性的特点。

与国外单项协会不同的是，目前我国各单项全国性体育协会与项目管理中心是一个机构两个牌子。项目管理中心属于国家体育总局直属事业单位，是体育管理体制改革中管办分离，用以承接政府职能的过渡形式。带有多重身份，政府职能部门、事业单位、社会团体，在管理中很容易出现越位、错位和缺位的现象。

（二）单项体育协会的权力——公权力还是私权力？

单项体育协会的自治权来源途径有三：因契约而来；因法律规定而来；因法律授权而来。自治权的最主要来源形式是因契约和"事实契约"而来。值得注意的是，单项协会和相对人之间并不一定要有一纸看得见的合同存在，他们之间只要有间接关系，单项协会就可以对相对人进行纪律处罚。间接关系指相对人与俱乐部有合同，而该俱乐部是单项协会的会员，受该组织规则约束，则其成员也在体育管理机构的纪律约束之下。

单项体育协会管理权有规则制定权、监管权、纪律处罚权和争端解决权。

单项协会的管理权，尤其是处罚权的性质到底是公权还是私权在法律上并未明确，国内外学者都对其进行了探讨。我国目前主流趋势是认为协会的处罚权是一种介于公权和私权之间、偏向于公权力的权力。

二、国外单项体育协会纪律处罚的具体制度（略）

三、单项体育协会的纪律处罚机制

各个体育组织的纪律处罚都有其一般的、主要的、稳定的要素：（1）处罚的主体——体育组织；（2）处罚的对象——相对人；（3）处罚的客体——体育不当行为；（4）处罚内容；（5）救济者；（6）体育纪律处罚的依据——规则；（7）体育纪律处罚的保障——程序。这些因素相互作用，就构成体育纪律处罚机制。

在现代体育组织中，规则制定者作为最高权力机构，负责通过和修改章程，并产生处罚执行者；对于相对人的不当行为，由一定的执行者进行调查、指控和听证，并对其进行处罚；处罚严格依照程序；为对体育纪律处罚不服的相对人提供救济手段；相对人在寻求外部救济前，应穷尽内部救济手段；国家司法可对体育处罚纠纷进行司法审查。

四、控权与平衡——国外单项体育协会纪律处罚的经验总结

纪律处罚的创设、执行和救济的三个环节，是单项体育协会和相对人以各自拥有的权利与对方相抗衡的过程，是相对人以自己的权利制约体育组织权力的过程。

（一）规则创设：公平分配权利义务

体育组织与相对人权利义务的创设是体育纪律处罚的第一个环节，是体育纪律处罚的基础。只有以规则的形式将处罚机关与相对人的权利义务公平地确认下来，实现处罚机关与相对人相互之间的权利义务平衡，才能使体育组织的权力既得到保障，又受到控制；使相对人的权利既得到保护，又受到约束，从而使体育纪律处罚在法治的轨道内平衡地运行。

1. 权力来源合法

单项协会必须得到授权才能进行处罚，没有授权则双方没有基本的法律关系，就没有进行纪律处罚的基础，随之而来的任何纪律处罚程序和施加的处罚都是无效的。

2. 保障相对人参与规则制定，公平分配权利义务

规则应尽可能地公平分配权利义务，以得到所有成员的赞同，这是所有能够长期维持生命力的制度的必要条件。各方权利义务公平分配，主要体现在以章程为代表的规则中。方法是利益各方代表要参与规则的制定，要有表决权。

3. 规则健全，严谨合法

严谨合法的规则是严明纪律、杜绝滥用处罚权的保障。内部制度健全是英、美、澳各国单项协会的一大特色。各单项运动协会都具有完备的制度，这些制度明确规定了协会和运动员双方的权利、义务；规定了运动员、教练员、领队、管理人员等的行为准则标准；有纠纷发生时，都有相应的规定解决纠纷。各国体育组织主要经验如下：（1）规则由律师起草，更加正式化、法律化。（2）体育组织和相对人的权利义务在体育组织的规则，尤其是章程中明确规定。具体到处罚，章程和其他规则要规定纪律处罚机构的建立、权力来源、成员、成员任职资格、权限、听证的程序及处罚的有关问题。

（二）处罚实施：程序公正

实施是体育纪律处罚三个环节中的第二个环节，创设体育纪律处罚不是目的，而是为了能够得到最完全、最正确、最彻底的实施。

国外一些单项协会已经建立了和行政法领域相似的纪律处罚程序。相对人正是以这些程序上的权利，抗衡体育组织的执法权，调和与体育组织法律地位不对等造成的巨大反差。相对人对处罚权行使过程的参与，已经从纯粹的被动者变成了一定条件下的主动者。

听证是程序公正的核心。体育处罚中的听证权是指在体育组织对相对人作出不利的决定之前，相对人要求体育组织听取其意见并为自己的利益辩护的权利。听证是一项基本的程序性制度，是公正行使权力的前提和基本内容，是控制公共行为的程序手段之一。很多体育组织都在规则中规定了听证的内容。

一般认为，公正的听证主要包括：相对人被通知指控的情况并给予公正答辩的机会；听证者应中立；要告知相对人被控的充分信息，要给予相对人应诉的必要准备时间；法律代理的权利；传唤证人的权利；举证责任在体育组织一方；要求说明处罚理由

的权利。

在听证中，听证者身份独立是保证听证程序和实体公正的重要条件，为了保证听证者独立无偏私，听证者应与案件无利害关系，无职能混和，无单方面接触。

（三）救济：保障相对人诉权

救济（Remedies）是指对已发生或业已导致伤害、危害、损失或损害的不当行为而进行的纠正、矫正或改正。救济的形式多样，向更高级的法院或机关上诉，也是一种救济方法。

单项协会为对单项协会做出的处罚不服的相对人提供救济手段，相对人对处罚不服可以向有关机构提出申诉。救济是体育纪律处罚的第三个阶段，救济是保证体育纪律处罚结果合法、公正的事后补救措施。

单项协会一般都为不服体育组织处罚决定的相对人提供正式的救济手段，并且在规则中明确上诉的时限、程序等。按照仲裁者是否隶属于该体育组织，体育纪律处罚救济的完善表现在：体育组织的内部救济不断完善；提供独立的外部仲裁；穷尽内部程序后可要求司法审查。

五、我国单项体育协会纪律处罚存在的问题

（一）我国单项体育协会纪律处罚总的问题

1. 协会功能单一，未能彰显成员利益

单项体育协会作为一个民间性社团，原本在目的上应体现其民间性；单项体育协会作为一个集体性组织，在目的上也应昭示其集体性，即应以成员之利益为首要目的，但我国的单项体育协会在运作过程中，功能过于单一化，主要表形在两方面：第一，偏向于对会员的管理，缺少对会员的服务。第二，偏重于与国家的主动性合作，不是试图去实现其制约政府的职能。

2. 单项协会具有行政垄断性

无论从人事上、财政上还是从业务上我国单项协会都具有行政垄断性，单项协会的立法过程中相对人又几乎没有参与权，导致立法将单项协会的职权规定得非常广泛，规则模糊，留下很大的任意解释空间，容易导致单项协会随意扩大权力范围。我国单项协会按照国际体育规则，在章程中规定了对相对人的不当行为的处罚且处罚内容相当严格，从警告到终身禁赛一应俱全，相对人承担了大量义务，对其权利或不加规定，或简略规定，并且缺乏实现这些权利的程序及这些权利受到侵犯时予以救济的规定，导致权利结构失衡，很难实现纪律处罚程序和实质的正义。

3. 纪律处罚规则疏漏

与国外体育组织比较，我国体育组织的规则过于简单，存在下列问题："法律真空"——某方面的纪律处罚规则完全没有；"缺项"——有纪律处罚规则，但缺乏其中的某一方面的规定；"简陋"——有规定，但过于简单。

4. 缺乏程序保障

听证是正当程序的核心。我国大部分体育组织对纪律处罚程序未明确规定，或虽规定但非常简单。

（1）听证机构设置不合理

中国足协的听证制度存在以下问题：①有权进行听证的机构过多。②中国足协的听证会制度是在处罚决定作出后，对结果有异议才可提出举行，而非在处罚决定作出之前举行，与《行政处罚法》规定不符。③听证为最终裁决，自设内部程序最高，排除了外部救济。

（2）听证制度未能严格贯彻

《中国足协纪律委员会工作规范（草案）》第十七条规定，纪律委员会在审理违规违纪事件时"可以适用听证制度"，但此为非强制性条款，在实践中也就可以不适用听证制度。在一些案例中，对相对人进行相当严重的处罚但未经听证就作出，在程序上有待商榷。

（3）听证者身份不明

中立的听证者是听证公正的首要条件，中国足协纪律委员会组成人员的任职资格、任命程序等在规则中均未明确规定。而且"回避制度"为非强制性条款。

5. 自设内部程序最高效力而外部救济缺失

（1）自设内部程序最高效力

在《中国足协章程》和实践中，中国足协都将内部纠纷处理机构作出的裁决作为最终裁决，排除法院的司法审查。

足协作为行业协会在符合法律、法规情况下，可以有其自律性规定。但足协对俱乐部及球员、教练的处罚涉及公权力行使，即应纳入司法审查范围。在国务院没有设立仲裁机构的情况下，足协称争议只能经过其诉讼委员会解决的做法是错误的。

（2）内部仲裁制度不完善

大部分体育组织尚未建立内部仲裁制度，中国足协建立了仲裁制度，但尚不完善，主要表现在：①仲裁员不中立。②程序规定过于简单。对仲裁程序的规定过于简单，使操作的任意性很大，规则缺乏对期间、举证责任、法律代理等问题的规定，给体育组织留下了很大的自主解释的空间，不利于保护相对人权利。

（3）体育仲裁制度尚未建立

体育仲裁是纪律处罚的有效救济手段。但迄今为止，我国实际上还没有设立专门的体育仲裁机构，也没有专门的体育仲裁立法，仅仅在《体育法》中有所规定，作为外部救济手段的体育仲裁制度尚未建立。

（4）司法审查制度尚未确立

（二）我国单项体育协会纪律处罚存在的具体问题

通过对我国体育纪律处罚案例进行分析，可以发现在实践中我国单项协会处罚存在下列问题：错误适用规则、违反程序、超越职权、处罚内容模糊、处罚显失公正。

六、我国单项体育协会纪律处罚的制度设计——以中国足协为例

（一）中国足球协会纪律处罚制度设计

1. 相对人参与规则创设

我国体育组织尚未完全脱离政府机关，但即使如此体育组织也必须依会员合意而行

为。这种合意就是体育组织的规则，尤其是章程。（1）协会的全国会员代表大会要能够代表各方利益，其人员组成应包括以下各方利益代表：中国足协的代表；各地方协会的代表；俱乐部代表，包括职业俱乐部和业余俱乐部的代表，因为《中国足协章程》第四条规定中国足协的任务包括"统一组织、管理和指导全国足球运动发展，推动足球运动普及和提高"；运动员、裁判员、教练员代表。运动员有独立于俱乐部之外的个人利益，俱乐部会员不能完全代表运动员的利益。运动员会员应不低于一定比例。个人会员应与团体会员一样拥有表决权。（2）应按时举行成员代表大会，各成员有权选举体育组织的领导人，审议体育组织的工作报告及运营情况，对体育组织错误的决定予以纠正。（3）表决要有程序保障。

2. 完善程序

借助行政法学者提出的"最低限度的公正"理论，为我国体育组织的程序公正设定一个底线。具体而言，为了保证程序公正，我国体育组织应参照以下几点赋予相对人程序权利。（1）处罚程序应当设立听证制度。（2）相对人面临纪律处罚时，处罚机构必须及时通知其所面临的指控和指控的理由，告知应包括与被告知者利益有关的充分信息，并给予被处罚者足够时间准备听证。（3）听证者应中立，要避免职能的混和且无利害关系、无偏私。（4）体育组织作出的决定应给出理由。

3. 提高立法技术，弥补规则疏漏

4. 建立体育仲裁制度

我国应设立专门的体育仲裁机构。应根据《体育法》中对竞技体育纠纷进行调解仲裁的规定，制定体育仲裁法规，建立符合体育社会化和法制化方向并与国际惯例相协调的，能够快速、简捷、方便、经济地解决纠纷并纳入国家统一仲裁法律体系的体育仲裁制度。

（二）中国足球协会纪律规则（略）

（项目编号：1026ss06158）

全民健身社会评价指标体系的研究

李艳翎　谢俊贵　陈正培　魏华松
王建农　郑进军　陈志辉　刘周敏

一、全民健身社会评价指标体系研制的理论基础

(一) 社会评价的基本理论

社会评价是评价的一种重要形式，它从某种社会角度去考察和评价事物、现象的社会价值，判断该事物和现象对社会的作用、性质和程度，是人们进行历史评价的现实形式。实际上，社会评价，就是社会评价主体对社会评价客体所具有的社会意义作出的评价。社会评价的主体，即从事社会评价的现实的人。往往以社会身份按照一定的社会价值标准去反映事物或现象的社会价值。社会评价的客体，是各种人物、事物和现象的社会价值，是整个世界和社会生活中存在的与社会有价值关系的所有事物、现象的社会意义。

(二) 项目社会评价的基本理论

项目是投资项目的简称。按照世界银行的解释，项目是指在规定的期限内，为完成某项开发目标（或一组开发目标）而规划的投资、政策、机构以及其他各方面的综合体。项目评价就是为了达到一个国家或地区发展目标，对政府或私人企业的投资项目进行的可行性评价。即把项目置于社会的大单位之中，从全社会的角度出发，考察、分析、预测项目实施对社会发展目标的影响程度，综合评价项目对社会发展的贡献，在技术评价、财务评价和经济评价的基础上，从社会的角度判断项目的社会可行性，以此做为科学决策的依据。其目的是使项目与其所处的环境相互协调，促进项目对国家社会发展目标的顺利实现，从而全面提高项目投资效益和推动社会进步。项目社会评价的特点，首先，是目标多元化；其次，是社会评价的长期性；第三，是定量难，特别是社会影响评价，目前只能进行以定性为主的分析。

(三) 社会评价指标及其体系的基本理论

本研究把社会评价指标界定为：对社会现象、社会所处的发展阶段的发展状况、水平和社会影响进行评价而采用的具有价值取向的数据、指数、规格与标准。社会评价指标体系就是将被进行社会评价对象的目标及衡量这些目标的指标按照其内在的因果和隶属关系构成的树状结构，指标的名称和指标值是指标质和量的规定。一般情况下，指标体系是一个递阶层次结构。

二、全民健身社会评价指标体系的相关概念界定

(一) 全民健身的两个层次含义

全民健身的体育层次含义是指全体国民在政府主导下，通过体育这种方式，学习健身方法、掌握健身技能，达到锻炼身体、增强体质、增进健康的目的，最终形成全民性的体育生活方式。而全民健身的社会学层次的含义，指的是以全体国民为对象，以建设和增强国民体质作为工程项目建设的出发点，通过体育健身实现体育的社会化，进而实现人的社会化活动。

(二) 全民健身社会评价、指标及其指标体系

全民健身社会评价就是对全民健身为实现社会发展目标所做贡献与影响，对社会、生活与自然环境可持续发展影响的一种评价方法。

本研究提出全民健身社会评价指标的工作定义：就是对全民健身发展的状况、水平和全民健身为实现社会发展目标所做的贡献与影响，对社会、生活与自然环境可持续发展影响进行评价而采用的具有价值取向的数据、指数、规格与标准。

全民健身社会评价指标体系，就是由一系列具有内在联系的，通过有机整合和科学分类，按照其内在的因果与隶属关系构成的，旨在对全民健身进行社会评价的指标系统。

三、全民健身社会评价指标体系的构建

(一) 全民健身社会评价指标体系构建的基本原则

1. 目的性与科学性

目的性体现在社会评价指标的总目的和分目的。选择指标的总目的是认识和了解全民健身对社会发展的贡献和影响，以此来指导全民健身的发展；子目的是在社会评价指标体系中，在确定每一个单项指标时，都应考虑此项指标在整个指标体系中的地位和作用，依据它所反映的某一特定研究对象的性质和特征，确定该指标的名称、含义和口径范围。而对指标名称的质的规定，在理论上必须有科学根据，在实践上必须可行而有实效，这样才能用来搜集资料并予以数量表现，而后据此做出正确的分析和应用。科学性，即能反映全民健身的特点、性质和运动过程，能反映各地区或整个国家全民健身开展的真实情况。

2. 定性与定量性

对于全民健身社会现象的性质和特征的认识,属于定性认识。一般对社会现象的定量认识要以定性认识为前提和基础。能定量的社会效益尽可能地采用定量指标,不能定量的采用定性指标。

3. 联系性与可比性

在评价指标体系中的各个具体指标之间,在其含义、口径范围、计算方法、计算时间和空间范围等方面,都必须是相互衔接而有联系的,这样才能综合而全面地认识指标反映的全民健身这一社会现象之间的数量关系、内在联系及其规律性。只有可比的评价指

标，才能提供准确的信息资料。可比性要求有两个含义：一是在不同的时间或空间范围上具有可比性;二是在地区之间进行比较时,除指标的口径、范围必须一致外,一般用相对数、比例数、指数和平均数等进行比较才具有可比性。

4. 可操作性

可操作性是建立社会评价指标体系的基本原则，由于全民健身是体育的子系统，是社会公共项目，数据往往包含一个大的领域范围内，给数据统计带来很大的不便，所以在设置指标时必须是能够简便和容易操作，进而反映全民健身处于一个什么水平和其对社会的影响。

5. 动态和静态相结合的原则

全民健身是一个不断发展的事物，为了进行综合的、历史的比较，指标设置应尽可能是静态和动态相结合，既要充分体现当时当地社会发展的特点、条件和需要而具有相对稳定性，又要对未来的近期发展有所预见而力求保持一定的连续性，以便借助指标体系探索全民健身的社会影响和发展水平的发展变化规律。

6. 层次性原则

可以用不同层次反映项目指标体系的内在结构、关键问题，并制定相应的解决问题的措施，便于发现问题，便于对全民健身进行纵向分析和横向比较。

(二) 全民健身社会评价指标体系构建的理论模型

全民健身是我国发展群众体育的重要手段，也是我国提高国民体质，实现社会发展总目标的重要内容。所以，全民健身社会评价指标体系评价的是全民健身的开展状况、发展水平以及由此带来的社会效益影响。在这一目标指导下，构建全民健身社会评价指标体系的理论模型需要考虑对全民健身的性质，自身的投入、管理与实施以及所带来的社会效益到底如何，由此确定全民健身社会评价指标体系构建的理论模型应借鉴体育社会评价指标体系构建的理论模型。由于我国全民健身开展的是以提高人的体质为目标的，是否以人为本是评价的根本所在。全民健身使人们公平占有全民健身资源、充分体现人们参与体育的权利、改善人们进行体育活动的物质条件和社会生活环境的程度如何是构建全民健身社会评价指标体系理论模型的出发点，所以，提出我国全民健身社会评价指标体系构建的理论模型为"资源配置—效益"。其中资源配置这一概念内涵中包含物力与人力资源，包含对资源配置的控制管理，效益的概念内涵中包含对人的效益与对社会的效益。该模型着重从三方面评价全民健身：一是全民健身在资源配置上是否充分合理；二是人们在全民健身中获得的体育利益是否丰裕与公平；三是全民健身的效益是否显著。从此也可以评判出全民健身的开展是否与国家社会发展目标保持一致。虽然对全民健身这一社会事业的投资会产生经济效益和社会效益,当然会有正效益和负效益。社会评价的目的就是提高投资决策的科学性,以尽量少的投入产生尽量大的正效益，避免负效益。基于这一思路设计全民健身社会评价指标。

"资源配置—效益"理论模型反映了全民健身的本质特征，反映了全民健身各个要素之间的基本关系，体现了全民健身社会评价的本质特点与基本方向，为构建全民健身社会评价指标体系奠定了理论框架。根据这一模型，构建我国全民健身社会评价指标体系的总体框架，包括资源配置、社会影响，既有资源又有效益含义的体育人口。见图1。

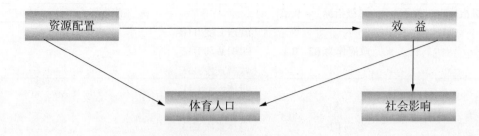

图 1 　全民健身社会评价指标体系的总体框架

（三）全民健身社会评价指标体系构建的步骤

1. 以体育社会评价指标为基准初步确定各级指标设计的名称、内涵

即设一级指标（3 个）：体育人口、资源配置、社会影响，权重值分别设定为 0.4、0.3 与 0.3。二级指标（9 个）：体育自然人口、体育社会人口，权重值分别为 0.6 与 0.4；投资渠道、资源满足需要程度、政府作为，权重值分别设定为 0.3、0.4 与 0.3；人民体质、社会经济影响、社会文化影响、社会环境影响，权重值分别设定为 0.3、0.3、0.2、0.2。三级指标（原设 34 个）。

2. 进行第一轮专家问卷调查初步肯定指标体系

3. 进行第二轮专家意见调查与分析，分析指标体系的合理度、信度、效度和权重

主要利用 2006 年在北京体育大学举行的全国体育管理年会的契机抽取 13 名（实际抽取 16 名，三份问卷无效）专家对全民健身社会评价指标体系进行问卷调查，结合省内 4 名专家共 17 名专家的意见对指标体系的指标及权重进行分析。结论得出指标体系的合理度、信度、效度均较高。并以调查权重作为指标体系的最终权重。

4. 指标体系的结构定型

一级指标	权重	二级指标	权重	三级指标
体育人口 A	0.4	体育自然人口 A1	0.6	体育自然人口 / 总人口比例 A11
				体育自然人口的体育素质水平 A12
				体育自然人口 / 体育社会人口 A13
		体育社会人口 A2	0.4	每万人体育社会人口数 A21
				大专以上学历体育社会人口数 / 体育社会人口数 A22
				体育社会人口职业威望 A23
资源配置 B	0.3	投资渠道 B1	0.3	政府投资 /GDPB11
				社会（含个人）投资 / GDPB12
				政府投资增长率 B13
				社会投资增长率 B14
		体育资源满足需要程度 B2	0.4	固定资产投资 / 总投资 B21
				人均群众体育经费 B22
				学生人均学校体育经费 B23
				体育知识、信息资源共享度 B24
				体育场馆、设施和器材满足社会成员需求水平 B25

一级指标	权重	二级指标	权重	三级指标
		政府作为 B3	0.3	管理力度 B31
				组织活动 B32
				政府宣传 B33
		人民体质影响 C1	0.3	身体形态 C11
				身体机能 C12
				身体素质 C13
				达到体质标准的人数比例 C14
		社会经济 C2	0.3	直接 GDP 贡献率 C21
				提高劳动生产率 C22
社会影响 C	0.3			人均体育消费支出 C23
				技术进步效率 C24
				体育无形资产增长率 C25
		社会文化 C3	0.2	价值观的影响 C31
				生活方式影响 C32
				精神文明建设影响 C33
		社会环境 C4	0.2	社区环境 C41
				公共关系 C42
				社会稳定 C43

5. 全民健身社会评价指标体系的评价标准设置

为了使全民健身社会评价指标的评价标准科学化、合理理性和逻辑，形成一套比较完整的标准体系。指标的评价标准本身要根据我国全民健身开展的成效和发展情况来制定。具体依据：一是国家的政策法规及地方性法规条例，二是全民健身发展的实际状况，三是现阶段国家不同区域经济发展实际。本研究对全民健身社会评价指标体系的评价标准的建立，主要借鉴相关的社会评价指标体系的评价标准；尽量采用最新的国家标准与地方标准中规定的指标值；参照国内的全民健身现状值，确定标准值；而对难以统计或者不能定量分析但又十分重要的指标暂用类似的指标替代或作定性描述。制定的评价标准体系拟采用专家评定法来确定。该指标体系的评价标准主要对三级指标的评价制定标准，并通过三级指标进而递层评价整个全民健身的发展水平与社会影响。每个三级指标均分为优秀（A）、良好（B）、达标（C）与不合格（D）四个等级，根据社会评价要达到的目的，设定各指标达到优秀和达标的具体标准，即评价的指标达到优秀与达标的具体要求，则处于 A、C 之间为良好，低于 C 为不合格。

全民健身社会评价指标的评价标准通过专家问卷调查，结果得到部分专家的认同，可以作为我国全民健身社会评价的参考标准。

（四）全民健身社会评价的评价方法

全民健身是一种全民性的社会公益性事业性项目，也是一种体育项目，这种综合性项目由于其评价内容的复杂性和多维性，选择全民健身社会评价的方法就要运用定量与定性相结合的多目标模糊综合评价，在定量、定性分析上，由于该指标体系要遵循简明性原则，层次不能太多，但指标也不能太多，所以将部分能定量分析的指标整合，成为定性形式的指标成为解决这个矛盾的关键。所以为减少指标的繁杂，定量指标定性分析是需要的。而在定性分析的指标上，尽量能用数据说明也十分重要，即定性指标定量分析。之所以采取这种方式，是为了使整个评价更加简洁和科学。而运用目标模糊综合评价适合社会事业性项目的评价。因为全民健身开展的主要目的是提高国民的身体素质和发展群众体育运动，附加的经济效益和社会效益并不是全民健身计划实施的主要目标，而在评价过程中，由于评价因子、评价人员和备选方案较多，影响因素的作用关系复杂，给评价带来了困难。根据全民健身评价中的多因素和模糊性特点，基于模糊数学原理建立的模糊综合评价方法是经常被采用的评价工具。

模糊综合评价法是对受多种因素影响的事物作出全面评价的十分有效的多因素决策方法。所以用模糊数学的评价方式来评价全民健身是一种比较科学的方法。

四、全民健身社会评价指标体系的实证分析

运用建立的全民健身社会评价指标体系对长沙市地全民健身进行评价，结论得出长沙市全民健身社会评价的定量结果为 76.44 分，认为长沙市全民健身的开展与社会影响水平总体达标，接近良好。

五、结 论

（一）本研究提出了全民健身社会评价指标体系构建的理论模型，即"资源配置—效益"理论模型，该模型反映了全民健身的本质特征，反映了全民健身各个要素之间的基本关系，体现了全民健身社会评价的本质特点与基本方向，为构建全民健身社会评价指标体系奠定了理论框架。根据这一模型，构建我国全民健身社会评价指标体系的总体框架，包括资源配置、社会影响，既有资源又有效益含义的体育人口。

（二）本文研制的全民健身社会评价指标体系的主体内容包括体育人口、资源配置和社会影响 3 个一级指标，体育自然人口、体育社会人口、投资渠道、资源满足需要程度、政府作为、人民体质、社会经济、社会文化和社会环境 9 个二级指标以及相应的33 个三级指标，经专家调查分析，该指标体系具有较好的层次性结构。

（三）运用研制的全民健身社会评价指标体系、评价标准、评价方法，通过实证检验，对长沙市的全民健身进行综合评价，得出长沙市的全民健身达到达标标准，接近良好。说明本文建立的全民健身社会评价指标体系具有可行性与可操作性。

（项目编号：908ss06040）

西南地区学校体育设施服务全民健身研究

毛俐亚　赵元吉　李国栋　彭庆元

一、西南地区学校体育设施服务全民健身存在的问题

(一) 西南地区学校体育设施资源存在较大缺口

在资源总量上，川渝两地有 23.81% 的学校认为不能满足正常教学训练。云贵地区有高达 34.09% 的学校认为不能满足正常教学训练。西藏自治区更是如此，即便是拉萨市，仍有 28.57% 的学校认为不能满足正常教学训练。目前这种 80% 以上的学校体育场馆设施仍不宽余的现状，制约着西南地区学校体育设施服务全民健身的开展。

西南地区学校体育设施类别单一。学校体育场馆以传统体育项目为主,如田径场、篮球场、排球场、足球场、羽毛球场等。例如武术场、游泳池、体操房、健美操房、健身房、舞蹈及形体房这类适合全民健身的体育设施无论数量还是学校拥有率上均比较低。

(二) 西南地区学校体育设施资源整体布局极不平衡

西南地区为我国欠发达地区，该地区贫富差距较大，发展水平不一。学校在体育设施方面的投入极不平衡，高校、城区中小学的场地设施相对完善。由于地域、经济原因，限制了包括郊区、城镇、乡村学校的体育设施建设，但是不要忘记全民健身的"全民性"，郊区、城镇、乡村的居民亦是全民健身的一个重要组成部分。我国西南地区学校体育场馆的这一现状，决定了我们的对策绝不应该是一刀切或者是齐步走的方式，而应分地区、分阶段、有重点、有难点。

(三) 西南地区学校对体育设施向社会开放的认识存在不足

从主观愿望上来讲，绝大多数学校愿意开放体育设施来服务于全民健身运动，在观念层面上能够顺应大局，只是碍于一些客观存在的因素，使得学校体育设施服务于全民健身的愿望受限。课题组在调查中发现，仍有大约 20% 的被调查者选择了"无相关的国家或地方政策"。调查数据表明，西南地区学校对体育设施向社会开放的认识不足，同时也折射了一个问题，我们的宣传工作还没有完全做到位，还需要加大力度宣传国家的相关法制法规，以促进学校体育设施的开放。

(四) 西南地区学校体育设施向社会开放力度不够

调查显示，西南地区学校体育设施在行课期间根本不对外开放的学校占到了调查对

象的 40% 左右。仅仅考虑学校的行课需要而不考虑其他因素，按理说学校在假期体育场馆应向社会开放，以解决社会体育设施短缺问题，事实上，仍有 20% 左右的学校根本不对外开放体育设施。在群众的健身热情高涨、健身需求强烈，而体育设施又极为稀缺的大背景下，无论从开放的学校数量还是开放的规模讲，都不可能满足各类健身人群的健身需求。

（五）政府投资学校体育设施的力度不够

调查发现，西南地区学校现拥有的场地也多是田径场、篮球场、排球场、足球场、羽毛球场等，而游泳池、网球场、健身房、舞蹈及形体房等群众喜爱的运动项目场馆较少。这需要政府加大对学校短缺项目的体育设施投资力度，分层次地建设、建全社会所需健身设施，以满足社会不同健身人群的需求。另外，政府对学校体育场馆运行成本补偿不够，学校体育场馆在开放过程中的运行成本政府也应考虑解决。

（六）向社会开放过程中的保障措施不力

目前，西南地区向公众开放体育设施的学校对于外来锻炼者的意外伤害事故的处理措施大致有三种：由政府或社区所投"安全场地责任险"的保险公司负责、个人承担安全责任、学校承担安全责任，分别占 23.21%、25.30% 和 7.74% 的比例，另外还有 30% 左右的学校对此类事故无任何处理措施。如果要更有效地向社会开放学校的体育设施，此类问题必须有一个妥当的处理办法。

（七）西南地区学校体育设施运营管理模式陈旧

西南地区学校体育场馆运营管理模式有 60% 左右的学校依然采用"学校（或职能部门）行政管理"，20% 左右的学校采用"行政指导为主，市场化机制为辅"的模式，另有大概 12% 的学校采用"市场化管理为主，行政指导为辅"的模式，采用"完全市场化经营管理"模式的仅占 4% 左右。西南地区学校体育设施目前运营管理模式陈旧这种状况，是制约其有效对外开放的另一个重要因素。

二、西南地区学校体育设施服务全民健身的发展策略

（一）加强宣传，提高对学校体育设施社会化重要性的认识

在推进学校体育设施对外开放过程中，我们的政府部门应有所作为。通过加大有关法规、规章的社会宣传力度等方式，引导学校打破体育设施单位所有的意识，确立为社会服务的大局观念。同时，采取树立典型、宣传典型的方式，扩大学校体育设施对外开放的社会影响力，使更多的学校认识到学校对外开放的社会价值和意义。

（二）加大投入力度，建立政府对学校体育设施的补偿机制

各级政府应将学体育场馆建设与社区体育设施建设进行统筹规划，将此项建设纳入各地区经济文化发展整体规划之中，增加学校体育设施的投入，加快学校体育设施硬件的改造和完善。增加对学校体育设施运行成本的补偿，建立补偿机制。可在体育彩票收益中建立相关专项支付基金，在不断增加的教育经费中划拨学校体育场馆社会化的专项资

金，以解决学校体育场馆社会化的实际困难，使学校体育场馆更好地发挥社会功能。

（三）创建激励机制，加速学校体育设施社会化进程

建议西南地区各级政府对类似公益行为出台特殊政策，创建国家和社会激励机制，以利于调动西南地区学校体育设施为社会开展服务的积极性，促进学校体育设施服务于全民健身。例如，对学校的评优评估等评价体系中，增加学校体育设施服务全民健身的量化要求；在对学校体育设施社会化的专项拨付中，依据其全民健身的评级水平，累进制逐次加大拨付幅度；鼓励社区企业和本区域大型企业对学校体育设施进行公益性投入，同时彰显企业知名度，以达到互惠互利的目的。

（四）完善法规制度，建立运动意外伤害保险机制

政府相关职能部门应尽早出台关于校园内运动意外伤害事故处理办法，建立运动意外伤害保险机制，继续加强各种法规制度的建设，使学校体育场馆的开放向法制化方向发展，做到有章可循、违章必纠、依章办事，以解决学校体育体育场馆向社会开放的后顾之忧。

（五）更新观念，学校体育设施以社区居民为服务主体

教育管理者要认识到目前社区体育效能低下不能满足社会发展需要，及时调整方针，打破学校体育设施单位所有的陈旧观念，确立资源共享、服务社会的意识，使学校体育设施发挥出应有的社会功能和效益。学校体育设施服务社会的对象应主要放在为本校学生和为社区有组织的人群提供服务方面，树立以社区居民为服务主体的观念。

（六）兼顾学校客观，分阶段、分步骤层层推进开放

目前，场馆建设的整体规划与宏观管理是摆在我们面前急需解决的问题。另外，由于许多学校的体育场馆在当初建设时并没有考虑到要兼顾向社会开放的功能，我国西南地区各级学校中，教学区和活动区分开的学校较少，只占学校总数的30%左右。这部分学校应该以不同方式向社会开放。而教学区和活动区合一的学校还应采取既要积极引导，又要稳步推进的工作方式，提倡公休日和节假日向有组织的社区居民开放。

（七）谋求自身发展，多种体育场馆经营管理模式共存

西南地区学校体育场地向社会开放的运营方式大概有三种类型：一是学校本身成立体育俱乐部，自主管理；二是由一些体育公司承包，与学校共同运营；三是学校与社区共同管理，实现管理社会化。三种模式大多源于不同学校自身的条件而生，各自发展，互有短长。学校在选择什么样的模式来管理体育场馆的问题上，不应主观、机械地照搬，而应从国家的政治经济体制、体育体制和学校的特点和场馆自身的特点出发，选择适合国情和校情的体育场馆管理模式，以求最大限度地发挥体育场馆的效用和争取获得最大的效益。

（项目编号：1017ss06149）

珠江三角洲城乡女性参与休闲体育活动状况研究

杜熙茹　徐　佶　成琦　王　敏　高玉花

一、珠江三角洲城乡女性休闲体育的参与特征

（一）珠江三角洲城乡女性休闲体育的时间特征

1. 珠江三角洲城乡女性的日时间分配

珠江三角洲女性已经拥有了较为充足的休闲时间。珠江三角洲女性每天少于6小时睡眠时间竟仍有21%，8小时以上的只有19.2%，近60%的女性维持正常生理需要的睡眠时间都是在6～8小时这个范围，近半的女性可能每天拥有的睡眠时间不足8个小时。

2. 每周参加体育活动的次数、时段及时间

珠江三角洲女性体育人口达43.5%。这个比例略高于2000年对我国女性体育人口的统计数字。

（二）珠江三角洲城乡休闲体育的地域特征

（三）珠江三角洲城乡女性参加体育健身活动的场所特征

表1　珠江三角洲城乡女性参加体育健身活动的场所　N=4315

地点	人数	百分比(%)	排序	地点	人数	百分比(%)	排序
自家庭院	1556	36.09	4	公共场所	1770	41.02	3
收费场所	1507	35.92	5	公园广场	1779	41.23	2
住宅小区	1933	44.8	1	树林河边	379	8.78	8
单位	1325	30.71	6	道路旁	624	14.46	7

（四）珠江三角洲城乡女性休闲体育的人文环境特征

1. 体育休闲健身活动的同伴
2. 自己居住环境的休闲体育开展状况

珠江三角洲的女性对于自己居住环境休闲体育的开展状况的认同度在总体来说是中等偏上的，对于居住环境休闲体育的开展还有一定的期待，至少目前为止仍旧不能满足她们的需求。

表 2 珠江三角洲女性对自己居住的环境休闲体育状况开展 N＝4315

	同意（人）	百分比（%）	一般（人）	百分比（%）	不同意（人）	百分比（%）
休闲体育活动丰富多样	1483	34.37	2521	58.42	896	20.76
休闲体育设施完善	1180	27.35	2575	59.66	1045	24.22
休闲体育气氛浓厚	1809	41.92	2523	58.47	868	20.16
休闲体育环境较好	1612	37.36	2547	59.03	1141	26.44

（五）珠江三角洲城乡女性休闲体育的项目特征

最受珠江三角洲女性欢迎的休闲体育项目中，排在前 15 位的有 9 个都是要进行收费的项目。休闲体育活动从个体可独自进行的诸如散步、跑步等传统的项目，逐渐向需有同伴进行的如羽毛球、乒乓球、网球、体育舞蹈等需要一定技能的集体项目过渡。反映了随着女性社会地位的不断提升，她们更加注重人际关系的交往，逐渐不满足个人项目的休闲方式。

（六）珠江三角洲城乡女性休闲体育的思想意识特征

1. 珠江三角洲女性对休闲体育生活满意程度
2. 参加休闲体育活动的目的

珠江三角洲女性在休闲体育活动项目的选择上已经体现出她们独特的生理、心理和社会心理特征，已经表露出她们有意识追求健康的生活方式，即培养自控、耐心、坚韧、自强不息和人际交往等能力，积极主动地面对生活的需求。

3. 不参加休闲体育活动的原因

珠江三角洲女性不参加休闲体育活动的首要因素仍是时间的缺乏；其次是对场地、设施和指导条件的不满意；而自身的因素如健康状况、兴趣爱好和心理障碍的人数仅次于经济基础；最后缺少同伴和家人的支持程度对女性进行休闲体育活动也有不可或缺的影响。

4. 珠江三角洲城乡女性休闲体育价值观

珠江三角洲城乡女性休闲体育观是健康和正面的，强身健体，提高生活质量、体育是较好的休闲活动和人生不可缺体育健身等健康的运动概念已经逐步深入人心。

二、珠江三角洲女性休闲体育消费状况分析

（一）珠江三角洲女性休闲体育消费的基本状况

珠江三角洲女性除日常生活消费之外的储蓄计划开支中，子女教育排第一位，其次是养老、购房和旅游，而体育活动名列第四位。

（二）珠江三角洲女性休闲体育消费的行为分析

珠江三角洲女性对于体育服装的投入最高，其次是体育器材和场地租用。体育彩票和俱乐部会费的投入也占有一定比例。但是从体育刊物的投入来看，近半数的女性没有购买过体育刊物。珠江三角洲女性每月用于体育方面（观赏体育比赛、购买体育器材与

服装、俱乐部会员费、参与体育健身娱乐活动支出的费用等）支出大多介于 51～200 元，占 28.7%。

三、珠江三角洲城乡女性休闲体育活动影响因素的 R 型因子分析

影响女性休闲体育活动的六个因子，即物质环境、个人、体育价值、体育氛围、经济水平、角色态度。

四、珠江三角洲休闲体育性别差异状况分析

（一）男女在休闲时间上的差异

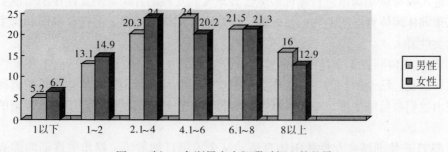

图 1　珠江三角洲男女在闲暇时间上的差异

（二）男女在体育人口上的差异

珠江三角洲男性与女性在参加休闲体育活动的次数和时间上都有着很大的差异。每周从没参加过和仅参加 1 次休闲体育活动的女性多过于男性；除了每周参加休闲体育活动 4 次和男性比例相当外，其余的数字均高过女性。在活动时间安排上来看：男性每次活动时间在 30～60 分钟的比例几乎是女性的两倍；1～1.5 小时之内也高出女性 5 个百分点；女性在每次活动超过 1.5 小时之上的比例高于男性。

（三）男女在休闲消费上的差异

珠江三角洲女性无休闲体育消费的比例大于男性；女性在休闲体育消费在小于 10 元和 10～100 元的范围内略占优势；而在 100～500 元和大于 500 元高消费范畴内均少于男性。

五、珠江三角洲城乡女性休闲体育对策及努力方向

媒体的正确诱导及宣传效应、弥补教育系统的偏差、加快休闲体育产业的开发，促进休闲体育人文关怀、女性自我意识的培养。

六、结论与建议

（一）结论

1. 珠江三角洲女性已经拥有了较为充足的闲暇时间，休闲体育呈上升发展态势。

假设不考虑其他方面的因素，时间已经不再是影响其进行休闲体育生活的主要因素。

2. 珠江三角洲女性每天少于 6 小时睡眠时间竟 1/5，近半人数可能每天拥有的睡眠时间不足 8 个小时。受传统观念的制约和家庭内部的责任分配的根深蒂固，城乡女性在休闲过程中"追求愉悦、闲适的心态"的这种完全休闲的身心满足还无法像男性一样获得。不参加休闲体育活动的首要因素仍是时间的缺乏。

3. 珠江三角洲女性体育人口达 43.5%，每次时间在 30 分钟以上高达 81%，不足 30 分钟的只有 19%。女性体育人口比例较大，休闲体育观是健康和正面的。对于自己居住环境休闲体育的开展状况的认同度在总体来说是中等偏上的；居住环境休闲体育的开展还有待于进一步提高。对休闲体育活动的内容、时间和活动场所满意度较高。

4. 珠江三角洲公共体育场所仍是女性最倾向于选择的活动空间，随着经济基础的改善，进入收费运动场馆进行体育锻炼已日渐受到女性的青睐。但女性在消费值上低于珠江三角洲休闲体育场所消费的整体值。男性在休闲体育消费上的选择范围和自主权仍旧会比女性要大。

5. 珠江三角洲青年女性的休闲体育伙伴多是朋友、同事和同学，而中年女性主要是家人和朋友。活动的目的主要集中在强身健体。女性在休闲体育活动项目的选择上已经体现出她们独特的生理、心理和社会心理特征，并表露出她们有意识追求健康的生活方式。

6. 珠江三角洲城乡女性休闲体育活动从个人项目如散步、跑步等逐渐向需有同伴进行的如羽毛球、乒乓球、网球、体育舞蹈等需要一定技能的集体项目过渡，反映了珠江三角洲女性越来越重视社会交往活动，更加愿意与人交往。

7. 珠江三角洲城市女性体育消费支出较高，排在前 15 位的有 9 个都是要进行收费的项目。"请人吃饭不如请人流汗""花钱买健康"观念深入人心；精神性的体育消费水平和乡镇女性的体育消费观念还有待更新和提高。

8. 乡镇女性休闲体育活动时间与次数的选择上较自由、机动性大，但休闲空间和场所相对较小；城市女性休闲体育活动时间根据个人情况较为固定，选择的场所相对多些，单位设施、小区会所、收费场馆等雨后春笋般的出现，让城市女性的选择范围更广。

9. 在休闲体育项目的选择上，乡镇女性一般选择自创的、传统的、投入少的项目。人员的参与也是以自己乡镇的女性为主，自娱自乐。城市女性喜欢追求流行的、现代的项目，勇于尝试新鲜事物；部分乡镇女性的休闲种类还是较为单一，近半的女性把看电视和打麻将作为主要的休闲方式。

10. R 型因子分析出影响女性休闲体育活动的六个因子，即物质环境因子、个人因子、体育价值因子、体育氛围因子、经济水平因子、角色态度因子。

11. 调查数据显示男女性在拥有闲暇时间并无太大的差别，但真正体验和享受上就有着质的区分，男性才是减少家务耗时、拥有更多闲暇时间上的最大受益者。同时，在休闲体育参与的次数时间和消费上，男性也处于优势地位。

(二) 建 议

1. 建议以单位、社区或村镇为单位，进行休闲体育的传播和推广，结合政府的扶持，在专门人事的指导下多开展活动或小型竞赛、表演，提高女性参与的积极性。

2. 利用当地大中小学丰富的体育场地、设施和专业的技术指导教师，充分实现资源共享。

3. 重点开发中低档体育消费市场，开发经营些专业性强且需求档次居中的健身服务场所或者社会主义新农村当是时下投资的重点。

4. 利用乡镇丰富的生态环境资源，以体育项目为切入点开展体育旅游服务产业，吸引城市的女性参观或参加以休闲体育活动为目的的体育旅游。便于城乡休闲体育活动的交流，促进消费。

5. 通过报刊和电视网络等媒体传播，让女性重视自身的休闲体育教育，以积极的心态去参与，让休闲体育真正成为自己的生活方式，才能使自我的人生更加完善与健康。

6. 社会应为女性尤其是处于更年期的女性创造和搭建一个良好的平台，为她们积极参与休闲体育运动创造条件，使其身心健康问题得到社会广泛的重视，她们才能在实现人生价值和自我价值的同时获得健康和快乐。

（项目编号：1042ss06174）

东北三省普通高校学生
体质健康状况研究

侯书健　刘小辉　牛　飚　赵丽　张玲波　王　刚

学生体质是国家经济建设和社会发展的物质基础，是综合国力的重要组成部分。学生体质健康测试是一项非常基础性的工作，是一项"功在当代，利在千秋"的工作。它为国家、学校或社区的体育事业、教育事业、卫生事业，乃至经济建设和国防事业提供决策咨询和政策依据。通过实施《学生体质健康标准（试行方案）》，加强对各地、各类各级学校学生的实际调研工作，切实反映我国各地、各民族和各条件学校学生体质健康的实际水平，为制定评价等级标准提供具有科学性、代表性的数据，更真实地反映学生的体质健康水平。

一、东三省普通高校学生体质健康的现状

（一）东三省普通高校学生的身高和体重的发育状况与 2000 年全国同龄人相比呈增长趋势。平均身高高于 2000 年全国同龄人的平均身高。体重也呈现增长的趋势，与 2000 年全国同龄人的体重相比有显著性的增长，增长势头迅猛。而女生体重与 2000 年全国同龄人相比呈增长的趋势。总体看来，东三省普通高校大学生身体形态发育总体呈上升趋势。总体上看，其形态发育水平是比较理想的。

（二）东三省普通高校大学生心肺功能不理想，与 2000 年全国同龄人相比总体呈下滑趋势。东三省普通高校学生的肺活量与 2000 年全国同龄人相比，呈现负增长的趋势，并且呈现极其显著性的下降趋势，说明东三省大学生的肺功能系统的机能较差。从台阶试验指标来看，由于没有和其他指标进行比较，因此不能判定东三省大学生的心血管机能是否有提高或是下降，只能从台阶试验的达标情况来总体进行评价。其重要原因有：第一，高考阶段学习的压力所带来的负面影响。第二，大学阶段体育意识淡薄。第三，高校体育选修课和必修课教学内容中没有针对性地增加改善心肺功能的教学内容。第四，高校体育选修课的实施机制的不健全。第五，课外体育锻炼的作用并没有完全发挥出来。

（三）东三省大学生的身体素质状况没有提高，与 2000 年全国同龄人相比反而呈现下降趋势。从握力指数分析，东三省大学男生与 2000 年全国同龄人相比呈上升趋势，而女生与 2000 年全国同龄人相比总体呈下降趋势。从立定跳远指数分析，东三省男、女大学生与 2000 年全国同龄人相比，出现了持续的负增长，总体呈下滑趋势。

二、东三省普通高校学生体质下降的主要原因

（一）学生在高中时期所接受的体育教育是不完整的，是不被学校和学生重视的，增强体质只是"纸上谈兵"；学生缺乏科学的体育锻炼意识，这也大大阻碍了大学生体

质的增强。

（二）体育教学内容目标的单一性导致学生终身体育意识淡漠，间接导致了大学生生理机能的下滑。

（三）特定的社会环境和生活环境对学生心理的影响，以及学生的一些不良嗜好也是影响学生体质健康的原因之一。特别是网络问题对于目前高校大学生所产生的负面影响对于其心理和体质状况的影响比较严重。

（四）东三省的地理位置及多变的气候也间接地对学生增强体质造成一定的阻碍。受东三省气候的影响，特别是冬季气候影响，高校体育活动的时间、场地、授课内容等受到限制，使得学生的体育行为受到了限制，这对于体质状况也会产生一定的影响。

三、对于解决东三省普通高校大学生体质下降这一现状的对策

（一）应将"素质教育""健康第一"和"终身体育"作为培养当代大学生的体育指导目标。大学体育教学在加速推进素质教育的同时，应大力提倡培养学生积极参加体育锻炼的自觉意识。要充分认识到学生体质的健康在整个教育过程中的重要性，加强学生意志品质和吃苦耐劳精神的培养，引导学生分析和正视困难，提高心理承受能力，调动学生锻炼身体的积极性，树立"健康第一"的思想，减轻学生的学业负担，为学生营造生动活泼、积极主动、自由宽松、努力向上的学习生活家园，为学生终身进行体育锻炼打下良好的基础。

（二）还要强化专项课，使体育教学在大学学习期间呈现不间断性。从目前东三省各普通高校体育课的开设情况来看，每学期体育课一般开设 14～16 周，而且各校基本上是学生进入大学三年级以后，就取消了体育必修课，而改用体育选修课，学生可选可不选，致使体育教学缺乏延续性和连续性，从而也间接影响了学生体质的增强。针对这一情况，各高校教务部门和体育管理部门应加强对学生体育的管理，考虑适当的增加体育课学时，将体育教学贯穿在大学四年的学习生活中，促使学生不断地进行体育锻炼。

（三）要逐步改善体育知识结构，培养学生的体育意识，培养学生用科学的体育理论知识指导自身从事体育活动的能力。对学生进行终身体育意识的培养离不开体育知识的教育。改善体育的知识结构是增强体育意识、培养终身体育能力的基础，在这一点上，东三省各高校的做法还是很跟得上要求的。各个学校因学校的实际情况不同，既开设了大学体育必修课又开设了各项选修课，使体育学科结构从单一向综合方向发展。这种做法不仅拓宽了学生的知识面、改善了知识结构，而且通过体育理论课讲授有关体育知识，组织学生观看体育比赛录像，通过教师的正规讲解使学生体验比赛场上紧张、热烈的气氛，欣赏运动员们健美的身姿、精湛的技术、精彩的战术配合，使学生领悟到体育的无穷魅力，打破"重技术、技能，轻理论"的传统体育教学的认识，从思想上提高学生对体育知识的了解，对终身体育的认识。

（四）要根据学生的兴趣爱好选择易于锻炼、有助增强体质的教学内容，还要全面开展好课外体育活动，提高学生体质健康水平。大学生的体育兴趣很广泛，对某些爱好运动具有专一的倾向性，追求体育的内涵，渴望体现自身价值。体育锻炼不仅是学生增强体质的重要手段，还是大学生进行交往、娱乐的手段和内容。因此，大学体育教学的内容，应该在完成教学任务的前提下，具有理性、文化性和趣味性，要尽可能地满足学生的体育兴趣和爱好，变被动为主动学习，主动地体验体育运动的乐趣，从中认识体育

的价值，逐步培养体育兴趣和能力，养成良好的体育锻炼习惯。要进一步创造条件，继续选择有锻炼价值、有益健康、学生有兴趣、易于锻炼的教学内容。所选择的教学内容应具有明显的自娱性、实用性、健康性、趣味性、可行性和终身性，还要具有一定运动负荷，能有效提高学生身体素质，来改善学生的心肺功能，培养体能，提高耐力素质，培养吃苦耐劳、坚忍不拔的高尚品质，提高学生体质健康水平。

（五）树立健康的观念，培养学生用科学的体育理论知识指导自身从事体育活动能力。体质的增强要依靠长期的、坚持不懈的体育锻炼，而现代大学生对自身健康状况的了解缺乏主动性，对健康的体质缺乏必要的了解，缺乏从事体育锻炼以增进自身健康的目的性，为了使学生能够建立健康体质的观念，作为体育锻炼主要指导人的教师要挑起这个责任。通过教师对体质与健康的关系，增进健康增强体质的方法等一一讲解，让学生了解增强体质的重要性，掌握自己进行体育锻炼的方法，即使在没有指导教师的情况下，也能够根据自己的健康状况制定运动处方，指导自己坚持不懈地进行体育锻炼，养成自觉地、自发地进行体育锻炼的习惯，为增强体质、改善体质健康状况奠定良好基础。

（六）全面提高体育教师素质有利于学生体质的提高。教师在这一时期，角色已不再单纯的只是"教师"一职，还应同时是学生的"指导人""咨询师""健身医生"以及"朋友"等角色，为了全面胜任这些角色的转变，教师不断加强自身素质建设，通过培训和再教育手段来提高自身的教学水平。要认真钻研教法，改进教学手段，提高教学效果，加强对学生课外锻炼的指导，培养学生体育锻炼的兴趣，及时掌握学生体质变化的规律，选择适宜的教材，指导学生掌握科学的体育锻炼方法。

（项目编号：1043ss06175）

转型时期我国国有企业职工体育管理体制研究

董 欣 吴 晨 刘满金 徐长红 朱 红 宗维洁 洪 彬

一、转型时期我国国有企业外部职工体育管理体制的变迁

(一) 职工体育行政组织的管理权限

国家体育总局群体司以及地方体育局的群体处 (科)，他们组成了职工体育的政府管理组织；而中华全国体育总会所属的产业体协和中华全国总工会的宣教文体部以及地方的产业体协和省市总工会的宣教文体部组成了职工体育的群众组织管理渠道。这两个组织机构在职工体育工作中发挥着不同的职能。国家体育局对职工体育的宏观调控和指导包括党和政府的有关文件精神和全国总工会共同研究确定职工体育的方针和计划；根据国家的有关法律和法规，独立制定或与全国总工会共同制定与职工体育有关的行政规章与制度。

(二) 职工体育社会组织在国家社会关系中的重新定位

1. 职工体育社会组织管理机构设置

(1) 工会宣教部是职工体育工作的主管单位

中国的工会组织是党领导下的具有行政权力的组织，全国总工会以及地方总工会是政府的机关单位，国有企业中的工会是在企业机关党委领导下的部门。因此说作为职工体育主管部门的工会系统与体育局系统同属职工体育管理的行政部门。全国总工会以及地方总工会作为一种政治性色彩很强的特殊社团，扮演了党的群众工作部门的角色，这决定它不可能像其他社会团体一样走上完全民间化的道路。人民团体的行为受到国家强有力的指导性约束。

(2) 行业体协是本行业职工体育的主管部门

各行业体育协会是各行业体育工作的主管部门，也是中华全国体育总会的团体会员，我国的行业体育协会大多属于各行业直属事业单位。各行业体育工作由其主管部门负责，是社会体育改革和体育社会化的一项重要政策性措施。

2. 职工文化体育协会在国家社会关系中的角色定位

在中华全国体育总会之下，组织重构全国职工体育协会。其归口单位仍然是全国总工会，接受国家体育总局的业务主管，在民政部注册。将 19 个行业体育协会和各个省市的职工体育协会归属于全国职工体协。2004 年 3 月 18 日成立的中国职工文体协会是经民政部批准成立、由中华全国总工会主管的国家一级社团，是群众性的全国职工文化体育组织和非营利性的社团法人。

转型期的职工文化体育协会具有双重性管理体制的社团性质。这种双重性是因为社团的成立不是自下而上的，而是政府职能转移的结果，所以这种互益型社团既要维护成员共同利益，同时又要代表政府扮演会员协调和联系人的角色，甚至在今后一段时间还将具有较强的行政管理色彩。

二、东北老工业基地国有企业内部职工体育管理体制的变迁

（一）东北老工业基地国有企业内部职工体育管理现状

1. 自上而下的职工体育管理组织机构

东北老工业基地国有大型企业自身分布具有分散（龙煤集团鹤岗兴安煤矿、益新煤矿公司和哈尔滨铁路局）和集中（哈尔滨电机有限责任公司、东北轻合金加工厂、哈尔滨轴承股份有限公司等）两个特点，其体育管理由计划经济时期的集中管理逐步向多层次、多形式管理模式发展，管理权限下放到各个二级单位及车间，企业工会宣教部及体协主要承担职工体育的直接管理，负责企业职工体育的具体事务性工作，如宣传企业文化、职工体育活动的组织与策划、职工体育赛事管理、体育骨干的培训与辅导、企业体育工作的评比等。国有大型企业中职工体育管理机构主要有两种形式，一种是以工会宣教部负责管理职工体育工作。如大庆石化总厂成立了以党委副书记、工会主席为组长的员工文体工作领导小组，总厂工会下设宣教文体部，具体指导两个文体中心和二级单位文体工作，文体中心配备专职文体干部和具体工作人员，总厂各直属二级单位工会也相应配备专（兼）职文体干部，在全厂形成总厂、二级单位、车间三级员工文体工作组织网络。另一种是以职工体协负责管理职工体育工作，工会兼管的方式。如齐齐哈尔铁路车辆有限责任公司体协成立了由公司董事长、总经理担任主席、党政工会、团委领导和二级单位领导组成的体协理事会及职工文体工作委员会，由公司体协、工会宣教部具体负责公司文体活动的策划与组织。所以东北老工业基地国有大型企业职工体育的管理多以工会负责管理，自上而下的组织领导机构，这是按照计划经济模式建立的管理体系。调研的国有企业职工体育管理部门都制定有职工体育发展规划及相应的管理制度。而且通过表彰奖励等机制来推动企业职工体育活动的开展，并将职工体育活动的开展成果作为基层党政领导的政绩考核，提高基层单位对文体活动的重视程度，对职工健身活动好的先进典型和先进事迹，公司体协积极宣传和推广他们的事迹和经验，以推动基层职工体育活动的开展。

2. 良好的场地设施和充足的经费保障

本次调研的国有企业一般是 20 世纪 50 年代建厂的老企业，很多企业的体育场地设施是改革开放以前修建的，比如东北轻合金有限责任公司的灯光球场和田径场就是 50 年代建厂时修建的体育设施，虽然近几年公司的经济效益不是很好，但还是保留原有场地的基础上投资 30 多万元改建了田径场主席台和看台。从调查中我们了解到，国有企业职工体育场地设施和经费情况与企业的经济效益具有很大的关系，近几年来经济效益比较好的企业投入大量的资金对体育场馆和设施进行了新建设和大改造,全民健身的环境得到了根本的改善。全国体育示范基地的企业职工体育场地设施情况明显好于其他企业。

企业行政拨款是国有企业职工体育经费的主要来源，这有利于企业全面规划职工体育工作，并保证丰富多彩的体育活动开展。但经费来源的单一，使工作的开展对企业的

依赖性越来越大，职工体育活动的开展缺乏自身的造血功能。

3. 丰富多彩的职工体育活动

职工体育活动的组织主要分为日常活动和大型活动。大型活动由于投入资金较大，需要的人力、物力较大，主要由工会提出计划方案，由工会主席审批并上报企业，活动经费全部由企业专项拨款，由工会组织投入，宣传发动。日常活动则只要由车间、班组职工自发组织开展活动。我国正处于转型期，职工参与体育活动的意识还停留在计划时期依靠单位的组织，在这种情况下，需要政府和企业以行政的方式督促职工参与体育活动。比如 2007 年 9 月 22 日由中华全国总工会、国家体育总局、第 29 届北京奥组委共同组织的"全国亿万职工迎奥运健步走活动"启动仪式在 31 个省会城市、自治区首府、直辖市同时举行。通过这种宣传鼓励企业和职工参与到全民健身的队伍中，很多企业也组织了全民健身与奥运同行的活动，这类大型的体育活动只能起到宣传鼓励的作用，真正吸引职工参与体育活动还需要企业内部日常开展的体育活动，这类职工体育活动具有经常性、灵活性的特点，适合不同人群的需要，吸引不同兴趣的职工参与体育活动。

(二) 职工体育管理体制存在的问题

1. 自上而下的行政化管理体制

企业内部的职工体育工作从计划经济时期就一直以工会或体协负责管理，工会与体协既属于企业的行政部门，又属于上级工会与体协的下属机构，属于行政主导的组织机构，而近几年有的企业也相应成立了职工体育协会或职工文体协会，但这类协会并不具有社团性质，也只是原组织机构换个牌子，这自上而下成立的职工体育管理模式属于指令型的，即体育活动多依托企业行政手段进行组织和控制，而上级部门也主要靠一些精神文明评比、奖励、红头文件等方式检查基层职工体育工作情况，这是企业热衷于开展气氛热烈、声势浩大、宣传效果好、较短时间内可完成竞赛活动的原因所在。

2. 封闭式的管理模式

企业由于受计划时期企业办社会的影响，企业内部就是一个小社会，虽然企业现在成为一个独立的经济实体，但过去的体制惯性还将长期根深在人们的潜意识中，企业把职工体育作为职工的福利，但正是这种观念使企业经济效益不好的时候，首先受到冲击的就是职工体育，正是这种管理使职工体育处于封闭式的管理，而与其他社会体育活动呈现出不同的态势。

3. 投资主体的单一化

由于职工体育的自上而下的封闭式管理体制，使职工体育的体育设施建设和经费投入上主要依靠企业的力量。企业成为职工体育投资的唯一主体，这种投资方式使职工体育与企业的经济效益关系非常密切，一些经济效益不好的国有企业职工体育处于停滞状态，这也从侧面说明职工体育不能单纯依靠企业的力量。

(三) 职工体育管理体制的转变策略

1. 由自上而下的行政管理转变为企业与社团合作型的管理模式。
2. 管理机构由直接管理转变为间接管理。
3. 管理方式由封闭管理向开放式管理转变，加强与社区体协的合作。

（项目编号：1024ss06156）

我国普通高校民族传统体育开展现状及发展对策研究

单锡文　梅杭强　李　鹏　单静怡　杨宝杰

一、我国普通高校民族传统体育开展现状

所调研的 38 所普通高校，基本上都根据教育部颁布的《全国普通高等学校体育课程教学指导纲要》精神，结合学校实际，调动教师和学生的积极性，进行了体育课程改革。改革后的体育课类型基本分为必修、必修选项、选修课三种，还有专为体弱病残学生设置的体育保健课，还有训练课。其中开设有民族传统体育相关项目课程的高校占被调查学校总数的 92.1%，民族传统体育课也主要以必修、必修选项和选修课的类型出现。

各高校体育课程设置有所不同，主要表现在开课年限和各学年所设课程类型不同，总的趋势为随着年级的增高体育课呈逐年下降的趋势（清华大学延长体育课年限已做尝试）。因体育课年限较短，民族传统体育课程相应较短，客观上制约了民族传统体育教学内容和学习效果。

因重视程度、地域、气候、人文环境，以及历史原因等因素，各高校民族传统体育开展存在差异。北京大学、湖南师大、西安交大、东北师大、天津中医药、河北大学等高校把太极拳等项目作为全体学生（或男女分项）的必选课；新疆大学把唯族舞蹈整合改造，与其他少数民族体育一起纳入学校体育课堂，设立民族体育选项班，使学生较为系统地学习民族体育；哈尔滨工程大学等高校以俱乐部形式教学，突出民体专项；中央民族大学、广西民族大学等高校将少数民族体育纳入体育课堂；内蒙古大学则突出蒙古族传统项目搏克；厦门大学将传统武术纳入教学；海南大学把木球引入教学中，形成了各自的教学特色。有的高校由于办学时间短，课程内容有待发展；由于地域原因和师资匮乏，西藏大学目前只开有民族传统体育理论课程，没有开设民族传统体育实践课；因历史原因，港澳地区高校民族体育相对薄弱，目前，香港浸会大学设太极拳选修课，香港中文大学和澳门大学没有开设民族传统体育相关项目课程。

在普通高校民族传统体育课中，教学内容可归纳为武术、养生功法、民俗体育和少数民族体育四类，共 42 项。武术类 18 项，占总项目数的 42.8%；少数民族体育类 17 项，占总项目数的 40.5%；民俗体育类 5 项，占总项目数的 11.9%；养生功法类 2 项，占总项目数的 4.8%。这些项目在各校开设比率悬殊：武术类项目几乎覆盖所有高校。比率最高的是太极拳，其次为长拳、初级剑、散打。南拳、八卦掌、形意拳等传统武术很少。养生功法、民俗体育各项目开课的比率较低，少数民族传统体育项目开课比率最低，只集中于几所民族大学和少数普通高校。

高校体育统编和自编教材有多种，对民族传统体育有所涉及，但缺乏从民族传统体

育的角度，全面阐述其理论和技术内容。并存在诸多问题：1.仅有武术或仅以武术为主。套路内容单一、陈旧，缺少新意和时代感，很少甚至没有其他武术拳种，武术理论内容单薄、滞后，缺乏武德教育和传统文化教育内容。2.没有或很少涉及其他民族传统体育项目，特别是健身性、娱乐性、趣味性较强的少数民族体育。这种现象对于促进高校民族体育发展、传承民族体育文化的目的不相协调。

民族传统体育专业教师缺乏。在所调研的 38 所普通高校中，民体专业教师只占民族体育任课教师的 49.1%。其中武术套路教师最多，占 69.6%，散打次之，中国式摔跤、舞龙舞狮等教师很少。为数不少的高校存在非民体专业教师兼课或由其他专业转教民体课程，这些教师能力、资历不等，其教学效果受到一定影响。由于大部分教师专项集中在武术套路，导致在开展内容大都集中在武术套路，而其他民体项目开展得较少，这是影响高校民族传统体育在内容上广泛开展和效果上不能达到高质量的制约因素之一。

38 所高校民族传统体育专业教师的学历以本科为主，硕士研究生学历近几年有所改进，仍显不足，博士生寥寥无几，其比例分别为 57.6%、41.8% 和 0.6%。因此距教育部对高校师资的学历要求差距较大；职称比例较为合理；从年龄结构看，民族传统体育师资以中青年为主体。各高校民体教师结构存在差异，有的学校较为合理，形成良好的年龄梯队，部分学校的民体专业教师年龄存在过于集中或存在断档现象。

绝大部分高校基本都安排有技术实践课之理论课，且达到每学期 4 学时要求的学校，约占所调查学校的 32%，有相当一部分学校只安排 2 学时，还有少部分学校随堂进行不另设理论课。可见，一些学校对理论课重视不够，这也是导致学生们仅掌握了所学技术，而对民族传统体育其他方面的知识所知甚少，由于理论课课时数量得不到保证，理论教学效果势必受到一定影响。

民族传统体育理论课现代教学设备使用情况不容乐观。有并经常使用的学校 11 所，占 31.4%；有但不经常使用的学校 18 所，占 51.4%；没有使用的 6 所，占 17.2%。现代教学设备使用应予加强。

民族传统体育上课地点大部分以室外为主。能够基本满足民族传统体育教学使用的室内场地的学校只有 2 所，占 5．7%。而且其中有 1 所高校由于建有开放式的简易场馆，因此能够保证民族传统体育课在室内进行。解决少数学生在室内、多数学生在操场上课的学校有 13 所，占 37.1%；完全在操场和教学楼前后上课的有 20 所，占 57.1%。由于绝大多数学校在室外上课，遇到风雨天气便影响上课的正常进行，因此各高校室内场地问题是一个大问题。

38 所高校民族传统体育课外活动初具规模，开展形式多样，已受到同学们的认可和喜爱，但存在开展内容比较单一、大部仍是课内教学内容的重复、开展规模不一、管理力度不够等问题。学生不同程度地提出希望今后能够开设自己感兴趣的项目内容，希望教师有较高的专业水平、教学形式和方法灵活多样、有足够的场地设施等。教师的自评也提出了教学场地和教材问题。这些问题学校领导应给予足够的重视。

在所调研的 38 所高校中（综合性大学下属的体育学院除外），建立有民族传统体育项目运动队的高校有 25 所，占 65.8%。运动队共 41 个，涉及 12 个项目。武术队 19 个，数量居首，龙舟、珍珠球、搏克、毽球、摔跤、陀螺、木球、龙狮、中国象棋、围棋等队仅各 1~2 个。从运动队数量和涉及的项目看，高校民族传统体育运动队有了较好的发展，有的学校还建立了几个不同的民体项目运动队，但从高校整体和发展来看，还远远不够，特别是有的项目运动队数量太少。

二、发展对策

（一）在我国普通高校开展民族传统体育，要从保护和发展中华民族文化瑰宝的战略高度去认识和重视，并作为大事来抓

在高校开展民族传统体育，包括少数民族传统体育，是传承祖国优秀文化遗产、弘扬民族传统体育文化、振奋民族精神的重要举措，各级领导要从保护和发展中华民族文化瑰宝的战略高度去认识和重视，并做为大事来抓。民族传统体育项目众多，历史悠久，充分体现了我国社会发展和我国民族特性及文化特点，随着现代体育的全球化，民族体育受到越来越多的西方体育的冲击，部分项目已濒临消亡，作为民族中的一员，特别是民族传统体育的研究者和各级领导部门，对民族文化遗产的继承与发扬，肩负着历史重任，因此对民族体育的发掘整理、对民族优秀文化的弘扬、树立民族自信心具有极其重要的现实意义。为此我们应积极采取措施，搞好民族文化的传承和发展。学校是其重要场所，而高校又是其重要领地。各普通高校都应积极进行体育教育改革，努力挖掘地方资源和特色项目，将民族传统体育引入高校体育课堂，使大学生受到传统文化教育和熏陶，深入了解和体验传统体育文化的深刻内涵，同时也要提升民族传统体育文化的内在品质，让具有时代色彩和现代人文精神的民族传统体育，立足于世界文化之林。

（二）加大民族传统体育宣传力度，借鉴其他国家发展民族体育成功经验，振兴我国高校民族传统体育事业

综观历史，世界各国的学校体育都曾为发展自己民族和国家的传统体育而进行过不懈的努力。如韩国的跆拳道和民族舞蹈是其各级学校的必修课程，其中跆拳道成为运动会和军训必设项目，这种普及促进了跆拳道进入 1988 年的汉城奥运会；俄罗斯中小学体育课教学大纲中，传统教材比重很大，民族民间舞蹈、摔跤、游戏、滑雪、滑冰等贯穿始终；日本早在 20 世纪 30 年代初就把柔道列为各级学校的必修课，1940 年迎来了以大学为核心的全国空手道运动的黄金时期，至今柔道、剑道、空手道等仍作为大中小学生的学习科目。我国要发展民族传统体育，应学习和借鉴这些国家的成功经验，加大民族传统体育宣传力度，加大其在体育教学和课外活动中的比重。分别设立必修、选修等不同的课程，特别是加强必修课，将具代表性的项目作为必修课内容，全体学生都必须学习，这是普及和推广民族传统体育的有效办法。同时积极开展各种课外活动，定期举办民族传统体育节、民族传统体育竞赛等活动。更重要的是要采取有效措施和机制，保证这些活动的持续开展，形成系统和规模，从而振兴我国高校民族传统体育事业。

（三）牢固树立"以人为本、健康第一"的指导思想，切实落实《全民健身计划纲要》，使大学生真正掌握民族体育锻炼方法，提高身体素质，并为终身体育打下良好基础

1999 年，第三次全教会明确提出"学校教育要树立健康第一的指导思想"。作为直接肩负着增强学生体质、增进健康的高校体育，必须将"以人为本、健康第一"列为高校体育教学的指导思想和中心任务。必须按照国家教委颁发的《全国普通高等学校体育

课程教学指导纲要》去做，使体育成为促进大学生身心和谐发展、思想品德教育、文化科学教育、生活与体育技能教育与身体活动有机结合的教育过程，达到运动参与、运动技能、身体健康、心理健康、社会适应五大领域目标。在民族传统体育学习和锻炼过程中，使大学生真正掌握民族传统体育锻炼方法，提高身体素质，并为终身体育打下良好基础。大学生是祖国的未来和社会的栋梁，实现中华民族的伟大复兴，不仅要求大学生具有高尚的道德情操、丰富的科学知识、良好的人文素养，而且必须有健康的身体素质。每一个大学生都要牢固树立"健康第一"的理念，做到"每天锻炼一小时，健康工作五十年，幸福生活一辈子"。

（四）立足"终身体育"思想，积极推进我国普通高校民族传统体育课程改革

1. 延长体育学习年限，增加学生民族传统体育学习时间

立足终身体育思想，传承民族传统体育，使大学生掌握民族传统体育锻炼方法，形成终身体育习惯，就要积极推进高校民族传统体育课程改革，课程改革的重要一环就是课程设置。鉴于体育课年限短，建议延长大学本科体育课年限（清华大学已做这方面的尝试）。由原来两年延长至三年或四年全部开设体育课，将民族传统体育教学开设在每一个学年中。对一、二、三年级学生以必修和必修选项的形式出现；对于四年级的学生可采用必选的形式进行课程或俱乐部教学，以学分制进行管理，这样可增加大学生民族传统体育的学练时间，扎实地掌握锻炼方法，确保民族传统体育在高校的开展效果。

2. 积极发掘地方资源和引进少数民族体育，并加强高校之间的交流，优势互补，拓宽课程内容，激发学生学习兴趣

鉴于多数普通高校民族传统体育的教学内容主要集中在武术项目上，而且各地区高校发展不平衡，部分地区的高校尚未开设民族传统体育。因此，积极开展教学内容改革，拓宽民族传统体育教学内容，满足学生们的不同兴趣爱好，达到良好的锻炼效果，势在必行。各高校要积极发掘地方资源，对在广大民间开展的优秀传统体育项目加以改造并引进，同时加强各高校将改革成功的特色项目以及少数民族体育进行交流学习，达到优势互补，拓宽课程内容，激发学生学习兴趣的目的。

（五）大力提高我国普通高校现有民族传统体育师资的业务水平和学历层次

1. 提高现有民族传统体育教师的业务水平

鉴于多数高校开展的民体项目单一，大都集中在武术方面，这与现高校民体教师专项有直接关系，由于这些教师在学期间大都以学习这方面内容为主，所以在进行教学时一般地只能围绕自己所学专业内容开展教学，而对于民族传统体育其他方面的技术理论知之甚少，又由于教师缺乏，大部分高校存在非民体专业教师兼课现象，而兼课教师的水平高低不等，在一定程度上影响民族传统体育课程的教学质量和民族传统体育的广泛开展，这种情况与大力提倡在高校开展民族传统体育的形势不相适应。对于这种情况建议国家教委、或省市教委委托各大体育院校，有计划地举办各类民族传统体育师资培训班进行师资业务培训。学校也应有计划有目的地安排并鼓励在职教师到专业学校进行学习和进修，不仅要注重广泛的民族传统体育项目的技能学习，还须掌握民族传统体育各类健身、养生功法机理等理论知识，以适应民族传统体育在高校开展的需要。

2. 加大民族传统体育高学历人才的培养，注重师资队伍建设

鉴于民族传统专业教师的学历距高校师资学历要求差距较大，应加强对现有民体教师的学历教育，鼓励在职教师进修，提高他们的专业水平和学历层次。同时，各高校要积极从专业学校中引进具有高水平、高学历的民体教师充实到师资队伍中来。针对民体教师年龄结构分布不太理想，个别学校出现年龄断层现象，要切实加强民体教师队伍的梯队建设，在招聘和引进民体师资时，特别注意教师的年龄，以构成老、中、青教师的合理比例，并做好业务的传、帮、带，形成良好的梯队。

3. 提升现有民族传统体育教师的科研能力，培养学术骨干

民族传统体育教师的科研能力与水平是民族传统体育师资队伍建设的重要标志之一。高校民族传统体育如果不能形成浓厚的科研气氛，教师不具备一定的体育科研能力，或者仅仅停留在一般性工作经验的总结上，深化高校民族传统体育改革、提高民族传统体育教学质量，都不会有好的效果。因此各高校应采取积极有效的措施，制订恰当的激励机制，督促教师进行科研、教研工作，进行专题研究，并采取"请进来，走出去"的办法，博众家之长来丰富体育教师的理论水平，提高实际工作能力；制造学习氛围，培养一批造诣深、知识广博、具有较高学术水平的课程带头人，以此来带动高校民体教师的整体水平。

（六）结合高校民族传统体育发展需要，体育院校在民族传统体育专业人才培养方面要发展、创新

体育院校是培养民族传统体育专业人才的摇篮，对于普通高等院校民族传统体育的发展有着义不容辞的责任。民族传统体育专业人才的数量与质量是保证民族传统体育发展的基本条件，培养能够胜任高校民族传统体育教学、训练乃至科研的专业人才是当前高校发展民族传统体育的根本。普通高校民体专业教师缺乏，且专项主要集中在武术套路方面，是影响高校民族传统体育开展效果以及开展内容广泛的重要制约因素。目前许多体育院校设立了民族传统体育本科专业，以及一批硕士授予单位，特别是上海体育学院建立了我国第一个民族传统体育的博士点，培养了一批专业人才，为民族传统体育的发展做了大量的工作。但是，在所培养出的人才中多数集中在武术和散打等单一型项目上，此种人才培养模式不利于我国高校民族传统体育的发展。因此，民族传统体育专业在人才培养上要发展创新，加大专业培养计划的修订和课程设置的改革力度，以培养出较为全面掌握民体技术和理论、能够推动普通高等院校民族传统体育开展的合格师资。

（七）加强民族传统体育教材建设，创编民族传统体育系列教材，满足教学需要，利于民族文化传承

1. 教材中要保持民族传统体育经久不衰项目——武术，在编写内容上要力求创新

鉴于武术是民族传统体育中的重点项目，但要保持经久不衰，根据目前存在的问题，教材必须在技术和理论两个方面都要改革创新，技术内容要改革创新，要创编具有丰富攻防内含的精简套路，长拳要富于现代气息，要增加传统武术内容，改变"学生喜欢武术，而不喜欢武术课"的现象；武术理论内容要完善、充实，要增加武德教育、传统文化教育以及健身机理等理论内容。

2. 将具有浓郁地方特色的民族体育以及少数民族体育纳入教材，充分体现民族特点

教材要全面，要把改革成熟的具有地域特色的民族传统体育项目以及部分少数民族体育纳入高校民族传统体育教材之中。中华民族是由 56 个民族凝合而成，共同铸造了中华民族灿烂的文化，少数民族体育是中国传统体育的重要组成部分。在高校开展少数民族体育，对于增强各民族团结，增强凝聚力具有积极作用，同时也大大丰富了高校民族传统体育，使高校民族传统体育更加斑斓多姿，发挥其独特的魅力，更好地为大学生健身服务。

3. 加强民族传统体育教材民族传统体育人文教育内容，突出民族性、知识性

教材理论部分应含有民族传统体育人文教育内容，突出民族性和知识性。如民族体育道德、礼仪教育，传统文化教育，健身机理及健康作用教育。通过传统文化的学习，领悟古典哲理的深刻内涵，这些知识对于文、理科大学生均有重要意义。理论教材要具有科学性、实用性、创新性、针对性，注重实效，使学生掌握技术动作，又能深入吸取理论知识，还能培养学生锻炼兴趣，养成终生爱好。并能运用科学理论指导实践，从理性高度来识别异端邪说，摒弃唯心主义的伪科学、假气功，从而为树立终生从事体育锻炼的思想奠定基础。

4. 将民族传统体育系列教材编写成双语教材，让民族传统体育向国际化发展

当前普通高校都有来自世界各国的留学生和华侨生，他们当中有许多人非常热爱我国的民族传统体育，因此，可以把创编的民族传统体育系列教材单独的编译成双语教材，以利他们学习，并通过他们把我国民族传统体育向国际上传播。还可采用新编双语教材对这部分留学生进行双语授课，这是向世界推广我国民族传统体育的重要途径和方法，以此向世界展示我国民族传统体育的健身养生价值和人文价值，促进东西方文化交流，弘扬中华民族优秀传统文化，提升我国民族传统体育在世界体育文化中的地位。

（八）采用多样的教学方法和组织形式，充分利用现代教学手段，提高教学质量

鉴于目前高校在教学过程中利用现代教学手段不够普及的现状，教师应具有现代化的教育思想和教育观念，在不断提高自身业务素质的同时，还要掌握现代化教学方法和教学手段，熟练运用信息工具，对信息资源进行有效加工，将优良的传统教法和现代教法相结合来激发学生对民族传统体育的兴趣。引进优秀传统体育理论和技术的声像教材，制作民族传统体育的多媒体课件，以其鲜明生动的图像和音响效果，激发学生对民族传统体育的兴趣，提高教学质量，促进民族传统体育的普及和提高。

（九）丰富民族传统体育课外活动，达到课内外一体化，并把武术段位机制引进普通高校，促进大学生的习武热情

鉴于目前高校民族传统体育课外活动开展现状，应充分利用课外时间，拓宽开展内容，使学生在课堂上引起的学习兴趣能在课外继续得到延伸和发展，达到民族传统体育课内外一体化。根据民族传统体育不同项目特点，在早操、课间操、课外活动中安排民族传统体育活动，学生按个人兴趣、爱好及水平有选择地进行，每周活动要求次数、时间、地点固定，尽量安排由专业教师组织、辅导。内容要多样、形式要灵活，吸引众多学生参与；学校要发动学生会组织武术协会等组织、专门培养一批民族传统体育的骨干队伍，引导学生积极投身协会锻炼和训练；积极引进武术段位机制，进行考核评定武段位，促进对大学生的习武热情和锻炼的积极性；各校每年应举行一次校民族传统体育节或传统体育保健运动会，将课内和课外开展过的项目在校内进行比赛。比赛的过程也是练习和提高的过程，在练习过程中培养和提高学生自练、自评、互教的能力，既丰富了学生们的课外生活，又使得民族传统体育得到继承和发展。

（十）各高校积极组建民族传统体育项目运动队，积极参加各级各类竞赛活动

各高校应积极组建民族传统体育项目运动队，积极参加各级各类竞赛活动。有些高校在某些项目上有基础有条件，形成了某个或某些项目运动队的传统校，应继续完善和发展；没有运动队的学校应克服困难，创造条件，发挥自己的长处和优势，多组建不同项目的民族传统体育运动队，并建立长效机制，保证长期不间断训练，踊跃参加不同级别、不同类型的民族传统体育竞赛活动，克服"锦标主义"，重在参与，重在训练过程，重在健身效果。一方面提高运动成绩；一方面以民族传统体育竞赛活动为龙头，大力宣传、推广和带动大学生参加到民族传统体育的锻炼中来。

（十一）加大资金投入力度，加强体育场馆建设，改善民族传统体育教学和业余体育活动环境，保持文化氛围，提高教学层次

场地器材是体育教学正常进行的物质保证，鉴于高校民族传统体育缺乏场馆是一个突出的问题，各高校领导应予足够的重视。应加大资金投入力度，针对民族传统体育缺乏场馆的实际情况，加强体育场馆建设。有些民体项目适合在室外，但有些项目以室内为宜。对于适宜在室内教学的民体课程应尽可能地提供室内场地。在室内可以保证教学训练气氛，还可使用把杆、音乐，观看多媒体课件和技术录像，从而改善教学环境，保持文化氛围，提高教学层次，激发学生学习兴趣，保证和提高健身效果。资金确实困难，可以建立若干简易馆，避免暴晒，挡风遮雨，避免因风雨天气影响教学进度。

（十二）大力支持西藏地区和港澳地区高校，改善大学体育中之民族传统体育开展状况

鉴于我国西藏地区高校民族传统体育开展较为落后的状况，要根据雪域高原的气候特点和人文环境积极发掘和改造当地少数民族传统体育，并将其引进高校体育课堂。东部地区高校应给予大力提携和帮助，青年教师要积极支援西藏高校，以改善民族传统体育开展状况。鉴于历史原因，港澳地区高校民族传统体育滞后，建议加强民族传统体育开展目的、意义的宣传，提高教育部门和学校领导对民族体育的重视程度，促进体育行政和教研机构建立，加强高校民体师资队伍建设和课程建设，加强教学内容的统一性和规范性。另外，建议制定一套行之有效的培训体系，注重民族传统体育师资培养。加强学生民族传统体育课外活动、运动队、学术交流等不同活动的开展，依托祖国强大的民族体育资源，加强与大陆地区的横向联系；大陆地区高校应积极给予人员和技术支持，使港澳地区高校之民族传统体育的开展跟上我国其他省市高校的步伐。

（项目编号：982ss06114）

普通高校体育专业研究生知识能力结构与就业现状的研究

王培勇　王林高　王守恒　冯　锋　王　斌　左绿化　李　庆
王玉林　张新贵　韩德才　高　全　沈亚东　王叙虹

一、普通高校体育专业人才培养目标

发展我国科技和经济，最重要的资源是人才。培养体育专业高层次人才的研究生教育是我国体育事业发展中的重要工作。

新中国成立以来，体育专业人才培养主要由体育专业院校和师范院校体育院系承担，其他普通高校（以下简称普通高校）仅有面向普通学生的"公共体育"，即体育课、课外体育活动以及代表队训练。随着我国社会、经济的发展和高等教育体制改革的深化及大学办学自主权的扩大，一些普通高校，特别是重点综合大学，加入到体育专业人才培养的行列中来，在高层次人才培养方面尤为突出。资料表明，近年来普通高校体育学科硕士点和博士点由近乎空白分别增加到约占全国总数的1/3和1/5（截至2003年）。

与此同时，体育院校和师范院校体育院系毕业生就业情况却不容乐观，其"专才"知识能力结构和用人单位的多层面需要之间的差异、相同学历不同专业的毕业生收入落差已引起广泛注意。高校扩招与双向选择就业加剧了竞争，体育专业毕业生就业形势日趋严峻。这一状况，不仅影响人力资源合理配置，还影响到在校研究生和教师的教学积极性。因此，研究体育专业毕业生就业具有重要意义。

二、我国普通高校体育专业硕士生课程体系的现状分析

我国普通高校体育专业研究生教育工作起步较晚，目前获取硕士授予点的学校（截至2007年底）共有27个，其中16所由体育部直接管理，5所隶属本校的人文或社会科学院，6所设在本校的体育科学研究部门。起步最早的是四川大学（与四川省体育科研所联合），之后是清华大学。四川大学于1996年获得了体育教育训练学专业硕士研究生授权点，并于1997年秋季开始招生。2003年，获得体育人文社会学和运动人体科学两个体育学二级学科硕士学位授权点。2006年1月，获批成为体育学硕士学位一级学科授权点。至此，已拥有了体育学一级学科下设的体育人文社会学、运动人体科学、体育教育训练学和民族传统体育学四个二级学科的硕士学位授权点。

清华大学体育教研部是1998年获取硕士授予点，2003年成为获取第一个体育学博士授予点的普通高校。现在，已拥有体育教育训练学博士点1个，体育教育训练学、运动人体科学、体育人文社会学硕士点3个，拥有30名在读研究生，其中博士研究生10名，硕士研究生20名。他们来自全国20个不同高校，21个不同专业，多样化的学科背景为清华大学体育教研部的学术研究注入了新鲜血液。

浙江大学、北京大学等 25 所高校（占 92.6%）分别获取 1~2 个不同的体育专业的硕士点。专业主要聚集在"体育教育训练学"和"体育人文社会学"两项；"运动人体科学"和"民族传统体育学"只有 5 所，占 18.5%。其研究方向大多是根据各校需要而设置。这说明大部分的普通高校还不具备完善的综合实力。

与体育院校和师范院校体育院系相比，普通高校具有下列特点。一是有电子、机械、生物、社会学、历史等众多的学科门类；二是图书、网络数据库等信息资源丰富；三是科研场所设备条件较好；四是生源有体育、医学、电子、生物等多种专业背景。这些特点有利于普通高校造就体育专业研究生的复合型知识能力结构，这对毕业后拓宽就业渠道、适应社会多层面需要、更好地为国家建设服务相当重要。如何充分认识和合理利用这些特点、培养高层次复合型体育专业人才，已成为普通高校体育学科发展过程中的重要课题。

但随着普通高校体育专业研究生招生规模的扩大，教育过程中也凸显出了诸多问题，特别是研究生培养的质量受到很多专家学者的质疑。究其原因，主要表现在大多数普通高校仍然沿用体育院校和师范院校的培养模式，没有很好发挥自己的特点。

综合浙江大学、华中科技大学、四川大学等高校情况如下。（1）课程学习年限、学分与课程门数：体育专业硕士生的培养以课程学习和科学研究并重，课程学习年限为总学习年限的一半，约为 1~2 年，课程总学分为 35~38 学分，开设的课程门数为 12~13 门。（2）课程体系结构:体育专业硕士生的课程体系结构分为学位课程与非学位课程，学位课程包括公共必修课、专业基础课和专业课三部分；非学位课程即是指选修课程。（3）课程比例:课程总学分为 38 学分，其中学位课程（必修课）28 分，非学位（选修）课程 10 学分，学位课程与非学位课程学分之比为 2.8:1。（4）课程内容：课程设置较为单一，重复本科生课程的现状依旧没有明显改变。（5）教材:大部分课程没有研究生专用教材或研究生专业教材和参考资料内容陈旧，很多硕士研究生专业教材仍为本科教材。（6）教学形式：公修课、基础课多采用集中授课方式，专业课多采用个别授课的方式，选修课也采用授课形式。（7）选课制：公修课为必选课，基础课和专业课为有限选课制，选修课的备选课程较多，并且有跨体育学科的课程，但多为校内选课。

三、我国普通高校体育专业硕士生培养和就业状况

清华大学体育专业研究生教育工作已近十年，虽然时间不长，但调查得知，从学生研究方向的确立、培养计划的制订、课程设置、教学内容到教学形式和方法上指导教师都能够针对性地区别对待、对症下药，及早布置，提前进入。在教学模式上，一般以老师的讲授、教师与学生讨论，学生之间的讨论相结合，充分调动了学生的积极性和主动性，有利于学生多种能力的培养。由于学生选择的专业基础课和选修课多，保障了深度和广度，既有利于硕士生知识面的拓展，又有利于激发硕士生的创造性；硕士生业余时间跨学科听课率很高。并且提前进行实践能力的培养，平时注意加强训练，所以，学生在毕业前夕均具备一项以上技术的知识能力结构的能力。另外，学生的论文是在导师的指点下，学生根据自己特点特长而命题的，这有利于学生的科研训练。学生学位论文答辩基本上能对论文质量和实际能力进行综合评价，很少有不合格现象存在，不合格不予通过。在校期间，学生的科研能力得到锻炼，一般都要求在 CN 专业和交叉专业核心期

刊上发表 1～3 篇不等的较高水平的论文。

学生的就业情况。由于大多数高校是在 2005 年后授予的硕士点，学校暂时还没有毕业生，就业信息无从了解。从走在全国最前头的清华大学和四川大学毕业生就业情况调查结果来看，清华大学培养出来的体育专业硕士去国家体育总局的有 2 人、全国高校5 人、研究单位和公司 8 人、其他 3 人；四川大学的毕业生一般去全国各高校、研究单位和公司工作的较多。整体状况比较乐观。

课题研究中还发现，清华大学体育教研部的个别实验室，对研究生的培养是否符合社会需求以及是否具有就业的竞争能力，提出了硕士研究生在北京地区就业第一月的月薪高于 7000 元人民币的标准，以检验研究生在校学习的各个环节的合理性。

市场是检验产品的唯一手段，研究生要实现好的就业，必修课程设置要以市场为导向，规范教学安排，明确培养计划，开设市场需要的一些课程，培养出符合市场的需求的人才，提高学生的专业水平和学术水平，保障学生在毕业时具有较高的学术水平和解决实际问题的能力。同时要积极拓展研究生的素质，培养复合型人才，提高研究生的就业竞争力，实行全过程动态管理。

四、改善普通高校体育专业研究生知识结构能力和就业状况的对策

（一）优化知识结构，培养研究生的能力

优化学生的知识结构，培养学生的各种能力，使之成为能力型人才的工作必须从三个方面共同工作，才可能成功。其一是被教育的主体——学生；其二是教育主体——教师；其三是教育的机构——学校。

首先，学生要自立、自强。充分认识到知识结构与成才的关系，并发挥自身的主观能动性，去寻找完善自我、提升能力的机会、措施。比如，对于教学计划安排的课程要掌握每一门课的精髓；对于课下的时间，应多用来弥补课堂教学知识面的不足，积极利用网络、图书馆、实验室、导师资源或其他社会资源。这项工作的好坏实际上和学生的悟性和导师的指导成正相关关系。比如对于学生合理知识结构的认识，每个人都有自己的看法，所以很难统一。但是基本的大方向还是有的。

其次，教师的科研能力，特别是教学能力将对学生构建合理知识结构起到至关重要的作用。虽说"师傅领进门，修行在个人"，但实际上，作为研究生，特别是普通院校的研究生而言，他们更需要导师的指导，因为导师在自己的工作岗位上工作了若干年，对专业的发展及学生的教育有很多的经验与心得。实际上这就对导师的工作提出了更高的要求，教师不仅仅要教好自己的专业课，还要考虑怎样使学生的知识结构优化。

第三，作为教育人的组织，应该做好课程体系的建设，做好管理人员的教育工作。对于学生而言，其形成科学合理知识结构最大的影响因素来源于学校设置的课程体系。对于能力型人才的要求，其核心思想是要学生形成动态的、恰当的能力结构，在这个基础上形成个人的核心能力。

（二）建立普通高校体育专业研究生的科研能力评估体系

普通高校体育专业研究生由于生源和专业特点，在学习过程中，文化基础差、底子薄，相当一部分学生对所学的功课穷于应付，学习被动，要跟上学习进度和各项达标需

要比别的同学付出更多。因此，主动学习和开发自身潜力的能力受到极大影响。如外语、计算机学起来吃力，与同期其他专业学生相比及格率低，极少有人主动地跨学科、跨专业去选修课程。除了专业技术水平、专业理论知识较强外，学生的综合素质、知识面、知识的深度和广度、人文素质都难以达到令人满意的程度。这就对将来的择业就业造成了极大的影响。

（三）构建有效的培养模式，解决就业症结

普通高校体育专业研究生的专业设置，直接影响学生的就业。一方面高校专业设置过细，毕业生适应面窄，使得他们在择业时就业机会就少。另一方面由于缺乏科学的人才预测和规划，设置的专业及招生人数确定的依据并不充分，依然沿袭计划经济的思路，只靠政府导向，忽视市场需求，有较大的盲目性，从而出现了培养出来的尖子人才却和社会的需求相脱节而导致结构性失业。同时体育教育专业性质同国家规定的行业要求，导致就业领域受限。

普通高校体育专业研究生课程设置要有前瞻性，强化课程改革，包括课程设置、教学内容和教学方式的改革。强化课程改革，是提高学生就业成功的核心。根据用人单位反馈的信息，普通高校体育专业必须重新设计和调整各专业人才的知识、能力、素质结构和目标，进一步优化和整合课程，打破传统的学科课程间的鸿沟，淡化专业界限，拓宽专业知识面，加强学生人文素质的培养，提高学生的社会适应性和专业应变能力；改革教学环节，突出实践性、操作性，进一步加强理论教学与实践教学相结合，注重学生综合实践能力的培养。改革教学方法和教学手段，加大实训实习力度；鼓励教师积极主动参与社会的课题研究和生产实践，了解社会对人才的需求，以提高教学实效。根据社会发展的趋势，以及经济结构、产业结构和就业市场对高校毕业生思想品德、创业精神、实践能力的要求，及时调整学科专业结构，调整课程内容体系，调整人才培养结构和模式，使培养的学生毕业后能与社会需求合拍，适应社会发展，从根本上改善体育专业研究生的就业现状。

五、改革普通院校体育专业研究生培养规格、模式和培养方法的建议

（一）多形式培养体育专业研究生

1. 学术型：针对目前普通高校体育科研教学的需要，培养大批学术型体育专业研究生仍是今后体育教育的主要任务。培养学术型体育专业研究生应注意发展其内涵，拓宽其知识的广度和深度，为今后的科研工作打好坚实的理论基础和掌握科学的方法。

2. 应用型：体育应用型主要有：（1）技术型。与学术型的不同之处在于理论与实践结合，既能胜任教学、训练工作，又能结合实际工作进行科学研究。（2）管理型。管理型的硕士生以宏观的体育决策和体育产业经营管理为培养目标，其生源以地市以上体育局和其他管理部门内具有工作实践经验和职务的人员为佳。

（二）建立多种培养模式，多方位培养体育专业研究生

1. 普通高校体育专业研究生的生源在以体育学科本科生为主体的基础上，应积极从综合性大学及其他相关领域开拓生源，以利于学科渗透与交叉。

2. 体育专业研究生可试行从工作实践中推荐优秀在职人员，进行考试后优先录取。

3. 培养环节方面。学术型硕士生应注意拓宽知识面，不能以研究方向代替专业方向，其硕士论文应以基础研究和应用研究为主；应用型硕士生应增加课程时间，培养后期，可以到对口部门进行"挂职"学习和培养。

（三）改进现行培养方法和手段

1. 进一步完善学分制，鼓励跨学科选课，避免按研究方向制订课程计划。

2. 完善导师制，建立导师组，发挥集体指导作用，提高硕士生的培养质量。

3. 系统设置课程，多开一些前沿性、交叉性、动态性的课程。

4. 应用型硕士生的课程计划应有别于学术型计划，在全面系统学习本专业知识的同时，增加案例性教学和实践。

5. 联合培养。由培养单位与科研、教学、训练、管理等部门合作，取长补短，共同培养所需的硕士生。

6. 加强国际间学术交流。采取请进来和走出去的办法进行国际交流，争取硕士生多参加各种学术会议。

7. 硕士生应广泛进行社会实践，提高实际工作能力。

8. 论文答辩从严要求，答辩前应有公开发表的学术论文或调查报告。

9. 完善管理制度，重视和加强硕士生思想教育和道德修养。

（四）强化导师责任，建立中期淘汰制，激发研究生内在的学习动力

普通高校体育专业研究生的培养质量并不完全取决于研究生自身，研究生导师的质量也同样重要，高水平的导师是造就创新人才的重要条件。建立并完善开放式导师管理机制，加强导师对研究生的过程指导，制订导师与研究生学术联系卡制度，导师对学生进行纯学术性指导要作定量考核，如指导的时间、内容等要有完整的书面记录，按学期统一考核、奖惩。研究生毕业论文还可推行"盲评"制度等。

普通高校体育专业研究生培养过程中，除了注重导师队伍建设外，还应通过施行筛选、分流、奖励、淘汰等机制来激发研究生的竞争意识，以期最大限度地调动研究生内在的学习积极性、主动性和创造性，从而促使优秀人才脱颖而出，并淘汰不合格的研究生。要探索市场经济条件下的人才培养管理模式，把专业知识、专业技能、敬业精神和严谨求实的作风教育紧密结合起来，建立和完善研究生的思想素质、学风、课程学习成绩和科研能力等中期考核制度，陶冶"精品"，淘汰"次品"。要从指导教师、学位论文、科研实践等多个环节来加以规范，保持适度的压力，打消求学者蒙混过关的投机念头，并以此警示后来者。中期考核合格方可进入学位论文开题及撰写，如不合格，即终止培养。把好入口关、培养关和出口关，为社会输送具有真才实学的高层次创新人才。

（项目编号：990ss06122）

建设社会主义新农村的体育研究

袁凤生　孙思哲　郭志戎　程亚飞　时震宇　阴腾龙　王科飞

一、建设社会主义新农村发展农村体育的重要意义

党的十六届五中全会明确提出："建设社会主义新农村是我国现代化进程中的重大历史任务。"发展农业经济，增加农民收入，改善农村社会生活质量，提高劳动者素质应是新农村建设的主题。农村体育作为实现这一目标的大众身体健康基础，应该更好地贯彻实施"农民体育健身工程"，从而充分发挥农村体育在社会主义新农村建设中的作用。近期中共中央、国务院又发出了《关于推进社会主义新农村建设的若干意见》，要按照生产发展、生活宽裕、乡风文明、村容整洁、管理民主的要求，坚持从各地实际出发，尊重农民意愿，扎实稳步推进新农村建设。胡锦涛总书记指出："重视农业、农村、农民问题是我们党的一贯战略思想。'三农'问题始终是关系党和人民事业发展的全局性和根本性问题，全国上下要团结一心，扎实工作，真正使建设社会主义新农村成为惠及广大农民群众的民心工程。"我们要认真学习领会这一精神，深刻认识建设社会主义新农村对全面贯彻落实科学发展观、构建社会主义和谐社会的现实意义。

我国是一个农业大国，农村人口约占我国人口的70%，这是基本国情之一。农民是农村体育的主体，没有农民健身就谈不上全民健身；没有广大农民的身体健康，全面提高国民健康素质就无法实现。没有农村体育的发展，就没有我国体育事业真正的可持续发展。农民开展体育活动，既锻炼了身体，又丰富了文化生活，开阔了视野，转变了观念，增强了开放意识和竞争意识；同时，利用体育活动，以"体"会友，以"体"会商，促进了农村地区间的经济交流。实践证明，建设新农村繁荣发展体育事业，对于提高农业劳动生产率，促进农村经济发展，提高农民的思想道德素质、科学文化素质和身体素质，对于增强农民的体育意识，形成崇尚健身、参与健身的社会环境和社会风气，对于加强农村精神文明建设，移风易俗，引导农民走向健康、科学、文明的生活方式都具有重大的理论和实践意义。

二、农民群众参加体育活动状况分析

新中国成产以来，我国农村体育在党和政府的领导与关怀下，取得了显著成绩。特别是《全民健身计划纲要》实施以来，农民群众积极参加体育健身锻炼，体质与健康状况有所改善，体育人口数量不断增加，一些地方农村居民良好的生活方式和文明素质进一步提高。但从总体上来看，由于我国农村地域辽阔，区域发展很不均衡。农村体育受各种因素的影响，主体意识较差，起点低，基础薄弱，组织不健全，经费投入不足，整体发展比较缓慢，一直是我国群众体育工作的难点。2006年国家体育总局实施了"亿万农民健身工程"，这是体育系统落实党中央提出的"建设社会主义新农村"的具体行动，主要目的是使广大农民享受到基本的体育服务。农民是新农村建设的主力军，随着

农村经济、文化生活水平的不断提高，农民群众对体育的需求将更加广泛和迫切。因此，切实搞好农村体育，不仅是提高农民身体健康和人力资本素质的需要，也是满足农民群众物质文明和精神文明的需要。

（一）农民群众参加体育活动的情况

参加体育活动是现代社会农民群众的一项基本权利，农民参加体育健身活动的广度和深度，代表着农村体育的发展水平。本课题依据调查对象"2006 年是否参加体育活动"为标准，将其确定为是否为体育活动参加者。根据统计结果，体育活动参加者占26.73%，其中 17.26%达到了我国体育人口的标准，其余 9.47%属于偶尔参加体育活动者。可以看出，目前仍有73.27%的人，是不参加体育活动的。在被调查者中，男性占55.29%，女性占 44.71%；汉族占 96.18%，少数民族占 3.82%；在文化程度上，大学以上者占 2.15%，高中或中专占 8.19%，初中占 30.31%，小学占 54.25%，文盲占 5.10%。在涉及问卷的各个组别与各个问题的调查中，不同地区、不同生活环境、不同年龄、不同经济状况、不同的体育活动内容与方法和不同的体育态度在家庭被调查人员中的数据分布存在着不均衡性，这种情况充分体现了当前农村体育活动的基本特征。

（二）农民群众参加体育活动的时间安排

农民群众参加体育活动受季节性影响较大，由于我国农业生产力水平不高，手工作业突出，加上农业生产受自身条件限制，所以农民参加体育锻炼农忙时活动人数较少，农闲时活动人数较多。农民参加体育锻炼带有很强的随意性，多数人参加体育活动没有固定的时间，心情好时练，心情不好时不练。这一现象说明体育活动也与人们自身的心境有关，心境影响人的整个行为表现。在心境良好时，参加体育活动效率就会大大提高。反之则不然。因此，人的自身体育需要不仅是个人需求的反映，同时也是社会需求的反映。当社会需要反映到个人头脑中并为他所理解和接受时，才能成为他的信念并转化为他的个人需要，产生积极的体育情感。

（三）农民群众参加体育活动的场所

从调查统计结果来看，农民群众去体育场馆参加体育活动者只有 2.38%，到公共体育活动场所、农村住宅空地、公路和街道边锻炼者的比例为 41.96%，在自家庭院的活动者占 33.63%，在场院、树林旁、河边、田间、草地的活动者占 22.03%。总之，农民群众参加体育活动的主要场所是自家庭院、农村住宅区空地、公路、街道边、场院、树林旁、田间、草地、河边等。选择这些地点锻炼多数是农民自发形成的，虽然条件简陋、活动空间小，但为了达到愉悦身心、增强体质与健康的目的，只有就地取材，这也和农民群众的生活环境与个人经济收入有关。

（四）农民群众参加体育活动的项目

从调研数据可以看出，散步与跑步（占 69.31%）是农民群众首选的体育活动方式，这与我国人民的生活习惯有很大的关系。许多家庭在晚饭后要散步，也有的中老年人喜欢在早晨跑步，一些乡镇有老年人长跑队，组织有越野跑、登楼梯比赛等活动。羽毛球（占 33.84%）、乒乓球（占 25.49%）活动的参与者较多，这与国民的心理和生理特点有关，也与当前体育活动场地设施偏少有关，许多核心家庭的父母很容易在这两个项目上局限于很小的活动空间里，与子女一起开展活动。棋牌活动（占 29.65%）是一项智力游戏，农民群众的参与率较高，在各地农村现在打麻将的人数非常多。如何引导这项活动向健康的方向发展，如何在体育概念中给一个准确的定位，是一个需要研究的问题。足、篮、排球类活动（占 27.16%）受到青年人的普遍欢迎，这些活动大多是由乡镇组织起来的体育健身活动。交谊舞、体育舞蹈、民间舞（占 23.52%）受到了一些富裕乡镇中老年人的喜爱，农民群众开展的迪斯科、扇舞、扭秧歌等活动有很大的参与群体，并坚持经常性的锻炼活动。台球（占 20.81%）是青少年喜欢的活动项目之一，在乡镇体育娱乐市场打台球的人较多，这与台球项目技能容易掌握、活动有趣、便于组织管理有关。游泳（占 18.75%）活动有着广泛的群众基础，受到人们的偏爱。这个项目由于季节性较强，在炎热的夏天群众参与率较高。由于受自然条件的影响，水域水质易产生变化，使这一很好的锻炼形式难以长年开展。气功、武术（占 16.32%）属于传统的体育活动参与者较多，且十分稳定，是乡村居民体育活动站、点的重要活动项目，发展前景十分看好。体操（占 9.27%）、跳绳（占 19.43%）、健身器活动（占 12.91%）多在住宅区附近或室内进行，主要是迎合了群众健身活动的方便需要。网球（占 2.61%）、门球、地掷球（占 5.18%）参与活动的人数较少，主要与场地偏少、设施要求较高、专业技能人才缺乏、普及程度较低有关。

从总的趋势看，农民群众对体育项目的选择开始向健身性、竞技性、娱乐性较强的方向发展以及向有氧锻炼的方式上转移，各种功、操、拳、舞所占的比重较大。

（五）农民群众参加体育活动的组织形式

农民群众参加体育活动的组织化程度不高，他们参加体育锻炼的大部分形式是属于自发的、非组织化的。从统计数据可见，在农民参加体育锻炼者中，个人锻炼的占参加者的 49.87%，与家人一起锻炼的占 19.31%，与朋友、同事一起锻炼的占 67.63%，随着"农民体育健身工程"的实施，参加有组织活动的人数正在增加，其中参加乡镇组织锻炼的占 13.79%，参加村内组织的活动者占 16.48%，参加体育活动站、点锻炼的占 11.24%。这与锻炼者的年龄关系很大，中年人多进行个体锻炼，青年人和老年人群体多喜好合群集体锻炼。这提示我们要加快农民体育健身社会化的进程，将乡镇、村庄、站点的体育活动以社团的形式管理起来，从而更好地推动农村体育健身活动。

三、新农村建设中发展农村体育面临的挑战

（一）农民群众对体育健身的认识不足，思想观念落后

长期以来，我国农村教育普及率较低，据统计目前我国农民平均受教育年限只有7.3 年，全国 92% 的文盲、半文盲在农村，农村劳动力中，小学以下文化程度占 38.2%，初中文化程度占 49.3%，高中或中专文化程度占 11.9%，大专以上文化程度仅占 0.6%。农民群众的文化素质偏低，难以适应建设新农村和现代农业的需要。由于农村居民受个体经济制约，使他们养成了对事物的态度重于实际和眼前。农民群众的体育健身意识发展普遍不成熟，他们对体育的理解和认识仅停留在运动场上竞争表层的意识中，缺乏自觉投身和参与的意识。在传统价值观念的影响下，农村居民又各自从不同的意识形态看

待体育现象，错误地认为从事农业生产的体力劳动者不需要体育锻炼，日常的田间劳作就可以达到强身健体的作用。没病就是健康，身体健康不需要浪费时间去进行体育锻炼。这些思想观点直接影响着农村体育健身工程的实施效率。

（二）农村体育组织不健全，分工不明确，缺乏长效机制

当前我国的农村机构改革一些地方忽视了群众体育工作，有的乡、镇没有把体育作为新农村精神文明建设的重要组成部分，为了达到减员增效、资源优化、机制创新的目标，以前的文体工作站已不复存在，被改由社会服务性组织来管理。有的乡镇由政府宣传部门干部兼管体育，有的则由团委兼管，还有的根本无人管，也无处靠，呈自由形式。只是在上级部门要开展体育比赛时，才临时招募人员应急。这种基层农村体育组织形式不仅管理效率低下，而且使农村日常性的体育活动的开展长期缺乏有效指导。条块分割的乡镇体育与县市体育部门严重脱节，缺乏沟通，不能携手抓管体育工作，使得上级体育组织机构在基层没有落脚点，体育工作无法延伸到乡、镇、村，因此，呈现出农村体育"管不了"和"没人管"的虚无缥缈的空中楼阁

（三）农村体育地区之间发展不平衡

我国农村东、中、西部经济基础、资源分布、自然条件等差异较大。据统计，2001年东部沿海12省市固定资产投资占全国投资比重的62.2%，而中西部固定资产投资只占全国投资比重的37.8%。2002年我国东部沿海地区人均GDP为10768元，中部地区为5978元，西部地区为4606元。东部地区是西部地区的2.34倍。从农村人均收入来看，2005年农村居民人均纯收入3255元，只相当于城镇居民可支配收入的31%；人均生活消费支出2555元，相当于城镇居民消费性支出的32%。城乡居民收入比从2000年的2.79：1扩大到2005年的3.22：1，消费比从2000年的2.99：1扩大到2005年的3.09：1。在许多东部地区的城乡社会发展步入全面小康社会之时，中西部尚有以农民为主的贫困人口2820万人。城乡差距日益突出可能成为农村经济乃至整个国民经济发展的障碍，这种经济发展不均衡将会直接制约和影响着农村体育的不平衡性发展。东部沿海地区的农村居民经济的繁荣，农民劳动条件的改善以及闲暇的增多，使得富裕农民对精神生活产生了内生性的需求，体育健身已成为农民群众消遣娱乐的重要活动方式，加之体育设施较为齐全，良好的体育活动氛围已基本形成，群众参与和开展大型群众体育活动的机会较多，体育人口比率较高。然而，在我国西部农村的一些经济欠发达地区，农村体育基本处于无人问津的状态。有的农民早有体育健身的愿望，但客观条件太差，难以得到基本满足；有的农民群众体质健康状况欠佳，却未意识到进行体育健身。这是农村体育面临的实际问题，必须采取有效措施逐步解决。

（四）农村体育基础设施缺乏，体育指导力量薄弱

农村体育场地设施紧缺是制约农民群众参加体育活动的主要因素之一。据中国群众体育调查结果显示，占国土面积83.5%并拥有67%左右人口的广大农村地区却只占20.2%的体育场馆资源。目前在全国拥有850080个体育场地中，体育系统拥有18481个，教育系统拥有558044个，其他场地为社会各单位拥有，农村体育场地多集中在学

校，专门用于农民群众活动的体育设施很少，体育场地不足，没有体育经费来源，体育意识淡薄、体育知识、技术缺乏，体育服务迟迟不能到位。尤其是在中、西部经济欠发达地区，80%以上的县、乡没有体育组织或体育辅导站，90%的村庄没有体育指导员或辅导站。目前全国90%的社会体育指导员在城镇，而广大农村只有10%。让10%（18000人）的社会体育指导员指导约9亿的农民群众开展体育活动，几乎是不可能做好工作的。这对农村体育工作将产生不利的影响，因此，要引起我们足够的重视。

（五）"空巢"家庭的增多给农村体育工作带来了难题

随着农村经济体制改革的深入发展，农村中剩余的劳动力开始涌向城市，全国出现了"农民工潮"现象。据统计资料显示，近几年中国农村累计向非农产业转移农业劳动力1.3亿人，平均每年转移591万人。很多年富力强、有文化、有见识的农民大量外流。在外流的农村劳动中，青壮年劳动力占绝大多数，他们理应是农村体育活动的积极响应者和参与者，是体育活动的中坚力量，由于其脱离农村，长年漂泊在外，使得农村体育失去了主体和活力。农村"空巢"家庭的增多。留守在家的多数是老人、妇女和小孩，在传统观念和繁重农活的双重压力下无暇顾及体育锻炼，这些现象的出现使社会主义新农村建设和农村体育工作面临着新的难题。

四、新农村建设中农村体育的发展对策

（一）加大体育宣传教育的力度，树立"以农民为本，健康第一"的新理念

新农村建设，造就新型农民，搞好农村体育工作，必须树立"以农民为本"的思想，以全面、协调、科学的发展观把广大农民群众的身心健康问题放在第一位。农民和城市居民同等享有体育参与权、健康权、体育社会保障权、受体育教育权。在新农村体育工作中，实施"农民体育健身工程"，要坚持"农民自愿"的原则，要尊重农民的主体性，一切从农民的利益和需求出发，以提高农民的身体健康水平和生活质量为目的，鼓励农民群众自觉参加体育健身活动。对于部分农民群众体育意识淡薄、认识不清、参与不主动的情况，应抓好宣传教育工作。一要采用广播、电视、电影、墙报、标语等多种新闻媒体的宣传途径，将《全民健身计划纲要》和《农村体育工作暂行规定》的精神送到千家万户，力争人人皆知。要紧密结合农村实际，开设各种科学体育健身锻炼的讲座。尤其要重视对农村中老年人和文化程度较低者的宣传教育，使广大农民逐步树立起"生活奔小康，身体要健康"的新型体育理念。二要广泛开展"体育三下乡"活动。面向农村，服务农民，开展"体育健身锻炼，体育健身指导，体育科普知识宣传"为主要内容的活动。使农民树立身体是劳动的本钱，生命在于运动，只有积极参加体育锻炼，才能强身健体，精力充沛地从事生产劳动，才能实现建设小康社会，提高生活质量的目标。要引导广大农民群众用高尚、积极的体育娱乐活动充实业余文化生活，树立移风易俗、健康文明的农村社会新风气。

（二）完善、创新农村体育管理与组织形式

现阶段农村体育活动点大部分由锻炼者自发形成，自主管理。农村居民参加体育活动的组织化程度不高，这不仅造成了对农民进行体育活动技术知识指导上的困难，也给

农民对参加体育活动形式的选择造成了一定的影响，这就要求我们不断加强农村体育组织形式建设。县级以上各级党委和政府要对农村体育工作切实负起责任，做到"高度重视，统筹兼顾，责任明确，分级管理"，把农村体育建设纳入重要议事日程，纳入经济和社会发展规划，纳入财政支出预算。要健全农村体育组织领导机构，建立与农村实际相适应的乡、村级文化体育管理机构，加强农村体育社团建设，要组织落实、上下衔接、横向配合。县体育局应加强全县的农民体育社团建设，组织各种乡级、村级体育比赛，活跃农村体育文化生活。同时应建立在乡政府领导下的体育文化管理机构，负责全乡的体育文化工作，并借鉴城市居委会的经验，建立村委会文体活动站，为农民提供安排文体活动的各项事宜，吸引农民群众参加体育锻炼娱乐。

（三）重视体育基础设施建设，拓宽融资渠道

国家要以统筹城乡、统筹区域，协调发展的大局出发，加快农村体育基础设施建设，为农民参与体育活动提供必要的器材和场所，这是新农村体育建设不可缺少的硬件。各级政府要采取多种举措，构建科学融资机制，要以体育彩票公益金为引导，激起民间资本和社会资本参与投资农村体育设施的热情，调动全社会的力量发展农村体育。要广开资金渠道，鼓励乡镇企业、社会团体、个体户及村民资助体育健身活动。对于投资办体育的社会团体和个人，给予一定的优惠政策和利益回报，以吸引更多的组织和个人来投资，形成一种政府拨款、社会筹集和个人投入相结合的多元化资金投入模式。同时，要加大公共体育设施开放和整合的力度，最大限度地实现体育资源的共有和共享。

（四）发展农村体育要以乡镇为重点，以村庄为主体，因地制宜地开展体育活动

国务院提出了发展农村体育要以乡镇为重点，农村体育以乡镇为龙头，辐射周边的村庄体育发展思想是正确的。这标志着我国农村体育发展的战略着眼点已转移到广大农民。关心农民体育，关怀农民健康，关注农民健身。这是农村体育工作的重心所在，也是构建和谐农村社会的根本要求。据国家统计局资料显示，我国农村有乡镇39054个，村庄694515个。现有城镇人口56212万，约占总人口的43%；乡村人口74544万，约占总人口的57%。我国是一个农业为主的人口大国，农民祖祖辈辈生活在自己的村庄，因此，村庄是农村的主体部分，也是人类社会最早的社区形式。开展农村体育要立足于农民真实的生存状态，要以村庄为主体，切切实实地使农民群众享受到基本的体育服务。村庄是农村体育最基本的操作单元，村委会应该对农村体育活动担负起组织管理职责。村庄体育的开展要坚持因地制宜的原则。我国农村地域辽阔，受气候、地形、自然条件及社会因素的影响，各地开展村庄体育活动内容也会千差万别，丰富多彩。许多地方的村庄体育活动项目产生于生产劳动和生活实际，根植于地方文化之中，受到各地文化的培育，表现出了强烈的乡土文化气息和鲜明的农村特点，具有省钱、易组织、能锻炼的可操作性，有较强的群众性。因此，各地要加强对乡土体育活动内容的挖掘和整理，并加以规范和现代体育互为补充，以更好地促进和开展全民健身活动。村委会要组织村民充分利用春节、庙会和农闲时间开展体育活动，村庄体育活动不仅可以活跃农村节日的文化生活，还能扩大体育活动的影响力和感召力。村庄体育活动要以家庭为核心，以村民小组为单位，要以青少年为重点，以民兵和乡镇企业职工为骨干，以此带动

中老年体育活动在农村的蓬勃发展。

（五）整合利用农村学校体育资源，改善农村体育条件

据统计全国农村平均每个乡镇有小学 3.8 所，中学 1.3 所。近年来，随着科教兴国战略和希望工程的实施，农村学校体育特别是贫困地区学校的办学条件有了较大的改善，软硬件建设发生了根本性的变化。在新农村体育建设中，农村学校体育具有人力和体育设施资源上的明显优势，学校中的体育教师可以成为动员组织农民群众参加体育活动、宣传体育科学知识、传播体育技能、指导群众进行科学锻炼的体育骨干，学校较为充足的体育场地器材可以弥补农村体育发展中场地设施的不足。为了发挥农村学校体育的辐射作用，改善农村体育条件，达到体育资源共享，这是多快好省地发展农村体育的捷径。重视和加快农村学校体育的改革和发展，加强课余时间校内体育活动与校外农村居民体育活动的双向结合联系，进而影响和带动学校周边农民群众对体育的参与，形成以学校为中心的区域性体育发展社会网络，使之成为农村体育发展过程中的强大动力。

（六）坚持城乡体育统筹发展，充分保障农民群众的体育权利

为了更好地发展群众体育，普遍增强国民体质，1995 年国务院以法规文件颁布了《全民健身计划纲要》；接着在全国人大八届十五次会议上又通过了《中华人民共和国体育法》，使我国的社会体育立法从此进入了一个根本性转折的新阶段；近年来国家体育总局又制定了《关于实施农民体育健身工程的意见》和《农村体育工作暂行规定》。这些文件在法律和政策上保障了人人有平等参与体育的权利，人人有分享体育资源的机会。特别是为农村群众开展体育活动创造了良好的社会环境。

在当前的新农村体育建设中，应坚持城乡体育统筹发展，要把城市体育与农村体育作为一个有机整体，通过政府的主导作用建立起以城带乡机制，统筹城乡体育发展规划，充分发掘农村体育发展的有利因素，城市体育吸收农村体育浓厚的民族特色，优化各种体育资源在城乡间的配置，实现城乡联网协作，促进城市体育文化服务向乡村延伸。建立对农村体育的援助机制，动员城市单位和居民以各种方式向农村体育捐款、捐赠体育器材，体育书籍等，以满足广大农民的体育需求，赋予农民群众公平和平等的发展机会。要重视发挥农村体育骨干的带头作用，用典型引路，以点带面，滚动发展。努力实现城乡体育资源的共有和共享，完善城乡体育的组织管理和监督机制，切实采用有效措施，利用社会力量和条件，充分调动城乡居民的体育热情，形成城乡体育协调、持续发展、同步推进、全民踊跃参与体育健身活动的新局面。

（项目编号：882ss06014）

我国体育社会问题与稳定的理论研究

邹　师　刘德佩　丛冬梅　王大超　朱　伟　韩会君　梁蕴秋　杨　娜

当今社会体育与政治、经济、文化、教育、生活都有着千丝万缕的联系，体育作为独立的文化形态，已经渗透到社会各个领域、各个层面、各个角落，它深刻地影响着人们的社会生活。体育社会问题是社会进步文明的必然产物，是现代社会对体育文化需求的一种反映，同时解决体育社会问题不仅仅是社会发展的需要，也是体育事业自身完善和繁荣的必然选择。体育社会问题作为社会问题的内容之一，虽然不像社会问题那样对社会发展造成更大的影响，但也毕竟是伴随社会的文明和进步人们对体育认识上的新的社会反映，它反映体育生活在社会政治、经济、文化、教育中的地位和作用，成为某一阶段历史时期制约社会发展的一个因素，需要党和政府极力予以解决的问题。

一、相关理论的构建

（一）体育与社会稳定的逻辑关系

体育与社会稳定的关系主要涉及体育与社会稳定一些变量，这些变量一般理解为体育与政治、体育与经济、体育与文化等因素，其实体育与社会稳定的关系很难独立于某一社会领域，因为体育具有综合特征。第一，体育与政治稳定。体育与政治有着密切的联系，一方面体育受政治的制约，政治对体育具有主导作用，体育必须为政治服务。另一方面体育中也有政治，体育必须为国家利益服务。第二，体育与经济稳定。体育与经济有着密切的联系，一般认为经济是体育发展的基础，制约和促进着体育发展；体育事业发展还可以拉动和促进社会体育需求，促进经济发展。第三，体育与社会心态稳定。在现今社会里，社会心态总是随着社会的变化而变化，体育作为社会文化的组成部分，近些年社会关注度不断升温，人们渴望健康、寻求休闲娱乐生活形成一股潮流。第四，体育与社会秩序稳定。良性的体育运行，可以促进社会秩序的稳定，不良的体育运行可以直接殃及社会秩序稳定。第五，体育与社会和谐。体育的价值目标与和谐理念具有密切的联系，体育是构建和谐社会的基础。体育不但塑造人健康的体魄，也能健全人的精神，拉近人与自然的距离，协调人与人之间的社会关系。

（二）体育社会问题与稳定理论的逻辑关系

体育作为社会发展中比较活跃的要素，往往成为许多社会问题的"缩影"，也成为许多社会问题的"导火索"。当社会环境稳定时，体育社会问题将向稳定方向发展，当社会环境不稳定时，体育社会问题将向稳定方向发展，体育社会问题始终以社会稳定环境为依托，扮演着随从的角色。在社会处稳定临界点时，体育社会问题很可能扮演社会不稳定状态导火索、引火线，使社会稳定状态倒向不稳定状态。但是，如果准确把握体育社会问题性质，也可以通过体育的释放、宣泄作用，体育还扮演着调节功能，促使社会系统的稳定平衡。体育社会问题虽然不会直接涉及社会稳定，但体育社会问题可能诱发或导致社会的不稳定。

二、体育社会问题研究现状

（一）体育社会问题在国际上的研究现状

体育社会问题一直是国际体育社会学界非常关注的一个研究领域。自20世纪80年代以来，每年都有若干研究论文发表。这些研究者的研究内容主要集中在以下几个方面：体育运动中的滥用兴奋剂问题、运动场的暴力与骚乱问题、利益黑幕与腐败问题、性别与种族的歧视问题、体育过度商业化问题、贫困人口的体育问题和竞技体育的异化使其背离体育的初衷。

（二）我国体育社会问题研究现状

80年代末和90年代初期，首先从球迷事件引发社会秩序骚乱，当然它的背景我们应该追溯到这个时期国家体制改革带来的国有企业职工大批下岗出现的社会不稳定问题。90年代中期足球赌博盛行，末期受到法轮功伪科学的冲击。2000年以后，则是社会风气和腐败现象诱发体育市场发展畸形，假球黑哨、赛场作弊、过度职业化、兴奋剂事件屡见不鲜，体育道德建设与法制建设成为制约体育事业发展的主要因素。研究发现，其中很少对体育社会问题的概念、产生原因及如何调控进行系统的研究，造成现有的研究过于片面。同时，由于专家学者对体育社会问题的本质理解不同，以及相关概念的表达差异，造成了一些研究领域的不确定，并且某些研究相对滞后。

三、体育社会问题对北京奥运会成功举办的不良影响因素

第一，体育需求加大，体育权利不平等问题突出引发社会负面舆论。目前，迫切需要通过立法的形式明确人民的体育权利；明确保障公民基本体育权益所必备的条件；明确为保障公民基本体育权益所要提供的必备保障的责任主体。使农村、贫困地区等弱势群体的基本体育权利，以法的形式得到保障，扭转社会负面舆论，正确引导体育与社会的和谐发展。

第二，体育竞赛腐败问题引起社会舆论的关注。无论是经济利益的驱使，还是出于政治的或其他的目的，拉拢、贿赂裁判，行贿政府官员，踢假球、吹黑哨的现象时有发生。这种公平竞争与经济利益的碰撞正考验着每一个踏入这个领域的人。如何净化体育赛场，抵御体育竞赛腐败是一个迫切需要解决的重大课题。

第三，球迷闹事、赛场骚乱反映了部分群体的社会心理问题。球迷骚乱现象从表面上看是赛场制度与组织管理问题，可深究其社会原因却与社会腐败、贫富差距、社会治安、下岗就业等社会问题有不可割舍的联系。如何有效解决社会问题及其对社会成员的影响，进行合理的心理疏导，减少甚至杜绝球迷骚乱事件，是体育事业发展和社会进步的需要。

第四，体育赌博破坏正常的社会秩序，产生不良连锁反应。体育赌博已经到了不得不整治的阶段，这是我国体育事业改革与发展的必然选择。解决体育赌博问题，保证社会秩序稳定，是一个迫在眉睫的重大课题。但也要注意到随着社会的发展和治理的深

入，体育赌博的形式、影响范围都会出现新的变化，如何制定有效的法律法规和惩治方法，是全社会共同努力的目标。

第五，国民素质和道德修养直接影响奥运会举办国的国际形象和利益。当前我国的国民素质水平还是较低的，远远不能适应我国社会发展和改革开放的需要，也不能适应世界范围内刚刚兴起的知识经济发展的要求，甚至严重影响着我国社会经济的发展。从某种角度讲，国民素质的发展水平已经成为影响我国社会发展的"瓶颈"。提升国民良好的公共道德、职业道德、文化素质、审美素质、心理素质不仅是塑造文明赛场氛围的需要、社会发展的需要，也是举办奥运会前一项亟待解决的问题。

第六，健康素质提高成为国民潜意识心理需求。世界卫生组织自1995年开始就对世界各国发出警告，在今后几十年内由于不健康的生活方式导致引发威胁生命的疾病将席卷第三世界国家。尽管这些慢性病不会传染，但是社会、政府、个人却必须对此高度重视，保持良好的生活习惯，只有这样，我们才能像控制传染病一样降低其对人类的危害。

第七，法轮功伪科学干预和破坏奥运会的可能程度增加。近年来，"法轮功"邪教组织在我国进行了大量的破坏活动，虽然邪教的本质决定了其必然走向毁灭，但是对于邪教毁灭前的疯狂，我们必须保持高度的警惕，绝不可麻痹大意、掉以轻心。因此，我们要采取措施，坚决打击法轮功邪教组织的违法犯罪活动，保证奥运会期间，人民群众的生命财产安全以及奥运会的正常进行。

四、解决体育社会问题的对策

第一，大力提高全民体育意识和体育精神文明建设。解决体育社会问题首先要从社会公共道德和公民规范着手，通过各种媒体和社会舆论营造良好的公民体育道德规范，提高全民体育公共道德意识，使其在社会公德和公民规范的框架下，遵守和行使自己公民权利。

第二，发挥体育在社会稳定中的缓解、宣泄作用。体育被称为"社会竞争的缩影"和社会稳定的"安全阀"和"出气孔"，成为社会稳定的工具。

第三，发挥体育在社会心态的调节作用，形成良好的舆论。人类的需求具有层次不断提高和永无止境的特征，体育作为现代生活组成部分，同样具有也具有多样性和层次性，可以满足人们不断提升的愿望。

第四，切实加强对体育社会问题监视、预测、防范机制。要加强体育问题的社会监控，特别是在重大体育比赛活动来临时，加强有效的监控、预测和防范，是加强社会长治久安和稳定的有效机制。

第五，建立有效的疏导机制，化解民众过激的体育行为。要从社会稳定大局进行疏导、从容处理、统筹运行体育法律、行政、教育、经济、文化等手段，对这些涉及民生、民意的问题进行综合治理。

第六，深化体育改革，大力发展体育事业。大力发展体育事业，满足广大人民群众日益增长的体育文化需求，是解决体育社会问题最根本措施。尤其是体育产业发展能够带动体育事业的繁荣和发展，使许多体育社会的问题得到缓冲和化解。

第七，加强体育社会问题的控制。体育法对社会控制具有保证公民的体育权利、协调体育与社会发展、抵御外来干扰、规范行为等作用。在社会体育的运行中，各类体育规章、体育制度、体育规则等，具有与体育法同样的效力，它是体育法规的具体化。

第八，加强体育传统习俗、社会舆论、宗教等社会控制手段。体育社会控制是保证体育正常运行和稳定的有效的手段，内在控制和外在控制构成体育控制的系统，只有发挥系统的整体功能，才能够使体育社会控制达到最佳状态，才能够保证体育事业沿着健康的轨道有序地发展。

（项目编号：1006ss06138）

新闻媒体在构建和谐体育中的地位作用研究

张海峰 易剑东 王会寨 王 娜 谷周亮 谢 敏 徐亚南 安福秀

一、和谐体育的基本特征与促成机制

和谐体育是体育系统与社会各系统之间以及体育系统自身各组成部分和各要素之间所处的一种协调、稳定、有序、公平的发展状态；是人和谐改造自我身心、塑造完美人格和开发自身潜能的社会实践活动；是公民对体育事业、体育运动和体育精神的和谐追求。

根据和谐社会的基本概念及其特征的界定，结合我国体育事业当前的发展现状和目标，和谐体育的特征概括为以下六个方面：和谐体育是以人为本的体育；和谐体育是全面发展的体育；和谐体育是协调发展的体育；和谐体育是可持续发展的体育；和谐体育是健康发展的体育；和谐体育是自主创新的体育。

从整个体育事业的高度来看，新闻媒体在推广体育活动内容、监督体育组织形态、宣传体育理念、提高体育在社会和谐进程中的地位、促进体育事业的全面协调可持续发展等方面起着显著的作用。

二、新闻媒体在构建和谐体育中的角色与地位

作为社会大系统的有机部分，新闻媒体在构建和谐体育、推进体育和谐健康发展方面扮演着不可替代的角色。新闻媒体是党和人民的喉舌，传达和体现党的意愿、人民的呼声，具有风向标和扩音器的作用，在构建和谐体育中有着不可替代的功能。即唱响主旋律，营造和谐体育氛围；点亮新思想，普及和谐体育精神；发挥强功能，监督和谐体育舆论；记录新风尚，传承和谐体育文化。

在构建和谐体育中，新闻媒体的角色如下。

一是和谐体育的宣传者。其基本使命是明确和谐体育的理念和目标，从而指导和谐体育的建构。宣传党和国家的政策，弘扬和谐体育观念无疑是新闻媒体工作的重中之重；同时新闻媒体也积极宣传更为具体的和谐体育思想。

二是体育精神的传播者。体育精神是社会主义精神文明建设的重要组成部分。体育精神不仅能推动体育自身的和谐发展，还能成为推动全社会发展的强大精神力量。因此，新闻媒体要大力传播和弘扬体育精神。

三是体育舆论的监督者。作为舆论监督者，新闻媒体一定要坚持正确的舆论导向，从公正、客观的角度全面地反映公众的舆论。也可以说，就是要坚持反映体育事件中的热点问题，反映体育领域中的疑点和难点问题，不能隐瞒真相与欺骗广大民众，在客观报道事件的同时要对事件进行恰当的分析，使人们深入认识相关事件，从而推动和谐体

育的构建。

四是体育风尚的传承者。良好的体育风尚是构建和谐体育不可或缺的一部分。作为社会文化的重要载体，新闻媒体理应成为传承体育风尚的重要阵地。新闻媒体能帮助人们树立健康积极的体育风尚，使人们真正理解体育风尚与体育道德。新闻媒体的传播功能使人们感受到体育风尚的魅力，并将体育道德体现在体育事物发展的全过程。

三、我国体育新闻媒体现存问题与应对策略

（一）体育虚假新闻问题

体育虚假新闻问题反映着媒介的职业道德裂缝、媒介的社会责任缺失、媒介引导社会舆论的失语。

（二）体育新闻娱乐化问题

该问题突出表现为采用醒目的标题，用大幅照片吸引受众眼球，偏重报道竞技体育赛事；报道体育赛事，重在表现体育本身所蕴含的公平竞争的精神所带来的原始快乐；报道赛事时，重点不在于赛事本身，而是在于场地内外发生的故事以及与赛事有关的人、事、物；新闻报道的情色化。

（三）体育媒体越位问题

其实质就是体育媒体在报道新闻、监督舆论的社会责任中的失职，其表现主要有以下几点：侵犯体育名人的隐私权和名誉权；侵犯体育企业法人的名誉权；干预体育部门的管理运行；影响正常的社会舆论秩序。

（四）人文缺位与操守失控问题

在体育新闻的蓬勃发展下，也存在一定的问题，比如话语暴力现象泛滥，还有人文道德精神缺失等，产生这种现象的原因，固然有体育自身的原因。诚然，这些问题的出现，是因为媒体没有遵守游戏规则，但其背后的社会原因同样不能被忽视，那就是中国的媒体正处在政治权力控制与资本拉拢的时代，媒介要在市场中求生存就必须抓住读者的眼球。这也许就是体育报道话语暴力和人文精神缺失的深层原因。

四、新闻媒体促进和谐体育的实证研究

本研究重点关注媒体影响社会生活的两个方面，即监督、曝光不透明的决策过程与关注边缘化的群体和特殊利益。并主要通过检索报刊媒体，对发生在体育领域的三个个案的相关报道，研究新闻媒体促进和谐体育的影响过程。

（一）"鸟巢"去盖事件

最初媒体的关注给"鸟巢"相关问题的解决带来一定的舆论压力，客观上无助于问题的迅速解决，那么随着事态的演进和媒体报道的科学与广泛、深入，"鸟巢"去盖终于获得了来自社会各界的支持、智慧，并最终推动了事态的良性运行，体现了新闻媒体促进体育事务和谐发展的特殊功能。

（二）邹春兰与艾冬梅事件

新闻媒体对于邹春兰特殊遭遇的披露和追踪报道，引起了广泛的社会影响，引发了社会各界对于运动员命运的关注，这一方面对于运动员退役安置问题的解决提供了良好的舆论环境，但另一方面对于邹春兰个人的深入报道，也给国家体育总局相关部门带来了较大的压力。特别是个别媒体缺乏事实依据的报道，歪曲了事件的属性，对问题的最终解决不利。

（三）王治郅滞美／归国事件

众多的新闻媒体以及大量的权威专家在王治郅滞美／归国事件的后期，表现出对于中国篮球和王治郅本人高度的责任感，充分发挥了传媒沟通不同意见、营造信息平台、传播民主观念的独特功能，对于事件的完满解决起到了积极的作用。

五、新闻媒体在构建和谐体育中的作用

政府功能的重构、媒体地位的法治保证、媒体系统自身的和谐三个要素是新闻媒体构建和谐体育作用实现的主要前提条件。

新闻媒体在构建和谐体育中的作用具体表现如下。

（一）积极传播和谐体育理念，促进健全的人以及体育自身协调发展。构建和谐体育是和谐社会的应有之义。媒体要想在构建和谐体育中发挥自己应有的作用，首先应该加大力度，积极传播和谐体育的理念。

（二）大力推动体育生态向和谐体育转型，促进体育和社会协调发展。和谐体育的实现，有赖于体育生态的转型。媒体应在不断探索和谐体育的社会体制和运行机制方面做出有益的探索和尝试，找到和谐体育和社会和谐发展的契合点，积极推动我国体育向和谐体育转型。

（三）有效承担舆论监督功能，降低不和谐体育噪音，促进体育又好又快发展。在构建和谐体育的伟大事业中，新闻媒体应以敏锐的新闻嗅觉、高超的职业素养，及时发现和挖掘体育领域存在的各种不和谐音符，进行强有力的跟进和监督，将各种不正之风置于社会的监督之下，最大程度地降低其负面影响，促进体育自身的协调发展，促进体育和社会协调发展，从而使得体育又好又快地发展。

（四）全面协调体育系统内外社会关系，为构建和谐社会做出体育应有贡献。新闻媒体在对体育进行报道时，主要处理好以下关系：从体育与外部系统的关系来看，应处理好体育与政治、经济等的和谐；从体育系统内部来看，媒体在报道时主要应处理好奥运争光与全民健身的关系、优势项目与弱势项目的关系、体育明星与弱势群体的关系、以及管理部门与俱乐部、运动员的关系等。

六、建　议

（一）当前体育新闻媒体工作的重点应该是：坚决打击防范体育虚假新闻；正确发挥媒体舆论导向作用；合理规范媒体舆论监督行为。而其中的难点是如何保持新闻媒体商业利益与社会责任的平衡。

（二）为解决体育虚假新闻问题，提出下列对策：运用"绝对道德命令"意识，增

强体育媒体人员职业道德自律；运用"真实的社会构建"理论，承担体育媒体人员应有的社会责任；运用"媒介功能理论"，唤醒体育媒体的大众传播功能。

（三）在体育新闻报道娱乐化现象愈演愈烈的背后，体育新闻娱乐报道要张弛有"度"；提高体育新闻媒体素养，增强体育新闻从业人员的专业性；推动体育媒介自律机制的建立，改善媒体竞争环境。

（四）杜绝体育新闻报道越位现象，要依靠整个新闻传播环境的改善；同时作为体育新闻报道的主体机构和人员，要有自律意识。

（五）针对体育新闻报道中人文精神缺失的应对策略：新闻监督机构加强对新闻的监督管理力度；体育新闻媒体自身在吸引眼球和人文精神之间寻找平衡；提高体育新闻媒体从业人员的人文素养。

（六）新闻媒体要实现其在和谐体育构建中的作用，建议注意下列几点：大力开发和挖掘体育在塑造健全人格、娱乐、教化等方面的功能；坚持以人为本，立足社会实际，竭力满足人们不断增长的体育文化需求；坚持以全面、协调、可持续的和谐体育发展观作为指导；借助2008年北京奥运会的良机，营造和谐体育发展所需要的社会舆论环境；促进体育体制改革的进一步深化，加强体育法制建设，推动运行机制创新。

（项目编号：876ss06008）

北京市城乡体育发展差异及对策研究

周登嵩　李　林　茹秀英　周建梅　李　捷　焦卫宾

北京市提出，要"坚持统筹兼顾的原则，努力促进城乡和区域协调发展""坚持经济、政治、文化、社会建设四位一体，努力构建和谐社会首善之区"的指导原则，并将"城乡发展协调化"作为"十一五"期间北京市社会和经济发展的四个战略重点之一。北京市提出的"城乡发展协调化"的战略重点，其包括了城乡社会、经济、文化、教育、体育等多方面、全方位的协调发展。城乡体育发展协调化，必然是北京市"城乡发展协调化"的重要内容之一，也是构建北京市和谐体育的重点和难点，对北京市体育的持续发展具有重要的战略意义。

为提高研究的可操作性，本课题将北京市 18 个区县划分为"城区"和"郊区"两大类，并据此给出的北京市"城乡体育"的操作性定义是：北京市"城区体育"是指在东城、西城、崇文、宣武、朝阳、丰台、石景山、海淀、顺义、昌平 10 个区范围内的体育；北京市的"郊区体育"是指在门头沟、房山、通州、大兴、平谷、怀柔、密云、延庆 8 个区县范围内的体育。

一、北京市城乡体育发展现状分析

（一）北京市城乡群众体育发展现状

北京市在群众体育经费投入、体育场地设施建设等保障条件有较大提高，但体育场地设施还不能满足北京市民日益增长的体育健身需求；北京市群众体育组织网络基本形成，但群众体育社会团体组织的作用还有待于进一步发挥；北京市体育人口发展较快，市民体质有较大提高；残疾人体育不断得到了政府重视和社会的关注。

（二）北京市城乡竞技体育发展现状

北京市竞技体育教练员队伍的职称结构不够合理，教练员队伍的学历层次相对较低，教练员队伍正在向年轻化、知识化方向发展；北京市一级以上人才的储备情况较好，但竞技体育运动训练的基础还比较薄弱，竞技体育成绩基本上与其经济发展水平相适应；北京市一级以上裁判员的数量和质量都居全国首位，并且年龄结构基本合理；北京市高水平体育场馆数量位于全国前列，但体育训练基地数量偏少需要进一步提高。

（三）北京市城乡学校体育发展现状

近年来，北京市各级学校人均体育经费和人均体育场地面积呈现逐年提高的趋势；北京市体育师资队伍学历达标率较高，但数量相对不足；北京市体育课的开课率较高，且小学好于中学；北京市大、中、小学运动队的数量、校内举行体育竞赛次数或参加区市级体育竞赛的次数都呈现出逐年递增的趋势；北京市近一半中小学生和大部分大学生每天参加体育锻炼的时间少于一小时。

（四）北京市城乡体育产业发展现状

北京市体育产业在体育竞赛表演业、体育健身娱乐业、体育用品制造业、体育用品销售业以及体育彩票业均取得了快速的发展；政府职能的转变问题、产业结构的调整问题以及体育经营管理人才的匮乏等是北京市体育产业存在的主要问题；北京市体育产业发展的优势表现为北京市经济发达，居民的体育消费意识超前，体育消费群体巨大。

三、北京市城乡体育发展差异对比分析

（一）北京市城乡群众体育发展差异对比分析

2003 年，北京市城区共有体育场地 8451 个，其中标准场地 4178 个，非标准场地 4273 个；郊区县共有体育场地 3655 个，其中标准场地 1922 个，非标准场地 1733 个。北京市城乡体育场地设施的数量差距较大（表 1）。

表 1　2003 年北京市城乡体育场馆数量比较

比较项目		城区	郊区县
标准场地数量	均值（个）	417.8	240.3
	差值（个）	177.5	
非标准场地数量	均值（个）	427.3	216.6
	差值（个）	210.7	
总体	均值（个）	845.1	456.9
	差值（个）	388.2	

截至 2003 年，北京市城区共有区县级体育社团 128 个，街道（乡镇）体育社团 88 个；郊区县共有区县级体育社团 118 个，街道（乡镇）体育社团 100 个。郊区县的平均水平高于城区，但差异不是特别明显（表 2）。

表 2　2003 年北京市城乡体育社团数量比较

比较项目		城区	郊区县
区县级体育社团数量	均值（个）	12.8	14.8
	差值（个）	−2	
街道（乡镇）体育社团数量	均值（个）	8.8	12.5
	差值（个）	−3.7	

城区每周参加体育活动 3 次以上居民比例为 37.9%，郊区县这一比例则 38.5%，二者无太大差别（表 3）。

表 3　北京市城乡居民每周参加体育活动次数比较结果

活动次数	城区		郊区县		差值（%）
	人数	（%）	人数	（%）	
0 次	106	10.1	179	16.1	−6.0
1~2 次	547	52.0	508	45.4	6.6
3~4 次	277	26.4	272	24.3	2.1
5 次以上	120	11.5	159	14.2	−2.7

注：N 城区 =1050；N 郊区县＝1118。

调查显示，在问及"是否对体育感兴趣时"，城区85.4%的居民选择了"是"，郊区县79.0%的居民选择了肯定答案，城区居民对体育感兴趣的人数略高于郊区县居民。

调查显示，不擅长任何体育项目的居民比例，城区为10.7%，郊区县为18.7%；擅长1~2项体育项目的居民比例，城区为63.0%，郊区县为61.4%；擅长3~4项体育项目的居民比例，城区为20.5%，郊区县为14.1%；擅长5项体育项目的居民比例，城区为5.7%，郊区县为5.8%。郊区县中不擅长任何体育项目的居民比例明显高于城区居民，达8个百分点。

整体而言，北京市城乡群众体育在体育组织数量、体育人口等指标上并无明显差别，而在体育场地设施的差异上较大，城区的体育场地数量明显高于郊区县。

（二）北京市城乡竞技体育发展差异对比分析

表4是对北京市西城区、朝阳区、延庆县、密云县四个区县教练员队伍状况的调查结果，从中看到，四个区县皆无国家级教练员，而高级教练员的数量，城区两个区的均值为22.0%，郊区两个县的均值则为8.9%，数量上的差距较大。

表4 北京市四区县教练员队伍现状调查结果

比较项目		城区			郊区县		
		西城区	朝阳区	均值	延庆县	密云县	均值
教练员总数（人）		44	6	25	33	12	22.5
国家级教练员	数量（人）	0	0	0	0	0	0
	比例（%）	0	0	0	0	0	0
高级教练员	数量（人）	6	5	5.5	3	1	2
	比例（%）	13.6	83.3	22.0	9.1	8.3	8.9

调查表明，郊区两个县的运动健将和一级运动员的比例均值皆低于城区水平，但运动员总数则高于城区，说明训练的效益和水平还有待提高（表5）。

表5 北京市四区县运动员队伍现状调查结果

比较项目		城区	郊区县		
		朝阳区	延庆县	密云县	均值
运动员总数（人）		95	711	130	420.5
国际级运动健将	数量（人）	0	0	0	0
	比例（%）	0	0	0	0
运动健将	数量（人）	2	2	0	1
	比例（%）	2.1	0.3	0	0.2
一级运动员	数量（人）	6	23	0	11.5
	比例（%）	6.3	3.2	0	2.7

近4年来，城区两个区共获得4个国际三大赛事冠军（包括2个奥运会冠军）、1个国际单项比赛冠军、6个亚运会冠军和13个全国冠军；郊区两个县获得了1项奥运会冠军、4个国际单项比赛冠军、1个亚运会冠军和5个全国冠军。在获得奖牌的数量

和级别上，郊区两个县远远低于城区两个县，差距较大。

在举办体育竞赛上，城区两个区和郊区两个县在每年举办／承办大型国际体育赛事和国内体育赛事的数量上并无太大差别，而每年举办／承办市一级的体育赛事，郊区两个县的频度则更高一些。这说明在举办大型体育赛事活动上，城区和郊区各有优势。

整体上，北京市城乡竞技体育的发展不够平衡，无论是教练员队伍、运动员队伍、裁判员队伍还是体育竞赛成绩，郊区远远落后于城区。但在举办体育赛事活动上，城区和郊区又各具优势。

（三）北京市城乡学校体育发展差异对比分析

调查显示，北京市小学阶段城乡学校体育课开课率较好，城乡之间无太大差别。初中阶段北京市未开设体育课的学校比例城区和郊区县分别达到23.8%和29.4%；而高中阶段北京市体育课的未开课率，城区高达33.3%，郊区县高达52.9%，城区有近1/3的学校、郊区有近1/2的学校未能按要求开足体育课。

调查显示，北京市城乡学生每天参加体育锻炼的时间在一小时以上的比例，小学阶段郊区县要比城区高12.6个百分点，中学阶段郊区县比城区高18.2个百分点。郊区县小学和中学每天活动时间在30分钟以下的学生比例也低于城区水平（表6、表7）。

表6　北京市城乡小学生平均每天参加锻炼时间比较结果

时间（分钟）	城区		郊区县		差值（%）
	人数	（%）	人数	（%）	
30以下	29	6.8	7	1.8	5.0
30～59	132	30.8	75	19.0	11.8
60以上	268	66.6	313	79.2	−12.6

注：N城区＝429；N郊区县＝395

表7　北京市城乡中学生平均每天参加锻炼时间比较结果

时间（分钟）	城区		郊区县		差值（%）
	人数	（%）	人数	（%）	
30以下	118	8.6	9	3.3	5.3
30～59	779	56.8	119	43.9	12.9
60以上	474	34.6	143	52.8	−18.2

注：N城区＝1371；N郊区县＝271

整体上，就体育课的开课率而言，北京市城乡小学和初中明显好于高中，城区高中又好于郊区县高中。就每天参加体育锻炼的时间而言，城区中小学不及郊区县中小学。

（四）北京市城乡体育产业发展差异对比分析

调查结果显示，在近一年中，北京市城区有87.7%的居民、郊区县有78.6%的居民进行过体育消费，城区居民体育消费水平高于郊区县的居民近9个百分点（表8）。

表 8　北京市城乡居民近一年有无体育消费的调查结果

回答结果	城区		郊区县		差值（%）
	人数	（%）	人数	（%）	
有体育消费	851	87.9	843	78.8	9.1
无体育消费	117	12.1	227	21.2	−9.1

注：N 城区＝968；N 郊区县＝1070。

北京市城区 58.2% 居民年体育消费额在 400 元以上，郊区县居民这一比例为 41.8%，说明城区居民体育消费水平要高于郊区县居民。

三、北京市城乡体育发展的对策

（一）北京市城乡群众体育发展的对策

1. 加强群众体育的投入，并重点向郊区县倾斜

在相当一段时间内，群众体育经费投入的主体仍然要靠政府。政府一方面应加大对群众体育的经费投入力度，保障广大人民群众享有基本的体育服务；另一方面，则应采取有力措施，制定优惠政策，拓宽融资渠道。政府群众体育经费的投入上应重点向郊区县倾斜，逐步缩小城乡之间的差距。

2. 进一步推动学校和企事业单位体育场馆向社会公众开放

北京市现有的体育场馆设施，仍然不能满足人民群众日益增长的健身活动需求。与此同时，北京地区各级各类学校以及企事业单位有丰富的体育场馆设施处于闲置状态，如果能通过一定的政策和措施，推动其向社会公众开放，为群众健身服务，将在很大程度上缓解群众体育设施不足的矛盾。

3. 以群众体育组织建设为突破口

体育组织是开展群众体育工作的保障，是群众体育事业赖以发展的依托，是实现群众体育现代化化的关键。在目前全民健身场地设施有限的情况下，应重点以群众体育组织建设为突破口。

（二）北京市城乡竞技体育发展的对策

1. 城乡竞技体育的发展要互相依托，并充分发挥自身优势

北京市城区竞技体育的基础好、水平高，可以利用这一优势加快职业化步伐。北京市大部分郊区县有着良好的自然、地理资源，是开展运动训练的理想场所。应充分利用这一优势进行训练基地建设。通过建基地，抓后备人才建设，为城区输送优秀的竞技体育人才，与城区竞技体育发展形成良好的区域互动。

2. 积极举办和承办大型体育赛事

举办和承办大型体育赛事，尤其是大型国际体育赛事，不仅可以扩大举办地的影响，提高其知名度，拉动地区经济发展，而且可以培养和锻炼赛事管理人才和运动员队伍，丰富城市体育文化生活。北京市城区和郊区县应充分发挥自己的场馆优势开展不同的体育赛事活动。

3. 建立"帮训"机制

北京市城区有丰富的竞技体育人力资源，应通过制定相关政策，鼓励城区优秀的教练员、裁判员到郊区县去进行短期工作、开展业务培训，不断提高郊区县训练、竞赛组织管理的水平，逐步形成城区带动郊区县竞技体育发展机制。

（三）北京市城乡学校体育发展的对策

1. 促进城乡学校体育均衡发展

尽管目前北京地区学校体育发展整体上处于较高水平，但城、乡之间，大学、中学与小学之间，重点学校和一般学校之间，差异却比较大。未来北京学校体育的整体发展水平，主要取决于这些条件差的学校的体育发展水平，因此应采取各种措施，促进全市学校体育的公平、均衡发展。

2. 积极推动学校体育与社区体育的协调发展

当前，北京市人民群众的健身需求日益增长，参与体育活动的积极性也越来越高，但场地设施以及相应的健身指导员的数量却相对不足。化解这一矛盾最有效的办法就是打破学校和社区的界限，在一定程度上实现学校体育和社区体育的相互开放和资源共享。

3. 城区中小学体育以落实学生每天锻炼一小时为重点，郊区县中小学以改善学校体育条件为重点

（四）北京市城乡体育产业发展的对策

1. 精心规划北京市体育产业布局，不断扩大本体产业规模，满足体育消费者的多样化需求

北京市无论是城区还是郊区县，都有着自身的体育产业优势。体育行政管理部门应与各地方政府积极配合，精心规划北京全市的体育产业结构，逐渐形成区域体育产业特色和体育产业链。

2. 抓住 2008 年北京奥运会商机，全面提升北京体育产业发展水平

2008 年北京奥运会对于北京市体育产业的发展来说是一个助推器，应抓住奥运经济周期，全面提升北京体育产业发展水平。

3. 创造体育文化环境，形成规模化的消费需求

政府部门、企业以及学校都应该充分认识到体育文化环境对体育产业发展的重要性，积极引导体育消费者对推出的各种体育产品和体育服务的认知，提高居民的体育消费意识，从而形成不断增加的体育消费群体，达到规模化的消费需求。

4. 强化"大北京"概念，整合资源，推进体育产业的发展

北京所特有的资源优势，吸引了大量国内外企业将总部设在北京。北京又是国家体育总局及其所属的各运动项目管理中心的聚集地，有着很好的人力资源。应充分发挥北京区位功能优势，依托各部委的科技、人才、信息等优势，整合资源，实现优化配置，突出北京对京、津、冀地区乃至整个中国体育产业的带动作用。

（项目编号：10110ss06142）

政府投资体育设施项目后评价研究

程　敏　毛定祥　王洪强

一、项目后评价及体育设施概述

（一）项目后评价的沿革与发展

1. 国外项目后评价的沿革与发展

发达国家对项目后评价的关注和重视都源于公共资金的使用、效益和影响以及政治改革的压力，这些促使他们重视项目后评价工作，与此相适应也就形成了比较系统的后评价规则和程序。但各国项目后评价的做法又各异。

2. 我国项目后评价的沿革与发展

我国项目后评价始于20世纪80年代初期。随着经济体制改革，后评价工作逐渐受到经济界和投资界的重视。我国项目后评价的对象主要是国家重点建设项目、国际金融组织贷款项目、国家银行贷款项目、国家审计项目和一些行业部门和地方项目，行业部门和地方项目一般由部门和地方进行后评价。目前，农林、能源、交通、卫生、水利等部门开展得较好，体育设施项目开展后评价工作的较少。

（二）政府投资体育设施项目后评价概念界定

体育设施是指用于开展体育竞赛、训练、教学和群众性体育活动的场地、建筑物和固定附属设备。政府投资体育设施项目后评价是在政府投资体育设施项目竣工验收、投入运营一段时间后，通过对项目前期工作、设计、施工及生产运营情况的系统分析，对项目产生的财务、经济、环境、社会效益以及可持续发展进行客观全面的评价，找出项目实际情况与预测情况的差距，分析产生这种差距的原因，为本项目的改进和可持续发展提出切实可行的对策，为今后类似项目决策和管理提供经验教训。

（三）我国体育设施建设现状评析

政府投资体育设施项目当前存在的问题主要表现如下。

一是公共体育设施建设投入不足，资金明显不够，与国外动辄上亿的巨额投资相比有很大的差距；人均公共体育场馆设施面积少，与人民群众的实际需求有较大差距；

二是公共体育设施利用率不高，被侵占、破坏和挪作他用的现象严重。

（四）开展政府投资体育设施项目后评价的意义

一是总结建设管理的经验教训，对项目本身起监督和改善作用；

二是提高项目投资决策的科学化水平，对项目决策部门有纠偏和指导作用；

三是为政府相关部门制定投资计划和技术经济参数提供重要依据。

二、政府投资体育设施项目后评价方法及内容

(一) 政府投资体育设施项目后评价的理论基础

1. 社会主义市场经济理论

社会主义经济效益原则要讲求实际效益，需要有一套科学的方法体系，来检测项目的实际经济效益，比较项目实际效益与预测效益的偏差，分析和研究产生偏差的原因，并提出纠正偏差，发挥项目最大效益的措施，这就需要进行项目后评价。

2. 控制与反馈理论

项目后评价是运用现代系统论和控制论的基本原理，对项目运行过程的演变或发展及其实施结果，做出科学的分析和判断，并进行有效调控，以实现项目管理的科学化。

3. 可持续发展理论

对项目进行后评价正是基于项目可持续发展这一理念和理论。

(二) 政府投资体育设施项目后评价方法

1. 逻辑框架法

逻辑框架法是一种概念化论述项目的方法，即用一张简单的框图来清晰地分析一个复杂项目的内涵和关系，使之更易理解。

2. 对比法

运用"前后对比"法，比较项目建设过程前后的作用与效益；运用"有无对比"法，将项目实际发生的效益和影响与无项目可能发生的效益和影响进行对比，以度量项目的真实效益和影响。

3. 层次分析法

层次分析法作为一种定量化的分析方法，它可从系统的角度对项目总体效果给出一个全面、客观的评价。

4. 因果分析法

因果分析法主要借助因果分析图来分析和寻找影响项目主要技术经济指标变化原因。它可用来对投资项目管理法规条例及办事程序的执行情况进行分析，对工程技术及质量指标变化进行因果分析，对经营方式、运营管理体制及经济效益指标变化进行分析。

5. 项目成功度评价

成功度评价是以用逻辑框架法分析的项目目标的实现程度和经济效益分析的评价结论为基础，以项目的目标和效益为核心，所进行的全面系统的评价。

(三) 政府投资体育设施项目后评价内容

1. 项目建设过程后评价

(1) 项目前期决策后评价

重点是对体育设施项目可行性研究报告、项目评估报告和项目批复批准文件的评价。根据项目实际的产出、效果、影响，分析评价项目的决策内容，检查项目的决策程序，分析决策成败的原因，探讨决策的方法和模式，总结经验教训。

（2）项目准备工作后评价

包括项目勘察设计、采购招投标、投资融资、开工准备等方面。

（3）项目建设实施后评价

对建设实施阶段评价是对项目在具体实施过程中的各项工作进行评价，主要包括合同执行评价、工程实施及管理评价、资金使用的分析评价、项目竣工评价。

2. 项目经济后评价

（1）项目财务后评价

项目财务后评价是从投资者角度对项目投产后的实际财务效益的再评价，要根据现行财务规定及项目建成投产后投放物和产出物的实际价格水平，重点分析总投资、产品成本、企业收益率贷款偿还期与当初项目预测的企业效益的重大变化，剖析原因，做出新的预测。

（2）项目国民经济后评价

国民经济后评价是从宏观国民经济角度出发，对项目投产后的国民经济效益的再评价，采用影子价格、影子汇率、影子工资和社会折现率等指标重点分析项目的实际成本效益与预测成本效益的差别及原因，包括投资的国民收入分析、直接外汇效益分析、调价的经济分析、社会效益分析和环境效益评价等。

政府投资体育设施项目具有公益性特点，因此，其经济评价应以国民经济评价为主，以财务评价为辅。

3. 项目影响后评价

影响评价是项目投产后对国家和地方的经济、自然与生态环境，以及社会等各方面所产生的影响的全面系统评价。包括项目的经济影响后评价、项目的环境影响后评价、项目的社会影响后评价。

4. 项目目标持续性后评价

体育设施项目持续性因素分析一般分为内在持续发展因素和外部持续发展因素。内在因素包括规模因素、机制因素、人才因素；外部持续发展包括自然环境因素、社会环境因素、经济环境因素、资金因素。

5. 项目综合后评价

完成上述几方面的评价以后，还应该对项目建设的全过程决策的正确性，实现预期目标的程度，即项目总体上的成功程度有一个定性的认识和评价，同时全面系统地总结项目的经验教训，提出改进建议。可以借助逻辑框架法和成功度评价方法进行综合评价。

三、政府投资体育设施项目后评价的实施

（一）政府投资体育设施项目特点分析

1. 政府投资项目概念和特点

政府投资项目是指由政府通过财政投资、发行国债或地方财政债券、利用外国政府赠款以及国家财政担保的国内外金融组织的贷款等方式独资或合资兴建的工程项目。其效益评价具有总体性、多样性、长期性特征。

2. 政府投资体育设施项目

政府投资体育设施项目除具有政府投资项目的一般特点外，还具有公益性、经营性、外部性、费用和效益不易界定和量化的特点。

3. 政府投资体育设施项目后评价应注意的问题

（1）费用和效益的界定问题

①公益性决定政府投资体育设施项目应从社会整体角度考察费用和效益。

②效益识别的时间界限问题。

③外部性决定体育设施项目的效益很多不能够在市场上直接反映其价格，如居民身体健康的改善、社会风气的好转等。在处理类似效益时，既要防止忽视其存在的倾向，又要防止计算的扩大化。

（2）超概算问题

（二）政府投资体育设施项目后评价的基本原则

系统性原则、公正性原则、实用性原则、可靠性原则、反馈性原则和透明性原则。

（三）政府投资体育设施项目后评价动力和障碍分析

1. 动力分析

（1）公众参与项目监督要求

有必要通过开展项目后评价工作，确保重大决策失误追究制度的贯彻执行，为公众提供客观、公正的评价结果，为满足公众对项目投资的监督提供依据。

（2）政府投资利益机制驱使

政府投资体育设施项目上，政府是以经济运营主体身份出现，政府作为国有财产的代表，必然要保护国有财产不受侵犯，必然要有效地管理和实现资源的优化配置。项目后评价是改善投资效益、提高宏观管理水平的重要方法。

（3）后评价结果可用性

通过对某一或某些体育设施项目开展后评价，将其结果向政府部门、贷款机构、社会公众等反馈。

2. 障碍分析

（1）决策主体存在心理障碍、缺乏风险意识，缺乏高层领导支持。

（2）后评价资金投入上的认识偏差、资金来源问题、经费标准确定问题。

（3）缺乏有效的管理机制和后评价机构建设缓慢。

（四）政府投资体育设施项目后评价机构设置

1. 组织机构

政府投资体育设施项目后评价组织机构设置是指由谁来组织项目后评价工作。对于体育设施项目，国家计划内投资项目的后评价工作可由国家计划部门项目后评价机构负责组织，各省市区政府投资体育设施项目后评价工作可由各省市区计划部门的后评价组织机构负责组织。

2. 执行机构

执行机构是指由谁来具体进行政府投资体育设施项目后评价工作。具体从事项目后评价的机构可以是项目后评价的组织机构，也可以是一些外部机构，如咨询公司、设计院、高校研究机构、专职的后评价机构等。

（五）政府投资体育设施项目后评价工作程序

1. 选定后评价项目

现阶段，对政府投资体育设施项目后评价对象的选择可以考虑选择具有特殊性的体育设施项目、具有代表性的体育设施项目。

2. 制定后评价计划
3. 下达后评价任务
4. 选定后评价单位
5. 项目后评价执行

执行机构进行体育设施项目后评价时要做以下工作：（1）成立后评价小组；（2）设计调查方案；（3）资料信息收集；（4）现场调查；（5）分析和结论；（6）撰写和提交报告。

（六）政府投资体育设施项目后评价资源保障

1. 后评价人员

项目后评价小组一般应由经济学方面的专家、技术人员、项目管理人员、市场预测人员、财务与统计分析人员、社会学方面专家等组成。参与评价的人员要涉及决策机关、主管部门、建设单位、设计咨询单位、施工队伍、体育设施运营管理等诸多人员。项目当事者的自我评价应与"局外人"作为独立的第三方的外部评价相结合。

2. 后评价经费

开展政府投资体育设施项目后评价工作其经费可来源于：一是可在初步设计概算时，按总概算一定比例计列后评价费用，将后评价费用引入项目总投资；二是可建立政府投资项目后评价基金，每年在省财政基建预算内统筹安排一定数额的资金，专项用于体育设施后评价。

3. 后评价时间

就一般体育设施项目而言，从项目后评价课题的提出到提交项目后评价报告大约需要 3 个月时间。花费时间过长，会增加后评价支出；后评价时间过短，又有可能使后评价工作缺乏深度，影响后评价质量。

四、实证分析——浦东新区财力投资体育设施项目之浦东游泳馆项目后评价（略）

五、开展政府投资体育设施项目后评价工作的相关建议

根据以上主要研究内容和主要研究结论，对开展和推动政府投资体育设施项目后评价工作提出如下建议。

- 争取各级政府的大力支持
- 建立政府投资体育设施项目后评价结果的反馈使用机制
- 提高政府投资体育设施项目后评价人员的专业水平和综合素质

- 建立体育设施项目后评价数据库
- 建立科学合理的体育设施项目后评价指标体系
- 进一步推动体育设施标准化工作

（项目编号：1039ss06171）

我国单项运动协会筹资机制的研究

刘东锋　张　林　杨　蕾　陈锡尧　刘　炜　王荣朴

要进一步深化体育单项运动管理体制改革，实现单项运动协会的自我管理和项目推广，经费非常重要。从单项运动协会目前的运行情况来看，由于长期受计划经济体制的影响，还没有从计划经济体制的思维模式中跳出来，不熟悉市场经济的基本规律和运行法则，不善于运用市场经济的一般原则来发挥非体育系统的社会功能。除中国足协等少数协会外，大部分单项运动协会资金来源单一，且主要依赖政府拨款，许多单项运动协会甚至完全没有其他收入来源。

一、我国单项运动协会实体化改革的回顾与展望

（一）对我国单项运动协会实体化改革的总结

首先，我国单项运动协会实体化的改革是国家经济体制改革和政府职能转变的必然结果。

其次，单项运动协会实体化的改革是我国体育管理体制改革的必然要求，是我国体育事业发展不断适应新的形式的必由之路。

第三，同整个中国经济体制改革没有可以直接复制的模式相类似，我国的体育管理体制改革和协会实体化的改革也没有可以参考的模式，只能在不断探索和实验中总结经验教训，逐步推进，因此改革是长期的，并且表现出一定程度上的反复和徘徊。

第四，与原先附设在行政管理职能处室的名义上的协会相比，运动项目管理中心使得协会实体化程度向前迈出了一大步，协会有了常设办事机构、专职人员，以及较为明确的职能和责任，开始具体承担起运动项目管理的职能，实现了一定程度上的政事分开、管办分离。

第五，从效果上看，90年代单项运动协会实体化的改革取得了较好的成效，是符合我国体育发展阶段特点的。

第六，运动项目管理中心与协会合署办公的形式只能是一个过渡阶段，而不是协会实体化改革的最终实现形式。协会实体化的改革任重而道远，需要进一步探索和实践，寻找符合我国实际的有中国特色的单项运动协会的理性模式和实现途径。

（二）单项协会管理体制改革的目标模式与原则

依据国外经验和我国发展实际，结合我国有关社团的法律法规和协会的章程，我国全国性单项运动协会应该是：具有独立法人资格的、管理相关运动项目的最高社会团体；拥有健全的机构设置；以协会章程为基础的明确的职责范围和权力与义务；高效的管理与运行机制；完善的筹资机制；完备的规章制度。

二、国外单项运动协会筹资情况研究

(一) 国外政府管理与资助协会的比较分析

从法国成立部委级的政府部门对体育实行较直接的管理体制到意大利通过立法将体育管理的最高权力由政府授权给独立的社会组织国家奥委会管理，各国政府在介入体育的程度上和采用的体育管理模式上确实存在较大的差异。但是，与此同时，也显示了一些共同的特征，主要表现在以下几个方面。

首先，尽管各国政府管理体育的模式各有不同，但是单项运动协会都扮演了重要的角色，是各国具体体育运动项目的推广与提高的管理者和承担者，享有较高的自主权，主要按照章程独立行使的运动项目管理权力，政府更多的是通过立法、制定政策、加强资金预算与审计等手段对单项运动协会进行监督管理与宏观调控。

其次，从整体上看，各国政府投入资助仍旧是单项运动协会的最重要的资金来源之一。如西班牙的单项运动联合会（协会）经费的 50%～80% 来源于政府资助；意大利政府为单项运动协会提供了经费的 70%～80%。各国对体育的投入都比较高，或者是通过相关公共部门的直接的拨款资助，或者是由国家立法授权发行彩票为体育的发展筹集资金。

第三，政府对于各运动项目的资助不是采取平均分配的模式，而是更多地反映了政府的偏好。一般来说，政府对于奥运项目特别是本国优势项目给予的资助要比其他项目高。同时，各国家在对单项运动协会决定资助额度时，都会结合各项目的具体情况包括职业化和市场化程度的高低等。

第四，虽然各国政府一般不会干涉单项运动协会的具体事务，而由协会相对独立承担运动项目管理的职能，但是各国对于协会资金的管理都比较严格，从预算到监督和审计都有一套比较成熟的财务监督与管理办法。

第五，各国除了对各单项运动协会直接的资金支持外，往往还制定了优惠的经济与税收政策，鼓励各单项运动协会自筹资金，拓宽资金来源和渠道。

(二) 国外单项运动协会筹资渠道与财务管理分析

近年来，国外单项运动协会一个重要发展趋势就是越来越多的协会改组成为非营利性的担保有限责任公司，建立现代公司治理结构，使得协会的运作越来越规范化，运行机制日趋完善，管理效果也大为提高。

在西方发达国家，政府拨款仍旧是单项运动协会重要的资金来源渠道之一，但是除此之外的收入比例也比较高，而且也非常的多样化。除政府拨款、企业赞助外，其他收入还包括奥委会分配、会员费收入、利息收入、投资收入等，以及会费、比赛门票收入、国际组织的分成、投资收入、捐赠等。

国外单项运动协会一般都建立了财务部门，有较完善的财务制度，财务部负责每年的财务预算、决算，同时还要经过独立审计师的审计并向董事会和会员代表大会报告审计结果。对于政府拨付的专项费用，则一般按照有关的合同规定使用，政府通过财务审计、项目评估等手段进行监控。

三、我国单项运动协会筹资现状与存在问题

（一）我国单项运动协会资金来源概况

总体上看，政府拨款与各运动项目管理中心（协会）通过市场开发获得的资金是目前各中心（协会）最重要的两大收入来源。一般来说，奥运项目，特别是奥运优势项目，获得的财政拨款数额较大，占总收入的比例较高；而非奥运项目以及市场化与职业化程度较高的奥运项目获得的财政拨款则相对较少。近年来，各中心（协会）通过市场开发获得的资金有了明显增长，占总收入的比例也越来越高，目前各中心（协会）的市场开发主要包括无形资产的开发和向社会提供有偿服务两方面的内容。

（二）我国单项运动协会无形资产开发的主要内容与效果

从调查的情况看，对协会无形资产的开发已经或正在成为许多协会除政府拨款外最主要的收入来源。其中篮球、足球等少部分实行职业联赛的项目和社会体育指导中心、航空无线电模型运动管理中心等一部分非奥运项目通过对无形资产的开发获得的收入甚至远远超过政府拨款，成为事业发展的最重要收入来源。目前协会无形资产的开发又主要集中在三部分内容：围绕赛事无形资产的开发；围绕运动队和运动员资源的开发；围绕协会组织无形资产的开发。

（三）单项协会市场开发存在的主要问题

调查也发现单项协会的市场开发工作也存在着一些问题，主要表现在以下几个方面。

首先，不同的运动项目中心(协会)无形资产开发水平差距很大，且整体上开发的水平不高，大部分还处于较低水平。

其次，开发内容还相对单一，电视转播权、体育组织品牌无形资产开发收入、特许经营等国际通行的无形资产开发收入极低。

再次，赞助商队伍不够稳定。

四、有中国特色单项运动协会多元化筹资机制探索

（一）我国单项运动协会多元化筹资机制的可能模式

笔者认为，借鉴国外经验，根据我国体育发展现状，单项运动协会筹资机制可以分为以下几种模式。

第一种是以职业联赛为核心的市场化运作模式。主要包括那些群众基础好、市场潜力大、国内外有较成功的职业化实践的项目，如奥运项目中以足、篮、排球为代表的集体项目和非奥运项目中的围棋、象棋等项目。这些项目协会通过运动项目的职业化和开展职业联赛，实现运动项目的健康发展。

第二，难以实行职业化但能够主要依托社会化和市场化运作的筹资模式。主要包括一些群众基础好、市场潜力大的非奥运项目协会，有代表性的有龙狮协会、龙舟协会、体育舞蹈协会等。由于所辖项目有较好的群众基础，协会可以通过举办培训、发展和协

调健身俱乐部、举行公益性赛事等多种形式的活动推动运动项目的发展，并通过市场化运作获得相应的收入，实现自我发展。

第三，政府拨款为主的运作模式。主要是指那些承担了奥运争光计划重任、但项目群众基础差、难以实现市场化运作的项目协会，如举重、摔跤等。这些项目由于观赏性差、参与人群不够广泛等客观原因，市场化运作的难度比较大，但是这些项目的竞技水平很高，在国际重大竞技体育比赛中成绩优异，因此相关协会的主要任务是接受政府委托向社会提供公共产品，为国争光，因而政府拨款也是这些协会事业发展的最重要的经费来源。

第四，政府投入与市场化运作相结合的筹资模式。大多数的运动项目协会采取的筹资模式应该是依据协会承担的任务、市场化程度、群众基础和运动项目的特点等多种因素，采取政府投入与市场化运作相结合的多元化筹资机制。

(二) 单项运动协会多元化筹资机制的实现途径

1. 以深化体育管理体制改革为契机，逐步实现单项运动协会的实体化

要想充分发挥单项运动协会的主动性和创造性，使其真正成为具体运动项目的管理者和推动者，包括通过运动项目的运作和协会资源的开发利用实现协会的自我发展，就必须继续深化单项运动协会体制改革，有计划、有步骤地实行实体化协会制。

要根据具体情况，扩大协会在机构设置、干部任免、经费使用、国际交流等方面的自主权,使协会逐步成为自主决策、自主管理、自我约束、自负盈亏的社团法人。政府和体育行政主管部门通过法律规定对各协会进行管理，行使建议权、指导权、监督权和审计权。全国性单项协会要进一步加强自身建设，建立健全组织机构、工作机制和规章制度，改变过去单纯依赖政府、主要依靠行政手段办体育的模式，按照协会章程开展活动，正确行使职能，承担应负的责任。

2. 以大力发展各级地方单项协会和健身俱乐部为重点，深入推动运动项目的社会化

会员是单项协会存在的前提基础，运动项目人口和会员的增长是协会发展壮大的最重要的保障，协会要真正实现自我发展，就必须努力构建协会的各级组织网络，拓宽协会的社会基础。尽快推动各级地方协会、俱乐部网络的建立，搭建协会开展群众体育活动的组织平台。各级协会要充分重视发展以体育场馆、俱乐部、企业等为核心的团体会员，并通过团体会员扩大影响，拓展协会会员基础。要明确各级协会分级管理的职责范围和权利义务，规章制度的设计要本着透明、高效、服务的原则，要确实有利于群众体育的开展。协会每年都应有相当比例或数额的专项资金投入到群众性体育活动的开展，要积极争取包括彩票公益金在内的各类资金支持，解决当前阶段运动项目群众体育资金缺乏的困难。

3. 以开发单项运动协会无形资产为重点，深入推动运动项目的市场化运作

而与发达国家相比较，我国运动项目的市场化运作还处于起步阶段，单项运动协会无形资产开发面临诸多挑战与困难：不同的运动项目中心(协会)无形资产开发水平差距很大，且整体上开发的水平不高,大部分还处于较低水平；开发内容还相对单一，电视转播权、体育组织品牌无形资产开发收入、特许经营等国际通行的无形资产开发收入极低；赞助商队伍不够稳定，极大影响无形资产开发效果。以开发单项运动协会无形资产为重点，政府要致力于体制改革、政策扶持、培育环境，而协会则通过完善运行机制等

角度着手，深入推动运动项目的市场化运作，将是单项运动协会建立和完善多元化筹资机制的有效途径和必由之路。

五、对策建议

（一）以深化体育管理体制改革为契机，进一步推动单项运动协会的实体化改革，为协会自我管理、自我发展提供制度保障。根据具体情况，区分不同项目协会承担的职能、发展实际等情况，有计划、有步骤地扩大协会在机构设置、干部任免、经费使用、国际交流等方面的自主权，使协会逐步成为自主决策、自主管理、自我约束、自负盈亏的社团法人，提高协会无形资产开发的积极性、主动性和创造性。

（二）建立和完善国家对单项协会投资与评估机制，对不同的单项运动协会实行区别对待，分类管理。各个协会由于其职能定位、承担任务、所管辖的运动项目的群众基础、项目特点、竞技水平、市场潜力和协会拥有资源等方面的差异，政府在对其管理模式与财政支持等方面应该区别对待。建议建立相关的评估机制，定期对单项运动协会承担的任务、市场化程度、群众基础和运动项目的特点等多种因素进行评估，为政府投入与管理提供依据。

（三）加强体育立法工作，建立健全体育法律法规体系，特别是要加强体育产业的立法，加大对于体育无形资产的保护力度，明晰单项协会、俱乐部等体育组织的产权。对于职业联赛，以及运动员无形资产开发等问题都需要尽快从法律上加以明确，同时要出台相关的政策措施，建立无形资产评估机制等，对于包括单项协会的市场开发工作从法律上加以引导与规范。

（四）对于单项协会的产业开发要实行政策优惠与倾斜，积极培育体育市场，按照国际惯例，对体育赞助实行税收优惠，对于处于发展初级阶段的体育产业实行政策扶持。

（五）借鉴国外经验，在对单项协会由直接管理变为宏观管理的同时，加强对单项运动协会的财务监督与审计工作。

（六）积极培育中介机构，发挥体育经纪人和中介机构在体育无形资产开发中的重要作用，继续推动我国体育经纪人的培育与发展，提高经纪人素质，完善体育经纪人培训制度。大力推动体育中介组织的发展，通过立法、成立行业协会等加强对体育中介行为的监督与规范。

（七）积极推动体育社会化发展程度，政府和协会要重视各类体育俱乐部和基层体育协会的发展工作。单项运动协会应成立专门机构，负责会员俱乐部和基层协会的发展工作，尽快推动各级地方协会组织网络的建立和完善，充分重视发展以体育场馆、俱乐部、企业等为核心的团体会员，拓展协会社会基础。

（八）推动赛事电视转播权的开发。总局要加强电视转播权工作的研究，积极与广电总局等有关部门进行协调与沟通，探索符合我国发展实际的体育赛事电视转播模式，逐步提高电视转播收入占体育组织无形资产开发收入的比重。

（项目编号： 894ss06026）

广东省体育用品企业竞争力研究

邹亮畴　王小康　陈三政　谭先明　谭建湘

一、影响广东省体育用品企业竞争力的因素

(一) 促进广东省体育用品企业竞争力的有利因素

1. 广东省良好的经济发展状况
2. 富有活力的市场
3. 特色的地域文化
4. 举办奥运会、亚运会等重大体育事件
5. 行政部门对体育产业的重视
6. 具有明显的体育用品产业集群优势
7. 对外资巨大的吸引力和强大的出口能力

(二) 制约广东体育用品企业竞争力的不利因素

1. 企业数量多，单个企业规模普遍偏小
2. 企业员工的受教育程度普遍较低
3. 对研发重视程度不够，知识产权意识薄弱
4. 宣传力度小，营销手段单一
5. 中高端产品过少，低端产品过多
6. 企业文化建设普遍落后
7. 产品质量有待提高，通过质量认证的企业少
8. 行业管理不健全、不到位
9. 企业多元化、专业化的定位模糊不清
10. 对现代科技信息技术利用不够
11. 其他地区知名体育用品品牌企业的强力介入

二、提升广东省体育用品企业竞争力的建议

(一) 从企业外部提升广东体育用品企业竞争力

1. 保持广东社会和体育事业的稳定发展

广东社会经济和体育事业的发展对广东省体育用品企业的发展具有重要的作用。广东体育事业的发展和体育强省目标的实施，必然需求大量的体育用品和器材，而且从深层次长远影响人们的体育运动习惯和刺激体育消费意识。社会和体育事业的稳定发展是广东体育用品业发展的社会基础。

2. 在迎接奥运会和举办亚运会的历史机遇中，积极连接市场

随着北京奥运会和广州亚运会的临近，社会和大众对体育的关注将空前的增加，应有效利用 2008 年奥运会和 2010 年亚运会等重大体育事件在短时间内的强大聚集效应，做好宣传工作来影响人们的体育观念和意识，借此培育体育市场，拉动体育消费。同时借奥运会和亚运会的机会推荐和优先考虑符合标准的本地体育器材，以扶持地方体育用品企业的品牌发展，同时利用多种方式发挥体育中介的作用来活跃广东体育市场，提升广东体育用品企业的竞争力。

3. 充分发挥体育产业协会的作用

在关注世界体育用品联合会和中国体育用品联合会的同时，根据广东的实际情况，利用好广东省体育产业协会的作用。明确体育产业协会中不同体育用品业的运作程序，针对不同的领域建立分会进行专业化管理，建立相应的部门做好行业的信息收集、整体规划、促进行业内企业的交流等。由于体育用品企业的快速发展和变化，对体育产业协会提出了更高的要求。体育产业协会也应在企业和社会环境变化中发挥出应有的作用。重视体育产业协会对提升体育用品企业竞争力具有的积极作用。

4. 做强做大广东体育用品博览会

在社会各界的支持下，由广东省体育局主办的广东省体育用品博览会从 2000 年至 2006 年已连续举办了七次。并从 2004 年开始更加注重体育用品博览会在港、澳、台地区的影响和作用，逐渐形成了由粤、港、澳三地共同打造的体育行业品牌展会，同时加强了海内外体育用品企业间的交流与互动，为广东体育用品企业的发展提供了广阔的平台，也为培育品牌企业提供了机会。继续办好广东省体育用品博览会，在培育知名会展的指导思想上吸取德国慕尼黑国际体育用品贸易博览会、美国 Super Show 国际体育用品展会、中国体育用品博览会的经验，努力形成有广东特色的体育用品展会，为广东体育用品企业发展提供更好的平台。

5. 充分发挥比较优势，以多种形式参与国际竞争

广东省由于优越的地理位置和较早实施对外开放，使广东体育用品企业在参与国际竞争方面较为成熟。在参与国际竞争上通常体现在两个方面：一是纳入国际知名体育用品公司的全球生产体系；二是自我经营形成全球生产体系。

采用纳入国际知名体育用品企业的全球生产体系，便于广东相对廉价的劳动力优势与国际知名企业的生产技术、资本、管理及营销网络等优势进行结合。这种方式的优点是起点低、市场经营风险小。缺点是由于只以廉价的劳动力方式参与生产分工，所获取的报酬为有限的加工费，高利润环节则主要被国际知名体育用品企业以研发、品牌等无形资产的形式获取。若能在合作的基础上学习对方，逐渐摆脱完全加工的形式，形成既合作又竞争的关系，进而从个别产品或某方面的竞争发展到全面的深层次竞争，从局部地域竞争到全面的全球竞争，这是提升广东省体育用品企业竞争力的一种有效途径。

另一种方式是努力在广东体育用品企业中培育跨国企业，实现企业在全球范围的资源优化配置。对广东一些高成长且具有高科技含量的体育用品企业，鼓励他们建立和培育海外营销网络，充分利用广东较低的劳动力成本和自身的技术优势，以求在国际市场中获取更高的收益和更强的竞争能力。

6. 鼓励多种形式组建体育用品集团

广东体育用品企业具有较大的数量和总量规模，但企业规模普遍偏小，没能形成企

业规模来获取规模效益。因此应鼓励广东体育用品企业通过市场、资本及技术开发等方面的合作，按照互补原则，加快企业之间的联合和重组、资本的积累和集中，逐步形成企业集团化、生产规模化、管理现代化的集团式体育用品企业。从而降低生产成本，获取规模效益，形成广东省体育用品企业参与国内外竞争的规模优势。

7. 技术外取和自主创新、引进来与走出去相结合

广东体育用品企业同台湾和欧美同类知名企业相比在技术上普遍存在差距，为了缩小差距，应走技术外取之路，鼓励广东体育用品企业借鉴、吸收国外一些成熟的技术，跟踪国外同行业的发展动态，及时掌握最新的技术和信息。同时重视自主创新，逐渐形成相关科研单位、高校科研所及企业研发部门密切合作的形式，逐步形成自身的特色，努力缩小同国际先进水平的差距，甚至在某些方面形成领先，如双鱼集团在乒乓球器材方面取得的成功。

所谓引进来就是对一些国际上知名的体育用品企业用优惠政策等方式吸引到广东，其目的之一就是要学习对方包括技术在内的先进之处，达到快速提高广东体育用品企业竞争力的目的；所谓走出去就是鼓励发展较好的体育用品企业向国际市场开拓。虽然广东省目前只有"双鱼""李宁"（原产地为三水）等少数企业成功实施了走出去的战略，但是像"康威""好家庭""闪电"等都已在海外注册，为走出去发展作了相应的准备。

8. 促使企业尽早实现转型和战略转移

广东省体育用品企业如何在全球和全国市场上，甚至广东省不同区域市场上进行准确的发展定位，对发展广东体育用品企业竞争力有重要的意义。近年来，广东省委、省政府先后出台了《中共广东省委、省人民政府关于大力提高工业产业竞争力的意见》《中共广东省委、省人民政府关于提高自主创新能力提升产业竞争力的决定》等一系列文件，制定了全局的发展策略和思路，在这种背景下广东体育用品企业如何充分利用既有的政策，使部分体育用品企业由广东制造向广东创造转型，使企业由来料加工和贴牌生产向自主创新和打造自主品牌发展；同时促使企业积极向珠三角区域以外的粤北、粤东、粤西，甚至省外、国际市场上转移，以减轻日益增长的劳动力成本、资源成本上升的压力，达到广东体育用品企业的战略转移和资源优化，实现企业转型和战略转移从而形成广东体育用品企业更强的持续竞争能力。

9. 充分利用和强化体育用品业的集群优势

充分利用广州、深圳、东莞、佛山、中山等地形成的体育用品业集群优势，一方面利用其在技术、人力、科研、分工等方面形成的有利格局。同时也要在加强指导的基础上，考虑制订政策强化其集群优势。从信息收集、基础设施建设、产品出口协作等方面进行强化业已形成的集群优势，总之要想方设法更好地发挥这些地区体育用品业的集群优势。

（二）从企业内部提升体育用品企业竞争力

1. 重视产品质量和质量认证工作

产品质量是企业生存的基础，也是企业参与市场竞争的根本保证。对于广东省体育用品企业来说，在参与国内外市场竞争中一定要重视产品的质量问题，要从企业生产的思想认识上、原材料的采购、生产过程、成品的检验等各个环节严格把好质量关。同时

要力所能及地参与质量认证工作，尤其是国家认证和国际相关组织的认证。这样一方面可以借助认证时机发现产品质量方面存在的问题，早想办法予以解决；另一方面取得认证也就相当于拿到了打开相关市场的通行证，对企业宣传和发展都具有现实和深远的意义。

2. 重视员工培训，提高员工的整体素质

员工是企业行为的执行者，对企业的发展具有基础性的意义，没有高素质的员工就没有高品质的产品，也不可能有企业的快速持续发展。广东体育用品企业从业员工中接受大专及以上教育的仅占 4.29%，这反映了体育用品企业的员工素质普遍不高，需要在员工培训方面做出较大的努力，以提升员工的素质。同时应在培训的过程中发现人才，在实践中考察人才，给不同的人提供不同的发展空间，有效整合企业的人力资源，形成强有力的员工队伍，提升企业竞争力。

3. 提升企业领导人的素质，加强企业核心团队建设

对港、澳、台和外资企业来说，一般都有先进的管理模式，但对广东省内大量的内资体育用品企业来说，在现实中企业领导人对企业具有极重要的影响，提升企业领导人的素质对企业发展有重大意义。同时企业也要重视团队的作用和建设，树立团队意识和团队精神，充分发挥团队尤其是企业的核心团队的智慧和力量。因此企业领导人要重视自身和团队建设，从这两个方面增强企业的竞争力。

4. 加强研发和创新工作，提高产品的科技含量

鉴于广东体育用品企业中存在的产品科技含量不高的问题，应借鉴国内外同行业中的成功企业，尤其是知名体育用品企业在研发和创新方面的经验，走技术外取之路；同时加大研发的资金投入，充分重视创新工作的开展，提高产品的科技含量，缩小同国外先进企业在技术和科技含量方面的差距，拉开同国内企业的差距，从而在竞争中培育相对的优势。

5. 重视企业文化建设

一流的企业做文化、标准；二流的企业做品牌；三流的企业做产品、项目。在企业界流传的这种说法一定程度上也折射出企业文化对企业的日常运作起到的重要的软约束作用，并深刻影响着企业的长远发展。从前面康威、好家庭、闪电等体育用品企业的调研中发现，成功的体育用品企业都重视企业文化的建设。但在课题的调研和对参加近几年广东体育用品博览会的企业资料分析后发现，大部分体育用品企业在文化建设方面做的不够，甚至有些企业根本就没有企业文化建设的概念。要从长远增进广东体育用品企业的竞争力，应充分重视文化建设。

6. 准确的市场定位

企业只有进行准确的市场定位，明确经营目标，找准企业消费群体，针对目标消费群体采取有效的营销措施进行销售，才能形成企业良好的经营业绩。广东省体育用品企业存在数量大，且同质类产品多，"邻里效应"严重，出现这种情况的一个重要原因就在于多数企业对宏观市场环境把握不到位，对市场定位不清晰，进而影响企业的销售和经营。根据自身和市场情况进行准确的定位，是提升广东省体育用品企业竞争力的一个重要因素。

7. 通过多种途径进行融资和整合资源

广东拥有我国 1/3 体育用品生产企业，理应在我国体育用品企业的品牌化、集团

化、国际化的发展中起到良好的示范作用。但由于广东省体育用品企业规模普遍偏小，在向银行贷款、企业上市等方面均有一定的难度，所以企业在融资方面存在的问题，是制约部分发展良好的体育用品企业向创品牌、集团化发展的一个重要因素。同样融资问题对于一些中小型体育用品企业也存在相当难度，面对这样的情况，部分发展良好的体育用品企业一方面可积极争取银行贷款，如果时机成熟，也可尝试上市运作；而对中小企业来说，可通过适当的合并、联合等方式整合一些同质化的企业，快速增大企业规模，促进企业快速发展。

8. 重视广告宣传工作

广告宣传对体育用品企业发展具有不言而喻的意义，适量的广告宣传尤其在中央级的媒体上进行宣传，对企业知名度和品牌提升具有极大影响。但广东省体育用品企业广告投入方面整体上不如福建。广东体育用品企业应该结合自身情况，借鉴成功进行广告宣传企业的运作方式，理性地选择在一些地方报纸和体育用品的专业媒体进行广告宣传，甚至在中央级别的媒体上进行宣传，同时要充分利用网络等现代科技进行立体宣传，争取以理性的宣传取得最好的效果。

9. 积极参与体育赞助和社会公益活动

对于体育用品企业来说，积极赞助体育赛事和社会公益活动，一方面可以对社会和体育事业的发展做出贡献，体现出企业的社会责任；另一方面可以较好地宣传产品和树立良好的企业形象，国内外成功的知名体育用品企业的经历也都印证了这一点。但相当部分的广东体育用品企业对参与赞助活动和社会公益活动并不积极，一个重要原因是企业没有认识到参与赞助和公益活动的意义和对企业产生的良好效果。加强对体育用品企业参与体育赞助和社会公益活动的宣传和引导，促进社会体育事业的发展对企业和社会的发展都具有深远的积极意义。

（项目编号：933ss06065）

浙江省体育健身娱乐业供需结构及政策选择研究

王乔君　童莹娟　王　跃　胡　亮　毕　业

体育作为带有产业性的社会公益事业，具有三大功能，即加强国民健身、创造商业利润和代表国力象征。

体育健身娱乐业作为体育服务业中的主体产业，在体育产业发达国家的健身娱乐市场是发展规模最大、效益最好的市场，在我国也是发展速度最快的市场，具有多属性、多功能性、产业关联性大、带动功能强的产业属性。其存在可进入多个产业领域，其运行可吸引众多部门参与，其发展可直接拉动整个体育产业的发展，其发展水平及程度是评价体育产业和体育市场成熟度的重要标志。

一、浙江省体育健身娱乐业特征分析

（一）浙江省体育健身娱乐业所有制结构

投资以内资为主的有 28 家，占 93.33%；外资 2 家，占 6.67%。这种所有制结构说明浙江省体育健身娱乐业以内资为主，体现了浙江省的民营经济投资本色和较强的市场适应性。

投资规模来看，投资额在 200 万元以下 12 家，占 40.00%；投资额在 200 万～500 万元的有 14 家，占 46.67%；投资额在 501 万～1000 万元的有 3 家，占 10.00%；投资额在 1001 万元以上 1 家，占 3.33%。投资规模尚处于发展阶段，经营面积属于中小规模。这与浙江经济社会发展水平不相称。

经营项目来看，经营方式单纯提供体育健身服务的占 83.33%，采取服务与培训相结合的占 13.33%，其他多种经营方式占 3.33%。经营档次以中低档为主。有 53.33% 的经营单位定位为中档，有 40.00% 的经营单位定位低档，定位高档的经营单位仅占 6.67%，且以外资为主。

（二）消费人群

消费人群中，浙江省体育健身娱乐业消费人群中男性多、女性少，男性占被调查人数的 55.36%，女性占 44.64%。或许男性从事的社会活动比女性多，为了社会需要而进行的体育活动次数多于女性。体育健身娱乐方式，从年龄来看，参加体育健身消费的人群呈现出"中间强，两端弱"的趋势；从职业上来看，企业员工、农民、个体户等人群参加体育健身频度较低；从收入水平来看，中低收入群体参加体育健身消费明显低于中高收入群体的比例。

消费者消费的动机，以强身健体、休闲娱乐为主，其次为养成良好习惯及防病治病、完善自我。其消费动机也呈现多样性、多重性。消费群体对项目的首选为健身操、健身器械和传统项目，时尚项目则属于较喜欢的锻炼项目，有相对较多的消费群体。高尔夫球属于高消费项目，是高收入阶层比较热衷的锻炼项目。

消费者消费结构，以体育实物性消费为主，占42.66%；信息性消费次之，占24.13%；参与性消费只占14.22%。结果表明，浙江城镇居民的消费结构方面重实用、耐用，而真正愿意花钱进行体育锻炼的人为数不多。

消费参与频率，男性较女性的参与率高，年龄小于24岁青少年虽然余暇时间较多，但由于经济尚未独立，故体育消费略低于中老年。高收入阶层从事的商务活动较多，工作压力较大，进行体育消费活动的次数明显多于蓝领。高学历的人就业率和消费支付能力比低学历的人高，总体育消费参与频率与此呈正相关。

消费者消费定位，对于健身娱乐场所，42.21%的消费者认为锻炼环境、服务质量是主要的，其次是合理的价格，占31.26%，说明质量、环境和价格是影响消费者消费定位的主要因素。

消费者消费体验，在被调查的消费人群中，认为目前浙江省体育健身娱乐行业的消费价格"合理者"占55.12%，"偏高者"占26.30%，"高者"占11.16%，"偏低者"占7.42%。可见，有半数以上的消费者对浙江省体育健身娱乐业的消费价格认可，其中存在的差异，也许与消费者的消费意识、消费观念上的不同有关。

二、浙江省体育健身娱乐业问题分析

(一) 供给市场存在问题

1. 资金渠道单一

供方投资资金以内资为主，规模偏小，投资主体单一，外资引进力度不够。

2. 专业人才匮乏

经营项目、经营方式、经营档次、消费群体的定位等一系列因素取决于经营者与管理者的水平。缺乏专业的管理人员，缺少市场预测，对市场需求把握不准确，造成供给市场的盲目性和缺乏弹性。

3. 硬件设施滞后

消费者参加健身娱乐活动首要问题是场所，场所数量、硬件设施不完善直接阻碍、影响消费者健身娱乐需求的形成，也直接导致供给市场的发育。

4. 服务产品同类

在行业结构上，服务产品的同类化现象明显，投资者、经营者过多地注重时尚新兴项目开发，忽略健身群体需求的层次性和多样性。

5. 扶持政策缺乏

政府在市场区域规划、提供信息服务、引导投资方向、有效参与市场竞争等方面的作用没有得到应有的体现，最后导致布局和项目的无序竞争，阻碍健身娱乐业的良性发展。

(二) 需求市场存在的问题

1. 消费结构的不合理

消费者体育消费以体育实物性消费为主，显著高于参与性消费，实物性消费占健身娱乐消费支出的42.66%，而参与性消费只占14.22%。消费者一味追求实惠，这也是供给市场中面临的一个"瓶颈"，即"消费需求不足"。

2. 消费群体的需求差异大

在参加体育健身娱乐活动的频度、时间、消费支出等方面，不同年龄、性别、职业等消费群体之间存在较大差异，可见，不同的消费群体对体育消费意愿存在一定的差异性。

3. 消费心理不成熟

消费者在体育健身娱乐时，受外界"示范效应"比较明显，盲目从众，赶时髦现象较严重，从中表现出了消费心理的不成熟。

三、浙江省体育健身娱乐业供需矛盾分析

（一）结构性矛盾

首先，体现在投资结构上，浙江省体育健身娱乐业投资渠道比较单一，以内资资金为主，从而影响了行业的增量结构和存量结构，使行业、产品结构的供需不平衡，致使消费者的选择受限。其次，体现在服务产品的供需结构，供方提供最多的是健身操和健身器材等服务产品，而消费者需求的服务产品是散步、小球、游泳等，即造成供需不平衡现象。

（二）决策性矛盾

由于投资者缺乏对需求市场的调研和分析，市场信息不足，大部分投资人存在盲目现象，对选择经营规模、经营项目、经营方式及定位等造成一定的影响，导致人力、资金、设施、决策、规划等方面没能达到优化状态，布局不合理、行业内部过度竞争现象严重，造成决策上的失误。

（三）技术性矛盾

指专业技术人员缺乏、器材设施陈旧、服务单一等造成供需不协调。消费者对现有的场地设施满意度不高，服务人员缺乏专业和技术培训，造成消费者对服务质量评价不高。供方市场的技术服务不能很好的满足需方市场的需求，从而导致技术性矛盾的产生。

（四）制度性矛盾

体育市场法规制度的配套建设滞后，已成为制约浙江省体育健身娱乐业发展的重要因素，出现了一些管理权限不明、产权关系不清、资产管理不顺等现象，部分体育项目和新兴项目仍然存在多头管理，影响了体育健身娱乐业的发展。

（五）政策性矛盾

由于人们对体育产业的认识程度较低，使政府部门对体育健身娱乐场所的经营在投资、税收、土地使用等方面的扶持政策缺乏，配套措施、制度尚未引起重视，造成市场管理不规范，使行业的资金投入、技术人员、管理人才等方面均不如其他产业部门，制约了体育健身娱乐业的发展。

四、浙江省体育健身娱乐业政策选择

(一) 建立结构模式

结构模式是一个动态过程，是指各部门和行业之间的比例及相应制约的关系。不同的经济水平，有不同的结构模式，包括行业结构、地区结构和城乡结构。

1. 行业结构模式

在行业结构上，既要有意识地提升体育健身娱乐业层次，又要发挥健身娱乐业对社会经济发展的职能,即传统的运动项目和新兴运动项目并举的结构模式。

2. 地区结构模式

在地区结构上，要促进地区合理分工和协作，实现专业化和规模化经济。对于各个地区健身娱乐业的发展，应实行非均衡协调发展的模式，根据各个地区的具体情况和资源特色以及市场需求，构建和培育各具特色的健身娱乐业。

3. 城乡结构模式

采取城乡综合配套发展模式，以加速体育健身娱乐业城乡一体化，建立城乡综合社会化服务体系为主要目标，实现体育健身娱乐业的专业化、系列化、规模化，促进城乡体育健身娱乐业的快速发展。

(二) 拓宽融资渠道

放宽市场准入，利用社会资源，鼓励和引导民间资金参与体育健身娱乐业的开发，动员社会、企业、个人等多方投资，建设适合大众健身娱乐、休闲的体育设施，开展经营活动，共同开发体育健身娱乐市场。

(三) 合理资源配置

政府通过制定产业政策和发展规划，向体育健身娱乐业经营单位提供市场信息咨询，组建各类体育健身行业协会，对体育健身娱乐业的发展重点、区域布局等进行规划与政策引导，实现体育健身娱乐业资源的合理配置。

(四) 细分消费市场

缺乏自我发展活力，"大而全""小而全"的自我服务广泛存在。要合理划分企业和事业、营利性和非营利性机构，合理划分体育健身娱乐业中竞争性和公益性的部分，实行不同的运行模式和经营管理方式，按照消费者的年龄、收入水平、职业等细分体育健身娱乐市场，体现体育健身的竞争性、经营性。

(五) 健全服务体系

建立一个多层次、全方位的完善的科学健身服务体系，为城乡居民健身娱乐提供优质服务。建立高效能的宏观调控体系，政府要在加强区域规划、提供市场信息服务、引导企业正确选择投资方向、有效参与市场竞争等方面，充分发挥作用，规范政府职能，做好为社会服务。

（六）提高综合素质

体育健身娱乐业的发展很大程度上取决于行业的综合素质和竞争实力。首先，制定体育健身娱乐经营活动的从业条件和服务规范，完善登记、审批手续，加大管理力度。其次，行业自身要形成合理的经营规范，增强开拓市场的能力，不断提高服务产品的质量，建立健全体育健身服务质量的认定。第三，加强管理，提高整体素质，探索科学有效的管理方式，满足消费者的不同需求，提升自身竞争实力。

（项目编号：934ss06066）

我国公共体育场馆管理体制改革研究

徐文强　　陈元欣　张洪武　王　健　罗小兵

在计划经济体制下形成的我国公共体育场馆管理体制，已不能适应经济和社会的快速发展，在一定程度上制约了我国公共体育场馆的发展。因此，为促进我国公共体育场馆和体育事业的快速、和谐、可持续发展，深化公共体育场馆管理体制改革，迫在眉睫。

一、我国公共体育场馆管理体制的现状、问题及其改革的必要性

（一）我国公共体育场馆管理体制的现状

我国多数公共体育场馆仍为传统事业单位，管理体制改革进展缓慢；经费来源方式，以差额拨款为主；薪酬制度和人事制度满意度较低，需要调整；内部管理制度比较规范，但成本管理制度有待加强；公共体育场馆工作人员来源多元化，学历水平有较大提高；经营方式逐步多元化，经营状况有一定改观。

（二）我国公共体育场馆现行管理体制存在的问题

虽然我国公共体育场馆经过多年的改革，但其管理体制则是长期有改而无革，其现存问题主要表现为国有资产流失，监督缺位；政府干预较多，政事不分；冗员过多，消费性支出严重；经营创收乏力，政府财政负担严重；出资人缺位、激励机制不健全；责、权、利不统一，管人、管事和管资产相脱节；分散管理，公共体育场馆重复建设严重和经营方式落后，运营成本过高。

（三）我国公共体育场馆管理体制改革的必要性

我国公共体育场馆管理体制现存问题的解决有待于其管理体制的改革；现行管理体制难以最大限度吸引民间资本的参与；公共体育场馆管理体制是事业单位管理体制改革的必然要求；《事业单位国有资产管理暂行办法》的出台将推动公共体育场馆管理体制的改革。

二、文化体制改革对公共体育场馆管理体制改革的启示

体育与文化在诸多方面具有相似性，文化体制改革对公共体育场馆管理体制改革具有较强的启示和借鉴意义。文化体制改革的成功经验启示公共体育场馆应坚持分类改革，划分公益性、混合性和经营性体育场馆；培育市场主体、委托或授权经营；建立体育场馆国有资产出资人制度；强化内部运行机制改革并争取政策支持，扶持体育场馆发展。

三、我国公共体育场馆管理体制改革的设想

首先，应坚持分类改革，根据其承担的社会公共职能和社会化程度等，制定相应的分类改革方案；其次，建立出资人制度，明晰产权，加强对公共体育场馆占有、使用的国有资产的管理和监督；第三，积极推进公共体育场馆内部体制改革，在国有资产管理机构对公共体育场馆实行授权经营或委托经营后，应积极推进场馆内部体制改革，建立比较完善、健全的内部治理结构和运行机制。

四、我国公共体育场馆管理体制改革的现实路径

（一）分类改革

1. 我国公共体育场馆分类改革的必要性

我国公共体育场馆管理体制的现状和政府职能的转变迫切需要对其进行分类改革，同时分类改革是公共体育场馆进一步发展和对其实施科学管理的需要，也是公共体育场馆等事业单位改革的必然要求。

2. 我国公共体育场馆分类改革的理论基础

公共体育场馆的分类改革及其改革方向选择的问题主要涉及公共产品及其民营化与政府职能等问题，因此，其改革的理论基础主要包括公共产品理论、民营化理论和治理与新公共管理理论等。

3. 我国公共体育场馆分类的标准及分类

根据公共体育场馆所承担的任务职能的性质，将公共体育场馆分为公益性、经营性和混合性体育场馆。其中，公益性体育场馆主要以提供群众体育服务或运动训练为主，其服务具有较强的纯公共产品属性；经营性体育场馆则以提供竞赛表演服务或中高档健身娱乐服务为主，其服务具有较强的私人产品属性；混合性体育场馆提供的服务中兼有公益性和经营性，其提供的服务具有较强的准公共产品属性。上述分类并不表明公益性体育场馆不能提供经营性服务，公益性体育场馆依然可以提供经营性体育服务，只是比重较低而已。

4. 不同类型公共体育场馆的改革方向及其改革路径

根据我国不同类型公共体育场馆改革的制度安排，结合影响其改革方向选择的影响因素及我国公共体育场馆改革的实现，其改革方向主要表现在以下几个方面。

（1）公益性体育场馆应采取政府服务形式，可保留事业单位，但应加强其内部制度改革，提高公共服务绩效，其改革路径主要有两种形式，即保留事业单位，政府购买服务和委托事业单位管理；

（2）混合性体育场馆应实行事业单位内部企业化运作。其改革路径主要有事业单位企业化运作、承包租赁经营、委托企业经营管理等。

（3）经营性体育场馆应转变为企业，不具有面向市场能力的可暂时保留事业单位，在一定期限内具备面向市场能力时转变为企业。其改革路径主要有两种：一是转制为企业，二是委托企业经营。

(二) 公共体育场馆国有资产管理体制改革

1. 我国公共体育场馆国有资产管理存在的问题

由于受传统公共体育场馆管理体制的影响，长期以来我国忽视对其占有、使用的国有资产的管理，导致目前我国公共体育场馆国有资产管理中存在诸多问题，主要表现在政事、政资、管办不分，以行政型管理为主；监管缺位，国有资产流失；产权模糊，出资人缺位；责、权、利不统一，管人、管事和管资产相脱节；国有资产管理制度不健全，缺乏约束机制和场馆国有资产使用效率低下等方面。

2. 我国公共体育场馆国有资产管理体制改革的必要性

我国公共体育场馆国有资产管理体制改革是体育行政部门进一步转变政府职能的现实需要，是事业单位国有资产管理体制改革的必然要求，是公共体育场馆自身发展的需要，现行公共体育场馆国有资产管理体制难以吸引民间资本的参与，而且其管理中存在的诸多问题的解决有待于其管理体制的改革。

3. 我国公共体育场馆国有资产管理体制改革模式的设想

(1) 我国公共体育场馆国有资产管理体制改革的原则

我国公共体育场馆国有资产管理体制改革的原则主要有分类改革原则，政事、政资和管办分离原则，权、责、利统一原则等。

(2) 我国公共体育场馆国有资产管理体制改革的理想模式

公益性场馆国有资产管理，地方财政部门代为行使国有资产所有权的职能，委托其占有和使用国有资产，授权体育行政部门对公益性公共体育场馆占有、使用的国有资产进行监督管理，使体育行政部门与公益性公共体育场馆之间的关系由行政管理和行政附属关系转变为监督管理关系，逐步实现公益性公共体育场馆资产、人员和业务的统一管理。

非公益性场馆占有、使用的国有资产管理体制改革的理想模式是将其转制为国有企业，其占有、使用的国有资产划归国有资产管理部门管理，成立体育场馆投资运营公司，并根据国有资产管理部门的授权，作为国有资产出资人，履行国有资产出资人职能，负责运营非公益性场馆占有、使用的国有资产。

(3) 我国公共体育场馆国有资产管理体制改革的现实模式

我国公共体育场馆国有资产管理体制改革的现实模式是依托大型体育中心在场馆管理与运营等方面的优势，成立事业单位性质的独立的体育场馆运营管理机构，将辖区内所有公共体育场馆占有、使用的国有资产和人员一并划归该机构，由国有资产管理部门或体育行政部门授权该中心进行运营管理，并对所属场馆的人员进行管理。待时机成熟时逐步转变为"三层次"的国有资产管理体制。

(三) 配套制度改革

1. 当前我国公共体育场馆配套制度改革的现状及存在的问题

当前我国公共体育场馆配套制度改革的现状及存在的问题主要表现在多为差额拨款事业单位，对财政拨款依赖度较高；职工工资和福利支出为公共体育场馆最主要支出，消费性支出过多；工资分配以职务和工龄分配为主；绩效工资制度未能建立，工资的激励机制难以体现；多数场馆实施了聘任制改革，但部分流于形式；工作人员以大专院校毕业生为主，来源多元化；多数场馆富余人员安置妥当；养老保险以机关事业单位养老保险为主；经营扶持政策不到位。

2. 科技、文化领域事业单位配套制度改革对公共体育场馆配套制度改革的启示

国家应统一部署，整体推进；先期试点，摸索经验；明确配套制度改革的制度设计，出台相应政策予以支持；分类改革，不同类型的公共体育场馆采取不同的配套制度设计。

3. 公共体育场馆配套制度改革的主要内容

我国公共体育场馆配套制度改革主要包括人事制度改革、分配制度改革、社会保障制度改革、人员分流安置、国有资产处置、政策支持和内部治理机制改革等方面。

4. 推进我国公共体育场馆配套制度改革的建议

国家应统一组织部署，科学制定改革方案；出台公共体育场馆配套制度改革实施细则，规范配套制度改革实践并联合相关部门，制定专项政策予以支持。

（四）加强政府监管

1. 公共体育场馆改革中政府监管的必要性

公共体育场馆改革的复杂性要求政府加强监管，以推进其改革的顺利进行。同时，体育服务的准公共产品特点和信息不对称性以及改革后体育场馆的逐利性要求政府加强对其监管，此外，加强对公共体育场馆的监管是政府职能转变的需要。

2. 我国公共体育场馆现行的监管机制及其存在的问题

政企政事合一、以直接行政干预手段监管和体育行政部门监管为主是当前我国公共体育场馆监管机制的主要特点，目前的监管机制存在监管机构与场馆关系密切，利益趋同、监管缺位与越位并存和监管手段单一且不合理等方面问题。

3. 宁波游泳健身中心委托经营中政府监管成功经验的启示

其启示主要表现在采用特许经营，引入竞争机制；签订委托合同，明确监管内容；注重对场馆公益性监管和多渠道监管，解决内部人控制问题等方面。

4. 公共体育场馆改革中政府监管的主要内容

在场馆改革中政府应从市场准入与退出、持续服务、服务质量与价格、社会效益、国有资产和通过制定标准规范以及第三方社会认证机构认证等方面加强监管。

5. 加强公共体育场馆改革中政府监管的建议

在公共体育场馆改革中政府加快职能转变，实现由行业主管向行业监管转变；以特许经营权招标，引入竞争机制；完善合约内容，监管内容契约化；强化社会效益监管，履行场馆社会职能；以政府监管为主，多元监管并存；加强价格监管，建立价格协调机制；建立场馆国有资产委托监管机制，实施国有资产专业监管。

（项目编号：940ss06072）

大型体育场馆设施建设与赛后产业化运作研究

高扬 闵健 李明卿 平王进 柳伟

大型体育场馆的良性运营，是体育设施建设的出发点和归宿点。因此，如何去建设并有效地运营大型体育场馆，以获得更好的社会和经济效益，是当前国内外大型体育场馆共同面临的世界性难题。

一、大型体育场馆设施建设

(一) 大型体育场馆设施建设的作用与效益

大型体育场馆设施建设一方面对推进我国城市化进程的发挥了重要作用，另一方面是城市和地区社会、文化体育事业发展的物质基础，也是完善城市功能提升城市形象的重要条件。投资建设大型体育场馆社会效益十分明显，可以带来经济效益，将会更加突出环保效益和可持续发展效益。

(二) 大型体育场馆设施建设的现状与发展趋势

改革开放以来，国家投入巨资建设了大量的体育场馆，其中有一些大型场馆已经达到了国际水平。近些年来，我国大型体育场馆设施建设发展很快，类型多样，质量显著提高，完全可以承接大型洲际以上比赛。随着我国大型体育场馆设施建设的加速发展，其总体分布呈现出了一些新特点，其建设发展呈现出了一些新趋势，但其建设中存在的问题值得我们重视和深思。

(三) 大型体育场馆设施建设设计理念、原则和价值取向

大型体育场馆设施建设应有的设计理念是：大型体育场馆设施建设设计要满足重大体育比赛要求，实用而不奢华；要广泛应用高科技，体现其可持续发展；其设计安全舒适并有利于赛后的综合开发与利用。北京奥运场馆设计突出了"人文奥运""绿色奥运""科技奥运"三大新理念的设计，是值得借鉴的。

通过分析北京奥运会场馆建设的原则和广州亚运会场馆建设的原则等，认为现代大型体育场馆设施建设应坚持大型体育场馆设施的功能性原则、经济性原则、安全性原则、舒适性原则、标志性原则等，以充分体现其建设的理念和价值。

在大型体育场馆设施建设的价值取向方面，我们要坚持大型体育场馆合一的新理念；其看台下空间的有效利用；其与城市发展相协调；其与自然环境的和谐。

(四) 大型体育场馆设施赛后利用的规划与设计

我们必须对体育场馆设施进行长远考虑和总体布局，形成独有的布局特点。北京公

共体育场馆的总分布特点是集中与分散相结合，通过奥运场馆建设"一个主中心加三个区域"的分布格局正在形成。广州市体育场馆总体布局，通过亚运会场馆建设后将形成"两心四城"发展地区空间格局，称为"分散连环型"布局结构。

对单体大型体育场馆设施赛后利用也要有相应的设计考虑，如比赛场地的大小和观众座席数量，看台下空间的多功能利用，场馆技术设备、大型体育场馆配套设施的完善等。

在此基础上，应分析大型体育场馆的复合性利用现状，进行不同大型体育场馆的多功能利用设计，选择多种经营手段，选择专业化经营管理公司进行场馆的经营与管理。

（五）大型体育场馆设施建设的融资分析

国外大型体育场馆的前期投资大部分是中央和地方政府投资。近年来，出现了大型体育场馆投资结构多元化的趋势。其中美国体育场馆的融资方式主要有政府资本、私人资本、公私联营、补助金四种形式，值得我们学习和借鉴。我国大型体育场馆的前期投资建设基本上都是由中央和地方政府投资，其中以地方政府投资为主。目前，我国投资结构多元化的大型体育场馆为数甚少。因此，应加快其融资模式的创新，如引进 BOT 模式、PPP 模式、企业投资入股、ABS 融资等。

——2008 北京奥运场馆及附属设施项目法人招标的运作模式。一是招合作方模式(PPP 模式)，如国家体育场。二是商业开发运作模式，如北五棵松文化体育中心。三是盈利项目同体育设施捆绑运作模式，如国家体育馆和奥运村。通过上述三种方式，政府就不必负担运营的经费，而有实力夺标的企业在设计上已经充分考虑了奥运场馆今后运营的问题。

——长沙五城会和南京十运会部分场馆建设投融资模式。（略）

——南京十运会部分场馆投融资模式。（略）

——佛山市"岭南明珠"体育馆及附属设施市场化建设运营模式（BOT）。（略）

——昆明新亚洲·体育城投融资模式。（略）

（六）大型体育场馆设施建设发展的策略与建议

1. 大型体育场馆设施建设的策略

一是切实加强大型体育场馆设施建设的改革。大型体育场馆建设应首先改革投资体制，实现产权主体多元化，所有权、经营权和监督权分离，以提高投资效益。

二是大型体育场馆建设必须与城市发展相匹配，并有利于城市的可持续性发展。

三是重视大型体育场馆看台下空间利用的早期规划与设计。

四是强化大型体育场馆建设的多功能与多元化发展。

五是大型体育场馆建设应走产业化发展道路，建设资金筹措和赛后利用都应走产业化道路。

2. 大型体育场馆设施建设发展的建议

一是搞好大型体育场馆建设的规划布局。在城市文化区周边、风景旅游区周边、城市欠发达地区、大型居住社区附近等区域进行大型场馆建设比较合适。

二是保持适度的大型体育场馆建设规模和数量。

三是在大型体育场馆设计时就应当充分考虑赛后的利用问题。

四是构建大型体育场馆建设模式与日常经营管理模式。

二、大型体育场馆设施赛后产业化运作

(一) 大型体育场馆设施的经营管理现状

在目前产业发展条件还不成熟的情况下,"多种经营、以副补体"成为大多数大型体育场馆维持生存的现实选择。因此,其市场运作中存在的问题还比较多。调查资料显示,"所有权、经营权未分离"及"后续投入不足"是大型体育场馆目前存在的主要困境。

(二) 大型体育场馆经营管理体制改革与其产业化运作协调机制建构

大型体育场馆改革的关键在于产权改革,产权改革的目的是为了把其国有资产存量盘活,走大型体育场馆设施存量资本和增量资本的良性循环、有序的市场化运作道路。而我国大型体育场馆的产业化运作与其国有资产管理的模式选择前提是所有权与经营权的分离。

建构大型体育场馆产业化运作协调机制,首先需要找到基本动力源。要使其良性运行,必须在微观上给予个体和团体以激励约束机制,使其在适宜的层阶上最大限度地发挥才干与成就;在宏观上给予国家和地方以利益协调机制,使其分享发展大型体育场馆产业应有的社会和商业价值,同时还应该建立其产业化运作的目标保障机制。

(三) 大型体育场馆经营管理模式选择

大型体育场馆经营管理模式的选择,应充分发挥市场在配置资源中的基础作用,除少数必须保留的主要用于运动队训练和不适宜改制的场馆外,要坚定企业化改制的改革方向,在不改变所有制性质的前提下,按照体育场馆所有权与经营权完全分离的原则,参考大型体育场馆自身的状况、经营定位与潜在服务对象、地理位置、所在城市或地区大众的消费水平等因素,比较承包经营管理、租赁经营管理、委托经营管理、企业化管理模式、公司治理模式、BOT 和 TOT 模式、星级酒店式经营管理等模式,选择适合的改革方式,以创造更多更好的社会经济效益。

(四) 国内外大型体育场馆产业化开发利用模式

从国内外部分大型体育场馆产业化开发利用实践模式来看,值得我们深入研究和借鉴,以利更多大型体育场馆走出一条自己的产业化发展道路来。

——悉尼奥运场馆的开发利用。一是采取国家投资与商业运作相结合;二是对已有场馆的改造和临时设施的广泛使用;三是采用融资租赁,鼓励民间资金参与奥运建设;四是采用政府部门宏观调控方式,建立专门机构研究和策划场馆的赛后使用问题。

——汉城奥运场馆的开发利用。(略)

——上海八万人体育场的开发利用。上海八万人体育场的赛后运营方面有许多值得我们借鉴的成功经验。一是扩展广泛的休闲设施,赛场可以显著提高在比赛日的收入;二是最大限度地利用体育场建筑本身;三是在场内开展各种非体育活动。

——十运会南京奥体中心场馆的开发利用。(略)

——国内大型体育场馆看台下空间的多种利用模式分析。根据本课题调查,大型体

育场馆看台下空间有以下几种利用模式：一是体育休闲娱乐利用模式，如办综合健身用房、保龄球馆等；二是展览利用模式；三是商业利用模式，如小型商业出租模式、大型商业中心开发模式；四是餐饮利用模式。

（五）大型体育场馆设施赛后产业化运作的典型设计与分析

——"十运会"后南京市新建大型体育场馆设施的产业化运作分析。应将管理重点放在强化政策投入和宏观监控的职能上。南京新建体育场馆赛后产业化运作的政策性设计应包括政策性目标和政策性内容。其赛后产业化运作策略：进行其赛后产业化运作项目、规模和消费者定位分析，构建其赛后产业化运作的具体模式。第一，规划大型体育场馆设施的初始设计，完善体育场馆设施多功能建设；第二，坚持政策"扶持"选择性与"功能目标"多样性；第三，拓宽融资渠道，不断改进其投资结构；第四，建立科学的服务质量管理体系，不断提高其"造血"功能；第五，积极推行全民健身券制度，促进体育场馆的产业化发展；第六，不断优化外部经济环境，扩大其经营的规模与效益。

——北京奥运会新建大型体育场馆赛后产业化运营分析。（略）

——昆明新亚洲·体育城产业化开发利用对策。一是加强其文化建设，努力创造和谐社区"7+1"的文化体验，近距离贴近大众的工作和生活；二是搞好运动会主题的诠释和延续；三是充分利用其建于社区的优势，提升体育城产业化运作水平；四是搞好康体休闲主题园的建设；五是强化体育场馆设施的营销策略，加强体育场馆的市场推广，加快体育场馆的赛后改建与开发。

（六）大型体育场馆设施赛后产业化运作的策略

1. 科学规划，按城市或地区发展要求规划建设大型体育场馆

搞好大型体育场馆建设的调研与规划，以科学化、实用化和可持续发展为建设宗旨；坚持其投资兴建规模和水平与城市或当地发展水平相匹配，与对大型体育赛事的承办能力相匹配。

2. 转变经营理念，实施大型体育场馆设施赛后综合开发与利用

树立经营新观念，吸纳新的制度、人才、技术等经营理念和机制，为大型体育场馆赛后开发与利用做好准备。

3. 加强大型体育场馆设施建设的研究，完善体育场馆产业化运作的政策法规

加强体育设施建设的研究，制定和完善大型体育场馆管理经营的政策法规；调整体育场馆税收政策，加强体育场馆法规建设，确保大型体育场馆健康发展。

4. 改革经营管理体制，实施所有权与经营权分离，实现多种经营管理模式并存

5. 明确产权关系，拓宽大型体育场馆融资渠道，拓展体育场馆资金来源

6. 大型体育场馆赛后应采用专业管理团队进行经营管理

7. 积极开发经营，坚持走大型体育场馆产业化发展的道路

大型体育场馆应紧紧围绕本体产业规模发展；发挥大型体育场馆的多功能作用；开拓大型体育场馆产业市场；积极开发"大型体育场馆"无形品牌价值等。

（项目编号：949ss06081）

长三角体育旅游资源开发研究

钟　华　田雨普　邰崇禧　陈海波　陆根秀

于　向　陈　宪　张宝峰　窦淑慧

体育旅游作为专项旅游产品，在注重娱乐与健康、休闲与放松、体验与和谐三重价值取向的同时，更加注重身体与精神的双重享受。它以其独具魅力的价值，博得了人们的青睐，成为中国体育的新时尚。体育旅游产业作为长三角地区的朝阳产业，对其经济增长起着非常重要的作用。加大体育旅游资源的开发力度，有利于调整产业结构，拉动长三角地区经济的增长。

一、长三角体育旅游资源开发现状调查

（一）长三角地区体育旅游行业行政管理人员的现状调查

通过对长三角地区上海、南京、杭州、苏州、无锡、扬州六个城市体育部门和旅游部门的行政管理人员调查结果，长三角地区均没有将体育旅游作为专项旅游产品开发，也没有设立研究体育旅游的专门部门，除杭州旅游部门有 3 名专业人员外，其他各市、各部门均没有从事体育旅游的专业人员。

（二）长三角地区体育旅游项目的开发现状分析

长三角地区民间传统游、产品商务游、惊奇探险游、赛事观摩游、活动参与游、健身度假游、休闲娱乐游、项目培训游等旅游资源虽有一定程度的开展，并有广阔的发展前景和巨大的发展潜力，但由于缺乏政府的引导和开发等一系列问题，致使体育旅游市场不成熟，市场秩序不稳定，严重影响了体育旅游的经济效益，目前仍处于起步阶段。

（三）长三角地区体育旅游资源开发利用过程中存在的问题

1. 政府宏观管理有待厘清。长三角地区的体育旅游资源，一部分是原计划体制配置的体育旅游资源，由政府职能部门掌管；另一部分是由市场机制社会资本转移所形成的体育旅游资源。政府在自利性的驱动下，对体育旅游资源进行行政操控，并在一定程度上模糊了产权关系。因此在体育旅游产品的开发和管理过程中，往往会出现重复建设、令出多门、管理混乱的局面。

2. 经济发展不平衡，旅游项目竞争激烈。尽管长三角地区整体经济实力优势明显，但区域内各地市间的差异性和发展的不平衡性十分突出。经济发展的不均衡限制了区域体育旅游合作平台的形成，使区域体育旅游合作流于形式，无法形成真正有效的联合。同时，区域内体育旅游竞争激烈，其中对体育旅游品牌的争夺就是最显著特征之一，不利于区域体育旅游的开发。

3. 体育旅游产业化步伐缓慢，市场体系不够成熟，缺乏总体规划和指导。长三角

地区体育旅游产业带有浓烈的政府行为色彩，产业化步伐缓慢，缺乏科学规划。由政府投资的体育旅游设施显得相对不足，缺乏高品质的体育旅游资源；体育旅游产业的社会投融资体系尚未形成，体育旅游产业大规模扩张的资本条件难以具备；大部分地市还没有将体育旅游产业纳入到经济和社会发展总体规划，使该地区的体育旅游产业层次不高、效益不高、结构不合理。

4. 缺乏体育旅游支柱企业及体育旅游为主题的旅行社。开发缺少规模化、集约化的产业集团和专门从事体育旅游组织的旅行社。开设的体育旅游线路中，绝大多数生命周期很短，产品结构单一，竞争力较弱，影响了区域体育旅游产业和产品市场的竞争力，制约了长三角地区体育旅游产业的发展。

5. 体育旅游专门人才缺乏。体育旅游产业的发展严重缺少高素质综合性专业人才，特别是缺乏尝试刺激类体育旅游的专门人才，懂经营、懂管理、懂法律、懂体育、懂旅游的复合型体育经济专业人才更是凤毛麟角，专门人才的严重匮乏已成为制约长三角地区体育旅游产业发展的瓶颈。

6. 资源底数不清，限制了加快体育旅游开发的步伐。体育旅游资源尚缺乏全面系统的普查和评价，对总体资源的数量、质量、种类、范围、环境、开发价值、市场前景等都还没有一个科学的统计，不利于进行国内外比较和综合评价，也难以为合理开发利用资源提供准确可靠的依据，严重限制了体育旅游产业的发展。

7. 专业性太强，内容结构单一，缺乏吸引力。体育旅游发展还处于起步阶段，像体育产品博览会等专业性很强的专项旅游产品，其本质极大地限制了大众游客的介入，如果没有专业的体育相关人员讲解介绍，很难引起大众游客的兴趣。再加上博览会开展期间，内容局限在产品的展销，群众消费性、娱乐性的项目严重缺乏，从而导致大众游客不足，市场前景渺茫，经济收入不高。

8. 可持续性发展能力差。我国的体育旅游开发，过分看重眼前的经济效益，对长远的发展规划构想不足；过分注重自然资源的开发，忽视文化资源的介入，对某一经济效益好的项目采取一哄而上的策略；开发内容千篇一律，缺乏自己的主体特色，导致经营状况惨淡，最后纷纷倒闭的结局频频发生。可持续发展能力不足是中国体育旅游发展亟需解决的难题。

二、开发长三角体育旅游资源优势的可行性分析

（一）优越的地理区位优势

长三角位于我国经济发展战略的沿海经济带与沿长江产业带的交汇处，是亚太地区发展核心，具有面向海洋、依托长江的区位优势，集"黄金海岸"与"黄金水道"于一身，历来是我国人口最稠密、经济最发达、文化最昌盛、人民最富裕的经济地区。法国地理学家戈特曼（Jean Gottman）在20世纪70年代列出世界六大都市圈，其中就包括以上海为中心的长江三角洲都市圈。长三角地区优越的地理区位优势和便利的交通设施条件，为开展体育旅游提供了良好契机，为开拓国际、国内客源市场提供了基础保障，为发展体育旅游经济提供了更为广阔的空间。

（二）加速发展的经济优势

体育旅游活动是建立在一定经济基础和收入水平上的高层次的消费活动，它与一个国家或地区的经济水平呈正相关关系。长三角地区经济发达，在全国位居前列。近年长三角地区经济呈几何级数递增，它以全国1%的土地、6%的人口、18.5%的GDP、22%的财政收入，成为中国经济发展最快、经济总量规模最大的区域。2005年实现GDP33858.55亿元，约占全国经济总量的1/4；城镇居民人均可支配收入达15255元，比2004年增长13.3%；人均消费性支出10815元，增长12.7%，收入和消费水平已经达到中等发达国家水平。长三角区域居民消费水平高，消费理念超前，消费人群有保证，具备了开发体育旅游的客观条件及体育旅游消费的经济能力潜质。

（三）人文的政策环境优势

2003年长三角在杭州首次举办了长三角旅游城市高峰论坛，共同发表了《长江三角洲旅游城市合作宣言》；同年上海、江苏、浙江二省一市体育局在杭州召开建设长三角体育圈联席会议，本着资源共享、优势互补、互惠互利、共同发展的原则签署了体育交流与合作意向书；2005年长三角多个县市的政府和旅游相关部门和专家在无锡举行了"2005长江三角洲旅游城市高峰论坛会"，共同深入探讨了进一步深化区域旅游合作、拓展区域旅游合作的广度和深度等方面的问题，并达成新的共识。这一系列尝试使长三角地区旅游合作现已渐入佳境，更为开发该地区体育旅游提供了良好的人文政策优势。

（四）深厚的文化底蕴优势

长三角地区在源远流长的发展过程中，留下了灿烂辉煌的历史文化，这将为我们深度挖掘民间传统体育项目、开展民风民俗体育旅游奠定坚实的基础。苏州陆家镇的舞龙、南京国际梅花节到梅园踏青赏梅还邀请了著名的舞龙舞狮队登台献艺，吸引世界20多个国家和海内外500多万名游客参观。杭州民间传统体育项目水秋千、高跷、抖空竹等具有悠久的历史。上海独特的拳船、摇快船等水乡民间传统体育项目，具有深厚的群众基础，很高的视觉刺激，开发和观赏价值大。长三角地区民间传统节日是历史流传下来的民间盛会，具有深厚的文化底蕴，为发展体育旅游奠定了坚实的基础。

（五）体育强市、强省，体育明星优势

体育强市、强省为申办和承办国际大型体育赛事，拓展国际客源市场提供坚实的基础，体育明星效应在一定程度上是体育旅游的催化剂。长三角地区体育运动水平高，体育明星众多，有赵剑华、栾菊杰、孙晋芳、蔡振华、楼云、吴小旋等老一辈世界级明星，也有刘翔、姚明等一批世界新星。体育明星所在的城市、训练的场馆和参赛项目都将带动城市体育旅游产品的发展，同时也是最宝贵的体育旅游资源，可开发一种吃运动员餐、体验运动员项目、住运动员公寓的"体育山庄"新的模式。

（六）规范的旅游产业化优势

规范的旅游产业为体育旅游开发提供了保障条件。长三角旅游业发展较早，已涉及

"吃、住、行、游、购、娱"各个领域，并且具备了现代化、国际化、规模化、市场化的特点。2005年在全国旅行社100强排名中，长三角地区的旅行社占据了64个席位；从接待人次看，接待入境旅游者占全国1/4，接待国内旅游者占全国1/3；从整体区域来看，在中国首批优秀旅游城市中占1/4的比例。客源量是体育旅游发展的必要条件之一，充足的国内客源市场和广阔的国际客源市场是体育旅游收入的重要途径。长三角地区应抓住规范旅游业带来的机遇，借鉴旅游产业发展的成功经验，完善体育旅游产业，使其产业不断的发展成熟，树立体育旅游品牌，吸引体育旅游游客。

（七）现代化的体育场馆和设施优势

长三角地区现代化的体育场馆设施在国内领先与世界接轨。有资料表明，上海承办国家级以上赛事的体育场馆达70个，浙江省将近180个，江苏省达53个。长三角地区利用现代化体育场馆、设施优势，已成功举办了NBA季前赛、世界龙舟锦标赛及职业高尔夫公开赛、世界乒乓球锦标赛、上海国际足球锦标赛、世界击剑冠军杯赛、世界一级方程式汽车大奖赛、网球ATP大师杯赛、F1中国大奖赛（上海站）、世界速度轮滑锦标赛、国际竞走挑战赛、国际田径黄金大奖赛、中国首届动力伞巡回赛等一系列国际、国内大型体育赛事，并取得了相当可观的体育旅游经济收入。借助体育赛事平台，加快发展了体育赛事经济，促进了体育赛事旅游的发展，开发了体育竞赛表演市场旅游资源。

（八）独特的体育旅游资源优势

长三角区域包含了各种类型的城市——国际大都市、六朝古都、山水城市、古镇、现代化新城镇、文化名城等。体育旅游资源丰富，其中著名的品牌有上海的东方绿洲、淀山湖水上运动场、F1赛车、大师杯网球赛、国际田径黄金大奖赛；南京国际梅花节、高尔夫运动；"东方水城"中国苏州国际旅游节、中国苏州轮滑世界杯环太湖马拉松赛；杭州的国际马拉松赛，千岛湖水上运动基地等。长江、太湖、运河和东海是长三角旅游精华资源，可开发帆船、帆板、潜水、游泳、赛艇、垂钓、铁人三项赛、水上摩托、龙舟竞渡等休闲娱乐游项目；其岸边优质沙滩和充足阳光可开发沙滩浴、阳光浴、沙滩排球、足球等运动项目；山体资源可开发以登山、攀岩、漂流、溪降、野外生存等为主的惊奇探险游；著名的旅游景点、古都、古镇开发民间传统体育项目，独特的体育旅游资源为打造区域品牌，增加体育旅游的影响力具有重大作用。

三、长三角体育旅游资源开发途径研究

（一）深度挖掘民间传统项目游资源

1. 发挥资源优势，做大做强优势项目。赛龙舟、舞龙和舞狮运动是长三角的优势项目，应加大开展力度。各大体育院校应积极开设舞龙舞狮专业，为开展龙狮运动提供专业人才。在宣传龙舟文化方面，除了推广龙舟运动，扩大赛事规模，建设龙舟强队之外，还应加强基础设施的建设和改造。

2. 推广弱势项目，挖掘面临遗失的项目。腰鼓、秧歌、太极等民间传统体育项目，仍局限在自发组织状态；而像气功、石担、滚灯、拳船、摇快船等项目，正面临着遗失

的困境。长三角地区应加强政府的引导，建立各项目团体组织，对面临遗失的项目，应把掌握民间传统项目和文化习俗的老艺人请出来，对年轻人进行培训，把遗失项目先从民间开展起来，将弱势项目的影响力不断扩大、推广。

3. 举办"长三角民间传统项目体育节"。长三角可利用得天独厚的水域条件，在太湖、长江、黄浦江、苏州河等较为开阔的水域举办龙船、摇快船等水上项目竞赛，岸边开展拔河、放风筝、毽子等大众参与的体育节，打造长三角独特的民间传统文化品牌。

（二）引入现代时尚、多元的产品商务游资源

1. 提升博览会的销售理念，引导大众游客的介入。长三角地区体育用品博览会存在着专业性强、大众参与薄弱等问题。2006 年长三角国际体育用品博览会期间，真正参加体育博览会内容的群众寥寥无几。我们应学习、借鉴国外的做法，把体育器材销售与使用指导等进行售前、售中、售后"一条龙"服务培训，让群众了解体育产品，主动参与到体育产品博览会中来，拓宽体育消费领域。

2. 提高产品研发能力，开发多样化的体育用品新模式。当下，群众体育用品在设计思路上无法打破传统模式，如运动服除在运动场穿着外，无法与生活便装、工装、时装结合起来，需要在款式、面料与辅料的搭配及纺织技术上有新突破，提高产品的研发创新能力。体育健身器械进入家庭，把实用与装饰、组合与折叠结合起来，把健身器械变成一件精美的家具，美化家庭，提升体育生活质量。

3. 优化产业结构，冲击国际客源市场。目标上，应扩大体育用品出口，把提高国际市场竞争能力放到首位，加速体育产业由内向型转为外向型发展的进程。模式上，国内自力更生为主变为面向世界，国内企业应学习借鉴国外知名企业品牌成功的经验，树立"品牌意识"，从产品质量、文化内涵、科技含量、商标造型、营销策略、资源配置等方面下工夫，创建本土知名品牌，拓展国际客源市场。

（三）加入高科技元素的惊奇探险游资源

1. 利用高科技产品，打造探险旅游新境界。探险旅游中，开设丛林狩猎，巧妙引入声学与光学系统，路线的隐蔽处安放形象逼真的动物模型，临摹动物声音，游客手端猎枪进山寻宝……利用自然资源条件，引入高科技的手段，开发人造漂流场所，创建瀑布、峡谷、悬崖等适合开展探险旅游的外环境，将静态水转化成动态水，开展峡谷探秘、溯溪、高山溪降、悬崖速降、激情漂流等探险活动。

2. 开发体育旅游主题公园。主题公园中各种新奇刺激的运动项目，如太空梭、激流勇进、未来时空、云霄飞车、太阳轮、地狱神鹰等体育旅游项目正日益吸引探险游客的眼球。长三角地区体育旅游主题公园开发，应加强游客消费项目的建设，不能单纯依靠门票收入作为维护主题公园运营的渠道，主题应构建体育旅游文化体系，不断进行产品创新，提高主题公园的生命力，使其可持续健康发展。

（四）宣传、推广和促销赛事观摩游资源

1. 加大宣传力度，推广体育赛事旅游。长三角地区经济发达，繁多的国际、国内体育赛事被囊括其中。长三角地区体育旅游在宣传上要不惜巨资，利用现代化的多媒体传播渠道，对产品进行立体促销宣传，实现促销联合经营，达到整体促销、方便游客的目的。

2. 依据游客类型，开发不同的体育赛事旅游产品。赛事旅游的游客可分为纯观赛型和赛事观光型。纯观赛型游客开发重点,借赛事机遇,策划和组织包价旅游产品。利用体育明星的资源优势，策划与明星交谈、合影、过招，获得明星签名的旅游纪念品等。赛事观光型游客开发，加强体育和旅游部门的合作，捆绑销售比赛和旅游景点的门票，使游客利用一票制既可观赏精彩的体育赛事，还可领略著名旅游景点，了解当地的民风习俗文化。

3. 实现赛事联合开发，形成地区辐射。长三角地区依托资源优势，承办大型体育赛事，有效提高了城市形象，盘活了当地的旅游经济，推出区域赛事联合开发的策略，形成地区辐射。如上海承办世界乒乓球锦标赛，可把苏州、无锡作为分赛场进行预赛，实现资源和赛事的共享。这不仅可以缓解承办地的压力，还能促进周边地区旅游的发展，形成体育旅游的区域联合体，提高承办赛事的竞争力，避免场馆重复建设和闲置的浪费。

（五）开发大众参与的健身活动参与游资源

1. 整合资源优势，开展大众健身体育项目。长三角地区居民生活水平高，闲暇时间多，健身休闲意识前卫，为开展大众参与的健身活动参与游资源奠定了基础。依据自然资源条件可开发游泳、垂钓、登山、游艇、温泉康复等休闲娱乐项目；借助人文资源条件，开展太极剑、气功、抖空竹等民间传统体育项目。

2. 借明星、场馆设施优势，推广奥运项目。长三角体育运动水平在全国名列前茅，培养了大批著名的体育明星，如姚明、刘翔、王励勤、周苏红、赵蕊蕊、陈艳青、张军等。随着全民健身运动的开展，长三角地区体育场馆设施不断完善，很多场馆免费向群众开放，为开展奥运优势项目提供了基础。利用奥运明星资源优势，开展大众喜闻乐见的健身活动游，贯彻大众健身与奥运同行计划。

（六）拓展城、乡、镇周边健身度假游资源

1. 打造国内体育旅游度假区品牌。长三角度假区应突出本土的异质性。活动的设计强化组合功能，把健身＋娱乐、休闲＋会议组合起来，增强整体竞争力。以自然环境为依托，以高端市场为目标，与水上休闲、温泉保健、气功养生等相结合，推出"健身度假游""高尔夫度假游""休闲保健游"等产品。发挥城市的文化功能，建立青少年教育基地，增加军体训练项目，开展野外生存、夏令营、自行车健身休闲游活动，重点吸引假期学生客源市场。针对老年市场和专业市场，开展"健康长寿游"和水上垂钓等体育休闲项目。

2. 开展国外健身度假旅游资源。长三角地区积极开展国外健身度假旅游，组织旅游者到各地的奥林匹克花园进行参观，亲身感受奥林匹克花园独特的建筑风格和奥林匹克文化，在奥园运动城和健身连锁店接受专业体育教练的指导，感受世界先进的体育设施和享受体育明星一样的服务。

（七）开展健心、健智、健情的培训游资源

1. 建立培训组织机构，规范培训市场管理。长三角地区应建立统一的培训和咨询机构，对开展培训项目的场所予以注册；配备专业的教练指导；对培训场所和培训人员

进行详细的介绍；对学习者咨询进行细心解答；依据市场定位，提供合理收费标准，使学员熟悉该项目的市场状况，教练水平、收费标准等基本情况。

2. 繁荣培训市场，拓展培训项目。长三角应倡导各系统、行业、社会组织及个人举办各类体育专项俱乐部，扶持一批有资质、重信誉、讲品牌的体育培训机构，带动整个行业的发展。鼓励青少年体育俱乐部，开展夏令营、冬令营及课余培训活动。专门的体育旅游文化公司，进行攀岩、野外生存、极限运动等探险旅游的培训。与国外培训公司合作，将培训人员输送到国外学习，也可邀请国外著名教练来我国培训，提高培训机构的教学质量。

3. 推进社会体育指导员的培训进程。从体育培训机构资质、培训内容、培训考试和培训证书颁发等方面，进行市场准入制度的整顿和规范市场经营秩序。加快社会体育指导员职业化进程，根据不同项目实行分类指导，从综合性理论培训，向单项运动技术等级培训转变，逐渐使培训业步入正轨的市场。

（八）建立放松身心的休闲娱乐游资源

1. 依据水体优势，开发游艇产业。长三角水体资源丰富，水域广阔，政府应加强水域管理，在游艇产业上加大开发力度。上海建设一心、两网、四区的游艇产业布局。杭州开始规划筹建游艇码头，以提供游艇的停泊、维护保养、租赁、代驾、陪驾等服务。江苏围绕太湖区域的苏州、无锡开发了游艇码头和俱乐部。

2. 推出旅游路线，开展自驾车休闲旅游。长三角城市间距离较近，适合开展自驾车休闲旅游。长三角高速网的沟通建设和交通一体化体制的出台，自驾车旅游将会更加方便快捷。房车旅游是一种高端舒适的现代旅游方式，相关部门应积极策划体育休闲旅游路线，以便开展自驾车休闲旅游。

3. 积极推广高尔夫大众化。长三角凭借先进的球场和优化的经营管理模式优势，抓住高尔夫发展的机遇，降低价格使高尔夫走向大众，转变国民对高尔夫高消费的观念，提高高尔夫行业的服务水平，完善产业的市场竞争与运作机制，构筑大市场的发展新格局，将高尔夫产业打造成长三角体育旅游产业的品牌项目。

四、长三角体育旅游资源开发、利用及其保障体系的研究

（一）构建长三角体育旅游圈

长三角体育旅游在整合优势旅游资源的前提下,应有计划、有步骤地加强体育旅游品牌的策划和运作,构建长三角体育旅游圈,重点以开发和培育"环太湖体育圈"为特色的体育旅游品牌,利用环太湖区域发达的交通网络和经济实力,吸引外资的优势和充足的民营资本,以 2008 年北京奥运会和 2010 年上海世博会为契机,把"环太湖体育圈"的品牌做大做强。

（二）发挥政府宏观调控作用，加大招商引资力度

政府行为与市场行为的有机结合是社会主义市场经济条件下发展体育旅游的根本路径。单凭政府行为, 难以保证体育旅游繁荣发展; 完全依赖市场行为, 难以保证体育旅游健康发展。旅游产业开发各省、市、区政府应高度重视,不断完善旅游管理机构和规

划旅游发展政策,改善旅游投资环境,拓宽融资渠道，鼓励和引导社会各行业、境内外企事业单位和个人参与体育旅游市场开发,投资体育旅游产业。

（三）加大力度培养和引进体育旅游专业人才

体育旅游产业开发需要掌握旅游学、经济学、民族学、语言学、艺术学、体育学等多学科知识的综合性人才,应吸引体育专业人才进入体育旅游行业；发展相关的职业教育和高等教育体系,利用高校的教育资源为企业培养急需的体育旅游专业人才；高校的科研机构转化为企业的技术研发中心,把科技优势、资金优势与市场优势结合起来，企业可通过设立奖学金、提供专业教材等手段扩大影响，建立实习点、教学基地联合办学；引进国内外懂管理、懂经营、能提供优质服务的优秀体育旅游人才。

（四）提高体育旅游服务及相应配套服务体系的质量

体育旅游资源开发的前提条件是基本的自然条件、交通条件和旅游地的基本设施条件。其总体较好，体育旅游的魅力可使许多游客再来，因他们的优良服务还会带来新的成员。体育旅游业是一个比较敏感的行业,受市场环境影响较大,抗风险能力差,长三角地区要建立涉及体育旅游业突发事件、旅游危机的预警处理机制和处理基金,增强体育旅游业的抗风险能力。建立体育旅游网站,加强信息交流和互动,加快完善体育旅游产业的信息化基础建设,构筑有助于体育旅游业信息化发展的"软环境"。

（五）完善法律、法规体制，重视安全保障

我国加入 WTO 与国际接轨,一定要冲破非关税壁垒，推行市场准入和实行国民待遇。体育旅游项目带有一定的刺激性、挑战性和危险性,如攀岩、蹦极等运动。体育旅游场所应具备良好的专业设备和安全保护设施，建立经营者和参与者的保险意识，从业人员要经过专业培训后持证上岗。除了制定旅游行业一般管理规范外,体育旅游行业还要建立行业工作标准化法规,在体育旅游市场准入、企业经营、服务质量等方面建立健全法规条例，建立体育导游考试制度。

（六）立体宣传与促销体育旅游产品，拓宽客源市场

长三角体育旅游要做大做强,离不开宣传工作。新的体育旅游产品问世除有自己过硬的质量外,广告宣传策划是打造品牌的关键，要进行有效的市场营销来扩大产品的知名度。长三角地区要充分利用各种渠道和传媒,采取"上星、上影、上网、上报"等手段对体育旅游产品进行立体式的促销宣传,使促销联合营销,达到整体促销、利益均分、方便游客的目的，拓展体育旅游客源市场。

（七）推出特色体育旅游项目，打造长三角体育旅游精品

长三角体育旅游应在整合优势旅游资源的前提下,有计划、有步骤地加强体育旅游品牌的策划和运作,打造长三角体育旅游精品。开发设计体育旅游项目既要保持本土文化特点，又要充分发挥现有旅游品牌的示范效应。在保持精品的基础上选择一些有竞争优势的资源进行重点开发，增加其文化内涵，实施精品工程。如推出漂流、帆船、横渡江河湖海等项目,吸引青年客源层和专项旅游爱好者；推出钓鱼旅游活动吸引老年人群,

构建具有长三角区域特色的体育旅游精品体系和品牌体育旅游线路。

（八）坚持可持续发展理念，重视旅游资源的保护，优化旅游环境

长三角体育旅游产业的发展和经济繁荣不能以破坏生态环境为代价,要坚持可持续发展理念,重视旅游资源的保护。从开发体育旅游资源项目环保的元素,空气质量、水质量、环境的声光、废气物的处理等角度出发,维持生物物种的多样性,保证体育旅游资源价值的保值、增值,使生态环境良性发展,提升旅游者对旅游资源的满意度。只有保护好环境资源,优化旅游资源环境，才能使体育旅游更具魅力。

（项目编号：935ss06067）

我国西部体育旅游资源开发与营销策划研究

张小林　孙　玮　吴永海　徐建波　范成文
肖红青　李培雄　陈才发　海　刚　黄文辉

一、体育旅游资源界定与特征

本课题将体育旅游资源定义为：能吸引人们前来游玩并带来社会经济等综合效益的一定空间内以体育运动为主要手段或内容的旅游因素总和。体育旅游资源是以体育为主要或主导题材，但体育不是独占题材，它可能还包含了某些观光、文化等旅游因素。其具有三个原因与特征：首先是很难从严格意义上单独把某种资源确定为仅仅只是体育旅游资源；其次是体育旅游资源的开发价值很大程度上依托于该区域的生态、山水、历史文化等背景资源的价值；第三是随着人们旅游需求的多元化，也必须发挥体育资源的观光与历史文化等附加值，从而挖掘其自身最大综合价值。

二、西部地区体育旅游资源开发的环境条件、误区与存在的问题

西部地区体育旅游资源开发的支持环境条件包括：第一，西部旅游业的迅猛发展将为西部体育旅游业的开发提供强大后劲与支撑平台；第二，体育旅游资源是西部优势资源和特色资源，包括大量丰富且具有垄断性的体育自然旅游资源与少数民族体育文化资源；第三，西部大开发战略的实施，为体育旅游产业发展提供政策法规、财政等支持，无疑为西部体育旅游业的发展提供了非常难得的历史机遇；第四，国民经济发展迅速，体育休闲等新兴旅游消费市场潜力巨大；第五，加入 WTO 背景下，西部地区具有开发国际体育旅游市场的区位优势。

制约环境条件主要表现为：西部地区体育旅游业开发观念滞后；西部民族经济发展水平落后，城镇化水平低；西部地区教育文化发展滞后，人才缺乏；交通等基础设施落后，可进入性差；西部生态环境脆弱和恶化；季节性和高原环境的不利影响等因素。

资源开发中存在的误区：资源优势等同于产品优势；对西部经济社会只存在单向推动作用而忽视其消极效应；体育旅游开发一定致富开发地；体育旅游是"绿色产品"与"无烟产业"；西部体育旅游资源开发投资少，见效快；市场开发必然有利于民俗体育文化的保护和发展，因而无形当中造成了对西部体育旅游资源开发的曲解和制约。

当前我国西部地区在体育旅游资源的开发存在诸多不足，包括区域或个体形象不鲜明；体育旅游资源空间整合和产品组合不够丰富；资源开发深度不够和市场定位不够准确；资源开发中政府主导力度不够等因素。

三、宏观整体性视角：西部体育旅游资源综合开发策略

西部地区体育旅游资源开发可在坚持市场需求导向、重视特色突出主题、系统开发与协调发展等原则下实施如下发展策略。

（一）实施西部体育旅游资源开发的组合思路

体育旅游作为一种具有强烈参与性与体验性的产品，同时其作为整个旅游活动的一种类型，很难也没必要单独从其他旅游活动中分离出来，因此应将西部体育旅游资源进行自身内外的组合来调动、调整、迎合游客的心理预期。组合策略可从几个方面考虑：资源开发的项目组合、时间组合、空间组合、目标市场组合、配套功能组合。

（二）坚持统筹与系统开发

西部体育旅游资源的开发需要政府与行业协会等相关部门的统筹规划和协作，尤其是政府体育部门和旅游部门在发展规划中要坚持资源开发的整体思路。体育旅游产业具有很强的产业关联性和依托性，西部地区的山水风光、运动休闲等旅游资源优势是一个整体优势，同时西部体育旅游产业发展本身具有很强的区域联系性，因此在西部体育旅游产业发展过程中，必须具备大西部、大旅游、大市场的观念，必须把西部旅游产业开发作为一个整体，把西部体育旅游市场的开拓放到西部整个旅游发展甚至整个西部大开发中去，才能挖掘其发展潜力，拓宽其发展空间。

（三）加强西部体育旅游品牌塑造与经营

首先，品牌经营需要打造西部体育旅游产品的优质品质和个性差异。从产品质量、配套设施、人员服务上下工夫，并寻求体育旅游产品和服务的差异性和个性，从而逐渐提高形象与声誉。其次，加强其品牌形象塑造与传播。体育旅游品牌由鲜明的主题形象、完善的接待设施和个性化的优质服务形成，其中主题形象的塑造与传播已成为品牌经营的核心环节。当然体育旅游品牌的塑造与传播还有很多其他方式，包括媒体造势、权威称号、资质认证等。第三，品牌的背后是文化，大力夯实西部体育旅游品牌的文化底蕴。品牌的文化内涵是提升品牌附加值、产品竞争力的原动力。

（四）充分把握 2008 年北京奥运机遇

据专家预测，北京奥运会期间全球将有 39 亿人次通过各种媒体关注比赛，关注中国，且对我国旅游业的积极影响将持续到 2012 年。奥运申办成功等于给北京和中国做了一个巨大的世界性的广告，吸引广大西方游客来北京，并扩散至西部地区游玩参观等。其一方面通过亲眼见证西安、敦煌等中国博大精深历史文化，另一方面体验中国丰富的自然与文化资源。因此，西部体育旅游资源开发要以北京举办奥运会为契机，打好奥运旅游牌，全面完善和丰富体育旅游产品结构。目前西部地区旅游业还是以观光和文化为主，这种文化与观光的局面对旅游欠发达地区是远远不够的。奥运的主题是体育，体育的主题是参与和运动，大力开拓体育等参与性旅游产品将大大丰富西部旅游产品的体系与结构。

（五）加快西部体育旅游资源线路整合与开发

体育旅游资源的开发中的一个重要内容在于线路的规划与整合。应该在一定的地域范围内，根据产品组合和市场需要推出适宜的旅游线路。当然，线路的开发离不开旅行社的参与和支持。旅行社和旅游公司是为国内外旅游者安排旅游项目的策划者，所以西部体育旅游资源的开发，很大程度上取决于它们的参与、举荐、宣传、推销和部署。

（六）政府主导与市场导向相结合

西部体育旅游资源开发还处于一个相对初级与自发阶段，其市场风险、前期投入、配套设施建设等都需要政府的扶持与培育。体育和旅游政府行政管理部门的职能应加强行业与部门的协作，共同培育市场体系，规范企业的行为和市场秩序，协调内外各方面的关系，为从事体育旅游的企业提供公共服务。但同时，政府的主导只宜作为西部体育旅游资源开发中引导与培育，发挥政府在融资过程中的引导、示范、扶持作用，不宜一直成为决策与投资的主体。否则容易导致市场运作效率不高，以及新的寻租行为和道德风险，从而不利于体育旅游资源与市场开发。

（七）实施"绿色营销"战略，在社会效益和生态效益和谐统一中实现可持续发展

绿色营销是强调"人与自然的和谐"的现代营销观念。我国西部地区是一个生态和自然地理环境极为脆弱的地方，是国家自然保护区多样性最集中的地方，面临着严峻的生态保护与恢复任务。因此，国家在西部大开发中，把生态环保建设作为重点内容之一。而西部旅游业的开发对西部的生态环境是把双刃剑，既能在粗放式开发中破坏大自然，又能在细致的规划中把西部旅游资源真正融入生态环境建设当中，成为促进西部生态环境改善的优势产业。因此，在观念上要牢牢树立西部体育旅游资源是绿色资源，实施绿色营销的观念，并切实用这种观念来指导体育旅游资源的开发和市场开拓。

四、微观可操作性角度：西部地区体育旅游资源营销策划及其创新

（一）加强资源开发与整合，打造优势资源平台

我国西部境内地理与文化资源丰富独特。从地理资源角度分析，西部地形地貌资源十分丰富，湖泊峡谷、雪域高原、草原风光与原始森林等相得益彰，户外运动旅游资源异常丰富。然而资源优势并不等于市场优势和产业优势，只有通过对资源的整理、包装，以及相应的交通、融资等配套支持才能打造进入市场的优势资源平台。

（二）以赛事为契机，打造西部体育旅游资源开发龙头效应

体育旅游活动包括的内容十分广泛，所表现的方式也是多种多样的。但为了扩大旅游活动的影响力，增加对社会各界的吸引力，体育旅游活动一般以举办高品质的赛事为主。从1997年云南大理"七星国际越野挑战赛"到2002年法国蜘蛛人攀登崀山，从2003年四川"攀枝花国际长江漂流赛"到2005年"中国·德夯鼓文化节"和湘西凤凰古城围棋赛等，都堪称国内大型体育赛事运作旅游开发与品牌经营的经典之作。

（三）加强策划与创新，实施差异化营销

当前的市场经济是一种差异化经济，差异化就意味着一种不能简单模仿复制的核心竞争力。因此谁能在市场开发中打造差异化，就意味着谁能把握市场优势和产业制高点。如青海湖国际公路自行车赛就是利用高原环境和高原湖泊打造出了一种西部乃至国内不能模仿的独特价值，被称为世界上最高海拔的国际性公路自行车赛。这种差异化的竞争优势需要一项长期的对本地资源的整理、判断和创新工作，需有魄力和大手笔的营销创意加以配合。

（四）突出品牌意识，实行品牌捆绑营销

在现代营销理念当中品牌可以说是营销的核心和灵魂，通过品牌的打造向消费者传递自身所代表的独特形象和旅游产品吸引力，以作为吸引消费者购买的重要因素之一。品牌营销与品牌经营是体育旅游开发的必然之路。体育旅游品牌的成功构建，一方面在于自身的品质和内涵，另一方面离不开相应的背景依托和支持，包括著名旅游景区、民族文化、地形地貌资源等。如青海湖自行车赛是依托独特高原环境和青海湖景区，湘西凤凰南方长城围棋赛事捆绑凤凰名山、名水与名城，从而达到旅游营销策划的大手笔。

（五）全方位立体宣传，实施整合营销传播

整合营销传播是一个营销传播计划概念，要求充分认识用来制定综合计划时所使用的各种带来附加值的传播手段——如普通广告、直接反映广告、销售促进和公共关系——并将之结合，提供具有良好清晰度、连贯性的信息，使传播影响力最大化。整合营销传播着重于从宣传组合的角度，强调综合性使用各种宣传工具使传播的影响力最大化的过程。成功的体育旅游策划离不开精密周到的传播方案，并分别在活动的前期、中期、后期进行宣传炒作，从而使体育旅游活动的附加值最大化。

（六）深度开发，打造特色旅游平台和健身产业基地

体育旅游资源开发的主要目的在于带动体育旅游经济的兴起和大众体育健身的普及，从而通过体育旅游开发的宣传和聚积效应打造优质旅游平台和健身产业基地。因此，在西部体育旅游资源开发中要充分利用体育旅游赛事等活动示范效应，加强与全民健身运动开发的结合，从而真正做到体育旅游资源的深度综合开发。

（项目编号：1034ss06166）

基于顾客价值的奥运赞助营销研究

李建军　万翠琳　李红涛　杨德锋

自从奥运圣火在奥林匹斯山上点燃以来，赞助与奥运总是相伴共行，没有赞助的奥运曾经一度走到了难以维系的境地。现代奥运在企业的赞助下得以健康迅速地发展，同时众多世界知名企业及其品牌正是借助奥运赞助的平台，才得以名扬四海享誉五洲。因此，关于奥运赞助营销的研究也成为理论工作者和实践人员共同关注的焦点。奥运赞助作为体育赞助营销中的一个特殊而又非常重要的组成部分，在整个体育赞助产业中处于龙头的地位，起着模范的作用。因此，对奥运赞助营销进行深入研究不仅具有理论的意义，也具有现实的价值。

一、奥运赞助营销的顾客价值视角的选择

（一）顾客价值视角的选择

顾客价值的含义一般可概括为两大类。一类是从顾客的角度出发，顾客为价值感受主体，企业为价值感受客体的顾客价值，认为顾客价值是顾客从企业提供的产品或服务中获得的价值，即企业提供给顾客的价值，也称"企业—顾客"价值。另一类是从企业的角度出发，企业为价值的感受主体，顾客为价值感受客体的顾客价值，是顾客为企业所带来的价值，称为"顾客—企业"价值。该顾客价值衡量了顾客对于企业的相对重要性，有利于在长期盈利最大化目的下为顾客/消费者提供产品、服务和问题解决方案。具体见图1。

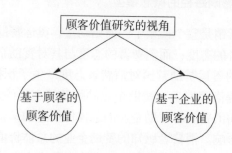

图1　顾客价值的研究视角

本研究正是在顾客价值的两种研究视角上展开的，企业赞助奥运的目的是在借助于奥运这一强大的品牌及奥运赞助营销作用于其目标消费者，力图通过奥运赞助改善其目标消费者的价值感知，提升总的顾客感知价值，从而实现赞助企业的顾客终身价值的增值，增强赞助企业的盈利能力，使奥运赞助企业获得长效竞争优势。

(二) 赞助营销提升顾客价值的理论依据

在赞助营销提升赞助企业的顾客价值的影响作用链条中，赞助营销的影响效应的理论依据主要有晕轮效应、平衡理论和归因理论。

1. 晕轮效应

在体育赞助实践中，一旦在赞助事件与赞助商之间建立了联系，对赞助事件的好感会导致对赞助商的好感，因赞助事件而形成的"好的企业市民"的感知会使消费者认为公司也制造更好的商品，从而会影响消费者对赞助企业及其产品的感知。因此，"晕轮效应"就会使消费者认为赞助企业的产品或品牌要好于竞争对手。

2. 平衡理论

在体育赞助中，赞助企业往往都会选择具有较高社会知名度、得到目标受众认可的体育事件进行赞助，于是，目标消费者对赞助事件的积极正面的态度就会转移到公司及其品牌，最终形成对公司及其品牌积极正面的态度，因为只有消费者、赞助企业和赞助事件三者之间达到了平衡，才能获得比较稳定的和谐。

3. 归因理论

归因理论是探讨人们行为的原因与分析因果关系的各种理论和方法的总称，它试图根据不同的归因过程及其作用，阐明归因的各种原理。在体育赞助营销的实践中，消费者对企业进行体育赞助的动机和行为的归因也不可避免地受到这些规律的影响。如果消费者感知到企业赞助某项体育事件或赛事不仅仅是一种商业投资和行为，而是一种出于社会公益和慈善的利他动机，赞助企业在消费者心中的良好形象更容易建立和巩固；同时，消费者对体育事件的喜好和体育事件本身的形象也会融入到消费者的意识中来。

二、提升奥运赞助商价值的路径分析

(一) 奥运赞助营销影响路径的概念模型

奥运赞助及其相关营销是整个模型中的原始动量，奥运赞助营销影响的对象是消费者，首先影响目标消费者的态度；而消费者的态度与其对赞助企业品牌与产品的价值感知直接相关；如果企业的奥运赞助营销对消费者态度产生了积极正向的影响，相应地，这种积极正向的态度会提高消费者对赞助企业品牌及其产品的总体价值的感知；反之，则会产生相反的效果。而消费者对赞助企业的总体价值感知又会对消费者与赞助企业间的关系质量产生重要的影响。消费者感知的赞助企业的总体价值越高，赞助企业与其消费者之间的关系质量就会得到大大的改善，消费者对赞助企业及其品牌形成满意甚至信任，使消费者成为赞助企业及其品牌的忠诚顾客，最终达到增加赞助企业顾客资产的目标。顾客价值视角的奥运赞助营销影响路径模型如图 2。

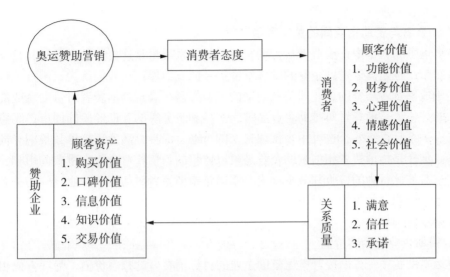

图2 奥运赞助营销影响路径的概念模型

（二）概念模型的构成要素分析

1. 奥运赞助营销

奥运赞助营销作为体育赞助营销的一个特殊而又典型的组成部分，主要由以下要素组成：一是赞助企业与奥运会的一致性，即赞助企业与奥运会之间的匹配拟合程度，这种一致性可分为功能一致性和形象一致性。二是赞助企业的赞助动机，指消费者感知的赞助企业的赞助动机，是赞助企业进行奥运赞助时表现出来的具有倾向性的意思表示，赞助动机通常包括利他动机和利己动机两个方面。三是赞助企业的目标消费者对奥运的偏好性，指人们特别是赞助企业的目标消费者对奥运会的喜好、关心及关注的程度。四是赞助传播度，是指赞助企业在赞助奥运会的同时，为配合其赞助行为而实施的与之相关和配套的营销推广及宣传措施而形成的对受众的影响程度。五是奥运会的影响力，指奥运会本身的影响范围的大小、影响程度的强弱、影响持续时间的长短以及被媒体和公众的关注程度。

2. 消费者态度

奥运赞助营销影响路径模型中的目标消费者所持态度主要由三个部分组成：其一是赞助企业的目标消费者对其赞助对象——奥运会所持有的态度；其二是赞助企业的目标消费者对赞助企业实施奥运赞助行为本身所持的态度；其三是赞助企业的目标消费者对赞助企业所持的态度。只有赞助企业的目标消费者的三种态度的方向一致性时，整个态度才会是积极正向的，从而会对目标消费者感知到的顾客价值形成积极正向的影响。

3. 消费者的顾客价值

从心理感知理论与效用价值论的角度来看，我们认为，基于消费者的顾客价值主要由功能价值、财务价值、情感价值、社会价值、心理价值所构成。所谓功能价值是指顾客从产品或服务的基本自然属性中所获得的价值；所谓财务价值是指在实现同等功能时，为消费者节省的费用；所谓情感价值是指顾客从产品或服务中所形成的情感状态的效用；所谓社会价值是指顾客感知的来自于赞助企业产品或服务的社会效用；所谓心理价值是指顾客心理的满足状态。

4. 消费者与赞助企业间的关系质量

在奥运赞助营销中，消费者与赞助企业间的关系质量是连接赞助企业与其目标顾客的重要纽带，也是奥运赞助企业的顾客价值提升的有力保证。我们认为，满意、信任和承诺是构成消费者与赞助企业间关系质量的三大要素。满意是消费者对赞助企业的一种情感性的评估，是消费者对赞助企业品牌、产品和服务等的互动经验的回应，满意不仅可以代表关系是否有效，也可用来预测未来的行动。而且，满意还能导致长期导向的伙伴关系。信任是指消费者相信赞助企业是可以依赖的，信任对合作有重要的影响，信任可以增进对彼此行为的接收并减少冲突。承诺是指消费者对与赞助企业之间的关系得以持续的暗示或明白的誓约，承诺是想要持续维持有价值关系的一种愿望，是消费者对于关系长期维持的导向。

5. 赞助企业的顾客价值

奥运赞助营销一方面提升奥运赞助企业的目标消费者的顾客价值，另一方面也为赞助企业自身带来了更多的顾客价值。正是由于消费者的顾客价值提升才导致赞助企业的顾客价值的增加，消费者的顾客价值的提升是赞助企业顾客价值的前提和源泉。赞助企业的顾客价值并不是由单一的要素构成，而是一个由多个要素组成的多维有机体。我们认为，赞助企业的顾客价值主要由购买价值、口碑价值、信息价值、知识价值和交易价值构成。

三、概念模型各构成要素间的关系

(一) 奥运赞助营销对消费者态度的影响

在整个奥运赞助营销影响路径链中，奥运赞助及相关营销是整个过程的动力源泉。奥运赞助营销活动作用对象直指赞助企业的目标消费者，其目的是对其目标消费者产生巨大的冲量。而对消费者的影响作用正是通过消费者的态度来完成的。因此，企业的奥运赞助营销会对其消费者态度产生影响效应。

奥运赞助营销通过其各个构成要素影响消费者态度，然而需要注意的是各个组成要素并不全是对消费者态度产生积极正向的影响，也会对消费者态度产生消极负面的影响，使消费者对赞助企业的赞助行为本身及赞助企业的品牌与产品产生厌恶、不愉快的情感。因此，赞助企业在进行奥运赞助营销的实践中，应该从深入分析奥运赞助营销的结构及其要素着手，区分清楚赞助营销中影响消费者态度的积极与消极的因素，才能更有效地发挥奥运赞助营销的积极作用。

(二) 消费者态度与基于消费者的顾客价值的关系

消费者态度与基于消费者的顾客价值是有密切联系的。一般而言，消费者态度与基于消费者的顾客价值是正相关的关系，即消费者对奥运赞助企业的认知度和喜好度越高，消费者感知到的奥运赞助企业提供的产品或服务的感知价值也就越高。反之，消费者对奥运赞助企业提供的产品或服务的感知价值会很小，甚至为负。消费者态度处于赞助企业的奥运赞助营销与消费者感知的顾客价值中间，是奥运赞助营销影响消费者感知顾客价值的中介变量。企业赞助奥运的奥运赞助营销通过影响消费者态度这一中介变量，大大提升消费者对赞助企业的品牌及其产品的感知价值，最终使得基于消费者的顾客总体价值得以增加。

（三）基于消费者的顾客价值与关系质量间的关系

从消费者的视角来看，奥运赞助企业通过奥运会给予消费者的价值总和越大，消费者对奥运赞助企业就会越满意、越信任，从而使得消费者更愿意与赞助企业保持持久稳定的关系。因此，基于消费者的顾客价值与赞助企业——消费者间的关系质量是一种正相关的关系。

（四）关系质量与赞助企业的顾客资产的关系

消费者对赞助企业的满意、信任和愿意与之保持持久的关系，是提升赞助企业顾客资产的一个重要前提，赞助企业——消费者间的关系质量越高，赞助企业的顾客资产也会越高。因此，关系质量与赞助企业的顾客资产是一种正相关关系。

四、提升赞助企业顾客价值的奥运赞助营销策略

（一）奥运赞助的匹配一致策略

1. 赞助企业的规模实力与奥运赞助级别要相匹配

奥运赞助体系是一个复杂的多层次的体系，在奥运赞助整个赞助商体系中，最高级别的赞助商称为奥运会全球合作伙伴，还包括举办地奥运会合作伙伴、奥运会赞助商、奥运会支持商、奥运会供应商等。不同规模实力的企业与奥运赞助的不同级别应该相匹配。

2. 赞助企业的目标顾客与奥运会的观众具有重叠一致性

奥运会的观众和奥运传播的受众与赞助企业的目标消费者和顾客是否能够重叠，是企业进行奥运赞助成败的前提和关键。我们知道，对奥运及相关活动最为关注和喜爱的是青少年群体，这也是可口可乐、三星电子长期积极赞助奥运并且能够大获成功的原因所在，因为它们的目标消费者与奥运的受众具有高度的一致性。

3. 赞助企业的品牌形象要与奥运形象具有匹配一致性

国内外的众多研究表明，在赞助营销的实践中，赞助企业与被赞助事件的一致性更能为其目标消费者所接受，从而使赞助效果会更好。赞助企业在借助某项体育活动开展营销时，必须首先考虑到品牌或其企业内涵是否"门当户对"，即产品的属性与运动的连结是否自然流畅。如佳能公司则利用足球代表的速度感与动感来表现其"高性能快门结"的产品，万事达信用卡借助"有些东西是金钱也买不到的"（如欣赏世界杯的激情、心爱的球队的胜利所带来的喜悦）的广告词来强化万事达卡为消费者带来许多难以用金钱来衡量的消费体验的品牌形象。

因此，企业在进行奥运赞助时候，如果赞助企业的品牌形象与奥运会的形象两者之间的匹配一致性很高，奥运赞助营销定能取得较好的赞助效果。

4. 赞助企业的文化理念要与奥运精神理念具有一致性

在体育赞助营销的实践中，赞助企业不仅追求品牌形象与被赞助项目上的匹配一致性，而且也追求企业文化和企业的提倡的理念与奥运会的精神理念的拟合匹配性。如果

说赞助企业与奥运会的品牌形象的匹配一致性是一种"形合"的话，那么，它们之间的精神理念的拟合匹配性则是一种"神合"。

因此，企业在进行奥运赞助时，如果赞助企业的企业文化内涵，其倡导的理念与奥运会所提倡的理念具有相似性的话，依据晕轮效应和平衡理论的原理，人们不但会把对奥运会的好感转移到其赞助企业，而且由于两者之间的理念具有相似性，赞助企业的目标消费者会认为这种赞助结合是理所当然，从而使得赞助企业的目标消费者对赞助企业本身的好感大大增强。

(二) 奥运赞助的长期连续策略

1. 在赞助时间上要坚持连续性和长期性

由于体育赞助的影响作用是以心理效应为主，各种消费者的心理反应的效果只有经过长期不懈的努力方能实现，很难一蹴而就，因此体育赞助贵在坚持，使之形成传统和气候。企业仅仅想单凭一次或几次的奥运赞助的炒作，是很难将品牌的核心文化传递给消费者，并让消费者接受或认可的。世界很多知名企业都是在奥运赞助中树立了全球品牌形象。可口可乐自1928年赞助奥运会以来，连续多届都是奥运会的全球合作伙伴，可口可乐与奥运联姻所产生的神奇效果，不是通过某一次或某几次赞助所达成的，而是通过一个循序渐进的、系统整合的过程让其品牌渐渐深入人心的。韩国的三星电子从1988年的汉城奥运会成为奥运的合作伙伴以来，连续5届赞助奥运，正是长期与奥运联姻，借助奥运走向世界的大市场，从一个小小贴牌企业发展成为一个世界知名品牌跨国集团公司。

2. 在品牌形象上要坚持连续性和统一性

在奥运赞助的实践中，不仅在时间上要坚持长期性和连续性，在对品牌形象的推广和宣传上也要保持连续一致性。在奥运赞助实践中，给消费者一个清晰的、统一的、一致的品牌形象是消费者接受并对这一品牌产生满意的情感，形成忠诚的一个重要的前提。

(三) 奥运赞助的整合营销策略

1. 奥运赞助的配套激活策略

奥运赞助不是天马行空独来独往，要和其他营销工具和手段密切配合，才能获取更好效果。企业的奥运赞助投资大体上包括两大部分：一类是赞助权费用，以现金、实物产品或是服务的方式支付给奥运赞助权持有者；另一类是市场配套激活费用，用于开展相关的辅助性营销活动，以强化赞助投资的效果。激活费用主要包括媒体广告、促销宣传、营运支持和客户招待费用。Eisenhart（1988）认为，在赞助上花费一美元钱应该在与赞助相关联或配套的营销活动中花费五美元，这样的赞助才能达到最佳的效果。

2. 必须具备完善的配套执行能力

奥运赞助是一个复杂的系统活动，要使赞助项目发挥出最好的赞助效益，必须具备完善的配套执行能力。首先，制订长期而完善的配合执行计划。其次，配备专业的执行队伍。

(四) 奥运赞助的宣传推广策略

奥运赞助企业在进行赞助活动的配套宣传推广中，应该从奥运赞助营销的本质和规律出发，特别要注意把握围绕着奥运赞助宣传推广的内容，只有把这些需要突出的内容加以突出并光大之，才能有效保证赞助企业的顾客价值得以最大化地提升。第一，突出赞助企业与奥运之间的一致性。奥运赞助企业在进行赞助配套的推广宣传中，强调和突出两者之间的一致性，使得整个赞助清晰流畅、自然和谐，从而大大增强了赞助的效果。第二，突出赞助企业赞助的利他动机。奥运赞助企业在进行配套的激活宣传推广活动时，强化和推出赞助企业的利他动机，从而会博得其目标消费者更多的好感和偏好，大大提升奥运赞助营销的效果。

（五）奥运赞助的推陈创新策略

创新是体育赞助营销的灵魂。体育赞助切忌千篇一律，跟着其他赞助企业的做法亦步亦趋。奥运赞助作为体育赞助的一个重要组成部分，在奥运赞助的策略上也应该不断地推陈出新、不断开拓创新，才能日益彰显奥运赞助的魅力。

（项目编号：1031ss06163）

体育用品业的自主创新能力研究

朱允卫　易开刚　邹　刚　阮建青　王润伟　梁　巧

目前，有关我国体育用品业的研究多数集中在以下几个方面：（1）我国体育用品产业的集聚现象及其集群效应分析。（2）我国体育用品知名品牌缺乏的原因及品牌培育战略。（3）我国体育用品业的国际竞争力及其外向型发展战略。（4）加快我国体育用品业发展的对策建议等。而更多有关我国体育用品业自主创新能力方面的零星论述，往往仅仅是简单地作为我国体育用品业的发展对策提出而已。

总的来说，对我国体育用品业自主创新能力的研究还处于初级阶段，不管从理论上还是实证上都还有待深入。

一、我国体育用品业自主创新能力现状及问题

（一）企业科技活动不足

（二）企业科技活动人员特别是其中的高中级科技人员极度匮乏

（三）企业研究与试验发展（R&D）力量薄弱

（四）科技活动经费和 R&D 经费投入严重不足

（五）企业办科技机构实力有限

（六）企业科技项目数量和强度较为有限

（七）企业新产品开发不足

（八）企业专利申请和拥有量不足

二、提升我国体育用品业自主创新能力的对策建议

（一）培养企业家的自主创新观念

企业家的信念往往在很大程度上能主导一个企业的发展方向。我国体育用品制造企业主要以"家族式"的中小企业为主，其中有相当数量的企业家在经营理念上存在重销售、轻创新的思想，往往只注重短期的眼前利益而忽视长期才能见效的创新活动，同时受制于企业的创新投入能力和风险承受能力，多数企业家缺乏自主创新的意识和动力。此外，其中的许多企业还正处于一个第一代创业者向第二代接班人交接的关键时期。在这样情况下，加强企业家培训，提高企业家素质，对于提高我国体育用品业的自主创新能力意义重大。为此，可考虑由国家体育总局或各省局相关部门出面，政府出资和企业出资相结合，组织成长型体育用品制造企业特别是那些成长型中小体育用品制造企业的经营者进行各种方式、层次的培训，拓宽其视野，提高其素质，培养其自主创新的观念和意识，增强其自主创新动力，提高其开展自主创新的风险承受能力。

要引导我国体育用品企业经营者坚持原始创新、集成创新与引进消化再创新相结合，切实转变只注重引进而忽视核心技术掌握、只顾眼前利益而忽视长远利益、只注重跟踪仿制而忽视自主创新的观念。根据目前我国体育用品制造业发展的实际情况，今后

一个时期企业要以消化、吸收再创新和集成创新为主，同时可在我国有优势的羽毛球、乒乓球等体育项目用品上有选择、有重点地开展原始性创新。

（二）发挥产业集群中各主体的创新能力

产业集群是介于企业和市场之间的中间组织，是当今产业组织发展的一个重要特征。集群的出现形成了新的技术创新主体，它把技术创新从不同规模的单个企业行为提升为更大规模的群体行为。在这种新兴的、基于企业集群的技术创新体系中，不同规模的企业通过相互间的协同，充分发挥各自在技术创新中的优势，从而形成企业集群整体的技术创新优势，进而创造出一个行业的技术创新优势。目前，我国东部地区体育用品产业集群发展已初具雏形，如浙江省体育用品业以区域化生产为显著特征，发展态势强劲，已初步形成体育用品制造业基地，出现了安吉的乒乓球、富阳的球拍（羽毛球拍、乒乓球拍、网球拍）和赛艇、海宁的运动服装、江山的羽毛球、温州的运动鞋、丽水的武术器械和金华的滑板车等产业集群，初步显示出了集群中各主体在推动行业自主创新方面的优势与作用。

集群中龙头企业具有自主创新的"资源优势"和"规模效益"，因此要充分培育、发挥其自主创新能力，努力做到做实、做大、做强，发展拥有自主知识产权技术。要鼓励大中型体育用品制造企业创立国家级和省市级企业技术中心，提高研发投入的比重，努力开发专利产品、原创技术和知名品牌，要加强对新兴体育项目用品的开发，发挥行业带头作用。要创造和培育自主品牌，提高产品的无形资产附加值。杭州富阳飞鹰船艇有限公司依靠吸收消化国外先进技术生产的'无敌'牌赛艇，以其线型好、强度高、自重轻、艇表光洁等产品特性和功能，与世界著名的品牌相媲美，深受广大运动员的欢迎，成为国家体育总局指定的比赛用艇龙头企业，并被国际赛艇联合协会认定为主要合作伙伴及船艇器材提供商，还被确认为 2004 年雅典奥运会赛艇比赛唯一中标产品，从而打破了 100 多年来赛艇运动项目发展过程中长期由欧美名牌一统天下的格局。

相对龙头企业而言，中小企业在自主创新中具有明显的"行为优势"和"创新活力"。要发挥中小体育用品制造企业的创新优势，主要不是帮助它们如何"长大"，而是帮其如何与其他企业建立联系，加大扶持力度，支持其融入整个创新分工体系。中小型企业要向专、精、特、新的方向发展，保持企业的创新活力和发展动力，成为小而好的企业。为此，要完善包括科技成果评估认定机构、技术交易经纪机构、风险投资管理顾问机构、监督和信息披露机构等在内的支持中小企业技术创新活动的中介服务体系，大力提高中小企业信息化程度；要制定和执行有利于中小企业持续创新的税收政策，可考虑根据中小企业技术含量决定其税收优惠的政策；可考虑对到中小企业工作的科技人员实行补贴政策。

（三）积极探索合作创新机制

首先，在体育用品生产企业集中地区，要加强以合作创新为主要特征的各类创新平台的建设，如专业镇创新中心、中小创业创新服务平台、公共质量监测中心等，推动多种形式组织紧密型的联合经济实体或研发实体，结成牢固的技术创新战略联盟。

其次，可考虑有重点地建立面向我国优势体育用品生产企业和区域的公共生产力促进中心、科技开发中心或科技创新中心等技术研发和服务平台，促进共性技术、关键技术的攻关和新技术的推广，引导企业走产、学、研相结合的技术创新道路，通过购买专利、委托开发、合作开发、合作兴建技术开发机构或联合创办科技型实体等多种途径形成稳定有效的技术支撑。

第三，可通过有计划地制定一些有一定规模的行业合作创新计划，组织行业内不同规模类型的企业进行联合攻关，引导企业间的合作创新。

第四，通过加强对集群式创新典型案例的宣传，增强行业内企业的合作意识，培育区域集群式创新文化，通过塑造有利于企业创新的区域文化，促使行业内企业建立员工学习机制，形成一个较为完善的自主创新发展环境，进而提高整个集群的创新绩效。

第五，建立开放性的技术创新机制，企业要走出去、引进来，与国内外科研机构联手协作，引进国外大企业来我国设立研发机构，鼓励国内有条件的体育用品企业到境外设立研发机构。

第六，通畅科技成果转化渠道，着力增强科技创新创业服务体系，提高企业配置科技资源效率和科技转化动力强度，加快科技成果转化为现实生产力的步伐。

（四）建立和完善自主创新多元化投入机制

首先，要明确企业的科技创新主导地位，鼓励企业增加自主创新投入，形成持续稳定增长的科技投入机制。目前，我国多数体育用品业制造企业都存在创新资金投入特别是研发经费投入不足的问题。所谓只有投入才有产出，企业作为自主创新的主体，应明确其主导地位，鼓励和帮助其加大研发的投入。企业的自主创新行为要同实施品牌战略相结合，通过树立品牌，提升企业产品附加值，从而增强企业自主创新的投入能力。

其次，要引导社会资金特别是民营资本投入企业开展技术创新，缓解 R&D 活动资金压力，改善科研条件。要从社会科研资源的整合、科技成果的转让交易市场、风险投资的进入与退出等多个方面，倡导社会资源进入自主创新体系。政府应允许并积极引导民间资金和海外资金设立专业化的中小商业银行，专门从事针对中小企业的融资活动和资产管理活动，加快建立健全针对民营中小企业创新的担保机构。

第三，要形成稳定的财政科技投入增长机制，以重点项目带动整体技术改造和创新能力提升。要进一步加大国家的技术创新资金投入，支持更多的体育用品制造企业参与国家的重点科技攻关项目、星火计划等。

第四，要积极开展对外技术合作，利用外方技术注入带动我国体育用品制造企业的技术升级。要顺应经济全球化、虚拟化潮流，切实调整对外技术合作战略，从偏重技术和设备引进转向在便于范围内寻找研发合作伙伴的开放式创新，要坚持高起点、低成本、整体性、集成式引进消化国外先进技术。

（五）建立多渠道、多种办法培养、引进和利用人才机制

首先，要高度重视和发挥人才的创新作用，形成科技队伍合作攻关的团队精神。这就要求企业创造人尽其才的内部环境，挖掘现有人才的潜力，充分发挥现有人才的作用；同时，还要培养科技人员的团队合作精神，可考虑以项目为纽带，围绕企业核心研发人员，以老带新，组建合理梯队，形成合作攻关合力。

其次，要加强人才队伍建设。具体地讲，一是要采取多种办法培养和引进专门人才，鼓励专门人才到生产和科研第一线工作；二是要鼓励企业建立和完善人才培养机制，积极开展定向和岗位培训及适用技术培训，使企业工人从单一技能型向技能和智能复合型转变；三是要加快培养体育用品制造产业发展所需的特殊人才，实施高技能人才

培养工程，加快培养适用的高级技术工人。

第三，要建立有利于自主创新的"效益激励"与"产权激励"相结合的激励机制。目前，在我国的许多体育用品制造企业中，对有贡献的科技人员的奖励分配制度还没有能很好地解决，缺乏对从事新产品开发、工艺改革的科技人员的激励机制。为了提高体育用品制造企业的自主创新能力，需要建立"效益激励"与"产权激励"相结合的激励机制。一方面，企业需要建立客观的评价标准和公正合理的利益分配与奖励标准，采取诸如一次性奖励或按利润分成等多种形式的"效益激励"机制，以最大限度地激发科技企业员工自主创新的积极性。另一方面，可以考虑建立技术入股等"产权激励"机制，有条件的企业还可以积极借鉴国外经验，建立和完善期权制度，形成以保护知识产权为核心的分配制度，造就一批技术富翁，以吸引和留住高素质人才。

第四，建立完善的创新人才管理机制。企业不能仅仅用物质激励的方法获得并留住人才，还要通过完善的管理机制，创造良好的文化氛围等来管理创新人才，提高企业的自主创新能力。

（六）发挥政府制度支持与保障作用，营造创新环境

政府作为创新活动的重要组织者和参与者，其作用除了在公共技术研发投入中发挥引导作用外，还在于提供制度保障，营造创新环境。政府要在法制规范、政策制定、舆论营造中以清理各种阻碍创新的因素为切入点，发挥服务型作用。具体地讲，一是要制定相应的法律法规，完善知识产权制度，为企业技术创新营造一个良好的制度环境和法律保障；二是要加大对假冒伪劣产品的打击力度，通过对企业集体行为的规范和合作报酬机制的设定来平衡企业间的利益，以达到合作中的互惠互利，从而鼓励和保护创新行为；三是要建立和完善鼓励冒险、分散风险的风险投资制度，为企业自主创新提供金融支持体系，中小企业是自主创新的主体，但不能成为创新的唯一风险主体，政府应为中小企业特别是民营中小企业提供创新资金支持；四是要通过设立创新投资基金，鼓励企业开展自主创新活动；五是要在科技创新网络中起组织和引导作用，支持企业、大学和研究机构从事合作研究发展，构建一个有助于科研成果形成、运用和扩散的体系；六是要为创新人才和创业人才提供良好的生存环境，完善创新活动硬件和软件环境；七是要着手解决民营企业的税负不公问题，目前在我国许多地区，民营企业与国有企业、外资企业在税负上存在诸多的不公，为促进民营企业的自主创新，应对民营企业同样实行增值税转型，变生产型增值税为消费型增值税，允许抵扣企业所购固定资产进项税额，避免重复征税；八是要发挥政府采购在鼓励使用本国技术和产品上的引导与示范作用，国内比赛在符合有关国际体育组织要求的前提下优先选用国产体育用品，政府部门采购体育和健身体育用品时也要优先采用本国产品；九是要继续培育和健全技术交易市场，加快发展科技咨询业等生产性服务业，加强科技发展对体育用品制造企业自主创新的推动作用；十是要促进科学普及，提高公众科学素养，并在全社会宣传创新思想，倡导科学与创新精神，宽容标新立异与创新失败，反对因循守旧、墨守成规的不良风尚，树立鼓励创新、倡导合作、宽容失败的创新价值观，强化公众的知识产权意识和法制观念，从而营造有利于自主创新的社会文化氛围。

（项目编号：1035ss06167）

欧盟体育法研究

黄世席　朱文英　迟德强　欧福永　张式军

作为一个最重要的一体化的地区性国际组织，欧盟的各项制度对其他国家以及国际组织都有着一定的影响，体育运动也不例外。从整体上来讲，欧盟是体育运动非常发达的地区，欧盟的组织机构都或多或少地制定了一些涉及体育运动的法律政策，因此对欧盟体育法制的研究也就成为学术研究的对象之一。本研究成果以欧盟的体育法制和体育政策为主要研究对象，附带研究欧洲理事会通过的一些涉及体育法制的政策。

一、欧盟体育法概论

当前，控制欧洲的是两个权力集体欧洲联盟和欧洲理事会，部分是外来的力量。和欧洲联盟相比，欧洲理事会的重要性相对来讲较弱，因此本课题只是专门列出一个专题来对欧洲理事会的体育政策进行研究，其余的内容主要涉及欧洲联盟和与其有关的体育法问题。

（一）欧洲文化与体育运动之重要性

欧洲体育在世界上一直占有主要的地位，体育运动是欧洲文化的主要组成部分，也是在欧洲广受欢迎的社会活动形式。许多欧洲人经常和定期地参加体育活动，其结果是国家和民族之间的区别越来越少，欧洲一体化程度进一步得到了发展。尽管如此，欧洲的政治组织尤其是欧盟还是不愿意涉足欧盟成员国内部的体育运动。

（二）欧洲体育运动的管理组织

在欧盟融合的过程中，负责体育运动的各种政府或者非政府组织比较复杂多样，除了各国政府以及有关统一组织外，欧洲理事会以及欧盟也对欧洲体育运动的发展出台过一些指示性的文件或者条约。政府组织主要有各国政府部门、欧洲理事会、欧盟和欧洲体育论坛；非政府组织包括国家体育协会、国家体育联合会/国家奥委会、欧洲体育联合会、欧洲非政府体育组织、欧洲奥委会以及国际足联，混合性质的组织主要是欧洲体育会议；其他与欧洲体育运动有关的组织是欧洲体育科学学院。

（三）欧洲体育组织结构与欧盟法律

欧洲体育组织的金字塔式结构使得欧洲的体育协会成为事实上的"垄断"形式。欧盟体育组织也有权制定纯粹性的体育运动规则，这些规章规则不受国家法律的审查，当然也不用遵守欧盟法。不过，也有某些体育组织制定的规则涉及商业性的活动，尤其是一些有关职业体育运动的规则更是如此。尽管严格区分体育组织制定的规则是否具有商业性质可能会有些困难，但是毫无疑问，具有商业性质的体育运动规则应当遵守欧盟法的规定。在体育运动日益商业化和职业化的情况下，体育组织规则自治与商业后果之间的区分非常模糊，不可能从严格意义上来区分某些规则到底是纯粹性的体育运动规则还是与商业有关联的经济活动规则。

二、欧洲理事会与体育运动的法律调整

欧洲理事会是与欧盟并列的一个泛欧洲的国际性组织，其并不是欧盟的一个机构。

（一）欧洲理事会概况

欧洲理事会在某种意义上是二战之后的欧洲政治整合摇篮。其主要组织机构包括部长委员会、议会、欧洲人权法院、人权委员会、地方和地区政权代表大会等。成员国的标准是实行多元化民主和法制、尊重人权的欧洲国家，而且还必须签署《欧洲人权公约》。此外，欧洲理事会在其他领域主要进行的是原则性的基础工作，以争取在全欧洲范围内促进人权、实现与巩固民主和国家法治化。尽管如此，其权力是有限的，欧洲理事会不能对其成员发布任何有约束力的指示；相反，要依靠其成员的意愿来参与实现自己的政策；在某种程度上成员国有充分的自由裁量权。

（二）欧洲理事会的基本体育政策

这方面的主要体现是《欧洲文化公约》《关于运动员使用兴奋剂问题的部长委员会决议》《欧洲大众体育运动宪章》《欧洲体育运动宪章》《体育道德准则》以及《扩展的部分赞同体育协议》等。此外，特别重要的成果还有《欧洲观众暴力公约》和《反兴奋剂公约》等。政府涉足体育运动是一种特殊的需要，尤其是涉及体育运动中的兴奋剂和体育运动会上的暴力问题时更需要政府的干涉。

（三）体育暴力和种族主义

在反对暴力和兴奋剂问题方面，欧洲理事会通过了有关的国际公约。《关于在体育比赛尤其是足球比赛中的观众暴力和不当行为的欧洲公约》规定，政府部门应当采取有效的措施和救济手段来控制和预防暴力行为，包括教育手段和必要时采取的惩罚措施，并设立常设委员会来监督执行。

（四）欧洲理事会与反兴奋剂政策

早在 20 世纪 60 年代早期，欧洲理事会就意识到了体育运动中的兴奋剂问题，《反兴奋剂公约》就是其承诺与兴奋剂进行斗争的证明。公约的主要目的是在国内和国际范围内协调各国的反兴奋剂措施，为此它规定了许多针对兴奋剂的共同标准，要求所有的签字国承诺要采取立法、财政、行政管理和教育方面的措施来执行这些标准。该公约是世界上第一个反对使用兴奋剂的国际法文件。

欧洲理事会对关注的体育运动事项越来越多，还把对中东欧政体变化后的成员的支持作为体育运动领域优先考虑的事项。总而言之，欧洲理事会已经意识到了体育运动在欧洲融合以及社会合作方面的特殊作用。

三、欧盟体育法制的发展演变

二战后，"欧洲合众国"的观念出现了，过去的对头将会成为明天的共同体，这标

志着欧洲融合的开始，其背后的目的是希望建立一个新的能够确保安全和平、自由灵活、经济繁荣和权力共享的实体。

（一）欧盟的成立及其组织结构

欧盟的发展可以追溯到二战后期。1950年，法国外长提出欧洲煤钢共同体计划。1951年成立欧洲煤钢共同体，1957年《罗马条约》成立欧洲原子能共同体和欧洲经济共同体，《布鲁塞尔条约》将前三者统一为欧洲共同体。1991年通过《欧洲联盟条约》。目前欧盟已经成为世界上经济实力最强、一体化程度最高的国家联合体。至于欧洲联盟的组织机构，主要包括欧洲议会、欧盟部长理事会、欧盟委员会和欧洲法院。

（二）欧盟体育政策的发展

欧盟本身并没有一个明确具体的体育政策。欧共体成立之初，体育活动并不被看做是一项重要的经济活动。随着欧共体及至欧盟的不断扩大，体育在欧盟一体化过程中的重要性才逐渐显现，但充其量只是欧盟一体化过程中的一种工具，欧盟条约中并没有具体的条款来调整体育运动。欧盟直接涉足体育运动并没有正式的法律依据。

（三）欧盟条约和体育运动

尽管欧盟条约中并没有直接关于体育运动的规定，但通过欧盟条约附带的有关声明、欧盟委员会决定以及欧洲法院的判决等，欧盟还是发展了一套自己的体育政策。这些体育政策考虑到了体育运动的特殊性，并强调体育运动的文化、教育和社会作用。

（四）欧盟法视野下的典型体育运动问题

欧洲法院的判决多次指出，只要有关的体育运动属于《欧共体条约》范围内的经济活动，其应当遵守欧盟法的规定。而与经济活动有关的体育法律问题只是体育运动的部分内容，有些法律问题尽管不涉及经济性体育运动，但是因为其在欧盟社会一体化过程中的重要性也需要认真对待。从欧盟法的角度来讲，需要迫切关注与体育运动有关的法律问题（包括流动自由和开业自由）、体育比赛的转播权问题、竞争法对体育运动的调整以及反兴奋剂问题。

可以说，欧盟成立半个多世纪以来，其关于体育运动问题的政策或者法律规定越来越多，但多是散见于欧盟委员会或者理事会发布的有关声明或者决议之中，欧洲法院偶尔也有有关的判决涉及体育运动。最近通过《里斯本条约》对体育运动问题进行了专门规定，但效力如何还有待于进一步的观望。不过在目前，处理欧盟体育运动问题的时候还是得需要参考欧盟有关的政策性文件。

四、欧盟体育与反兴奋剂的法律规制

为了保护体育运动的健康发展、运动员的权益以及体育伦理道德，必须对使用兴奋剂的行为实行控制，欧盟在这方面也做出了很大的贡献。

（一）欧盟反兴奋剂政策的发展演变

在1998年底之前，对于体育运动中的反兴奋剂问题，总的来讲，欧盟的态度一直是把其看做一个不重要的边缘问题。在 1998 年的环法自行车大赛上发生的兴奋剂丑闻后，兴奋剂问题极大地引起了欧盟成员国的共同关注，也使得体育组织和包括欧盟在内的政府组织面临很大的压力，感到在兴奋剂问题上应当采纳国际性的合作战略，以及协调相互矛盾的行业规章以及立法规定，加强与 WADA 的合作，把兴奋剂视为真正的公共健康问题。

（二）欧盟反兴奋剂的主要内容

在反兴奋剂的过程中，欧盟主要从以下几个方面进行工作：有关兴奋剂问题的政策主要是以决定或者指令形式出现的、预防和教育措施，制定有关兴奋剂的道德行为准则。

（三）欧洲法院与兴奋剂判决

在欧盟反兴奋剂政策的发展方面，欧洲法院就 Meca-Medina 案作出的判决具有非同寻常的意义。

（四）欧盟成员国的兴奋剂立法及有关案例评析

这方面的主要判例有德国 Krabbe 案、希腊 Bliamou 案、英国 Christine 争议等。

由于体育运动的商业化和职业化的发展，反对在体育运动中使用兴奋剂的重要性也与日俱增，而欧盟没有对此问题进行明确立法规定也使得欧盟的反兴奋剂政策是分散的和多方面的，以致国际体育组织与欧盟法就兴奋剂问题的规制也成为欧洲法院享有管辖权的标的之一。欧盟应当帮助其成员国协调兴奋剂方面的立法规定，而欧盟的反兴奋剂政策是否能够强化欧盟有关文件的实施以及解决对 WADA 的资助问题等还需要重新进行评价。

五、欧盟体育暴力的法律规制

伴随着体育运动的发展，球场暴力行为的出现是不可避免的。欧盟境内的球场暴力问题仍是经常发生并且困扰有关政府和体育组织、职业联盟以及国际体育组织的难题。

（一）欧盟规制体育暴力政策的发展

1985 年的"海瑟尔惨案"致使欧共体首次涉足体育暴力问题，欧洲议会通过了两个谴责体育暴力的决议以及一些预防性措施。到 20 世纪 90 年代，欧盟部长理事会终于开始关注体育运动中的暴力现象，最终的结果是自从《马斯特里赫特条约》之后，欧盟部长理事会通过了一些涉及球场暴力但不具有法律拘束力的建议。尽管如此，欧盟制定的有约束力的决议很少，大多数是没有拘束力的软法性质的文件，这在一定程度上削弱了欧盟在控制体育暴力方面的作用。尽管如此，控制体育暴力的刑事警务合作却得到了进一步的发展。

（二）体育暴力与欧盟司法合作的法律问题

为控制欧盟体育暴力需要欧盟范围的国际刑事和司法合作，《申根协定》就是最主要的合作根据，其主要涉及内部边界检查、跨境刑事警务合作等。但是由于"申根成果"的缔约国与欧盟成员国之间还有些不同，一些国家还对欧盟条约的规定提出了自己的保留意见，这就使得某些具体条款的执行会遇到麻烦。实际上，虽然有关条款的执行将会在更广泛的范围内预防和打击体育暴力和实现刑事警务合作，但是，如果不消除各国在移民、刑法和出入境法等方面的差异，不进一步协调各缔约国的关系以及改善内部合作机制，那么缔约国之间的合作将难以完全达到预期的效果。有关国家警察定期或者不定期宣布暂停《申根协定》的执行就是一个明显的例子。

（三）体育暴力法律规制的实例分析：以欧洲杯为例

这里主要是以近三届的欧洲杯为例来阐述体育暴力与国际合作问题。2000 年欧洲杯由荷兰和比利时联合承办，在预防和打击足球暴力方面，除了两个东道国各自的行动外，两国政府部门还进行了密切合作，并专门成立了两国刑事警务信息中心。2004 年欧洲杯东道主葡萄牙内政部与司法警察、共和国卫队等几大治安力量联手外，葡警方还与英国、荷兰和德国等同行合作。针对 2008 年欧洲杯上可能发生的暴力事件，东道主之一瑞士除了和共同的主办国奥地利签订了双边合作打击足球流氓的协定外，瑞士还和其他相邻的国家法国、意大利、列支敦士登、德国等签订了双边或者多边的合作协议，对于跨境警务合作具有非常重要的意义。

（四）欧盟若干国家体育暴力的法律控制之比较

本部分只阐述欧洲职业足球发展水平或者讲竞争较为激烈的几个国家的足球暴力的法律规制问题，包括英国、西班牙、西班牙、德国和法国等。在英、意、德等国，球场暴力主要指球迷在球场内外所制造的骚乱行为，包括种族主义、袭击裁判或者球员或者警察、球迷斗殴、携带危险品进入球场等行为。足球暴力不但涉及刑事法问题，还涉及民事责任以及行政管理方面的法律问题，甚至还要考虑基本的人权问题。至于有关控制球场暴力的法规，既有专门的特别立法，也有分散的不同规定。

总之，欧盟涉足体育暴力使得欧盟有关组织分别通过了一些有关的决定或者声明等文件，而且几乎都涉及专门的问题。通过"申根成果"、《欧洲联盟条约》以及《里斯本条约》等，欧盟内部边检得以废除，但同时也对公共秩序带来了风险，因此在必要的时候尤其是举办大型体育比赛时为了预防和控制体育暴力而宣布暂停执行《申根条约》或者恢复边境检查也是可以理解的，有关条约对此也作了例外规定。不过需要注意的是，这需要遵守一定的程序，而且在预防和控制体育暴力的时候需要有关国家警务部门的合作。

六、欧盟体育与竞争法问题

当体育运动以一种商业化的方式被开发时，应当把其看做是欧盟法范围内的经济活动，尤其是要遵守四大基本经济自由和竞争法的有关规定。欧盟委员会和欧洲法院作出的体育运动争议裁决除了涉及运动员的自由流动和国籍歧视外，还有主要的就是竞争法问题。

（一）欧盟竞争法的主要内容

欧共体条约中有关竞争问题的主要规定是在公约的第 81 至 89 条（前第 85 至 94

条），而与体育运动关系最密切的两条则是规定有关企业的限制性做法的第81条（前第85条）以及禁止滥用市场优势地位的第82条（前第86条）。

（二）欧盟竞争法在体育运动中的适用问题

对欧盟竞争政策或者法规探讨的目的是为了更好地论述欧盟竞争法在体育运动中的适用作铺垫，主要体现在欧盟（竞争）法适用于体育运动、体育协会和俱乐部是欧盟法意义上的企业、体育组织的内部规则可能具有限制竞争的问题、以足球为例的竞争市场分析等。

（三）欧盟委员会处理的竞争法实例分析

尽管欧洲法院的判决已经多次明确职业足球运动要遵守欧盟法律的有关规定，譬如转会规则不得违反欧盟劳工自由流动的原则。然而，在2005年前，欧洲法院的判决并没有明确回答体育运动（尤其是转会规则、兴奋剂问题等）是否属于欧盟竞争法调整的范围，欧盟委员会的有关决定也仅仅涉及体育比赛的商业开发问题（譬如票务销售或者转播权等），没有对纯粹性的体育运动问题与竞争法的关系发表过自己的意见。

（四）欧洲法院的竞争法判决分析

欧洲法院裁定的与欧盟竞争法有关的体育运动争议的数量相对来讲比较少，而且，上诉到欧洲法院的涉及竞争法的体育运动争议都是因为对欧盟委员会的裁决不满才向欧洲法院提出的。尽管如此，欧盟成员国内的一些法院还是受理了一些涉及欧盟竞争法尤其是《欧共体条约》第81和第82条的争议。这些争议主要是 Meca-Medina 判决和 Piau 判决。

具体到体育运动争议而言，大多数的涉及竞争法的争议都是由欧盟委员会来处理的，不满意欧盟委员会的裁决而上诉到欧洲法院的毕竟是少数。欧盟的强硬态度对于维持相关组织之间的平衡和公平竞争是非常重要的，促进了体育运动的商业化，当然也保护了广大消费者的权益。尽管如此，不管是欧盟委员会的裁定还是欧洲法院的判决，其遵循的原则大都是早期欧洲法院在体育运动争议的判决中所坚持的观点，所以在处理有关争议时就有必要对以往的体育运动判决进行分析评价。

七、欧盟法视野下的运动员地位和自由流动

在欧盟比较突出也是争议较多的运动员所涉法律问题，包括运动员的法律地位、体育运动国籍以及转会等。在这方面，欧洲法院的有关判决包括进入21世纪后，欧洲法院作出的相关判决则包括 Deliège 判决、Lehtonen 判决、Kolpak 判决以及 Simutenkov 判决。

（一）《欧共体条约》有关自由流动原则的规定

《欧共体条约》第6条要求成员国废除人员、服务和资本自由流动的各种障碍，并且第12条也禁止以国籍为理由而对其他成员国国民的歧视。对于欧盟成员国内自由流动原则的详细阐述，则是公约的就业自由（第39条）、开业自由（第43条）以及服务自由（第49条）的规定。

(二）博斯曼判决之前的几个典型判决及其评价

主要是 Walrave 和 Donà 判决以及 Heylens 判决。从中可以看到，在 20 世纪的七八十年代，欧盟法律就已经适用于体育运动中的某些问题了，国际体育诉讼也开始在欧洲引起关注。欧洲法院在这几个裁决中都明确裁定，只要有关的体育运动属于《欧共体条约》第 2 条意义上的经济活动，其就属于欧共体法的调整范围，禁止以国籍为根据而实行歧视的条款也就适用。

(三）博斯曼判决及其影响

20 世纪 90 年代初，尽管当时欧洲法院作出的涉及体育运动中的歧视做法的判决已经过去了很长时间，但是负责遵守和履行欧盟法律的欧盟委员会并没有采取真正切实可行的行动来执行欧洲法院的有关裁决，以至于在欧盟体育运动中对别的成员国国民的歧视现象仍然存在，这样的歧视现象直到博斯曼裁决公布以后才得到改善。博斯曼裁决主要是针对欧足联规则中的转会制度以及对外籍球员的限制问题的，如果有关体育协会的规则规定一个具有成员国国籍的职业足球运动员在与一个俱乐部的合同到期后不能与另一成员国的俱乐部签约，除非后者支付给前者一定数额的转会或者培训费，那么根据《欧共体条约》，该规则就不能适用。不管怎样，博斯曼裁决确实对体育运动的发展具有深远的影响。体育运动属于欧盟法的管辖范围，《欧共体条约》第 39 条的规定可以直接适用于体育运动。

(四）后博斯曼时代的有关判决

经过博斯曼裁决，欧洲法院已经意识到了体育运动具有很大的社会重要性，而且还通过其判决不断地扩展对体育运动争议的管辖权。这方面的判决主要是 21 世纪初的 Deliège 和 Lehtonen 判决、与非欧盟成员国国民在欧盟内的自由流动有关的 Kolpak 判决、与禁止国籍歧视的进一步发展有关的 Simutenkov 判决等。

(五）涉嫌违反劳工自由流动的若干体育问题

除非有关球员的本国与欧盟签署了有关劳工同等待遇或者最惠国待遇的协议，否则非欧盟球员不能享有自由流动原则。具体来讲，这些新出现的问题主要涉及以下几个方面：运动员训练补偿金和团结基金、欧足联本土培养球员和限制外籍球员上场规则、注册权之争、业余运动员之含义、外籍球员的劳工许可等。

如果将以上所述进行总结，可以看出，欧洲法院对体育争议问题的涉足范围是在不断增加的；真正对欧盟劳工制度以及职业体育产生撞击的是 20 世纪 90 年代中期的博斯曼判决；欧洲法院 21 世纪初作出的判决明确把业余体育涵盖其管辖范围之内，加大了对体育运动中的基本权利保护的尺度。尽管如此，但不能因此就认为欧洲法院的判决对于理解欧盟体育政策就具有决定性的作用。

八、欧盟体育赛事转播权所涉法律调整研究

考虑到欧盟体育运动尤其是足球在其文化和经济发展中的重要性，欧盟的一些机构也涉足了体育运动的转播权问题。从欧盟的角度来讲，欧盟在电视转播权方面的控制可

以讲是走在世界前列，不仅欧盟委员会出台了一些有关的决定，欧洲法院也作出了一些涉及体育运动电视转播权的判决。

（一）体育赛事转播权的性质

在欧盟范围内，体育与传媒之间的关系主要依据 1989 年的《欧共体电视指令》。根据《欧共体条约》第 81 条关于卡特尔的条款规定，购买独家电视转播权是否属于垄断是其调整的范围，这需要欧盟有关部门的同意。欧洲委员会的观点是，参与比赛的运动队或者俱乐部都可以对有关的比赛主张某些权利。在意大利，体育比赛的产权人是俱乐部而不是联盟。根据德国以往的判例以及学界的观点，体育比赛电视转播权的享有者是比赛组织者，它们有权出售体育比赛的电视转播权，并有权针对非法转播行为采取法律行动。根据英国法，没有所谓针对足球比赛的权利。电视台和其他媒体所享有的权利来自于对足球比赛片断的独家报道，此类足球比赛片段应当受到版权法的保护，因此有可能被转让、许可或者分割。在法国，体育表演或者比赛的利用开发权属于比赛的组织者。

（二）转播权营销模式

转播权的拥有问题当然涉及转播权的营销模式，也即"谁有权出售体育赛事的转播权"已经成为一个越来越重要的问题。在欧洲，欧盟委员会处理的有关案例基本上存在三种不同的体育转播营销模式，即联合购买、联合捆绑销售和单独出售。

（三）独家转播、免费收看以及知情权

欧盟委员会一般承认，独家授权是体育比赛电视转播权营销的一个必然的机制。以专有权为基础而分配体育比赛电视转播权会限制对重大公共利益的知情权，因此付费电视所拥有的独家许可受到了一些限制。因此欧盟委员会采取了措施。首先，体育比赛信息转播权的商业开发要考虑新闻自由，不能忽视商业开发的程度问题；其次，要对播报体育赛事的新闻自由有所限制；再次，新技术的使用与新闻播报体育比赛会产生冲突。由于每个国家对于体育比赛尤其是国内足球赛事的转播权采取不同的处理方法，因此国家之间对于体育赛事的转播是不同的。

（四）欧盟竞争法与体育赛事转播权之争议实例分析

欧盟委员会处理的涉及竞争法问题的争议有很多，而与体育比赛转播有关的争议或者涉及转播技术以及设置问题，或者涉及转播权的出售而引起的竞争法问题，或者是因为转播商的合并而引起的垄断问题。争议包括欧洲广播电视联盟和 Screesport 之间的争议、德国职业足球联赛的转播权争议、欧足联冠军联赛转播权争议、英格兰职业超级足球联赛转播权争议、一级方程式赛车转播权转播权问题、转播权的下游市场所涉竞争法问题。

九、欧洲体育运动争议解决机制研究

本文是想从一种更广的角度来研究欧洲体育争议的解决机制，毕竟体育运动带给我们的首先是其民间性质，其次才能谈到娱乐或者政治功能，虽然后两者的作用越来越加强。

(一）解决欧洲体育争议的组织机构

在欧洲，解决体育争议的组织机构有以下组织：国内体育主管部门或者国内体育协会、国家奥委会、欧洲洲际体育组织、国际单项体育联合会、国际奥委会、国际体育仲裁院（CAS）、世界反兴奋剂机构、国家法院和欧洲法院。因此，解决国际体育争议的方法除了当事人双方的自行解决外，还有法院诉讼以及包括仲裁和调解在内的多元化的纠纷解决机制。

(二）解决体育争议的民间方法以及司法介入

欧洲范围内体育争议的解决途径除了包括民间自治的仲裁、调解和和解等非诉讼的方式以外，当然还包括法院诉讼。仲裁解决体育争议已经得到了欧洲绝大多数国家的认同，许多国家的体育组织在其章程或者条例里都明确规定，在用尽体育组织内部的救济途径后，利害关系人可以再向外部指定的仲裁机构提起仲裁。体育运动的运行主要依靠的是行业内的自律以及体育组织的自我裁决。但如果有关行为已经发展到无法收拾的地步，其存在已经超出体育规则的范围和纪律约束，涉及公平、公正问题，进而会涉及法律问题，这就需要国家司法机关的介入。在西方一些国家，譬如美、澳、英、德、瑞士等，法院可以涉足体育争议。

(三）法院判决与纯粹性体育运动争议的可审查问题

如果有关的体育争议是因为体育运动内在的体育规则的适用而引起的，或者是因为对体育组织适用自己规则所作裁决不服的，那么这类争议通常不能上诉至外部的仲裁机构或者国家法院，除非有关的证据能够证明有关的争议是因为腐败、违法正当程序或者故意恶意为之等而作出的，国际体育仲裁院和欧洲法院已经就技术性规则的可仲裁性或者可诉性问题多次发表了自己的看法。

(四）体育争议性质与仲裁不干涉

虽然仲裁和诉讼都是解决欧洲体育争议的可选择方法，虽然仲裁部门多次强调其不会对比赛的技术性规则适用而引起的体育争议进行审查或者干涉（例外的情况是腐败、作出裁决是恶意或者违法正当程序），法院也不可能对与经济活动无关的纯粹性体育运动规则的性质进行评判，但从实践来看，一些争议如果提交法院受理可能会不太合适，例如参赛资格争议、国家代表队的组成等，而仲裁组织尤其是 CAS 受理的争议之中很多都是与此有关的。

(五）体育争议仲裁与司法解决之博弈

这方面的主要问题是，针对有关仲裁部门作出的裁决，当事人又就同一问题向法院提起了诉讼，或者干脆针对体育组织的裁决提起侵权赔偿的诉讼请求，以致就同一争议可能会出现不同的裁决，其结果也经常遭到体育组织的反对，这种情况如何处理是一个需要解决的问题。通常是，在用尽必须的内部救济途径之前，当事人不能向法院起诉；在用尽有关体育组织的内部救济后，通常的做法就是向有关的法院起诉，否则就是侵犯了当事人享有的最基本的寻求司法救济的权利。在这方面，有一些具体的案例可以加深一些理解，例如意大利"电话门"事件、尤文图斯禁药案、俄罗斯羽毛球协会的资格争议等。

不管怎样，欧洲体育争议的解决方式既有仲裁、调解等非诉讼的方式，也有国家法院和欧洲法院的诉讼途径。因为欧盟的融合和一体化程度的不断加强，绝对的地域观念越来越模糊，其在体育争议的处理上就可能会过多地考虑欧盟法的规定和精神，而不用考虑某争议是欧盟内部成员国之间的当事人争议，还是欧盟成员国与非欧盟成员国的当事人之间的冲突。即使是纯粹的欧盟成员国内部的体育争议，在处理上也会考虑到欧盟法的原则。

十、欧洲足球仲裁之实证分析（以 CAS 为例）

作为国际体育运动领域最重要的争议解决组织，国际体育仲裁院（CAS）通过仲裁解决了大量的争议，其中很多是涉及欧洲足球的争议。

（一）CAS 仲裁足球争议的发展

成立于 1986 年的 CAS 自成立后一直受到足球界人士的排斥，直到 20 世纪 90 年代末欧足联才开始接受其管辖权。直到 21 世纪开始后，FIFA 才同意将有关的争议提交 CAS 管辖。

（二）参赛资格争议

鉴于包括国际足球运动的特殊性，其对参赛资格有一套特殊的规定。通常情况是，某国内的足球俱乐部或者国家队如果想参加国际性的足球比赛，该俱乐部或者国家队所属的足协就必须是主办方（欧足联或者国际足联）的下属会员，非会员或者不符合有关规定的俱乐部就不具有参赛资格。但是，采取什么样的参赛资格标准是有关足协自由裁量的权利。这方面的争议主要有希腊 Paok 俱乐部为代表的欧足联俱乐部许可证争议和以直布罗陀足协为代表的欧足联会员资格争议。

（三）足球运动员转会争议

在足球运动日益商业化和国际化的今天，围绕职业足球运动员转会而产生的争议也许是最重要的争议，因为运动员是俱乐部的主要支柱，是俱乐部吸引赞助以及球迷的主要渠道，也是俱乐部之间进行彼此竞争以及相互夺取的目标。运动员比赛成绩以及自己场上表现的好坏关系到俱乐部和自己的将来生计，所以解决与运动员转会有关的争议也是一个颇为重要的问题。CAS 在这方面作出的裁决包括转会费争议的管辖权问题、合同法对球员转会合同的规制、行为不端而终止合同的争议、球员跨国转会引发的体育概念和政治概念、球员转会时的培养补偿金计算、国际足联通函的性质、保护未成年球员的权益、无故单方面终止合同的赔偿等。

（四）足球运动中的伦理道德争议

在 CAS 处理的与欧洲足球运动有关的争议中，涉及体育伦理方面的争议占有很大一部分，主要包括同一所有者拥有数个俱乐部的关联职业俱乐部问题、有关职业体育俱乐部自己的行为或者其球迷的不当行为而引起的争议等。已经公开的裁决涉及的著名俱乐部西班牙皇家马德里、比利时 Anderlecht、英超阿森纳、荷兰埃因霍温、雅典 AEK 俱乐部和布拉格斯拉维亚等。体育伦理主要关涉的是，因为对一些体育运动的当事人所实施的纪律性的处罚而引起的争议是否可以提请 CAS 进行仲裁，这应当根据争议发生的事实和前后背景而就具体争议问题进行具体分析。譬如在足球比赛中发生的操纵比赛嫌疑的关联经理部问题、足球比赛中发生的种族事件、球迷骚乱或者球员的不文明行为等都是涉及体育伦理问题的足球争议，有一部分争议最终上诉到了 CAS。

(五) 兴奋剂争议

兴奋剂问题是国际体育仲裁院处理的一种最主要的争议类型。相对于田径、游泳和举重等体育运动项目，足球运动中的兴奋剂争议数量被媒体披露和诉诸仲裁的并不是太多，但是其重要性却由于欧洲足球运动的第一位性质而得到了重视。

足球运动是欧洲体育运动中的第一运动，其涉及的争议也是多方面的，既包括体育运动中固有的纪律处罚、会员资格、兴奋剂等争议，也包括随着时间发展而不断改变的球员跨国转会争议、反垄断问题等，尤其是为保护球员的利益转会争议越来越引起学界和足球界人士的关注。因此，对 CAS 裁决的足球争议进行分析，也会对我们足球运动争议的解决具有一定的借鉴意义。

（项目编号：880ss06012）

建立我国与国外政府及组织治理商业贿赂合作机制问题研究

中央治理商业贿赂领导小组

治理商业贿赂的国际合作机制由专职机构、人员培训及信息共享、联合执法、司法协助以及追回商业贿赂财产五项具体机制和制度构成。这五项具体机制和制度各有侧重，专职机构和人员培训及信息共享是治理商业贿赂的国际合作机制的基础和前提，而联合执法、司法协助以及追回商业贿赂财产是治理商业贿赂的国际合作机制的具体内容。这些具体机制和制度，组成了较为完整的治理商业贿赂的合作机制，凿通并拓展了通过国际合作打击商业贿赂行为，特别是跨国商贿赂行为的管道。

一、治理商业贿赂的专职机构

要与国外政府及组织建立治理商业贿赂的合作机制，我国必须有一个或几个中央级机构负责与国外政府及组织的相应机构进行联系和协调等工作。因此，设立治理商业贿赂专职机构或者赋予现有某个机构这一职责，是建立我国与国外政府及组织治理商业贿赂合作机制的基础。

设立治理商业贿赂专职机构是加强治理商业贿赂的国际交流和建立国际合作机制的基础性工作，有关国际公约对此作出了明确的规定。而我国现有的机构不能适应有关国际公约的要求，也不能满足我国目前深入开展治理商业贿赂工作的需要。因此，课题组建议，建立"人民廉政院"作为预防和惩治腐败的专职机构，其职责当然包括治理商业贿赂。我国与国外政府及组织的治理商业贿赂合作工作即由"最高人民廉政院"负责联系和协调。"人民廉政院"的具体思路可以参照人民法院或人民检察院的组织体系设置，即在中央设"最高人民廉政院"，在省、直辖市、自治区设"高级人民廉政院"，在市、自治州、地区一级设"中级人民廉政院"，县、区一级设"（基层）人民廉政院"，或者除中央级廉政机构外，将地方三级的廉政机构均称为"人民廉政院"，而不分"高级"、"中级"和"基层"。

课题组认为，我国的反腐败犯罪和治理商业贿赂的专职机构应具有高级别性，中央一级的专职机构的地位应略高于省部级，以与最高人民法院、最高人民检察院并列为宜。同时，人民廉政院应当是一个独立于行政机关和其他司法机关的机构，自成体系，上下级之间实行垂直领导，最高人民廉政院院长应由全国人民代表大会选举产生，向全国人民代表大会负责。

当然，设立人民廉政院涉及到国家的基本制度，需要修改宪法。因此，建立人民廉政院只能是远景目标。在人民廉政院创建之前，课题组建议，成立国家预防腐败局，可以将治理商业贿赂的职责赋予国家预防腐败局，由国家预防腐败局负责与国外政府及组织治理商业贿赂合作等方面的联系与协调工作。

二、治理商业贿赂的人员培训与信息共享合作机制

开展治理商业贿赂专项工作是党中央、国务院作出的重要决策，是建立健全惩治和预防腐败体系的重要内容。而建立国际视野的信息共享与人员培训合作机制是做好这一专项工作的基础。

（一）治理商业贿赂的人员培训合作机制

《联合国反腐败公约》及相关法律文件都提出要加强对从事反腐败工作人员的培训与教育工作。而我国在治理商业贿赂人员培训的合作机制上尚存在培训对象不明、培训主体不明、培训范围不明等问题。课题组建议，应当借鉴国际先进经验和有效做法，结合我们已有的经验，至少应当做好三方面的工作：建设国际性的培训主体；征集全方位的培训主题；采取多学科的培训措施。

围绕上述三个层面的建构体系，当前我国首先要做好以下工作：由我国的外交机构与国际相应组织或国家签订多边或双边合作条约；建立相应的专司治理商业贿赂的机构；建立与组建从事培训治理商业贿赂的单位与师资；明确治理商业贿赂的职能与范围；完善相应的立法。当然，仅仅做到这些还是不够的，后续的工作只能在这些基础上逐渐完善，如教材的编撰等。不过，我国的治理商业贿赂人员的培训除了旨在提高专业业务能力（侦查取证能力、财务审计能力、依法行政能力、公共服务能力、调查研究能力、学习能力、沟通协调能力、创新能力、应付突发事件能力和心理调适能力）等多方面的培训外，还应当着重加强政治鉴别能力的培养与教育工作。

（二）治理商业贿赂信息共享的合作机制

架构国际范围的信息共享平台是通过国际合作打击商业贿赂的前提条件，而我国尚未以立法的方式规定具体可以公开信息的范围与内容，在实践中难以处理国家秘密与合理信息公开之间的关系。这将会阻碍国际信息共享合作机制的建立。课题组建议，加强与相关国家及组织合作，逐步建立金融情报机构。特别值得借鉴的是"打击洗钱活动的措施"的有益经验。具体如下。

1. 开展信息合作，建立金融情报机构

《联合国打击跨国有组织犯罪公约》第7条第1项规定，"确保行政、管理、执法和其他负责打击洗钱的当局能够根据其本国法律规定的条件，在国家和国际一级开展合作和交换信息，并应为此目的考虑建立作为国家级中心的金融情报机构，以收集、分析和传播有关潜在的洗钱活动的信息。"根据这一要求，建立我国的金融情报中心和积极加入有关国际组织，如加入艾格蒙特组织，以便与各国相互交流治理商业贿赂的信息。

2. 监测与跟踪现金和有关流通票据的跨境转移，加强金融机构的汇款业务工作

具体措施有：（1）要求个人和企业向银行等金融机构报告大额现金和有关流通票据的跨境转移，以提醒银行等金融机构注意，以便开启审查程序，采取预防措施；（2）要求银行等金融机构对于大额现金和有关流通票据的跨境转移的可疑交易活动履行及时报告义务。此外，还应当对金融机构的汇款业务工作明确规定，在电子资金划拨单和相关电文中列入关于发端人的准确和有用的信息；在整个支付过程中保留这种信息；对发端人信息不完整的资金转移加强审查。

3. 采取适当措施，鼓励腐败犯罪嫌疑人提供侦查和取证信息及具体帮助

4. 加强银行的配合

《联合国反腐败公约》第40条规定："各缔约国均应当对根据本公约确立的犯罪进行国内刑事侦查时，确保本国法律制度中有适当的机制，可以用以克服因银行保密法的适用而可能产生的障碍。"应当适当对银行进一步实行管制，包括废除银行保密权，鼓励监测和举报贪污腐败行为，并减少现金交易。

5. 利用犯罪的记录

课题组认为，为了能够充分利用犯罪记录，应当做好三方面工作：首先，各国应当建立犯罪人员的情况数据库，对本国所有被判决有罪的人员的情况统计入库。这是向其他国家提供犯罪信息的前提条件和基础。其次，从立法的角度，建立向其他国家提供犯罪信息的条件和程序。再次，利用卫星通信技术、光缆通信技术、电子计算机技术和与之相匹配的显示技术，识别、储存、检索和传输有关的犯罪信息，使有关国家能够最迅速最直接地得到相关的犯罪信息。

总之，人才与信息是现代社会两大主要的话语主题，搭建国际范围的信息平台，建立我国政府与其他国家政府或组织的人员培训合作机制，是我国治理商业贿赂工作能够取得成效的重要条件。

三、治理商业贿赂的联合执法机制

课题组建议，应以《联合国反腐败公约》第48条的规定作为我们构建治理商业贿赂的国际联合执法机制的参照系，结合我国的实际情况和现存的主要问题，从以下四个方面入手，构建国际联合执法合作机制。

（一）明确治理商业贿赂的执法合作范围

根据《联合国反腐败公约》第48条规定，执法合作的范围包括如下五个方面。

1. 加强各国主管机关、机构和部门之间的联系渠道，以促进安全、迅速地交换有关治理商业贿赂各个方面的情报。

2. 通过国际合作，就下列与治理商业贿赂有关的事项进行调查。

（1）这类嫌疑人的身份、行踪和活动，或者其他有关人员的所在地点；

（2）来自这类犯罪的犯罪所得或者财产的去向；

（3）用于或者企图用于实施这类犯罪的财产、设备或者其他工具的去向；

（4）在适当情况下提供必要数目或者数量的物品以供分析或者侦查之用。

3. 酌情交换关于为实施商业贿赂而采取的具体手段和方法的资料，包括利用虚假身份、经变造、伪造或者假冒的证件和其他旨在掩饰活动的手段的资料。

4. 促进各国主管机关、机构和部门之间的有效协调，并加强人员和其他专家的交流，包括根据有关双边协定和安排派出联络官员。

5. 交换情报并协调为尽早查明商业贿赂而酌情采取的行政和其他措施。

（二）修改完善立法，以构建合理的治理商业贿赂国际联合执法机制

课题组认为，应当制定《反腐败法》或《反商业贿赂法》，以便系统地对治理商业贿赂犯罪国际执法合作机制作出规定。而这种系统的规定，是《刑事诉讼法》不可能做

到的。而且不构成犯罪的商业贿赂行为的治理也会涉及到国际执法合作问题，也需要单独作出规定。在《反腐败法》或《反商业贿赂法》出台之前，可以通过修改《反不正当竞争法》等相关的法律法规对此作出一些原则性的规定。

（三）在尚未订立双边或多边协定或者安排的情况下，在个案协商基础上进行治理商业贿赂国际联合执法

对于个案协商基础上的治理商业贿赂联合调查的实施步骤，视各国合作的意愿、合作需要以及合作习惯方式而定。

（四）特殊侦查和技术侦查手段的法制化

课题组认为，一方面，在《刑事诉讼法》再修改时应明确赋予包括检察机关在内的侦查机关采用特殊侦查和技术侦查手段的合法地位，以使得这些侦查手段的采用有理有据；另一方面，为了防止特殊侦查和技术侦查手段的采用侵犯公民基本人权，应当明确其适用范围和具体程序。

四、治理商业贿赂的司法协助制度

商业贿赂包括商业行贿和商业受贿行为，其中需要重点整治的是经营者与公权力掌握者之间的权钱交易性质的商业贿赂。特别是国家或国际组织的公职人员收受商业贿赂，往往构成犯罪，并且其行为危害性更大。《联合国反腐败公约》更是对腐败案件的司法协助作了全面的规定。因此，建立司法协助制度，是通过国际合作治理商业贿赂的重要举措。而我国国际刑事司法协助却存在着主管机关不统一、司法协助中的法制原则不协调、国内法资源不足等问题。课题组建议，应根据《反腐败公约》等有关国际公约的要求，尽快完善我国刑事司法协助制度。

（一）明定我国司法协助的主管机关，充分发挥其效能

为了克服国际刑事司法协助中联系渠道不畅、配合不力的问题，根据《反腐败公约》第46条第13款的要求，我国指定司法协助的中央机关应充分考虑所指机关的职能和协助事项的特性，根据效能优先的原则，做到分工明确、相互配合，更加务实、有效地发挥主管机关的职能，以便顺利地与缔约国进行司法协助。在今后缔结司法协助条约时，尤其是涉及打击商业贿赂的协助事项，应当考虑将"人民廉政院"（长远目标）或检察机关列入"中央机关"，这样便于治理商业贿赂国际司法协助的对口联合和落实互助事宜，从而保证司法协助条约的真正实施，有效地打击跨国的商业贿赂犯罪。

（二）完善我国司法协助的法制原则

鉴于我国现行刑事法律与司法协助的法制原则存有一定的冲突，有必要参照《联合国反腐败公约》的要求使我国刑事方面的基本法律与国际司法协助方面的条约相协调。就双重归罪原则而言，对于我国刑法中一些罪名，应尽量使其规范化，以增强与世界上多数国家尤其是《联合国反腐败公约》规定的腐败犯罪名称的对应性，减小因罪名认定问题在国际刑事司法协助中可能产生的副作用。至于一事不再理原则，建议删除我国现行刑法第10条的规定。在刑事程序法领域，由于一事不再理体现了诉讼的规律，我国

应当对该原则予以明确规定，或者在相关法律程序中予以体现。

（三）完善我国有关治理商业贿赂国际司法协助的国内法

自从《引渡法》颁布实施后，单行化、专业化已经成为我国国际刑事司法协助的立法方向。尽快制定我国刑事司法协助方面的单行法规，使我国刑事司法协助法制化、规范化、明确化、具体化，是摆在我们面前的重要任务。因此，尽快制定刑事司法协助方面的法律，是开展刑事司法协助不可缺少的，并在我国法律体系中占有重要地位。我们要在总结与外国进行司法协助经验的基础上，根据《反腐败公约》的要求，借鉴与吸收其他国际司法协助条约的通行做法，对我国刑事司法协助的基本原则与程序，特别是对送达诉讼文书、调查取证、搜查、扣押物证、移交赃款赃物、通报诉讼结果与犯罪情报等方面作出规定，真正做到与《反腐败公约》的衔接与统一，以推动我国治理商业贿赂国际司法协助的发展。

五、追回商业贿赂资产的合作机制

腐败犯罪越来越呈现出有组织、跨国化的趋势，商业贿赂也不例外。收受商业贿赂的腐败分子实施犯罪以后，往往潜逃出境或者将赃款转移至境外，这已成为各国有效惩治腐败犯罪的一大障碍。如河南高速公路发展有限公司原董事长童言白、浙江省建设厅原副厅长杨秀珠，都是收受有关企业的巨额贿赂后，携款潜逃到国外的。追回被商业贿赂犯罪分子转移到国外的巨额资产，自然是治理商业贿赂工作的一个重要组成部分。但我国在这方面还存在不少问题和障碍。课题组建议，应依据《联合国反腐败公约》的有关规定，从立法和司法的层面，创造条件，尽快创设下列三项机制。

（一）直接追回商业贿赂资产的机制

直接追回资产的措施，是指一个国家在其资产因商业贿赂犯罪被转移到另一个国家，在另一国家没有采取没收等处置措施的情况下，通过一定的途径，主张对该资产的合法所有权而将其追回的机制。课题组建议，创设独立的"法人手段"，由它在资产追回程序中代理国家进行活动；协调附带民事诉讼与追缴制度，把附带民事诉讼程序的充分性和追缴制度的严厉性有机地结合起来，以便更加充分地保护国家、集体和公民个人的合法权益，更加有效地打击和制裁商业贿赂。

（二）间接追回商业贿赂资产的机制

间接追回资产的机制，是指当一国依据本国法律或者执行另一国法院发出的没收令，对被转移到本国境内的腐败犯罪所得进行没收后，再将其返还给另一缔约国的资产追回方式。

1. 扩大我国没收对象的范围，没收的对象除赃款赃物外，还应当包括犯罪所得的三种变态形态：替代收益，即由犯罪所得全部或部分转变或转化为的其他财产；混和收益，即由犯罪所得已经与从合法来源获得的其他财产相互混和；利益收益，即由犯罪所得、犯罪所得转变或转化为的财产或者已经与犯罪所得相混和的财产所产生的收入或其他利益。

2. 建立承认和执行外国刑事罚没裁决的司法审查机制。

3. 设立缺席审判制度和独立的财产没收制度，以解决因犯罪人死亡、潜逃或者缺席的情况下无法作出生效判决的难题。

4. 确立资产追回程序中的推定制度，适当降低控方的举证责任。

（三）商业贿赂资产的返还与处分机制

在实施资产追回的过程中，一国应另一国的请求，对来源于另一国而位于其本国境内的犯罪所得实施没收后，对其如何进行处置，便涉及该资产的返还和处分问题。腐败（包括商业贿赂）资产返还的方式主要有三种：其一，当没收的资产系贪污、挪用的公共资金及其洗钱所得被请求国实施没收后，应当基于请求国的生效判决，返还给请求国，被请求国也可以放弃对生效判决的要求；其二，当没收的资产系其他任何犯罪所得，被请求国实施没收后，应当基于请求国的生效判决，在请求国合理证明对所没收的资产拥有所有权，或者被请求国承认请求国受到的损害是返还的前提时，返还给请求国，被请求国也可以放弃对生效判决的要求；其三，在其他所有情况下，优先考虑将没收的财产返还给请求国、返还其原合法所有人或者赔偿犯罪被害人。

课题组建议，（1）本着务实和互惠的原则，确立收益分享制度，以鼓励各国积极参与相关的国际司法合作，充实或弥补合作各方的司法资源。（2）建立专门的基金组织，为追回资产开展国际合作提供资金支持。

（项目编号：1021ss06153）

运动员商业开发活动的法治理论与实践研究报告

何 英 焦洪涛 王宗廷 谢惠加 彭 涛 熊和平 姜 睿 吕凌燕

运动员商业开发活动即运动员形象因素的商业使用。其主要内容是指知名体育运动员的形象、姓名、肖像等人格要素以及与之相关的特征、事物、文化经过商业性使用的二次开发，被大量地应用于商品或服务上，成为产品或品牌市场竞争的主要标志和利益来源。因为这些形象在社会上产生了广泛的知名度和美誉度，这些形象能够在公众心目中联想，将他们应用在商品上，能使承载的商品或服务与这些形象产生联想，联想到角色的种种良好品格、产品或服务宣扬的至善价值观和道德观，消费者会以为以该形象做代言的企业或宣传的产品与运动员本身有一定的渊源，从而使商品更加的引人注目，刺激和改变消费者购买的冲动与决策。因此，在商品化的过程中，运动员的形象等人格要素商业使用，实质上已成为一种媒介或信息传递工具，承担着向消费者和市场传递有关其所标识的商品或服务的各种美好内容，以增加该产品或服务的声誉和感知价值。这种效用的存在，使得各种与运动员相关的特征要素，在商品化的过程中，为参与商业开发的各方（包括运动员本人）带来了巨大的经济收益。运动员的特征或人格要素本身的商业使用具有价值，构成一种特殊的、具有法律可保护性的财产利益。

一、运动员商业开发实践特点及存在问题

运动员的商业开发实践具有以下特点。（1）对象的知名性。运动员商业开发表现为，对运动员的姓名、肖像等可识别或指示其身份的要素的商业使用。（2）特定领域的排他性。指开发商在商业许可使用的协议中，通常都会与运动员约定，不得与该企业的同业竞争者或在产品、服务上有替代关系的经营者有任何商业合作关系。（3）运动员的商业价值与个人成就密切相关，通常情况下，成就越大，商业价值越大。（4）商业开发程度与项目领域密切相关，职业化、市场化程度高的体育领域，商业开发的程度就越高。

从运动员商业开发活动的具体过程上看，运动员商业开发表现为以运动员为核心，多方共同参与，集多种利益于一体，纵横涉及经济、传媒、体育、行政管理等多领域的一项复杂的社会过程。成功的运动员商业开发活动离不开各方的通力配合，配合的前提是各自的利益能得到有效的保护和协调。因此，法律如何合理考量和配置参与各方的权利和义务，是实现运动员商业开发法治化的重要任务。

"依法治体"反映在运动员商业开发活动的整体制度框架上，要求我们相应的法治供给不仅要具备相应的产权归属制度、行政管理制度、具体的市场运作机制、利益分配机制和争议纠纷解决机制等与运动员商业开发活动直接关联的各项制度体系，还要建立对开发商、传播者、受众及其他参与主体的利益保护和行为规范、约束机制，以便规范

运动员商业开发市场，保护各参与方的利益，激发他们参与商业开发的积极性。

运动员商业开发涉及极其复杂的法律关系。国家、体育组织（如俱乐部、比赛组织者）、经纪人、企业和运动员都有可能在运动员商业开发中享有不同权益。因此，如何保护运动员商业开发权益从而保护其他商业开发利益主体的无形资产，已成为世界性问题。在我国，由于运动员的培养采取的是独特的举国体制模式，这决定了运动员人格特征要素商业价值形成的复杂性以及主体的多元性。目前中国的法律制度与法国等大陆法系国家相似，对形象权的保护主要是民法关于姓名权、肖像权、名誉权的规定、知识产权法的规定、广告法、反不正当竞争法的规定等。在法律适用上，无明确可援引的法律时多采取类推适用的方式解决运动员商业开发纠纷问题。但是运动员商业开发权作为一种财产权有别于传统权利的形式与特点，类推适用既有的人身权法等法律保护的规定具有法理和救济缺陷。

二、运动员商业开发法治程度提升的体现

伴随"依法治体"的发展进程，经过社会各界、特别是体育主管部门不懈的探索，我国的运动员商业开发法制建设取得了可喜的成就。在运动员商业开发实践中，我国初步形成了"政府主导、市场运作、立法促进、司法护航"的基本格局。

法治程度的提升具体表现在：（1）立法层面上，自1996年的《关于加强在役运动员从事商业经营活动管理的通知》开始，国家体育总局已经出台了四个与运动员商业开发相关的规范性文件，此外国家篮协等管理职能部门也出台了一些关于国家运动员商业开发的规范，一定程度上弥补了此领域的制度空白。（2）操作制度层面，确立了总局的整体控制、各单项协会具体负责的商业开发行政管理制度；确立了利益分配制度，初步引入了体育经纪人等制度，使得各方主体的利益得到了基本有效的保障。（3）商业开发管理实践层面，推行合同化的管理方式，明确了运动员商业开发过程中与各方的法律关系与法律地位，也促进了商业开发行政管理过程本身更加规范。

但是，由于我国运动员商业开发进行的时间并不长，所以相关的法律制度及实践经验并不完善。在法律制度与理论方面，使对运动员人格要素的行为实质认识尚属粗浅。在司法实践中对使用运动员人格要素的行为认定为侵犯了运动员的人格权而承担相应的责任也使得救济有效性不足。运动员商业开发活动管理疏漏依然存在，产权归属不清、滥用行政权力或不作为、专业经纪人作用有限而导致商业开发水平不高以及运动员人格要素被经常性地非法使用等一系列问题仍然在困扰体育无形资产的有效利用。

从西方体育产业高度发达国家的立法实践来看，运动员商业开发法制主要分为两个基本类型：一是主要采用知识产权法与竞争法制度对运动员商业开发进行调整和保护，典型的如英国和美国；二是主要依靠人格权制度和合同来对运动员商业开发进行调整，典型的如大陆法系的国家——德国等。

三、提升运动员商业开发法治程度的建议

第一，法治宏观层面上，（1）由国家体育总局牵头，迅速组织科研力量，协调国家知识产权、国家工商总局、海关总署、最高人民法院和科研院校机构，对运动员商业开发及其他体育标志知识产权商品化法制理论在我国既有知识产权理论和制度框架下进行具体深入研究。以2008年奥运会为契机，启动构建中国体育知识产权战略体系和体育

运动员商业开发运营法制的典范模式。（2）完善现有的体育与商业开发活动协调的制度依据，必须明确商业化不得违背体育制度的根本宗旨，即在制度容许的范围内的商业化。我国体育举国体制的含义是以奥运会等重大国际赛事取得优异成绩为目标,以政府为主导,以体育系统为主体,以整合、优化体育资源配置为手段,动员、组织社会力量广泛参与,在国家层面上形成目标一致、结构合理、管理有序、效率优先、利益兼顾的竞技体育组织管理体制。（3）体育法制度本身必须做出一定的调整，以促进商业化。在经济日益发达的今天，体育与商业的结合越来越紧密，体育的发展与推广越来越依靠商业化的支撑，从欧洲的足球联赛，到美国的篮球大联盟，再到世界杯、奥运会，都表明，商业化越成功的体育项目，其生命力就越强，受欢迎程度就越高。而作为我国体育事业须长期坚持得举国体制，由于会遭受越来越大的成本压力和运动员日益强烈的利益呼声的考验，有必要做出相应的调整，赋予制度新的内容，以推进商业化。（4）国家体育总局在总揽全局的基础上，协调各方配合，在全国范围内进行运动员商业开发及其他体育标志知识产权商品化法制教育和机制平台建设。

第二，法治微观层面，运动员商业开发制度内容要保证运动员商业开发的顺利进行，不仅要对处于核心地位的运动员以及其他参与方面的权利予以充分的全面研究，协调好制度内容与商业化本身的关系。（1）运动员商业开发相关权利的法律确认。运动员商业开发相关权利包括对运动员本身具有的个性特征，以及与其相关的、能揭示其身份的事物、文化、标记的排他性的使用权；许可他人使用其人格要素和其他独特性特征的权利；以及从商业使用中获得收益的权利。这种权利通常被称为商品化权，是从传统的人格要素中逐渐分离出来的一种财产性的权利。由于我国法律到目前为止还没有专门立法明文规定此项权利，该类型的财产权益，只能借助于其他相关法律的保护，包括商标法、竞争法、人格权法等保护手段。因此，应当完善与商品化有关的权利保护，从而保障商业开发中的运动员的合法权益。（2）推进相关的立法修改和解释，推进司法化程度，明确规定运动员商业开发知识产权与公开权的合理使用、法定许可等限度条件。国家培养运动员的目的是，让其参加国际比赛时，取得优异成绩，为国家赢得荣誉，而不是为了开发运动员的商业价值，因此，与运动员有关的商业活动，不能影响和干扰运动员正常的比赛、训练和休息。为保证运动员有足够的时间进行训练和休息，以便有更好的状态完成比赛任务，政府有必要强化对运动员商业开发的监管。当然，具体在监管机构的设置、权力的界限、监管的方式、程序和依据上，应仔细斟酌，尽量地做到公平、公正、公开，以确保运动员积极性的发挥，因为毕竟商业开发与运动员本人的利益密切相关，如处理失当，会激起运动员的反弹，造成不好的社会影响。（3）明确运动员商业开发及其法律保护的主要问题方面，在构建体育知识产权体系中引入商品化权理论，使我国运动员商业开发活动法律制度与理论构成更加科学、严谨与实用。（4）修改《体育法》相关条文的内容和范围规定，以及《反不正当竞争法》，重点是关于一般条款的使用问题，依次为运动员商业开发创造完备的法律制度及实践支持。

（项目编号：896ss06028）

我国运动员代言人的现状研究

邱 雪 魏希林 邱小慧 蒲志强

一、我国运动员代言人的成因

运动员作为代言人，作为一种重要的社会现象，已经引起了社会各界的广泛关注。尤其是大型体育赛事之后，成绩优异的运动员立刻成为了企业竞相追逐的目标，他们以代言人的身份参与到企业的商业活动中，用健康的形象以及令人信服的实力诠释着企业品牌的内涵。应该说，运动员成为代言人，是主观条件、客观原因共同作用的结果。一方面，在市场经济下，运动员代言人体现了社会主义市场经济的商业逻辑，反映了企业及市场对运动员价值的评估与判断及"体力"转化为"财力"的商业原则；另一方面，由于体育在我国的特殊地位及运动员个人价值的日益凸显，运动员具备了代言人的条件，在一定程度上能够符合市场的要求，因此，才形成了运动员代言人这一特殊的群体。而运动员是如何进入代言领域的，还需要从社会经济、体育地位以及运动员个人价值三方面去衡量。

（一）社会经济的发展

运动员代言人是社会经济发展的"晴雨表"，20世纪70年代末，在上海电视台转播的一场国际女子篮球赛实况中，出现了我国著名男子篮球运动员张大维与其同伴共同畅饮"幸福可乐"的画面，学界普遍认为这是我国运动员代言人开始的标志。可见，运动员充当代言人是伴随着改革开放的脚步一同进入我们的视野的。而由于运动员能够折射出不同的人文精神和个性价值，能够以最为直接的形式体现出社会变革的脚步，能够有效地体现出差异化的特点。同时，又由于运动员所从事的运动项目不同、性别不同、年龄不同，这些不同的特质决定了他们个人所蕴涵的鲜明特点，而这些特点满足了市场经济对代言人所提出的要求，有利于运动员与市场的准确对接，树立和强化在公众中的独特位置。对于满足人们的心里预期，能够起到极大的辅助作用。可以说，运动员符合社会经济发展的变化，体现了市场、公众等多方面的利益需求，因此，运动员才能最终成为代言的最佳人选。

（二）体育在我国的特殊地位

运动员成为代言人实际上是国人对体育情感的一种体现。运动员不仅代表了体育动感、真实的特性，还成为了体育表达的最直接载体，尤其在我国，从社会发展以及体育所拥有的特殊地位来看，运动员在我国历来受到人们的爱戴与尊敬。而运动员充当代言人更体现了一种真实、动人的人性关怀，体现的是一种团结奋斗、昂扬进取的爱国主义精神。运动员在赛场上的举手投足，是体育精神的延伸，是体育魅力的体现，这些东西伴随着运动员这个载体，有效地和人们进行着对接，并不断地强化体育与运动员之间的联系。

（三）运动员价值的凸显

体育公众人物已经成为了一支饱受关注的群体，如优秀的运动员、教练员等，由于他们对社会的贡献，他们的一举一动、一言一行都会对社会造成极大的影响，而他们所发挥的影响已经远远超出了体育的范畴。与此同时，社会关于体育公众人物的评论从来就没有停止过。以我国为例，除刘翔、丁俊晖所获得的"世界华人盛典"的奖项外，仅2007年上半年，在体育领域，就有"2006中国体坛风云人物奖"及"劳伦斯中国体育奖"两项重要的专门针对运动员进行的颁奖活动，这些奖项通过电视直播的方式扩大了这些运动员的宣传效果，在一定程度上进一步提升了运动员的价值，而身着华丽服饰的运动员，一改常态，盛装登场，展示了自己除赛场外的另一种风貌，运动员似乎已经超越了体育的范畴，成为了社会瞩目的超级明星，而他们所发挥的作用，他们所拥有的价值更是得到了社会的空前认可。

二、我国运动员参与的代言活动

根据 McCracken 的意义转化模型（The Meaning Transfer Model），运动员参与商业产品代言到消费者发生购买行为可分为三个阶段，即市场对运动员的选择阶段、运动员到产品的转化阶段、消费者购买产品阶段。同时，经典代言人理论（平衡论、相称论和归因论）指出，代言人效益主要源于代言人、产品和消费者三者间的平衡状态。可见，运动员代言活动实际上是上述三种关系的一种整体体现。因此，用上述三个阶段来衡量我国运动员所参与的代言活动，将能够较充分地体现我国运动员在其中所发挥的作用与价值。

（一）市场对运动员的选择

在运动员的选择上，市场逐渐形成了硬性指标、软性指标两项指标来衡量运动员是否能成为代言人这样一个选择标准，而两种指标的选择也是一个比较客观的反映当前我国市场对运动员的选择现状。

1. 硬性指标

影响运动员成为代言人的硬性指标，通常指的是运动员所从事的项目普及性及运动员所获得的运动成绩。在我国，由于足球、体操、乒乓球、排球、篮球等项目较其他项目的普及性强，因而从事这些项目的运动员的公共关系价值就较大。以乒乓球项目为例，乒乓球是我国的国球，国际比赛成绩最好，曾经多次包揽、蝉联世界各种大型比赛的金牌，而乒乓球运动在我国群众中也具有较好的基础，因此，乒乓球运动员充当代言人具有较高的比例。同样，在2006年4月对运动员代言人电视广告所进行的统计中，所有从事代言活动的运动员都在本领域取得了十分出色的成绩，如乒乓球、跳水、田径运动员均为奥运会冠军，篮球运动员都曾经获得过国内联赛的冠军，而奥运会冠军教练的身份也使得陈忠和成为了三个品牌的代言人。

2. 软性指标

影响运动员成为代言人的软性指标是指运动员个人所具有的道德水平及个人形象。虽然有些运动员并没有取得冠军的成绩，但运动员在赛场上表现出的挑战自我、自强不息的精神依然会赢得人们的敬仰，而这些成功的艰辛和不易赋予了运动员独特的价值。由于长期的身体锻炼，使得运动员拥有了健美的体魄、良好的气质，而媒体的关注还使他们学会了面对公众的技巧。与此同时，在追逐时尚、个性的年代，运动员丝毫没有在时尚的潮流中退缩，他们用自己健美的形象书写着青春与未来，如他们经常出现在报纸、杂志中，展示着自己积极、健康的形象，而这些举动迎合了公众对他们的需求，使他们成为了公众心中完美的化身。

（二）运动员到产品的转化

如果说市场准确地反映了运动员代言人的选择现状以外，那么广告则是运动员到产品的转化的载体。广告的关键在于运动员与产品的匹配，即运动员与产品之间的相关性（Relatedness）的确立，而相关性也成为从运动员到产品转化这一环节的关键。为突出运动员与产品的相关性，如何在运动员从事的运动项目属性和产品卷入性（Involvement）之间需找两者的相关性，一直是我们广告界热衷的话题，同时也是评判运动员代言是否成功的一个重要标志。

1. 名人广告阶段

名人广告阶段是运动员商业广告的初级阶段，充分体现了这一时期我国广告的特点，即利用"名人效应""明星影响"达到传递广告效果的目的。如早期运动员参与的商业代言广告均属于这一阶段，其关键因素是利用了运动员对社会的影响力度、信任程度，以及运动员自身的魅力吸引力等，达到说服消费者产生购买行为的目的。名人广告阶段的运动员商业广告与其他名人广告并无本质的区别，他们在广告中不需要太多的解释，只是简单地附着在产品周围。在多数情况下，运动员代言的多是高卷入性（High Involvement）产品，即高档次、消费时间较长的产品，如电器、家具等，而这类用品和运动员的运动项目属性有较大的差异，因此，名人阶段的运动员与产品之间的相关性较低，是这一阶段广告的特点。

2. 专家广告阶段

随着体育市场化程度的不断扩大，专业化程度的不断提高，运动员商业代言广告进入了专家广告阶段。市场发现在面对一些价格、技术程度都很高的体育产品的时候，运动员的主张会直接影响消费者的购买行为；而在购买财政风险与身体危险性较大的产品的时候，本专业的体育明星的阐述还具有较好的效果，其关键因素是利用了运动员在本专业所取得的专业知识。因此，为体现运动员和产品的相关性，运动员为其自身所从事的运动项目及其所使用的物品代言，如刘翔代言的耐克运动鞋广告，在广告中，刘翔通过自述的形式向消费者表达了耐克的品牌特点，同时刘翔在专业上所取得的成功也进一步强化了他与耐克之间的联系。

3. 典型消费者广告阶段

典型消费者广告阶段，是运动员商业代言广告发展的重要标志，也是我国运动员代言人广告逐步走向成熟的一项指标。运动员以典型消费者的身份进入到广告中来，打破了单纯以名人和专家类型进入广告的界限，在广告中，运动员以典型消费者的身份出现，通过亲身的体验，向消费者介绍他/她所使用的产品。关于典型消费者广告阶段的相关性的衡量：首先，和名人广告阶段相比，典型消费者阶段的广告，对代言产品的卷入性有了更高的要求，它要求运动员要亲身体验产品，因此，运动员通常选择卷入性较低的产品；其次，和专家广告阶段相比，典型消费者阶段的广告把运动员所从事项目的属性提升到了项目引申的特性上。

（三）消费者购买产品

消费者购买产品作为运动员代言人活动的最终环节，将对最后的成功起到重要的作用。而围绕消费者制定策略，实际上是依据消费者围绕运动员制定的策略。由于消费者的千差万别，考虑到消费者市场细分标准的四大因素（人文、地理、心理、行为因素），因此，消费者最终的购买行为对运动员代言的成败也具有重要的作用。

1. 单人策略

所谓"单人策略"，即邀请一位热门运动员出任代言人的策略。"单人策略"意在让消费者对企业品牌产生耳目一新的感觉，尤其是一位正处于上升期或刚刚取得优异成绩的体育明星，他/她的即时效应对目标消费者的消费倾向的确具有巨大的影响。不过"单人策略"也存在着负面的影响，如一些经济学家认为体育明星一旦为多种企业同时做代言人时，消费者会降低对他们的信任感，消费者可能会怀疑体育明星自己是否相信或使用他们所宣传的产品，消费者对体育明星的爱戴以及对其专业性的信任也会随着代言数量的增加而减少。更为严重的是，一些产品属性相同的企业选择同一位体育明星，消费者对品牌形象的感知因体育明星演绎的角色变化而受到干扰，产生了对品牌认知的模糊性，即"稀释效应"，这种情况在我国也是屡见不鲜的。

2. 多人策略

所谓"多人策略"，即为达到宣传效果邀请多位运动员同时出任其代言人的策略。代言人在组合上的这种同期多人模式可以形成品牌传播的规模，使品牌知名度迅速扩大，并能够给消费者以强烈的震撼。这种现象在我国代言人中普遍存在的，如中国羽毛球队、中国女子排球队、中国体操队就分别为联邦快递、金龙鱼、高乐高饮料代言。不过"多人策略"与"单人策略"一样，如果使用不当，同样会导致一些消极的结果。首先，"多人策略"所签约的体育明星较多，因此，要求企业有雄厚的资金实力；其次，由于众多体育明星的加入会导致因运动员本身所拥有的魅力太大而掩盖了品牌的魅力。同时，由于有些代言人在不同的媒体和节目中出现，由于有些媒体相互是重叠的，所以这些代言人也会使消费者产生对品牌认知的模糊性，导致稀释效应的产生。

3. 产品策略

所谓"产品策略"就是指从产品的角度出发，从不同层面、不同角度、全方位地选用体育明星品牌代言人这个符号载体去诠释与传达品牌个性、理念和丰富多彩的内涵，从而为该品牌建树起一个立体、丰满的良好公众形象，最终实现引导消费与促进销售的目的。这种策略在耐克、阿迪达斯等一些国际知名企业身上表现的格外明显。立体模式主要包括年龄组合立体化、性别组合立体化、地域组合立体化、产品组合立体化。"产品策略"最大的特点，即运动员代言的是企业品牌下的产品，而不是企业的品牌。由于市场整体水平的差异，到目前为止，我国运动员代言人策略主要停留在单人、多人策略上。

三、我国运动员代言人的管理

长期以来，国家通过行政命令对运动员从事商业代言活动进行了相应的指导，国家体育总局先后颁布了与运动员从事商业代言活动的文件，这些文件在客观上对运动员从事商业活动起到了一定积极的意义，为运动员从事商业代言提供了一定的指导。与此同时，随着我国体育事业的不断发展，体育商业活动的不断深入，国家体育总局在运动员商业代言上还达成了两项共识：首先，运动员无形资产的价值主要取决于运动成绩，而运动成绩则来自严格管理和科学训练，这是相辅相成的关系。其次，要正确处理好运动员商业活动中国家、集体和个人的关系。

（一）我国运动员代言人的产权管理

现阶段，根据我国现有的"举国体制"的客观要求，确定运动员的产权地位，应首先肯定运动员培养的"举国体制"的历史作用和现实影响，肯定国家出资培养的"获益原则"和产权要求；同时，在肯定运动员作为人力资本的特殊的产权主体地位，将原有的单一产权形式转变为国家、单位集体和运动员共有的"多产权"共存形式，按一定比例清晰地界定国家、省队和运动员产权边界，才是现阶段处理运动员商业代言活动产权问题的主要途径。

（二）我国运动员代言人的管理模式

体育事业和体育产业的迅速发展以及我国运动水平的提高、运动员的商业活动日益增加，对开发体育无形资产、实现运动员自身价值、筹集体育发展资金、促进体育事业发展都具有积极意义。而市场经济体制的确立和体育改革的不断深化，也带来运动队管理体制和模式的变化。所以如何处理好运动训练和商业活动的关系成为我国运动员代言人管理的新课题。在管理模式上，单纯地依靠简单的行政命令加以制止，或置运动队的根本任务于不顾，采取放任态度都是不可取的，这两种极端行为不仅会影响到运动员的正常训练、比赛任务的完成，也会对运动员所从事的商业活动造成一定的负面影响。因此，在运动员代言人管理模式的探索上，我国主要形成了三种运动员代言人管理模式，分别为以刘翔为代表的中心管理模式；以姚明为代表的团队管理模式；以丁俊晖为代表的自主经营模式。

1. 刘翔模式

"刘翔模式"是运动项目中心管理模式，也可以说，是国家管理模式。这种模式体现了我国运动员培养体制以及管理机制的现状，体现了中心、运动员培养单位以及运动员个人的利益需求，同时，由中心统一管理还省去了运动员商业活动中过多的中间环节，减少了不必要的麻烦，在保证了运动员的训练的基础上，实现了运动员代言的最大价值化，刘翔模式同时也是现阶段我国绝大多数运动员从事商业活动所采取的一种模式。因此，它对我国运动员代言人的管理具有一定的借鉴意义。

2. 姚明模式

"姚明模式"是聘请经纪人队伍全权打理个人事务的模式。虽然这种模式纯属私人行为，但因有中国篮球运动管理中心和美国NBA方面认可的经纪人参与，各方有所约定，所以，"姚明模式"是国外体育机构、经纪人团队以及运动项目管理中心三者利益的体现。关于运动员从事商业活动最为敏感的产权问题，姚明模式也给出了一些经验，随着我国体育职业化程度的不断提高，将有更多的运动员依据姚明模式从事商业活动。

3. 丁俊晖模式

"丁俊晖模式"，是家庭培养模式的典型代表，家庭重金栽培、海外留洋、自力更生，因此，丁俊晖成才之路留下了浓重的个人烙印。丁俊晖模式为非国家培养的运动员从事商业代言互动提供了一种借鉴。随着体育社会化程度的不断加深，一些从事非奥项目的运动员，通过这种模式可以接受更加系统、更加科学的管理，对提高运动员成绩也有一定的好处，从这一角度来说丁俊晖模式的推广也具有很大的可行性。

（项目编号：1029ss06161）

欧盟教育和文化委员会关于青少年运动员教育的研究报告

王 芬　蒋志学　曹 勇　王贵运　李 莉　石 娜　张晓静

欧盟委员会于 2003 年 12 月授权青少年运动员教育研究课题组（PMP）和拉夫堡大学运动与休闲政策研究中心开展关于体育和教育的研究。两项研究都是由欧盟文化和教育总理事会体育部委任的，也是 2004 年以体育为主题的欧洲教育年活动的一部分。本报告是关于青少年运动员教育的研究，重点关注欧盟各成员国优秀运动员的教育和就业指导及体育在教育中所扮演的角色。

在研究过程中，我们对欧盟二十五个成员国的情况进行了研究，以英国、法国、德国、波兰为主要研究对象，并以此概括出当前欧洲青少年运动员教育的总体形势。本研究的目的是建立最佳的教育模式，并为决策者提供依据。

作为定性研究，本研究主要集中于七个运动项目，包括足球、橄榄球、田径、游泳、网球、体操和冬季运动项目。选择的依据是这些运动项目既包括了团体项目，又包括了个人项目；既有职业运动员参加，又有半职业运动员参加；并且同时涵盖了奥运会项目、职业运动项目和冬季运动项目；同时体现出了不同项目和性别参与者的年龄差异。

研究分为三个阶段。第一和第二阶段收集欧盟各成员国的相关资料，其中，第一阶段涉及关于体育在教育中的作用和运动员指导的基本信息，第二阶段涉及关于政策方案和关于特定计划或个案研究的定性和定量评价的更具体的工作。第三阶段对构成第一阶段研究基础的五个关键问题进行了研究。主要对英国、德国、法国和波兰四个国家的相关组织和个人进行了定性的深入采访。

一、关于欧洲青少年运动员的教育及退役后接受继续教育和就业的形势（略）

二、义务教育阶段关于体育的规定

研究表明，所有成员国在义务教育阶段都把体育列入全国教学大纲。研究的议题主要集中于鼓励青少年运动员处理好学业和运动训练两者关系的必要性。

90% 以上的成员国采取了积极措施来鼓励青少年运动员接受教育。70% 的成员国成立了体育运动学校，以及体育特长班、竞技体校、体育特色学校。

三、义务教育阶段后的教育和体育

虽然各国情况不同，但是所有成员国都鼓励青少年运动员在义务教育阶段后继续深造。有些成员国成立了专门的中学，为青少年运动员提供食宿、灵活的课程安排、特殊的训练指导和训练设施，此外还有辅导员、家庭教师及个人学习计划等。

尽管一些体育运动学校不具备颁发学历证明的资格，但60%左右的欧盟成员国的专业体校都与高校建立了联系。同时，一些高等教育机构在条件允许的前提下，因地制宜地为优秀的青少年运动员提供了良好的教育，以满足他们在进行训练的同时接受教育的需求。

另外，一些成员国为优秀青少年运动员提供了全寄宿或半寄宿的教育服务。大部分成员国在条件允许的地方为优秀青少年运动员提供了教育和运动支持。

30%左右的成员国在义务教育阶段后的教育系统中设有体育院校，相关的体育联合会也与体院相联系。通常这些体院与继续教育学院联合办学，课程包括训练学，体育运动科学和其他与体育相关的课程及其他课程。

四、职业和半职业体育

各成员国对职业、半职业和非职业优秀青少年运动员的教育措施不尽相同。有些成员国的国家管理机构或体育部对青少年职业运动员的教育制定了具体的规定或政策。这些政策既促进了竞技运动的发展，又考虑到了社会责任问题。

60%左右的成员国为优秀青少年运动员成立了专门的职业体育院校。最常见的有足球和橄榄球学校，以满足青少年运动员的教育和训练的需求。一些体育院校注重运动成绩，所以课程设置具有高度的灵活性。

与此相反，鉴于体育院校中相当比例的学生运动员没有职业合同的保障，因此一些成员国更注重教育的发展。人们对此越来越关注，因为他们认为对职业运动员而言，更重要的是运动训练而不是学业。

一些成员国通过立法来保证由商业体育组织经营的体育院校遵守教育法规和相关规定。

五、高等教育和体育

除意大利和马耳他外，90%的成员国为优秀青少年运动员在大学的发展采取了积极的措施，很多大学制定了具体的政策和方案以保证运动员入学。通常运动员必须达到具体的入学标准，各国的标准也不一样，一般要在奥运会、世锦赛和欧锦赛上取得前三名。一些成员国基于运动成绩制定奖励计划。

一半以上的成员国为优秀青少年运动员提供了奖学金，以促进他们体育和教育的发展，各国的奖学金的来源和金额都不同。

大部分成员国都采取了支持措施来帮助优秀青少年运动员完成大学的学业，包括私人导师和监管、个人学习计划、远程教育和电化教育方案、宽松的转系或转校条件、灵活的课程设置和训练/比赛请假制度。例如，荷兰的约安克利夫（Johan Cruyff）大学开设的商业管理课程为优秀青少年运动员以后从事体育产业打下了基础。该大学还与西班牙和葡萄牙建立合作伙伴关系。

总之，研究强调在高等教育阶段要使青少年运动员很好地把训练和教育结合起来，就必须使他们的教育更具灵活性。对此，大部分成员国都采取了积极措施，但是这些措施各不相同。

六、就业指导和生活方式管理

对运动员来说，运动生涯是短暂的，那些取得过优异成绩的运动员也不例外。很多青少年运动员想在体育领域有所作为，但没能走上职业体育之路，因此他们不得不面临就业的选择。

70%以上的的成员国采取了有效的措施，在青少年运动员退役之后，为其提供就业指导。这些措施包括建议和指导、职业咨询、就业机会、贷款以及接受继续教育的激励措施。

有些成员国，例如英国，为优秀青少年运动员在生活、职业教育以及就业机会等方面提供了很多的支持，而有些成员国只提供了有限的甚至没有提供帮助。各成员国在对优秀青少年运动员提供帮助的问题上态度不一。最近召开的生活方式管理欧洲论坛使各成员国之间达成了共识，认为应在青少年运动员职业生涯的末期给予他们多方面的帮助。各国越来越认识到对优秀青少年运动员提供帮助的重要性。这些帮助包括生活方式管理措施和就业指南，另外，还包括缓解他们的心理和社会压力，以促进他们的职业生涯得到更好的发展。

七、把握教育和运动训练之间的关系

研究结果表明，由于生活和竞赛的压力，青少年运动员努力在训练、学业和个人生活中取得平衡。竞技运动对身体条件的要求很高，会对青少年运动员在平衡学业和训练关系产生巨大影响。在平衡二者关系时，运动员往往先考虑运动训练。运动员取得成绩通常是以牺牲学业和社会交往为代价，这种代价的大小因人和项目而异。

要让青少年运动员在二者之间取得平衡，教育和训练方面的支持和灵活措施必不可少。不仅在学业和训练上要取得平衡，而且还要在生活方式上达到平衡。研究表明，影响达到平衡的因素很多，其中教育的灵活性和特殊的生活待遇是最重要的。良好的生活方式也很重要，包括与非体育专项学生的接触以及来自教练和老师的支持。

优秀青少年运动员所接触的所有人对他们的复杂要求的理解与支持也是一个重要因素，训练场地与教育设施的接近性也有利于时间的控制。控制寄宿学生的数量、在他们当中营造一种家庭氛围以及寄宿运动员和非寄宿运动员之间的和睦相处也有利于他们的成长。

八、对运动员的支持

首先是灵活措施。在课程安排和授课、训练及就业等方面采取的灵活措施被认为是青少年运动员能否平衡二者关系的关键因素。其次他们在接受教育和进行运动训练中都得到了支持，并且得到了来自个人和雇主的帮助。他们是教育、训练、家人和朋友等利益团体关注的中心。最后还讨论了青少年运动员的职业转换问题。

研究证明，要使青少年运动员把教育和训练很好地结合，教育的灵活性是必不可少的，对青少年运动员的要求的更大意义上的理解（例如，他们为什么需要灵活性）也是很重要的，这样可以在体育专业院校中更容易也能够在更大程度上提高教育的灵活性，当然在非体育院校中也同等重要。可以采取个性化的学习方案和电化教育两种手段来实现。另外，报告强调，教育的灵活性应该贯穿于运动训练始终，这方面必须引起教练和

国家管理机构的重视。

在青少年运动员所接触的人员中，虽然父母对他们有很大影响，但是教练员通常扮演着最重要的角色，特别是对那些年龄较小的运动员，因为他们具有很强的依赖性。在运动员接受教育和进行训练的时间或者代表哪个利益主体参加比赛的问题上，教育机构和训练团体之间经常会发生冲突，特别是他们获得奖学金之后，矛盾更加突出。研究强调了生活方式管理的建议在帮助青少年运动员建立良好的生活方式方面的重要性。

职业转换对青少年运动员的要求很高，同时也对他们产生很大的压力。青少年运动员会在就业、教育和训练中不断地转换角色。运动员在16~19岁这一年龄段转换角色尤为艰难，这期间他们要在接受教育和就业之间做出选择。研究表明，如果要成功地解决这个问题，就必须让青少年运动员做好充分的准备，并给他们提供尽可能多的建议。进行比较研究的四个成员国都有支持系统来帮助青少年运动员缓解此问题带来的压力。

九、建　议

我们建议为了各成员国的利益，体育部门应该重视各国之间的差异，这些差异包括教育的灵活性和生活方式的管理等，体育组织还需要把儿童保护培训列入教练员资格认证的课程。

我们认为，在整个欧洲范围建立一种监督制度，以使青少年运动员的教育和训练很好地结合。建议成立欧洲观察团，运用最佳的工作模式，来监督青少年运动员的教育和训练。

如果要确定这种工作模式，建议欧盟委员会制定一系列法规条例来明确规定运动员在教育和其他方面享有特殊待遇的权利。

对欧盟委员会的建议还包括：

●促进电化教育系统的发展来推行以运动科学和管理学科为基础的欧洲班克洛瑞计划和学位方案。

●支持获得欧洲各国认可的优秀运动员课程结构设置计划及资格培训课程。

●鼓励欧洲体育联合会建立具体的保障儿童安全训练的资格认证制度。

●支持刚起步的优秀青少年运动员生活方式管理欧洲论坛网络系统的发展关于后续研究和学术合作。

●在青少年运动员教育的灵活性问题上，制定规范，并推广到各成员国的政府、体育管理机构和体育联合会。

●对青少年运动员生活方式管理的最佳模式进行研究，加强青少年运动员生活方式管理欧洲论坛网络的建设。

●开展青少年运动员教育权利的研究，探索如何用法律来保证他们接受教育的权利。

●对以前从事开展程度不同的运动项目（如体操和网球）的优秀运动员的职业选择进行纵向研究以提供更多的研究样本，同时要考虑到同一个运动项目在不同国家开展的程度也不同。

（项目编号：921ss06053）

运动员人力资本的产权
界定与保护研究

杨再惠　高　涵　闵　捷　姜春华　孙小莉　宋　巧

目前，国内关于运动员人力资本产权的理论研究尚未形成。只是少数一些学者如耿力中、梭伦、张智翔、张忠元、李健、何世权等，从资产、资源角度或从营销角度对人力资本产权有一些研究。但是，对运动员人力资本产权的界定并没有进一步的阐述。

体育界运动员的产权问题由来已久，如何智丽与焦志敏事件，如果说何智丽事件的发生是一个应该引发思考而事实上却没能真正引发思考的历史遗憾，那么后来王郅治、田亮、郭晶晶、彭帅、姚明问题的发生在社会上引起的强烈反响，应该引起相关部门的足够重视。其实，这些与运动员归属有关的纠纷归根结底都与运动员的人力资本产权有关系，而这正是长期以来阻碍体育发展的难点之一。

一、运动员人力资本产权的界定

（一）运动员人力资本的形成

运动员人力资本的形成是由国家、企业、家庭、个人等投资主体，国家、俱乐部、学校等管理组织，教练员、教师等教育者和运动员等受教育者共同完成的。我国运动员的培养是自下而上逐级提高的培养方式，少体校和一些体育特色学校是培养运动员的初级形式,主要任务是建立运动员梯队的三线队伍；专业队和俱乐部的青年队侧重于提高运动技术水平，主要任务是向运动队输送后备人才；而集中了各省市和全国运动员的精华，代表各省市和全国最高水平的专业队，是我国运动员级别的最高级形式。由于运动员是由国家的代表——各级地方政府出资培养的，除了要求下级运动队伍向上级输送优秀运动员外，运动员的流动方式基本是垂直的，也就是自下而上的，横向的流动非常少。那么，凝聚在运动员身上的运动技能并不能成为一种商品进行买卖。国家体制保障了这部分运动员的现期收入和预期收益，虽然不能自由流动，但是能够带来稳定的收益流，我们可以认为这是一种计划经济时期的运动员人力资本的特殊形态。国家是高水平运动员的唯一投资者，同时也是高水平运动员的生产者和使用者。

（二）运动员人力资本的内涵

我国运动员的人力资本应包含以下几个方面： （1）投资主体是国家和运动员本身；（2）载体是运动员的自然属性； （3）运动员所拥有的知识、技能、体能、声誉等投入存量是他的资源； （4）具有现期和预期的收益性。

（三）运动员人力资本产权的定义

运动员人力资本产权，是运动员人力资本的投资主体对投资所形成的运动员人力资本所拥有的一系列具有经济价值的权利总称。它应该包括运动员人力资本的投资主体对运动员的使用权、处分权、收益权和转让权等权利；它是制约运动员行使这些权利的规则系统，它包括运动员人力资本的投资政策、教育制度、培训制度和社会保障制度等规则体系。

（四）运动员人力资本产权的特性

1. 运动员人力资本产权的一般特性

根据人力资本产权的一般特性，人力资本产权具有排他性、可分解性、可交易性，同样运动员人力资本产权也具有排他性、可分解性和可交易性。

（1）运动员人力资本产权的排他性

运动员人力资本产权的排他性是指运动员人力资本产权主体对所拥有的人力资本所具有的对外排斥性或垄断性，即当一个主体拥有人力资本后，就排斥了其他主体对人力资本的拥有和使用。运动员人力资本产权的排他性是与运动员人力资本的存在特点紧密相关的，即运动员人力资本存在于其载体中，因此运动员人力资本产权的排他性较强，一旦确立运动员人力资本载体拥有其产权后，其他人很难再拥有运动员人力资本的产权，除非载体出让其产权。

（2）运动员人力资本的可分解性

运动员人力资本的可分解性是指运动员人力资本产权的各项权能可以分属于不同主体的性质，即运动员人力资本的所有权、使用权、处分权、收益权和转让权可以分解开来，分属于不同的主体。而运动员人力资本产权的分解为运动员人力资本的流动、配置和使用等创造了条件，大大提高人力资本的使用效率。但运动员人力资本产权的分解要求准确界定各主体之间的产权关系，目前在我国做这项工作还存在相当大的难度。

运动员人力资本产权是一组产权束，当产权束不发生分解时，完整的运动员人力资本产权为一个产权主体所享有，谁是所有者，谁就拥有完整的产权；当产权束在不同的主体之间进行分解时，所有者并不享有完整的产权，只是行使运动员人力资本的所有权(即归属权)，而并不拥有所有权的主体则可以通过某种方式行使对运动员人力资本的控制权。在这种情况下，由于运动员人力资本的所有者和控制者是两个不同的主体，他们各自的职能相互独立互不交叉，如果不明晰两者的产权关系，那么就无法弄清产权的侵害和被侵害，并会妨碍运动员人力资本产权的保护和产权规则的实施。

运动员人力资本产权的分解过程是与人力资本产权的交易过程联系在一起的。在市场经济条件下，运动员人力资本产权通过与相关组织签订契约便发生分解和让渡，运动员人力资本的所有权归运动员本人所有，相关组织拥有对人力资本的占有权、使用权、支配权和决策权等。可见，在运动员人力资本的交易过程中，原来完整的产权分解为两种产权，一是所有者产权，归运动员所有；二是经营者产权，归相关组织所有。运动员人力资本产权的分解与其资本的使用效率关系密切。产权经济学理论认为由一个主体完整地行使产权是不经济的，出让部分产权给他人，一个主体专门从事特定的权能分工的边际收益要大于从事多种权能分工的边际收益。

（3）运动员人力资本产权的可交易性

运动员人力资本产权的可交易性是指运动员人力资本产权在不同主体之间的让渡。在运动员人力资本产权的交易关系中，必须遵从既定和合理的秩序。运动员人力资本产权的排他性，可以减少不确定性并增进秩序的稳定性。同时，由于排他性的存在，使运动员人力资本产权主体才能拿产权去进行交易。因此，排他性是运动员人力资本产权可交易性的基础。

运动员人力资本产权的可交易性是运动员人力资本流动的具体表现形式。按照帕累托最优资源配置原理，只要人力资本创造收益的潜在空间存在，自由竞争和选择机制就必然促使人力资本向更有效和更充分利用的市场转移，从而达到人力资本收益最大化状态。所以，运动员人力资本可交易性的重要意义在于调整运动员人力资本产权的格局和结构，也就是说在运动员人力资本产权格局约束了人力资本的运行效率时，只要交易成本低于原有产权格局造成的效率损失，则可以通过人力资本的交易进行调整。显然，运动员人力资本产权的可交易性是提高运动员人力资本配置效率的充分条件，也是实现运动员人力资本产权功能的内在条件。追求利益最大化的动机促使运动员人力资本所有者通过交易主动出让一部分权利。

2. 我国运动员人力资本产权的独特性

（1）我国运动员人力资本产权投资主体的多元性和高风险性

首先，我国运动员人力资本产权投资主体的多元性。从我国运动员人力资本的形成可以看出，我国运动员人力资本的投资主体是多层次的，是由家庭、个人、学校、国家、企业、俱乐部等组成的多元的投资主体群，这个群体在运动员人力资本形成的各个层次中发挥着不同的作用。

运动员人力资本的积累过程大致可分为三个阶段。第一阶段为运动员人力资本的初始阶段。在这个阶段中，运动员依据他本身的先天条件从小开始从事某项运动训练，比较系统地学习运动技术，提高体能，此时运动员和他们的家长是其人力资本的投资主体，他们共同拥有运动员的人力资本产权。第二阶段为运动员人力资本的积累阶段。运动员经过多年的基础训练，运动水平明显提高，此时运动员刚刚进入高一级的专业运动队或俱乐部，开始与运动队或俱乐部建立劳资关系。这个阶段的主要投资者是国家、企业、教练员和运动员。第三个阶段为运动员人力资本显效阶段。运动员获得的成绩成为他们的主要资本，他们会因此获得很高的声誉，运动员人力资本的市场价值凸现出来。这个阶段的投资者主要还是国家、俱乐部和运动员，运动员人力资本的产权依然归三者共同所有。

其次，我国运动员人力资本产权投资的高风险性。我国运动员的培养是在"举国体制"下的所谓的"金字塔"型培养模式，这种人才的培养模式主要是为了培养高精尖的高水平运动员。这种模式必然会是高淘汰率、低成材率的人才培养状况。另外，目前我国采用的训练手段尚不够科学，训练效果的可持续性较差，导致我国运动员的职业运动生涯明显短于国外的运动员，加剧了我国运动员人力资本投资的风险性。再有投资运动员除淘汰率高、可持续性差以外，对退役运动员的就业教育辅导也相对是高成本的。在我国现行运动员培养机制带来的高投入、高风险都是由国家来负担的，但在运动员人力资本市场价值得到体现的今天，国家也应考虑投资风险的问题，适当分散风险是提高投资效率的有效办法，同样也是实现资源优化配置的有效办法。

（2）我国运动员人力资本产权载体的天然属性是运动员本人

运动员拥有的知识、技能、体能、声誉等是其人力资本的存量，这些是其现期和预期的收入源泉。从根本上说，运动员人力资本的产权具有私人属性。张五常指出："劳力和知识都是资产。每个人都有头脑，会作自行选择，自作决定。我要指出的重要特征，是会作选择的人与这些资产在生理上合并在一身，由同一的神经中枢控制，不可分离。"这段话充分说明运动员人力资本与运动员本身的天然属性。

运动员人力资本产权只能为运动员个人所有。而从投资者角度看，运动员人力资本是其最重要的生产要素，投资者的不断投入使运动员人力资本的存量不断积累。但是，这种人力资本积累的量度，受运动员本人的意志控制，即运动员知识的储备、技能的改善、体能的提高以及参与运动的主动性等剩余控制权，取决于运动员自身，只能由运动员自己掌握，任何人都无法替代。

在计划经济体制下，我国运动员不具有自由转让和选择合约的权利，所以在这种体制下得出运动员人力资本产权归国家所有结论也不足为奇。而国家拥有运动员人力资本产权的状况实际上是一种主体错位，在人力资本市场评价尺度缺乏的条件下，国家无论如何就是无法改变"出工不出力"的尴尬局面。在市场经济条件下，运动员存在转让和选择合约的权利，但他所转让的不过是人力资本的使用权，与运动员个人天然一体的所有权是无法转让出去的。因此，不论何种形式的交易，都无法改变运动员人力资本产权的私有性。

(3) 我国运动员对其人力资本所有权的独占性

所有权是人力资本产权中最主要、最具有意义的权能，所有权的占有是对人力资本产权在事实上或法律上的控制。占有的目的是为了使用、经营，是为了实现产权的使用价值。运动员人力资本的价值主要体现在运动成绩上，运动员的运动成绩从人力资本的角度讲，就是运动员人力资本存量的集中体现，当然运动成绩的占有权自然归属运动员本人，运动员对自己所获得的运动成绩的占有是独立的、合法的，是直接的占有。

而与运动员关系密切的非运动员，包括个人和组织，也可以拥有运动员的运动成绩，也就是运动员的人力资本价值，但这种拥有是间接的，是以合同或契约方式依法拥有的。运动员可通过对其占有的使用权的让渡，使运动成绩资本实现其价值，并扩张其价值。但是运动员占有的运动成绩这一人力资本只有在交换时才能体现出使用价值。根据这种理论运动员在人才市场上的横向流动（转会）就是一种产权交换行为。运动员可以将自己占有的人力资本价值——运动成绩进行转让，而交换的另一方如国家、俱乐部则以工资、酬金等形式与运动员进行交换，由此实现产权的交换。这时建立的合同或契约等劳资关系，就是在法律上运动员承认自己的运动成绩被对方占有，允许对方实行使用和经营权力。

(4) 我国运动员人力资本产权价值实现的自发性

运动员是其人力资本的天然载体，运动员本身对其运动技能的积累、资本存量的储备也是天然向上的，即运动员人力资本的价值是自然向上的，运动员人力资本在其使用期限内，具有人力资本不断积累和自我升值的特性。因为运动员是其人力资本的所有者，为了提高其资本存量，运动员会自觉地不断实行自我补偿、自我更新、自我发展。这种不断积累的成果就体现为运动员人力资本的升值上，也就是运动员人力资本产权价值的自发实现性。

(5) 我国运动员人力资本产权运用的自发激励性

与运动员人力资本产权价值实现的自发性相似，运动员在其人力资本的使用时，受运动员自身意志的影响比较大。运动员在使用其人力资本时，如果运动员感觉自身资本的使用符合自己的意志，他(她)会自发地激励自己；而运动员感觉到人力资本的使用不符合自己的意志时,他(她)随时可以采取开启或关闭其一部分或全部人力资本。因此，运动员人力资本产权的运用存在着双向激励的原则。所谓双向激励，一是投资者对人力资本的激励，二是人力资本载体对自身的激励。

(6) 我国运动员人力资本产权的专业限制性

从运动员人力资本形成的过程看，运动员人力资本专业性非常强，因为运动员所掌握的知识技能、形成的体能和所获得的成绩都表现为某一运动项目的特征，具有很强的专业性。这些知识技能和成绩的获取是长期积累的结果。运动员人力资本产权的专业性是由人的能力和生命期的局限性所决定的，人不可能在其有生之年掌握所有专业领域的知识、技能和体能,运动员人力资本的积累表现得更为突出。运动员的运动生命是很短暂的，只能在一定时间里，在特定的专业领域掌握或发展某一个或某几个方向的专业知识、技能和体能。

由于社会分工不断细化，社会对人专业化水平的要求越来越高。一个人一生也只能在很有限的范围内掌握一定的知识和技能，而不可能对所有的知识和技能都精通。另外，投资者理性偏好和运动员效用的取舍和比较，会驱使运动员人力资本的投资只能向某个方向纵深发展，这样也使运动员专业化程度越来越高，这就造成运动员人力资本只能在短暂的时间里向竞技体育的金字塔顶端冲击，他们付出了大量的心理成本和高昂的机会成本，但是这种积累却不能获取长期的收益。退役后的运动员人力资本常常面临着迅速贬值的威胁。特别是在我国体育产业尚不发达、体育产业本身还不能完全吸纳专业性极强的运动员时，将这些退役的运动员抛向社会会带来极大的社会问题。

另外，就运动员的使用范围来看，大多数运动员的知识和能力只局限在某个运动项目上，运动员人力资本存量的可用性受其运动项目的限制非常强，使运动员成为一种"高级"的专用性人才。

由于运动员人力资本内在的专业性的特质，决定了我国现阶段运动员人力资本的产权具有很强的专业性，并且这种专业性带有很强的限制作用。所以，目前对运动员人力资本产权的有效管理和配置必须进行战略性的选择，否则，投资主体的目标就会因人力资本的自动关闭性质而受到损失。

(7) 我国运动员人力资本产权交易的不确定性

运动员人力资本的产权交易是不确定的，这里所说的是运动员人力资本产权在交易中存在着的不完整、易变和风险性。

在运动员人力资本的产权交易过程中，体现出产权的交易是不完整的，实质上这种交易只是部分的产权交易，也就是运动员人力资本的所有权是不可能交易的，可以交易的只是运动员人力资本产权中的使用权、管理权、收益权和处置权。而且这种使用权、管理权、收益权和处置权的交易都不是完整的交易，因为在交易双方中买方通过产权交易获得了人力资本产权的使用权，但卖方仍然拥有所有权。因此，在产权交易中获得使用权的一方所获得的使用权也是不完整的。而收益权和处置权也不是非常完整的，它们使用的状况往往取决于使用权应用的程度和水平。在运动员人力资本产权交易中，并不发生运动员人力资本所有权的转移，作为一个"活的"产权主体，不可能应用100%使用权，而是随时随地发生不同状况的变化。因此，运动员人力资本的产权交易不仅受体育市场运行机制的制约，而是更大程度上受产权主体——运动员本人的制约。

在运动员人力资本的产权交易过程中，运动员人力资本的产权交易还是一个不断变动的过程。因为运动员所掌握的知识、技术和体能等资本存量是随时间而不断变化的；从生理学和心理学的角度看，运动员的技术和体能有高峰期也有低谷期，呈波浪式的运动趋势。

在运动员人力资本的产权交易过程中，存在着产权交易的风险性。这种风险集中体现在运动员人力资本产权交易的主要权能是买卖的运动员的使用权，但在使用权的使用上却存在很多未知数，主要是这种使用权不取决于买方，而是取决于卖方——运动员，运动员在被使用的过程中，会存在很多变数是买方无法控制的，像"出工不出力""不完全发挥技能"或是运动员出现伤害事故等，都会给买方造成巨大的损害。如果运动员在比赛中全力以赴发挥自身技能取得好成绩，那么买方就可以获得较大、较多的收益；如果运动员未能发挥应有的水平或有意不完全发挥水平，这样买方就要担负较大的风险。虽然买卖双方有产权交易的契约作为保障，但不能保障运动员完全发挥其技能，全部体现其资本存量。

（8）我国运动员人力资本产权"残缺"的自贬性

人力资本与其载体不可分离的特性，决定了在人力资本产权与其载体分离的情况下，人力资本的一部分权利可能会缺损，从而导致人力资本产权"残缺"。此时人力资本载体可以将相应的人力资本"关闭"起来，那么就会严重影响人力资本资产的经济价值。当运动员感觉到人力资本的使用不符合其载体自身的意志时，运动员人力资本载体具有自动关闭其一部分或全部人力资本权能的性质，造成产权的"残缺"。另外，运动员人力资本产权的投资主体对运动员人力资本的产权进行严格控制的话，也会使运动员的横向交流失去活性，导致运动员人力资本产权的"残缺"，这样就使运动员人力资本产权自动贬值。

（9）我国运动员人力资本产权价值的时间限制性

所谓运动员的人力资本产权价值的时间限制性，指的是运动员人力资本价值的体现是有时间限制的，并且其价值体现的时间也非常短暂；同时，在运动员的使用上存在严格的时间规定性，从而使运动员人力资本的产权价值在突现时期表现为高价格的特性。

一般来说，人力资本伴随劳动者终身，一直在发挥作用。但是，运动员人力资本发挥作用却具有严格的时间限制性，主要是体育竞赛的严格的时间限制性，突出表现为竞赛是在同样年龄段的运动员之间进行的；另外运动员人力资本价值的具体体现是运动成绩，而运动成绩又是运动员技能、体能等素质高水平发挥的集中体现，并且运动员维持成绩在一个相当高的水平是非常困难的，时间是短暂的。高水平竞赛是运动员高强度的体力和脑力劳动的表现，对运动员的各方面素质要求非常高，在此时期运动员身体消耗很大,运动员只有处于运动生涯的高峰阶段，才能满足这种特殊要求，运动员的黄金时间与其他人力资本相比十分短暂，导致运动员人力资本产权价值的体现受时间的限制。

二、我国运动员人力资本产权的保护

（一）我国运动员人力资本产权中国家权益的保护

在我国现行的举国体制下，运动员人力资本产权对于国家而言具有绝对的控制权，作为一个具有合法暴力和自然垄断性质的组织机构——国家，处于确立和保护运动员产权的有利地位。过去和现在无论国家是否使用对竞技体育领域的国家操控权，在许多人的观念中存在着这样的意识刚性，即国家有权对人和事务进行国家意志安排。在这种制度安排下，国家的利益会自然得到保护，国家对体育投资的目标基本不会受到损害，但是这是建立在高投入低产出（从经济学的角度看）的前提下的。而国家的权益要真正得到保护，代表国家利益的各级国家体育组织，就应了解运动员人力资本产权运用的自发激励性这样一个特性，采用各种制度激励运动员发挥他们的积极主动性，从而使国家利益最大化。

另外，我国体育领域改革 10 多年来，取得了一定的进步。尤其是近年来市场机制的引入，对一些运动项目进行了市场化的改革，虽然改革力度还不够大，但是运动员作为体育市场中的一种稀缺商品，运动员的人力资本价值却得到了突出的体现，运动员在市场中的横向流动，不断增加了运动员人力资本的产权价值。随着运动员人力资本产权价值的不断增加，运动员会自动向价值高的区域流动，致使国家目标的顺利实现遇到一定的困难，迫使国家不断加大对运动员的投资力度，使国家的机会成本不断提高。从经济学的角度看国家权益间接受到损失。国家为保护自身利益，就应在加大对运动员的投资力度的同时，加强体育产权制度的改革，建立健全运动员人力资本产权经营管理制度，明晰运动员人力资本产权。目前对国家利益比较好的保护措施，是加强对运动员转会等经营活动的管理，加强运动员人力资本产权交易中管理费的收缴，最好是对以上经营活动进行合理税赋的制定和收缴。

（二）我国运动员人力资本产权中俱乐部权益的保护

这里俱乐部是指目前我国具有一定经营权的职业体育俱乐部。虽然这些俱乐部尚不具有绝对的经营权，但却是运动员人力资本的主要投资人之一，其投资的权益理应得到相应的保护。

俱乐部所获得的运动员的使用权、交易权、处置权等权能，是俱乐部在法律约束下通过契约的形式获得的运动员人力资本产权的让渡(转让)。运动员将部分权能转让给俱乐部，并承认由俱乐部法人的代表——自然人（包括俱乐部经理、教练员、管理人员等）来具体支配和使用，运动员通过权利的交换，即主体的转换行使他的处置权，并获取利益。当运动员与俱乐部建立契约关系时，事实上他（她）就将自己的人力资本价值的表现形式——运动成绩让渡给俱乐部。在契约关系建立期间，俱乐部有对运动员人力资本价值进行处置的权利。如运动员因伤病、年龄等原因无法保持或提高运动水平时，俱乐部有权对运动员进行处置，在合同、契约期满后，俱乐部要收取运动员的转会费等。

从俱乐部的经营看，运动员好像被剥夺了一些权利，但实际上俱乐部不拥有运动员人力资本产权的所有权。俱乐部必须花费更多的投资来监管运动员的劳动表现，维持运动员的人力资本价值——运动成绩在相当高的水平上，防止运动员"出工不出力"。如果运动员完全关闭自己的人力资本，双方都得会受到损失。随着监督成本的不断提高，俱乐部不得不给运动员相当的自主权，俱乐部就只能将对运动员的监督重点放在最终的比赛成绩上，但如此俱乐部的权益就会相应地受到损失。

目前，在我国经济体制转轨时期，尤其是我国竞技体育体制改革的过渡时期，职业体育俱乐部作为我国运动员人力资本的主要投资主体之一，国家应对其给以一定的优惠政策，鼓励俱乐部投资竞技体育，对职业运动员的培养机制进行改革，依据谁培养、谁获利的原则，改变国家培养运动员的唯一途径，从而在一定程度上解决运动员人力资本产权中所有权的问题，进而保护俱乐部的权益。另外，国家也应尽快制定运动员人力资本产权的分割制度以确保国家利益和俱乐部利益不受损失。

（三）我国运动员人力资本产权中运动员权益的保护

运动员在自身人力资本存量的积累过程中，投入了原始资本，承担了风险，损失了参与其他行业的机会成本。虽然在运动员人力资本形成中投资者是多元的，但是无论谁投资,运动员人力资本的承载者——运动员本身，付出体力、精力、时间以及放弃其他机会和收入是肯定的，运动员的投入也是巨大的，运动员人力资本的积累对运动员本身来说成本也是非常高的，运动员的人力资本产权的保护也应受到足够的重视。

在一定的计划制度安排下，人力资本产权既可以属于人力资本载体，也可以属于其他主体，即人力资本产权可以与其载体相分离。在举国体制下运动员的人力资本产权基本属于国家，运动员人力资本价值体现的是国家利益，即国家追求的体育的政治目标。但是在市场经济条件下，运动员人力资本与其载体的分离很大程度上是一种低效率的产权制度安排,会自然滋长"出工不出力"等现象。而运动员人力资本与其载体不可分离的自然属性，决定了在运动员人力资本产权与其载体分离的情况下，运动员人力资本的一部分权利将可能被限制或被删除，从而导致运动员人力资本产权的"残缺"。运动员人力资本产权与其载体相结合，是一种有效的制度安排，可以降低监督成本和激励成本。运动员人力资本载体拥有了自己的人力资本产权，也就能自由地支配自己的人力资本，选择最佳的实现人力资本价值，获取人力资本利益的工作方式。同时也拥有了获得自己劳动成果的权利，而且从根本上激励人力资本。

在市场经济条件下，一旦制度确定了运动员人力资本产权属于人力资本载体，那么在运动员人力资本产权交易过程中，人力资本所有权就无法转移，交易和转移的只是运动员人力资本的支配权和使用权，这样就可以有效地保护运动员人力资本产权的应有价值。这就需要对现有关于运动员人力资本交易的政策、法规加以修改，以确保运动员人力资本产权得到保护。

三、建　议

运动员人力资本产权问题是我国体育体制改革必然要解决的问题。在解决运动员人力资本产权的问题上国家处于确立和保护运动员产权的有利地位，国家有权对人和事务进行国家意志安排。在解决运动员人力资本产权的问题上，国家应该转变观念，积极寻找适合解决我国运动员人力资本产权问题的思路和办法，尽可能减少行使行政权所带来的一些负面影响。因此，在体育体制改革中应考虑建立健全运动员人力资本产权制度，建立运动员人力资本产权分割制度，以保证合理的人力资本流动，激活人才竞争、合理使用人才,促使人才节省，从而促进体育更加繁荣。

（一）建立健全我国运动员人力资本产权管理制度，建立运动员的国家委托——代理机构

经济学把人假定为"经济人"，它包括组织和个人。"经济人"作为经济活动主体，

其行为是为实现利益的最大化。理性的"经济人"受经济利益的驱使必然做出选择，使行为与其最优化利益相对应。在社会主义市场经济体制下，体育市场化改革的速度也会不断加快，将运动员人力资本产权的主要投资者之一国家也看成是"经济人"，国家理应追求利益的最大化。那么，就应建立国家的委托——代理机构（相当于国有企业），明确委托——代理双方（国家和运动员）的权利、义务和责任，并使这个国家的委托——代理机构成为独立的经济法人，成为市场主体。由此，国家和运动员必然遵循投入与产出、成本与收益比较的原则，付出多少劳动、承担多少责任、期望多少回报，按经济规律解决国家和运动员之间关于运动员人力资本产权的问题。

（二）加强职业体育俱乐部的规范建设，加快运动员转会的经纪人队伍建设

运动员人力资本价值的体现是运动员在体育人才市场上的不断流动的结果。目前，在我国体育市场体系还不尽完善的情况下，就必须选择具有中国特色的、合理有效的职业体育俱乐部的治理结构，建立有效的职业体育俱乐部的激励和约束机制，其中一个关键举措便是尽快建设一支专业的运动员经纪人队伍，加强各种经纪人管理制度的建立，从中分清运动员人力资本各投资主体的权能。各换句话说，就是要在经纪人队伍建设的过程中，将运动员人力资本产权束中的各项权能——对应，真正从激励因素与约束因素两方面来规范职业体育俱乐部的经营行为。

（三）加强运动员工资、奖金、保险、退役保障金等保障制度的建立

从激励机制角度看，建立运动员人力资本产权结构的绩效评价机制，实现运动员人力资本的市场化流动和定价，创造有利于运动员人力资本自由流动的制度条件，包括建立统一的社会保障体系、公平竞争基础上的运动员人力资本价格体系，并明确维权的法律体系，调动运动员工作的积极性和运动员人力资本流动的主动性，从而提高运动员人力资本产权效用函数的牵动作用，进而可以实现运动员报酬与贡献的一致性。

总之，运动员人力资本产权制度的改革是一项相当复杂的系统工程需要做长期的打算。在对我国运动员人力资本产权进行分割和保护时，应考虑到我国运动员人力资本投资主体各方面的投入比例，按照我国运动员人力资本产权的特性，对运动员人力资本产权中各种权能的利益予以充分考虑，从而达到发挥运动员人力资本产权权能的利益最大化。

（项目编号：942ss06074）

我国优秀运动员人力资本投资与收益研究

程　杰　宋全征　杨伟堂　徐　娜　王　永　俞　华　孙天明

关于运动员管理，特别是运动员人力资本形成背后权力分割和权益收问题，一直是困扰运动员管理的焦点问题。随着市场经济体制的转轨、运动员管理市场化运作，优秀运动员的投入与收益体制也发生了相应改变。在这种情况下，重新了解与审视目前我国运动员投入与收益体制，对于我国运动员的管理与效益开发有重要意义。

一、运动员人力资本投入的途径和方式

我国运动员人力资本投入途径主要表现为运动员的教育培训、运动训练和运动竞赛。运动员在训练和竞赛方面投入的比重为最大，占到总投入的一半以上，而教育培训方面的费用占较少的比重。投入方式表现为国家、家庭和企业、个人的赞助，这里国家投入占主要地位，家庭投资占比较重要地位,而企业和个人却占辅助地位。一个明显的特征是运动员在刚刚踏入运动行业中，家庭的投入是占主要地位，国家的投资占次要地位；而成为优秀运动员后，这时国家的投入占绝对主要地位，其他投资有与无，已经根本不影响运动员的训练与竞赛。

在我国职业俱乐部的运动员，他们的投资人是俱乐部的老板，而且运动员的工资也较高，从一定程度上大大减轻了国家培养运动员的负担。

目前我国运动员人力资本投入主要表现为多元化的投资，即使是职业运动员，只要是接受国家培养，后来随着职业化改革而步入职业化队伍的运动员，一样体现多元投资的事实。国家和运动员本人作为竞技体育运动员人力资本最大的两个投资主体。多元化的投资结构是我国国情所决定的，它具有一定的生存条件。

二、运动员人力资本收入的途径和方式

运动员人力资本收入方式主要包括运动员工资、体育津贴、运动员奖金和贡献津贴、广告等收入。在我国对于职业运动员工资的主要影响因素有职业运动员供求状况、职业运动员的劳动边际收益产品大小、职业体育管理制度和政策、竞赛联盟状况和职业运动员工会与集体协商等因素。职业运动员获得高收入的主要影响因素有职业运动员劳动力市场的供求状况和专有权性质。近20年来,职业运动员工资快速增长的主要原因在我国表现为转会制度的变化和俱乐部电视转播权收益的大幅度增长，职业运动员工资差异性较大，也是完善市场激励机制的结果。

三、我国运动员人力资本投入与收入调查结果与分析

（一）运动员人力资本投入调查结果与分析

1. 运动员人力资本投入过程中国家投入远远大于个人投入

在调查中发现,各项目运动员人力资本投入过程中，国家的投入远远大于个人的投入。

2. 运动员人力资本投入过程中表现出一旦进入国家队，国家投入成倍加大

例如，男子网球运动员在国家队年均国家投入为 32.5 万元，女子网球运动员为 40 万元，比较前两个阶段，投入提高了近 10 倍。男子散打运动员在国家队年均国家投入为 15 万元，女子为 12.5 万元，比较前两个阶段提高了近 5 倍。女子篮球运动员在国家队年均国家投入为 12.5 万元，提高了近 3 倍。田径运动员在国家队年均国家投入为 10 万元，提高了近 3~4 倍。

3. 职业化的项目个人投入较非职业化项目高

篮球职业运动员在个人运动生涯的不同阶段个人投入都比田径项目运动员要高。篮球运动员在省队之前年均 3.75 万元，省队为 132.5 万元，国家队 625 万元，相对应的田径运动员在省队之前年均 0.55 万元，省队为 0.225 万元，国家队 0.15 万元。这种差异性一定程度上是职业前景和投资期望所造成的，因为职业化项目收入可观，社会关注度高，未来前景看好！

4. 与一般优秀运动员相比明星运动员国家投入更大

5. 女子与男子运动员在国家与个人投入方面差异性不明显

网球男运动员个人投入总和为 5.35 万元/年，国家总投入为 39 万元/年；女子网球运动员个人投入总和为 6.66 万元/年，国家总投入为 46.5 万元/年。散打男运动员个人投入总和为 11.25 万元/年，国家总投入为 22.4 万元/年；女子散打运动员个人投入总和为 5.825 万元/年，国家总投入为 22.5 万元/年。

（二）运动员人力资本收入调查结果与分析

1. 热点项目与一般项目运动员个人收入有项目差异性

研究发现，篮球项目与散打、网球、田径项目的运动员相比,篮球运动员的工资、训练补助、资助、赞助和奖金方面有比较大的差别。篮球运动员每月工资人均在 2000 元，训练补助每月人均 2250 元，资助在人均每月 1100 元，人均共获得企业赞助 4188 元，奖金每月人均在 1200 元。而相比较而言，散打、田径、网球项目的运动员的每月工资、训练补助、资助、奖金均大大低于篮球。虽然网球项目是一个大家看好的未来热点项目，但就目前而言在我国还刚刚起步，普及程度较低，因此，同传统的热点项目相比还存在着较大的差距。可以看出，热点项目与一般项目运动员国家投入有差异性。

2. 明星运动员与一般优秀运动员收入有显著差异性

明星运动员与一般优秀运动员收入显著差异主要体现在广告、代言、比赛奖金等方面。最近，中国品牌研究院发布了《中国奥运金牌价值报告》，男子 110 米栏冠军刘翔金牌的商业价值达到了 4.61 亿元。如果这些商业价值全部开发出来，按照国家体育总局广告收入分配方案运动员 50%，教练员、科研人员、队医、陪练 15%，田径协会拿

15%，剩下的 20%回馈输送单位。那么不管是运动员个人，还是教练员、田径协会等都将获得非常满意的收入。

3. 运动员收入主要表现为国家提供的收入

我国运动项目的绝大多数运动员，排除职业化非常完善的运动项目，如足球和乒乓球等，大多数运动员的收入主要表现为国家所给予的基本收入，主要包括基本工资和训练补贴，所谓的赞助、资助和广告收入，只有很少项目的运动员可以享受到。

4. 职业化完善项目个人收入明显高于非职业化项目

我国职业化完善的项目，如足球、乒乓球等，只要运动员加入到俱乐部成为正式队员，他们都享受较高的工资、比赛奖金和出场费，一年的收入基本都在几十万元以上，高的可到上百万元。

四、我国优秀运动员人力资本投资与收益的管理

（一）优秀运动员人力资本投资管理

1. 坚持以国家投资为主体，增强社会投资的力度，并扩大社会投资的规模

运动员人力资本投资的高风险性，只有国家投资为主体，才能保证体育项目吸引更多有前途的运动员参与训练和比赛，这样才能保持我国优秀运动员良好的培养环境。

针对一些运动项目具备俱乐部建设条件的，要抓紧俱乐部建设，加快转型，这样以最快速度来吸引社会资金对运动员人力资本进行投资，在最大程度上减轻国家投资的负担；对一些社会影响力大、关注度高的运动项目和运动员，一些社会游资愿意投入，那么可以尽量创造条件让这些资金进来。

2. 要建立运动员培养基金，利用基金对运动员人力资本进行投资

充分利用现有条件,从优秀运动员市场开发收入中,提取一定比例,建立运动员培养基金,并充分调动社会各方面的力量,募捐资金充实基金的总数,建立和完善基金的管理和使用制度,让运动员培养基金高效率地投入到运动员的培养中。特别是针对一些有培养前途的运动员，在其成长初期，发现他们，并积极资助他们，为他们迅速成长提供保障和支持。

3. 针对运动员人力资本投资，完善"谁投资谁受益"政策

坚持举国体制下的国家投入为主体外，要充分调动一切可以调动的资源，坚持"谁投资谁受益"的宗旨，充分建立和完善运动员人力资本投资的社会化制度和政策。让个人、公司、机构组织等能从运动员人力资本投资中找到自己的受益点，并能进行投资。

4. 我国运动员人力资本的投资结构要加大教育、健康投资的比重

运动员教育投资方面,特别是为运动员退役转型的教育培训投资力度还显薄弱。优秀运动员有相当一部分运动员不能成为明星运动员,他们的总体收入还是不高,那么运动生涯即将结束的时候，关于运动员退役转型的职业培训要跟上，国家要进行人力资本的教育投资，不能让为国家赢得荣誉的运动员缺少基本的生存本领。

健康投资能有效干预运动员的生活方式，预防各种损伤的发生，促进运动员的全面发展。特别针对运动员，由于要不断承受高负荷强度和心理压力，特别是要不断挑战个人的生理极限，很容易发展运动伤病。加大健康投资的比重，保障运动员的身体和心理的健康是人性化的充分体现，对于建设和谐社会、维护运动员训练和今后的工作，非常

的必要。

（二）优秀运动员人力资本收益管理

1. 运动员人力资本产权要清晰，并法治化

我国运动员人力资本的产权，在使用权、处置权和收益权方面是多方共享的状态。我国运动员人力资本所有权属于运动员本人，人力资本产权的其他权利随着投资主体的变化，可以发生交易和转移。研究表明，我国运动员人力资本的投资过程，国家投入比重大，其次才是个人与家庭等。因此，我国运动员人力资本产权的收益权里，国家收益权的比重也应该是最大的，特别是针对明星运动员。

2. 在我国要加大明星运动员人力资本收益的管理力度，要做到合理化

我国运动员收益方面主要还是体现在优秀运动队和明星运动员身上。按照目前我国的分配原则，国家收益部分还没有充分体现，国家的巨额投资，资金的"回报"偏低。因此，在我国要加大明星运动员人力资本收益的管理力度，并进一步完善分配原则。

3. 我国优秀运动员人力资本开发效益要最大化

随着姚明、刘翔、丁俊晖等一批国际级运动员的诞生，我国优秀运动员人力资本效益开发得到关注，开发和保护我国优秀运动员人力资本产权，使运动员人力资本收益在国家、集体和个人收益方面最大化，并能做到及时开发、长久利用，注重时效性、科学性和经济性，这是提高我国运动员人力资本收益的大事。

4. 我国运动员无形资产开发要进一步加强

我国运动员无形资产开发还处于初级阶段，运动员无形资产开发空间还很大。在美国奥委会有运动员营销部，专门负责除了职业运动员外，国家运动员的商业开发和管理，这样可以保障运动员商务开发规范和有效。我国国家队运动员资源丰富，国家投到运动员身上很多资金，对运动员人力资本开发，加大运动员无形资产的商务运作，对国家、运动员、社会和企业等都是有利的事情。

目前我国运动员商业开发刚刚起步，我国运动员商业开发环境需要不断完善，加强经纪公司和经纪人培养，以及市场营销团队的建设势在必行；我国运动员商业开发程度不够，运动员无形资产流失严重，这应引起国家管理层的重视。我国运动员的培养体制可能要在相当长的时间内一直要保持国家投资的主体性，但社会投资的体系建立也是非常必要的，特别是一些市场化程度高的项目要抓紧其市场化投资体系的建立和完善。

（项目编号：952ss06084）

我国优秀运动员合理流动的运作机制研究

杨鹏飞　徐跃杰　徐菊生　林晓华　何国民　李爱群　柳建庆

一、当前我国优秀运动员流动的时空特征现状分析

时间特征。1949—1978 年计划经济时期，由于我国在 50 年代末建立了以城乡分化为特点的户口制，并在以后的 20 年中被严格地实施。这一特征造成运动员的流动只能在区域内垂直流动，不可能形成水平流动；1979 年至今转型期，运动员在垂直流动的基础上逐渐注重运动员的水平流动。

空间特征。国内区域内、区域间、职业俱乐部间、专业队与学校间的流动，已实行优秀运动员注册和交流制度，但完善的交流机制、合理人才资源配置和良性的供求体系尚未形成；国际间流动日趋频繁，日益扩大，增进了国际交流，促进了我国竞技体育的进步和发展。运动员的运动成绩、运动员对报酬与发展空间的认识、运动员的人际关系、家庭对运动员的影响等自身的内环境是影响其流动的内因，而市场因素、组织因素、制度因素等外环境是影响其流动的外因。

二、运动员资源投资的主体

运动员资源投资的主体可分为宏观的运动员资源投资和微观的运动员资源投资。我国优秀运动员国家财政投入持续增加，但对于优秀运动员的基本生活保障投入比例过少，而行政管理人员的数量和投入上比例过大；从大部分运动项目投资主体来看，仍未摆脱原有的以国家财政投资为主的格局，缺少竞技独立性，而福利彩票及社会团体的赞助对我国竞技体育事业的发展和优秀运动员的培养起到了积极补充作用；我国优秀运动员数量规模都比较庞大，但其技术等级结构各有高低，从人才能力和近年来的成绩来看，应该说在个别小项目具有较大的潜力，但整体实力仍然不足；运动员人力资本生命周期短的特点，决定了运动员人力资本获得收益的时间短暂，大部分运动员在付出大量人力、财力、物力的同时，却没有获得相应的收入，这对运动员来说个人承担的风险成本很大；运动员从事职业体育运动是以放弃正规学习为代价，付出了高昂的机会成本，普通人力资本的职业适应性要远远高于运动员的专用性人力资本，运动员大多忽视文化学习，再学习的能力不高，他们转行就业比较困难；我国体育保险不完善，加大了职业体育运动的自然风险；我国优秀运动员流动流量和流速都加快，呈现出商业化特征，但由于目前还未建立健全体育人才市场机制，优秀运动员在流动上还存在一些不透明、不合法的现象。

三、当前我国优秀运动员的供求状况

我国优秀运动员需求规模在未来 5~10 年内将继续扩大，相对规模在短期内还难以同发达国家竞争，优秀运动员总量仍然保持在 90 年代以来的水平，但高校和俱乐部优秀运动员人数持续增加，并显示出成倍增加的势态，而能够在国际大赛上争金夺银的人数，尤其是田径、游泳等大项目上的人数相对规模还难以与发达国家相比；我国优秀运动员在人才储备上存在地域差异，受自然环境和地域文化的影响，突出表现为耐力项目优秀运动员主要集中在西北地区，体能项目主要集中在东北地区，灵巧、技能项目主要集中在华东、华中和华南地区，受区位经济因素的影响，东、中部地区人数多，西部人数少；我国优秀运动员的整体学历较以前有了很大提高，但整体质量上没有给与保证，在专业队的优秀运动员"挂名"获得学位的现象严重，在高校的优秀运动员仍然存在着严重的"学训"矛盾，造成其文凭难以致用；我国优秀运动员的地位有所提高，工资不断增加，特别是在国际大赛中获得优异成绩的运动员，国家给予丰厚的物质奖励，但专业队中奥运冠军和非奥运冠军收入差距较大，由于我国职业联赛规模扩张和速度发展较快，造成优秀运动员的人力资源短缺，人才市场供应不求，引起俱乐部在人力资源上的恶性竞争，进而使俱乐部在运动员身上的投入急剧攀升，而高校中优秀运动员由于收入渠道很少，甚至难以维持正常的基本生活；培养一名优秀运动员需要很长的周期，要消耗很多人力、物力和财力，由于用人机制和市场交易体系不健全，优秀运动员非正常"跳槽"现象，使原培养单位投入无法得到回报；在一个运动训练队中的一名核心优秀运动员的流失，会直接影响到运动队在各项比赛中的成绩，甚至影响到优秀运动员培养的潜力；我国优秀运动员的激励体制由原来的注重精神奖励过渡到物质奖励和精神奖励并重，优势项目相对于更容易获得高额的奖励，造成我国竞技体育项目分布不平衡，出现优势项目供大于求，而弱势项目供给不足的状态；我国教练员的知识结构不合理，训练体系比较落后，优秀运动员选拔标准过于死板，造成我国优势项目的优秀运动员供给数量大、淘汰率高。

四、美国与我国优秀运动员流动机制的横向比较与评判

美国职业联盟是个职业体育组织自下而上自然地孕育和成长起来，对所属的职业运动队有较强的控制权和垄断权，其民间机构的属性决定了职业运动队的业主们为了追求自身利益最大化，会尽力清除优秀运动员流动的一切障碍。而我国体育系统基本上是按照国家福利性事业部门构造的，有一个自上而下的政府行政管理体制，以及按照各级政府主管机构的计划自上而下实施的体育运行机制，它的基本特征是市场外运作，从而使得体育人才在交流问题上始终存在不协调因素。课题研究建议，建立调控优秀运动员流动的政策体系，一是鼓励优秀运动员在省际间的区域流动政策。二是消除优秀运动员流动的各种身份障碍、体制障碍的政策规定。三是打破按行政区域设置人才市场的传统模式，发展跨区域的大人才市场体系。四是坚持以事业、感情、待遇留人，最大限度地用好现有优秀运动员资源。

五、当前我国优秀运动员流动的市场结构和运行机制

为解决我国计划经济所实行的举国体制制约优秀运动员合理流动、供不应求的体育

市场资源配置功能尚未发挥作用、优秀运动员流动体系尚未建立和优秀运动员流动信息不畅等问题，当务之急是营造优秀运动员流动的新环境，打破因全运会而不利于流动限制规定，成立全国体育人才交流机构，制定配套的政策法规，建立体育人才市场和人才数据库，加强对全国体育人才交流工作实施宏观调控和科学化管理；推进市场运行机制的创新，构建市场供求机制，实现优秀运动员主体个人化。发挥市场价格的导向作用，加强队各类优秀等级运动员的市场工资规范化，对俱乐部所属的集体项目以队为单位总体限薪，并研究制定不同地区、不同项目水平的市场工资指导价。实现竞争在供求变动过程的新陈代谢作用，促进优秀运动员的培养质量，改善我国运动员的过度和资源的严重不足的现状。形成统一的信息网络，促进优秀运动员的合理流动配置；推进体教结合的培养机制的全面创新，从体制上解决两条腿走路的培养思路，建立完善优秀运动人才市场的服务体系，促进人才合理流动机制，改革优秀运动员创造成绩的分配制度和激励机制，建立完善的优秀运动员保险制度和福利制度；推动优秀运动员流动市场管理体制的创新，管办分离，政事分开，充分发挥专项体育协会的作用，逐步推动优秀运动员社会化、市场化管理，探索区域间优秀运动员中介机构合作的形式与渠道，促进体育优势互补；我国应逐步稳妥地推进运动员流动的改革，创立优秀运动人才新型培养体制，建立优秀运动员流动机制。从而进一步改进竞技体育管理体制存在的缺陷，消除体育行政化管理体系不能适应市场经济要求的现象，排除我国优秀运动员流动市场竞争存在的障碍，健全与优秀运动员流动相关的法律法规，改变优秀运动员流动信息不畅的状况，建构交流信息平台。

（项目编号：925ss06057）

我国优秀运动员培养方式社会化研究

刘 青　郑 宇　何 芝　郭春香
辛双双　刘 芳　谢 卫　杨 艳

改革开放三十年，中国社会发生了翻天覆地的变化，体育事业在分享社会进步成果的同时，自身所面临的内外部环境也已悄然发生了改变，政府体育部门实现管办分离、不再直接介入对具体事务的管理已是大势所趋。但就我国竞技体育领域而言，在优秀运动员的培养上绝大部分仍然沿用过去的三级训练体系。在市场经济条件下，这种完全纳入"国家体制"下的运动员培养方式暴露出越来越多的问题。如运动员培养成本过高、文化教育薄弱、退役后再就业困难、出路不畅和高淘汰率引发的后备人才短缺等。究其症结所在，关键在于这种模式下培养主体和培养方式过于单一，缺乏生机和活力。

提出优秀运动员培养社会化的命题，其目的在于强调在优秀运动员培养过程中要更多地利用和挖掘社会资源，改变以往单纯由政府作为投资主体的优秀运动员培养方式。

可以预见的是，随着我国市场经济不断发展的客观需要，特别是在2008年北京奥运会结束后，以前那种由政府统包统揽的优秀运动员培养模式必将难以适应新形势的发展，如何改变传统运动员培养模式、如何让市场在这一过程中切实发挥主导作用、如何实现我国优秀运动员培养的社会化等问题必将成为体育理论界研究的焦点。

一、我国优秀运动员培养方式社会化的背景

(一) 国家经济的发展与国民生活水平的提高

经济是体育发展的基础。国家经济的发展与国民生活水平的提高，也影响和制约着我国优秀运动员培养方式的选择。

我国在经济水平很低时，唯有金牌可以"显示""优越性"和"国力"，为国增光。随着经济的增长，我国在世界上的"第一"越来越多，国力的增强，又不需要如以前一样，靠体育金牌来"振奋民心""显国威"，体育金牌的政府效应已大大降低。政府设置庞大的机构，拨付巨额经费来制造金牌，这种做法，现在世界上绝大多数国家已经没有！面对新情况，国家减少投入，特别是调整对优秀运动员的"直接"培养方式，弱化金牌意识，成为在国家经济社会发展的大背景下的必然做法与趋势。

同时还看到，国民经济快速增长和人民生活水平的大幅度提高，人们对体育的消费意识及消费能力不断提高，促使竞技体育作为一种新的职业成为现实。经济的发展使人们具备投资体育的意识和能力，热衷于体育赞助，从事体育市场开发的公司、企业和个人也日益增多，为发展社会化的优秀运动员培养模式的建立奠定了基本的物质条件。可以说，优秀运动员培养方式社会化与国民经济的发展和国民生活水平的提高是息息相关的。

(二) 体育管理体制改革的不断深入

在传统举国体制下，政府的深度介入就是让体育单纯成为社会主义制度下的一种福

利供给，其明显的缺陷主要表现在：政府为体育运动的发展支付较高的制度成本，形成一个庞大的靠国家财政支撑的体育管理部门和运动队伍，不但使政府不堪重负，同时也带来竞技脱离教育、运动员管理和再就业等一系列问题。

在社会主义市场经济体制改革的新形势下，体育系统不断深化改革，后奥运时期全民健身服务需求的增大，政府竞技体育人才培养方式、全民健身服务供给方式等将随之得到调整，将打破过去单一地依靠国家投入的传统体制，实行两条腿走路，充分发挥市场机制在配置竞技体育人才资源中的经常性作用，积极依托市场发展竞技体育和培养优秀运动员。只有这样，竞技体育才能健康、可持续发展。

（三）国际竞技体育职业化、商业化的迅猛发展

竞技体育职业化、商业化趋势已经成为现代国际竞技体育发展的主要潮流。竞技体育职业化、商业化实际上就是遵循市场经济规律和体育运动规律来经营和管理体育产业，以体育竞技本身所具有的娱乐性所带来的享受、竞技性所带来的刺激为主要产品，以平衡各方面利益达到互利互惠的目的，形成体育竞技职业化、商业化自我调节、自我创造和自我发展的运行机制，实现竞技体育发展的良性循环，促进体育生产力的不断发展。因此，竞技体育职业化、商业化这种社会现象不仅将主导整个现代国际竞技体育的发展，而且对我国竞技体育事业的发展都将产生深远而积极的影响。

二、我国优秀运动员培养方式社会化的主要障碍

（一）政策性障碍

1. 参赛资格的限制

在目前国内赛制（特别是以全运会、城运会为杠杆的各种重大比赛）的条件制约下，"社会化"路径培养出来的优秀运动员往往没有"正当的身份"（即"注册"）去参加到国内水平较高的比赛。由于很多对运动员参赛资格的限制，使之成为优秀运动员培养社会化进程中的政策性障碍。

2. 社会保障制度、法规的不健全

总体上看，我国优秀运动员的社会保障制度建立比较迟缓，至今尚不完善，尤其在就业安置、医疗、保险、福利等方面难与整个社会的社会保障体系相适应。同样，发展和提倡优秀运动员社会化的培养方式，仍然要求建立与之相适应的相关制度、法规，否则，将成为阻碍优秀运动员培养社会化的重要障碍。

（二）条件性障碍

1. 经济条件

在当前社会经济发展条件下，一般的个人或家庭是很难有足够的经济实力去支付一名运动员（特别是优秀运动员）的培养费用。即使一些个人或家庭有培养运动员的技术条件和愿望，但由于缺乏雄厚的经济实力，加之又缺乏企业等的支持，只能选择放弃培养有天赋、可能成为优秀运动员的机会。

2. 训练条件

运动训练的构成诸因素如教练员、运动员、训练方法、场地、器材、设备等，都有

可能成为高水平运动员培养社会化进程中的障碍。而在这个过程中，运动员能否聘请到优秀的教练员、训练方法是否科学合理，有没有现代化的场地、器材、设备（甚至运动损伤康复手段和设备），都会成为制约和影响优秀运动员成材的障碍。

3. 运动项目社会化程度条件

运动项目社会化程度是指该运动项目受市场青睐和社会接受程度，以及依赖社会的程度。随着职业体育、商业体育的飞速发展，一些运动项目很容易受到观众的喜爱，并很容易得到企业的赞助和媒体的支持，对社会和市场的依赖性不断增强。如当代的网球、高尔夫、斯诺克等。优秀运动员培养的社会化，一定程度上与该运动项目本身与社会和市场的依赖程度有关。如果这个项目本身受社会和市场的依赖程度很低，即社会化条件不具备，则该项目的运动员培养也很难在社会化路径上有所作为。

（三）观念性障碍

1. 来自政府体育部门的观念性障碍

长期以来，我国的优秀运动员一直由政府培养。难免在政府体育部门形成一个比较狭隘的观念，即运动员的培养是政府体育部门"一家"的事情。这无疑给当前正在探讨的优秀运动员培养社会化问题增加了一道障碍。

2. 来自运动员及家庭的观念性障碍

受长期计划经济体制的影响，运动员及家庭容易形成一种传统的观念，即进入"三级训练体系"的集训队，就意味着将来的就业问题得到解决。或者追随国家的九年制义务教育才是正统，而像丁俊晖的父亲那样让孩子10岁放弃学业去打台球，则易被看做是不务正业的表现。在当前国家教育制度、就业制度下，这道观念性障碍还很难冲破。

（四）体制性障碍

1."社会化"与以国家投入为主的行政体制的垄断行为的冲突

我国优秀运动员的培养推行社会化的发展道路，是我国竞技体育适应国际大环境的必然选择。因此建立一种适应市场化、甚至职业化发展要求的运动员培养体制已是大势所趋。但是，在推行优秀运动员培养社会化过程中的现行运动员培养组织与管理结构的行政垄断，却是影响我国优秀运动员培养社会化发展进程，与国际接轨的一个重要障碍。在这一体系下，名为实体的各运动项目管理中心，已经具有了类似企业、民间协会和政府派出机构等功能，成了集政府、社会、企业三种功能于一体的特殊产物。因而"社会化"的发展客观上也变成了一种实施上的政府行为，在这种情况下难免为了政绩目标和利益，会以协会的名义做出一些明显有失公平的规定或限制。这对于刚刚迈步走上市场经济轨道，与国际接轨的中国竞技体育来说，所面临的这种来自内部的约束和控制，显然不利于运动项目的正常发展。

2. 优秀运动员的"社会化培养"受到"国家化选拔"的阻碍

按照我国传统的管理体制，优秀运动员的培养和选拔都是在体制内部进行，两者矛盾并不突出。然而，在迈向社会化的今天，优秀运动员的培养过程已经出现由俱乐部、家庭等社会组织非专业体工队承担培养工作的例子。但是，这种机制并没有改革彻底，人才的培养虽然社会化了，但在人才的选拔上又不得不进入原来的"国家化选拔"体制，即通过参加省队，参加全运会，最后进入国家队的体制。突出表现在"注册权"和"参赛权"都垄断在各级政府体育部门,而不是社会团体,更不是个人和家庭或者企业。

三、未来我国优秀运动员培养方式社会化的主要趋势及特征

根据我国基本国情,未来社会化的优秀运动员培养方式,大致有四种发展模式。

(一)个人、家庭投资培养

随着我国经济的发展和人们经济能力的提高,个人、家庭投资培养优秀运动员已不再是一个不可能的神话。从投资主体角度来说,个人、家庭应该成为我国优秀运动员培养的投资主体。这是未来我国优秀运动员培养方式的理性模式,也是未来我国优秀运动员培养的一大发展趋势。个人、家庭投资培养优秀运动员的动因在于:完全的个人、家庭投资尽管具有很大的风险,正所谓"高风险才有高回报"。但是,一旦培养成为优秀运动员后带来的是高额的经济效益。

首先,从西方发达国家成功经验可以证明,个人、家庭培养模式完全能够培养出优秀运动员。

其次,我国优秀运动员人才培养体制的开放。

再次,国内及国际竞技体育市场的发展程度比较高。

最后,个人及家庭开始具备独自培养优秀运动员的能力。

(二)企业自主培养

随着后奥运时期我国体育产业的发展,企业培养优秀运动员的步伐将越来越快,并成为趋势之一。国家开始大力支持和鼓励企业自主投资培养优秀运动员,以此推动整个社会的力量参与到优秀运动员的培养中来。企业自主培养优秀运动员一方面可以缓解国家在培养优秀运动员方面的经济压力和优秀运动员退役后的社会就业及一系列相关问题;另一方面企业培养的优秀运动员通常是职业运动员,培养成功后企业和运动员双方能共享比赛奖金、广告收入以及运动员的转会费等经济利益。

企业培养优秀运动员的形式多种多样,从目前出现的情况来看主要有以下四种。

第一种,签约培养的形式。

第二种,企业完全赞助培养的形式。

第三种,企业投资职业体育俱乐部的形式。

第四种,以企业与竞技项目合作的形式,支持优秀运动员的培养。

(三)学校培养

通过学校培养竞技体育人才是世界绝大多数国家通行的做法。"体、教结合"的学校化路径是未来我国优秀运动员培养的必由之路,体育回归教育也是竞技体育发展的必然趋势。"体、教结合"是体育系统和教育系统的整合,而不是单一的体育与教育结合或者简单的相加。"整合"的方式包括为学校培养优秀运动员提供一个促进其发展的政策、制度环境,同时也可尝试将体育系统的所有资产,包括运动员、教练员的编制以及训练设施全都划归本地区的体育学院、普通高校、中小学校,与教育系统的体育资源结合,逐渐形成以小学—中学—大学为渠道的优秀运动员培养模式。真正地实现体育与教

育的结合，解决目前我国优秀运动员培养过程中存在的弊病。

随着社会经济和体育事业的发展，未来我国优秀运动员的培养趋势是真正意义上的走学校化的"体、教结合"之路，以满足"奥运增光"的公共需求问题，这也是我国培养优秀运动员的重要路径之一。

(四) 职业俱乐部培养

职业俱乐部——未来我国竞技体育适应市场化、商业化的必然产物。

竞技体育市场化、商业化是市场经济发展的结果，没有市场经济的发展就没有竞技体育的产业化、市场化。同时，竞技体育的市场化、商业化必然推动了运动员的职业化，使传统的业余运动员成为以体育为职业的运动员。所以说，职业运动员的出现是竞技体育适应市场化、商业化的必然产物。职业体育俱乐部的生存方式是通过培养优秀的职业运动员，为社会提供竞赛表演服务，满足人们对体育观赏和精神享受的需要。

职业俱乐部是未来我国优秀运动员培养的重要途径之一，因为

第一，职业俱乐部培养模式已在我国扎根，并比较成功地培养出许多优秀运动员。

第二，我国竞技体育的市场化、商业化需要职业俱乐培养优秀运动员。

第三，职业俱乐部的培养能使运动员获得高额回报，人们很愿意走职业化的道路。

第四，我国职业俱乐部管理体系将逐步完善，使职业俱乐部能够有更强的经济实力投资培养优秀运动员。

第五，职业俱乐部培养模式也是受项目市场发育程度的限制。

四、对策分析与建议

(一) 转变人才培养观念，促进竞技体育的可持续发展

转变观念是促进体育运动发展的关键所在。体育可持续发展，既要考虑当前的发展需要，也要考虑未来发展的需要，避免以牺牲后代人的利益为代价来满足当代人的利益。在当前的一个时期内，我国体育管理体制处于一个由政府主导型的体育管理体制向国家办、社会办相结合的体育管理体制过渡的时期。为此，应当更新一个目标和实现两个转变，即国家办向社会办转变，集中办向分散办转变。

(二) 创新人才培养体制，推进我国优秀运动员培养方式社会化体制及运行机制的建立

我国的竞技体育体制，是一种为实现国家目的，调动和集中全国力量，对竞技活动实行以国家机构高度统一管理的体制。竞技体育服从国家最高利益的意识是不容动摇的，但是今天我们不得不考虑层次各类型利益群体在这个领域所追求的自身利益。多元化体制的形成，则要以社会各利益群体的公平竞争为前提。竞争的各方必须在公平的社会环境里，才能充分发挥积极性，否则迟早会以各种形式退出这个领域，最终削弱这个体制。在这种新形势下，政府应把精力与财力重点放在体育基础设施的建设、全民健身运动的普及上，或是重大国际赛事的组织上，管好与公共利益有关的事。它的职能主要应是宏观政策调控和调节市场机制，辅之以行政手段（立法）来鼓励或约束各方的竞争行为。为此，政府体育行政部门在实现优秀运动员培养方式社会化进程中应当发挥应有

的适度作用。

（1）科学界定政府体育部门适度介入的范围。

（2）积极鼓励社会力量参与培养，加强相关法规制度建设。

（3）促进政府体育部门和教育部门的有机结合，在实践中探索"体教结合"的制度创新。

（4）改革现有人才培养体制，合理调整与划分"事权"，解决高水平竞技后备人才的"培养"和"选拔"之间的断裂等矛盾。

（三）调整人才培养政策，改善社会化方式培养的优秀运动员"参与"竞争信息不对称现象

政府部门要改善信息不对称的问题，因为信息对称是市场发育的重要基础。长期以来，发现人才主要是依靠政府行政组织——各级体育局及所属优秀运动队。一个地区的体育局、优秀运动队面对的是这个地区成千上万的候选人，存在着很大的信息不对称。因此，降低行业准入门槛，消除某些项目某些规定，调动非政府"社会化"主体参与竞技体育人才培养的积极性，是当务之急。

（四）培育各类社会力量，实现优秀运动员培养主体多元化

针对举国体制下竞技体育发展活力不够、后劲不足、仅靠政府单方面积极性难以适应发展要求等问题，我国提出了在政府办竞技体育为主体的前提下，大力提倡社会团体、集体、个人等社会力量参与竞技体育的发展。政府体育管理部门应制定一些政策措施，打破竞技体育的壁垒，取消限制，鼓励民营企业投资体育领域。具体表现为：鼓励有条件的城市、行业、厂矿企业、高校投资办高水平运动队；专业运动队向社会寻求经济赞助，缓解训练竞赛经费不足的矛盾；竞赛参与主体与竞赛资金社会化。培育各种社会力量参与优秀运动员的培养，实现优秀运动员培养主体的多元化，将成为未来我国竞技体育管理变革的必然选择。

（1）培育各类体育社团，积极推进单项协会实体化进程。

（2）从战略高度将优秀运动员培养"院校化"作为我国优秀运动队伍未来发展必由之路。

（3）继续强化俱乐部体制，为企业和个人培养优秀运动员提供政策和法律支持。

（项目编号：922ss06054）

我国奥运项目优秀运动员
运动寿命项群特点研究

阿英嘎　程传银　杨祖辉　王　宇

如何延长运动员的运动寿命已经引起许多专家学者的关注。探究我国奥运项目优秀运动员运动寿命的基本规律是优秀运动员成才规律研究的重要内容，对于延长竞技体育人才资源的使用期，降低培养成本具有重要的现实意义，可为竞技运动的选材和多年系统训练，为我国竞技体育可持续发展研究提供理论依据。

由于不同项目的训练学和生理学特点对运动员的体能、技能、战术能力、运动智能和心理能力提出了不同的要求，在不同的项目上一定会表现出不同的运动寿命，本研究结果证实了这个推论。我国不同项群的优秀运动员能够 10 年后仍保持运动成绩在全国前列的人数比例的确有所不同，这个比例越高，说明 10 年后仍保持运动成绩在全国前列的人越多，说明该项目运动员运动寿命越长。

一、我国优秀运动员运动寿命的总体情况

数据分析表明，能够保持较高竞技水平 10 年的运动员人数不多，仅有 11.5%。也就是说，我国优秀运动员有 88.5% 高竞技水平持续阶段都少于 10 年。从 1996 年到 2001 年九运会，有 27.5% 的优秀运动员保持在全国前列；而从 1996 年到 2005 年十运会，只有 11.5% 的优秀运动员保持着自己的优势地位。这些数据表明，我国优秀运动员高竞技水平持续时间是比较短的。

二、技能主导类与体能主导类的比较

按项群比较（表 1）发现，技能主导类项群 1996 年—十运会运动员的比例高于体能主导类（$X^2=60.31$，$P<0.01$），1996 年—九运会运动员也有同样的现象（$X^2=65.21$，$P<0.01$），这些现象说明我国优秀运动员的运动寿命存在项群差异，而且是技能主导类项群的运动员运动寿命长于体能主导类项群的运动员。

表 1　按项群比较

项群	1996 年前八名人数	1996 年—十运会人数	占 1996 年前八名人数比例（%）	1996 年—九运会人数	占 1996 年前八名人数比例（%）
技能主导	3301	460	13.9	1026	31.1
体能主导	1560	98	6.3	312	20.0

按照项群理论分项依据，体能主导类项群决定运动员竞技能力的主导因素是体能，决定体能的主要因素之一是人体各器官系统的生理机能，而生理机能在进入成年之后将会随人的自然年龄增长而逐渐消退。技能主导类项群决定运动员竞技能力的主导因素是

技能、战术能力、运动智能以及心理能力。从这些能力的构成因素来看，它们的消退速度一般都会慢于体能。例如技能主导对抗类，对于这类项群的运动员来说，当技术和体能达到一定水平之后，战术能力对竞技水平的影响程度逐渐增加。实践经验的积累是提高运动员战术能力的主要途径，而实践经验的积累主要来自于大量的比赛实践，参加高水平比赛越多，高水平比赛的经验就越多，并且这些实践经验不会随体能消退而消失。

三、技能主导类项群中各亚类的比较

技能主导项群各亚类项目之间 96—十运会运动员人数也有差异，对抗类项目运动寿命长的人数多于表现类项目（15.7%：7.8%，$X^2=28.96$，$P<0.01$）。1996 年—九运会运动员人数也有同样现象（34%：20.9%，$X^2=45.17$，$P<0.01$）。

对抗类项目的重要特点是运动员的比赛成绩不仅取决于自身的竞技水平，而且还受对手的发挥情况制约，比赛结果的不确定性很大。在比赛中，攻防地位转换迅速，运动员要会根据对手的临场发挥情况发挥自己的技术和战术，用自身的长处去制约对方的短处。因此，这类项目对运动员的心智能力要求较其他项目高，运动员的比赛经验对比赛成绩的作用大于表现类。而运动员的心智能力和比赛经验主要是在实战中得到培养提高，大量的、高级别的比赛是培养提高运动员心智能力和比赛经验的主要形式。

隔网对抗性、同场对抗性和格斗对抗性项目随同属对抗类，但数据分析结果表明，这三类项目运动员的运动寿命也不尽相同：格斗对抗类 1996 年—十运会运动员人数少于其他两类（$X^2=16.89$，$p<0.01$）。

相比之下，格斗对抗性项目比赛的对抗性最强，在这类项目的比赛中，决定比赛成绩的因素不仅有运动员的技术、战术和体能，而且还有运动员的勇敢、攻击性、拼搏精神等心理因素。在比赛中，运动员承受的心理压力大于同场对抗和隔网对抗类，可见，心理素质可能是影响我国格斗对抗性项群运动员运动寿命的重要因素。

与对抗性项群相比，表现类项目的比赛虽然没有对阵双方的直接攻防问题，技术的发挥受对手影响相对较小，但所承受的心理压力并不小。例如射击运动运动员在平时训练中，超越世界纪录的成绩并不罕见，但在真正的比赛中，尤其是国际大赛中，能够创造新纪录的却是凤毛麟角了。为什么？就是比赛时心理因素在作祟。可见心理因素也是影响这类运动员运动寿命的重要因素。

四、体能主导类项群中各亚类的比较

从体能主导类项群各亚类的比较发现，各亚类的情况相差无几，也就是说各亚类项目运动员的运动寿命基本一致。但进一步分析各亚类的项目组成时发现，速度和耐力类的各项目之间也有差异，而且有一个共同点，即都是自行车运动员的运动寿命相对较长。

另外，我国优秀田径运动员的运动寿命有一定的项群特征，即速度力量性项群长于综合性项群；综合性项群长于耐力性项群。

五、按性别比较

按项群比较（除去单性别项目，如艺术体操、拳击等），1996 年—十运会运动员的运动寿命没有性别上的差异（技能主导类：$X^2=3.04$，$p>0.05$；体能主导类：$X^2=3.31$，$p>0.05$）。

进一步比较各亚类的情况（表2）时发现表现类项群男女运动员之间有差异，男1996年—十运会运动员的比例明显高于女1996年—十运会运动员（$X^2=10.14$，$p<0.01$），而且1996年—九运会男女运动员之间也有同样的现象（$X^2=4.56$，$p<0.05$）。为分析其中原因，又进一步按表现类的子项比较了男女运动员的情况，结果发现是表现难美性项群1996年—九运会和1996年—十运会男运动员的比例均高于女运动员（$X^2=11.31$，$p<0.01$；$X^2=8.22$，$p<0.01$），而表现准确性项群男女运动员之间没有这个现象。在我国，表现难美性项目的优秀运动员年龄普遍小于其他项目，其中女运动员更为突出。

表2 按亚类进行性别间的比较

项群	性别	1996年前八名人数	1996年—十运会人数	占1996年前八名人数比例	1996年—九运会人数	占1996年前八名人数比例
表现	男	303	35	11.6%	75	24.8%
	女	428	22	5.1%	78	18.2%

六、不同项群运动员运动寿命与运动成绩的关系分析

（一）体能主导类项群运动员运动寿命与运动成绩的关系

通过分析这些项目全国纪录的创造时间发现，田径和举重的纪录在九运会前创造的多于九运会以后，而游泳和自行车则相反。另外，在体能主导类项群1996年—十运会运动员中，有13人是纪录保持者，除田径项目外纪录都是在九运会和九运会以后创造的。再看比赛名次，在2004年雅典奥运会上，体能主导类项目共为中国军团获得9枚金牌，其中举重运动员的贡献最大。将以上结合数据起来可以得出这样的推论，即体能主导类项群中各项目运动员的运动寿命与运动成绩的关系不一致。自行车运动员中有运动寿命和运动成绩成正比的趋势，田径项目似乎呈现相反的趋势，其他项目没有明确的关系。

（二）技能主导类项群运动员运动寿命与比赛成绩的关系

技能主导类项目运动员在2004年雅典奥运会上获取奖牌的情况是对抗类25枚，表现类20枚，涉及获得这些奖牌的运动员中有24人是1996年进入全国前八名的，其中格斗对抗类4人，表现准确类3人，其余17人均为隔网对抗类。结合在前面的分析可见，技能主导类项群有运动寿命与运动成绩成正比的趋势。

从以上的分析来看，我国优秀运动员的运动寿命与运动成绩不一定成正比关系。所以我国运动员运动寿命比国外优秀运动员短，也可以理解为我国竞技体育后备人才成材快，是我国的国情和竞技体育管理体制下竞技体育人才的成材规律。但是，无论怎样解释，从延长竞技体育人才资源的使用期，降低培养成本的角度来看，这种成材规律造成了巨大的人力、物质和财力的浪费。

（项目编号：924ss06056）

我国职业足球运动员转会制度改革研究

马成全　王　君　张伟健　刘　浩　周　毅

朱琪林　唐　峰　张占齐　王　旷　贺春亮

一、国内职业足球运动员转会制度的演变

(一) 我国职业足球运动员转会制度产生的背景

1993 年在大连足球会议上，中国足球协会第一次推出了有关人才流动的若干规定。中国足协根据《中国足球协会章程》《中国足球协会俱乐部章程》《中国足协关于人才流动的若干规定》《中国足球协会运动员转会细则》规定，决定自 1994 年 12 月 15 日起，在中国足协管辖的范围内，全面实行运动员转会制度。

(二) 国内职业运动员转会制度的演变

1. 自由转会制 (1995—1997 年)

自由转会是我国足球运动自 1995 年实行运动员转会制度以来的第一种转会方式，也是我们参照国际上普遍实行的运动员转会方式而制定的最早的转会规定。这种转会形式是由各俱乐部自由选择运动员并签订转会协议和工作合同，然后到中国足协办理转会手续（各俱乐部每年度最多可以转入 5 名运动员）。

其优点在于球员的去向明确而透明，能满足俱乐部需要，兼顾俱乐部和运动员双方的意愿，有相当的成功率，多数实现转会的运动员在转会中体现了自身价值，提高了自己的职业意识，在球队中起到了积极作用。但是，由于职业联赛刚刚开始，俱乐部各方面的规章制度都不是十分规范，关键是缺乏国际上公认的转会参考手段——转会费的精确计算，所以后来就出现了诸如俱乐部竞相出高价购买运动员，给予运动员高额的签字费、私下交易、许诺各种优厚条件等诸多问题，影响了职业联赛的良性发展。

2. 顺序申报制 (1998 年)

从 1998 年开始采用顺序申报制。这也是摘牌制的前身，是我国运动员转会制度历经的第二种形式。这种转会形式是由各俱乐部上报本俱乐部当年度运动员转会名单，中国足协经过审核，将运动员转会名单予以公布。而后各俱乐部向中国足协申报欲转入的运动员名单，中国足协根据各俱乐部申报的先后顺序办理运动员转会手续。

这种转会形式虽然在一定程度上杜绝了俱乐部竞相攀比高价购买运动员、许诺运动员优厚待遇、给予高额签字费等现象，对各俱乐部而言相对处于一种公平的环境中，但是也出现了诸多问题。

3. 顺序摘牌制 (1999—2000 年)

为了改变运动员转会市场混乱的局面，1999 年中国足协出台了"摘牌转会制"。这

是我国运动员转会制度历经的第三种形式。这种转会形式的优点在于能够鼓励各俱乐部取得更好的成绩，以期在转会摘牌会议上的摘牌名次列前，能够挑选俱乐部所需要的运动员。但是这也加剧了俱乐部水平的两极分化，造成强队更强、弱队更弱。

4. 倒摘牌制（2001—2002 年）

倒摘牌制是我国运动员转会制度历经的第四种形式，这种转会形式与顺序摘牌制所不同的是，在转会摘牌会议上各俱乐部摘取运动员的顺序是根据俱乐部上一年度的比赛名次由后到前摘取运动员。这种转会形式的优点在于，在竞争前提不均等的情况下，可有效地避免俱乐部两极分化。但是，在当时这种转会形式下，运动员的个人意愿无法得到有效的尊重，出现了许多大牌运动员被其他俱乐部中途"截杀"的现象，同时因俱乐部是按摘牌顺序而不是按意愿选择运动员，这也限制了俱乐部的自由度。

5. 自由摘牌与倒摘牌相结合制（2003—2004 年）

自由摘牌与倒摘牌相结合制是我国运动员转会制度历经的第五种形式。这种转会形式是由各俱乐部上报本俱乐部当年度运动员转会名单，中国足协经过审核，公布运动员转会名单。各俱乐部可在转会名单中自由摘取 1 人（2004 年改为 3 人），剩余 4 个转会名额（2004 年改为 2 人）在转会摘牌会议上根据俱乐部上一年度联赛名次由后至前摘取。这样既满足到了俱乐部和运动员的双向选择，解决了过去俱乐部想要的人来不了、运动员想去的俱乐部去不了的问题，又保证了各俱乐部的利益和转会市场的基本稳定。

6. 自由摘牌制（2005 年至今）

自由摘牌制是我国运动员转会制度历经的第六种形式（已经有自由转会的雏形）。这种转会形式是由各俱乐部上报本俱乐部当年度运动员转会名单，中国足协经过审核，公布运动员转会名单。各俱乐部在规定时间内自由摘取运动员并到中国足协办理转会手续（各俱乐部转入运动员名额为 5 人）。

自由摘牌制虽为当前所用，但其弊端非常明显。摘牌制既无法完全满足运动员的转会选择，队员在挂牌后即处于"被动"状态，没有"被摘不去"的选择。

二、目前我国职业足球运动员转会制度存在的主要问题

（一）目前我国职业足球运动员的转会制度，仍然停留在初级阶段，还未形成较为成熟规范的与国际接轨的转会制度

现阶段采用的自由摘牌制转会办法只是现阶段在我国职业足球发展初期，职业俱乐部法人制度、组织制度、管理制度尚不完善，足球市场法则尚不健全，高质量的球员人才市场尚不繁荣情况下的一种过渡性办法，因而现阶段的转会制度仍带有较浓厚的计划经济色彩。因此，以足球经纪人为中介的自由转会是下阶段转会管理办法的必然！

（二）国内联赛目前的转会规则有益于俱乐部的利益，权益博弈的严重失衡，不仅使球员处于被动的地位，同时也使得联赛日益缺乏稳定性和延续性

与欧洲足坛的相比，国内足坛转会与国际最不接轨的一部分便是球员成为自由人以后，俱乐部仍可索取巨额的转会费，享有续约的优先权。按国际惯例，球员与俱乐部合同结束后，该球员就自动成为自由人，在转会时不存在转会费，引进他的俱乐部可以不

花任何转会费。但目前在我国情况是，不管俱乐部跟球员的合同到期与否，只要球员想要转会，都将被俱乐部估价后卖出。也就是说，即使球员成为自由人，但原俱乐部不放人，该球员依旧无法转会，这样的转会条款无疑是向俱乐部利益的极大倾斜。

目前有利于俱乐部的转会规则，部分是由中国足球落后的现状所决定的，目的是保护俱乐部利益，如果不给予俱乐部充分保护，大多数小俱乐部经营都难以为继。但是这种政策实行了多年，也应当看到其中的严重问题。首先，它使球员在转会过程中没有主动权，有些俱乐部以这些条款作为保护，蛮横地限制运动员的正常转会，严重打击了运动员的从业积极性，甚至毁掉了运动员的职业生涯。另一方面，对俱乐部过多政策的倾斜保护，阻碍了我国职业足球转会制度与国际接轨的改革步伐，也不利于职业足球俱乐部法人制度的正规发展和市场机制的形成。

（三）在职业足球运动员的转会过程中，由于俱乐部不规范，导致转会纠纷不断

目前，我国的足球俱乐部还不够规范，还不是一个严格意义上的经济实体，所以在出资购买球员、转出球员等商业性运作上没有完全遵循经济规律。另外，由于有些俱乐部本身无法自负盈亏，没有足够的造血功能支撑庞大的支出，往往依靠政府和当地企业支持，当俱乐部中的球员要求转会时，尤其是对俱乐部成绩有一定影响的重要球员要求转会时，就会牵涉到企业和政府对俱乐部的投入与扶持问题，在这种情况转会规则往往无法左右。因此"宿茂臻撤牌事件""申思拒绝报到事件""彭伟军转会费风波"等一系列转会纠纷从摘牌制开始实施就一直贯穿着转会市场。

（四）在我国职业足球运动员的转会过程中缺少职业经纪人的参与

在目前的欧洲职业足球联赛里，经纪人是俱乐部与职业球员之间重要的沟通桥梁，没有经纪人参与的球员转会是不可想象的。虽然中国足协于2004年出台了《中国足球经纪人管理办法》，表明了足协改革转会制度的决心，但从目前国内转会市场的操作情况看，由职业经纪人直接参与的球员转会寥寥无几，中国足协仍然扮演着国内转会市场最大的中介机构的角色，经纪人的中介地位和作用没有得到俱乐部和球员双方的充分认识和接受。也正是由于没有职业经纪人参与转会，而大多数球员又缺乏对合同、经济关系、法律责任与权利的相关知识，所以导致转会过程中与俱乐部产生纠纷时难以寻求到及时的法律上的帮助。

（五）在我国职业球员转会过程中，个别俱乐部欠薪和设置转会费关卡问题严重

在目前我国的职业足球联赛中，有这样的情况，部分球员以放弃薪水换得自由身的方法来寻求出路。另外，有一些球员是自己掏钱支付部分转会费，这样才能转会到新的俱乐部。个别俱乐部在职业足球运动员转会过程中采用欠薪和设置转会费关卡的做法，严重损害了职业足球运动员的正常权益，不仅影响和限制了国内球员的正常流动，同时也给我国职业足球联赛带来了不安定、不和谐的因素。因此，在转会过程中如何维护职业足球运动员的正常权益不受损害，制定相关的政策和法规来制约个别俱乐部的违规做法是中国足球协会以及政府相关职能部门应该重视的问题。

（六）由于我国转会规则与国际未接轨，职业球员出国留洋遭遇制度障碍

球员出国踢球对于提高竞技水平具有重要意义，在国内联赛整体水平还不高的情况

下，鼓励球员出国深造应当是提高运动员竞技水平的捷径。但国内球员转会制度已成了留洋的一大障碍，按国际惯例，球员与俱乐部合同结束后，该球员就自动成为自由人，在转会时是不存在转会费的，引进他的俱乐部可以不花一分钱的转会费。但目前中国的转会制度规定，不管俱乐部和球队的合同到期与否，只要球员想要转会，都得被俱乐部估价后卖出。虽然中国足协的这种规定在某种程度上保护了俱乐部的利益，但这种与国际未接轨的规定就为职业足球运动员出国留洋踢球带来了制度上的障碍。

三、对策与建议

（一）稳步推行以职业足球经纪人为中介的球员自由转会模式

以经纪人为中介的自由转会方式是国内、国外球员转会的最终目标，由更懂得市场行为的职业经纪人为中介来施行转会对于平衡球员与俱乐部之间的利益是一种合理的途径，也是足球市场成熟的标志。因此，在目前不断借鉴国际足球发达地区较成熟转会制度以改革和完善我国职业球员转会制度的形势下，中国足协相关职能部门要重视中国职业足球经纪人队伍的培训以及经纪人制度的完善工作。与此同时，在推行经纪人制度的初期，应当针对俱乐部、经纪人、职业球员在转会过程中各自的权利和义务制定相关指导文件，帮助俱乐部、运动员了解和接受经纪人的中介地位，尽快建立与国际转会制度看齐的以职业经纪人为中介的职业球员转会市场。

（二）要严格审核球员转会费

在向自由转会的过渡阶段，应严格按照中国足球协会制定的运动员转会计算公式计算运动员的转会费，并进行审核，防止俱乐部虚报球员转会费，漫天要价，扰乱、阻挠正常转会。球员的转会费应该跟上赛季在联赛、杯赛中的实际上场比赛时间挂钩，强调球员在球队中发挥的实际作用对于转会费计算的参考，同时有效限制俱乐部在转会过程中为没有实际发挥水平的球员虚假标价。合同到期的球员如不愿续约，转入其他俱乐部时无须再支付转会费，但 25 岁以下的一线年轻球员需要支付一定的转会费。

（三）逐渐完善运动员训练补偿费制度，逐渐放开对职业运动员的转会限制

中国足协多年以来对职业联赛中球员的转会年龄都有明确限制。以前规定未满 25 岁的球员，如果原俱乐部不同意，不可以获得转会到其他俱乐部的资格。现在改为只要俱乐部要求续约，运动员就不能提出转会。这一规定更多是考虑了俱乐部的利益，这从某种程度上严重阻碍了自由转会市场的建立。当然，俱乐部培养年轻球员是花费了相当的精力和财力，理所当然应该让球员为俱乐部实现经济效益而服务，但这条规定对球员限制过于苛刻，这在一定程度上不利于活跃转会市场。建议参照国际上青年球员转会的相关规定，在考虑国内职业足球市场发展的实际情况基础上，逐渐完善运动员训练补偿费制度，逐渐放开职业运动员的转会限制。

（四）对目前我国职业联赛施行的球员转会期限进行改革

中国足协规定的是转会每年只进行一次，开始时间为中超、中甲联赛结束后（以中国足协的转会通知为准），为期两个月左右，大致为每年 12 月初至 1 月底。在每年有限

的转会期间里，很多球员、俱乐部要仓促完成复杂的转会程序，近年转会的低成功率和效果的不理想让转会时间问题也显得突出了。建议足协对目前我国职业联赛施行的球员转会期限进行改革：在现在每赛季只开一次转会窗口的基础上，增加为两次，在整个赛季中各俱乐部都可以根据自身需要，通过合法的途径（比如在中国足协注册的职业经纪人）与其他俱乐部和球员进行一些意向性的接触，在两个转会期内正式转入球员。

（五）健全和规范球员租借制度，鼓励在转会期间和赛季中进行球员租借转会

球员租借在世界职业足球开展程度较高的地区已经占到球员转会比例中相当大的部分，但是目前在我国职业联赛中以租借方式转会的例子很少。因此在目前国内转会市场冷淡、永久转会成功率不高的情况下，足协应健全和规范球员租借制度，鼓励在转会期间和赛季中进行球员租借转会。

（六）与国际惯例接轨，放宽对国内球员出国的限制条件

在现阶段国内职业足球联赛整体水平还不高的状况下，鼓励有潜力的优秀足球运动员出国深造，一方面有利于提高中国足球的整体形象，另一方面也有利于提高足球运动员的竞技运动水平，其最终必将有利于中国足球整体运动水平的提高。因此，尽快清除妨碍职业足球运动员出国深造的障碍，使之能与国际转会顺利接轨，是中国足球协会相关职能部门应该重视的问题。

（七）在外籍球员引进方面借鉴英格兰足总的劳工证制度

从总体上看，我国职业足球俱乐部在十多年的联赛中引进的外籍球员，数量众多但多数水平低，高水平的外籍运动员缺乏，因此为了提高国内职业联赛的整体质量，建议在外籍球员引进方面可借鉴英格兰足总的劳工证制度，从政策上限定和保证进入我国职业足球联赛的外籍球员具有较高水平。

（八）设立专门的仲裁和执行机构，进一步完善职业联赛的各项规定和条款，明确各方应有的责任义务

中国足协在对运动员签订转会合同的规定中有一条：有关争议不得在中国足协之外寻求诉讼或仲裁。但正是这条限制球员、俱乐部的规定使很多国内球员在目前的转会市场中处于无奈的劣势。建议足协设立专门的仲裁和执行机构，参考欧洲法制发展较完善的职业联赛的仲裁机制，完善职业联赛内部的限制条款，明确各方应有的责任义务。既然规定球员与俱乐部之间的纠纷只允许在中国足协得到仲裁，足协就应该体现公平公正，有明确的法令法规使调查有据可依、执行必严，使类似于拖欠球员工资并以此非难球员转会的违规行为有严厉的监督和惩罚制度进行限制，平衡转会市场中球员与俱乐部间的利益，确保国内职业球员转会制度的发展、完善。

（项目编号：1013ss06145）

运动员退役安置理论与实践研究

刘仁盛　张兴林　刘卫星　罗光荣　宋红毅　黄　波　丁忠满

一、社会背景对运动员退役安置的影响

全国各地实行退役运动员政策性安置的做法大同小异，市场经济体制下依靠行政命令的安置方式已经行不通。运动员退役后原则上将运动员的关系直接送到当地人事局，关系放在人才交流中心。身处竞争激烈的"文凭"＋"能力"的社会，运动员从小专业化训练，牺牲了基础教育的时间，并且对社会环境不熟悉，社会化程度很低，仅凭在竞技体育方面的一技之长，在退役就业时势必处于劣势地位。另外还有运动员对退役后的就业困难认识不足，就业目标过高，因分配的单位不理想拒绝服从安置的现象也层出不穷。在积极推进运动员文化教育体制改革方面，"共建、调整、合作、合并"等多元化办学体系正在逐步形成。

由于我国地区之间经济社会发展水平不平衡，运动员保障工作又涉及社会生活的方方面面，情况十分复杂，还存在一些亟待解决和完善的方面，主要表现在：对国家相关政策的进一步研究和跟进，现有各项保障政策的进一步细化和配套，运动训练科学化水平的进一步加强和提高，运动员文化教育和职业技能培训工作的进一步开展和规范等。

进一步改进和完善优秀运动员保障政策和制度，是做好今后优秀运动员保障工作的关键；在运动员参加训练的开始阶段起作用的动机因素是学校因素、家庭因素、运动员个人自我动机三方面。

学校体育在普及与提高方面出现了矛盾，在提高训练水平的同时没有兼顾学生文化水平的提高，把这些学生推到了竞技体育的发展道路上；家长的态度主要体现在家长对子女的运动训练、文化学习等方面的了解、关心和支持程度，家长希望子女进大学院校运动队（包括体育学院、体育系）而不是省级以上运动队；调查发现，城市学生有较强的能力显示动机，而农村学生有较迫切的丰富生活的愿望。

二、退役运动员的安置现状及原因分析

目前在我国就业供给需求矛盾十分突出，不仅总量失衡，而且结构失衡；不仅全国就业矛盾比较尖锐，而且局部地区相当严重；不仅存在城乡人群之间的就业竞争，而且存在新老劳动力、熟练与非熟练劳动力、不同文化程度、不同年龄人口之间的就业竞争。

本身综合素质较差的退役运动员，要凭借自身的能力找一份满意的工作就更难。由于优秀运动员的退役就业渠道主要为组织分配、上大学及自谋职业，组织分配呈逐年下降的趋势，自谋职业和其他渠道就业的运动员也是逐年减少，退役运动员就业率直线下降。这意味着各种渠道提供给运动员的就业机会越来越少，运动员就业形式非常严峻，失业率人数越来越多。经济的不平衡发展制约着各地区竞技体育的不平衡发展。由于经

济发达的地区，对竞技体育投入的资金多，投入资金多的省市竞技体育发展得很好，造成了经济发达地区竞技体育的发展普遍好于不发达地区。

我国运动员退役安置工作一直是国家和各地方重视和关注的重点问题。在计划经济时代，运动员退役后的安置是由国家和政府计划安排到国家企事业单位工作。90年代以后，我国由计划经济向市场经济转轨，各企事业单位都在搞人事改革，实行减员增效，整个社会的就业压力在不断增加。在这样的就业大环境下，运动员退役安置问题越来越突出，这直接影响我国竞技体育的持续、健康、和谐发展。表现为：运动员退役安置的现状仍不容乐观，全国各地待安置运动员的人数已经呈现出逐年上升的趋势。运动员待分配率的不断上升和待分配年限的不断延长，严重影响了运动队的稳定和发展；运动员退役后的就业方向不断改变，只有不到半数的退役运动员留在体育系统、到学校任教和进入其他事业单位继续从事本行业工作，他们共占调查人数的45%。多数退役运动员却从事了与本行业无关的工作。

退役运动员的伤病将伴随一生，我国90%以上的运动员是从少儿时期开始投入专业训练，常年超负荷和向极限挑战致使大多数运动员留下不同程度的病伤，许多运动员退役后的生活状况确实令人堪忧；运动员退役就业渠道少，就业期望值过高，从我国目前退役运动员就业安置情况来看，由于受运动员自身条件的限制，我国运动员退役安置渠道较少；优秀运动员作为特殊的群体，他们所从事的职业具有年轻化、退役早和失业率高等特点，各个项目因伤病提前退役的运动员不在少数，有必要建全与其职业特征相符合的社会保障体系。随着我国市场经济的发展，体育改革的不断深入，优秀运动员退役后失业现象也随之越来越严重。运动员医疗保险一直是人们关心的问题，但是对于退役运动员没有很好的落实。国内保险公司在体育保险费率制定上缺乏基本数据，在条款设计上，还没有针对体育项目、运动创伤和伤病开办具体的保险。

三、运动员退役安置对策研究

坚持政策性安置，为了更好地发挥政府对退役运动员的就业指导作用，更好地服务于退役运动员，继续执行省、市两级政策性安置工作网络体系是十分必要的，政策性安置仍然是必要的有效途径；鼓励退役运动员继续教育，不仅可以提高运动员自身的文化素质，为其步入社会、走上新的工作岗位奠定良好的基础，而且运动员大学毕业后，按大学毕业生分配就业，也缓解了当今退役运动员的安置压力；只有接受继续教育，才能全面提高自己、提升就业能力，是解决退役安置的最重要渠道。体育与教育融为一体，实现资源互补，全面促进运动员发展，促进运动水平与文化素质共同提高，提升运动员的就业能力；注重实用技术的培训，采用短平快的方式进行培训有利于加快就业的步伐，在培训中重点强化技能的培训，并结合企业的用工特点，让运动员切实掌握一技之长，符合用人单位的要求，能实现再就业，从而减轻退役运动员就业压力；自谋职业是伴随着社会主义市场经济体制的确立而产生并得到发展的，国家提倡退役运动员自谋职业，对那些自主创业的退役运动员给予了较多的政策优惠；社会保险是保障运动员权益，解除退役运动员后顾之忧的最基本手段，为了使广大的现役运动员能免除后顾之忧，全身心地投入到比赛和训练中，为了我国体育事业的健康发展，进一步健全我国的体育保险制度成为当务之急；推陈出新体育类商业保险，最大程度减少运动员由于意外事故或其他原因造成的身体伤害。虽然社会保险和商业保险都是处理运动员特殊风险、为运动员提供经济保障的重要选择，但是相对而言，商业保险更适宜应付运动员风险的特殊性；推进运动员职业化发展，使运动员的生存发展有更多的资金保障，既可以促进运动队建设的良性循环，有利于运动成绩的提高，也可以解决退役运动员的后顾之忧。

四、研究结论与建议

（一）全国各省市的退役安置政策基本是"全国一盘棋"，运动员安置办法互相仿照执行，但是各省市的经济发展状况不一样，应该根据具体情况，选择符合本省特点的运动员退役安置办法。我国应该借鉴国外竞技体育强国的经验，寻求适合我国国情的解决退役运动员安置问题的新途径、新办法，建立新型运动员退役安置办法和标准。

（二）体教结合也是中国体育发展的方向，应进一步提高对运动员文化教育工作的重视程度，进一步提高运动员的九年义务教育质量，要不断增加对运动员文化教育经费投入，这就需要各有关部门共同努力，齐抓共管，加快"体教结合"的进程。

（三）国家逐步形成了"全国优秀运动员伤残互助保险基金""全国优秀运动员在役奖学金、退役助学金""国家队老运动员教练员关怀基金"等"三金一保"的基本思路。各省市基本建立了以"伤残互助、医疗照顾、退役安置、学习资助、人文关怀"为主要内容的运动员保障政策与经费支持平台，加强了现役运动员的技能培训和文化素质的培养，并在相关的政策上对这一特殊群体采取一定的扶持性倾斜，形成长效的、常态的运动员退役安置机制，构建国家、社会、行业、地方及个人共同负担的多元保障体系，才能使我国竞技体育得到可持续发展。

（四）建立退役运动员职业培训机构，采取"请进来，送出去"的办法，在安置前对他们开设各种社会实用技能培训班、辅导班，使他能学有一技之长，以拓宽他们的择业渠道，增强他们在人才市场上竞争择业的能力与适应能力。运动队与地市各级教育主管部门建立双向合作，倡导各级中小学根据自身情况建立体育俱乐部，吸收、接纳退役运动员为专职教练员，辅导中小学生体育技术的学习，为解决退役运动员安置就业拓宽了渠道。

（五）从政府财政经费中专门对退役运动员设立职业技能培训费，鼓励和支持退役运动员自主择业、自谋出路，并择优免试推荐退役运动员到高等院校学习，通过进入高等院校学习按高校毕业生就业渠道就业。对这两方面的退役运动员，政府部门将首先进行一次性经济补偿，对于退役运动员自主创建体育经营实体或从事个体经营，各级政府有关部门将按规定在政策上给予扶持，金融机构应视情况提供贷款，工商行政管理部门也会进行适度的优惠政策。退役运动员在重新进入社会之前，至少能掌握一技之长。这些措施对运动员重新走上新岗位起到了很好的作用。

（项目编号：1014ss06146）

足球赛事定价模型与定价策略研究

孙多勇　薛　立　魏华松　华学倩　李　宁

黄宁辉　鲁　洋　何育娟　刘泽新

一、基于支付意愿的享乐定价模型

（一）影响因素的分析

课题组考虑了足球赛事供需两个方面，一方面通过问卷调查，了解球迷的基本情况、消费偏好、消费方式以及对各类球赛不同档次座位的支付意愿；另一方面通过问卷了解体育局以前主办的各场球赛比赛时间、比赛球队、票价情况、场馆的设施、观众人数以及其他有关的内容。

课题组在中国足协的支持下，在全国范围发出问卷 6000 份，收回 5596 份，其中有效问卷 5561 份，并对问卷结果进行回归分析后得到结果如下表。

表 1　影响因素回归分析结果

因素名称	具体内容
收入水平	比赛所在地居民的月收入状况
赛事水平	球队双方排名、比赛的精彩程度、比赛球队的实力等
政治历史文化等意义	双方的历史上输赢情况,两个民族的历史纠葛、政治文化冲突等
赛事类型	指世界杯、亚洲杯、一般国际赛事、友谊赛、邀请赛等
赛事宣传	赛事的宣传情况，包括合作的媒体的宣传和有关领导的重视程度
比赛时间	比赛是否安排在节假日、双休日；与观众正常的工作时间是否冲突；两场比赛之间是否有一定的间隔期；同期有没有举办其他大型的娱乐活动和其他体育赛事
天气情况	天气是否适宜观看比赛，有没有雨雪天气
天气情况	天气是否适宜观看比赛，有没有雨雪天气
场馆环境	比赛场馆的条件较以前有没有改善，设施是否齐全、舒适等

（二）影响因素比例关系确定及评分标准的形成

1. 赋值的原因

足球赛事门票的影响因素主要有赛事水平、比赛的重要意义、赛事类型、比赛时间、天气情况、赛事宣传和场馆环境，还有观众的支付意愿。

通过问卷调查，我们收集到不同的观众的支付意愿。下面考虑如何对赛事水平、比赛的重要意义、赛事类型、比赛时间、天气情况、赛事宣传和场馆环境因素进行定量分析。不同比赛的赛事水平、赛事类型以及比赛时间等各不相同。不论是主办方定价时还是观众购票时都是对上面这些因素进行综合考虑的。为了对比赛的情况进行全面的衡量，便于对不同比赛进行比较，我们对这些因素进行赋值。

2. 指标的比例划分

设定所有因素为 100 分，根据专家的意见赛事水平、比赛的重要意义和赛事水平占 80%，为 80 分；赛事宣传、比赛时间、天气情况和场馆环境占 20%，为 20 分。

3. 指标细化

（1）赛事水平、出线等意义和赛事类型的问卷调查结果如图 1。

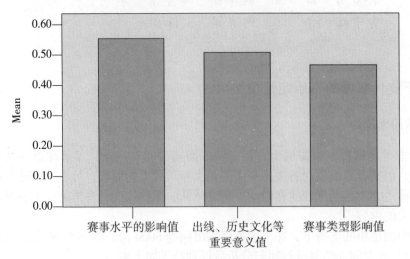

图 1　赛事类型等问卷调查结果

表 2　赛事类型等问卷调查均值

	均值	占 80 分中的比重值
赛事水平	0.4933	$80 \times 0.4933 / 1.4601 \approx 29$
出线等意义	0.5268	$80 \times 0.5268 / 1.4601 \approx 27$
赛事类型	0.44	$80 \times 0.44 / 1.4601 \approx 24$
合计	1.4601	80

（2）比赛宣传、比赛时间、天气情况和场馆环境如图 2。

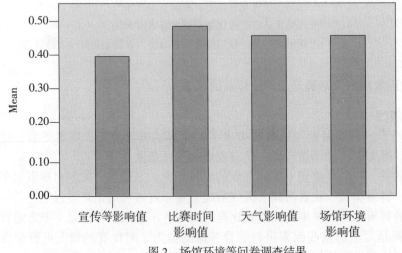

图 2　场馆环境等问卷调查结果

表 3　场馆环境等问卷调查均值

	均值	占 80 分中的比重值
赛事宣传	0.4129	20 × 0.4129 / 1.7524=4.71
比赛时间	0.4873	20 × 0.4873 / 1.7524=5.56
天气情况	0.4418	20 × 0.4418 / 1.7524=5.04
场馆环境	0.4104	20 × 0.4104 / 1.7524=4.68
合　计	1.7524	20

（3）结合实际，对各明细指标赋值

因为我们研究的是国家队的比赛，所以赛事的类型在实际定价中的影响相对要小些。虽然问卷调查显示天气情况比场馆环境的影响程度大，但是在实际中，由于比赛当天的天气是不好控制的因素，而门票价格是在比赛之前确定的，决定价格时比赛当天的天气的情况是不能确定，所以天气情况对定价的影响不大。赛事宣传和场馆环境对票价的影响程度基本相同。根据专家的建议，我们调整了分值，赛事水平 30 分，赛事意义 28 分，赛事类型 22 分。比赛时间 7 分，赛事宣传 5 分，场馆环境 5 分，天气情况 3 分。

表 4　影响因素赋值

	比重值	实际赋值
赛事水平	29	30
出线等意义	27	28
赛事类型	24	22
赛事宣传	4.71	5
比赛时间	5.56	7
天气情况	5.04	3
场馆环境	4.68	5
合　计	100	100

4. 比赛时间、赛事宣传、场馆环境和天气情况

它们是与赛事紧密联系在一起的，他们影响门票价格围绕赛事的价值上下波动。赛事的时间安排会影响观众的消费行为。根据体育局的经验，如果一年之间举行两场以上的比赛就会引起消费疲劳。另外，如果同期有其他的体育赛事或者娱乐活动，观众势必会进行取舍，因而会影响门票价格和上座率。但是，宣传的作用没有比赛之外的政治文化意义大，所以分值也相对低一点。场馆环境从两个方面和门票价格联系在一起。一方面，场馆的环境和观众的感受联系在一起，好的设施能够给观众带来更好的享受，观众愿意支付更高的费用。另一方面，改善场馆的环境主办方也需要一定的成本。由于足球比赛价值的生产和消费具有同时性和不可存储的特点，人们对比赛价值的了解在一定程度上需要从媒体的宣传中获得。强大的宣传攻势和出色的广告策略，以及对赛事有关情况的详细介绍可以极大地刺激消费者的消费欲望。而且广告总是直接或者间接地向消费者传达赛事精彩、门票价格合理的信息。天气情况会影响上座率，由于它的不可控制性，对门票价格的影响相对较小，和对方国家的地理位置对票价的影响相类似。

二、基于支付意愿的足球赛事享乐定价模型

(一) 历史赛事定价与支付意愿的对比分析

在上文所述的影响因素及其影响程度的基础上，我们选取了在长沙举行的四场重要赛事作为样本进行定价模型的分析基础。对历史赛事实际票价和支付意愿对比分析。

表5　观众支付意愿统计结果

	强敌			
	包厢价	高档价	中档价	低档价
重要赛事	313.08	177.63	108.44	67.13
一般赛事	187.78	114.43	75.38	55.27
	一般对手			
	包厢价	高档价	中档价	低档价
重要赛事	261.9	150.99	95.52	56.01
一般赛事	145.48	91.63	59.89	37.85
	弱敌			
	包厢价	高档价	中档价	低档价
重要赛事	194.26	104.77	71.08	53.25
一般赛事	104.71	68.13	44.91	24.65

注：支付意愿数据来源于观众支付意愿的问卷的调查结果。表中的数据，是根据调查结果的平均数。

重要赛事是指中国国家足球队的官方网站（中国之队）公布的不仅关系到两支球队的国际排名而且涉及出线权，或者具有重要的政治历史文化等意义的比赛。

高档票价是指有利于观看比赛的座位（一般在主席台对面和球门的两侧）的价格；中档票价是指观看比赛的视角一般的座位（一般在球场的环形处）的价格；低档票价是指观看比赛的视角不好、对观看比赛造成一定影响的座位（一般在球门的后面）的价格。

表6　历史赛事实际票价和支付意愿对比

	高档票			中档票			低档票		
	历史定价	支付意愿	二者比例	历史定价	支付意愿	二者比例	历史定价	支付意愿	二者比例
中韩	300	177.63	1.69	200	108.44	1.84	100	67.13	1.49
							80		1.19
中哥	280	114.43	2.45	200	75.38	2.65	120	55.27	2.17
中保	280	91.63	3.06	180	59.89	3.01	100	37.85	2.64
							50		1.32
中日	150	114.43	1.31	100	75.38	1.32	50	55.27	0.90

分析结论：

(1) 中日比赛的票价和观众支付意愿最接近，而中保比赛的票价和观众的支付意愿差距最大。

（2）除去中日比赛的低档票价外，所有比赛不同档次的实际定价都在同类支付意愿的1倍以上。这也反映了市场经济中的一个普遍的规律：供应方总是希望自己提供的服务或者商品能够卖到比较高的价钱，而购买者则希望用比较低的价钱买到较好的商品或者享受更好的服务。

（3）综合价和综合支付意愿的形成

①综合价形成依据：

历史赛事的门票价格是体育主管部门依据经验作出的，而观众会在各种不同类型的票价之间进行了选择，挑选性价比最高的门票。观众的选择就是市场对定价进行的修正。我们认为，观众的各种不同选择综合之后的价格，是比较合理的综合价格。因此，进入模型的，是经过修正之后的综合价而不是原始定价。

②座位综合价计算公式：

座位综合价格=高档票价×高档票销量/座位总销量+中档票价×中档票销量
÷座位总销量+低档票价×低档票销量/座位总销量

③综合支付意愿形成依据：

问卷调查的观众的支付意愿，是观众按照不同类型的比赛和座位情况给出的支付意愿。它是观众的心理价位，而不是球赛的真正价值。为了和门票的综合价格相对应，我们也对支付意愿进行处理，得到不同类型比赛观众的综合支付意愿。

④综合支付意愿计算公式：

座位综合支付意愿=（高档价+中档价+低档价）/3

注：因为问卷调查的观众支付意愿是按照赛事和坐位档次来分类的，所以每种赛事类型的综合支付意愿，我们按照座位档次取平均数。

⑤历史赛事综合价和观众综合支付意愿

表7　历史赛事综合价和观众综合支付意愿

赛事	座位综合价	座位综合支付意愿
中韩	186	117.73
中哥	168	81.7
中保	124	63.12
中日	87	81.7

（二）定价模型

1. 研究目的

通过对历史赛事的综合价、赛事分值和综合支付意愿之间的分析，希望找出它们之间的线性关系，为以后的定价提供支持。

2. 历史赛事有关数据

3. 定价模型

座位综合价格和赋值与支付意愿的线性关系。

表 8   历史赛事有关数据

	座位综合价格	座位综合支付意愿	100 分打分值
中韩	186	117.73	77
中哥	168	81.7	60
中保	124	63.12	49
中日	87	81.7	48

表 9   座位综合价格和赋值与支付意愿的线性关系

Model		Unstandardized Coefficients B	Standardized Coefficients Std.Error	Beta	t	Sig
1	(Contstant)	–39.826	28.817		–1.382	.399
	100 分打分	6.140	1.172	1.857	5.238	.120
	座位的综合支付意愿	–2.070	.691	–1.061	–2.994	.205

a.Dependent Variable：座位综合价

说明：因素的 P 值都大于 0.01。说明模型虽然能够反映票价和分值以及综合支付意愿之间的线性关系，但是有一定的偏差。这主要是因为历史赛事的数据有限造成的，随着赛事数量的增加，模型能够得到优化。

座位的综合价格 P=–39.826+6.14×打分值–2.07×座位综合支付意愿

4. 结　论

通过公式我们可以看出，综合价和打分值成正比例关系，和支付意愿成反比例关系。因为打分值越高，说明球赛的赛事质量、赛事水平越高，或者与足球核心产品相关的服务越到位，可观赏性强，能够刺激消费者的消费欲望，所以票价会高。而观众的支付意愿是观众的主观的心理价位，不是球赛的真正价值。观众总是希望用较低的价钱来欣赏精彩的比赛。所以体现在公式中就是综合价和支付意愿成反比关系。

（三）价格分配模型

1. 分析历史赛事的统计分析

历史赛事的实际价格和综合价格如表 10。

表 10   历史赛事的实际价格和综合价格

	高档票	中档票	低档票 1	低档票 2	座位综合价
中韩	300	200	100	80	186
中哥	280	200	120		168
中保	280	180	100	50	124
中日	150	100	50		87

历史赛事的实际定价和综合价格的比例如表 11。

表 11   历史赛事的实际定价和综合价格的比例

	高	中	低
中韩	1.61	1.08	0.49
中哥	1.67	1.19	0.71
中保	2.26	1.45	0.68
中日	1.72	1.15	0.57

历史赛事各类门票销量占总销量的比例

表 12　历史赛事各类门票销量比例

	高档票占总销量的比例（%）	中档票占总销量的比例（%）	低档票占总销量的比例（%）
中韩	22.5	45	27.5
中哥	12	25	45
中保	10	15	60
中日	18	35	42

2. 结　论

（1）中韩比赛和中保比赛的实际综合价低于模型给出的综合票价，中哥比赛的实际综合价高于模型给出的综合票价，中日比赛的实际综合价和模型给出的综合价相当。

（2）中保比赛高中档票价与综合价之比远远高于其他三场比赛。

（3）中保比赛低档票销量所占的比重远远高于其他三场比赛，而中档票销量的比重又低于其他三场比赛。这表明中保比赛中档票价定得过高，观众根据自己的需要，挑选对自己最有利的性价比最高的门票。

（四）价格分配比例

1. 分配理由

模型给出的价格只是球赛的综合价格，它反映的是球赛的综合情况。在实际中，我们需要根据座位情况的不同制定出不同档次的票价。因此需要找出不同档次的票价和综合价之间的比例关系，从而对综合价进行合理的分配，找出高中低档票价定价的合理区间。综合价格是观众根据体育局的定价进行比较选择的结果，也就是供求双方的均衡点，不同档次票价和综合价的比例反映了票价浮动的大致区间。去掉极端的差异值，就可以得到不同档次票价与综合价的浮动范围。

2. 高中低档票价与综合价的浮动比例

表 13　价格分配比例

	高档票价	中档票价	低档票价
与座位综合价的比例范围	1.6 ~ 1.7	1.1 ~ 1.2	0.5 ~ 0.7

三、足球赛事上座人数分析

为找出人数与价格之间的关系，为预测上座率提供参考，其中隐含了一个基本假设，即认为观众人数只与门票价格相关。

（一）座位总人数与综合价的线性关系

表 14　座位总人数与综合价的线性关系

Model		Unstandardized Coefficients	Standardized Coefficients			
		B	Std.Error	Beta	t	Sig
1	（Contstant）	−559.714	13930.223		−.402	.727
	座位综合价	198.458	95.133	.828	2.086	.172

a.Dependent Variable：座位销量合计

结论：座位总人数=−5594.714+198.458×座位综合价

模型能够回归座位总人数与座位综合价的线性关系，但是由于 p 值大于 0.01，所以精度不高，误差范围在 10%~30%。

表 15　模型预测总人数与实际观众总人数对比分析

	实际观众人数	模型预测人数	误差范围（%）
中韩	38000	31319	18
中哥	20500	27746	35
中保	17000	19014	12
中日	14250	11671	18

（二）各档次座位人数与综合价的线性关系

1. 高档座位人数与座位综合价的线性关系

表 16　高档座位人数与座位综合价的线性关系

Model		Unstandardized Coefficients	Standardized Coefficients			
		B	Std.Error	Beta	t	Sig
1	（Contstant）	−2984.393	5408.544		−.552	.637
	座位综合价	50.686	36.936	.696	1.372	.304

a.Dependent Variable：座位销量合计

结论：高档票销量=−2984.393+50.686×座位综合价

模型能够回归高档座位人数与座位综合价的线性关系，但是由于 p 值大于 0.01，所以精度不高，误差较大。

表 17　高档座位模型预测人数与实际观众人数对比分析

	实际观众人数	模型预测人数	误差范围（%）
中韩	9000	6443	28
中哥	3000	5531	84
中保	2000	3301	65
中日	2700	1425	47

2. 中档座位人数与座位综合价的线性关系

表 18　中档座位人数与座位综合价的线性关系

Model		Unstandardized Coefficients		Standardized Coefficients		
		B	Std.Error	Beta	t	Sig
1	(Contstant)	954.112	132.562		−.630	.593
	座位综合价	106.755	75.344	.708	1.417	.292

a.Dependent Variable：座位销量合计

结论：中档票销量=−6954.112+106.755×座位综合价

模型能够回归中档座位人数与座位综合价的线性关系，但是由于 p 值大于 0.01，所以精度不高，误差较大。

表 19　中档座位模型预测人数与实际观众人数对比分析

	实际观众人数	模型预测人数	误差范围（%）
中韩	18000	12902	28
中哥	6250	10980	75
中保	3000	6283	109
中日	5250	2333	56

3. 低档座位人数与座位综合价的线性关系

表 20　低档座位人数与座位综合价的线性关系

Model		Unstandardized Coefficients		Standardized Coefficients		
		B	Std.Error	Beta	t	Sig
1	(Contstant)	4343.791	4273.680		1.016	.416
	座位综合价	41.017	29.186	.705	1.405	.295

a.Dependent Variable：低档票销量合计

结论：模型能够回归低档座位人数与座位综合价的线性关系，但是由于 p 值大于 0.01，所以精度不高，误差在 20%左右。

表 21　低档座位模型预测人数与实际观众人数对比分析

	实际观众人数	模型预测人数	误差范围（%）
中韩	11000	11972	8
中哥	11250	11233	1
中保	12000	9429	21
中日	6300	7911	25

座位总人数=−5594.714+198.458×座位综合价

高档票销量=−2984.393+50.686×座位综合价

中档票销量=−6954.112+106.755×座位综合价

低档票销量=4343.791+41.017×座位综合价

三、结　论

总的说来，上述的线性关系精度不高。原因有两个方面：观众人数不仅与票价有关，还受其他因素的影响。另外，由于历史赛事的数量十分有限，所以造成回归结果不理想。不过，结果具有一定的参考价值，可以为预估观众人数提供参考。

（项目编号：1016ss06148）

国家足球运动员积分体系与终身奖励办法研究

邱晓德　张贻琪　栾开健　马桂霞

袁　莉　梁　强　韩　笑　王　飞

一、《国家足球运动员积分体系与终身奖励办法》构建的背景

(一) 足球领域中特殊现象分析

随着市场经济的发展，金钱以及其他的物质利欲对于运动员个人价值观的影响已经变得相当明显。在体育圈内，许多从事体育运动的人，其动机已经不再是单纯地为国效力和为国争光，取而代之的是对金钱的渴望，对物质享受的追求，其职业发展的动力已然成为对物质生活提高的向往。在足球领域中，随着职业化改革的深入发展，足球职业俱乐部为球员提供了丰厚的现金奖励和物质待遇，其价值总和要远远高于国家队所能够给予的。为了获得更多的经济收益，部分优秀的足球运动员在应召参加国家队集训时，往往以伤病的名义缺席训练，以望逃避为国效力的机会。然而令人诧异的是，这些有伤在身的运动员转而在联赛赛场上生龙活虎，凶猛异常，这无疑证明了金钱在其后所起的影响作用。而部分球员在为国效力期间兢兢业业、尽心尽力，却没有得到国家相应的补偿，这未免也是一种缺憾。

追求个人经济利益最大化的球员不愿为国效力，而尽心尽力为国效力的球员又得不到相应的经济补偿，这已经成为影响中国足球健康发展的重要问题。改革国家队足球运动员的奖励体制，建立完善的国家队足球运动员奖励机制与奖励方法已经成为中国足球健康发展的迫切需求。这就致使《国家足球运动员积分体系与终身奖励办法》的构建成为了一种顺应中国足球发展趋势的必然结果。

(二) 《国家足球运动员积分体系与终身奖励办法》构建的必要性

《国家足球运动员积分体系与终身奖励办法》的构建是激励球员为国效力热情的重要保证，它通过加大奖励力度来缩小国家队与俱乐部在为球员提供的金钱奖励与物质待遇方面所存在巨大差距，减小球员因为国效力所遭受的经济损失，点燃球员为国效力的热情。同时通过打造品牌优势、授予勋章、出书立传等方式提高球员的社会知名度，增加球员的无形资产，实现国家队军心的稳定。

《国家足球运动员积分体系与终身奖励办法》的构建是国家对球员进行人文关怀的具体体现。对于尽心尽力为国效力的球员，通过奖励来弥补因为国效力对球员造成的损失，可以使球员充分感受到国家对其个人的重视，进一步巩固这些球员为国效力的热情，使其在今后的比赛中更加投入。同时，对于球员损失的弥补，也充分体现出国家足

球管理者对运动员的人文关怀，切实地做到了"以人为本"，让每一名球员感觉到国家队管理的人性化，使他们在义务和荣誉的双重影响下，积极渴望为国效力。

《国家足球运动员积分体系与终身奖励办法》的构建是提高球队成绩的有效保证。它将会使球员最终所获得奖金数额与球员在赛场上的技术表现相挂钩，激励球员在训练中尽情投入，在比赛中尽心，使球员在追求个人经济利益最大化的同时也实现了为国效力的最大化，最终促进国家队比赛成绩的提高，实现球队与个人的双赢。

二、为国效力是职业足球运动员的神圣职责

(一) 从法律角度分析为国效力是职业球员必须履行的义务

足球运动员作为一名普通的中华人民共和国公民，作为一名社会主义精神文明与物质文明建设的参与者，无论在赛场内还是在赛场外都具有权利和义务捍卫国家的荣誉。同时，足球运动员还应当将这种行为看做是一种光荣，在国家利益与个人利益发生冲突时，要以国家利益为重。所以，从法律的角度分析，足球运动员作为中华人民共和国的公民，为国效力是其理当履行的责任和义务。

(二) 从球员的职业特点分析为国效力是职业球员的神圣职责

自 1994 年实行职业联赛以来，足球已经成为一项正式的职业，广大足球运动员自然就成为"名副其实"的劳动者。虽然说踢足球这项职业与其他普通职业相比具有一定的差异性，但是无论足球职业与其他职业之间存在的差异有多大，作为中华人民共和国的一名劳动者，为国家效力、为国增光永远都应当是职业球员的神圣职责。

(三) 从球员的各种属性分析为国效力是职业球员必须承担的职责

职业球员一生中个人投入不足 20%——属于个人资本投入；职业俱乐部在各方面的资金投入却达 80%以上——而这些企业的发展、资本的积累是通过国家的改革开放政策、国家政策对于民营企业支持和扶持分不开，其中绝大部分资本金是通过各种方式均来自于国有资本。因此，国家足球运动员为国效力从资本上分析是理所当然。

职业球员作为人力资源是一种商品，这是商品经济条件下的既成事实。在商品经济条件下，企业在劳动力市场通过支付工资等形式所购买的，不是劳动者本身，也不是劳动者的全部劳动，而是劳动者所具有的劳动能力。这种劳动力的提高促使职业球员价值的递增，主要是球员质量提高的结果，同时也是球员本身所具有的自我丰富特征促成的。那么要找到一条最能迅速提高劳动能力的领域和渠道，这是每一个足球运动急切渴望的方法与渠道，无疑国家队这块沃土为提升足球运动员自身价值提供了最好的土壤。因为，这里有最好的设施条件、最好的教练、最好的比赛机会和施展才华的机会。所以，运动员为国效力是报效祖国培育之恩的最佳方式。

三、国家队足球运动员奖励价值分析

(一) 国家队球员品牌优势价值分析

品牌优势在于品牌的核心价值，也就是品牌有别于其他的差异性。国字号球员的品

牌优势，正是能够使国家队球员与其他非国字号球员具有更大的价值。入选国家队可以实现球员对于荣誉的向往，可以增加球员出国踢球的机会，可以提高球员将来从事教练工作的权威性和竞争性，可以为球员带来更多的经济收益。

（二）发放钻戒或授勋的内在价值分析

从国际上来讲，经济发达或文化底蕴深厚的国家，对那些为国家某一项体育事业做出突出贡献的运动员来说，国家政脑要为他们授予终身突出贡献奖。中国足管中心应该借鉴这种方式，通过中国足协与中国政府高级官员的合作，或者和国际足联合作，创造出有中国特色的英雄勋章或钻戒，并将勋章与钻戒和中国的五千年灿烂文化历史结合起来，和当前中国经济的腾飞结合起来，和中国体育在国际上的地位结合起来，使这些勋章或钻戒具有独特的价值，达到"独有资源"充分利用的目的。

（三）为编辑个人足球生涯传记的价值分析

中国足协可以组织编辑人员出版发行国字号球员精装版的自传体书籍，附有照片、格言、文化嗜好、人生的启迪等向中学生、大学生等球迷销售，销售的书费归某个国字号球员。中国足协只要做少量的支出，就能获得双倍乃至三倍的回报，球员尽心踢球，可以给自己创造一个历史，球迷购买书籍，完成自己与球星近距离接触的心愿，开发商也能找到商机，获得经济利益，而且对整个中国足球的文化、历史和发展都起到了促进作用。可谓"小小一本书，力量大无穷"。

四、积分模块体系的建立与分析

（一）基本分积分模块分析

每支球队往往由 22 人组成，这就注定了部分球员即使入选了国家队也不一定能够获得上场机会。

而基本分的设置是为了鼓励这些虽然入选国家队但无缘上场比赛的球员，在训练中能够尽心尽力，努力提高技战术水平，培养他们爱国敬业的精神和无私奉献的陪练意识，并且通过在奖励机制中给予一定的经济补偿，来体现国家足球管理中心对球员的人文关怀。

（二）职业道德分积分模块分析

奖惩机制是调控职业运动员道德的有效机制，它能确保运动员职业道德的社会功能能在大众行为中得以实现，从而有助于职业运动员形成一定程度的道德良知，有力地影响运动员个人道德面貌和体育职业道德的状况。所以，建立职业道德分积分模块，将球员的道德表现与奖金金额挂钩，可以有效地引导球员职业道德的提高。

（三）技术表现分积分模块分析

通过对球员在比赛中的技术表现进行数据统计，并在赛后根据球员技术发挥的统计数据给球员相应的积分，既可以鼓励球员在训练中更加投入，又可以激发球员在赛场上奋勇拼搏，最终实现球员技术水平与国家队比赛成绩的共同提高。

（四）比赛等级分积分模块分析

在不同级别的国际比赛中，球员受承受的压力也不相同。根据比赛级别的不同，而将球员的积分划分为不同档次，更能刺激球员在高级别足球比赛中的求胜欲望，激发球员在艰苦比赛中的斗志，在提高球队成绩的同时也能够为国家赢得荣誉。

五、奖金总额封顶黄金分割法的构建与应用

（一）奖金总额封顶黄金分割法的程序

1. 球员总积分的计算

球员的总积分=基本分+职业道德分+比赛等级分+技术表现分

2. 每名球员应获得的平均奖金额的计算

每名球员应获得的平均奖金额=奖金总额/总人数

3. 每名球员积分分值奖金额的计算

每名球员分值奖金额=平均奖金额/全队某个队员的最高积分

4. 每名球员最终奖金额的计算

每名球员最终奖金额=每名球员的积分×分值奖金额

（二）专项基金的产生

依照此法对球员发放奖金，我们可以发现，每次对球员进行发放之后都会出现一定额度的剩余资金。这也正是奖金总额封顶黄金分割法的奥妙所在。即以发展的眼光来看待手中的金钱，赋予金钱以生命，使其进入其他社会领域，实现价值的提升。这就是说将利用奖金封顶黄金分割法进行奖金的计算时，每次都会出现资金的剩余，将这些资金作为某项基金并建立相应的长效机制进行运作，成立相应的基金管理委员会负责监管，从而产生"以钱生钱"的效果。

（三）球员奖金发放方式的确定

在奖金的发放方式上，以阶段性、储蓄性的发放方式来取代一次性的发放方式，不仅可以有效避免球员滥用奖金的现象，还可以起到帮助球员合理理财的效果。对于不能再次入选国家队的球员，采取阶段性的发放方式；对于再次入选国家队的运动员采取储蓄性的发放方式，将球员存放于足球管理中心的奖金作为基金进行运行，帮助球员获得更多的经济收益。

（四）奖金总额封顶黄金分割法的科学依据

1. 公平与效率的均衡

公平是指奖金分配的结构处在使球员、俱乐部和足协都满意的状态。因为奖金的多少是根据积分情况而定的，而积分多少的确定是有公平的规则来维护的。

效率指奖金分配的结果给各利益相关者带来最大限度的满足。结果令大家满足，说

明足协把钱用到合适的地方去了，也就是说资金得到合理的配置，资金配置是高效的。

2. 权衡三方利益

球员、俱乐部、足协是利益相关者。球员希望自己的奖金越多越好，俱乐部希望得到更多的补偿，足协希望国家队赢球。奖金黄峰顶分割法权衡了三者的利益，有助于三方关系协调发展。

3. 足球专项基金的科学性

用途的科学性、思想的科学性、理论的科学性。

4. 发放方式的科学性

在发放方式方面，球员拥有自主选择权。他可以根据自己的实际情况，采用不同的发放方式。

无论是阶段性发放还是储蓄性发放，都可以达到激励的适时要求。

5. 联动性

一次的奖励不仅会对被奖励的球员和俱乐部产生预期的推动作用，还会对其他的球员和俱乐部起到良好的师范作用，从而产生联动效应，也就是使得球员间、俱乐部间、球员与俱乐部之间形成互相激励的联动链条。

（项目编号：1020ss06152）

我国潜优势项目高水平运动员参赛风险与对策

全海英　王　乐　侯伟华　全小光　王阿芳

姜　勇　曹　飒　李　强　刘小溪　王淑霞

我国竞技体育项目可划分为三类:一是优势项目;二是潜优势项目;三是落后或薄弱项目。目前,我国一些优势项目夺金点已经接近饱和,而且由于规则变化,给优势项目继续保持优势增加了很大的难度。因此,中国竞技体育的持续发展及2008北京奥运备战过程中,要在保持传统优势项目稳定发挥的同时,必须抓住潜优势项目这一金牌增长点。

本文从"风险"的角度,对影响运动员竞赛成绩的因素进行全方位的分析,而对于"参赛风险"的认知和应对,也正是参赛理论体系中不容忽视的重要问题。

一、我国潜优势项目高水平运动员参赛风险评估

(一)我国女子射箭项目高水平运动员参赛风险的评估

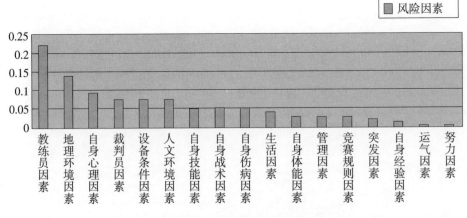

图1　我国女子射箭运动员参赛风险影响因素排序图

在影响射箭运动员的风险因素中,社会因素最为显著,其余依次为自身因素、其他因素。

（二）我国女子蹦床项目高水平运动员参赛风险的评估

在影响女子蹦床运动员的风险因素中，自身因素最为显著，其余依次为其他因素、社会因素以及对手因素。

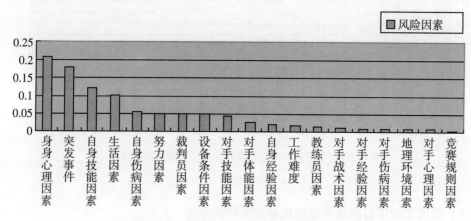

图 2　我国女子蹦床运动员参赛风险影响因素排序图

（三）我国女子跆拳道项目高水平运动员参赛风险的评估

在影响女子跆拳道运动员的风险因素中，对手因素最为显著，其余依次为自身因素，社会因素与其他因素并重。

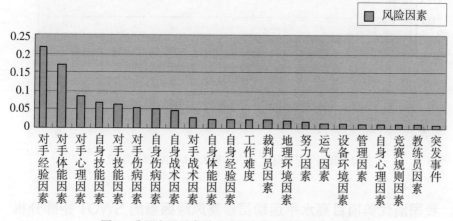

图 3　我国女子跆拳道运动员参赛风险影响因素排序图

（四）我国女子自行车项目高水平运动员参赛风险的评估

在影响女子自行车运动员的风险因素中，自身因素最为显著，其余依次为社会因素、对手因素、其他因素。

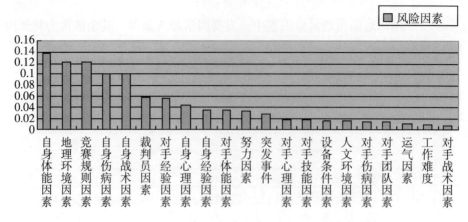

图4　我国女子自行车运动员参赛风险影响因素排序图

（五）我国击剑项目高水平运动员参赛风险的评估

在影响击剑运动员的风险因素中，对手因素最为显著，其余依次为自身因素、社会因素、其他因素。

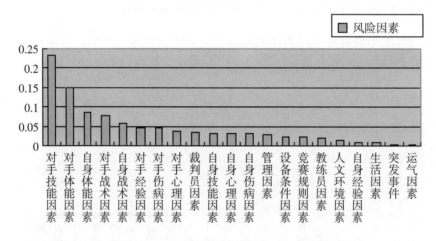

图2　我国女子蹦床运动员参赛风险影响因素排序图

二、我国潜优势项目高水平运动员参赛风险因素的 SWOT 矩阵分析

因为 SWOT 矩阵分析的因素是从内部与外部两个方面分析的，外部分为机会与威胁，内部分为优势和劣势，所以选取各个项目内源与外源因素的前两种因素进行矩阵分析。

（一）女子射箭项目风险因素的 SWOT 矩阵分析

内部分析 外部分析	优势 S 自身心理因素 自身技能因素	劣势 W 自身战术因素 自身伤病因素
机会 O 教练员因素 设备条件因素	战略Ⅰ（SO） 发挥自身心理优势因素 发挥自身技能优势因素 利用教练员机会因素 利用设备条件机会因素	战略Ⅱ（WO） 减少自身战术劣势因素 减少自身伤病劣势因素 利用教练员机会因素 利用设备条件机会因素
威胁 T 地理环境因素 裁判员因素	战略Ⅲ（ST） 发挥自身心理优势因素 发挥自身技能优势因素 回避地理环境威胁因素 回避裁判员威胁因素	战略Ⅳ（WT） 减少自身战术劣势因素 减少自身伤病劣势因素 回避地理环境威胁因素 回避裁判员威胁因素

（二）女子蹦床项目风险因素的 SWOT 矩阵

内部分析 外部分析	优势 S 自身技能因素 努力因素	劣势 W 自身心理因素 自身伤病因素
机会 O 裁判员因素 设备条件因素	战略Ⅰ（SO） 发挥自身技能优势因素 发挥努力因素优势 利用裁判员机会因素 利用设备条件机会因素	战略Ⅱ（WO） 减少自身心理劣势因素 减少自身伤病劣势因素 利用裁判员机会因素 利用设备条件机会因素
威胁 T 突发事件 生活因素	战略Ⅲ（ST） 发挥自身技能优势因素 发挥努力因素优势 回避突发事件威胁 回避生活威胁因素	战略Ⅳ（WT） 减少自身心理劣势因素 减少自身伤病劣势因素 回避突发事件威胁 回避生活威胁因素

（三）女子跆拳道项目风险因素的 SWOT 矩阵分析

内部分析 外部分析	优势 S 自身技能因素 自身战术因素	劣势 W 自身伤病因素 自身体能因素
机会 O 对手心理因素 对手技能因素	战略 I （SO） 发挥自身优势技能因素 发挥自身战术优势因素 利用对手心理机会因素 利用对手技能机会因素	战略 II （WO） 减少自身伤病劣势因素 减少自身体能劣势因素 利用对手心理机会因素 利用对手技能机会因素
威胁 T 对手经验因素 对手体能因素	战略 III （ST） 发挥自身优势技能因素 发挥自身战术优势因素 回避对手经验威胁因素 回避对手体能威胁因素	战略 IV （WT） 减少自身伤病劣势因素 减少自身体能劣势因素 回避对手经验威胁因素 回避对手体能威胁因素

（四）女子自行车项目风险因素的 SWOT 矩阵

内部分析 外部分析	优势 S 自身战术因素 自身心理因素	劣势 W 自身体能因素 自身伤病因素
机会 O 裁判员因素 竞赛规则因素	战略 I （SO） 发挥自身优势战术因素 发挥自身心理优势因素 利用裁判员机会因素 利用竞赛规则机会因素	战略 II （WO） 减少自身体能劣势因素 减少自身伤病劣势因素 利用裁判员机会因素 利用竞赛规则机会因素
威胁 T 地理环境因素 对手经验因素	战略 III （ST） 发挥自身优势战术因素 发挥自身心理优势因素 回避地理环境威胁因素 回避对手经验威胁因素	战略 IV （WT） 减少自身体能劣势因素 减少自身伤病劣势因素 回避地理环境威胁因素 回避对手经验威胁因素

（五）击剑项目风险因素的 SWOT 矩阵

内部分析　　外部分析	优势 S 自身战术因素 自身技能因素	劣势 W 自身体能因素 自身心理因素
机会 O 对手技能因素 对手经验因素	战略 I （SO） 发挥自身战术优势因素 发挥自身优势技能因素 利用对手技能机会因素 利用对手经验机会因素	战略 II （WO） 减少自身体能劣势因素 减少自身心理劣势因素 利用对手技能机会因素 利用对手经验机会因素
威胁 T 对手体能因素 对手战术因素	战略 III （ST） 发挥自身战术优势因素 发挥自身优势技能因素 回避对手体能威胁因素 回避对手战术威胁因素	战略 IV （WT） 减少自身体能劣势因素 减少自身心理劣势因素 回避对手体能威胁因素 回避对手战术威胁因素

三、结　论

（一）我国潜优势项目高水平运动员参赛风险的因素主要有自身因素，对手因素，社会因素和其他因素。

（二）影响我国潜优势项目高水平运动员参赛风险的因素既有内源的（优势、劣势），也有外源的（机会、威胁）；有可控的，也有不可控的。用列表法对影响我国潜优势项目击剑、女子跆拳道、女子射箭、女子自行车和女子蹦床项目运动员参赛风险进行排序，影响因素的排序结果显示，影响因素的排序因项目不同而不同，这可能与项目特点和所属项群相关。

（三）影响我国潜优势项目高水平运动员参赛风险的因素既有可以发挥的优势，也有可以回避的的威胁；既有可以利用的机会，也有可以避免的劣势。

（四）各个项目的不同应对风险的策略。1. 女子射箭项目应对策略是：尽量减少比赛中战术劣势因素和伤病劣势因素；注意回避场地环境威胁因素，回避裁判员带来的威胁因素。2. 女子蹦床项目的应对策略是：尽量减少心理劣势因素和伤病劣势因素；注意回避突发事件的威胁和生活因素的威胁。3. 女子跆拳道项目的应对策略：尽量减少伤病劣势因素和体能劣势因素；有效回避对手经验因素威胁和对手体能因素的威胁。4. 女子自行车项目风险对策略：尽量减少体能因素和伤病因素劣势；尽量回避地理环境威胁和对手经验威胁因素。5. 击剑项目风险因素的应对策略：尽量减少体能因素和心理因素劣势；尽量回避对手体能威胁和对手战术威胁因素。

（五）我国潜优势项目高水平运动员参赛风险虽然是多元的，有些还是不可控因素，但是有很多风险是可以采用相应的手段或方法加以避免、回避或应对的。大赛前准备工作是我国潜优势项目高水平运动员参赛风险应对的主要内容之一和成功经验，我国潜优势项目运动员做好应对参赛风险的大赛前准备有助于获得理想的比赛结果。

（项目编号：1036ss06168）

对我国冰上运动项目
队伍现状调查分析

秦风冰　朱志强　郝一伟　郭　霞　孙忠伟

一、相关研究

笔者通过中国知网、万方全文数据库、维普数据库等电子数据库的搜索，截至2007年，关于教练员的期刊、学位论文、会议论文等共有818篇，关于冰上运动项目教练员的文章只有14篇，而系统、完整地调查我国冰上项目各项目优秀教练员队伍现状的研究目前还处于空白，本课题所研究内容期望会填补此空白，并希望为我国冰上运动事业的发展尽一份绵薄之力。

随着体育运动的进步发展，人们日益关注卓越的运动水平与运动员、教练员人才间密切相关关系的规律，更加重视对教练员人才及其队伍的研究和建设。国内的许多专家学者也非常重视对我国教练员问题的研究。

钟秉枢、唐煜章在《澳大利亚体育教练员培训体系》一文中指出，澳大利亚全国教练委员会指定并实施培训，对从事入门训练到高水平训练的教练员提供教育培训和全国认可的教练员资格。通过培训，使不论在俱乐部、学校，还是在州、国家队各级各类教练员都能得到有效提高。

金学斌、林华在《我国体育教练员岗位培训工作现状的研究》中分析指出，目前我国教练员培训中存在各层次的人们对岗位培训的意义认识不足，岗位培训的发展不平衡，经费投入不足，教材体系尚未完成等问题。

王君侠、杨柳霞在《论现代竞技体育教练员的模式及特点》中分析，竞技体育的发展进入了一个新时期，运用科技成果，促进竞技体育的发展，对教练员业务能力及其作用提出了新的要求，现代教练员应是一个综合多种学科知识、技能的复合型人才。具有敬业精神、创新意识、超前思维和较强的科研能力；对新知识、新仪器、新信息掌握的程度，扎实的基础理论以及专项的知识和技能，构成了复合型教练的模式。

陈小龙、李靖、王健珍在《论教练员的管理策略》中认为，教练员的管理策略直接影响整个运动队的成绩和水平，提出从心理学的角度激发其成就动机，树立教练员强烈的责任心，调动其积极性，尊重教练员的自尊心，加强管理中的感情投入。

澳大利亚威恩·金斯密斯在《如何评价教练员的工作表现》一文中指出，一个成功的教练员应该具有以下几种素质：帮助运动员从一个时期转入下一个时期的能力；清楚地意识到他们现在还不具备帮助运动员从一个时期转入下一个时期的必要技术知识，但是他们准备去学习掌握；成熟的教练员会接受他们自己不具备帮助运动员转型的经验和能力的现实，把运动员介绍给有能力的教练员。也正是由于教练员承认自己的技能、知识和技术还不是尽善尽美，所以教练员才能不断成熟起来。

尹军在《对我国部分项目优秀教练员知识结构的研究》中运用调查法、数据统计法，探索了从事不同运动项目的优秀教练员具备的知识结构及其共同特征和它们对优秀教练员的成长所起的作用。

庞敏在《论教练员自身素质对运动队管理效果的影响》中指出，教练员自身素质对整个运动队管理效果起决定性作用。教练员素质高，则对运动队管理效果好。教练员应在专业理论知识、职业道德、训练能力等方面提高自己的素质。

刘明在《山东省竞技体育队伍的现状及发展对策》一文中提出，全面实施"教练员在教育工程"，选送一批有培养前途的年轻教练员到国内或国外高等体育学府进修、深造；加大省内各类竞赛制度及其计分办法改革的力度，把输送运动员的人数及其成材率，作为评价教练员训练水平和有关领导工作业绩的主要指标等发展对策。

赵亚平、王永胜在《现代竞技运动亟需智能型教练员》中提出，科技的发展和高科技成果的介入，加快了竞技运动发展的速度，大大提高了运动训练的科学化程度，传统的教练员模式已经明显滞后，现代竞技运动对教练员的全面素质提出了更高的要求，该文对智能型高水平教练员的智力结构进行了研究分析和阐述。

王钢在《浅谈思想政治工作是教练员抓好训练的重要因素之一》一文中指出，思想政治工作是保证竞技体育成绩提高的基础。优秀运动员的成功，离不开正确的人生观和世界观；而作为运动队的领导者，教练员则应是提高思想政治水平的先行者。

何珍文、阎旭烽、程建平在《对我国教练员与运动员关系的理论思考》一文中指出，教练员与运动员之间是一种特殊的人际关系。这种关系既是社会公民间的平等关系，又是师生间教育与被教育的关系，也是长幼间相互关心体贴的关系。这种关系的三个层面本身在调节教练员与运动员关系时所处的地位不同。要处理好教练员与运动员之间的关系，了解掌握其关系的特点与规律有重要意义，把握不同时期、不同阶段关系变化的规律。

肖云等通过对部分竞技体育教练员进行体育信息需求情况调查，分析、研究了该类人群对于信息论的认识程度、获取信息的渠道、信息需求的重点、获取信息的主要形式、影响其获取与利用信息的主要原因等方面的特点，从一个侧面探讨了体育信息利用率不高的相关因素，从而为推动竞技体育信息工作，更好地开发体育信息市场提供了可行性的意见和建议。

尹军、赵军、何仲凯在《教练员素质结构的研究现状与分析》一文中认为，提高教练员素质已成为世界各国提高竞技体育科学化训练水平的主要途径。为了使我国竞技体育工作者对有关教练员素质结构研究有一个较为全面的认识，运用文献资料法，对国内外学者关于教练员素质结构问题在心理学、运动训练学、管理学等领域所进行的研究作了综述。

陈小龙、李靖在《论教练员的管理策略》指出，在体育管理中，教练员的管理策略直接影响整个运动队的成绩和水平。从心理学的角度提出要激发教练员成就动机、树立教练员的强烈的责任心、尊重教练员的自尊心，加强管理中的感情投入。

陈宝海在 2005 年发表的《东北三省冰雪运动项目教练员现状及后备人才培养的关键因素分析》中对东北三省冰雪教练员必备的素质、条件进行了分析，认为东北三省冰雪运动项目教练员整体水平较高，场地设施比较完善，但后备人才培养体制不尽合理，缺乏纵向、横向之间交流，不利于东北三省冰雪运动的可持续发展。

石建慧从黑龙江省冰雪项目教练员队伍的分布情况及学力结构、年龄结构、职务等级方面现状进行分析,并找出存在的问题,以引起有关部门的重视,促使黑龙江省冰雪项目保持和提高现有优势。

李大志通过对我国普通高等院校高水平速滑运动队教练员队伍的现状进行深入调查和系统分析,并针对发现问题提出建议。

赵佳明在《应大力加强冬季运动项目教练员的岗位培训工作》一文中论述了冬季运动项目教练员培训工作的重要性,提出了教练员应具备的岗位能力的主要内容和培训方法。

以上可以看出,相关文献中大多数是对泛指的教练员或者是其他项目教练员的研究,研究冰上运动项目教练员的文章寥寥无几,而且不够全面,只是针对教练员的某一方面或大体情况作了简要分析。

二、教练员队伍结构分析

(一) 职称结构

教练员的职称是其总体能力及成就的外部表现,在一定程度上反映社会对其专业能力的认可度。

表 1　职称结构

	国家级	%	高级	%	中级	%	初级	%
花样滑冰	5	18.5	10	37.1	8	29.6	4	14.8
速度滑冰	5	15.6	10	31.2	15	46.9	2	6.3
冰球	0	0	5	20	14	56	6	24

从表 1 可以看出,3 个冰上项目的教练以高级和中级职称为主,花样滑冰高级教练员所占比例最多,占 37.1%,冰球中级教练员所占比例最多,达 56%,花样滑冰和速度滑冰运动队各有 5 名国家级教练,冰球教练员中无一人,由此可以看出,冰球教练员的职称结构相对较低。

(二) 学历结构

学历是指一个人接受教育的经历。教练员的学历水平能反映出教练员能否运用多学科来指导其训练过程。

表 2　学历结构

	硕士	%	本科	%	专科	%
花样滑冰	0	0	21	77.8	6	22.2
速度滑冰	1	3.1	22	68.8	9	28.1
冰球	0	0	15	60	10	40

表 3　年龄结构

	51 岁以上	%	40~50 岁	%	39 岁以下	%
花样滑冰	1	3.7	7	25.9	19	70.4
速度滑冰	8	25	9	28.1	15	46.9
冰球	3	12	6	24	16	64

根据表2,3个项目的教练员学历结构大体一致,大约2/3人为本科学历,其他为专科,只有速度滑冰运动队有一名教练员是硕士学历,占所调查教练员总数的1.2%。由于目前在职的教练员大多数都是一线运动队退役下来的运动员,平时忙于训练,文化水平相对较低,任教后也大多是接受的非正规的学历教育,由此看来,我国冰上运动项目教练员队伍的学历水平有待提高,特别应注重硕士以上学历的高层次人才的培养。

(三)年龄结构

年龄结构是指某一社会群体各年龄段人数的比例关系,教练员年龄结构可以在一定程度上反映这一人才群体的创造力。据资料表明,高级教练员出成绩的最佳年龄段是40~50岁。人在40以后,一般已经工作15~20年,经历了风风雨雨,阅历和经历使他们成熟、稳定,并积累了丰富的社会经验。同时,这一年龄段的人有更多的精力投入事业。

但是,由表3可以看出,在所调查的我国优秀运动队84个速滑教练员中39岁以下的有50人,40~50岁的只有22人,51岁以上的有12人。可见,年龄结构并不合理,有一半以上的教练员处在成长期,在业务水平、执教经验、人际交往等方面还有待提高。

三、教练员队伍运动经历情况

运动经历是运动员运动实践经验的积累,属于一种感性认识。运动经历对于教练员获取知识能力,树立任教事业心和熟悉运动员生活都有重要意义。教练员自身的运动经历使他们能对训练和比赛中的负荷变化、技战术运用、心理压力有更深切的理解,从而有助于指导运动员进行训练、竞赛。运动经历有助于教练员获得有关运动的感性认识、直接经验及专项方面的知识和能力。运动经历有助于任教事业心的形成和巩固。一般来说,有高水平运动经历而无学历的教练员,有丰富的经验;有学历而无高水平运动经历的教练员掌握系统理论知识,但缺乏实践经验;而既有学历又有高水平运动经历的教练员则具有前者两方面的优势。

表4 运动经历

	国家队	省队	市队	市体校
花样滑冰	11	10	16	0
速度滑冰	14	7	7	4
冰球	20	1	4	0

表5 比赛经历

	花样滑冰	速度滑冰	冰球
国际滑(冰)联比赛	8	13	15
洲际比赛	2	4	3
国际比赛	6	0	2
全国性比赛	27	11	5
全省比赛	0	4	0

由表4、表5可知,我国冰上运动项目优秀运动队教练员都有过专业运动员经历,丰富的运动和比赛经历,都为培养优秀运动员提供了保障,特别是对比赛过程中技战术的发挥及心理调控提供了丰富的经验。

四、教练员队伍素质和科研现状

专项运动的科研能力是教练员克敌制胜的法宝。教练员只有具备了一定水平的科研能力，将科研融于日常训练中，用科学数据指导和监控整个训练过程，才能有能力去探索运动训练的深奥之处，才可能创造出新的运动技术和训练方法，开拓培养运动人才的新路,使运动员的成绩处于领先地位。

（一）科研情况

表6　科研目的

	花样滑冰	速度滑冰	冰球
提高项目技、战术水平	23	23	22
晋级职称	4	9	3
其他	0	0	0

表7　发表文章

	花样滑冰	速度滑冰	冰球
国外体育专业刊物	0	4	0
国内体育核心刊物	12	15	7
体育一级刊物	22	23	13
体育二级刊物	10	9	5
其他	6	7	3
合计	50	58	28

表8　文章方向

	花样滑冰	速度滑冰	冰球
结合本队训练、比赛方面的文章	41	25	17
体育其他方面的文章	9	33	11

表9　课题

	花样滑冰	速度滑冰	冰球
国家级	3	2	3
省级	2	2	1
市级	0	1	1

在长期的运动生涯与教练经历中，大多数人都进行了科研工作并表现出较强的科研目的（表6），主要集中在努力提高运动员的技战术水平方面。教练员发表文章和参与课题的数量代表着这一群体科研能力的优劣。由表7和表8得知，所调查的84名教练员在不同级别刊物上共发表文章136篇，人均1.6篇，其中25名冰球教练只发表28篇，人均1.1篇。136篇文章中结合本队训练、比赛的文章有83篇。又由表8可以看出，84名教练员中仅有15人主持或参加过课题的研究，可见，我国冰上运动项目教练员整体的科研水平一般，在发表学术论文和参与课题的研究方面有待加强。

表 10　科研困难

	花样滑冰	速度滑冰	冰球
教学训练任务重	6	11	8
科研资金不足	4	14	5
没有仪器设备	16	11	16
竞争不到科研课题	0	3	1
科研能力水平有限	2	7	3
其他	0	1	0

造成科研成果一般、科研方向单一最重要的原因是仪器设备短缺，其次是教学训练任务重，资金不足。

(二) 教练员素质调查

教练员在进行科研时，应具有非常强的运用科学技术的能力，它包括运动强度、运动负荷的制定与评估，运动技术的指导与训练，运动器材的开发与使用等，此外还要善于阅读国内外体育文章，积累资料，了解本项目发展的进程和趋势，新的训练理论和经验总结，学会利用计算机处理采集的信息、指标、数据以及上网。

表 11　计算机水平

	花样滑冰	%	速度滑冰	%	冰球	%
掌握复杂的应用程序、软件等	7	25.9	5	15.6	1	4
能上网查阅文献资料	10	37.1	18	56.3	6	24
能进行简单的文档操作	5	18.5	8	25	13	52
不会	5	18.5	1	3.1	5	20

表 12　英语水平

	花样滑冰	%	速度滑冰	%	冰球	%
独立阅读外文资料	0	0	2	6.2	0	0
能简单阅读外文资料	13	48.1	15	46.9	6	24
看不懂外文资料	14	51.9	15	46.9	19	76

由此可见，我国优秀冰上运动项目教练员能够掌握复杂应用程序软件的只有 13 人，34 人能上网查阅文献资料，26 人只能进行简单的文档操作，还有 11 人对计算机一无所知，这在网络时代的今天是出于非常劣势的地位的。而在外语阅读能力调查中可以看出，34 人能阅读简单的外文资料，有 48 人根本看不懂外文资料，超过所调查人数的一半，这无疑封锁了汲取国外先进训练方法的通道。因此，我国优秀冰上运动项目教练员应丰富自身的计算机理论与应用水平，提高外语阅读能力，这样才能在第一时间掌握世界最新竞技体育动态。

五、岗位培训情况

表 13　岗位培训形式

培训形式	花样滑冰	速度滑冰	冰球
国际滑（冰）联组织	15	10	10
中国冰上运动管理中心教练员委员会组织	19	26	24
省（直辖市）体育局组织	8	13	2
各体院组织	0	7	1
没有参加过	0	0	0
其他	0	1	0

表 14　培训作用

	花样滑冰	速度滑冰	冰球
很大帮助	20	23	18
一般	7	9	7
无帮助	0	0	0

　　为了更好地提高我国冰上运动项目教练员队伍的水平，各单位都积极出资，大力提倡教练员走出去。有的培训单位也主动提供这样的培训机会，组织教练员参加各种形式的岗位培训（表13）。在参加培训时，教练员所在的工作单位和培训单位提供了大部分的经费，自费的较少，这说明冰上运动项目的主管部门非常重视教练员队伍素质的提高，也很支持教练员参加岗位培训。而且大部分的教练员认为岗位培训对工作有很大的帮助，表明岗位培训工作产生了积极的作用。今后还应更广泛的提供给教练员培训的机会，以期更直接有效地提高教练员水平。

六、教练员的执教动机

表 15　执教动机

	花样滑冰	速度滑冰	冰球
个人荣誉	2	4	1
获取奖金	0	1	0
对本项目的热爱	10	24	16
希望在此方面得到长足的发展	5	1	3
为探索新的训练理念	3	0	0
希望培养出优秀的运动员为国家争光	7	1	4
其他	0	1	1

　　调查结果显示，50位教练员首要执教动机是出于对本项目的热爱，这对我国速滑运动的训练以及项目的发展是有利的积极因素。

七、科学化训练情况

（一）训练安排

训练计划是对未来训练过程预先做出的理论设计，是为实现目标而选择的状态转移通路。训练计划在训练过程中起着非常重要的作用：一是使训练目标进一步具体化；二是统一训练活动参与者的认识和行动；三是为有效地控制运动训练过程奠定必要的基础。我国优秀冰上运动项目教练员训练笔记和训练小结，是改进和提高训练工作不可缺少的，也是科学研究的资料宝库。其中记载着运动员实际完成的训练内容、数量、质量，心得体会和发现的问题等，对科研工作有很好的参考价值。所以，重视写训练小结会对制定训练计划以及科研能力的提高有很大的帮助。因此，本研究对我国优秀冰上运动项目教练员制定训练计划和写训练小结方面进行了调查（表16）。

表 16　训练安排情况

	花样滑冰		速度滑冰		冰球	
	有	无	有	无	有	无
训练计划	24	3	32	0	22	3
训练小结	26	1	32	0	25	0
运动员档案	23	4	29	3	15	10

结果显示，在所调查的84名教练员中，几乎所有的人都有制定训练计划和坚持按时写训练小结，这对我国冰上项目的运动训练非常有利。

（二）心理和智能训练

现代科学研究证明，运动员的心理因素，影响着身体、技术和战术的发挥程度。运动员的心理训练，是现代运动训练的重要组成部分。它是指通过训练运动员为完成专项运动所需要的心理因素得到稳定的加强和提高，并学会调节心理状态的各种方法，以便在训练和比赛中促进身体和技术水平得到正常或超长地发挥。

表 17　心理训练

	花样滑冰	速度滑冰	冰球
每次都安排	4	2	1
定期安排	9	12	8
偶尔安排	14	17	15
不安排	0	1	1

从表17中可以看出，我国优秀优秀冰上运动项目教练员有46人只是偶尔安排心理训练，这表明我国优秀优秀冰上运动项目教练员对于心理训练还没有提起一定的重视。

智能是影响运动员竞技能力的重要因素之一。运动训练中的智能训练就是有目的有计划地对上述运动智能的构成因素进行训练和培养，并使之有机结合，提高运动员智能水平的过程。通过调查显示，有71名教练员（占总数的84.5%）在训练中很重视智能训练。

八、结论与建议

（一）结　论

1. 我国优秀冰上运动项目教练员39岁以下的青年人偏多，由于阅历、经验有限，在业务能力和执教水平上还有待提高。

2. 我国优秀冰上运动项目教练员硕士以上学历只占1.2%。

3. 我国优秀冰上运动项目教练员都有丰富的专业运动经历，有一半以上的人曾是国家队员，这对执教有很大帮助。

4. 我国优秀冰上运动项目教练员科研能力不尽如人意，在计算机和外语方面还有待加强。

5. 我国优秀冰上运动项目教练员都参加过不同程度的岗位培训，并表示岗位培训对执教能力的提高有很大的帮助。

6. 我国大部分优秀冰上运动项目教练员都是出于对本项目的热爱而执教，这对冰上运动项目事业的发展是有利的积极因素。

7. 我国优秀冰上运动项目教练员在训练中一般都都制定有针对性的训练计划和写训练小结，在训练中很重视智能训练，但对心理训练的重要性认识还不够。

（二）建　议

1. 加强我国高学历冰上运动项目教练员的培养。

2. 转变思想，提高我国优秀速滑教练员科研能力，把训练与科研相结合，以科研促训练、训练促科研。教练员应克服自身困难，及时汲取新的知识，科学地进行信息的收集、整理，并加以分析和利用，注重科研成果和理论，从而提高科研水平。各运动队也应形成科研奖励机制，鼓励教练员多参与科研活动。同时要增加资金投入，引进仪器设备，达到科研与训练同步。

3. 建立科学化训练体系。建立详细的运动员档案，制定科学、合理、有针对性的训练计划，严格监控训练过程。另外，从训练到恢复，都要充分地考虑到运动员的心理变化，加强营养与医务监督，同时注重运动员心理与智能的训练，做到从全面到具体、从宏观到微观的训练。

4. 各运动队应创造更多的机会让教练员参加层次较高的岗位培训，以提高执教能力。在加强教练员岗位培训工作的同时，相关主管部门还应针对教练员的执教动机，进一步激发和调动教练员的积极性。教练员平时也应主动学习，注重自身业务能力的提高。

5. 我国优秀速滑教练员在训练中应提高运动中心理训练的意识。

（项目编号：918ss06050）

运动训练的思想方法研究

邓运龙　张海忠

思想方法，《辞海》释义为"人们研究问题和认识世界的方法"。它是对认识能力和思维能力具有重要影响的因素。在不同的科学领域存在着各具特点的思想方法，哲学则提供普遍的思想方法。

崔大林同志指出："解放思想、敢于突破，这是思想方法，也是党的思想路线。要求我们不论做任何工作都要解放思想、实事求是、与时俱进。因为运动训练是一个动态发展的学科，运动成绩水平的不断提高、科学水平的不断发展带来了我们在训练的观念上，在训练的方法手段上不断发展和变化，不断前进。李宗浩教授等认为，提高运动训练水平，更新思想方法和观念是先导。因此，在运动训练过程中，把握正确的思想方法和观念就成为教练员提高运动训练水平的必要和先决的条件，也是教练员面临的极具挑战性和紧迫性的重要课题。谢天恩教练认为，"认识停止了，训练也就停止了。"

一、以辩证思维为切入点，借鉴相关文化理论的思维方法，激发新思维

(一) 哲学、军事学和医学思维方法的辩证统一

哲学、军事学和医学历史悠久、博大精深，在运动训练突飞猛进的今天，特别需要历史文化的熏陶与哺育，而哲学、军事学和医学的辩证思维更能启示我们开启运动训练规律走向自由王国的大门。为此，简要概括了哲学、军事学和医学的思维方法，主要分析了哲学、军事学和医学思维方法的辩证统一，介绍了哲学、军事和医学辩证思维方法的基本思想，提出了哲学启迪觉悟，形成支配具体工作行动的"思想方法"，在世界军事史上，有一个非常值得重视的现象，那就是大凡有伟大建树的军事家，往往同时也是有名的哲学家。在中国共产党领导的威武雄壮、波澜壮阔的反压迫反侵略的流血斗争中，特别需要军事辩证法作指导。毛泽东对中国革命战争矛盾运动的哲学总结，着重发展了马克思列宁主义军事科学的理论基础和方法论，即军事辩证法。运动竞赛与军事实践一样，不仅是实力的较量，而且是智慧的抗衡。它们都深刻地体现出教练员、运动员与战斗指挥员、战士对竞赛规律或战斗规律，赛场或战场具体情况的认识水平和判断能力，以及行动的自觉程度。医学启迪思悟，培养支持医疗临床行医的"临床思维"，并具体分析了临床思维的特点，临床思维缺乏所造成的后果和临床思维的培养途径与方法。

(二) 感性、理性和德性的基本内涵、辩证关系与觉悟养成

运动训练领域存在着"重视理性、轻视感性、忽视德性"的情况与现象。这种情况表现为普遍重视理性，体现在随着运动训练科学化思想深入人心，对理性的渴求不断强化，有时甚至唯理性，而对感性、德性的轻视、忽视实践界与理论界又各有不同。在实

践领域轻视感性的情况更大一些，比较典型的现象表现在对"经验训练"的看法上，如或对经验训练不屑一顾，或是科学训练的对立面；而理论领域有忽视德性的现象，比较典型的表现在不同学术观点的争议上，如有一些值得注意、令人警觉和引人思索的现象，一方面研究学术问题进入了纯理性、甚至是唯理性的地步，表现了对感性的不屑一顾；另一方面又忽视德性的休养，在表述不同学术观点时，有的带有情绪化语言。为此，较系统地阐述了感性、理性和德性的基本内涵、辩证关系与觉悟养成。

（三）哲学及其辩证思维发展与生理学、心理学、伦理学发展的关系

哲学与生理学、心理学有着密切的关系，而伦理学是哲学认识论发展的重要内容。为此，阐述了哲学及其辩证思维发展与生理学、心理学、伦理学发展的关系，以提高辩证思维素养与能力。主要论述了（1）哲学及其唯物辩证法对生物学，特别是生理学发展的影响与作用；（2）哲学发展与心理学的发展，具体包括哲学与心理学的同源发展，现代认识论的发展是与心理学的发展密切联系和互相促进，心理学的方法论；（3）哲学与伦理学的关系，表现为伦理学作为第一哲学，马克思主义伦理学能够承前启后，从伦理学史的发端开始，用唯物主义方法和社会方法来解决道德认识论的特点的复杂问题。

二、以训练观念为突破口，推进运动训练理论与体系变革，焕发新活力

（一）对训练经验辩证认识

对"经验训练"的认识，不仅涉及到评价，更重要的是关系的运动训练的发展方向。"经验训练"与"科学训练"这两个概念原本没有什么，而人们习惯于把二者放在一起对应的起来使用，甚至是对立起来，问题就来了。这就生出诸多歧义和误解来，经验训练的正面意义降低了，甚至包含有一定程度的贬义。在社会上，说哪个医生有经验是在夸他，而在运动训练界说哪个教练是"经验训练"，可能是在批评他或挖苦他，这都是对"经验训练"歧义或者误解决造成的。这种歧义和误解带来的负影响很大，既曲解了经验训练的正面意义，也迷失了运动训练的发展方向。为此，从对"经验训练"与"科学训练"辨析入手，较系统地提出了对"经验训练"的六点认识，就是经验训练是运动训练发展进程中的基础阶段，经验成分始终伴随着运动训练发展的全部过程，经验行为包含有理性认识因素，经验材料是运动训练发展的宝贵资源，经验阶段必须发展到理性训练阶段，经验积累与理性训练阶段交替循环发展。

（二）揭示训练观念的哲学内涵

训练观念的哲学内涵主要体现在三个尺度上：一是客体尺度，为对运动训练客观规律与活动规律的训练思维，包括对运动训练规律的认识，训练主、客体及其关系的认识、运动训练活动的认识；二是主体尺度，为对运动训练活动的追求，主要是训练主体的目标、目的和目的追求，以及情感、意志因素；三是前两者相统一的工具尺度，为对运动训练活动的设计，主要是确立训练指导思想、构建目标模型、制定训练计划。训练观念的作用环节是位于运动训练理论指导实践的中介。训练观念的基本内容包括确立训练指导思想、构建目标-模型和制定运动训练计划。训练观念的作用环节是发挥运动训

练理论指导实践的中介。训练观念的基本内容包括确立训练指导思想、构建目标–模型和制定运动训练计划。产较系统地提出了"训练观念"相关五个方面研究内容的理论价值与现实意义，具体为（1）"训练观念哲学内涵"的构建，丰富了对训练观念的理论认识；（2）"训练观念是理论指导运动训练实践的中介"的提出，沟通了理论与运动训练实践的桥梁；（3）"构成训练观念的具体认识"的提出，明确了对运动训练认识的内容与途径；（4）"情感、意志对训练观念的能动作用"的提出，强化了训练主体思想觉悟的重要意义；（5）"训练观念的基本内容"的提出，廓清了训练设计的关键环节。

（三）推进运动训练理论与体系变革

我国运动训练理论发展经过了众多学者的多年努力，实现了重要的量变积累，具备了质变的基础与前提，同时还要看到，运动训练界理论指导实践的作用还显得较弱，我国训练领域理论滞后于实践的问题还比较严重，如一些体育理论教材与训练实践是两张皮，只是停留在教学上，教练员用的还是从师傅那儿学的和自己的经验总结；一些体育科研的内容只是停留在具体的测试服务手段，缺乏对运动专项深入的研究与结合。训练认识还存在训练总结肤浅、专项理论滞后、中介研究单薄等不足。不少教练员和运动员对自己的实践经验还仅仅停留在感性认识而难于上升到理论的层面，也有的专著、教材、论文显得理论基础薄弱，缺乏方法论指导；学科自身方法学不明确，运动训练基本规律与指导规律研究不够，自主创新的内容不多，没有或缺少运动训练领域的金标准（所谓"金标准"是指该标准是本专业领域被公认能够反映"真实情况"可靠的、权威的客观评价标准）；低层次、重复性研究现实存在；现有《运动训练学》更多的是《运动训练指导》的范围，而作为一个比较成熟完整的学科来说，需要阐述清楚本学科的基本问题与基本规律，等等。所有这些，凸显我国运动训练理论其实多还处在量变积累阶段，理论探索的空间还很大，亟待变革与转折。为此，提出了新世纪基本完成了运动训练理论量变的过程并孕育着质变的发端，新时代打下了运动训练理论质变的坚实基础，新变革将有力地推进运动训练理论质变并孕育着新的一轮发展变化。并特别提出了从自主创新上突破，发展具有自身特色与优势的运动训练理论的基本思想、基本问题和基本内容架构，对一般训练理论初步也提出了篇、章、节所研究的基本问题，建议建立与丰富竞技运动大项、小项的专项运动训练理论和个案运动训练理论。

三、以哲学方法论为利器，构建运动训练的基本认识框架，迸发新力量

（一）运动训练辩证思维的方法论

运动训练科学化的根本出路在于认识规律、把握本质。认识和把握运动项目的本质，对树立正确的训练指导思想，控制训练的正确方向，在训练过程中有目的、有计划地发展运动员的专项能力，科学安排运动负荷，改革训练方法、手段具有十分重要的作用。由于本质是事物的内在联系，所以，它只能由思维去把握。掌握矛盾分析方法，从根本上认识运动训练的核心，主要是从事物"质"的属性切入，认识运动项目的特征（性、点），从掌握最根本的认识方法矛盾分析方法着眼，认识决定运动训练性质的矛盾的主要方面。竞技体育大赛的结果历来都是在特定地点、特定时间、特定环境里产生

的，比赛的成绩和名次不是既定的结果，具有很强的不确定性。竞技体育比赛的不确定性及其与确定性的统一是体育比赛的自身规律，我们既不能讨厌它，也不能回避它；而是如何去认识它、驾驭它。确定性与不确定性是相互依存、相互蕴含、相互转化的两个方面。

（二）认识"三从一大"训练原则的方法论视角

"三从一大"训练原则是具有中国特色的指导运动训练的基本原则，在我国竞技体育的发展壮大的历程中发挥了重要的积极作用。在新的形势下贯彻执行好"三从一大"训练原则必须有新认识、新突破、新观念，为此运用辩证唯物主义的方法论视角去解读"三从一大"训练原则"原本"的基本内涵，以期对运动训练理论与实践有所启发和借鉴。重点提出了对"三从一大"训练原则及其相关规律性的认识程度决定了训练境界，"三从一大"训练原则是个有机整体，执行"三从一大"训练原则需要具体问题具体分析。并着重指出了"从实战出发"是"三从一大"训练原则的训练指向，解决了"练什么"的根本问题，主要体现在"从实战出发"的核心思想是实事求是，"从实战出发"是"练与赛"的对立统一，"从实战出发"是坚持最大挖潜与可持续发展的对立统一；"大运动量"是"三从一大"训练原则的设计走向，解决了"练多少"的操作问题；"从难、从严"是"三从一大"训练原则的实施风向，解决了"怎么练"的要求问题，主要体现在"从难"、"从严"是符合实战要求训练的高难标准，"从难"、"从严"是符合实战要求训练的严实细节，"从难"、"从严"是符合实战要求训练的顽强作风。

（三）运动训练思维与设计的基本认识框架

运动训练的基本认识主要涉及运动训练的基本原理、项目本质、比赛需要和训练设计四部分内容。其中基本原理包括应激适应、节律调整和个性发展等内容，项目本质主要有专项的能量供给、力量素质和技术风格等方面，比赛需要主要突出实战的相关要求，如实战能力、组织谋划和意志品质等。训练主体实施训练活动是建立在这些具体认识基础之上，并倾注着实践主体的情感、意志与思想觉悟，从而进行训练设计，提出指导思想、构建目标–模型和制定训练计划。此基本认识体系是运动训练的认识范畴、发展机制和指导思想。

运动训练的基本认识框架是带有普遍、共性意义的基本规律。在运动训练的基本认识框架中，对项目本质的理性认识是建立在运动训练基本原理的前提之下指导并应用于实践的。在实施训练计划、安排比赛时，除了考虑上述这些基本原理、项目本质和比赛需要外，还要处理好教练员、运动员的理性认识、感性认识和情感、意志等意识因素及其相互关系，从而形成安排运动训练的具体认识，以科学的指导、支配和设计运动训练的实施途径与方法。

（项目编号：892ss06024）

我国竞技体育后备人才培养的结构特征与成本效益研究

林春源　马海涛　蔡　军　雷　强　任　钊　杨　波　冯俊彦
高海利　杨战军　袁尽州　董　利　任俊保　杨　涛

　　竞技体育作为一种特定的社会文化现象，是展现民族精神、弘扬爱国主义、振奋人心、鼓舞士气、提升国家形象的一项重要活动，在政治上受到重视，在经济上得到资助。竞技体育后备人才是体育事业得以发展的基石，后备人才数量的多寡，直接关系到体育事业的可持续性发展。竞技体育人才的特殊性，决定了竞技体育人才培养的长期性和困难性。后备人才是竞技体育人才培养最主要的"发源地"，如果离开源源不断的后备人才资源，竞技体育就会失去最重要的可持续发展动力，所以竞技体育必须重视后备人才的培养与开发。

一、我国竞技体育后备人才培养的结构特征分析

（一）竞技体育后备人才概念的界定

　　竞技体育后备人才的培养过程，实际上就是一种人力资源的开发过程，也就是人力资本的创造过程。竞技体育后备人才是指具有一定体育天赋，经过系统训练后，对竞技体育的发展具有潜力的运动员。

（二）竞技体育后备人才梯队结构特征

　　我国竞技体育人才培养体系是以"三级训练网"，主要是中小学、业余体校、体育运动学校、省市优秀运动员和国家集训队形成了三级网络训练体系，这种竞技体育人才培养模式过分依赖国家投资，并且从宏观到微观的各个层面全面管理，从制定总体发展规划到运动员的选拔、培养等全部由国家负责。

　　随着社会经济的发展、人们观念的转变，我国"三级训练网"受到前所未有的冲击，体委系统一条龙训练网络体系面临着机遇和挑战，在一定程度上打破了传统专业训练体制僵化、封闭的格局。竞技体育后备人才的培养正由单一、封闭模式向多元开放模式发展，不同培养形式之间的地位比重正在调整和转换，多种后备人才培养形式将长期并存，业余体育俱乐部和体育学校正在成为竞技后备人才培养的主要形式。

（三）教练员人才结构特征

　　我国竞技体育教练员队伍的组成，主要是通过三种形式：运动员退役进体育院校学习后任教、体育院校学生毕业后任教、运动员退役后直接任教。这些教练员担负着为省和国家培养后备人才和优秀运动员的重任，教练人才质量直接影响运动员的训练水平和

后备人才培养的数量和质量，影响着我国竞技体育可持续发展的战略。因此，加强教练人才队伍建设，提高教练员整体素质水平和执教水平非常重要，有必要进一步完善对教练员的选择、任用、考核与监督，建立一支思想过硬、事业心强、热爱体育事业、具有较高理论知识和组织管理能力的教练员队伍。

（四）裁判员人才结构特征

统计结果看，我国竞技体育的裁判员队伍达到 3 万多人，其中国家级裁判员占到 1.76%，一级裁判员占 16.33%，主要是集中在二级裁判员，达到 81.91%，高水平的裁判员太少。为了加强裁判员整体素质水平，建设一支过硬的裁判队伍。我们应采取"请进"与"派出"相结合的方式进行学习和交流，及时掌握技术、裁判、规则、训练等最新发展动态与信息，可使我国竞技体育训练沿着国际最新技术的方向发展。

二、我国竞技体育项目分布的特征

由于我国各省、市、自治区的经济发展水平的不均衡性，地理环境的条件不同，造成了竞技体育开展的实力不等、规模不等、特色不同，具有很大的差异性。所提供的训练经费、场馆设施、生源的来源情况、管理水平等有着很大差别。每个省、市、自治区开展的项目不同、数量不等、差距之大，从项目开展统计数据的比例来看，反映了我国竞技体育的整体布局不合理，各区域项目布局不均衡，这主要与各省、市、自治区地理环境、经济发展、投资环境有着密切的联系。

三、我国竞技体育后备人才培养的模式

目前我国竞技体育后备人才培养的模式基本上还是计划经济下的延续，以省、市体育局为主导的运行机制和训练体制，主要还是以传统的"三级训练网络"为主要的训练模式，市场经济多元化的运行机制还较弱，竞技体育人才培养的训练水平还较低，尚未形成一定的竞技体育人才培养的规模。

四、我国竞技体育后备人才培养的成本投资研究分析

（一）竞技体育后备人才人力成本投资的界定

竞技体育的可持续发展，必须依靠于资源不断的后备人才的培养。竞技体育后备人才的培养，是需要通过成本投资进行的。依据人力资本的定义，我们可以将竞技体育后备人才人力成本投资定义为：国家、企业或个人通过一定的投入（货币、资本或实物）培养竞技体育后备人才，丰富运动员的文化知识和比赛经验，提升竞技后备人才存量，使得竞技体育水平得以提高的一种投资行为。

（二）竞技体育后备人才培养成本投资的特征及其分类

在我国实行的是举国办体育的方针。竞技体育后备人才的培养投资的主体有国家、企业和个人等，但主要还是国家。其不同于一般营利性的企业人力投资，具有社会性、经济性、实用性、复杂性、风险性特征。

根据竞技体育后备人才的整个成长阶段，可以将其投资分为运动员选材投资、运动

训练投资、医疗卫生保健投资、运动竞赛投资、运动员的文化素质教育及其退役后再就业投资几种类型。

（三）我国竞技体育后备人才培养成本投资现状与分析

1. 理论层面的冷思考

关于竞技体育后备人才培养的成本投资理论，归纳起来主要分为两种。

（1）宏观层面的指导理论

在计划经济模式下形成的"举国体制"，已暴露出管得过多、统得太死的问题。随着社会主义市场经济体制的建立和逐步完善，其固有的僵化性的弊端越来越明显，主要表现在：（1）导致大众体育和竞技体育不协调发展的态势。（2）难以形成充满活力的良性发展机制，投资效益差。（3）竞技体育人才培养投资过于单一化，影响了其社会的进程。（4）竞技体育人才培养的过程中法治化程度低，制约了其科学化的发展。

（2）微观层面，竞技体育后备人才培养的成本投资核算理论（主要从经济投入的角度讲）

对竞技体育后备人才培养的成本投资进行核算，需要科学、合理的理论作基础。（1）必须完善和健全竞技体育后备人才培养的资本投资的原始凭证管理。（2）各级体育行政与管理部门应有涵盖竞技体育人才培养的资本投资的统一格式的财务报表。（3）要充分利用科学的核算分析方法。（4）必须有一支高素质的竞技体育后备人才培养的财务会计管理队伍。

2. 现实投资的比较分析

（1）六省市 2003—2006 年体育事业经费的比较分析

陕西省在体育事业投资总额上与东部沿海省市存在着较大的差距，如 2005 年其体育事业经费总额为 29.801 万元，而江苏省达到了 87.783 万元，广东省更是达到了 106.719 万元。体育事业经费的多少与该省市的竞技体育发展水平正相关，即体育事业经费越高其竞技体育发展水平越高。事实证明，广东、江苏、山东等东部省份的经济发展水平较高，体育事业经费的投资总额较多，它们的竞技体育实力也居于全国前列。

（2）八省市 2005 年各项体育事业经费所占百分比的比较分析

从各省市体育事业经费所占百分比可以看出，陕西省、湖南省体育事业经费构成不尽合理，其一半以上的体育事业经费用在了其他事业费上，业余训练费、优秀运动队经费等所占例较低。而广东、江苏、山东等东部竞技体育实力较强的省市，它们的体育事业经费构成比较合理，业余训练费、优秀运动队经费等所占比例较高，这样的竞技体育成本投资构成为其竞技体育的健康发展提供了比较充足的经济支持，使其竞技体育沿着可持续发展的轨迹顺利推进。

（3）八省市竞技体育发展水平与后备人才培养情况的比较分析

通过比较分析可以看出，竞技体育发展水平与竞技体育后备人才情况的好坏正相关。众所周知，从第 10 届全运会取得成绩看，首先，进一步印证了我们上面的结论，即体育事业经费的多少与该省市的竞技体育发展水平正相关；其次，竞技体育后备人才培养质量的高低和数量的多寡与竞技体育成绩成显著性相关。

五、结论与建议

（一）结　论

目前我国竞技体育后备人才培养的模式基本上还是计划经济下的延续，还是以省、市体育局为主导的运行机制和训练体制。市场经济多元化的运行机制还较弱，尚未形成一定的竞技体育人才培养的规模。我国竞技体育人才也表现出区域性的差异。从项目开展统计数据的比例来看，反映了我国竞技体育的整体布局不合理，各区域项目布局不均衡，这主要以各省、市、自治区地理环境、经济发展、投资环境有着密切的联系。使得竞技体育后备人才培养过程中投资主体单一而且法制化程度低，而且竞技体育后备人才培养成本投资的会计核算方法上存在不合理之处，应给予科学化的完善。体育事业经费投资的多寡、投资构成的合理与否、竞技体育后备人才数量的多少和质量的高低与竞技体育发展水平密切相关，竞技体育的可持续发展离不开经济支持。随着我国经济水平的不断提高，投资于竞技体育的资金必然也随之不断增加，但是，应注意资金的合理有效利用问题，提高竞技体育的投入与产出率。

（二）建　议

随着我国市场经济的不断发展，教育发展与改革和市场经济结构调整，这对竞技体育后备人才来源必然产生一定的影响。在新的发展时期，我们要突破原有体制对后备人才培养的束缚，积极开拓竞技体育后备人才结构调整与市场经济相适应的发展道路，逐步形成竞技体育后备人才的结构梯队。建立和完善适应社会主义市场经济体制的竞技体育后备人才培养体系。

改革现有的体育体制，使得竞技体育与大众体育走不同的发展道路，二者均衡发展，相互促进。不断拓宽竞技体育后备人才培养的渠道，丰富投资主体，加快其法制化进程。探索出一条科学、合理、适用的竞技体育后备人才培养成本投资的会计核算方法，以利于清晰地核算出人才培养的成本。竞技体育后备人才培养的各级部门应明确责、权、利的关系，加强纵向的沟通与合作，树立人才培养的效益观，将有限的资源合理充分的利用，以期发挥最大的效用。

（项目编号：983ss06115）

基于知识管理理论的竞技体育
人才管理与评价研究

曹连众 刘 兴 于 秀 邹本旭

竞技体育人才的隐性知识体系包括比赛经验、思想素质、意志品质、灵感、知觉、心智模式、合作精神等多方面，作为竞技体育人才实现培养目标的重要内环境，是获得优异运动成绩的重要因素，是运动员获得全面发展和保持竞技体育事业可持续发展的重要人才素质基础。

一、竞技体育人才隐性知识的内涵与特征

(一) 竞技体育人才隐性知识的内涵

竞技体育人才隐性知识指的是运动员在训练和比赛的情景下，同取得优异运动成绩和其全面发展有内在联系的，难以用语言明确表达的知识。这就是说，竞技体育人才的隐性知识具有内隐性，它的获取必须通过运动员亲身不断地在训练和比赛中去体验、实践和领悟。这些知识可以分为认知和技能两个维度，涉及运动员所具有的价值观、认知、人际关系技能、情感因素、技术、比赛经验、诀窍和专项技能等，它对一个人价值目标的实现起着至关重要的作用。

(二) 竞技体育人才隐性知识的特征

1. 私人性

就人类的知识总体而言，可以把全部知识分为两大类：一类是目前停留在每一个人头脑中的经验和秘密，这种知识暂时停留在人脑中尚未显现出来，称之为"私人的知识"；另一种类型知识叫做"社会性知识"，就是通过书刊、图纸、磁盘、磁带、计算机、光盘等物质载体或劳动产品所表现出来的那些知识，它是离开人脑的形态知识，经过以往的实践已经实现了物化。竞技体育人才隐性知识就属于第一类知识，即私人知识或个人知识。这主要是因为竞技体育人才隐性知识的获取依靠运动员在训练和比赛的实践中亲身去感觉和体验，每个运动员的感觉和体验不同，获取的隐性知识也不同。在不同的训练、比赛的实践和体验中，运动员所顿悟、体会到的隐性知识各不相同，当然也无法直接用语言交流。斯滕博格等认为，隐性知识的获取一般来说很少得到别人或资源的帮助。换句话说，关于个人应该学到什么不能被别人直接告知，而是应该从经验中获得教训。隐性知识大部分体现为个人知识。另一方面，竞技体育人才隐性知识的私人性还表现在这种知识与运动员无法分离。除非运动员把这种知识转化为社会性知识，否则它就会紧随着运动员个人的存在而存在。

2. 难言性

由于竞技体育人才隐性知识存在于人的头脑中，难以用正式的语言和逻辑思维来明确表达，难言性是该类知识的本质特征之一。知识的"冰山理论"认为，如果把显性知识形象地比喻为一座露出水面冰山的话，那么隐性知识就是隐藏在冰山底部的大部分。运动员可以把水面冰山上面的显性知识通过逻辑用语言文字明确表达出来，其表现形式有数据、数学公式、手册、图形、图像、视频等。如动作要领的书面化、学习动作技能步骤、方法等知识都是显性知识，其主要特征是明晰化、转移自由和普遍化等。在知识的转移过程中，也不会轻易丢失信息。与之相反，而隐藏在冰山底部支撑顶部的隐性知识，很难通过语言、文字或符号予以明确表达，难以像显性知识那样容易交流，运动员之间隐性知识的转移也就比较困难。由于运动员个体隐性知识的难言性，有时又把其称为"前语言知识"（pre-verbal knowledge）或"非明确表达知识"（inarticulate knowl-edge）。

3. 程序性

竞技体育人才隐性知识主要是关于"know-how"的知识，正是这种知识有意识或无意识地引导运动员在不同的训练和比赛的情景下去完成各种不同的任务。根据安德森对程序知识和描述性知识的区别，隐性知识只是程序性知识的一个子集，它主要引导人们如何去行动而并不能清晰表达出来。竞技体育人才隐性知识在训练和比赛中，它们以模糊规则自主地发挥作用，而这种模糊规则却不能像常规的操作活动那样进行编码化和规范化，只能体现在具体的完成动作过程之中。

4. 价值性

在 2004 年的雅典奥运会上，澳大利亚跳水队的钱德勒在原我国著名跳水运动员童辉的带领下，以几乎完美的"压水花"技术战胜我国的劳丽诗，获得了澳大利亚第一枚奥运会跳水金牌。正是童辉将中国"压水花"的独门绝技带到了澳大利亚，才有了今天的结局。这正是竞技体育人才隐性知识价值性的重要体现和最有力的说明。

二、竞技体育人才隐性知识的内部层次分析

竞技体育人才隐性知识是由多种知识能力要素构成的有机体，运动员运用隐性知识创造优异运动成绩是多种隐性知识要素共同作用的结果。根据野中郁次郎的观点，隐性知识可以分为技能层面的隐性知识和认知层面的隐性知识。总体上来讲，相对于显性知识来说，竞技体育人才隐性知识在训练和比赛中的可转移性较低。但是根据隐性知识的特征以及在训练及比赛中的可转移程度，可以将竞技体育人才隐性知识分为通用隐性知识和专用隐性知识两种类型。通用隐性知识就是那些能够在不同的训练和比赛情境下运用的，能够满足多种需要的隐性知识，如运动员个人的价值观、心智模式、认知等方面的知识。专用隐性知识指的是只适用于特定的运动项目，在不同的训练及比赛情境下难以转移的隐性知识，如运动技能、比赛经验、诀窍等方面的知识。

竞技体育人才隐性知识是一种有机综合能力。运动员在运用隐性知识的过程中，既需要其具有一定的通用隐性知识，又需要具有同具体运动项目有着紧密相关的专用隐性知识。而通用隐性知识是专用隐性知识的基础，专用隐性知识是运动员在一定的通用知识的基础上，根据具体运动项目的要求而衍生出来的技能知识，它往往比通用知识更能解释不同运动员运动成绩的差异。专用隐性知识是在具体训练及比赛中通过师徒制方

式、自我学习领悟、向他人学习、运动员团队组织共享、经验积累获得的。运动员专用隐性知识的获取可以进一步丰富通用隐性知识，完善通用隐性知识。运动员的隐性知识正是通过通用隐性知识和专用隐性知识的互动，来呈现有机特性的。

三、竞技体育人才隐性知识的作用

竞技体育人才隐性知识是竞技体育人才实现培养目标的重要内环境；是获得优异运动成绩的重要因素；是获得可持续竞争力的基础和源泉；是运动员获得全面发展和保持竞技体育事业可持续发展的重要人才素质基础。

四、竞技体育人才隐性知识的理论体系

元认知维度：动作的创新能力、文化底蕴、对动作的领会能力。

价值观维度：个人信念、比赛胜利的欲望、训练比赛的态度。

情感维度：比赛情绪的自我控制力、面对比赛压力的自我调节力、情感交流。

人际维度：与队友的合作能力、解决矛盾冲突能力。

技能维度：比赛经验、诀窍、运用隐喻、运动技能的完成效果、运动技能掌握的熟练程度。

五、竞技体育人才隐性知识的评价指标体系

元认知维度：知识结构、动作的创新力、实践学习力、发现与解决问题能力、直觉判断力。

价值观维度：个人信念、价值目标、自我发展、自知能力。

情感维度：比赛情绪的自我控制力、面对比赛压力的自我调节能力、容忍差异性、移情能力。

人际维度：沟通诀窍、管理他人、与队友的合作能力、解决矛盾冲突能力。

技能维度：比赛经验、诀窍、运动技能完成效果、运动技能掌握熟练程度。

六、竞技体育人才隐性知识的管理模式

（一）竞技体育人才隐性知识共享的障碍因素分析

竞技体育人才隐性知识的获取和共享受到多种因素的制约，如运动员个人层面、组织层面以及隐性知识本身的特性等。有必要对这些障碍因素进行深刻的判断和认识，否则运动员个体隐性知识的获取和共享将难以实现。

1. 竞技体育人才隐性知识本身的特性

传统的客观主义知识观认为，科学知识是科学家利用客观的观察和方法所发现到的真理，而且真理是不容推翻的。在今天的运动员知识管理中，个人的比赛经验、价值观、洞察力也是知识的组成部分，而且为创造优异运动成绩中起着相当重要的作用。运动员知识是有组织的比赛经验、价值观、相关信息和洞察力的动态组合。从运动员隐性知识本身来说，隐性知识具有内在性和无意识性，拥有隐性知识的运动员往往不清楚自己拥有什么样的隐性知识。即使知道自己拥有价值的隐性知识，由于隐性知识本身难以表达，像显性知识那样相互明确地交流是比较困难的。

2. 运动员个人层面因素

拥有隐性知识的运动员具有垄断和独占心理，一般不愿将其所掌握的诀窍、经验和技巧提供给别的运动员。这主要是因为担心别人学了他的"绝招"，自己将失去这一技术的竞争优势而失去隐性知识带来的优越感和某些特殊利益。个人对自己拥有知识特权的独占心理导致了隐性知识难以转移和共享。

传授隐性知识的运动员和接受隐性知识的运动员的知识结构和心智模式影响该知识的共享。在分析、获取和转移隐性知识的过程中，接受隐性知识的运动员先前的知识水平、运动技能水平和思维结构，犹如一付有色眼镜对传授隐性知识的运动员表达的知识进行选择性编码和理解。两者的心智模式越是接近，就越能产生默契，在隐性知识共享上的效果就越好。

3. 竞技体育人才组织层面因素

运动员团队组织传统刚性体制不利于隐性知识的共享。有些运动员的团队缺少成员之间的信任、学习的氛围和创新的文化，影响了隐性知识转移的速度和质量。相互信任是知识交易的灵魂，缺乏信任往往会导致合作和交流的减少甚至中止，而隐性知识的共享也就无从谈起。学习氛围和创新的文化能够从整体上提高组织成员的自主学习、向他人学习的动力，从而促进知识的转移。在一个具有学习和创新的文化的运动员团队中，教练员要鼓励运动员主动学习，主动营造运动员之间互相学习交流的氛围和平台，并且对新观念和新方法给予大力支持，则这个组织转移和共享的知识就会大大增加。

如果组织缺乏对隐性知识的合理激励机制，不能保证隐性知识的拥有者的收益。在这种情况下，他们处于自己优势地位的考虑，往往不愿意与别人分享自己的经验知识和诀窍。在信息时代，如果组织缺乏一个知识交流网络平台的技术支持，如知识库、信息网络、专家网络等，则也会影响知识共享的效果。

（二）竞技体育人才隐性知识的管理模式

在以往的知识管理研究中，许多学者对 SECI 模型中的每一个知识螺旋过程做过论述，提出了一些实现知识转化和共享的工具和方法，但是都没有对每一种方法进行深入研究。结合直观体验的认知模式，即隐性知识通过体验积累、立象尽意、取象比类和由道至理的获取和传播过程，以及知识转化的 SECI 模型，在知识创造与转化过程中，可以发现运动员个人隐性知识的运行过程是其获取隐性知识、转移隐性知识、共享隐性知识和利用隐性知识的过程。

在竞技体育人才隐性知识的获取和转化模型中，竞技体育人才隐性知识的获取、转移、共享和利用分别通过"练赛中学""师徒制""隐喻、认知地图和基于案例的推理""联系媒介"机制来完成知识转化过程。内化的模式是运动员个人在掌握显性知识的基础上获取新的隐性知识的过程。在这一过程中，"练中学""赛中学"即在比赛和训练中学习是运动员常用的技能提高的方法。例如，像游泳运动员进行游泳训练一样，开始时，由教练员通过显性知识的形式传递给运动员应该掌握的动作要领。然后，通过在水下练习，运动员不断体会这些动作要领。经过长时间的练习，运动员便把显性的动作要领嵌入到游泳的活动中去，内化为自身的一部分，其显性知识已经内化到娴熟的游泳技能中去了。

在竞技体育人才隐性知识转移的社会化过程中，由于运动员个人隐性知识很难显性化，或者隐性知识显性化会需要很高的成本，运动员不使用语言也可以从教练员和别的运动员那里获得隐性知识，教练员指导运动员是典型的传统师传徒受制度，是竞技体育人才隐性知识转化的最有效方式。师传徒受来实现知识转化的过程，也就是教练员、运动员分享经验，形成共有的思维模式和技术能力的过程。

外化的模式是把竞技体育人才隐性知识转化为显性知识的知识创新过程。这一过程中，运动员将自己的价值观、比赛经验、运动技能、诀窍转化为语言可以清晰表达的内容。为了把隐性知识显性化，许多技术工具被开发出来，主要有会谈分析（protocol analysis）、神经网络（neural network）、因果地图（causal mapping）、认知地图（cognitive mapping）等。

（项目编号：980ss06112）

体教结合建立优秀运动员后备人才培养基地的模式研究

刘同员　李　勇　潘国斌　赵　颖　刘忆湘

罗　巍　黄　霞　周　强　余双艳　阳艺武

一、"体教结合"目前存在的主要问题

(一) 体制的困惑

回顾近 20 年"体教结合"的探索，取得的成绩是值得肯定的，但同时也面临着一系列的困惑。"体教结合"这个概念性的问题直到现在还没有完全统一，这种结合到底应是"体"的成分大还是"教"的成分大，体育部门和教育部门在认识上还不太一致。不少办高水平运动队的高校体育部负责人认为，过去的"体教结合"以体为主的多，现在马上变为以教为主不现实，也不符合体育人才培养的规律，将来逐步过渡到体教并重乃是两全之计。高校"体教结合"办高水平运动队是顺应运动员培养多元化的趋势和方向。但是，在外部环境发生变化的情况下，中国运动员培养、管理体制并没有做出调整，体育政策的改进也略显迟缓，还是传统的从业余体校、地方专业队到国家队的竞技体育人才"三级"培养体制。高校拥有雄厚的师资优势、场地优势和人才优势，理应在高水平运动员的培养方面发挥自己的作用，为我国的体育事业做出应有的贡献，但是现行的管理体制尚未给高校培养高水平运动员提供足够的制度保障，最终伤害的是中国体育事业本身。

"体教结合"问题的重要意义不仅在于解决运动员的文化教育问题，实际上还涉及我国体育人才培养体制如何进一步深化改革，涉及我国竞技体育如何健康、持续和快速发展的根本性问题。就目前状况而言，"体教结合"在体制上还存在许多问题。主要表现在以下几个方面：一是体育部门和教育部门双方在体育人才培养认识上还有偏差，对承担竞技体育人才培养的责任和义务认识不到位，时常出现各自为政的现象，在"体教结合"问题上缺乏主动意识；二是"体教结合"政策缺乏规范性、延续性，大多停留在体育和教育行政部门表面的结合上，具体操作上随意性比较大；三是现有办学机制在运动员入学、升学上有一定的局限性，缺乏相关的优惠政策，使运动员望而却步。不断强化"体教结合"既是培养优秀体育人才的有效途径，也是体育部门和教育部门获得协调配合的一项重大举措。体育与教育的分离，这需要一个好的体制把他们结合起来，单纯强调某一方面都是误区。

(二) 生源的问题

当前我国竞技体育正在由"举国体制"一元形式逐渐向多元形式转变，这决定了我国高校高水平运动队的来源渠道的多样性。运动员的单一性来源取决于中学体育竞技人

才资源充足具有稳定性，不过优秀体育竞技人才绝大多数还是集中在体育系统，普通中学培养优秀体育竞技人才的整体水平较低。

目前，我国高校运动员的来源主要有四类：（1）体工队退役或准退役的专业运动员。这种来源使高校运动队在短时期内迅速达到高水平，在比赛中获得优异成绩。然而，这类运动员的运动技术水平已过顶峰时期，受年龄、伤病等多种因素的影响，运动成绩总体呈下降趋势。（2）体工队现役运动员。目前，很多高校都是采用"挂靠"的方式来招揽这类运动员参加高校的各种体育竞赛。如第 23 届世界大学生运动会，中国代表团夺得的 21 枚金牌中就有 14 枚来自体操和跳水，而参加这两项比赛的运动员大部分是注册的专业运动员，日常生活基本以训练为主，学习只占很小的部分。（3）省、市业余体校的学生或竞技潜能不足的二线队员。各省、市业余体校中有发展前途的青少年苗子都会被各专业队相中，基本没有发展前途的队员才会被选入到高校，这部分队员虽有一定的运动技能基础，但由于受到身体条件等影响，想大幅度提高运动技能水平是不太可能的。（4）具有一定运动能力的普通高中毕业生。这类学生没有间断过系统的学习，而且达到了相应的学习要求，是高校竞技体育队伍中最佳的生源，但由于中国竞技体育的体制决定了在这部分运动员中运动技术水平高的人数极其有限。据 2000 年调查，我国普通高校高水平运动员来自专业队、体校、普通中学的比例分别为 50.2%，20.3% 和 29.5%。可见，目前我国高校高水平竞技体育是建立在中学竞技体育发展不充分的基础之上，生源渠道不畅，质量得不到保证。

（三）学训矛盾

高校办高水平运动队既要遵循运动训练的基本规律，又要符合大学教育对人才培养的基本要求，这一特点决定了"学训矛盾"存在的普遍性。如何处理学习与训练的矛盾非常重要，是影响高校高水平运动队"体教结合"的重要因素。美国 NCAA（美国大学生体育联合会）运动员的每周训练时间不能超过 20 小时，他们对运动员管理非常严格，所有运动员都只能在这规定的 20 个小时之内提高效率。在美国，竞技体育运动是以学校为中心，依靠学校培养体育竞技人才。美国绝大多数运动员都经过正规的大学或高中教育，多数运动员最终都经过高等教育，除了运动专长外还有其他专业的能力。我国高校的大学生运动员，他们的学习要求和普通学生一致，不能采用改变教学计划、降低学习难度来解决学习与训练之间的矛盾，更不能将运动员在比赛中所获得的名次，折合成学分，将学习成绩和运动成绩捆绑在一起。

高校高水平运动员的双重身份，使得他们在完成和其他学生一样学业的前提下，还有责任和义务进行专项运动训练，并代表学校参加各级的重大体育竞赛活动。有相当一部分高校在招收高水平运动员时，其主要的目的就是希望学生能在各大比赛中创造辉煌的成绩，为学校争光，于是一味地强调运动训练的重要性，忽视了专业文化的学习与提高，使运动员把过多的时间和精力都投入到了艰苦的训练上，最终耽误了文化知识的学习，违背了高校竞技体育"体教结合"的初衷。目前尽管试办高校都出台了保证文化学习的措施，但"学训矛盾"仍然很突出，学校在运动员的文化学习方面还要加大管理力度，切实保证运动员的文化学习，实现运动员的全面发展。

在问卷调查中，受访的运动员有 85% 以上都认为学习非常重要，从思想上很重视文化学习，但是却有 90% 以上认为训练对学习影响较大；对于学习时间有近 40% 的运动员认为不充足；近一半的运动员认为学习与训练之间有矛盾；30%的运动员在学习过程中感到压力较大；近10%的运动员对目前的学习成绩不太满意，51%的运动员感觉学习一般。由此可见，"学训矛盾"问题仍然比较突出。

（四）缺乏完善的竞赛与经费体系

进入高校的高水平运动员，缺乏独立的比赛体系，使高校未能真正发挥出培养高水平运动员的作用。CUBA联赛的成功经验值得借鉴和推广。CUBA联赛是中国体育史上第一个面向高校、面向社会，以培养高素质、高水平篮球人才为目标，采取社会化、产业化运作模式的大学生专项运动联赛，现已成为国内篮坛两大赛事之一。体育和教育系统在推进"体教结合"的过程中存在矛盾，教育系统本身就缺乏独立的竞赛体系，从而导致竞赛制度的不完善，主要表现在没有充分地发挥大学生体育协会的管理作用，比赛少，直接导致运动员缺乏参加高水平比赛的锻炼机会，缺乏统一规划，竞赛层次也不合理，不能体现比赛公平竞争的特点，运动员参赛资格的审查程序也存有漏洞。此外，高校竞技体育的筹资渠道单一，没有多方面的经费来源，各高校也以减少参赛次数来节约经费。上述原因使得高校高水平运动队光练不赛，难以做到以赛促练，提高运动员的竞技水平和大赛经验，这也是影响高校教练员和运动员积极性的主要因素。此外，必要的经费投入也是高校高水平运动队建设必不可少的物质基础。高校在建设高水平运动队的时候首先面临经费短缺问题，教育部的经费主要用于教学和学校的发展，在教育经费有限的情况下拿出一部分支持高水平运动队对许多学校来说都有点力不从心。因此，缺乏独立的竞赛体系和经费问题仍然是高校高水平运动队建设一个重大难题。

在问卷调查中发现，清华大学和武汉理工大学高水平运动员参加国内、国际高水平竞技比赛的机会平均每人每年仅2~3次机会，对于现行的高校竞技赛制度有80%的运动员感到不太满意。可见，竞赛体系的不完善，经费的短缺从而导致的竞赛次数少是阻碍高校高水平运动队"体教结合"进程的主要原因。

（五）高水平教练员人才不足

在实证分析和问卷调查中发现，武汉理工大学高水平运动队教练员有51%具有高级职称。近一半的运动员认为目前教练员的能力基本能胜任提升运动队目前的水平，近一半的运动员对目前教练员的评价较高并都表示和教练员之间没有矛盾冲突。由此可见，虽然高校涌现出了许多高水平的教练员，但是在面对高水平运动员训练时，普遍还是略显体育训练的经验和能力不足。

二、国内现行培养运动员人才模式的比较分析

目前在我国培养运动员的模式有以下三种形式。

（一）体育职能部门坚持多年的培养运动员人才模式

图1所表明的是体育职能部门多年来独立形成的培养运动员人才模式，也是一种运动员职业教育培养人才的模式。在确保运动员训练和比赛前提下，再兼顾文化教育、思想教育、训练专业知识教育等，并配备有管理、科研、教练员、后勤和医疗等齐全的专职队伍。主要特点是机构齐全，财政独立开支，成材率低，社会成本高，形成的社会包

袄重。有结果显示，各级体校送往青年队的成材率只有 8.9%，青年队送往省市一线队成材率只有 17.8%。成材与非成材运动员综合素质不高，后继生存与发展空间不大，容易积累更多的个体和社会矛盾。

到目前为止我国优秀运动员主要来源于这种培养模式。但可持续发展的能量不足，随着社会的发展，国际竞争力的提高，这种脱离大教育体系的培养人才模式很难继续维持。最核心的问题是青少年运动员的选材困难大，许多家长不愿意将小孩送入完全脱离具有综合文化素质教育环境与条件的体校单独强化运动训练，并且形成了一种强大的社会阻力，使得成材的社会成本和经济成本太高。

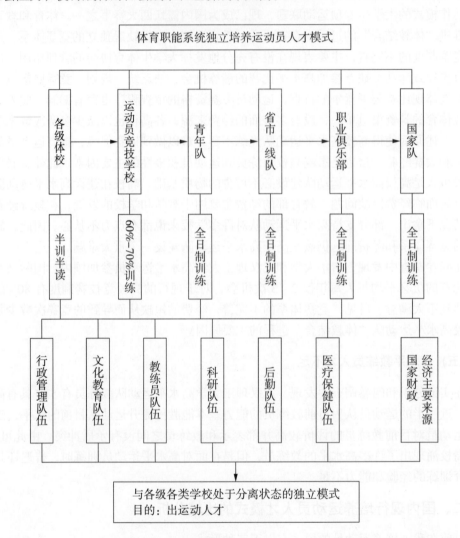

图 1　体育职能系统独立培养运动员人才模式

（二）先成名后上学的运动员人才培养模式

图 2 说明目前国内有部分高校为了在最短时间内出运动成绩，而采取急功近利的办法，将一些省市级以上已成名的运动员或退役运动员与被淘汰的运动员招入高校，在国内参加不同的比赛为学校争光彩，以示体教结合，形式上是大学生，实际上很少在大学

正式接受教育，而是以运动员的竞技能力和名气换取文凭。

这种模式对培养运动员人才机制造成了混乱，对国内大学生和体育职能系统组织的各类赛事的公平公正性带来了极大的冲击，作为运动员人才培养这是一种浪费资源的无效投资，很不利于培养人才事业的发展。这种模式在一定时期内解决一些优秀运动员没有文凭的后顾之忧，但此举绝对不能作为一种优秀运动员的人才培养模式来进行推广和发展。

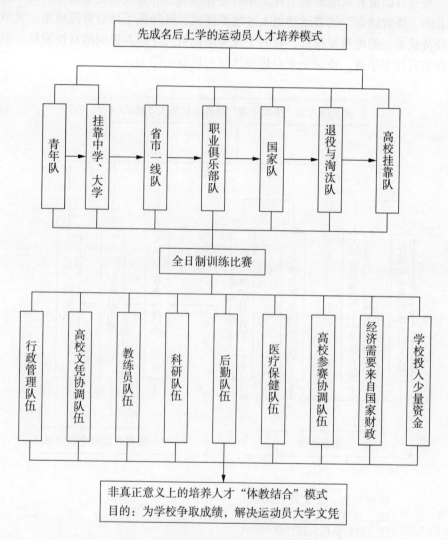

图2　先成名后上学的运动员人才培养模式

（三）学校与体育职能部门、职业体育俱乐部共同培养优秀运动员模式

图3表明运动员的教育培养完全融入大中小学教育，形成了以学为主、运动训练为辅的机制，遵循青少年成长发育和学习文化知识的科学规律。综合利用学校的一切环境和资源，充分利用体育系统的教练员、场馆设施、训练科学管理体系等资源，充分满足家长和学生自身的意愿，消除各种后顾之忧，保证科学地训练，理性地发展，稳定地培

养，低成本地运作，培养出综合素质高的运动人才。这种模式以清华大学和武汉理工大学最为典型，并且在实践中收到了良好的效果，取得了可喜的成绩。

这种培养运动员人才模式不仅能有效提高运动员的综合素质，提高运动员在国际竞赛中的竞争力，而且解除了运动员个体和社会的一些矛盾，在很大程度上迎合了青少年家长及亲人的心态，筑起了雄厚社会基础链，极大地刺激和影响着众多青少年加入不同项目的基础训练，将使各项目运动员人才培养形成庞大的基础群，一方面可以扩大选材基数，另一方面更有效地推进了青少年的健身热潮，优秀人才更是成倍涌现。这种真正意义上的"体教结合"优秀运动员人才培养模式，既降低了社会资源成本，又减少了各部门经济成本，避免重复投资，有利于优秀运动员人才培养机制的良性发展。但这种模式也面临着许多挑战，特别是来自传统体制与机制的阻力。

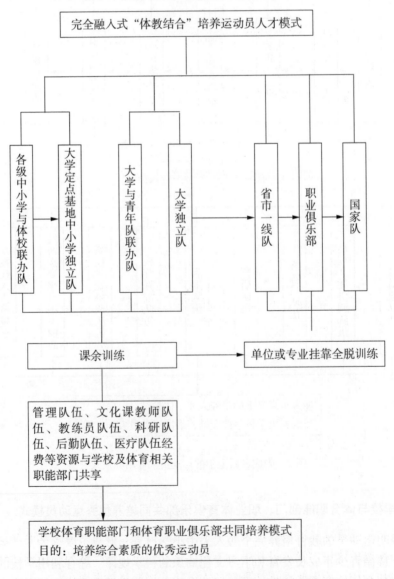

图3 完全融入式"体教结合"培养运动员人才模式

三、优秀运动员后备人才培养基地实验模式

（一）基地发展目标模式（运动员发展目标过程）运动员→小学→初中→高中→大学→省市职业队→国家队

（二）基地建设与管理过程的优化体系

基地

基地管理体系
- 从小学到大学各层子基地的管理机制
- 管理目标体系
- 管理考核体系

教练员队伍
- 选拔聘任教练员体系
- 教练员科学训练工作体系
- 教练员工作考核体系

文化教育体系
- 文化教育的管理机制
- 文化教育的目标体系
- 文化教育的过程管理
- 文化教育与运动训练的相关机制

训练科研体系
- 综合素质高的科研队伍
- 针对性的科研目标
- 跟踪运动队的工作过程
- 各种实验室及设备的合理利用
- 科研经费的保障

场馆设施优化利用
- 场馆设施的配置与保障
- 有效利用学校和体育部门场馆设施
- 场馆设施的环保、卫生、安全、科学体系

运动员优化选材
- 在全国范围内建立选材网络
- 建立选材的科学体系
- 建立运动员苗子档案

运动医疗与保健体系
- 建立专职与业余医疗保健医生队伍
- 配置完善的医疗保健设施
- 充分利用学校医院的先进设施
- 建立医疗保健管理体系

人才推广服务体系
- 参加不同赛事的工作系统
- 对外联络与交流系统
- 运动员档案管理与传播系统
- 建立输送人才网络系统

图4　基地建设与管理优化体系

图4所表示的基地建设与管理优化体系是在充分集合教育与体育职能部门的优势资源形成的。在基地建设与发展过程中，不断优化和完善。依据基地优化的指标体系，进行定期评估和考核。确保优秀运动员后备人才培养机制良性发展。

四、"体教结合"建立优秀运动员人才培养基地模式优势的资源调查分析

(一) 各类学校培养运动员人才的资源

中学的基本情况。对湖南、湖北、辽宁、河南、山东、福建、北京、四川、江苏、浙江、江西共 12 个省市共 88 所重点中学或传统项目中学体育教育训练和办学资源进行了调查。体育场馆及设备齐全的中学占 92%，领导重视并支持建立运动队的中学达到 100%，已有不同项目运动队的学校占 96%，与本地体校联办的中学占 35%。高校已建立项目基地的中学占 20%，能从社会融入资金办运动队的学校占 65%。中学的文化教育资源 100% 符合运动员人才培养的需要。以上调查说明，目前我国的一些重点中学和传统项目中学的综合资源完全具备了"体教结合"培养运动员人才的基本条件，不足的是教练员的能力和水平还有差距，有待于体校和专业队进行优化整合。

高校的基本情况。对全国 56 所办高水平运动队的高校进行了资源调查，运动场馆与设备齐全率的大学占 100%，相关的运动队管理、后勤、科研、教育、训练、医疗等资源都能得到合理整合。有 25 所学校已聘请了职业队教练员，有 65% 的学校已与省市职业队或俱乐部进行了不同形式的体教结合建设运动队，有 72% 的学校能获得社会团体赞助资金发展运动队，有 32% 的学校的运动队能开展国际交流活动，有 28% 的学校在中学建立了运动员后备人才基地，但教练员的整体水平和高校的多种资源优化整合还有待进一步改进。依据我国现在试办高水平运动队的高校所具备的文化教育资源、科技资源、场管设施资源、管理水平、领导意识等，如果能进一步整合体育职能部门和体育职业俱乐部的资源，将完全具备培养国家级优秀运动员人才的条件，并且能形成可持续发展的有效机制。

(二) 体育职能系统的资源

通过调查得知，全国各省市和县级体育职能系统均有良好的体育场馆设施条件，能与各类学校进行资源更优化的组合，有一批业务能力强的教练员队伍，有相应的体育科研设备和队伍，有懂业务的管理人员，拥有已培养出来明星级运动员的社会可信度和优化选材的网络系统。但文化知识教育的资源和著名中学与高校的品牌资源不具备，必须借助教育这一大环境才能实现优化育人的长效机制。

(三) 体育职业俱乐部的资源

目前国内体育职业俱乐部的管理层有良好的体育职业意识，对后备运动员人才十分关注，有良好的市场运作经验和资源，有良好的场馆设施硬件和软件条件，有雄厚的资金，十分注重运动员综合素质的培养，对"体教结合"有极大的兴趣。

(四) 社会各类财团的资源

据调查表明，随着改革开发的不断深入，经济的不断发展，社会各类企业财团十分关注中学生、大学生的各类体育赛事活动，特别是国际国内的许多著名企业集团，经问卷调查国内外 32 家知名企业，100% 愿意通过赞助中学生和大学生的体育赛事做广告宣传。如耐克公司、李宁公司、摩托罗拉、三星等各大电信公司都十分热衷与中学和大学

的体育赛事活动，这为体教接合的训练与比赛形成了可喜的经济资源。

（五）社会人气的资源

通过抽样调查 80 名有不同项目体育特长的小学生、家长，150 名中学生家长和中学生，100% 希望既能上大学读书，又能从事专业运动训练和比赛。对 180 名不同项目的职业青年队队员及家长的问卷调查，运动员有 98%、家长有 100% 希望既能上大学又能从事专业运动训练与比赛。这说明目前从社会人气来讲体教结合是人心所向，两全其美。

五、实践效果与分析

基地的建设与发展在较短的时间内取得了可喜的成就，特别在节省资金、消化社会矛盾、科学育人方面成效显著。

（一）清华大学从 1998 年开始以附属小学和中学为子基地，塑造出了田径场上的短跑飞人胡凯和李成伟、贺伟、王睿、熊晴清和何姿等 48 名优秀运动员。并且在国际国内比赛中取得了优异的成绩。

（二）武汉理工大学从 1999 年开始，在国内与武汉市华师一附中、沈阳市十一中、沈阳市二中、大连开发区一中、济南市一中、河南建业中学、湖南省地质中学等中学建立了后备人才输送基地，在中学实行了教体联办的结合形式；与湖北省体工队、火车头体协、东莞新世纪篮球俱乐部、辽宁省体工队、河北省体工队等职业队建立运动员人才培养输送机制，塑造出了王晶、刘久龙、韩德军、易鹏、任云龙、郭维兆等 32 名优秀运动员，在高校实行了教体联办的合作形式。

（三）国内一些优秀青少年及其家长每年定期到清华大学和武汉理工大学积极参与运动员后备人才选秀活动，形成了良性的运动员人才输送发展机制，充分满足了不同青少年既读书又参加专项运动训练的愿望。

（四）清华大学和武汉理工大学与各省市及职业队相比，经费投入差距太大，但很少的投入能取得极大的成效，极大地降低了投入成本，这就是体教结合的积极效应。

上述体教结合建立优秀运动员后备人才培养基地的实践虽然是在极少数高校展开，但实践效果是十分显著的。并且在国内开创了成功的先河，充分体现了成本低、效率高、潜力大、具有可持续发展的成效与特色。

六、建　议

（一）提升优化体制改革意识，实施科学发展观。体育属于教育的范畴，既是科学发展观的定位，又是教育的基本内涵。从国家与社会的责任感出发，"体教结合建立优秀运动员后备人才培养基地"不能意味着谁吃掉了谁，分散治理，不是科学发展观的思想。

（二）育人是教育的质的规定性，从目前我国运动员的整体素质来看，应该强化综合素质和优质意识，应该强化运动员个体和育人整体的可持续发展意识，处理好文化学习与训练不协调的矛盾，改变短期行为和急功近利的思想，要树立科学发展观。

（三）积极整合优势资源尽快建立"体教结合"培养优秀运动员后备人才基地的系统工程体系，完善制度，鼓励以特色求发展。

（四）高校是科学知识与科学技术积存最丰富的地方，要尽快理顺科学管理、科学训练、科学教育的关系，建立科学训练攻关团队和科学训练实验室，为优秀运动员后备人才培养基地填充更高的科技元素。

（五）要加强教育和体育两个系统教练员的培训与提高，提升育人的综合素质与能力，提倡科学训练与科学育人，改变经验传经验的不良局面。

（六）分地区，分层次，分项目，按特色，依条件在各级各类大、中、小学建立教体联办的优秀运动员后备人才培养基地，不得自由发展、盲目布点。

（七）规范训练机制与竞赛市场，严禁使用不正当手段，严禁更改运动员年龄、使用违禁药物、打假球、冒名顶替、吹黑哨等扰乱训练与竞赛体制。

（八）建立统一的运动员后备人才选材机制，建立统一的人才网络系统，改变长期以来体教两大系统争抢体育后备人才的不利局面。

（项目编号：988ss06120）

大连足球人才研究

孙华清　孙华敏　　孟祥敏　冯爱民　付　毅　王晓红　陈　晶

　　大连素有"足球城"之美誉，足球在大连有着广泛而深厚的群众基础，大连人喜欢足球，热爱足球，足球在大连已经形成一种时尚，有着国内其他城市无法企及的骄人战绩，尤其是各类足球人才层出不穷，使得大连成为首批被国家列为开展足球运动的重点地区。

一、近年来大连市体育局、足协在足球人才培养方面的工作

　　大连是中国第一个足球特区，是中国足球改革的试验田，是中国足球人才培养的重要基地。为巩固这一改革成果，大连市体育局、足协在市委、市政府的正确领导下，按照市领导"足球要成为大连重要的精神品牌"的要求，在足球人才培养方面作了以下切实可行的工作。

　　(1) 争取市领导的关心支持，把人才培养作为一件大事来抓

　　通过积极的工作，把足球改革纳入了政府的决策层次。市委、市政府把足球作为全市人民的一件大事加以研究，经常深入一线办公，为大连足球的发展把关定向，把足球改革纳入政府的决策层次，这是大连足球发展、人才培养的根本保证。

　　(2) 抓建章立制工作

　　多年来，市足协经过改革制定了一系列的规章、制度、条例、规划、方案，如《大连市足球协会章程》《大连市足球协会俱乐部章程》《大连市业余足球俱乐部审批、管理暂行办法》《大连市足球协会运动员培训及转会细则》《大连市足球教练员管理条例》《大连市足球事业"九五"发展规划》《大连市中小学实施足球"百千万工程活动方案"》《2001—2010 大连市足球教练员队伍建设规划》等。

　　(3) 建立并完善俱乐部体制

　　从 1992 年 7 月 3 日成立的全国第一家足球俱乐部——大连足球俱乐部起，陆续建立了一批俱乐部。2003 年，经过整顿，全市注册的足球俱乐部共有 26 家，注册的竞技系列运动员 2000 多人，普及系列运动员 5000 余人。

　　(4) 抓好龙头队伍水平的提高，带动其他队伍的发展

　　为推动大连市足球运动水平的提高，市体育局、足协领导，积极协助龙头队伍，为他们配备后备人才，协调各方面关系，出谋划策，政策扶植，优质服务，全力支持，因而使龙头队伍越打越好，带动了各层次队伍全面发展，使大连市的足球运动有了空前的发展。1996—1998 赛季，万达队三年蝉联冠军，1998、1999 两年都打入了亚俱杯四强之列；2000 年、2001 年、2002 年实德队夺得亚优杯亚军、甲 A 冠军、足协杯冠军，并获得亚俱杯东亚四强决赛权；赛德隆队夺得全国乙级联赛冠军并晋升 2002 年全国足球甲 B 行列，2002 年获甲 B 联赛亚军；以大连市球员为主组成的辽宁队在全国九运会足球决赛中摘取了金牌；东北财经大学足球队在首届中国大学生足球联赛中一举夺冠；大

连第八中学足球队在全国中学生足球比赛中获得冠军；大连女子青年足球队获得全国青年足球联赛亚军；大连中学女子足球队获得全国中学生足球比赛中的亚军；大连少年女子足球队获得全国少年女足比赛亚军；还有 U–21 冠军、U–15 冠军、U–13 冠军、U–11 冠军。

（5）抓好青少年培养，为国家输送人才

为贯彻落实邓小平同志"足球要从娃娃抓起"的指示，大连市体育局领导提出了"着眼当前，立足少年，打好基础，冲出低谷"的战略思路，市足协在 1995 年，成立了学校足球委员会，由市足协和市教委合作，共同抓好中小学足球运动和人才的培养。市足协从长远战略着手，以大连足球长盛不衰、后继有人为奋斗目标，将大连的足球俱乐部及其行业从业人员建成"金字塔"结构。大连拥有职业足球俱乐部，也拥有足球培训班；注册有职业教练员，也有初级教练员。

大连市足协按照梯队的布局方案将各级运动员划分为竞技和普及两个系列。普及系列体现了大众参与、全民健身的体育纲领，百千万工程使我们拥有 120 多所学校、1500多支球队、18000 多名运动员。竞技系列按照奥运、省、城运会年龄段，蓄积了大量的人才，U–21、U–19、有 300 多名运动员，U–17、U–15 有 400 多名运动员，U–13 以下有 1000 多名运动员。全市利用学校每周的两课（体育课）、两操（早操、课间操）、一活动（课外活动）制度，参与足球活动的中小学生明显增加，已达 30 万人。

（6）抓好教练员、裁判员、管理干部的素质

大连市足协采取了多种措施，从保护俱乐部、教练员、运动员、裁判员和家长等各方面的利益出发，增进大家对足球专业知识的全面了解，使大家明确足球市场的运作规律，掌握时势动态，加大培训体系化力度。

大连市足协投入资金，邀请国际足联的讲师、中国足协的讲师以及巴西、德国等先进国家的讲师来授课，使先进的理念和管理思维成功登陆大连。定期举办亚足联、中国足协 C 级教练员培训班；举办裁判员培训班和学习班；开办了俱乐部管理人员培训班；组织了运动员家长培训班；组织了教练员训练公开课；组织了俱乐部管理经验交流会；举办了足球知识大奖赛等，使他们树立起责任感、紧迫感、使命感，发扬敬业精神、奉献精神、拼搏精神和爱国主义、集体主义。通过培训，全市的教练员、运动员和足球管理人员的素质有很大的提高。

（7）抓好赛会的组织工作，推动足球运动的广泛开展

几年来，每年大连市举办、承办国际、省、市比赛都达二十几项次，参赛运动队多达 1000 支，比赛几千场，运动员达上万人，观众达百万人次。1997 年 7 月，大连市在金州体育场，成功地承办了世界杯亚洲区十强赛，受到国家体育总局的好评。极大地鼓舞了大连市民的参与意识，推动了大连足球运动向纵深方向发展。

为了给青少年创造更好的比赛机会，大连市足协组织的"市长杯""一线队选苗赛""中学生足球赛""俱乐部联赛"长年坚持不断。在全国足球重点地区青少年工作交流会上，大连市《学校足球委员会工作经验》和《优秀足球队选苗赛》的办法成为典型，各地纷纷与之交流。全市从春季到秋季，基本做到了周末、周日有比赛。

2001 年首次举行了大连市业余足球联赛，竞赛方法模仿全国职业联赛模式，实行周末主客场制的比赛方法，使从未参加过大连足球比赛北三市的庄河、普兰店、瓦房店都积极组队参加比赛。本次联赛被中国足协称为"开创了中国业余足球联赛的先河，是

其他省市学习的楷模"。中国足协专职副主席阎世铎也对该项赛事给以高度评价，并在2002年将这一赛事在全国推广，举办全国性的丙级联赛。

（8）抓好各项竞赛的市场运作，获得良好的社会效益和经济效益

每年足球比赛项目多、任务重，需要的资金投入较大。为减轻政府的负担，大连市足协开拓思路，不断创新，全体出动，拉冠名，找赞助，推销广告，发动企业联办或独立承办比赛，如市长杯中小学足球赛由"可口可乐公司"冠名；广场足球赛和六一儿童足球表演赛由"黑狮啤酒"冠名；职工四门足球赛由"七星国际旅行社"冠名；大连市业余足球联赛由"青岛世达公司"赞助；丙级联赛由"赛德隆"冠名；六人制由"百威啤酒"冠名；五人制由"现代汽车"冠名等。

通过市场运作，不但完成了比赛任务，还宣传了体育，扩大了足球的影响，为国家节约了开支，使足球率先步入市场。

（9）抓好内外交流，促进共同发展

本着相互沟通、相互交流、促进发展、促进提高、增进友谊的宗旨，大连与周边的国家及国内的部分区、省、市进行访问、训练、比赛。例如，组织了大连实德队与香港队、日本鹿岛鹿角足球友谊赛；大连与日本长崎中学生足球对抗赛；举行了由大连、沈阳、长春、鞍山参加的华润啤酒东北集团足球联赛；组织了大连与台湾高雄县男、女足对抗赛；组织了大连与沈阳盲人足球对抗赛；组织了大连与台湾省台北市女足对抗赛；组织了大连、沈阳、鞍山广场足球总决赛；组织了连港杯大连女足与香港女足的对抗赛；组织了中俄友谊赛等。通过这些交流活动，使大连了解了国际足球的发展趋势，学到了先进国家的技术，促进了大连市足球的发展，加快了与国际接轨的步伐。

（10）下大力气改善训练设施

近几年，大连还在改善足球训练条件上下了大力气，2001年大连市体育局、大连市足协等共同投资400万余元，建成了一块人造草坪足球场，一年四季全天候可以对市民和广大青少年开放。实德足球训练基地条件在全国尚属一流。另外，还建起了恒丰、石矿、17明星、金州等多处训练基地。大连还利用广场多的有利条件建起了足球广场，开展了广场、四门、室内挡板小足球活动，成为新景观。仅广场足球赛一项，每年就投入40余万元。

（11）大连市媒体在足球人才的培养方面的作用

大连足球的发展离不开媒体的宣传报道，而大连媒体有关体育赛事的宣传报道离不开足球，足球得到新闻媒体正面、及时的报道，可以说量大质优，报纸有名、电台有声、电视有影，而且几乎天天如此，新闻媒体为宣传大连足球进行了正确的引导。大连足球从来都有一种不服输的劲头，用今日的时髦话来讲就是敢于胜利、善于胜利、永不言败精神和一种霸气的王者风范体现。这其中媒体起到了很好的推动作用。

新闻界的支持绝对是大连足球取得佳绩不可或缺的因素，整个舆论氛围非常地好，大连的历届随队记者也都全心地为球队服务，这在客观上起到了保驾护航的作用。更为重要的是，大连本地的媒体关于大连市球队的一些报道一直是比较客观的，因为大家对大连足球发展一些举动一直比较熟悉，而且是家乡球队，大家在报道球队一些负面消息时往往要考虑到一些因素，不会出现偏离轨道的现象。早在1994年的时候，大连万达足球俱乐部就已经把记者看做是球队的一部分，经常召集新闻界的朋友为球队献计献策。1995赛季是在当年11月19日结束的，一周后，即11月26日，在万达大厦28层

会议室连续 3 天召开了市五大班子领导、新闻媒体和球迷代表参加的为夺回冠军的献计献策会议。根据这三家代表的会议精神，俱乐部制定了 6 项夺冠的措施，其中就包括加强俱乐部建设、引进外援和重建球迷协会等工作。媒体在这次会议中起到了很好的作用。

此后大连的媒体就成为大连足球必不可缺的一部分，所有媒体都派出专门跟队的记者，他们跟随大连足球队征战南北，这十几年间他们几乎没有落过大连足球队参加的任何一场正式比赛。每一次在大连足球队出现波折的时候，媒体便会很及时地发挥他们应有的作用。最重要的表现在 1995 年、1999 年、2003 年时大连足球出现历史上少有的大低谷的时候，大连的媒体坚定地站到了自己的足球队的这边，他们召开全市范围的大型讨论会，为大连足球加油鼓劲，他们绝没有袒护球队，他们也在批评，但他们的批评是善意的、有建设性的建议。事实证明，这些建议和鼓励起到了很重要的作用。

十几年来，大连新闻界对大连足球发展的作用是巨大的。大连足球队从选外援到训练方法，从选主教练到某一名犯了错误的年轻球员的鼓励，媒体都给予巨大关注。当年年少的孙继海就是在媒体的鼓励下迅速进步成长的，还有初来大连的郝海东，当年初出茅庐的王鹏，世界杯被弃用处在人生低谷的李明，刚从日本归来还存在信任危机的迟尚斌等，他们能取得成功除了自己的努力，与媒体的推动力量有着很大的关系。

现在的大连媒体比以前更加成熟进步，大连电视台文体频道《天天体育》有专门的长年跟队记者，而且，全年直播大连实德队的全部正式比赛；大连电台也同样全年直播大连队的全部正式比赛，而且，还辟出专门栏目每天都跟踪大连实德队的最新动态；《大连晚报》《半岛晨报》《新商报》《北方体育报》《大连日报》等报纸也都长年设立球队专栏，设立长年跟队记者，报道大连球队动态。

（12）大连市各级领导对足球发展的大力支持

在大连，历届市委、市政府都对足球运动给予了高度重视。正是有了他们的高瞻远瞩，有了他们的正确决策，有了他们的亲切指导，大连足球才能够始终沿着一条正确的轨道前行，并取得一个又一个辉煌。

当你知道在大连这座被称为"足球城"的城市里，有很多被誉为"足球书记""足球市长"的领导时，你就会对这座城市有一支强大的球队，有了更加深刻的理解。

市委、市政府的正确决策，其力量是巨大的；领导的关怀和支持，更是一种无形的力量。正是这两种力量，加速推动大连足球不断前行，不断取得更大的成就。

大连不但有抓足球、研究足球的领导群体，而且还有一批真正为足球事业呕心沥血的实干家。正是由于他们踏踏实实地为大连足球做出了不可磨灭的贡献，才使大连足球有了今天的长盛不衰。

大连足球十几年的辉煌历程，既体现了大连人振兴足球、发展足球的雄心和壮志，也体现了大连人精神和力量。足球运动是实力的比拼，更是精神的较量，大连足球 8 次夺冠固然可喜，但大连足球所具有的舍我其谁的霸气和永不言败精神更可贵。

二、大连市青少年在足球人才培养方面的理念

从青少年足球人才培养方面，我们课题组对大连人足球理念进行研究。我们课题组对大连市六市区 20 所中小学学生 520 人发放了问卷调查，共收回 447 份，有效率 90%。男生 347 人，占 73%；女生 100 人，占 27%。受调查者有小学、初中、高中的学生，

其年龄在 12~21 岁，共涉及 18 项内容。具体如下。

(1) 经常看足球比赛的有 299 人，占 63%；而不看比赛的有 148 人，占 37%。

(2) 想成为职业足球运动员的有 126 人，占 26%；而不想成为 321 人，占 74%。

(3) 第一次接触足球的年龄在 6~9 岁。

(4) 梦想成为足球运动员 230 人，占 48%。

(5) 从小拥有足球平均为 5~6 个。

(6) 拥有足球队的学校 339 人，占 84%。

(7) 老师支持你和班级同学踢足球的 347 人，占 73%。

(8) 父母支持踢足球的 297 人，占 62%。

(9) 认为踢足球影响学习的 109 人，占 22%；不会影响学习的 338 人，占 78%。

(10) 认为你的同学、朋友也喜欢足球有 400 人，占 84%。

(11) 在学校经常有足球活动的有 376 人，占 79%。

(12) 每周能踢一次足球队 270 人，占 42%。

(13) 了解大连足球的历史的人 159 人，占 33%；不了解的 288 人，占 67%。

(14) 了解大连足球明星的有 228 人回答 3 个以上，占 49%；2 个以下占 51%。

(15) 能说出 1~2 项足球运动术语的有 189 人，占 39%。

(16) 了解足球运动的基本规则和要求的有 273 人，占 57%。

(17) 业余时间参加本校以外的足球活动的有 207 人，占 43%。

(18) 愿意参加校级足球队的有 237 人，占 50%。

从以上的统计数据来看，大连市的青少年在 6~9 岁就接触足球，喜欢看足球比赛，都喜欢拥有自己的足球队。不仅父母喜欢足球，而且学校的老师、班主任也支持学生从事足球运动。通过足球运动的开展，有力地促进了学生的文化学习。整个学校从事足球运动的学生，形成了氛围浓、气氛好、人数多、运动频繁等特点。大部分学生喜欢足球明星，崇拜足球明星，以足球明星为榜样，并且了解足球规则，懂足球。但缺乏对大连足球历史的了解，缺乏对足球术语的掌握。

三、大连足球与我国兄弟城市注册俱乐部的运动员进行对比分析

表 1　我国部分城市足球运动员所占城市人口比例统计表

	大连	北京	上海	重庆	青岛	沈阳	广州	延边	西安
城市人口（万）	500	1381.9	1673.77	2770.98	510	720.4	994.3	220	741.14
注册球队（支）	150	172	125	117	115	82	117	40	65
运动员（人）	52000	68460	79460	61150	47900	56325	61150	19620	47485
占全市人口%	1.4	0.4	0.5	0.2	0.93	0.8	0.6	0.8	0.6

从以上的统计数据来看，城市人口排在前三位的是重庆、上海、北京；注册球队排在前三位的是北京、大连、上海；从事足球运动的运动员人数排在前三位的是上海、北京、广州和重庆；从事足球运动的运动员人数占全市人口比例排在前三位的是大连、沈阳、广州。大连市从事足球运动的运动员人数虽然没有排在前三位，但是人数比例却达到了 1.4%，说明了大连从事足球运动人口基础雄厚，与其他城市相比，它的比例最大，具有广泛的群众基础。

四、大连市六市区足球人才培养的现状

表2 大连市区足球人才培养的现状现状调查表

	沙河口	西岗	中山	甘井子	旅顺	金州	合计
1. 区里有多少足球重点校?	14	10	5	5	5	27	66
2. 平时有多少人参加训练?	920	90	150	125	170	546	2001
3. 常年训练有多少人?	720	60	100	25	60	90	1055
4. 每周训练时间? (小时)	21	7.5	7.5	7.5	7.5	7.5	58.5
5. 每年举办多少场比赛?	200	80	60	160	45	92	637
6. 近几年向专业队输送人数?	60	30	68	24	4	25	207
7. 从事训练的教练员?	24	7	13	3	15	26	88
8. 教练员年龄结构? (平均数)	45	40	40	40	45	38	41.3
9. 教练员文化水平?	大专	大专	大学	大学	大专	中专	大专
10. 对运动员培养有哪些独到之处?	有	有	有	有	没有	没有	有
11. 非区市管辖的足球俱乐部有几支? 如何训练?	8	6	12	19	6	9	60
12. 每年在足球人才培养方面下拨的经费有多少? 如何使用?	16万 训练 比赛	无	无	1万 训练 比赛	无	20万 训练 比赛	37万

以上的调查数据表明,全市的足球重点学校主要分布在金州区和沙河口区,金州区除了男足,还有一部分女足重点校;沙河口区的东北路小学主要肩负着为实德梯队培养足球后备人才。在训练普及上,也显示出这两个区人数优势。在常年训练上,沙河口区、中山区人数最多,导致他们向上输送的足球人才最多。在训练时间上,沙河口区东北路小学每天上午1小时,下午2小时,保持每周7天训练时间;而其他区是每天下午1.5小时,每周训练5次。投入训练的教练员最多是金州区和沙河口区;投入经费最多也是这两个区,充分说明投入与回报成正比。但是,教练员文化水平不高,也暴露出我们国家现有的国情,它也阻碍了我国足球人才培养前进的步伐。教练员年轻,有朝气,肯吃苦,接受新事物快,是一大优势,但缺乏经验。

随着我国足球大环境的发展变化,成绩的下滑,严重阻碍了我市足球人才的培养前进的步伐,从事足球运动的家长和孩子少了,政府的关心和投入少了,培养足球人才的氛围降低了,最终导致部分地区停滞不前的局面。

(项目编号: 992ss06124)

山东省体育人才资源开发战略研究

张洪涛　于学田　叶国雄　徐大义　高雪峰
张昭京　魏淑波　王黎虹　周　军

一、山东省体育人才资源的优势分析（STRENGTH）

（一）体育人才资源具有一定总量规模，各类别职能分工完备，形成了比较成熟的体育系统人事架构和工作体系；总体年龄结构合理，各系列人才队伍总体趋于年轻化，对于体育事业中、长期可持续发展来说，合理的年龄结构既是一个加强稳定的因素，同时也是能动的促进因素。

（二）管理科层结构完整，层级明确；管理人才系列中，拥有着相当数量的具有一定经验、素质和技能的体育、管理、经济等专业人员，对于顺利推进体育管理体制改革创新、体育事业建设和体育产业化发展具有积极的作用和巨大的潜力。

（三）专业技术人员系列总体结构比较完整，专业体系设置比较全面，对于全面促进体育发展，完整的专业结构体系具有十分重要的保障作用。

（四）拥有一定数量的十分年轻化的优秀体育教练员资源，教练员知识化程度较好，在基础项目、热点项目和传统优势项目上，教练员队伍的质量比较出色，对于我省保持当前竞技体育地位、冲击更高目标能够起到突出作用。

（五）拥有一支能力比较出色的优秀竞技运动员队伍，在许多基础和热门的大项上，例如田径、三大球等，实力较强，另外在不少优势项目上拥有水平层次较高的运动员人才队伍，因此从整体上看，我省竞技体育具有较强的竞争实力，应有信心予以期待。

（六）体育裁判员队伍具有一定的基础，拥有一定数量的高等级裁判员资源，对于积极承办体育赛事、组织体育活动十分有利。社会体育指导员资源充足，对于开展全民健身运动、提高社会体育普及率、扩展体育群众基础具有很大优势和潜力。

二、山东体育人才资源存在的主要问题

（一）体育人才总量不足、结构不够合理。特别是教练员、优秀运动员、裁判员和体育社会指导员规模偏小、数量明显不足，无法满足我省体育事业健康快速发展。

（二）人才能力水平、素质结构存在不足。各类别人才资源中存在一定的能级层次和学历等级偏低的现象，部分类别表现得尤为突出。

（三）核心体育人才资源存在较明显的缺口。高水平的运动员不足，一些项目后备人才梯队出现断档；国家级教练员偏少，48个项目教练员人才处于空白，缺乏高精尖竞技人才；体育科研、体育产业、法律人才严重不足，与现代社会的知识化、市场化、法制化的发展方向相距甚远。

（四）高层次复合型体育人才紧缺。从目前的体育管理人才队伍和专业技术人才队伍现状来看，将体育经济、体育市场开发、体育公关、体育组织策划和较高外语水平等

素质与能力集于一身的高层次复合型人才十分匮乏，能够满足办好比赛所需的具有出色的业务能力、综合素质和知识结构的赛事组织人员、管理人员、外事人员、谈判专家、市场开发人员以及训练管理人员等人才资源有相当大的不足，亟待大力培养和引进。同时在竞技体育方面，教练员人才的现有能力层次、知识结构和学历水平仍未达到快速提高竞技体育水平的要求，缺乏既能科学地管理队伍又能有效地提高运动员训练和比赛水平的复合型教练员人才；优秀运动员人才数量不足，在国内、国际具有较强竞争力的高水平运动员更是严重匮乏，无法满足我省在 2008 年奥运会和 2009 年全运会中获取优异成绩，以及全面促进我省体育运动事业发展的战略目标的需求。

三、山东省体育人才资源开发机会分析

（一）山东省委省政府高度重视体育工作，积极争取并获得了第 11 届全运会承办权，并在新的历史时期提出了建设体育强省的任务目标，为山东体育事业的发展提供了强有力的政策支持和社会环境。

（二）山东省作为传统体育大省，曾经取得过辉煌的成绩，在体育人才培养、后备人才储备和体育人口规模上都具有一定基础，并拥有包括山东体育学院在内的一批国内知名的体育院校，应该说在历史积累、现实基础上，都具有较好的条件可供利用，未来随着山东省经济的腾飞，社会建设的加快发展，本已拥有辉煌历史和坚实基础的山东体育，将获得更为有力的后盾以推动体育事业的长远进步。

（三）基于当前体育人才资源比较成熟的管理体系和基数及其年龄结构，应可保证山东省体育事业一定时期内的平稳全面发展和优势的维持。

（四）在竞技体育部分优势项目上的人才资源（包括教练员和运动员）具有相当的竞争力，传统优势项目的人才资源对于我省竞技体育水平的保持和提高，能够发挥较为突出的作用，对于我省竞技体育整体水平发展具有引导、示范和促进的积极意义。

（五）社会体育人才资源广泛，通过有效引导和组织，应能够对我省社会体育起到良好的促进作用，而社会体育的发展又将对竞技体育的提高产生积极的促进作用。

四、主要建议与对策

（一）强化管理，创新机制，创造优良的人才发展环境。完善考核、奖惩、竞争机制，人才培养选拔机制，人才保障激励机制，加强高水平人才及后备人才培养力度，营造优良宽松的人才发展环境。力争到 2010 年，在全国率先形成适应小康体育和体育现代化要求的体育人才培养体系、管理体制和市场配置机制。

（二）以能力建设为中心，完善人才教育、培训工作。加强岗位培训，构造培养培训体系，创建学习型组织，试行"优秀运动员职业发展计划"，实施"两运人才培训专项计划"，加强对高层次、复合型高端教练员、管理人员、科研人员和产业人员的专项培训工作。

（三）坚持体教结合，促进人才全面发展。充分利用山东体育学院等高等院校的教学和科研力量，合作建立一批高水平体育人才培养基地和体育科研实验室，鼓励其他高校承办、联办高水平运动队，探索"体教合一"的体育运动学校、青少年体育俱乐部培养形式，建立一批九年教育阶段的少儿业余体育学校，支持建设民办体育特色学校。

（四）加强人才的交流与合作，促进人才资源整合。完善我省体育人才流动机制，

优化人才资源内部配置，充分利用省内各类人才市场资源，与其他省份建立战略伙伴关系，促进人才资源的交流与合作。建立全省性的体育人才引进市场机制,建立健全体育人才市场法律法规，确立体育人才尤其是竞技体育人才产权归属和转移机制，明确人才产权纠纷处理制度。

（五）优化人才资源结构与布局，改善核心人才不足的状况。启动各类核心人才队伍的人才建设工程，引进、培养、造就各运动项目、体育产业、对外体育交流等领域的领军人物,全省统筹布置，优化调整我省各项体育建设的结构布局。

（六）启动"山东省体育人才资源信息系统"工程，制定实施"山东省体育人才资源信息化管理"建设项目，实现人才资源信息化管理。建立包括人才资源实时状况监控、体育发展中长期战略对体育人才的需求监控、体育人才市场等因素监控的信息系统，为体育人才的培养、培训、引进、发展等一系列人才资源发展计划提供指导和依据。

（项目编号：1011ss06143）

中国跳伞运动现状及发展的研究

王国琪　熊晓正　申海青　华绍林　张荷生　冯　婧

跳伞运动是我国竞技体育优势项目之一，是最先达到和接近于世界水平的体育项目之一。从新中国成立初期开始，为了发展军体项目，国家投入了大量的财力、物力和人力。目前，我国跳伞运动虽然整体处于萎缩状态，但是就运动技术水平而言仍然处于世界先进水平，其中女队已经连续 10 年在世界锦标赛、世界航空运动会等重要赛事上保持冠军。

体育体制改革和项目分类管理给我国绝大多数非奥运项目带来了巨大的生存和发展压力，跳伞运动也一度受到严峻的挑战。随着《奥运争光计划纲要》的出台实施，逐步形成了竞技体育双轨制的发展格局。受此影响，与其他非奥项目一样，跳伞运动也被推向市场，逐步开始了探索市场经济条件下自我生存发展的艰难历程。

一、当前我国跳伞运动发展面临的主要问题及其原因

（一）国有资产流失严重

在我国跳伞运动发展初期，为了大力发展跳伞运动，国家投入大量的人力、物力、财力兴建了二百多所航校，积累了大量宝贵的国有资产。由于跳伞运动发展的兴衰、伞队的存亡与航校、机场生存问题联系密切，因此，当前跳伞运动的边缘化以及跳伞队伍的萎缩，使得大量的国有资产正在不断流失。据统计，目前全国仅存航校二十余所，其中只有北京、湖南、湖北、山西、河南、上海、四川、江西 8 所航校拥有自己的伞队（空军八一跳伞队由军队管理，不属于航校系统）。因此，那些没有伞队的航校国有资产流失更为严重。不仅如此，就连一些保留有伞队的航校，其国有资产流失情况也不容乐观。以机场为例，通过调查得知，目前我国航校的机场状况分下列几种情况：航校没有机场的自主产权，飞行受到民航诸多限制；虽然有独立的机场，但是机场面临被开发的危机；机场土地被用来城市开发。

如果按照现在的市场价格计算，新建一所航校需要的费用大体如下（不包含购买土地、飞机的费用）：

800 米的飞机跑道　　　　400 万~500 万元
塔台、营房、停机坪　　　1000 万元

因此，即使不计算土地费用，仅仅基础设施建设投入就需要 1500 万元左右。如果按照跳伞运动辉煌时期统计，半个多世纪以来我国共损失航校近 180 所，国有资产流失大约为：180×1500=270000 万元，即 27 亿元，足以证明其严重性。

（二）跳伞运动发展经费短缺

20 世纪 60 年代，由于国家对军体项目的格外重视，每年的财政拨款达到 1600 万元，其中大约有一半划归航空项目所用，基本能够保持各航校的正常运转。但是，由于

奥运战略的出台实施，尤其是上世纪 90 年代中期体育改革之后，体育投入开始全面向奥运项目倾斜，国家对航空运动的投入逐渐减少。不仅如此，由于跳伞运动退出全运会之后，导致地方财政对其投入也随之急剧减少，各地方航校不是被撤销就是缩减编制，从而导致项目发展全面滑坡。现在国家每年给跳伞项目的拨款是 100 多万元，如果平均分配到 8 所有伞队的航校，则每所仅有十余万元，即使加上地方财政拨款，总数也不会超过 50 万元。而从跳伞运动的消耗看，一架运五飞机飞行一小时需要 1300 元，大修一次需要 16 万元，单纯大修发动机需要 9 万~10 万元。因此，每年上级拨款给航校的经费不足以维持正常的工作开展，只能依靠其他创收贴补伞队训练经费。

（三）器材设备严重老化

跳伞运动是一项具有一定风险性的高空项目，对器材设备的要求也较高，而目前航校设备器材的现状很难满足需求。以飞机为例，国家民航总局有明确的规定，出厂 30 年或是飞行时限超过 12000 小时必须申请报废，但是根据对现有飞机的调查统计（表 1），除河南航校编号为 8790 的"运五"飞机在日历期限之内以外，目前各航校所有的"运五"飞机全部都是新中国成立初期购买的，早已超过 30 年日历期限（虽然有的飞机并未达到 12000 小时的飞行时限）。按照中国民航总局规定，现有的"运五"飞机都没有升空的权力，因此，如果不及时更新飞机或者进行全面大修，势必影响跳伞训练的正常进行。同时，设备老化也容易导致安全隐患。近年来，在我国跳伞运动训练竞赛中就先后出现过几例安全事故，造成了不良的社会影响，也影响了跳伞运动的正常发展。

（四）跳伞运动专业队伍人数太少

通过调查，目前我国全国跳伞教练员总数为 13 名，其中男教练员为 10 名，女教练员为 3 名。姑且不论教练员的技术水平、年龄结构、执教经历和学历结构，首先从数量看明显偏少。这既给我国跳伞运动竞赛水平的提升增加了难度，同时也不利于此项运动大规模地在社会普及和开展。以目前全国 21 所航校计算，平均每所还不到 1 名教练员。

运动员队伍既是我国跳伞运动取得优异竞赛成绩的保障，同时也是跳伞运动走向社会、面向市场发展的最主要载体。通过统计发现，截至 2006 年，我国全部航校现有注册运动员总数为 139 人，其中现役运动员为 96 人，其余 43 人为退役运动员。

表 1　运动员人数统计表　　　　　　　　　　　　（单位：人）

学校名称	男	女	共计
北京航校	7	9	16
河南航校	10	4	14
山西航校	8	5	13
湖北航校	5	12	17
湖南航校	5	3	8
江西航校	6	7	13
四川航校	11	8	19
上海航校	7	6	13
空军队	13	12	25
山东航校	0	1	1
总计	72	67	139

〔数据来源〕国家体育总局航管中心 2006 年运动员注册资料

任何一项体育运动的开展都离不开完善的后勤保障，跳伞运动亦如此。按照正常配置要求，每一架飞机要求配备 2 名飞行员和 4 名机务人员，但是就目前我国各航校具体情况而言，远不能达到要求。结合访谈得知，各个航校跳伞运动机务保障人员存在的问题是：一线飞行人员数量少；部分人员既是飞行人员又是航空器维修人员，或者兼任航行调度人员，且大多数是航校成立伊始就开始工作的人员，年龄偏大。近年来补充到机务队伍中的人员有一部分是尚未退役的跳伞运动员，比赛期间他们作为运动员代表航校参加比赛，比赛结束没有训练的日子就作为机务保障人员为通航公司服务。

(五) 管理体制上条块分割导致恶性竞争，整体效益无法发挥

目前，包括跳伞运动在内的各项航空运动均受体育系统、民航系统和空军系统的共同管辖。但是长期以来，体育部门与民航部门在航空运动管理上并没有形成一套固定的办事程序和模式，两个部门之间相互独立，关系不通畅。而且由于部门本身地位的限制，民航系统作为强势主体，在制定相关政策时多从自身利益出发，忽视体育系统利益，导致有关政策不公平。主要反映在体育系统的通航飞行报批手续运行困难，不仅跳伞运动开展受到限制，而且由于军航及民航直属企业进行通航作业飞行条件优越，航校通航作业也受到极大限制。管理体制不善是导致目前跳伞运动以及航校通航无法顺利开展的一个重要因素。

(六) 竞训制度不合理

由于前述多种原因的限制，目前在跳伞运动训练竞赛中同样也存在制度建设滞后的问题。以训练为例，目前大多数航校并没有形成一套规范、合理的训练制度，造成训练随意性很大。跳伞运动训练一般分为地面训练和飞行训练，目前我国较为薄弱的是空中训练。通过调查发现只有 32 名运动员每天训练时间（包括地面训练在内）在 5 小时以上，大多数运动员的训练时间少于 5 小时。

再从训练次数看，按照正常训练要求，每一名新进运动员在其进入伞队的第一年跳伞次数必需达到 300 次以上，才能较为完整地掌握基本运动技能，而目前我国部分省队运动员一年的跳伞次数还不到 100 次。

除训练制度外，跳伞竞赛制度也亟待完善。由于跳伞项目竞赛受天气因素影响很大，风向、级别、气流等气候因素都会对竞赛产生重要影响，这也决定了跳伞竞赛很难像其他体育竞赛项目一样按照一整套固定的竞赛时间流程安排，特别是竞赛周期很难确定。目前在通常情况下，跳伞项目竞赛都需要临时由竞赛裁判长根据当天的天气情况来决定比赛的项目、轮次。

(七) 保险制度不完善

健全的保险制度是体育运动开展的后盾，有了健全的保险制度，才能为广大教练员、运动员解决后顾之忧，便于他们专心训练、竞赛。同时，也才能为群众性体育活动的开展提供坚实的保障。跳伞运动是一项具有较高风险性和危险性的极限类项目，潜在的人身意外伤害要求建立一套完整的保险措施，但在现行条件下，因为没有完善的保险系统，所以无论是跳伞爱好者还是各航校都不愿意轻易参加或者推出此类运动。

二、我国跳伞运动可持续发展的对策

(一) 跳伞运动发展的启示

第一，项目管理改革后，非奥项目面临严峻挑战，同时也迎来了特殊机遇，在市场经济条件下传统优势项目也有广阔的发展空间。跳伞运动项目本身具有科技含量高、趣味性强、表现能力突出的特点，符合现代人寻求刺激的心理，因此发展跳伞运动存在必要的空间和可能的条件。

第二，跳伞运动在转型中稳定了队伍，并取得了一定的成绩，在自我生存、自我发展的道路上迈出了坚实的一步，这是与航管中心管理人员转换观念、面向市场、积极探索分不开的。这对建立与社会主义市场经济体制相适应，符合现代体育运动规律，国家调控，依托社会，有自我发展活力的体育体制和良性循环的运行机制改革目标，提供了一定的实践经验。

第三，跳伞运动遇到的主要问题是体制结构的问题与政策环境的问题，这也反映了传统优势非奥项目发展的共性问题。从组织体制上解决现行的条块分割、各自为政的项目开发局面，加快项目协会实体化进程，将有助于非奥项目的生存发展。

第四，解决非奥项目发展的问题不能头痛医头，脚痛医脚，而应该综合规划，从政策层面上为其生存和发展提供良好的政策制度环境。应制定相应的政策，吸引社会资本进入体育市场，特别是非奥项目发展市场，运用市场机制、社会机制、政府机制的综合效能，解决非奥项目，特别是跳伞运动发展问题。

(二) 当前我国跳伞运动实现可持续发展的主要对策设想

1. 科学界定新时期跳伞运动发展的方向

在新的历史条件和时代背景下，科学、准确地界定跳伞运动的发展方向是未来我国跳伞运动寻求可持续发展的前提和基础。

在市场经济条件下，如果单纯地坚持以为国争光、创造优异运动技术成绩为主要发展目标，必然会出现投入需求的增加和国家财政投入减少的"断粮"措施之间的矛盾。因此，这种单纯的目标发展模式实在难以为继。其次，市场经济体制在我国的逐步确立和完善，虽然从根本上动摇了跳伞项目发展的原有基础，但同时也为跳伞运动寻求新的发展模式提供了难得机遇。在市场经济的带动下，福利型体育逐步让位于消费型体育，并且得到社会的认同。因此体育已经成为提高生活质量、塑造健康生活方式的重要手段。特别是像跳伞运动，本身的刺激性、风险性对大众更具有相当的吸引力，从而使得这类项目具有面向市场、面向社会、面向大众发展的可能性。第三，在当前世界体育竞争日趋激烈的发展大趋势下，强有力的政府支持是在竞争中占得先机的重要保障，尤其是对于发展中的我国来说，由于自身实力的限制更离不开政府的大力支持，所以未来跳伞运动的发展要继续寻求政府的支持。

本研究认为，当前跳伞运动应该调整为主要为群众健身，同时兼顾提高运动技术水平、为国争光的发展目标。只有这样，跳伞运动才能在政府的积极支持下，逐步摆脱原有计划经济发展模式下的发展困境，顺利实现向市场经济的转轨，从而实现可持续发展。

2. 采取"两条腿"走路的发展思路

我们在探索跳伞项目发展道路时应采用"两条腿"走路的发展思路。即一方面依托社会积极寻求市场化的发展道路；另一方面继续扩大自身影响力，争取国家支持。由于近年来全国体育大会影响日渐提高，各地方政府除全运会之外，对全国体育大会也逐渐重视，相应投入程度也逐步提高，许多地方也专门出台了非奥项目发展措施。在这种情况下，非奥项目管理部门应该抓住这一机遇，充分利用好全国体育大会这一平台，宣传、推广非奥项目，争取更多的发展条件，以此促进其发展。具体到跳伞项目，由于目前还有世界体育大会、世界锦标赛、亚洲锦标赛以及全国锦标赛承担着为国争光的历史重任，更应该利用好这些平台，充分争取国家支持。在当前奥运项目优先发展的现实情况下，可以考虑实施分步推进的办法，首先申请把全国体育大会中的跳伞项目竞赛积分、排名按照一定的权重计入全运会。这样既能够提高运动技术水平为国争光，又可以有效增加跳伞项目的社会关注程度，为实现可持续发展争取更多的有利条件。

3. 转变非奥项目发展观念，由争取领导重视转变为争取有利政策环境

市场经济条件下，单纯依靠政府不是可持续发展的永久性措施，怎样适应社会需求才是最终的决定因素。市场经济是效益经济。多年以来，我国体育事业发展的效益低下、活力不够已经成为制约体育事业进一步发展的关键要素，为此国家先后进行了两次大的改革，其目的就是提高体育事业自身发展的能力，缓解投入与需求不足的困境。

在这种情况下，跳伞项目要争取开发低空空域的相关政策、全国体育大会固定设项的政策、积极的财政政策等政策环境，构建一个保证"各类体育协调发展"的制度体系，实现从"人治"到"法治"的转变过程，为非奥运项目的发展争取必要的政策、制度保障。

4. 打破条块分割，完善协会制管理

对于跳伞项目的发展来说，协会实体化改革是此项运动走向社会发展模式的关键步骤之一。只有完善的协会管理，才能确保跳伞运动真正走向市场。因此，在当前的改革措施中，首先要进一步扩大协会的工作,健全工作机制，形成协会规划协调、促进发展的模式。

5. 积极整合现有资源，盘活资产存量

虽然从我国跳伞项目发展现状来看，当前处于一个总体规模偏小、发展活力不足、社会影响力低的境况，但是就资产存量来看，还是具有相当的优势。新中国成立初期开始，国家为了发展此类项目，曾经投入了大量的财力，不仅有效地推动了跳伞运动的开展，而且还为发展该项运动留下了大量的固定资产。这些固定资产对于当前各航校普遍开展的"自力更生""以体养体"，大力发展航空体育产业提供了坚实的物质基础。但是在目前通航公司发展却面临着许多不利因素的影响，主要是表现在政策限制以及不正当竞争等方面。许多通航服务市场运营不规范，多家公司之间存在激烈竞争，服务收费竞相压价，不仅影响了通航公司自身的发展，也不利于跳伞运动的发展。因此，目前我们可以考虑，通过国家体育总局航空运动管理中心的协调，在尽可能遏制航空运动现有资产流失的前提下，全盘整合现有资产存量，通过合理的资产评估，按照原有财产归属、比例，成立全国性或是区域性的通航公司，吸引民间资本，为通航公司的发展注入新鲜血液，由航空运动协会统一开发利用，此举不仅可以壮大通航公司的市场竞争力，同时还可以避免多家通航公司之间的竞争，优化现有航空运动资产，促进航空运动走上

可持续发展的道路。

6. 加强规律研究，科学设置项目，积极推进改革

近年来，随着人们消费观念的改变，传统较为单纯的健身体育观念逐步开始向多元方向发展，特别是一些追求强烈刺激性、风险性的项目，如蹦极、跳伞、漂流等极限类项目更加受到社会大众，尤其是青年一代的喜爱，这也为跳伞运动走市场化发展道路提供了广阔的空间。在跳伞运动市场化发展过程中，我们应当大力借鉴、引进发达国家在这方面的经验，紧跟世界发展步伐，不断加强项目发展规律研究。研究既要以更好地为群众健身和社会发展服务为目标。通过借鉴和研究，不断引进新项目，改革项目，以满足不同层次需求，为保持跳伞运动的永久活力和吸引力提供技术保障。

同时，在跳伞运动走向市场化发展道路的过程中，要根据市场需求，科学地划分消费群体，实施分类指导、分类管理、层层推进、稳步推广。目前来看，首先要抓住两个主要市场，即表演市场和参与市场。近年来，在大型社会活动、旅游景区，跳伞项目都发挥了重要作用，例如全运会、全国体育大会开幕式中，精彩的跳伞表演赢得了高度赞扬，扩大了社会影响。在推广跳伞项目参与中，依靠体育管理部门和教育部门的密切配合，在学校尤其是高校中广泛开展、普及。具体实施中，可以考虑先由航管中心出面组织、协调，在全国范围内选取一部分试点推行学校，进行试点推广。同时，在条件相对薄弱的现状下，也可以在航管中心和各航校支持下，以俱乐部形式组织训练、竞赛活动的开展，逐步扩大跳伞项目在学校的影响，吸引青年学生的广泛参与。在试点的基础上逐步推广，在开展的同时，要积极发挥各地航校的积极性，加强与当地旅游部门的联系合作。开展科技夏令营之类的活动，加强科技与旅游的结合。为解决飞机跳伞花费大的问题，可以试点并推广发展动力三角翼跳伞，同时加大风洞建设与风洞训练，以利于更加科学、高效地提高运动技术水平。

7. 试行体教结合，解除运动员后顾之忧

首先必须改造整合目前的航校布局，按照现有条件，统一部署、合理布局，将训练基地建设与航校建设结合起来，确定2—3所试点航校，按照高校教育要求，设置相关专业课程，避免把此前那种单纯地专业队培养模式移植到高校教育中，尤其要加大文化课程的学习，实行"学训结合"和特殊教学管理制度，在真正意义上使每个跳伞运动员都具备中等或是高等学历的知识储备，在未来择业中掌握主动权。其次，建立与高校教育相结合的训练体制，在运动员选材方面可以考虑整合资源，与航空航天大学、民航学院等学校联合招收队员，把运动队建立在校园，提高运动员招收时的文化程度标准，加强运动员在学校的文化教育，在训练的同时不耽误学习。在此基础上，按照"学训结合"的规律，制定专门的竞赛政策制度，构建适应"体教结合"发展的运动员管理和赛制体系。

8. 改进跳伞运动主管部门工作方法

作为跳伞项目的上级主管部门，总局航管中心要在政策、技术、资金等多层面为跳伞运动的发展争取空间。当前应当加大跳伞运动资源整合，通过资产评估、重组，壮大航空运动的市场竞争力，为争取各种优惠政策创造条件；发挥政府职能部门优势，加大内引外联，积极开展对外交流，引进先进技术、设备、器材；加强宣传、教育，利用全国体育大会这一平台推广跳伞运动的社会影响力，增加社会认可度；加强队伍建设，特别是稳定现有教练员、运动员队伍，提高运动员技术等级和技术水平，完善项目教练员

的业务培训体系和知识结构，进一步提高跳伞运动的科学化训练水平，资助高水平教练的深造和新项目的开发。同时，定期召开项目发展研讨会，系统总结近期的成功经验和教训，研究和制定跳伞项目发展计划，探索跳伞项目的训练规律，推广新技术和新项目，形成一个群策群力的智囊团体，共同搭建一个推动跳伞运动进一步发展的良好平台。

（项目编号：926ss06058）

中国足球超级职业联赛体制改革研究

黄签名　汤起宇　王学实　何国民　田小平　周　清

一、中超职业联赛体制改革亟待解决的几个理论问题

(一) 中超联赛体制改革目标及实现途径的选择

我国体育市场化（职业化）改革的总目标和改革成败得失的判断标准可以归结为以下三个有利于，即有利于出运动成绩、出优秀运动人才；有利于提高我国竞技体育的综合实力与国际竞争力；有利于满足广大人民群众日益增长的体育需求。这"三个有利于"作为将市场机制引入体育的总目标，同样也是中国足球职业联赛体制改革的目标。前两个目标具有紧密的内在联系，因此也可将其概括为两个基本方面：一是"为国争光"，促进出运动成绩，出优秀人才，提高我国竞技体育的综合实力与国际竞争力；二是满足广大人民群众日益增长的体育需求。中超联赛作为一种职业性体育竞赛活动，其体制改革的方向应当是进一步引入市场机制作为其体制改革的基本方向，只有这样，才能兼顾"为国争光"和"满足群众需求"两个基本目标的实现。

现代竞技体育生产供给模式总体上可以分为"力量展示型"和"参与消费型"两大类。"力量展示型"的体育生产运作模式是由政府驱动、财政供养，其最终产出的结果形式是金牌；而"参与消费型"属于财富体育模式，它由市场驱动，消费支撑，其最终产出的结果形式除金牌之外，还有财富（主要体现在刺激人民群众的体育消费上）。显然，这两种模式都具有生产金牌这种"为国争光"的公共产品的功能，但值得注意的是这两种生产供给模式的经济效益却是截然不同的，前者主要是消耗财富，而后者则是在创造财富。因此，中超联赛进一步引入市场机制有利于实现社会效益和经济效益的统一。

(二) 足球比赛的特点及过程特征要求中超联赛体制改革，进一步引入市场机制

足球比赛具有连续性强（上下半场比赛过程中没有技、战术暂停）、比赛中替补人数和次数的限制（一场比赛只能换三位球员，由此可能导致不能及时而更好地替换那些状态不好或涉嫌消极比赛的球员）、身体对抗性强、场地空间广、对分工与协作要求高等特点。这些特点使得足球比赛过程具有策略的相互依存性特征和动态博弈的特征，即每一个博弈方所得结果的好坏，不仅取决于自身的策略选择，也取决于其他参加者的策略选择。同时，比赛双方轮流选择的可能是进攻和防守的方向、强度和阵容等。

足球比赛的特点及过程特征，要求作为个体的球员在高度对抗过程中形成"自生自发秩序"来保持团队的有机整体性。而这种通过建立"自生自发秩序"形成的有机整体是建立在"只有当我们向所有个体提供自由空间，在其中人人按其最好的知识行事，才有可能完全充分和高效地利用社会现有知识"的基础上的。因此，组织超级联赛无疑是

比集训更好的培养优秀足球人才的训练方式。

（三）竞技体育"奥运争光计划"的整体布局要求中超联赛进一步引入市场机制

我国竞技体育在"举国体制"下所取得的辉煌成就，一个重要的经验就是将稀缺的体育资源向有可能产出奥运金牌的竞技体育项目倾斜，而将那些具有市场基础的竞技体育项目推入市场。中超联赛体制改革正是在这个思想指导下开始引入市场机制的。这是因为：第一，国家体育事业资金有限，无法将所有的项目全都纳入财政预算，为保证"奥运争光计划"的实现，对那些预计能在奥运会中可获得奖牌的运动项目加大投入，而相应放开一些已经具有一定群众基础和进入市场运作条件的运动项目，提高其社会化、市场化程度。一些省、市据此进行运动项目合理布局，将三大球甚至田径、游泳等项目推向社会，而将有限资金投入到那些有希望在重大比赛中夺取奖牌的奥运会项目之中。第二，较长一段时期，我国足球竞赛项目在国际比赛中成绩较差，目前还无法将其纳入"奥运争光"重点扶持项目之中。第三，足球比赛精彩纷呈、为广大群众喜闻乐见等特点，使其已经具有一定的市场化改革基础。鉴此，在"奥运争光计划"的整体战略布局下，中超联赛必须进一步引入市场机制以求得更大的发展。

（四）新经济时代的背景要求中超联赛进一步引入市场机制

经济全球化与信息化对足球联赛提出了严峻挑战，它体现为需求的全球化——在信息化支撑下，消费者的选择既可以是中超联赛，也可以是欧洲或其他洲的各类联赛；竞争的全球化——需求的全球化使得联赛之间的竞争走出了国家的边界，走出了区域，走向世界，联赛之间、项目之间的竞争将在全球范围内展开。而需求的全球化又将进一步导致供给的全球化。为了在竞争的全球化过程中站稳脚跟，满足需求全球化的形式，各大联赛不得不向供给的全球化发展，以最大限度地满足需求全球化过程中由不同文化、风俗导致的需求个性化。只有站在经济全球化的高度，人们就不难理解为什么 NBA、欧洲五大足球职业联赛竭力开发中国市场并高薪吸引中国优秀球员加盟的内在原因。

资源的知识化意味着编码的知识成为有价值的经济活动的资源主体。对于足球运动而言，在球员作为知识工人的球队中，球员们在一线从事不同的工作，自主管理和自主决策，这种组织权力的分散化，必然要求从传统的高度集权的"命令—控制型"组织结构转变为以知识员工为中心的扁平型的信息化组织结构。对于足球联赛而言，要想长期生存和发展，俱乐部之间就要超越竞争关系而形成新的"共生"关系，并进一步开发有关联赛组织资本的声誉、商标等无形资产。联赛在各个方面的竞争优势，最终将形成联赛的核心竞争能力，而联赛的核心竞争能力最终又决定一个国家的联赛能否在全球化的竞争中获取持续的竞争优势。

新经济时代的信息网络化、经济全球化以及资源知识化，归根到底，要求足球联赛的管理实现人本化管理。这是因为，无论是信息化还是知识化都说明了一个基本的事实，即联赛长期竞争优势的实现，不能脱离信息的不断获取，当然更不能忽视作为信息和难以编码知识的载体——人的存在。人本化管理的核心就是要尊重员工，视他们为组织宝贵的人力资源，而不是将他们视为简单的生产过程的投入品。因此，中超联赛进一步引入市场机制，是将球员的个人利益与集体利益更好地结合的一种方式。

（五）足球运动产业开发的特点与规律要求中超联赛进一步引入市场机制

在足球运动的产业开发中，竞赛服务产品所具有的消费与生产同时进行、产品的易逝性以及由这些特点所带来的消费"黏性"，使得足球联赛具有的"边际收益递增"的特点。一个新的区域或国家足球市场的开拓往往是在承担一定的电视信号转播费后，每开拓一个球迷和消费者将增加一份收益。联赛的这种"边际收益递增"经济特征，加上优秀球员在全球联赛之间的配置，使得足球联赛与联赛之间的竞争产生了"强者越强，弱者越弱"的"马太效应"现象，而 WTO 规则破除了联赛的行政壁垒，迫使中超联赛只有进一步加大引入市场机制的力度，才能有效应对国际竞争。

（六）中超联赛市场化改革中存在问题的内在动因

现代市场经济既不是洪水猛兽，也不是驯服的羔羊。这意味着我国市场经济不仅需要充分发展，还需要有效驾御。市场经济的驾御，不是靠哪个人，也不是靠哪个机构能够实现的，只能依靠制度和秩序。而中超联赛体制改革与引入市场机制有效发挥作用的理论前提是：建立市场规则；规范产权制度；克服信息不对称。研究表明，中超联赛体制改革中出现的种种问题，主要是由于联赛的行政垄断体制带来的产权不明晰和利益分配不均衡等问题造成的，而利益分配的不均衡又导致了俱乐部和球员行为的短期化，进而加剧了中国足球整体水平的下降。

二、中超联赛消费现状、球迷效用函数与满意度调查分析

观众和球迷是联赛的"衣食父母"，是联赛体制运行成功与否的试金石。联赛与俱乐部作为一个耗散系统，如果失却了观众和球迷，是根本无法生存的，更无从谈起"职业化"和市场机制的引入。调查表明，我国现行体制之下的中超联赛观众和球迷的人数是偏少的。

本研究将中超观众足球消费效用影响因素归纳为扩大社交、增强与家人联系、缓解生活压力、支持喜欢的球队、支持喜欢的球星五个方面。调查结果表明，中超观众消费效用的主要影响因素是"支持喜欢的球队"和"支持喜欢的球星"（这两个目的的卷的得分最高，并与其他目的存在显著性差异）。由此说明球队、球星在吸引观众观看中超赛事居于主导地位，其背后的原因与社会学关于社会角色和身份认同的观点具有直接关系。目前我国中超联赛地方球队的不稳定性导致球迷忠诚度较低。在对球迷最喜爱的球星调查中，现任中超联赛的球员无一进入前五名，这一现状与中超观众的消费目的相去甚远。因此，中超职业联赛应将打造球迷喜爱的本地球队和培养本土球星，作为培养和提高自身的核心竞争力的基本方向，以最大程度地满足中超观众的消费目的。

对中超联赛观众满意度的调查结果则显示，联赛水平不高是影响居民不愿意看中超赛事的主要原因之一（半数以上观看过中超赛事者对中超赛事的总体水平感到不满意或很不满意），采取多种有效措施提高中超联赛的质量水平乃当务之急。

三、进一步改革中超联赛体制的若干建议

（一）转变观念，进一步引入市场机制

自上而下渐进性且强制性实施是我国体制改革的基本特征。体育行政管理部门将体

育的发展目标首先定位在"为国争光"这一公共产品的提供上无疑是正确的。但在实施过程中则可以根据系统原理的综合性要求（即系统的实施方案的选择可以是多样性和综合性的），根据不同竞技体育项目的特点有针对地选择体制改革的形式和方法，而没必要追求形式上的统一。足球项目的特征表明，传统的长期集训方式不如依靠联赛更能培养具有"有机团结"意识的球员，将市场机制进一步引入中超联赛，通过联赛培养球员的"自生自发秩序"意识，能更好、更快地提升中国足球的国际竞争力。

（二）理顺联赛管理体制，改变中超联赛目前"官、民、商"混杂一体的现状

针对中超联赛进一步引入市场机制的改革，体育行政部门需要将联赛的监督权和行政管理权收归国家体育总局，成立与足协脱钩的具有行政执法权力的项目管理中心，加强立法建设和执法力度。一方面从政策上加大对联赛的扶持力度，同时根据相应的法律和法规，对国家队集训与联赛之间存在的各种利益冲突进行协调和仲裁。另一方面，加强对假球与黑哨现象惩罚的执法力度。与此同时，建立相对独立自主经营的联赛联盟机构，由职业经理人负责联赛的各项管理和经营事务，使俱乐部利益、球员利益更好地与球迷的消费需求联系到一起，真正发挥市场机制的作用；还中国足协作为非政府性社团组织的真正身份，让其主要负责国家队的训练和比赛，垄断经营国家队的各项资源开发权利，并以联赛的无形资产方式入股中超联盟。

（三）进一步转变职业足球俱乐部组织形式，形成统一的商业注册、冠名模式

目前，我国职业足球俱乐部的注册模式有在民政部门注册的，也有在工商部门注册的，形式繁多破坏了联盟各俱乐部"共生"的条件，这个问题必须予以解决。同时，在俱乐部的选址和命名上，可以参照日本 J 联赛成功改革的经验，以地方和吉祥物的名称对俱乐部进行冠名。这样做的好处在于拥有具有地方情结的固定的球迷，避免了由于频繁更换赞助企业造成球迷的无序流失。

（四）加大联赛的市场调查力度，将广大人民群众的消费需求放在第一位

中超联赛的健康发展是建立在不断满足广大人民群众日益增长的物质文化需求基础之上的，因此，有必要加大联赛消费需求的调查。与此同时，可以利用我国目前流动性过剩的资本优势引进一些国外的二、三线明星球员，通过他们的竞赛水平将观众重新拉回到球场。

（五）提高球员、裁判员的待遇，加强职业道德教育和规制管理

提高球员、裁判员的待遇虽然不能绝对阻止假球与黑哨现象，但可以提高他们违规的机会成本。与此同时，应通过加强球员和裁判的职业道德教育，提升球员与裁判员的职业道德水平以降低监督成本。现阶段最紧迫的任务是加强对假球与黑哨现象的打击力度，确保联赛的道德和制度底线，促进足坛道德水平的提高。

（项目编号：929ss06061）

对我国 CBA 篮球联赛 11 年发展演变研究

崔鲁祥　胡日查　李成梁　任纪飞

CBA 篮球联赛在 11 年发展过程中，其质量水平不断提高的竞赛是促进联赛健康发展的主要动力，而竞赛过程的表现形式主要是球队、球员和教练员的表现，因此研究 CBA 联赛 11 年发展过程中影响竞赛质量主导因素的发展变化历程，将对提高联赛水平和质量具有重要的指导意义。

11 年的 CBA 篮球联赛，中国篮球进行了一场史无前例的大革命，在这 11 年中，中国篮球人勇于进取，敞开胸怀，开拓创新，借鉴国外先进经验，结合中国实际国情，以竞赛改革为突破口，大胆进行训练体制、竞赛体制和运行体制的改革，把中国篮球推向市场，进行商业化和职业化运行，终于让中国篮球走上可持续发展的康庄大道。11 年的 CBA 篮球联赛使我们收获了很多宝贵经验，培养了一大批篮球明星，吸引了全世界球迷、商家和专业人士关注和投入，大大提升了中国篮球在国际篮坛的地位，也推动了篮球运动在国内的普及和发展。

一、CBA 联赛 11 年发展过程中比赛质量变化分析

通过对 11 年来比分差距在 1~2 分、3~5 分、6~10 分和 10 分以上的比赛场次、各项技术指标、得分构成和比赛效率等指标变化进行分析，结果表明球队间的实力逐渐缩小，比赛对抗程度逐步增强，三大中锋离去后的 2002—2003 赛季比赛对抗达到最激烈程度，球队比分差距在 5 分以内的比赛场次有 24.1%，平均每场得分高达 106 分，2 分投篮命中率高达 53.8%，比赛效率达 84，比赛进攻效果达 52，其后由于政策变化，比赛质量有一定程度下降。总体而言，11 年来联赛使我国篮球运动的整体水平得到提高。但是应该看到，随着一批 70 年代的优秀球员退役，新的球员并未扛起联赛的大梁；而且近几年联赛市场化进程加速，篮管中心的工作重心发生了转移，过度追求市场包装，忽视联赛质量的核心因素，尤其是对一批 80 年代后的篮场新秀的培养不够重视等诸多因素，必然会影响联赛整体的质量。

二、CBA 联赛 11 年发展过程中球队变化及对联赛发展的影响

对 11 年来曾经征战过联赛的 26 支球队进行分析，其中 9 支为传统球队，6 支为近年来联赛新军，11 支为降级退出球队。11 年来除浙江队外其余 8 支球队均曾入围四强，影响传统球队成绩的依次是教练员水平、主力阵容的稳定性、外援水平和年轻队员的成长等因素，自 2001—2002 赛季又先后有 6 支球队进入联赛，使联赛格局发生了微妙的变化。有 5 支军旅球队因实力不济退出联赛，四川队因受罚而降级，新浪狮队和北京奥神队因不能适应联赛而退出。11 年来约半数球队集中在东部地区（华东和华北），西部地区球队相对较少，并且大部分传统球队一直保持稳定，有利于球市的培养和发展。

三、CBA 联赛发展过程中相关政策措施的变化及其对联赛发展的影响

联赛 11 年发展过程中针对联赛管理、经营、赛制等方面出台了多项规章制度,通过分析发现联赛逐步出台的各项政策措施在实施过程中规范了市场的发展,取得了不错的效果,为 CBA 联赛的正常运行和发展起到了保驾护航的作用。尤其是《中国男子篮球职业联赛俱乐部准入标准和实施方案》的实施使 CBA 联赛在俱乐部建设中有章可循,促进了联赛的良性发展。而中国职业篮球市场现行机制尚不健全,仍影响职业篮球市场的良性运行。通过对 11 年来联赛赛制和规则的变化进行分析,发现对联赛有关规定不断进行完善,也促进联赛向高水平稳步发展,规则也不断与国际接轨,提高了联赛的整体水平。

四、CBA 联赛 11 年发展过程中国内球员的变化及对联赛影响分析

本课题统计分析了 11 年来国内球员身高、体重和年龄等基本指标的变化,CBA 联赛 11 年发展过程中运动员平均年龄、身高、体重统计数据分别为:25.5 岁、196.57 厘米、91.96 公斤与 CBA 初始赛季相比分别增长了 0.13 岁、2.09 厘米、3.85 公斤。数据显示 1.96~2.0 米的高度是前锋位置占主体的身高段,各赛季发展比较平稳,各个赛季所占比例均较大;1.90 米以下的后卫队员人数在前 9 个赛季比较稳定,也是多数后卫集中的身高段;中锋队员的身高多集中于 2.01~2.05 米之间,2.06~2.10 米的高大中锋呈逐年上升趋势;20 岁以下年龄段的球员所占比例均呈明显的增加趋势,20~25 岁年龄段的队员在 11 年的发展过程中的变化不明显,但数量和比例都是最集中的年龄段。统计数据显示,CBA11 年发展过程中,球队的成绩与明星队员的多少及质量有着密切的关联。

五、CBA 联赛 11 年发展过程中外籍球员引进变化及对联赛发展影响分析

通过调查统计数据分别对外援基本身体发展变化、技术情况发展变化和对联赛的影响进行分析发现,11 个赛季以来外援的体重集中在 91~120 公斤三个段,101~110 公斤段所占比重最多;外援身高变化总体呈稳定态势;年龄段以 26~30 岁为主,平均年龄变化不大;外援整体表现呈上升趋势,在抢篮板球、扣篮、盖帽三项的优势非常明显,得分随着联赛的深入有较大提高,而远投、助攻、抢断球始终是外援的软肋。

六、CBA 联赛 11 年发展过程中教练员变化及对联赛发展的影响分析

通过调查分析 CBA 联赛 11 年发展过程中队伍结构、基本情况和外籍教练员水平和效果,发现教练员团队逐渐壮大,由联赛初期的 23 人,增加到目前的 44 人,但是教练员队伍结构并未发生很大变化,所有球队均是主教练员负责制,基本上是一名助理教练辅助一名主教练的形式。联赛 11 年发展过程中,35 岁以下年轻教练员逐渐减少,50 岁以上的老师每赛季仅有 1~2 人,年龄在 36~45 岁之间的教练员占教练员总人数的 60%~80%。随着联赛的成熟与发展,一批联赛初期的年轻教练员逐渐成长为经验丰富的教练员,但多数属于球员派教练员,学历普遍偏低,球队教练员频繁变化对球队的整体发展不利。11 年聘请过 23 名外籍教练员,平均年龄 48 岁,有半数以上来自美国和欧洲,任教时间大部分未超过 1 个赛季,且成绩未有很大改善。

七、结　论

CBA 联赛 11 年发展过程中，以竞赛改革为突破口，大胆进行了训练、竞赛和运行体制改革，把中国篮球推向市场，其商业化和职业化运行推动了我国篮球运动的普及和发展，提高了我国篮球在国际篮坛的地位和影响。

CBA 联赛 11 年发展过程中，得分、投篮命中率、篮板球和助攻等指标呈现增长趋势，内线得分减少，外线得分增加，说明进攻方面出现失衡，比赛效率和进攻成功率呈现增长趋势，说明比赛对抗程度逐年增加，并在 2003—2004 赛季达到最高水平。其后由于取消升降级和一周三赛等措施的影响，各项技术指标出现了一定程度的下降，比赛效率降低，进攻效果呈增长趋势，说明比赛质量有所下降。

CBA 联赛 11 年发展过程中，球队数量保持稳定，俱乐部准入制度的实施使球队数量稳定增加，11 年来球队主要集中在华东地区经济发达的省会城市，球队分布不够均衡，有 9 支球队在联赛得以立足，其成绩变化缘于教练员队伍稳定性、球员的变换、球星的表现、年轻球员的快速成长以及外援的出色发挥等因素。有 11 支球队先后退出联赛，包括 5 支军旅球队和 2 支港台球队，原因主要是球队的实力差距、对联赛规则和节奏的不适应等。传统球队中有 7 支球队始终保持着主场稳定，有利于篮球市场的形成和发展。

CBA 联赛 11 年发展过程中，管理组织机构分工更加明晰，在联赛竞赛条例，运动员、教练员、裁判员的管理，联赛市场推广和赛区管理等方面的制度不断充实完善，尤其近年了加大了对篮球市场的推广力度，但对于运动员和教练员的系统培养和管理方面仍然需要进一步完善。11 年来篮球竞赛编排办法更加科学完善，增加了比赛场次，比赛结果悬念增加，使比赛更加精彩，尤其是升降级的取消，有利于球队年轻球员的培养，竞赛规则逐渐与 NBA 和国际接轨，提高了比赛攻守转换的节奏，使教练员临场指挥能力得到了提高。

CBA 联赛 11 年发展过程中，国内球员平均身高呈稳定增长趋势，与世界篮球运动向高大化方向发展相吻合。2.00 米以上的前锋队员上升趋势明显，1.90 米以下的后卫队员所占比例最大，中锋队员的身高多集中于 2.01~2.05 米之间，2.10 米以上的特高队员的人数很少；目前联赛中球员的年龄结构不够合理，队伍过于年轻化，25 岁以下的队员占联赛队员总数的比例过高，26~30 岁年龄段的队员所占比例相对较小，并呈明显的下降趋势。明星队员对于球队成绩乃至于整个 CBA 的发展有着举足轻重的作用，但 CBA 的明星质量在下降，缺乏像姚明、王治郅和易建联等有影响力的巨星。

CBA 联赛 11 年发展过程中，有关引进和使用外援的政策、措施逐步完善，提高了球队对外援的管理和使用效率。11 年来外援身高变化总体保持稳定的态势，体重普遍高于国内球员，大部分外援年龄正处于竞技能力的最佳时期，50% 以上属于中锋队员，前锋与后卫相对较少；同国内球员相比，外籍球员在拼抢篮板球、封盖、扣篮三项技能上占绝对优势，抢断球、远投、助攻相对较差，得分能力在整体上逐步提高，引进外援的整体水平逐年提高。实践证明，引进外籍球员提高联赛的世界影响力，使比赛观赏性大大增加，比赛的整体水平得到提高。但外援的引进对我国篮球后备人才的培养有一定的负面影响。

CBA 联赛 11 年发展过程中，教练员团队逐渐壮大，一批优秀的年轻教练员逐渐成熟，但是各球队教练员队伍组成不够合理，缺乏系统的教练员培养体系，11年来各队主教练年龄偏小，学历偏低，执教经验不够丰富，俱乐部球队教练员的频繁变化，不利于球队的发展和后备人才的培养。聘请的外籍教练员普遍水平较高，具有丰富的经验，大部分外教在球队中仅执教1个赛季，由于东西方文化差异，多数外教并未给球队成绩带来突破，相反部分外教还使球队成绩出现较大程度的下滑，研究证明，球队聘请外教担任助理教练更适合球队发展。

八、建　议

CBA联赛发展过程中，培养了许多优秀教练员，但在教练员培养方面存在很多问题，因此应建立教练员系统培养体系。

CBA联赛发展过程中，应加强对年轻球员的培养，避免拔苗助长，而延长中国球员的运动寿命仍是一个需要深入研究的课题。

CBA曾过度关注对联赛的包装和市场推广，今后应在政策和制度方面加强对联赛中球员和教练员的培养。

CBA联赛发展过程中，要与外聘教练员和运动员建立长效合作机制，才更有利于俱乐部球队和联赛的发展。

CBA联赛发展过程中，球队的扩展要考虑区域平衡，以更有利于我国篮球运动的普及与发展。

CBA联赛发展过程中，要注重对球星内涵的包装和推广，为其创造各种国际大赛机会以提高其临场运用技战术的能力。

CBA联赛发展过程中，俱乐部要建立后备力量培养梯队，依靠自己培养的球员在联赛中创造佳绩，这样才能使中国篮球事业更上层楼。

（项目编号：1033ss06165）

健身气功推广普及方式的研究

虞定海　吴京梅　张云崖　王　林　牛爱军　王言群　徐春毅

本课题对 2006 年 10 月首届健身气功国家级社会体育指导员培训班学员和 2006 年 12 月在上海举办的全国健身气功管理年会的行政官员、健身气功协会负责人和相关领域专家及部分省市参加健身气功活动的练功群众，2007 年 1 月首届对外专项活动师资培训班的部分学员代表，以及 2007 年 4 月首届健身气功教练员、裁判员培训班学员代表进行了问卷调查，并对上海市静安区、杨浦区、江西省南昌市以及江苏省无锡市等地方进行实地考察，并和相关官员、专家学者、气功师、辅导员等进行访谈，然后对统计结果进行了综合性的逻辑分析。

一、健身气功推广普及的主要目标

健身气功的推广普及要紧紧围绕"增进群众身心健康，丰富社会文化生活"这一总目标进行构建。社会体育指导员认为群众学习健身气功的主要目的是由于其良好的健身效果，而群众认为健身气功运动量适中，同时对场地条件要求不高，富含中华传统文化是其学习的主要原因，群众对健身气功的健身效果并没有充分认识到。健身气功作为一项民族传统体育项目，其本质是增进人民群众的身心健康，除此而外，还承担着促进社会稳定，防范邪教传播的功能。因此健身气功的推广普及要紧紧围绕着增进群众身心健康和维护社会安定团结展开。

二、健身气功推广普及现状调查

（一）影响健身气功发展的原因调查

45.9% 的社会体育指导员和 23.3% 的练功群众认为，"群众有练功的需求，但没有稳定可靠的条件"；22.4% 的社会体育指导员认为，"政府对有害气功缺乏有效的监控"是影响健身气功发展的最主要原因；30.5% 的群众认为，健身气功"完全由民间自发传播，难以保证科学性、健康性"，影响了健身气功的发展。因此，影响健身气功发展的原因主要是缺乏学习的物质条件保障和人员支持，国家的监控体系不够完备，推广传承体系不合理。

（二）健身气功推广的重点、难点及存在问题调查

44.3% 的专家、管理人员以及 82.4% 的社会体育指导员认为，现阶段健身气功推广的重点应加大宣传力度；63.5% 的社会体育指导员和 24.6% 的专家、管理人员认为，现阶段健身气功推广的最大难点是群众没有意识到其健身功效；62.4% 的社会体育指导员和 57.4% 的专家、管理人员认为，现阶段健身气功推广存在的主要问题是宣传力度不够，其次则为"师资力量薄弱，练功点数目太少"；专家、管理人员认为，群众学习健

身气功中遇到的主要问题是"对健身气功的了解不够深入"和"缺乏专门的指导人员；而群众认为，是"缺乏练习所需的各种资料""缺乏专门的指导人员""政府管制，担心引起不必要的麻烦"。因此，现阶段健身气功推广存在的问题主要是：对健身气功及其健身气功效果、国家政策宣传力度不够；缺乏指导人员和外部物质条件；练习站点不能满足需求。

（三）健身气功推广的具体方式

1. 健身气功推广的人才网络

累计有86.5%的群众表示在练习健身气功时需要专人指导，且需经"政府专门培训，持有资格证、上岗证"（61.6%）的"技术和教学能力都强"（24.9%）的专门人才，与专家、管理人员、社会体育指导员的意见不谋而合。同时，专家、管理人员认为，在后期推广中应扩大推广主体，如健身气功爱好者、街道居委会、体育教师等。65.9%的社会指导员、51.8%的群众认为，站点负责人应由"群众选举后政府认定"。

2. 健身气功推广的组织管理网络

61%的群众、59%的专家和管理人员、72.9%的社会体育指导员支持政府对健身气功采取直接管理的方式，而60%的社会指导员、65.1%的群众认为政府对站点也应直接管理。

3. 健身气功推广的监督、协作网络

社会体育指导员、专家、管理人员认为健身气功推广的有效监督方式："有关部门联合调查"、"群众举报"、依照"法律制裁"。健身气功推广应建立、完善辅导员培训、审批制度、活动站点管理制度、功法审批制度等，加强对社团、不良现象的监督，加强与社区、园林等部门沟通与协作。

4. 群众对健身气功的认识调查

68%的社会体育指导员认为，电视报纸是群众了解健身气功的最好途径；96.5%的社会指导员认为，练习健身气功对和谐家庭关系、人际关系有益处；98.8%的社会指导员认为，推广健身气功对防范邪教、促进社会安定有益处；而且所有的社会体育指导员认为，练习健身气功可以降低医疗费用，并在全民健身中发挥积极作用。

5. 健身气功推广普及内容的调查

59%的专家、管理人员和65.9%的社会体育指导员认为，新编健身气功目前可以满足群众需要，但长远不能；86.9%的专家、管理人员和82.9%的社会体育指导员认为，有必要创编新功法；57.4%的专家和管理人员、91.8%的社会指导员、49.8%的群众还希望了解科学的养生观和健身知识。因此，在健身气功推广中应予以加强，以完善健身气功知识体系。

6. 健身气功推广普及受众群的调查

90.1%的专家、管理人员认为，可以在除中老年人外的其他人群中推广健身气功；50.8%的专家、管理人员认为，有必要在学校中推广健身气功；98.8%的社会体育指导员认为，健身气功可以向学校（尤其高校）推广。而在年轻人中推广时应该"依据身心特点编创功法"。

7. 健身气功推广方式的调查

专家、管理人员认可的推广形式主要有体育行政部门和协会组织培训、比赛交流展

示、大众传媒、专家讲座、论文报告会、进入市场、利用经济手段等，但是市场化手段应逐步推进，走政府主导和市场自治相结合的方式，不能一刀切，要以公益性、非营利性为主，突出其社会效益。对于比赛交流展示，83.6%的专家、管理人员表示认同。同时应该完善健身气功协会官方网站的搜索引擎和数据库查询功能，加大对健身气功站点检查、评估，对练功群众定期随访、答疑等都有助于健身气功推广普及。

三、健身气功推广普及方式的构建

考虑到气功发展的历史以及政府与社会在气功发展中的职能划分与效率比较，我们认为健身气功的推广普及应发挥政府的管理功能与社会组织的自治作用，在充分调动健身气功协会及街道居委会、社区、气功练习站点积极性的基础上，政府加强对健身气功组织的间接管理，在政府与社会之间建立起良性互动的交流平台，保障健身气功的健康发展。

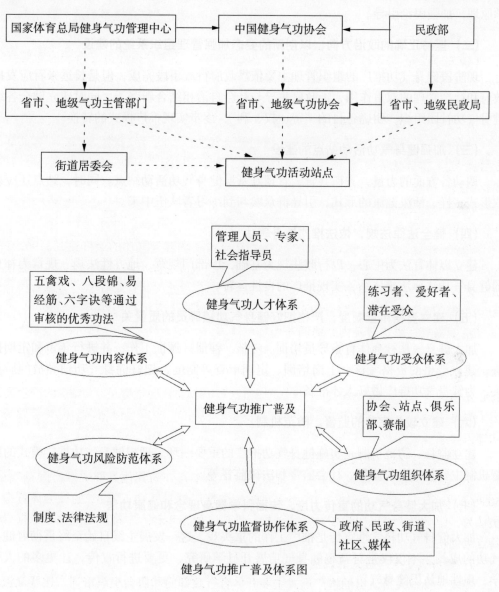

健身气功推广普及体系图

健身气功的推广普及是一个非线性的、动态的、复杂的系统。任何系统都是一个由若干个部分构成的有机的整体，只有将各部分的功能整合到最佳状态才能产生 1+1>2 的效果，否则任何一个部分的失常都将影响到整体功能的正常发挥。我们认为健身气功的推广普及主要由六大体系组成，分别为内容体系、人才体系、受众体系、组织体系、监督协作体系和风险防范体系。只有将各个体系进行最优化的组合，形成一股合力，健身气功推广普及就能迎来灿烂的明天。

四、健身气功推广普及的实施策略

（一）大力提倡科学精神，加强正确舆论宣传

健身气功的推广要汲取"法轮功"事件的教训，积极主动争取宣传部门的大力协作，利用多种媒介宣传国家关于健身气功的方针、政策，阐明健身气功的科学价值、科学原理，加强舆论引导。

（二）坚持正确的政治方向，以创新的姿态加强管理组织系统的建设

现阶段健身气功推广的组织管理主要依靠政府行政手段完成，但是长远来看应发挥政府和社会管理的双重作用，走政府主导与社会自治相结合新路子。同时建立健全各级健身气功社团组织，明确各自的"责、权、利"，逐步实现推广模式的转换。

（三）加强健身气功活动站点的建设

调动各方面的力量，齐抓共管，管理好基层健身气功活动站点。同时，站点还应采取形式多样、活泼健康的形式，引导群众参与到练习者队伍中来。

（四）健全法律法规，依法推广健身气功

建立以体育法为中心，以行政法规为基础，以部门规章、地方性法规、规章为补充的健身气功法律法规体系，实现推广的良性运转。

（五）建立资格审查制度，严格把好健身气功辅导员的质量关

加大健身气功社会体育指导员培训、考核、注册，颁证工作，并进行年审和定期检查。建立严格的资格考核、上岗培训、定期审查等制度，把好健身气功辅导员的质量关，为健身气功推广做好人才准备。

（六）建立较为完善的监督、防范机制

建立监督、防范机制是实施健身气功推广的重要一环。理想健身气功推广模式的监督机制主要包括自我监督、社会监督和法律监督等。

（七）加大健身气功的宣传力度，传播科学健身理念和健康功法

加大健身气功科学性宣传是推广工作的重头戏，这一发展主线自始至终贯彻着健身气功的成长。不仅仅是对新编健身气功展开科学研究，更要进行宣传，让更多的人科学、理性地认识健身气功。

（八）加快健身气功功法创编，让人民群众有更多选择

体育运动必须满足不同受众群的各种需求才能赢得更大的发展空间。因此，健身气功功法的创编应立足于深入调研的基础上，根据群众的需求科学创编，不能想当然。

（九）组织各种层次的交流展示,利用全国体育大会(世界体育大会)提供交流平台

适时开展健身气功交流展示可以促进广大群众练习传统体育养生功法的积极性，营造良好的氛围，健身气功可以借助以追求健康为主旨的全国体育大会、世界体育大会促进推广。

（十）健身气功推广的受众群定位应为全体人，而不仅仅是中老年人

体育项目具有广泛的适应性才能获得更多认同，因此，健身气功推广扩大潜在受众层，而不能仅仅把中老年作为自己的消费群体。

（十一）加快国外师资力量的培养、认证工作

利用国内师资力量组团进行功法交流展示和教学活动对健身气功海外推广是"治标不治本"的缓兵之计，应加强国外师资力量的培训、培养、认证工作，持证上岗，加强宏观管理，利用他们的特殊身份进行传播，这样才能够取得更好的传播效果。

（十二）健身气功的推广普及工作是一项系统工程，宜分步分阶段逐步实施

健身气功的推广普及工作是一个长期的过程，不可能一蹴而就，应将其作一个全面的长期总体规划，确立实施阶段，明确各个阶段的目标，以减少成本、缩短周期、降低风险，提高效率，避免重复工作。即整体规划，分步实施，小步稳走，稳扎稳打，保证各阶段的推广普及效果。

（项目编号：1008ss06140）

中国古代体育游戏文化研究

李玉新　郝光安　刘　铮　李　杰　萧文革　赫忠慧　吴　昊　张亚谦

体育游戏具有游戏和体育的基本属性，它起源于人类社会的早期阶段,经历了本能性体育游戏、文化性体育游戏、专门化体育游戏三个阶段。与西方体育游戏的发展不同，中国古代的体育游戏虽历来被视为"末技小道"，却与中国人的生活密切相关，是中国古代文化生活中不可缺少的组成部分，是社会各阶段层大多数人的共同行为。

一、关于中国古代体育游戏的论述

关于中国古代体育游戏的论述并没有形成为独立的体系，许多研究的途径是相互补充、彼此交叉的。涉及中国古代体育游戏的研究一般分为五类。第一类研究是从社会文化史的角度介绍中国古代的体育游戏。许辉主编的《六朝文化》中的"社会文化"一章介绍了体育文化，其中大部分是体育游戏，文中指出了六朝体育游戏高雅化的倾向。徐连达著的《唐朝文化史》是一部关于隋唐社会生活的著作，书中的"娱乐游戏"章节专门介绍了当时流行的一些体育游戏。第二类则出现在专门的体育史研究中。中国古代体育分为养生保健、军事练武和消闲娱乐三部分，其中军事练武中的射、御等可以看做是体育游戏，至于消闲娱乐部分，例如击壤、马球等也可视做是体育游戏。各种体育史著作都把一些涉及身体锻炼的游戏活动作为研究的对象。例如谷世权编著的《中国体育史》和杨向东著的《中国古代体育文化史》，前者是按历史发展的顺序编写，后者则是分类叙述。第三类是社会生活史中的民俗史研究。陈高华和徐吉军主编的《中国风俗通史》的古代部分共有原始社会、夏商、西周、秦汉、魏晋南北朝、隋唐五代、宋、辽金西夏、元、明和清十一卷，除夏商卷无游戏内容外，其余十卷都有专章论述"游艺风俗"，这其中有许多涉及体育游戏。第四类是在专门的游戏史研究。麻国均与麻淑云合著的《中华传统游戏大全》是目前介绍中国传统游戏种类最多、内容也最详细的游戏史专著，该书叙述了角抵类、球类、投掷类、射类等多种体育游戏。顾鸣塘著《斗草藏钩——中国游戏文化》将传统游戏分为技艺游戏、智力游戏、赌胜游戏、儿童游戏和节令游戏，这其中也不乏体育游戏的介绍。最后一类则是从教育的视野研究中国古代游戏（包括体育游戏）。李屏从游戏的本然状态出发，探讨游戏发展的轨迹，分析教育在游戏发展演变中的作用，探讨了中国传统教育与游戏的关系。

上述的研究都是从各自的视角讨论了一些中国古代的体育游戏，以叙述和介绍居多，并没有完整地对中国古代体育游戏的特点进行解析。本课题综合这些研究，对中国古代体育游戏的特点作初步的分析。

二、中国古代的体育游戏的影响因素

与西方体育游戏的发展不同，中国古代的体育游戏并没有经历到真正的专门化体育游戏阶段，这和其特殊的社会背景是相关的。中国古代的体育游戏受社会政治、经济、文化等多方面的影响。

首先，社会政治对体育游戏的影响是多方面的。西周、唐和明清是三个比较典型的例子。西周推翻商朝的统治后，将文治的核心由商代的重神改换为尊礼。周代礼制的重心在于强调等级制的社会与道德规范，由此"六艺"的教育与礼制紧密结合起来，这既适应了社会对"六艺"的要求，又能进行道德教育。

唐朝则为我国传统体育游戏的发展与繁荣提供了时代的土壤，成为体育游戏盛行的王朝。唐朝政治开明，先后出现了"贞观之治"与"开元盛世"，在这种长期安定的政治环境下，再加上鲜卑胡风的影响，唐朝的统治者们对游戏活动的开展表现出浓厚的兴趣，因而出现了几个比较有名的"娱乐皇帝"，如唐中宗，唐玄宗，唐穆宗等，社会上层的风尚对社会下层的体育游戏活动也起着导向的作用，以至游戏形成了一种普遍的风尚。

明清两代的统治者强调对知识分子的思想控制，整个社会的精神面貌远不如汉唐那样激昂奔放，思想禁锢保守，这就限制了明清时期文化活动的开展。虽然明清的智力游戏得到很大的发展，但体育游戏总体上呈现颓势。

其次，中国体育游戏的发展也受经济的影响。社会经济发达的年代，人民生活稳定，有较多的闲□时间，可以较多地从事体育游戏或者从事耗费时间较长的游戏。而在那些社会不稳定、经济不发达的时代，人民特别是处于社会下层的农民的娱乐嬉戏并不是随心所欲的，只有在节令、祭典的场合，才得以"合法"地休闲。此外，城镇商品经济的发展使得游戏市场化，人们有了专门的体育游戏场所，如宋元时期瓦舍勾栏的出现意味着整个社会的文娱生活的方式发生了新的变化。

第三，儒家文化的消长影响了体育游戏的价值观。先秦时期，学术思想"百家争鸣"，人们对于游戏以及体育游戏的观念也是各执一词，例如儒家的"游于艺"、道家的"逍遥游"、墨法两家的"非乐"观等。至两汉时期，儒家思想逐步取得统治地位，游戏的道德性得到确立。魏晋南北朝时期，玄学盛行，至隋唐，道、儒、释三教并立，道为先，儒为次，因此在这期间游戏的道德性被淡化。至宋元时期，儒学复兴，并被赋予全新的诠释，游戏的道德性恢复并得到了强化。明清以后，理学仍为社会的统治思想，不过道德教化出现世俗化的倾向，即道德性渗透到日常生活。总体而言，由于儒家思想是中国传统的指导思想，它的削弱只是相对的。因此中国古代的体育游戏总体上注重道德性。儒家注重游戏的教化作用,淡化游戏的娱乐作用,这使得游戏活动的本义受到蔑视,也在一定程度上阻碍了体育游戏的进一步发展。

总之，中国古代的政治、经济和文化对体育游戏产生了重大的影响。体育游戏的发展代表着一个国家的物质文明和精神文明，盛唐体育游戏的盛行，反映了当时开明的政治，繁荣的经济和强大的国力，而明清的封闭锁国，也意味着体育游戏的式微。中国古代体育游戏的发展伴随着古代中国文明的崛起、兴旺和衰落。在这一变迁过程中，中国文化的特点注定了游戏过于重教化而轻娱乐，使体育游戏的专业化受到阻碍。

三、中国体育游戏文化的特点

正是由于这些影响，中国体育游戏文化在教育性、娱乐性和民族性三方面具有自己的特点。

首先，从教育的角度，考察我国古代儒家的游戏观，可以发现游戏在传统教育中的作用是被忽视，甚至被否定的。

教育思想中涉及游戏的种类是很少的。孔子的教育思想中涉及的游戏包括乐、射、御、以及游山玩水等。颜之推所论及的"杂艺"大概力图囊括各种在生活中有实用意义的技艺性游戏。儒家主要提倡歌诗类游戏。这是颇有儒家意味的游戏，它与我们通常所说的游戏有一定差距，与体育游戏则区别更大。虽然历来儒家关于游戏的争论很多，二者表面上针锋相对，实则殊途同归，即都把游戏活动（包括体育游戏）的意义或价值定位在伦理道德层面上，能够负载教化任务的游戏得到提倡；反之则受到批判。儒家注重游戏的教化作用，淡化游戏的娱乐作用，这使得游戏活动的本义受到蔑视。因此，虽然随着社会的发展，游戏是不断发展丰富的，但对游戏活动的否定一直是传统中国社会游戏理论的主流，这种游戏现实与游戏理论的背离在我国古代长期存在。

第二，与那些士大夫对应的是，民间游戏却处处体现着这种娱乐性。游戏性是中国古代民间体育的重要特征之一，游戏构成了古代民间体育的最大部分，尤其是儿童游戏，内容和形式更是丰富多彩，诸如踢毽子、打拔、跳白（百）索即跳绳、抽陀螺、骑竹马、荡秋千、放风筝、蹴鞠、水嬉、斗草、击壤等，都是儿童喜闻乐见的游戏娱乐活动。

另外，竞技比赛从来就是中国古代民间体育的存在形态之一。在中国古代民间体育活动中，游戏与竞技是不可分割的两个方面。通过竞体力、斗智力、比技巧、赛技艺等丰富多彩的竞技比赛活动，如角抵（角力、相扑、摔跤）比赛、蹴鞠比赛、拔河比赛、踢毽子比赛、棋类博弈、龙舟竞渡、风筝比赛，还有各种球类比赛等，使得这些民间体育游戏更加令人兴奋，更具娱乐性，也更具观赏性。

与传统士大夫的态度不同，中国古代民间体育游戏保持着游戏和娱乐的特征。这些游戏能开发人的智力，磨练人的意志，锻炼人的身体，所以，游戏不仅有利于学习和工作后的调节放松以及业余生活的充实，还可以说是一种生活中的教育。可以说，学校教育中人们学习的主要是如何工作、如何生存的知识，而游戏中人们学习的是如何休闲的知识。

第三，我国古代体育游戏文化在民族性也别具特色。中华民族幅员辽阔，民族众多，在五千年的历史长河中，生活和居住不同地区的各民族，所接受的外来文化和各民族的文化交融方式都不尽相同。因此形成了各民族传统的、各具特色的体育游戏。中国各个民族的劳动生产方式差异很大，农耕、游牧和游猎是三种典型的生产方式，它与体育游戏形成有很大的关系。

除了汉族以外，中国有许多农耕民族，他们的体育游戏就表现出很强的农业意识特征。例如黎族在喜庆节日上，男女表演"跳竹竿"。竹子是海南岛特产植物之一，多得随处可见。蒙古族、鄂温克、达尔、维吾尔、哈萨克、柯尔克孜、藏族的主要生产方式是发展畜牧。这些民族的居住地要么是高原湖泊、星罗棋布，要么是巨峰绵延、河流湍急，遍地牛羊、万马奔腾，这样一种地理环境，劳动和生活不是骑马，就是骑骆驼。所以在这些民族的体育风俗上，自然体现出浓郁的游牧风格特征。游猎民族祖辈主要以骑马、射箭（后用猎枪），一年四季追赶野兽，过着到处迁徙的游猎生活。这样的生活不仅决定了他们的生产方式，也使这些民族的人民必须学会、学精骑马、射箭、投枪和长期的追猎技巧，这些世代相传下来的游猎风俗，都鲜明地体现在不同民族的传统体育活动之中。

我国传统体育游戏不仅生动活泼，而且有着深刻的文化内涵，有益于人的身心和谐健康发展；不仅是人人喜爱的文化活动，也是行之有效的教育活动，具有美育、体育、智育、德育等多方面的文化教育功能，这些功能对于我们现代的教育也有重要的借鉴作用，在新的历史条件下，无论是大学还是中小学，传统的体育游戏走进学校是可行的、必要的。在学校环境中，传统体育游戏对青少年的娱乐价值和教育价值是明显的。传统体育游戏进学校，是抢救、传承、发展和弘扬我国古代体育游戏文化的最佳途径。目前，已经有许多学校开展了这方面的活动，这些尝试证明在学校开设民族体育项目是可行的，符合体育教学改革的需要，对弘扬民族精神、对传承民族体育文化具有重要的意义。

总之，中国体育游戏具有与中国文化一样悠久的历史，可谓种类丰富，绚丽多彩。它渗透了中国人的政治理想、道德观念、行为准则、教育理念以及思想方式，是一种具有丰富内涵的文化形态，具有自己的特色。对于中国古代体育游戏的研究，有助于更深入地了解体育、游戏与文化之间的关系，更好地发掘中国古代的体育文化资源。

（项目编号：1030ss06162）

丝绸之路古代体育图像谱系研究

李金梅　路志峻　李重中　林　春　李小唐

刘克俭　李小惠　张　有　陈祎晟

丝绸之路犹如一条彩带，将古代亚洲、欧洲、非洲的文明联结在一起，是东西方文明的十字路。丝绸之路不是文明的断裂带，丝绸之路不是关于文明冲突的现代神话的古老注脚。与那种现代神话恰恰相反，丝绸之路给人类文明史提供了一种隽永的启示，提供了一个既有的、非凡的经验——崇尚自然与人的和谐的华夏文明。以其称之为"礼乐文明"的民族智慧，体现了独立不移的人文精神，并且，对相邻文明进行了博大的选择性汲纳。在这个人类历史中少见的没有中断的文明窗口，我们处处看到了一种强烈的对比——流沙戈壁与大泉绿洲，古老历史的沧桑感与不断追求变改的生命力。历尽沧桑而日新又新，这就是丝绸之路所昭示的中国情怀。可以说，丝绸之路是一条传播东西方文化、促进各国经济繁荣、增进各国相互了解、亲善往来的友谊之路。在绵延的丝绸之路上，遗留下无数人类探寻历史的踪迹与古代文明的象征——举世闻名的吐鲁番、楼兰、敦煌、长安，珍贵的古文献，以及令后世惊叹的东西方体育文物和艺术瑰宝，它既是记载丝绸之路繁盛景象的弥足珍贵的信物，又是反映体育文化交流的生动形象的见证。

丝绸之路始发于长安，经河西走廊到敦煌，西出阳关，过楼兰、喀什、安西、叙利亚，直抵开罗和罗马，全长约 7000 余公里。它不仅是一条古代国际的商贸通道，而且更是一条重要的中西方思想观念、文化、艺术、体育交流的通道。尤其是外来佛教文化与中国传统文化相交融，使得石窟艺术得到了空前发展。丝绸之路上开凿最早的石窟群，是位于新疆拜城县东南约 60 公里处的克孜尔石窟，距今已有 1700 余年的历史。现存有洞窟 236 个，一万多平方米的壁画，克孜尔石窟是东西方文化交流的典范，是研究新疆历史和丝路文化的珍贵遗迹。龟兹故国座落于库车县西南 30 公里的渭干河断崖上，叫做库木吐喇千佛洞，现存洞窟 112 个。回鹘的故国座落在吐鲁番以东的高昌，这里遗留由回鹘先民们开凿的柏孜克里克千佛洞，现有洞窟 57 个，洞窟中绘有民族、民俗、乐舞等图像，还有多种文字的题记，具有重要的研究价值。出新疆就进入了甘肃地区，那里不仅有河西四郡，古时称甘州、肃州、沙州、凉州（即张掖、酒泉、敦煌、武威）举世瞩目的敦煌莫高窟就坐落在敦煌东南的宕泉河畔。现存有洞窟 492 个、壁画 4.5 万余平方米、彩塑雕像 2000 余身。敦煌以东，还有坐落在安西石佛峡两侧陡峭崖壁上的榆林窟，现存洞窟 40 余个。出了河西走廊，到了天水，靠秦岭的西端，有一座开凿于后秦的麦积山石窟，现遗留洞窟 194 个，保存有 1.3 万多平方米的壁画、泥塑 7200 余身。甘肃境内还有五个庙、金塔寺、马蹄寺、炳灵寺、拉哨寺等一百余个石窟。这些石窟为我们研究古代历史、经济、宗教、民族、文化、艺术、体育、科技、法律、地理等提供了珍贵的形象资料。紧邻甘肃地区的陕西长安（今西安市）是一座具有 3000 余年历史的古城，她先后有 13 个王朝在此建都，是丝绸之路的起始城市，是中西文化交流的中心。除此之外，丝绸之路上还有驿道、驿站和亭障；还有古长城，并设置城、障、塞、亭、燧、烽等军事防御机构；还有和石窟壁画一脉相承的魏晋古墓的彩绘砖画；还有深埋在地下的简牍、古战场等。丝绸之路不仅加强了我国国内汉民族和边疆少数民族之间的密切交往，把我国西北边疆和内地在政治、经济、文化上有机地联系在一起，而且成为我国和世界各国联系的桥梁。丝绸之路是古代中西关系史上光辉的一页，它凝结着中国人民和世界各国人民的千古友谊，不断增进着各国人民之间的相互了解和日益加深的联系，对人类文明的发展，产生过极其深远的影响。

从旧石器时代起，华夏文明就有它一脉相承的社会发展和文化传统。从文化的起源看，中国文化从来都不是"西来"的，是由我们的先民独立创造的。但在文化的发展过程中，有时也会出现某些相似之处。因为，人类有类似的需要，在相似的社会状态中人类有同样的心理作用。如，基本在同一时期，东西方之间都出现了一种非常近似的体育文化。而产生的这种文化也会通过传播和交流，互补融汇，使其更为完善。

伴随着丝绸之路上中西文化交流的日益频繁，中国古代的角抵、百戏、棋弈、舞蹈等源源不断传入西方，为各国融会吸收，丰富了各国人民的精神文化生活。波斯、东罗马帝国的杂技、幻术、马戏、舞蹈和体育等源源传入我国，对我国人民的精神文化生活也产生了重大影响。据史料记载，公元 600 年，隋炀帝曾于大业二年在丝绸之路上的古都张掖举办了来自中亚 27 国的商贸盛会，并进行了角抵、百戏、马术、杂技、乐押等表演和比赛。到了唐代，与各国通商交往的国家多达 70 余个，仅长安（今西安）就居住着百余万西方人士，成为当时中西经济、文化交汇的国际大都市。而这种经济和文化交流活动本身就包含着相互吸收和促进。经济和文化交流越广泛，其发展也越充分。当然，体育文化并不是一种单纯的文化形态，它和哲学、军事、宗教、养生、游戏、娱乐、舞蹈、音乐、杂技等其他的文化形态也具有密切的关系，并且，上溯古代的时间越远，它们的界限就越不清楚。因为，在一个母文化系统的各具体的子文化系统中，体育有其原初的功能，但是，随着社会文化体系中系统结构的变化，原来在广泛的功能之内或之间所划分的时空界限也将会发生相应的变化，原始生产实践活动中某些生产工具向原始体育活动器械功能转化，如古代狩猎用的石球、弓箭逐渐转化为用于体育活动的各种球类和射箭运动的器械。因此，丝绸之路古代体育通过对这些不同的文化形态因素的交融、变化进行研究，可以得到大量有关体育文化形态发展、演化的线索，这是从历史发展的角度去分析的，是一种纵向的表征。

丝绸之路古代体育具有明显的经济、地域、环境、文化、民族等特征，它不同于中原地区的体育观念，其形态具有丝绸之路"尚武"民族精神的品格。丝绸之路地区是多民族地区，他们的生存方式是以游牧为主，沙漠、戈壁是他们栖息的故土。他们逐水草而居，射猎为生，这一切决定了丝绸之路上各民族勇悍刚烈的性格特征，也体现了游牧经济的特点。丝绸之路的地理环境是以连绵的祁连山脉、阿尔泰山脉、昆仑山脉、沙漠、戈壁，气候寒冷干旱，常有沙尘风暴，如此恶劣的地理环境和严酷的气候条件，催生了各民族顽强、坚韧性格的形成。丝绸之路独特的地理环境、经济结构等所形成的一种文化特征，构成了丝绸之路各民族生存所需求的各类欢娱。这些欢娱无疑是弓箭、角抵、百戏、举重、马毯、步打毯、蹴鞠、投壶、棋弈、武术、马术、游泳、竞走、投掷、游戏、养生等活动。而这些长久盛行的欢娱文化现象，已变成了当时的一种群体生态、一种文明形式，并逐渐与宗教节日融合。这意味着丝绸之路古代体育文化无论在时间上，或是在空间中，已被全民所接受，形成了体育文化生存的浓烈氛围，也透露体育的竞技、健身、娱乐和审美结构，及丝绸之路各族人民文化心态之间的深层对应。当然，古代的体育不是在任何时候和任何场合下都被允许举行的，只是在一些特定的与庆典有关的场合下才能举行。"体育"作为神圣的仪式的组成部分而存在。我们在一系列的体育文物发现中，如敦煌文献中发现有大量有关祭礼、驱傩、迎神赛社等记载，都是珍贵的庆典活动文献。我们还能从丝绸之路上的石窟壁画和墓葬彩绘砖画中见到一大批珍贵的形象资料，如角抵、百戏、棋弈、马□、武术等表演图像。将文字资料与图像资料汇聚在一起，两千年前的各种庆典活动凸现出来，鲜活生动，让人的视野豁然开朗。原来在这些文献和绘画背后，还有如此辽阔且绚丽的一个体育胜境！丝绸之路体育存在于祭礼、迎神赛社的锣鼓中，已经历了两千余年体育传承和表演，这是需要再认识的。

"社"在先秦礼制中有着重要的地位。由卜辞可知，"土"即"社"。社的概念正也出自初民对土地的亲情和感激，并由此扩展到对天和天神的祈求。可以说在礼教祭祀的三大系统（天帝、地祇、祖先）中，社祭是一切祭祀的精神和文化内核。

对丰收的期盼给一切祭祀打上实用的烙印，缘此而衍演出的礼仪、祭轨亦显示着出自实惠心态的虔敬。人们是那样真诚地想获得上天的优宠，祈盼着天神的降临。祭坛的平阔坦露，表现着接纳和欢迎。礼祭中称一切都是为了娱神，而娱神也只是祈求丰年的手段。社祭逐渐形成了"社火"或"迎神赛社"。其本原意义是迎神敬神的百戏、乐舞表演，是一种"通天手段"；一种规定性很强的节会庆贺活动；一种在社区内举行的全民参与的节日狂欢。百戏、乐舞将各项杂艺与歌舞凝聚到一起，以"赛"为内涵。当时称社事为"赛"，称社之集会为"赛会"。赛也是"塞祷"，更是竞争，是个人、团队、乡党乃国家荣誉感催生的竞争意识，以及为此而展演的竞技手段。这种荣誉感和竞争意识渗透于汉唐时期的射礼、角抵、百戏之中，并在充满民族特色的迎神赛社中代代张扬。

迎神是宗教色彩的，所迎却常有一些俗神，迎神的目的则是为了赛会；而赛会带有浓烈的世俗气息。迎神赛社涵盖包容了僧俗两界，尤其是佛道二教利用迎神赛社弘宣教义、聚敛钱财，亦尽可能借助着宗教的力量，而张大自己的活动规范。随着时间的漫延，迎神赛社有了多元的发展，于是土地神不再是唯一之神灵，而因民所敬，依庙所祀；于是敬神的旗帜虽仍高扬，供神的仪节虽仍留存，却被修剪为众多竞技表演之一种；于是狂欢和万民同乐的气氛超越了僧俗两界，系结着僧俗两端，一切世俗的东西都涂抹上宗教的神圣，一切宗教的仪轨都被嫁接于世俗的作为。迎神赛社与宗教之间相互借助，既有活跃的僧道身影，也有纵情欢乐的俗众，这种欢腾的场面，洒向了丝绸之路上各民族生存的追求中。可以说，宗教是丝绸之路文化的又一个重要特征。宗教的定义是以祭祀为主，宗教传播是中西文化交流的重要内容，宗教传播的影响力，比任何一种文化传播都更加具有广泛性和渗透力。由于早期的宗教功能是多样的，除了涉及人的生存问题之外，还有一定的教化功能。在中国西周时期，早期的宗教演化一套礼乐制度，礼、乐相辅相成，成为治理世界、教化人类的工具。丝绸之路古代体育正是以"乐"为核心而吸附了多种体育因素才造就出后世成熟的体育。这里所指的"乐"，并非现代艺术形态学意义上的音乐之谓，也不仅指乐器、乐谱、乐舞，而是一种乐的精神和体制，它既是一种古老的文化样式，又是一种精神传统的体现。所以，"乐"原本就体现为一种综合的表现形态。从娱神祈福禳灾到歌功颂德、娱乐皇公贵族进而勾栏瓦肆里蔓衍成丰富多彩的百戏杂耍以娱乐大众。正是从"乐"开始，逐渐与"争""胜""赢"等融合，形成了丝绸之路古代体育的形式，并体现出一种特有的民族喜乐的色彩和突出的世俗娱乐特点。实际上，纵观古今中外，各种不同娱乐、游戏和体育活动等门类中均有"乐"的历史遗存，都存在着"以乐论体"的现象。我们可以发现，丝绸之路上所遗存的壁画、绢画、砖画、陶俑、文献资料中所见到的体育表演均伴有音乐、舞蹈图像或文字记载的确证。

丝绸之路古代体育，是中国古代体育文化形态的重要组成部分，其中凝聚着特定的文化特征和内容。它的产生，既是一定社会历史条件孕育的结果，又受到各民族文化心理长期积淀所形成的各种社会习俗的影响和制约，它既服从于当时社会的整体需要，又取决于当时人们的价值取向。因而呈现出鲜明的时代色彩和民族精神。它的绚丽灿烂，在历史上曾为华夏民族文化增添过辉煌，成为近代和现代中国体育的基础，它也曾影响过西域各国各民族的体育发展，以至不少源于丝绸之路的体育，在西域各国广泛流行，甚至被奥林匹克运动所接纳。自20世纪初以来，随着史学研究的不断科学化，随着文物考古工作的蓬勃发展，大量有关展示丝绸之路古代体育活动形式的文物被发掘出来，这些极其珍贵的宝藏，既有石窟壁画，又有墓葬彩绘砖画；既有专门表现体育运动形式的幡绢画，更有汉简和文献记载的古代体育运动的形象描绘；既有自觉自明的文化，如《碁经》《呼吸静功妙诀》《秋射》《相剑刀册》等论著，又有体育实践的各种功法。由此，不仅可以获得丝绸之路古代体育谱系的历史生成和文化属性、结构和形态特征、谱系和体育发展的关系。它伴随着体育由形成走向成熟，不仅产生了"棋谱""武谱""乐谱""舞谱"等，不只属于外在形态上的定型化和程式化，而且涉及体育的特殊生成规律、传承机制及构造法则。这种谱系化的衍生，使得体育从本体到形态都有着一个十分明显的进化世系和生存发展的轨迹。

通过对丝绸之路各民族文明史进程的回顾可以看到，从最早的岩画，到秦汉、隋唐、宋元、明清的壁画、砖画、绢画等，有不少直接展示表演和比赛活动内容的实物遗存，正是通过这些形象直观的图像，我们对体育由孕育走向成熟的规律和特征有了更全面深入的了解。可以说，丝绸之路的古代体育遗物和遗迹，不仅具有较高的文化价值，而且透视出了丝绸之路上的各族人民在集体参加生产活动、社会活动和余暇活动之间，出于人的生理和心理需要，或者说是人类生命存在的一种方式而产生的角抵、百戏、游戏、养生等活动，作为欢娱情绪的一种宣泄，达到丰富生活的补偿。从而也为人们进一步全面了解丝绸之路古代体育文化提供了形象的新认识。在这本图录中，我们将丝绸之路上的体育遗物和遗迹，按照丝绸之路古代体育活动发展的轨迹，分别对田径、球类、体操、游泳、举重、摔跤、射箭、马术、棋弈、养生、游戏等运动项目，作较为丰富的展示，这对宣传丝绸之路悠久的体育历史和灿烂文化，推介丝绸之路独具特色的体育文物瑰宝，提高丝绸之路的知名度和吸引力，无疑具有重要的价值和意义。

《丝绸之路古代体育图像谱系研究》汇集了考察人员在全面考察后所编著的画册。其中，大量体育文物的发现便利了研究者利用形象资料对丝绸之路古代体育形态的认识。因为很多文物图像是对当时实际体育活动的记载，具有高度的写实性和史料价值。图像资料虽然缺乏文字说明，但却可以与文献相互印证，或补充文献记载的不足，具有文字不可替代的优势，在体育文化以及各种运动形态研究领域发挥了极大作用。因此，我们采用了图像学的理论、符号学的方法来辨认岩画、彩陶、汉简、石窟壁画、墓葬砖画等图像的体育内涵，深挖形成这种图像的民族精神的根源和个人心理特征，然而把这种从历史的长河中涌现出来的凝固的、静止的体育，通过视觉图像的符号去破译其象征的内涵和文化意义。也就是说，我们在图像和话语的相互关系中探讨丝绸之路体育形成和发展的主体因素和生态环境，以期能更好地印证文献的记载。这样，不仅是运用多样的现代体育信息的传播途径方式，而且也可以满足现代人的体育审美观的变化。

总之，丝绸之路古代体育受中原影响是无疑的。同时它的体态风貌又有印度、波斯和希腊文化与体育的痕迹。因为，丝绸之路各民族人们所特有争强好胜的个性使其特征和生活环境具有赛马、射箭、摔跤、举重、击鞠、舞蹈等体育才能，他们在不断需求丰富生活情趣和提高生命质量的同时，极其渴望得到自身体育文化的提高，因此才以海纳百川的气度接纳来自中原、印度、波斯、阿拉伯、希腊的体育文化，创造出具有混合性、兼容性的丝绸之路古代体育文明。这意味着我国古代不仅有竞技性的体育运动，而且还有激励人心的体育精神，揭开了中国古代没有竞技体育的说法。由于时寂空灭，我们不能再看到丝绸之路古代的体育活动，但通过图像和文献资料相结合，还是可以挖掘出体育线索、探讨出体育发展规律性的、共性的途径。我们所撰著的这本含有五百幅体育图片和九万余字诠释就是对当时丝绸之路实际体育活动的记载，具有高度的写实性和史料的价值，这将有助于人们进一步深入了解中国古代体育发展轨迹和遗存的伟大。

（项目编号：993ss06125）

世界足球起源研究：临淄蹴鞠

张永军　李丰祥　崔乐泉　张庆来　王京龙　杨　健　董　杰

足球，当今世界最具神奇魅力的第一大体育运动，以其独特的魅力吸引着全世界人们的注意力。问渠哪得清如许，为有源头活水来。对于这样一项深受全世界人们喜爱的运动项目，确立它的发源地和探究、论证它的发展史，既是人们的渴望，也是历史的呼唤。近半个世纪以来，经世界体育史、足球史专家多年的探索和考证后认为，世界足球的源头就在世界四大文明古国之一的中国。那么，足球到底起源于中国的何时、何地？几千年来又是如何发展的？根据确凿史料分析，两千三百多年前的山东淄博临淄当是有记载的最早开展蹴鞠活动的地域。这一史料在 2004 年 6 月 9 日在临淄召开的"足球起源于临淄"专家论证会上，得到了 36 位专家的一致公认。同年 7 月 15 日，亚足联秘书长维拉潘在举行的新闻发布会上致辞中说："世界足球应该感谢中国，因为中国是世界足球的发源地。当初临淄地区古代人们玩的一种游戏，如今成为风靡世界的运动。"

一、东夷人的崇武尚射文明与蹴鞠缘由推阐

蹴鞠起源于中国的史料来源，最早是西汉人刘向所著《别录》中的话，"蹴鞠者，传言黄帝所作。或曰起战国之时。""蹴鞠兵势也，所以练武士，知有材也。皆因嬉戏而讲练之。"这可以说是蹴鞠起源中国最早的史料记载及评说。按照现在的观点，"传言"是不可信的，然而在没有文字记载的远古时代，许多历史典故只有靠口耳相传，代复一代地流传下来，因此这一说法也并非空穴来风，正所谓树欲静而风不止。

格罗塞说："艺术的起源，就在文化起源的地方"。历史的经验表明，大凡一种艺术或体育内容的出现或发生，往往受其文化环境的影响和制约，试想，东夷人在发明弓箭且又"人高马大"、体格魁梧，在经常获取战争胜利，使生活有所保证的条件下，将原先用于狩猎或战斗的圆石球体发展成一种锻炼士兵体质或闲暇娱乐的游戏，就成为一种可能。按照发生学理论，事物的发展规律，由产生到普及是需要一个过程的。《史记》记载的在距今二千三百多年前的齐国都城临淄："其民无不……六博蹋鞠者"的足球活动，说明当时的蹴鞠运动已相当普及，可以说已成为一项居民老少咸宜的休闲娱乐活动。要发展到如此普及的程度，在仅靠"口耳相传"的年代，需要几百年乃至上千年的时间也不是没有可能的。如果此推论成立，所谓的"蹴鞠者，传言黄帝所作"的这一"传言"中的蹴鞠就起源在"文化起源的地方"——东夷族文化繁荣初露端倪的齐国故地。

二、蹴鞠与临淄的关系

中国古代的蹴鞠就是现代的足球，现代足球最早起源于中国古代的齐国临淄。对于这一世界公认的结论，需要从多方面认识。

第一，临淄城蹴鞠的盛行是中国古代文献当中最早的确切记载。这些记载对于蹴鞠

活动的时间和区域有了明确的确定性，也就是说，战国时期的齐国临淄盛行着蹴鞠活动。这个记载，目前来看，在最早记载蹴鞠的文献当中，是唯一能够明确界定蹴鞠盛行时间和区域的。

第二，蹴鞠在临淄的兴盛是临淄城市自身发展的结果。苏秦说"临□甚富而实，其民无不吹竽鼓瑟，弹琴击筑，斗鸡走狗，六博蹋鞠者"，正是这样一个消费型城市的一项基本特征。

第三，临淄蹴鞠是齐国地区体育娱乐活动繁荣发展的直接产物。蹴鞠未必最早产生于齐国临淄，但从现有文献记载看，的确最早兴盛并流行于齐国临淄。齐国经济在春秋战国时期的强大更是不争的事实，齐国具备了体育娱乐活动繁荣的物质条件。临淄蹴鞠的兴盛并不是偶然的，是齐国体育娱乐活动发展繁荣的自然结果。

三、战国时期体育中心在齐国形成的诸因素分析

战国时期诸侯竞强，诸子驰说，各方面社会文化事业都得到了全面飞速的发展。这一时期的思想文化中心在齐国。

从体育娱乐活动的发展状况看，齐国是战国时期体育娱乐活动的重要发展基地。齐国是在东夷文化背景下建立起来的诸侯方国，后来齐文化的发展更多地保留了渔猎民族的生活习俗，这是体育娱乐活动得以广泛开展的基本前提。

从文化发展角度看，齐国是战国时期体育思想的积聚中心。齐文化的尚武勇、崇功利精神，儒学中的尚中贵和精神，稷下黄老学派的运动养生理念，正是在战国时期齐国稷下学发展过程中凝练升华为中国传统体育观念基本文化渊源的。

从体育娱乐活动和体育观念的传播途径来看，战国时期齐国体育娱乐活动的传播有着广泛的流播空间。由于稷下学宫的创办和齐国养士风气的盛行，吸引了众多来自不同诸侯国度的各方面人才，来自异域他乡的稷下学者，未必不是体育娱乐活动的爱好者或参与者，更未必不是体育娱乐活动的传播者。齐国在这一时期外来人员的大量集散，对齐国盛行的体育娱乐活动流播四方自然也会自觉或不自觉地产生了推动作用。

可以说，战国时期，齐国优良的政治、经济、民俗土壤，蕴生了繁荣的体育活动；诸子学派在齐国的相互交融，催生了传统体育观念思想基础的形成，稷下诸子、游说之士，在齐国或汇聚，或四散，对齐国的体育娱乐活动和体育观念产生了不可估量的传播作用。历史地看，我们有理由承认齐国是战国时期的体育中心。

四、临淄蹴鞠西传欧洲探讨

我国真正意义上的对外交通要追溯到秦汉时期。秦汉以后，到唐代中叶，中国的对外交通出现了又一个高峰。唐朝末年，外国人进入中国的数量已经很大了。

元代开始，中国的对外交流出现了一个崭新的局面。法国学者莱梦撒（Abel Remusat）在《中西交通史资料汇编》中论述元代在西方的交通以及在东西文明上所发生的影响的话，从中我们更可以看到这一时期中国古代与西方交流概貌：蒙古人西征，将以前闭塞之路途完全洞开，将各民族集聚一处，西征最大结果，即使全体民族使之互换迁徙。不独堂皇命使东西往来如织，其不知名之商贾教士，以及随从军队者，尚不知凡几也……更有多人，往东方时，无声名于世，归后亦不求闻达于人，然在教堂内及各地侯王宫廷中，受人欢迎，演讲极多东方之奇事异闻也。此等游历家归回时，皆携带东方

各种技术及珍品……戏赌纸牌，中国人于 1120 年（宋徽宗宣和二年）时已发明之……从莱梦撒的记述中我们可以看出，在元代，中国与欧洲世界的交往已经非常广泛，中国人的西去，欧洲人的东来，为中国与欧洲地区的交流与传播打开了宽阔的门洞。已经有了英国人在这一时期到中国来的记载。布拉特先生早在 1980 年 4 月亚洲足联举办的讲习班上所作的《足球运动的历史》报告中就曾发表过这样的观点："足球，发源于中国，被亚历山大战争带到了中东，后来又传到了古希腊、古罗马及法国、英国。"英国现代足球的产生是以 1863 年足球协会的成立为标志的。某一运动方式从产生到需要一个组织的规范，自然需要一个过程。在 1863 年足球协会成立以前，英国就有了热烈的足球运动形式，这是不可否认的历史事实。早在 1314 年之前，英国的足球运动就已经发展到了非常红火的程度，此时，正值我国元代（公元 1271—1368 年）末叶，正是中国对外大规模扩张的强盛时期，中国的正史记载中也有了英国人到中国来的记载。中国古代的蹴鞠很可能就已经在这个时候就西传欧洲了。

五、结　语

回溯前论，透过这些斑驳的历史遗存钩沉索隐。论断足球历史，我们只是见到足球起源的只鳞片爪，难以窥其全貌。正如已故史学大师陈寅恪先生所言，研究历史，"吾人今日可依据之材料，仅为当时所遗存最小之一部"。他提出，"必神游冥想"，才可以"真了解"，"而无隔阂肤廓之论"。这种研究和论断历史的方法给我们以深深的启迪。面对足球起源于中国淄博临淄的史料，我们奉行考古学大师夏鼐先生的一句名言：已经发现的可以认为"有"，未曾发现的不要轻易认为"无"。从已发现的用脚踢球的史料记载来看，无疑，二千三百多年前的齐国古都临淄的蹴鞠活动是世界足球起源的最有力的证据。我们知道，任何事物的起源，都有一个从最初发生到形成的过程，无论这个过程是短暂抑或漫长，而事物起源的时间和空间是以这个过程为基础而形成的。因此，我们今天探索世界足球的起源，从根本说应当是探索足球（蹴鞠）从最初发生到形成的过程，并以此为基础认识世界足球起源的时间和空间。然而，对于二千三百年前（甚至更早）盛兴于临淄民间的蹴鞠活动而言，在没有科学、完整的记录和考古实物的情况下，只能是根据晚近的已知去探寻古老的未知；只能是根据能够确定的时间和空间条件去探寻其从发生到形成的过程，因此，世界足球起源于中国春秋战国时期的齐都临淄，是基于文献记载得出的认识，尚缺乏地下实物资料的证明。当然，溯源事物最科学的方法和最佳途径应当是文献资料和地下实物资料的有机结合，然而，从足球的物质成分："鞠、从革""鞠以皮为之，实以毛"的物质材料来分析，历经两千多年的时空是不可能物化保留下来的。因此，按照中国社会科学院考古研究所的白云翔先生说的："考古发现和历史文献可以互补"的理论，我们以文献记载为依据，以蹴鞠的形成期作为其起源并以此确定起源的时间、空间和地点当是可行和具有较高可信度的。由此，我们的基本观点可以简单归纳为如下五点。

第一，崇武尚射的东夷文明奠定了体育文化基础，兼有海洋性气候造就的东夷先人强壮的体格，为开展足球运动提供了身体条件，"足球的起源就在文化起源的地方"。

第二，临淄蹴鞠是春秋战国时期体育娱乐活动的群生项目之一。我国古代的春秋战国时期已经形成了众多的体育娱乐活动项目，这一时期齐国的体育娱乐活动更为繁荣，蹴鞠仅仅是其中的活动项目之一。

第三，蹴鞠最早在春秋战国时期流行并兴盛于齐国的临淄，并不是历史的偶然，而是这一时期齐国体育娱乐活动发展繁荣的直接结果。

　　第四，历史上我国的汉、唐、宋时代是蹴鞠活动的盛兴时期，而此一时期与西方的交往也属频繁阶段。中、西方在军事、商贸的不断交往中，蹴鞠作为闲暇的文体娱乐活动，伴随着西去东来的事物交流，而播下了踢球的"种子"是极有可能的。

　　第五，中国古代的蹴鞠最晚在元代的时候西传欧洲，在英国形成了现代足球的运动模式。

（项目编号：987ss06119）

中国奥林匹克源头析证

袁大任　王　军　古　柏　方小京

陈　肃（Su Chen）Dagerma Getz

诞生于 19 世纪末的工业文明结晶——现代奥林匹克运动，在封建锁国、文化落后、民族传统体育文化日渐式微的晚清时期，为什么能够传入中国？中国的奥运之路是如何开启的？

通过收集资料和对掌握的资料进行初步分析，我们对奥林匹克运动在中国早期的发展情况有了以下较为粗浅的认识。

一、引进西方体育，打下技术基础

19 世纪中叶，一批在中国资产阶级改良派与革命派人士首先觉醒，他们接受清末进步思想家龚自珍、魏源等人的政治观点，主张"师夷之长技以制夷"。康有为、严复、孙中山等将开展体育运动作为实现各自政治理想的手段。他们的体育思想，犹如空谷足音，促进了全社会对体育价值的认识和西方体育在中国的引进和开展。

西方体育流传至我国的渊源，可追溯到 1842 年清廷签订《南京条约》，开五口通商之后。主要通过这样几个途径。

一是宗教团体的带入。19 世纪中叶以后，来华的西方传教士在以教会学校为依托进行宗教文化传播过程中，还将包括体育在内的全新的课程引入中国教育领域，将体育比赛的观念带给了中国人。

二是外国侨民的率先示范。中国门户洞开后，一批批外国侨民涌入中国沿海城市，在租界里修建体育娱乐场地、建立体育组织、兴办各类学校，开展各种体育文化竞赛活动，潜移默化地对当地社会生活产生影响，人们在惊奇之余，把西方体育活动作为模仿对象。

三是"洋务"派引进。洋务派人士按西方国家军队模式编练新式军队的过程中，首先引进了西方军队中的兵操。这是中国人最先引进的西方体育。北洋水师学堂还教授足球、拳击、体操、跨栏、跳高、跳远、游泳等项目。洋务派还派遣学生赴英、美、法、德、日等国留学，许多人回国后从事体育工作，棒球运动就是由留学生引进中国的；留学生还将体育、体操、兵操、运动场等体育术语从日文翻译成中文。

四是晚清政府实施"新政"，将体育引进课堂。1904 年清政府颁布的《奏定学堂章程》，把"体操课"列为各级各类学校的必修课。伴随着西学东渐浪潮，风行于欧美的体操第一次进入中国人的课堂。中国人开展的西方体育首先在学校萌发，并向社会推进、传播。

然而，西方体育在中国的引进与传播并非一路坦途。其间，经历过洋务派和守旧派、资产阶级改良派与顽固派、西方体育实施派与复古派之间的交锋以及"土洋体育之争"。交锋的结果，我国传统的体育形式得到关注，而西方体育也进一步得到肯定，促进了近代体育的变革，发展了中国的体育运动。西方体育的传入，并经过半个多世纪的推广与实践，为中国参与奥林匹克运动奠定了技术基础。

二、通过各种媒体，认识奥林匹克

随着西方体育活动的引进、传播和开展，20 世纪初中国人首先通过媒体报道了解了奥运会。

1900 年 7 月，在上海出版的《中西教会报》上，已有了关于法国巴黎召开第 2 届奥运会的报道。在其中"时务摘要"栏目，曾以"法国观赛人众"为题，向我们提供了巴黎的奥运会比赛信息。

1903 年，在邱实辑录的《光绪癸卯（29 年）政艺丛书》"外政通纪卷"中，有一条"外务部奏请简派美国博览会专使大臣折"。其主要内容是希望朝廷派人参加 1904 年在美国圣路易举办的世界博览会和奥运会。表达了中国参与世界文化体育活动较早的愿望。

1905 年的《万国公报》，刊登了第 3 届圣路易奥运会的后续报道："美国圣路义之大赛会，已于西历上年十二月初一日闭门矣。此次赛会，圣路义城之人，大为欣幸。因游客甚多，贸易亦甚繁盛也。"

通过这些报刊介绍与宣传，使中国人对奥林匹克运动有了初步感知，并表达了希望参会的设想。

三、提出参加奥运会的主张

1907 年 10 月 24 日，在天津学界第 5 届联合运动会闭幕典礼和发奖仪式上，南开中学校长张伯苓以"雅典的奥运会"为题发表演说。他向人们介绍了古代奥运会的历史、现代奥林匹克运动复兴的过程。他说："此次运动会的成功，使我对我国选手在不久的将来参加奥运会充满了希望。因为，虽然许多欧洲国家奥运选手获奖希望甚微，但他们仍然派出选手参加奥运会。"同时，他建议："中国人应该加紧准备，在不久的将来也出现在奥运赛场上。"张伯苓明确提出了中国参加奥运会的主张。

中国参加奥运会的呼声得到了社会的积极响应和进一步的宣传推广。1908 年，天津基督教青年会干事罗伯逊（Clarence Hover Robertson 旧译饶伯森）以"派人、派队参加并举办奥运会"为口号呼吁中国参加奥运会。

四、以奥运模式举办体育竞赛

1910 年，由第一位来华的上海基督教青年会干事美国人埃克斯纳发起，在当时南洋劝业会倡议人两江总督张人骏和教育总会会长张謇的支持协力下，在南京召开了"全国学校区分队第一次体育同盟会"（或简称为"全国学界运动会"）。辛亥革命后，这次运动会被评价为中国近代体育史上第 1 届全国运动会。这是近代中国以奥运会为楷模，藉以推动奥林匹克运动而举办的。

通过模仿奥运会举办赛事，使竞赛项目、形式和组织等与国际体育比赛趋于一致，促使以奥运会为模板的体育赛事活动在中国开展起来，形成定期举办全国运动会、区域运动会、省市运动会和基层运动会的竞赛体制。中国的竞赛运动与国际体育竞赛活动的逐步衔接，也为创立远东运动会和参加奥运会迈出了重要一步。

五、发起远东运动会

中国对奥林匹克等国际比赛活动的参与，建立与国际奥委会的联系，是从创立和参加远东运动会开始的。

1913 年，菲、中、日三国发起成立"远东奥林匹克协会"（Far Eastern Olympic Association）的地区性体育组织，并定期举办远东奥林匹克运动会（Far Eastern Olympiad）。由于 "奥林匹克"是国际奥委会的专用名词，不宜使用。1915 年，其组织名称改为远东体育协会（Far Eastern Athletic Association），运动会名称改为远东运动会（Far Eastern Championship Games）。1920 年，国际奥委会在第 19 届年会上承认了远东运动会。

远东运动会曾于 1915、1921 和 1927 年在上海举办过 3 届。1915 年，上海举办第 2 届远东运动会期间，国际奥委会曾邀请中国参加下届奥运会和国际奥委会会议，但由于第一次世界大战爆发而未能实现。中国与国际奥委会通过远东运动会这一渠道开始建立联系。1922 年，王正廷以第 5 届远东运动会会长身份，在国际奥委会巴黎第 21 届全会上当选为中国第一位国际奥委会委员。王正廷的当选使国际奥委会在中国有了代表，"中国便与国际奥委会建立了直接的联系"。

远东运动会为我国参加国际性赛事提供了宝贵的经验，其代表团的选拔、组织、培训和参赛等方面为我国参加奥运会提供了借鉴。

六、建立体育协会

国际奥委会规定，参加奥运会的运动员必须是所代表国家的公民；国际委员会承认的国家（地区）奥委会，才能组织本国（地区）运动员参加奥运会。

1924 年，借第 3 届全国运动会在武昌举行之际，1922 年成立并得到国际奥委会首先承认的中华业余运动联合会与中华全国体育协进会筹备组在南京东南大学召开会议进行合并，重新组成中华全国体育协进会。对外的英文名称则仍沿用原来的"China National Amateur Athletic Federation"。之后，中国陆续加入了田径、游泳、体操、网球、举重、拳击、足球、篮球等项目的国际单项体育联合会。1931 年 6 月，在西班牙巴塞罗那召开的国际奥委会第 30 次全会上，中华全国体育协进会被国际奥委会正式承认为"中国奥委会"。这为中国参与奥林匹克运动提供了组织保障。

七、观摩奥运会

1928 年，中华全国体育协进会派中国驻荷兰公使罗忠诒、在美留学的中华全国体育协进会名誉干事宋如海出席并考察在阿姆斯特丹举行的第 9 届奥运会，以增进对奥运会的认识和了解。

宋如海从竞赛场地、参赛运动员、竞赛项目等各个方面对第 9 届奥运会进行全面考察，将运动会见闻写成 14 篇"特约通讯"刊登于上海《申报》，引起国人对奥运会的了解和兴趣。1930 年，回到国内的宋如海出版了《我能比呀·世界运动丛录》，在书中，他阐释了"我能比呀"的含义，即"盖所以示吾人均能参与此项之比赛。但凡各事皆需要决心，毅勇，便能与人竞争。"这也是我国最早对奥运会称呼的探讨。

八、参加奥运会

第 10 届奥运会于 1932 年在美国洛杉矶举行。中华全国体育协进会开始以准备仓促、经费不足为由宣布不派遣运动员参加奥运会。但日本侵略者拟派刘长春、于希渭代表伪"满洲国"参加 10 届奥运会，并电告国际奥委会和组委会。消息一出，全国上下群情激奋，刘长春立刻登报声明，严词拒绝，张学良将军慷慨解囊资助中华全国体育协进会组成以刘长春为运动员、宋君复为教练员、沈嗣良为领队的代表团，代表中国参加奥运会，中国从此踏上了进军奥运会的征程。

九、结　语

奥林匹克传入中国，是工业革命在近代中国引起的社会变革、文化更新、体育发展的必然。

中国奥运之路的开启，并非一蹴而就，而是一个复杂的历史过程。自从奥林匹克运动传入中国，中国人就一直在为登上奥运会的大舞台而努力。

1840 年以后，通过宗教传播、外国侨民示范、洋务运动、资产阶级革命、晚清新政等途径，西方体育传入中国，为日后中国参加奥运会打下技术基础。

1900 年，通过媒体报道，中国开始了解奥运会。

1907 年，中国人明确提出参加奥运会的设想。

1908 年，在中国大地上以"派人、派队参加与举办奥运会"为口号，宣传奥运会，表达参与奥运的强烈愿望。

1910 年，中国人开始模仿奥运会组织全国运动会，并开始建立体育组织，为参加奥运会做组织准备。

1913 年，发起和参加远东运动会，中国人走出国门，走向更为广阔的国际体坛，并通过远东体协与国际奥委会建立起联系渠道。

1922 年，王正廷当选国际奥委会委员，中国与国际奥委会建立起直接联系。

1924 年，中华全国体育协进会成立，使中国参与奥运会有了合法的组织。

1928 年，中国派人观摩第 9 届奥运会，为参加奥运积累经验。

1931 年，国际奥委会正式承认中华体育协进会为中国奥委会，为中国参入奥运会铺平了道路。

1932 年，中国派人参加第 10 届奥运会。中国从此开始了参加奥运会的征程。

（项目编号：616ss04016）

新疆生产建设兵团体育发展史
(1949—2007 年)

朱梅新　熊　飞　张慧斌　沈　林　赵　炜
唐　新　周　江　陈学忠　刘和鸣　赵　萍

一、新疆生产建设兵团体育的发展历程

（一）奠基时期(1949 年 10 月—1954 年 9 月)

1949 年 10 月 20 日，中国人民解放军挺进新疆，军队体育奠定了兵团体育发展的基础。1953 年，中央军委又将体育列为部队正规化训练的一个重要科目，并为此采取了一系列有利措施。至此，体育活动作为部队的军事体育项目，正式载入了兵团体育的创业历史。1953 年 6 月，新疆军区生产建设部队建立了连队（车间）俱乐部委员会，负责组织领导基层群众文化工作。这时期，体育活动主要以基层为重点，以小型多样竞赛活动为主要形式，活动内容大都为简便易行的军事体育项目，如单杠、双杠、木马、投弹、拔河、跳高、跳远、铅球等。1953 年 6 月，二十二兵团组织的兵团体育代表队及以师为单位的战士演出队，出席了新疆军区首届体育文艺检阅大会，获得了体育团体奖 4 个、个人奖 16 个，文艺团体奖 9 个、个人奖 10 个。1950 年 3 月，二十二兵团九军（现农七师）二十五师在迪化市（现乌鲁木齐市）创办了生产部队第一所小学，之后分驻南北疆的二、六军及所属各师也相继建立子弟小学。早期学校体育内容以体育游戏为主、劳作为辅。

（二）初步形成时期（1954 年 10 月—1966 年 4 月）

1954 年 10 月 7 日，兵团成立。1954 年 10 月 30 日，兵团政治文化部撤销，业务并入兵团政治宣传部。1955 年 3 月，制定了《生产建设兵团俱乐部工作纲则》（草案）及《生产建设兵团连队及相当于连队俱乐部暂行条例》，对体育活动提出了组织发动、器材购置和场地建设的具体要求。1955 年 10 月，兵团组队参加了在北京举行的全国农业水利工会首届运动会，男子篮球队获得了第 3 名。1957 年 3 月，兵团工会筹建，负责兵团群众文化教育工作。1958 年 10 月，受"大跃进"的影响,兵团各级工会组织及工作机构撤销，团以上俱乐部所辖的业务划归兵团政治宣传部文艺科负责。早期部队体育工作的开展和兵团工会的管理体系，为兵团将来体育事业的形成与发展奠定了基础。1964 年 8 月，兵团文艺会演暨体育比赛大会在石河子举行，设男女篮球、男女乒乓球等 6 个竞赛项目。60 年代，学校体育主要开展篮球、排球、乒乓球、田径等项目，以"两课、两操、两活动"为中心的学校体育初步形成。

（三）遭受严重挫折的时期（1966 年 5 月—1975 年 3 月）

1975 年 3 月 25 日，中共中央、中央军委决定，撤销新疆军区生产建设兵团及各师

建制，所属企事业单位全部移交地方管理。

（四）振兴时期（1981 年 11 月—1991 年 9 月）

1981 年 12 月 3 日，兵团恢复。1983 年 6 月 4 日，兵团工会成立；同年底，基层工会委员会成立，兵团的群众文化体育工作又复归工会管理，兵团师（局）、团（场）、连队（车间）工会四级群众文化体育工作管理网络逐步得以建立和完善。兵团较早的基层运动队有 1978 年 9 月组建的农七师一二八团场中学武术队，该队 1984 年被命名为兵团武术队，1991 年由兵团编委下编成立兵团武医馆（现兵团武术馆）；1979 年组建的农一师十团场一中的青少年业余体训队，多次参加全国性田径、篮球和足球赛，被新疆自治区誉为戈壁滩上的体育之乡；1982 年石河子市业余体校成立；1989 年 4 月兵团气功科学研究会成立，同年 10 月兵团中老年网球协会和兵团老年体协成立；1975 年 10 月兵团成立了石河子地区师范学校（现石河子市师范学校），设置体育中专班；1985 年兵团教育学院开设体育教育专业大专班。

（五）发展的新时期（1991 年 10 月—2007 年）

1991 年 10 月，兵团、师（局）两级体育运动委员会成立。2003 年 8 月，兵团体育运动委员会并入兵团教育局，更名为兵团体育局。至此，兵团体育工作走上了有领导、有组织的轨道。1991 年，国家体委授予兵团国家一级裁判员、一级运动员、一级社会体育指导员的审批权和单独组团参加全国运动会、全国城市运动会、全国少数民族传统体育运动会、全国残疾人运动会、全国体育大会和各类单项赛事资格，这为兵团竞技体育发展提供良好的发展空间。1991 年以来，兵团先后参加了第五、六、七届全国少数民族传统体育运动会，共获 3 金 3 银 4 铜。在第四、第五届全国城市运动会上，共获 1 银 1 铜 1 个第 7 名。在第五、六、七届全国残疾人体育运动会上，共获 3 金 4 银 5 铜。在第一、二届全国体育大会上，共获 1 铜，1 个第 4 名、1 个第 5 名。在 2004 年长春市举办的全国中学生田径锦标赛上，获 1 金 3 银 8 铜。参加了第 9、第 10 届全国运动会，在第 10 届全国运动会上，获 1 银 1 铜 1 个第 5 名、3 个第 8 名，实现奖牌"零"的突破。2007 年 7 月，兵团第一次组队参加了第八届大学生运动会。兵团体委成立后，把普及群众体育活动作为提高兵团人整体素质的一项重要基础性工作，以《全民健身计划纲要》为指导，广泛持久地开展全民健身运动，涌现出了一大批先进集体和个人。全兵团经常参加体育活动的人数达到总人口的 30%，工厂、学校、机关等单位常年坚持做工间操和课间操，各单位利用节假日及独特的地理条件积极开展各种群众喜闻乐见的体育活动。1991 年，兵团先后承办了"全国大企业男子篮球联赛"和"全国青年男子柔道锦标赛"，举办了两届"兵团体育运动会"，与自治区体育总会联办了"2004 年全疆太极拳剑、木兰拳剑"大赛。目前，兵团拥有师级体委 18 个、团（厂）基层体育管理组织 655 个、各类体育协会 191 个，还有太极拳（剑）、门球、无极健身球、健身秧歌、登山等专项文体分会或运动队、辅导站 1000 多个。有 736 人被兵团批准为一级至三级裁判员和社会体育指导员。兵团中学生运动会、各师中小学生运动会坚持举办，中小学坚持《国家体育锻炼标准》，学生体质得到明显增强。现有 1 所体育学院、1 所竞技体育运动学校、1 所依托社会力量办学的重竞技体育运动学校、2 所传统体育项目学校、4 个兵团青少年体育俱乐部、7 所师级业余体校。有各类体育场地 3731 个，其中标准场地 3023 个，包括篮球场 1984 个、排球场 267 个，人均体育场地面积为 0.3 平方米。

二、新疆生产建设兵团体育的成就、价值和经验

（一）新疆生产建设兵团体育的成就

形成了兵团体育特有的文化品格。一是形成了艰苦创业、开拓进取的乐观主义体育精神。艰苦创业是兵团体育精神的重要内容，它是延安精神、南泥湾精神的延续和发展；开拓进取是兵团体育精神的内在要求；乐观主义是一种不畏艰难困苦、苦中作乐、昂扬向上、达观开朗的精神气质。二是形成了极强的凝聚力和浓郁的群体氛围体育价值取向。兵团人生活在一种群体氛围的环境中，团结协作的群体力量成为维持生存的支柱,这使人们互助互爱的需求更为迫切,内向的团队凝聚精神成为传统。三是形成了多元化、区域性、交融性、动态性的体育特征。兵团特有的移民文化，形成了多元多层既有矛盾又有统一的立体交叉的文化形态。这些诸多因素形成了兵团体育表现形式的多元化。交融性指由原有祖籍地的人口数量多少形成的移民区主体文化,与逐渐增多的其他地区移民群体的文化交融。

（二）新疆生产建设兵团体育的价值

一是继承和发扬了军队体育文化，丰富了民族体育，成为中国体育文化宝库中的一个有机组成部分。兵团体育文化既是军队体育文化的延伸，又是中原文化向西域文化交流与影响的产物。二是秉承和体现了国家的主流文化，并在实践活动中弘扬了主流文化。兵团在搞好生产建设的同时，还坚持宣传和开展积极向上的体育活动，并与地方相互学习，相互帮助，使新疆各族人民真切地认识到社会主义好，确立了社会主义观念，从而推动和促进了新疆地区主流文化的确立和发展。同时，兵团体育事业取得的成就，本身就是对社会主义主流文化的进一步弘扬。三是极大地促进了民族的凝聚力和感召力，是各民族对中华民族认同的主要依据。兵团本身是以汉族为主,兵团与地方各民族的团结本身就是民族团结的体现。兵团重视民族体育事业，不仅促进了各民族之间的团结，凝聚了各民族人民之间的感情，也弘扬了我国优秀的传统文化。

（三）新疆生产建设兵团体育的经验

一是将兵团体育发展建立在为屯垦戍边的服务上。履行屯垦戍边的特殊使命，要求广大兵团人肩负起"生产队、工作队、战斗队"的历史重任。二是依托特殊建制作为兵团体育发展的政治保障。兵团特殊的组织机构为开展各类体育活动提供了保障。首先，自律性为体育活动的开展提供了管理保障。军队文化具有强大的渗透性，使兵团体育的组织带上很强的自律性，其成员也由于种种因素从主观上养成了自律性。这也给兵团体育文化定了个基调，使兵团各类体育活动表现出步调一致、整体性强、组织化程度高等特点。三是体现独特移民文化的体育形式。兵团人口以汉族的移民及其后代为主,移民是兵团人口的重要组成部分。作为一个由流动性移民组成的政治性、社会性组织，需要有一定交往性的文化载体来维持和运作，来满足渴望团聚的心理。而体育正是因为具有多层次身心结合的特点和凝结、聚合的功能，而成为特定时期兵团社会发展的文化诉求。

三、存在的主要问题与发展方向

目前,兵团的人均体育场地、人均体育消费和经常参加体育锻炼的人数仍处在较低水平。体育场地设施等资源总量严重不足与现有体育资源利用率不多的现象并存,严重制约着广大职工群众更广泛地参与体育健身活动;竞技体育水平不高,后备力量匮乏,没有专业的教练员和运动员队伍;体育人才队伍严重匮乏,结构不合理。面对这些矛盾和问题,必须高度重视、着力解决妨碍和制约体育发展的各种问题。兵团体育要紧紧抓住 2008 年北京奥运会的历史机遇,全面落实科学发展观,坚持"全民健身与奥运同行",坚持"活动与建设并举,重在建设",坚持"普及与提高相结合"的工作方针,以满足广大职工群众日益增长的体育需求为出发点,积极开创体育事业发展的新局面,为兵团在西部率先实现小康社会目标、构建和谐社会做出贡献。

(项目编号: 985ss06117)

中日政府在近代体育发展中的
地位作用比较研究

崔　莉　颜下里　潘　华　张居可　姚健雄　宋　丽　顾　伟　马宏俊

人类社会步入近代化阶段大体遵循两条不同的发展路径："一条是在本土上自然发展起来的类型，可称为自发性的近代化"，也可称为早发内生型近代化；另一条就是"在外力的冲击和压迫下，打断和扭曲了这些国家自身原来的发展轨迹，为摆脱危机和谋求生存，自愿或不得不仿效先进的资本主义国家，引进和移植资本主义生产方式，从而走上近代化道路"，即后发外生型近代化。

中日两国都属于典型的后发近代化类型。中日两国体育的近代化过程都是在被列强叩开国门，遭受签订一系列不平等条约的屈辱后而起步的。这就决定了两国政府实施近代体育是以救亡图存、强国保种为其出发点和归宿。但由于日本近代体育是在业已完成资本主义改革、获得民族独立的条件下进行的，而中国近代体育是在一个半殖民地半封建的社会环境中实践，这便决定了两国政府的不同体育发展取向，即政府体育实践的不同意志体现，这成为两国体育引入和发展的决定因素，这也是两国间近代西方体育引入军队、学校的基本动因。

一、一个国家的意志决定了体育的引入和发展，也体现于两国政府颁布的体育政策和法令

近代西方体育是在日本封建时代的末期开始传入。面对列强的不断叩关，为了民族存亡，日本上下把眼光首先转向被认为是可以强兵御辱的兵操和体操，于是荷兰的步兵操、英国和法国的兵操相继传入。1868 年的明治维新推行了三项基本国策"富国强兵""殖产兴业""文明开化"。正是在富国强兵的基本国策指导下，"与列强争衡"的基调中，明政府最关心军事力量的增强，迫切要求训练一支近代化的军队。增强军事力量除了武器操练方面以外，还有体格体力的增强问题，因此在建立近代兵制、引入西方洋枪洋炮的同时，作为训练士兵手段的兵操也成为日本近代军事制度中的基本组成部分而确立了其地位，替代了弓术、剑术、骑术等传统体育活动，始开日本军事体育近代化历程。

明治时期的日本政府认为，教育领域的改革是实现"文明开化"的最关键的问题，并大力推行了教育制度的改革，先后颁布了多次法令，建立了一套比较完整的近代资本主义教育制度。在其整个教育制度中体育出来的是国家意志，因而军国民思想占据着主导地位。同时，日本政府也深知体育对于推行战争政策的重要性，把它牢牢控制起来，通过政策、法令颁布，为实现其目的服务，政府在日本近代学校体育和竞技体育走向军国民体育的道路上起到了主导作用。

中国体育的近代化过程是在被列强叩开国门，遭受签订一系列不平等条约的屈辱后而起步的。在体育近代化进程中，作为一个饱受屈辱而又希望改变近代积弱现状的古老

大国，在近代体育的引进、传播与开展过程中，中国政府的作用更为明显。

鸦片战争打破了中国长期闭关自守的局面，西方体育逐渐传入中国。在"鸦片战争"的历史背景下，魏源提出了"师夷长技以制夷"的著名主张，成为了中国引进西方兵操的动因之一。但是，促使清政府大量购买西洋枪炮、学习西方养兵练兵之法的最主要的原因和最直接的契机，还包括太平天国和捻军起义对清朝封建统治的猛烈冲击。同时西方列强对中国的侵略也成为晚清政府引入西方兵操的直接动因。无论是基于应付各种政治力量的需要——镇压人民群众的反抗斗争，武备始精，御侮或者说强化国家机器，维护封建统治而引入西方的兵操，将之作为军队训练士兵的手段，政府的意志决定了一切。近代体育最早出现在晚清中国军队的训练和军校中。19 世纪 70 年代后，洋务派新军中普遍实行了德、英等国的兵操训练，并在其开设的军事学堂中开设"操课"或"体操科"，当时北洋水师学堂最具代表性的"操课"内容有击剑、木棒、跳高、跳远、跳栏、足球、游泳、平台、木马、单杠、双杠等运动。从西方近代体育在中国引入和发展的过程看，以政府官员为主导的洋务派对西方体育的初步尝试，体现出来近代体育在中国的产生和发展是以国家政府的需要而引进和发展的。

而 19 世纪初的中国，清政府实行"新政"，废科举兴学校，并于 1903 年先后颁布了《奏定学堂章程》，参照日本学校制度，规定全国学校设"体操科"，同时，清政府派出大批留学生赴日本学习体育，并由政府出资在各地开办体育专科学校，为近代体育在中国的传播和开展培养人才。民国时期，国民政府于 1912 年连续颁布了一系列法令，详细规定了中、小学体育课程的时数与要求。1922 年，在"五四"运动影响下，北洋政府教育部颁布《学校系统改革命令》，以美国学制为蓝本，全面改革学校教育制度，使实行了 10 年之久，以仿效日本"军国民主义体育"和德、日体操为主的学校体育体制变为仿效英美体育体制。1929—1932 年，国民政府教育部先后颁布了《中小学课程暂行标准》和正式的课程标准，从而奠定了中国近现代学校体育的基础。在上述近代体育的引进和发展过程中，政府始终起着主导的作用。

二、政府左右体育的形式和内容

日本垄断资产阶级夺取政权后，建立了法西斯专政。加紧扩军备战，把日本变成了一个大兵营。为了配合《国民精神总动员实施纲要》的实施并且把大批学生培养成后备役士兵，学校体育课和课外活动的内容发生了显著的变化，这主要是充塞进大量武道项目。这样一来，原来学校体育的特点逐渐消失，国防体育占据了主导地位。同时，为了满足国家扩军备战的需要，在政府的操纵和支持下，日本军事体育也成为了运动会的内容。战时体制下的运动会比赛以国防项目居多，使体育运动朝着畸形方向发展。

清末民初政府为摆脱民族的灾难和危机，在军国民主义教育的主导下，提倡尚武救国，学校体育被作为政府培养军队的后备力量和强国、强民、抵御外侮的有力工具，确立了学校体育在教育中的地位和作用。在政府的主导下军国民主义教育在学校体育中占据了主导地位。

一战后，实行"军国民主义"的德国战败，加之"五四"思想解放潮流的冲击，中国的军国民思潮逐渐淡化，军国民的体育教育也受到了冲击。1919 年 10 月，第五次全国教育联合会作出决议，取消学校兵操并通过了《改革学校体育案》。自此以后，兵操在学校体育中的地位迅速下降，到 1920 年，许多学校已完全废止兵操，并把"体操"

课改称"体育"课，课程的内容也随之改为以田径、球类和游戏为主。政府的倡导下自然体育成为这一时期学校体育的主要内容。

"9·18"事变和"卢沟桥事变"，中华民族面临着生死存亡的时刻，国民党政府为维持其专制统治提倡军事化体育，同时，一些体育工作者主张建立符合国情、以复兴民族为主要目的的民族主义体育。民族主义体育在体育救国的呼声中兴起，民族主义体育主张军事体育、全民体育、民族体育，由此形成了学校体育军事化和普及化的指导思想，确立了学校体育在国家政治生活和民族兴衰中的地位。

政府意志一旦投射到体育的形式和内容的时候，由于时代的需要，确切地说由于军国民主义日本和半殖民地半封建社会救亡图存的中国的需要，无疑都将军事体育的目标列为极其重要的地位，使两国体育走向一个共同对军事体育的重视。尽管在此期间日本也一度因如了英国流行的户外活动和竞技运动，中国一度流行了美国实用主义和自然体育及民族主义体育，但是由于国家和社会的需要使军国民体育在日本学校体育泛滥，竞技体育也因军国主义道路朝畸形方向发展。而中国学校体育中自然体育、民族主义体育也未能占主导地位，对于两国传统体育如日本的柔道、剑道，中国的武术、技击术等的运用也赋予了军事含义。

三、政府政策的执行力度与体育发展

日本把教育作为文明开化政策的重点，提到确保国家未来前途的战略位置。1872年，日本颁布以法国教育制度为样板的学制，国民教育体系至此诞生，教育近代化全面启动，体育教育的近代化也随之而实施。1903年中国才有政府颁布"癸卯学制"，至此教育近代化全面启动，体育教育也才随之而实现。与日本相比，中国教育发展迟缓，体育教育也是全盘照抄日本，因而不仅在时间落后与日本，性质上也没有按照中国的国情进行取舍。

两国政府的政策和法规因不同的贯彻力度而导致了体育发展的不同状况。日本政府在体育事业发展中保持强有力的领导，通过强制的集权机构至上而下地朝预定的目标稳步持续推进体育的近代化。而清政府在教育行政的失控和失误使教育发展不仅不能达到政府既定的目标，又偏离出政府设定的轨道。教育的民间化趋势，削弱了专制政府的社会干预力，体育发展受滞。而民国政府因国家政令长期不能统一而缺乏政府强有力的控制、监督和指导，导致了体育发展的不平衡。

四、经费的投入与体育开展

无论是教育还是教育中的体育近代化的推进必需有巨量的资金投放和政权力量的支持。日本政府不仅做近代化建设的坚强后盾，而且千方百计募集资金，大刀阔斧地进行地税改革，将大量增收的款项投入体育近代化事业。而中国近代化过程中，清政府财政亦每况愈下，这种经济状况一直持续到民国时期也长期未能改观，也就不可能集中全国的人力、物力、财力资源进行全面的体育近代化建设。政府无力投入足够的经费支持和发展体育事业，自然，体育的发展也就呈现出不同的面貌。

五、结 论

中日政府在两国体育近代化进程中发挥了不同的作用，并导致了不同的结果。

第一，后发国家与发展中国家体育事业的发展，政府起着不可替代的关键性作用。

历史为我们演示了这样一个事实：中日两国政府对体育的近代化的支持程度不同，而导致了两国体育发展的速度和近代化进程的差异。

由于类似于中日的后发与发展中国家国地区在起飞阶段经济相对不发达，不能像发达国家和地区那样，主要依靠社会和民间的自发力量来开展体育运动，在一定历史时期内，政府的资助和支持对于体育运动的发展来说是绝对必要的。因此，从另一方面来看，由于近现代体育事关国民体质健康和青少年素质教育，而竞技运动也有其巨大的政治意义和价值，因此政府介入体育也是一种历史的需要和必然。这些，都决定了后发国家和发展中国家体育发展高度依赖于政府，导致政府对体育的深度介入。

第二，政府重视是体育发展的保证。

在日本近代体育的引入和发展进程中，中央政府计划和规定了体育发展中的每项政策及其细节，使体育的发展自始至终都在政府强有力的推动下发展。近代中国政府尽管在体育的引进和发展中占据着决策者、主导者的地位，但是由于各种因素的影响而削弱了发挥其应用的作用。

第三，政府作为国家或社会的代理机构，在体育事业的发展进程中一直起着宏观政策指导者的作用。

政府通过制定政策来体现政府意志和决策，成为了体育事业的宏观政策的指导者发挥着作用，决定着本国体育近代化的实际命运。中国、日本政府作为体育事业的管理者始于学校制度的变革，在19世纪至20世纪初，中、日政府开始通过政府的法令和政策，通过行使行政权力，在学校中推行体育，将学校体育纳入政府管理与指导的轨道。这一举措促使体育由以往一些学校与教育家自发的体育教育实践，转变为政府督导下的国家行为，从而有力地推动了近代体育的形成与普及，使其成为近代文明的一个有机组成部分。

政府直接管理体育事务的前提有三：一是国家对体育有政治上的强烈需要与要求；二是在国家制度上有集权化管理的机制与条件；三是国家在总体上的经济不发达或社会化程度不高的背景下发展体育运动的需要。因此，从历史的观点看，政府直接管理体育事务只是国家政治与经济在某个发展阶段上的需要，就现代体育的本质而言，体育最终的走向是社会化与市场化，在这一过程中，政府的作用是由直接管理转向宏观调控。因此政府淡出对体育的直接管理将是一个大趋势。但这并不是说政府应对体育完全放手不管。正如中日近现代体育发展的历史所表明的，由于体育本身所包含的政治功能和价值，政府也不可能忽视和放弃对体育的管理，问题只是如何根据各自的国情与需要来确定管理方式。

历史证明，政府是体育事业发展的决策者和宏观指导者。这在当今时代仍然必须坚持，不可动摇。

（项目编号：1040ss06172）

我国体育科技社团的改革与发展研究

祝　莉　黄亚玲　程　新　杨　杰　蒲志强　薛涵芳

体育科技社团是体育科技工作者联系政府桥梁和纽带，是国家创新体系的组成部分和体育科学共同体的重要组织形式，负有孕育创新思想、激发创造活力的重要功能，承担着促进体育学科发展和体育人才成长、推进自主创新、传播体育科学文化、规范体育学术行为、推动体育学术生态建设的重要职责。

体育科技社团是体育科学技术工作者自愿组成的，为促进体育学术繁荣和发展、促进体育科学普及和推广、促进体育科研人才成长和提高而开展工作的非营利性社会组织。

作为广大体育科技工作者的群众组织，体育科技社团具有鲜明的群众性、学术性、非营利性、专业性的性质和特征。

一、中国体育科技社团的发展

我国第一个体育学术社团是 1929 年在南京成立的"中央体育研究会"。"中央体育研究会"成立后，创办了自己的学术期刊——《体育杂志》。由于政治、战争的因素，中央体育研究会没有延续下来。

新中国成立后，随着我国体育社团的迅速发展，体育科技学术社团再度萌生，其过程经历了四个发展阶段。

第一阶段：酝酿阶段。60 年代初，随着我国体育事业的不断发展，我国先后建立了一批体育院校和体育科研机构。为了加强横向联系，促进学术交流，组织协调全国的体育工作，国家体委成立了以李梦华为主任的体育科学工作委员会，以具体规划指导全国的体育科研工作。1964 年 7 月 28 日，体育科学工作委员会第一次会议决定建立中国体育学会，国家体委根据当时工作需要，暂缓成立中国体育科学学会。

第二阶段：停滞阶段。1966 年开始的历时十年"文化大革命"，使全国各行各业陷于瘫痪状态，体育的发展也受到严重的影响，体育科技学术社团在这一时期处于停顿状态。

第三阶段：起步阶段。1978 年党中央发出向科学进军的号召，在出席全国科学大会的体委代表和出席第二届全国体育科技工作会议的代表的再次呼吁下，1979 年 8 月正式组成了以荣高棠为首的中国体育科学学会筹委会。经过一年多的紧张筹备，1980 年 12 月 15 日在北京召开了中国体育科学学会成立大会。随后，1985 年中国体育发展战略研究会成立。2000 年 6 月 16 日中国学校体育研究会成立。从此，以中国体育科学学会、中国体育发展战略研究会、中国学校体育研究会为主要代表的中国体育科技社团迈出了体育科学研究的步伐。

第四阶段：发展阶段。目前，我国的体育科技学术性社团主要有中国体育发展战略研究会、中国学校体育研究会和中国体育科学学会。

二、中国体育科技社团发展的促进及制约因素

(一) 体育科技社团发展的促进因素

1. 社会因素

体育集中地展现了人类的力量、智慧、自身的美和人与自然的和谐，具有培养人们健康文明的生活方式、塑造美好心灵、磨炼坚强意志、弘扬社会正气、倡导科学精神、传播先进文化的多重功能，同时还发挥着弘扬集体主义、爱国主义精神，增强国家和民族的向心力、凝聚力的重要作用。我国体育健儿在奥运会等世界性大赛中表现出来的拼搏精神和取得的优异成绩，就极大地激发了全国人民特别是广大青少年为振兴中华而努力奋斗的热情。随着经济发展和社会进步，人民群众对体育的需求日益增长。为全社会提供良好的运动场地和设施以及优质的体育服务产品，让更多的人分享体育发展的成果，满足人民群众不断增长的体育需求是当前中国社会发展的需求，是我国发展体育事业的根本目的。

党的十七大把全民族的思想道德素质、科学文化素质和健康素质明显提高作为构建社会主义和谐社会的重要目标，明确要求加强城乡社区体育设施建设，广泛开展全民健身活动，提高竞技体育水平，使日益增长的人民群众的体育需求得到了回应。

体育科技社团置身于社会对体育不断高涨的需求中，站在支撑体育事业发展的体育科技的前沿，是促进体育科技的发展的重要力量。社会对体育的需求、体育对科技的需求，有力地促进了体育科技社团的发展。

2. 科技因素

加快转变经济发展方式、推动产业结构优化升级是党的十七大提出的一项关系国民经济全局紧迫而重大的战略任务。实现这一战略任务，就必须促进经济增长由主要依靠增加物质资源消耗向主要依靠科技进步、劳动者素质提高、管理创新转变，不断提高科技进步对经济增长的贡献率，推动形成以科技进步和创新为基础的新竞争优势。依靠科技推动经济发展，是经济发展的要求；依靠科技推动体育发展，是体育发展的要求。随着我国体育事业的迅速发展，重视科技工作，坚持依靠科技进步，不断加强科技攻关，发挥科技支撑作用，以科技进步促进体育事业发展，已成为体育界的共识。

世界科学技术和体育事业迅猛发展对体育科技工作提出了更新、更高的要求，特别2008北京奥运会给体育科技工作提出了"实施'奥运科技行动计划'，创造一个清洁、安全、便捷、高效的奥运会环境，提高我国运动员在2008年奥运会上的运动成绩和我国公众特别是广大青少年的科学素养，将2008年北京奥运会办成一届科技含量最高的体育盛会，使北京奥运会同时成为展示中国高新技术和创新实力的窗口和舞台；以科技助奥为契机，提高我国科技创新能力和科技服务于经济、社会发展的水平，促进我国高科技跨越式发展"的目标。在科技奥运的旗帜下，解决运动训练实践中的难点和关键点出发，应用现代科技理念、手段，集成先进、科学的训练方法，全面提高我国运动员的科学训练水平和运动竞技水平；开发研制先进的体育器材和设备，建立竞技运动的科学训练体系和高水平的医疗康复等配套服务体系；开展奥运科普群众活动，传播科学思想和科学方法，普及科学知识，提高人民群众的科学文化素质是体育科技社团的职责和任务。体育事业在科技支撑下发展，北京奥运在科技支撑下举办，科技的空前需求给体育

科技社团提供了前所未有的发展机遇，有力促进了体育科技社团的发展。

3. 国际因素

体育是全人类的财富。体育的公平竞争的核心特质使它成为跨国际、跨文化的全球性的运动。体育又是一个国家、一个地区社会生产力发展水平的集中体现，是综合国力的重要组成部分，也是展示一个国家科技实力的窗口。作为一种世界通行语言，体育有助于各国人民相互了解，增进友谊，在国际交流中具有独特功能和重要作用。在全球化的社会背景下，各国体育的发展更加注重遵循共同的规则进行国际交流，体育科技社团因此成为国际体育科技交流与交往的重要角色。这是因为国际体育科技社交流的主体以社团为代表，其运作模式和发挥的作用已经得到多数国家的认同和效仿，这种模式最基本的原则就是体现了交流中的对等性、广泛性和便利性。

中国体育科技社团通过在国际体育科技领域对等的交流，使体育科技社团在组织行为上更好和更全面地了解国际体育科技的规范，在研究领域中与各国体育科技工作者一起站在世界体育科技前沿。体育科技社团的民间性，使体育科技的交流呈发散形，辐射的面广、涉及的群体多，从竞技体育、大众体育和体育产业不同领域到不同体育的人群和项目等方面都可以进行交流，充分体现了交流的广泛性。同时，体育科技社团的非营利性性质决定了体育科技社团在国际交流中避免的很多限制，这与政府单一层面和有一定局限性的国际体育科技交流相比较，在交流时体现出便利的优势。

体育科技社团以把核心竞争力建立在创新性学术发展的基础上，以适应世界体育科技发展的需要，充分利用自身的优势，组织学术团队承担国际体育合作项目，进行跨学科、跨国界的人才资源整合联合进行体育科技攻关，已成为最重要的体育科研形式，这也是中国作为一个大国在促进世界体育科技进步中发挥作用的重要举措。把中国体育科技社团培育程根植于中国社会、适合中国社会发展和要求，又能在国际社会占有重要的地位。

（二）体育科技社团发展的制约因素

1. 体育科技社团的官民两重性
2. 挂靠体制是体育科技社团发展的障碍
3. 体育科技社团法制不健全
4. 体育科技社团缺乏管理监督机制
5. 政府有关职能向体育科技社团转移尚未完全到位

三、中国体育科技社团的改革思路

（一）改革组织体制和管理模式

1. 改革三重管理体制

体育科技社团的是三重管理体制在一定程度上制约了体育科技社团的发展，改革思路是：一是将民政部门的民间组织管理局（处）设为独立或半独立的管理机构，专司社团事务管理，加强对体育科技组织的依法管理与监督；二是中国科协成立行业协会的联合组织，作为体育科技组织的专业评估监督机构，代行原主管部门的大部分职权；三是国家体育总局对体育科技社团进行业务管理。仍然是三重管理，但是赋予了新的管理概念:政府部门为主,监督其合法性问题、业务开展情况;评估机构为次,监督其业务效率问题。

2. 建立以会员为主体的组织体制和多元结构的会员制度

会员是体育科技社团存在的基础和必要条件,建立以会员为主体的组织体制是体育科技团体的根本。建立以会员为主体的组织体制首要是把会员作为体育科技社团的主要依靠力量,把为会员服务作为体育科技社团的基本职责,在组织设置、工作部署、资源配置、开展活动方面给予充分体现;要制定相应的规章制度,明确会员的权利和义务,定期向会员征询意见和建议,接受会员的监督和约束;建立多元结构的会员制度,适应我国体育科技队伍的结构、流向、分布和就业出现多样性的趋势,扩大会员覆盖面,努力吸收不同机构、不同地区、不同年龄段的科技工作者,以及与本学科相关的事业、企业单位加入学会;重视发展非公有制经济组织的科技工作者入会,实行包括高级(资深)会员、会员、学生会员和团体会员以及外籍会员多元结构的分类分级管理的会员制度,为体育科技社团的发展奠定雄厚的组织基础。

3. 在民主办会中建设科技工作者之家

民主办会是体育科技社团的宗旨。加强全国会员代表大会、理事会、常务理事会的集体领导,确保会员代表大会、理事会及常务理事会按期开会,切实行使对体育科技社团工作的领导职能,明确理事会、常务理事会和办事机构之间的关系,建立健全各项规章制度,从体制上防止行政化倾向。此外,在决策、执行、学术以及财务等方面,都应体现民主办会精神,实行民主决策、民主管理和民主监督。坚持民主选举,理事会、常务理事会要建立和保持合理的年龄结构和分布结构,在民主办会中建设体育科技工作者之家。

4. 树立竭诚为会员服务的理念,提高为会员服务的水平

树立竭诚为会员服务的理念,进一步增强服务意识,拓展服务领域,提高服务能力,把为会员服务的工作做深做细做实,以会员满意作为衡量工作的标准。要建立健全会员状况调查制度,准确把握体育科技工作者群体的变动趋势和现实需求,及时反映并推动解决会员在日常生活、科学研究、学术交流、成果转化、信息咨询和继续教育等方面遇到的困难和问题,把健全体育科技工作者利益协调机制、诉求表达机制、矛盾调处机制和权益保障机制,加强人文关怀和心理疏导,切实维护体育科技工作者的合法权益,作为为会员服务的重点。同时,还要引导体育科技工作者加强道德自律,端正学术风气,增强知识产权意识,推动学风建设制度化、规范化,更好地为体育科技事业服务。

5. 加强办事机构的能力

规范体育科技社团办事机构用人程序和方法,建立以竞争和流动为核心的动态人事管理机制。体育科技社团办事机构的专兼职工作人员,要由国家人事调配方式逐步向选聘制和招聘制方向过渡,实行固定用人与流动用人相结合、专职与兼职相结合的用人方式,建立精干、高效、高素质的专兼职工作人员队伍。建立体育科技社团工作志愿者登记注册制度,扩大体育科技社团工作者队伍,逐步形成吸引人才参与体育科技社团工作的机制。

6. 建立体育科技社团活动评价指标系统

建立科学的体育科技社团活动评价系统,对体育科技社团的主要活动进行定性定量

评价，推动体育科技社团管理工作民主化、科学化、规范化和制度化进程。在科学评价的基础上，制定体育科技社团奖励、支持以及告诫、劝退、注销办法，使体育科技社团形成有进有出的动态发展格局，始终充满勃勃生机。

（二）完善运行机制

1. 强化体育科技社团的服务功能

体育科技社团的服务功能包括为政府制定体育科技发展规划、体育专业技术职务任职资格评审、体育技术标准制定、体育科研成果鉴定、体育科技成果转化、政府发展计划的技术可行性研究以及培训、咨询等。这些功能是体育科技社团为体育科技服务的任务和能力，是体育科技社团的凝聚力和吸引力的核心所在。

2. 提高体育科技社团的造血功能

在坚持非营利性的基础上，树立经营学会的观念，提高体育科技社团的造血机能，增强自主发展能力，为体育科技社团持续发展奠定比较雄厚的经济支撑条件。在继续争取政府对体育科技社团公益性事业财政支持的同时，拓展体育科技社团经费来源渠道，推动形成来源多元化的格局。通过合理配置使用物质资源，加强资源集成，将个人和团体会员会费收入作为体育科技社团基础性收入，建立健全会员定期缴纳会费制度。广泛争取承接政府和企业的委托任务，通过面向社会多方募集资金，吸收捐赠；利用体育科技社团的优势，开展项目论证，设立技术等级鉴定站；承接会议、展览等项目；组织科研成果转化，开展知识产权转让；利用各专业分会的学科优势开办培训，开辟多元化经费来源渠道。

3. 加强资产管理

体育科技社团属于独立核算、独立承担民事责任的社团法人。因此明晰体育科技社团资产产权关系，划分财产性质尤为重要。要建立责、权、利明确的社团资产管理制度，对体育科技社团的资产进行规范管理，正确合理地运用资金，既要为体育科技社团的工作服务，又要使资金保持增值，同时防止资产流失。

（三）改革活动方式

1. 推动体育科技活动社会化

体育科技社团作为一个学术团体，其体系应是开放的体系。体育科技社团活动社会化表现在始终以开放的姿态进行学术交流；坚持以开放的方式吸纳会员；利用公共传播手段开展体育科技活动；采取群众化、社会化的工作方式充分调动各方面的积极性；积极探讨和丰富联合政府部门、科研院所、高等院校、企业单位共同开展体育科技活动的方式方法，开辟更多的体育科技服务渠道和活动，推动体育学术的交流和体育科研合作。在政府职能转变过程中，主动争取政府的授权和委托，拓展体育科技活动和体育学术交流的空间，以推动和促进体育科技社团活动社会化进程。

2. 推动体育科技活动国际化

作为我国体育科技对外交流的主代表，体育科技社团顺应世界体育科学技术迅猛发展的趋势，发挥体育科技社团在民间体育科技交流与合作方面的独特优势，在国际体育科技交流与合作承担着重任的同时，要不断探索加强多边和双边交流与合作的新形式、新手段、新途径，开辟新的活动领域，充分利用学术期刊的国际交流，增进国际体育科技界对我国体育专家、学者开展体育科研活动及科研成果的了解，推动体育科技活动的国际化进程。

3. 推动体育科技活动"精品"化

从体育科技社团一大批综合性、跨学科、在体育科技领域和社会上享有广泛声誉和影响的活动中打造出具有权威性、高水平的精品项目。充分发挥这些精品项目的引领和示范作用，展示其创新强、高水准的品质，扩大其深远的影响，使体育科技社团的学术地位和科研水平在精品的体育科技活动项目中得到提升。

4. 推动体育科技工作信息化

借助现代信息技术和网络技术，依托体育科技社团的组织网络和信息资源优势，建立体育科技社团的信息网络平台，实现体育科技社团传统职能的革命性转变。主要体现在着力加强学会信息资源的开发、整合和应用服务，建立会员库、专家库、志愿者库、科技成果库、活动项目库、供求信息库和咨询咨询库等基本数据库；实施多元会员制的个人会员登记号码的信息化；构筑多层次体育科技信息平台，增强体育科技活动和学术交流的即时性、有效性和多样性；提高工作效率，密切与会员和体育科技工作者的联系，拓展服务领域和空间，通过构建数字化体育科技团体，推动体育科技工作信息化进程。

（项目编号：1009ss06141）

图书在版编目（CIP）数据

国家体育总局体育哲学社会科学研究成果汇编. 2007年／国家体育总局政策法规司编. –北京：人民体育出版社，2010
ISBN 978–7–5009–3777–7

Ⅰ. 国… Ⅱ. 国… Ⅲ. 体育–文集 Ⅳ.G8–53

中国版本图书馆 CIP 数据核字（2010）第 015621 号

＊

人民体育出版社出版发行
北京中科印刷有限公司印刷
新 华 书 店 经 销

＊

787×1092 16 开本 22.5 印张 500 千字
2010 年 3 月第 1 版 2010 年 3 月第 1 次印刷
印数：1—3,000 册

＊

ISBN 978–7–5009–3777–7
定价：50.00 元

社址：北京市崇文区体育馆路 8 号 （天坛公园东门）
电话：67151482（发行部）　　　邮编：100061
传真：67151483　　　　　　　　邮购：67118491
（购买本社图书，如遇有缺损页可与发行部联系）